U0606426

读客

读客外国小说文库

熊猫君激发个人成长

神秘大道

[加] 约翰·欧文 著　赵安琪 译

AVENUE OF MYSTERIES

江苏凤凰文艺出版社
JIANGSU PHOENIX LITERATURE AND
ART PUBLISHING

图书在版编目（CIP）数据

神秘大道 /（加）约翰·欧文 (John Irving) 著；
赵安琪译. —— 南京：江苏凤凰文艺出版社，2021.3
（读客外国小说文库）
书名原文：Avenue of Mysteries
ISBN 978-7-5594-5429-4

Ⅰ.①神… Ⅱ.①约…②赵… Ⅲ.①长篇小说–加
拿大–现代 Ⅳ.① I711.45

中国版本图书馆 CIP 数据核字 (2020) 第 227530 号

Avenue of Mysteries by John Irving
Copyright © 2015 by Garp Enterprises, Ltd.
Simplified Chinese edition copyright © 2021 by Dook Media Group Limited
Published by agreement with The Turnbull Agency lnc, acting in conjunction with
Intercontinental Literary Agency (ILA) through Big Apple Agency (China).
ALL RIGHTS RESERVED.

图字：10-2019-166 号

神秘大道

[加] 约翰·欧文 著　　赵安琪 译

责任编辑	丁小卉
特约编辑	叶　子　王　品
装帧设计	李子琪
责任印制	刘　巍

出版发行　江苏凤凰文艺出版社
　　　　　南京市中央路 165 号，邮编：210009

网　　址	http://www.jswenyi.com
印　　刷	三河市龙大印装有限公司
开　　本	890 毫米 × 1270 毫米　1/32
印　　张	17
字　　数	432 千字
版　　次	2021 年 3 月第 1 版
印　　次	2021 年 3 月第 1 次印刷
标准书号	ISBN 978 – 7 – 5594 – 5429 – 4
定　　价	59.90 元

江苏凤凰文艺版图书凡印刷、装订错误，可向出版社调换，联系电话：010-87681002。

献给马丁·贝尔和
玛丽·埃伦·马克。
我们一起开始的事情，
请让我们一起结束。

也献给明妮·多明戈和
里克·丹赛尔，以及
他们的女儿妮科尔·丹赛尔，
感谢你们带我参观菲律宾。

还有我的儿子埃弗雷特，
他是我在墨西哥的翻译。
以及卡琳娜·华雷斯，
我们在瓦哈卡的向导
——给你两个坚实的拥抱。

漂泊止于爱人的相遇。

——威廉·莎士比亚《第十二夜》

目　录

流浪儿童

偶尔，胡安·迭戈会说："我是墨西哥人——我生在那里，也在那里长大。"可最近他更习惯说："我是美国人——我在美国生活了四十年。"为了淡化国籍的概念，他还会说："我是中西部居民——实际上我是爱荷华人。"

他却从不说自己是墨西哥裔美国人。这并不仅因为他不喜欢这个标签，虽然他坦承自己确实不喜欢。胡安·迭戈认为人们总是在为他们在墨西哥和美国的生活经历寻找共性，可他从自己的经历中却找不到任何共同点；更确切地说，他从未寻找过。

胡安·迭戈说他有两种生活——两种彼此分割而且全然不同的生活。墨西哥的生活是他生命的第一阶段，童年和青少年。离开墨西哥后，他从未回去过，并以此开始了生命的第二阶段，在美国或者说中西部的生活。（他是否还说过，相比之下，他的第二段生命历程中并未经历过太多事情？）

他还坚持在他心中、记忆中，当然还有梦中，一遍遍回顾起自己的两种生活时，它们处在"平行的轨道"上。

胡安·迭戈的一位挚友——也是他的医生——曾经就"平行的轨道"这一说法和他开玩笑。她说他有时候是一个来自墨西哥的小孩，有时候又是一个来自爱荷华的成年人。胡安·迭戈是个很善辩的人，但是对这种说法他表示认同。

胡安·迭戈告诉他的医生朋友，在被贝他阻断剂影响梦境之前，他总是从自己那"温柔"地循环着的噩梦中醒来。他的噩梦是关于那个让他变成跛子的难忘清晨的。实际上，这个噩梦只有开头是"温柔"的。这段经历源自发生在墨西哥瓦哈卡州的某些事。那是1970年，在城市垃圾场附近，胡安·迭戈当时十四岁。

在瓦哈卡，他被称作"垃圾场小孩"。他住在格雷罗州的一间棚屋里，那是为在垃圾场工作的家庭准备的居所。1970年，格雷罗只有十户人家。当时的瓦哈卡市区住着十万人，他们中很多并不知道，城里大部分捡拾垃圾和分类处理的工作都要归功于这些"垃圾场小孩"。是他们把垃圾中的玻璃、铝和铜挑拣出来。

那些知道他们在做什么的人称他们为"拾荒者"。十四岁的胡安·迭戈是个跛足孩子，也是个"拾荒者"。但他却是个爱读书的人，那些旧报纸上的文字教会了他阅读。通常而言，拾荒的孩子们都很少读书；而且无论出身如何，有怎样的家庭背景，小孩子都很少有自学的能力。所以，胡安·迭戈会读书的消息不胫而走，连作为教育界权威的耶稣会都听说了这个来自格雷罗的男孩。两位来自耶稣会的老牧师称他为"拾荒读书人"。

"该有人给那个垃圾场的孩子送一两本好书，谁知道他在那儿能读到些什么！"不知这是阿方索神父还是奥克塔维奥神父提出来的。通常每当这两位老牧师中的任何一个提出"该有人"去做什么事，佩佩神父都是那个负责执行的人。而佩佩又是一个书虫。

首先，佩佩神父有车，而且他来自墨西哥城，到瓦哈卡去相对容易一些。佩佩是一所耶稣会学校的教师。那所学校一直发展很好——众所周知，耶稣会非常擅长管理学校。而且，耶稣会的孤儿院还比较新（它从原来的女修道院改建为孤儿院不到十年），虽然并不是所有人都为它的名字而抓狂，但对于一些人来说，"流浪儿童之家"这个名字实在有些长，而且不太好听。

但佩佩神父很用心地经营着学校和孤儿院，大部分反对"流浪儿童之家"这个名字的好心人依然会承认，这所由耶稣会经营的孤儿院也是很不错的。另外，大家已经简称这里为"流浪儿童"。其中一个照看孩子们的修女简化得更厉害。格洛丽亚修女虽然没有告诉所有孤儿，但她有时会嘟囔着把那些淘气的孩子叫作"流浪儿"——实际上"流浪儿"是这个老修女对个别惹人生气的小孩的称呼。

所幸，去垃圾场给那孩子送书的并不是格洛丽亚修女。如果选书和送书的是她，胡安·迭戈的故事还未开始便结束了，但是佩佩神父把阅读放在很重要的位置。他成为一名耶稣会教士就是因为耶稣会让他学会了读书，并让他加入耶稣会，当然顺序可能不是这样的。不过最好不要问他使他得到救赎的是阅读还是耶稣，或者哪一个使他得到更多救赎这样的问题。

四十五岁的佩佩神父长得很胖。他这样形容自己："虽非仪表堂堂，但一看就是个善良人。"

佩佩神父是善良的化身。他践行着圣·特蕾莎修女的箴言："执着祈祷的人们和愁眉苦脸的圣徒正等待着上帝的拯救。"在每日祈祷中，他都把特蕾莎修女的箴言置于首位。难怪孩子们都很爱他。

但是佩佩神父以前并没有去过瓦哈卡的垃圾场。那些天里，垃圾场什么都烧，到处都在生火。（而书是很好的生火工具。）当佩佩神父走出他的大众甲壳虫汽车时，垃圾场的气味和大火的灼烧让他觉得这正是自己心目中地狱的样子，只是他没有想象过，会有孩子在这里工作。

他的小车后座上放着些很好的书。好书能够抵御罪恶，而且佩佩是可以切实地把它们拿在手里的。你总不能像拿着这些好书那样，把对耶稣的信仰拿在手里。

"我在寻找愿意读它们的人。"佩佩对那些在垃圾场工作的大人和孩子说。那些"拾荒者"都用轻蔑的目光看着他，显然他们都不是在意读书的人。一个大人先开口了——是个女人，也许和佩佩年龄相当或更年轻些，或许是一个或几个小"拾荒者"的母亲。她让佩佩到格雷罗去找胡安·迭戈，他在酋长的小屋里。

佩佩神父有些困惑，也许他想错了。酋长就是垃圾场的老板，是这里的头目。难道那个读书的孩子是酋长家的小孩？佩佩问那位女工。

一些孩子都笑了，然后他们便走开了。大人们并不觉得有什么好笑，而那个女人只是回答："不算是。"她指了指格雷罗的方向，是在垃圾场下方的山坡上。殖民地的小屋是用工人们从垃圾堆里捡来的材料搭成的，酋长的小屋最靠边，离垃圾场也最近。

缕缕黑烟升上垃圾场上方的天空，这浓密的黑色直入云霄。头顶上有很多秃鹰，但佩佩发现地上也有其他正在捡食腐肉的动物。狗在垃圾场随处可见，它们躲避着地狱之火，不情愿地把猎物让给那些坐在卡车上的人，可它们不愿再让给别的生物。那些狗不自在地陪在孩子们身边，因为他们都是拾荒者，只是目标不同。（狗对玻璃、铝和铜并不感兴趣。）这些狗大部分都是流浪狗，有些已经奄奄一息。

佩佩在垃圾场没待很久，所以不会看到死去的狗，也不知道它们死后会怎样——它们会被埋起来，但是在这之前往往会被秃鹰发现。

佩佩在山下的格雷罗发现了更多狗。这些狗住在殖民地里，是那些在垃圾场工作的家庭养的。佩佩觉得格雷罗的狗看起来被喂得好些，而且比垃圾场里的更有归属感。它们和其他小区的狗没太大区别，相比那些流浪狗更加躁动、更有攻击性。而那些垃圾场的狗则习惯偷偷行动，虽然它们自有某种狡猾的方式守住领地。

人们可不想被垃圾场或是格雷罗的狗咬上一口，佩佩对此很确信。毕竟大部分格雷罗的狗也是来自垃圾场的。

佩佩神父会带"流浪儿童"中生病的孩子到阿门塔洛佩斯的红十字医院去看瓦格斯医生。瓦格斯医生把治疗孤儿院和垃圾场的孩子作为他的主要任务。他告诉佩佩神父狗和针头是拾荒孩子的重大威胁，垃圾场里有很多遗弃的注射器，上面都是用过的针头。孩子们捡垃圾时很容易被废弃针头扎到。

"甲肝乙肝，破伤风，这还没算上各种可能的细菌感染呢。"瓦格斯医生对佩佩说。

"而且我觉得垃圾场或者格雷罗的狗也可能会有狂犬病。"佩佩神父补充道。

"只要被那里的狗咬了，垃圾场的孩子们都必须得打疫苗。"瓦格斯说，"但是他们怕打针怕得厉害。怕那些旧针头是应该的，但是因为这个他们也害怕注射疫苗！相比得狂犬病，这些孩子更害怕被狗咬之后要打针，这可不大好。"佩佩认为瓦格斯是个好人，虽然他信奉科学而非宗教。（从精神世界上看，佩佩知道瓦格斯与他并非同一阵营。）

佩佩从自己的小车中出来，走向位于格雷罗的酋长小屋时，还想着狂犬病的危险。他的臂弯里紧紧地抱着他给那位拾荒读书人带的好书，警惕地避开那些狂叫着、看起来很不友好的狗。"您好！"这位胖胖的教士在小屋的纱门门口叫道，"我是来给那个爱读书的胡安·迭戈送书的——都是些好书！"他忽然听到酋长的小屋中发出一阵凶猛的咆哮，于是赶忙从门口退了回来。

垃圾场的女工曾说起过一些关于这位头目——酋长的事。她直呼他的名字："你不会认不出里维拉的，"女人对佩佩说，"他的狗长得最凶了。"

但是佩佩神父看不见那只在小屋门后大叫的狗究竟长什么样子。他又走远了一步，这时门忽然开了，眼前的人并不是里维拉，或者任何看起来像是垃圾场老板的人。这个瘦小、面目愁苦的，站在酋长家门廊上的人也不是胡安·迭戈，而是一个深色眼睛、看起来很粗野的女孩。她是"拾荒读书人"十三岁的妹妹卢佩。卢佩说话很难懂，她口中的话听起来并不像西班牙语。只有胡安·迭戈能听懂她的话，他是妹妹的翻译。卢佩奇怪的口音并不是她身上最莫名其妙的事情，她还会读心术，知道你在想什么。有时候，她甚至知道某些连你自己也不太清楚的事。

　　"有人带了好多书来！"卢佩朝屋里喊道，激起了那条声音凶恶却尚未露面的狗的又一阵狂吠。"他是个教士，也是老师，是从'流浪儿童'来的，来做好事的。"卢佩停了下来，继续读佩佩神父的心，而神父此时正处于些许困惑中。卢佩说的话他一句也没有听懂。"他以为我脑子有问题，在担心孤儿院不会接收我，那些教士们会觉得我没法接受教育！"卢佩继续向胡安·迭戈转达。

　　"她脑子没问题！"男孩的声音从小屋里的某处传来，"她什么都明白！"

　　"我要找的应该是你哥哥吧？"教士问女孩，并朝她笑了笑。卢佩点了点头，她看到这个教士因为一直努力抱着那些书，已经流下汗来。

　　"这个教士挺好的——就是有些胖。"女孩对胡安·迭戈喊道。她退回到小屋内，为佩佩神父打开门。神父小心翼翼地走进来，四处寻找着那只凶恶咆哮却不知藏在何处的狗。

　　男孩，也就是拾荒读书人所在的位置也很隐蔽。环绕着他的书架很不错，小屋本身也是，佩佩猜想，这是酋长自己打造的。这个年轻的读书人看起来并没有木匠的本领。和许多醉心读书的少年一样，胡安·迭戈是个有些神情恍惚的男孩。而且他和他的妹妹长得很像，他们两个都让佩佩隐约想起某个人。可此时，满头大汗的他并未想到那个人是谁。

"我俩都长得像老妈。"卢佩说，她知道来者在想什么。胡安·迭戈躺在一张破旧的沙发上，胸腔上放着一本摊开的书，他这次并没有帮卢佩翻译。他不想让这位教上知道会读心的妹妹说了些什么。

"你在读什么？"佩佩神父问他。

"当地的历史或者可以说是教会的历史。"胡安·迭戈说。

"很无聊啊。"卢佩说道。

"卢佩说这书很无聊——我也觉得有点无聊。"男孩表示赞同。

"卢佩也读书吗？"佩佩神父问。沙发边是一张自己组装的桌子——一块厚木板撑在两个橙色的板条箱上，但这桌子看起来还不错。佩佩把他怀里那叠很重的书放了上面。

"我会读给她听——什么都读。"胡安·迭戈告诉这位老师。他拿起自己正在读的书："这本书讲了你们耶稣会是第三个来的。"他接着解释道："奥斯定会和多明我会都比你们更早来瓦哈卡，你们是第三个，所以耶稣会在瓦哈卡才没怎么受重视。"男孩补充说。（这些内容在佩佩神父听来格外熟悉。）

"圣母玛利亚的光芒盖过了圣母瓜达卢佩，瓜达卢佩被玛利亚和孤独圣母骗了。"卢佩开始发出含混难懂的声音。"孤独圣母是我们瓦哈卡当地的女神，你知道'孤独圣母和她的蠢驴'的故事吧！孤独圣母也骗了瓜达卢佩。我的名字就是从瓜达卢佩来的，所以我是瓜达卢佩女孩！"卢佩指着自己说，她对此很生气。

佩佩神父看向胡安·迭戈，他仿佛还沉浸在圣女的战争的故事中。可他为卢佩翻译了所有的话。

"我知道那本书。"佩佩说。

"我一点都不意外，这是你们的书嘛。"胡安·迭戈答道。他把自己正在读的书递给了佩佩。这本旧书散发出浓烈的垃圾场味，有些页已被烧得残缺不全。这是一本学术著作，那种没有人读的天主教典籍。这本书来自耶稣会从前那座修道院的图书馆，就是改建成"流浪儿童之家"的那个。修道院改建时，为了成立孤儿院，并给耶稣会学校提供更多放书的空间，那些没人读的旧书就被送到了垃圾场。

关于哪些书要送到垃圾场，哪些值得留下，当然是由阿方索神父或奥克塔维奥神父决定的。佩佩想，这两个老神父可能不会喜欢"耶稣会第三个来瓦哈卡"的故事，而且这书可能是一位奥斯定教徒或多明我教徒，而不是耶稣会教徒写的，仅仅这一条，就足以让它被丢进垃圾场的地狱之火。（耶稣会的确在教育方面有优势，但并不是说另两家教会就没有竞争力。）

"我给你带了些更好读的书。"佩佩对胡安·迭戈说。"是小说，都是些很棒的故事——你应该知道小说吧。"他很高兴地说道。

"我不知道我喜不喜欢小说。"十三岁的卢佩怀疑地说，"又不是所有故事都像人们吹得那么好。"

"不要这么说嘛，"胡安·迭戈说，"只是狗的故事不适合你的年纪。"

"什么'狗的故事'？"佩佩神父问。

"别问。"男孩阻止道，可是已经太迟了。卢佩四处寻找着，又在书架上翻来翻去，到处都是从大火中拯救出来的书。

"那个俄国佬。"女孩激动地叫道。

"她说'俄国'——你还会俄语吗？"佩佩问胡安·迭戈。

"不，不——她说的是那个作者。作者是个俄国人。"男孩解释道。

"你是怎么听懂她的话的？"佩佩问他，"有时候我都不知道她讲的是不是西班牙语……"

"当然是西班牙语！"女孩叫道。她已经找到了那本让她对故事、对小说产生了疑虑的书。她把书递给佩佩神父。

"卢佩说话只有一点不一样嘛。"胡安·迭戈答道，"我能听懂。"

"哦，是他。"佩佩说。这本书是一本契诃夫小说集，叫作《女人与狗及其他》。

"这故事和狗一点关系也没有，"卢佩抱怨道，"是讲人们没结婚就做爱的。"

胡安·迭戈把这句话翻译给了佩佩。"她只关心狗，"男孩向佩佩解释道，"所以我说这个故事不适合她的年纪。"

佩佩已经想不起"女人与狗"的情节，自然也不记得里面有没有狗。他只记得那是一个关于不正当男女关系的故事。"我不确定这本书适合你们这个年纪的孩子。"教士有些不自在地笑道。

这时佩佩意识到，这是契诃夫小说的美国版英译本，是20世纪40年代在纽约出版的。"这是英文的啊！"佩佩教父叫道。他问那个野丫头："你听得懂英文？"又问拾荒读书人："你认识英文？"男孩和他妹妹都耸了耸肩。我在哪儿看到过有人做这个动作？佩佩思忖道。

"跟老妈学的。"卢佩回答。但是佩佩没有听懂。

"老妈怎么了？"胡安·迭戈问妹妹。

"他好奇我们为什么这么耸肩。"卢佩答道。

"你还自学了英文。"佩佩慢悠悠地对男孩说。卢佩这时忽然莫名地朝他打了个寒战。

"英文只有一点不一样嘛——我看得懂。"男孩答道。他的语气和刚刚说到能听懂妹妹奇怪的语言时没什么差别。

佩佩的大脑加速运转着。这两个孩子真是不一般，男孩什么都能读懂，恐怕没有什么是他不明白的。女孩呢，她更特别，恐怕教会她正常说话要费上一番工夫。不过这些拾荒的孩子不正是耶稣会学校在找的天才学生吗？垃圾场那个女工不是说里维拉，也就是酋长，"不算是"这个少年读书人的父亲吗？他们的父亲又是谁，人在哪儿？他又想道：在这脏乱的小屋里，完全没有母亲的痕迹。这里的木工倒是不错，但其他都是一团糟。

"告诉他我们不是流浪儿童，他找到我们了，不是吗？"卢佩忽然对她的天才哥哥说道，"告诉他我们不是孤儿。我也不需要正常地说话，我讲的话你不是能听懂嘛。"她又接着说："告诉他我们有老妈，他可能还认识她！"她完全不肯停下来："告诉他里维拉就像我们老爸一样，可能还要更好。快告诉他，酋长比所有的老爸都好！"

"你慢点说！"胡安·迭戈说道，"你要是说这么快，我什么都没法告诉他。"要告诉佩佩神父的太多了，就从佩佩可能会认识他们的母亲说起。她晚上在萨拉戈萨大街工作，不过她也为耶稣会干活，是那里的主要清洁工。

他们的母亲夜晚在萨拉戈萨大街工作，多半是个妓女。不过佩佩教父的确认识她。埃斯佩兰萨是教会里最好的清洁女工，两个孩子深色的双眸和漫不经心的耸肩自然是来自于她，虽然男孩的阅读天分从哪里来还不能确定。

说起里维拉，也就是酋长这个担任父亲的角色时，男孩没有用"不算是"这个词。他说这位垃圾场老板"可能不是"他的父亲，也就是说他也"可能是"他的父亲，胡安·迭戈就是这么讲的。至于卢佩，酋长"肯定不是"她的父亲。卢佩说她有许多个父亲，"多得讲不过来"。但是男孩很快就从生理的角度解释了卢佩所说的"肯定不是"。他简短地说明，埃斯佩兰萨怀上卢佩的时候，已经和里维拉"没有那种关系了"。

男孩平和地讲了很长一段故事。他讲述了为什么自己和卢佩会觉得垃圾场老板"既像父亲，又比父亲还好"，以及他们认为自己是有家的孩子。胡安·迭戈重复了卢佩的想法：他们不是孤儿。不过他把这句话稍稍修饰了一下："我们现在不是流浪儿童，以后也不会是。我们在格雷罗有家，在垃圾场有工作！"

不过，这个回答引发了佩佩神父的又一个疑问：为什么胡安·迭戈和卢佩不用去住宅区旁边的垃圾场工作呢？为什么他们不和其他的孩子一起拾荒？和别人家那些在垃圾场干活，也住在那儿的孩子比，他们是过得更好呢，还是更糟？

　　"更好也更糟。"胡安·迭戈毫不犹豫地告诉这位教士。佩佩神父想起了其他拾荒少年对读书的轻蔑，而且谁又知道那些小拾荒者们会对这个长得像个小野人，说话难懂，曾对着佩佩打寒战的丫头做些什么。

　　"里维拉从来不让我们离开这屋，除非和他一起。"卢佩说。胡安·迭戈不仅帮她翻译了这句，还详细地讲述了一些细节。

　　他告诉佩佩，里维拉确实会保护他们。他"既像父亲，又比父亲还好"是因为他保障了他们的生活，还会照看他们。"而且他从来不打我们。"卢佩打断了他的话。于是胡安·迭戈也尽职地帮她翻译了这一句。

　　"我明白了。"不过他只是刚刚开始了解这对兄妹的生活：事实上，这种生活确实好过那些在垃圾场里为捡来的东西分类的孩子们。不过这对他们来说也更糟，因为那些拾荒者和他们在格雷罗的家人都很恨他们。虽然他们拥有里维拉的保护（使他们远离了那些恨他们的人），但是酋长"并不算是"他们的父亲。而他们的母亲是一个在萨拉戈萨大街工作的妓女，根本就不住在格雷罗。

　　哪里都是有社会等级的，佩佩神父有些难过地想。

　　"什么是社会等级？"卢佩问她的哥哥。（现在佩佩开始意识到这个女孩知道自己在想什么了。）

　　"社会等级就是指其他捡垃圾的孩子认为他们比我们强。"胡安·迭戈对卢佩解释道。

　　"是的。"佩佩有些不安地说。他在这里遇见了一个拾荒读书少年，一个来自格雷罗的天才男孩，尽一位教师所能，为他带来了许多好书，却发现自己，作为教士的佩佩神父，才是那个有很多东西要学的人。

这时那个不停地咆哮，却始终没有露面的狗出现了，真的是一条狗。这个狡猾的小东西从沙发下面爬了出来。佩佩觉得相比狗，它长得更像一只老鼠。

"他叫破烂白——他是只狗，不是老鼠！"卢佩愤恨地对佩佩神父嚷道。

胡安·迭戈解释了妹妹的话，并补充道："破烂白是个胆小的家伙，而且一点也不知道感恩。"

"要不是我救了他，他就死了。"卢佩叫道。可此时，那瘦骨嶙峋、弯腰驼背的狗正侧身向女孩张开的双臂扑去，他的嘴不由自主地张开，露出了尖尖的牙齿。

"他应该叫死里逃生，而不是破烂白。"胡安·迭戈笑着说，"当时卢佩发现他的头卡在了一个牛奶箱里。"

"他还是只小狗，应该是太饿了。"卢佩反驳道。

"破烂白现在也总是很饿，到处找东西吃。"胡安·迭戈说。

"不要说他了。"妹妹阻止道，小狗在她的臂弯里颤抖了一下。

佩佩努力什么都不去想，不过这比想象要难很多。他觉得自己最好离开，虽然这样有些唐突，也好过让那个会读心的女孩知道自己的想法。他可不想让这个十三岁的小丫头知道自己在想什么。

他启动了自己的大众甲壳虫汽车，当他离开格雷罗时，里维拉酋长那"长得最凶"的狗已经不再叫了。垃圾场的缕缕黑烟正在他四周缓缓升起，它们就像是这个善良的教士心中那些最黑暗的想法。

阿方索神父和奥克塔维奥神父认为，胡安·迭戈和卢佩的母亲——作为妓女的埃斯佩兰萨——是一个"堕落者"。在这两个老牧师心中，没有谁的灵魂比妓女的更加堕落，也没有谁的人生比这些不幸的女人更加迷失。他们雇用埃斯佩兰萨做耶稣会的清洁女工，是想要尽力拯救她。

那些垃圾场里的孩子就不需要拯救吗？佩佩想。他们不算是"堕落者"吗？以后也没有堕落的危险吗？他们难道不会比母亲更加堕落吗？

那个格雷罗的男孩长大后，和他的医生抱怨起贝他阻断剂的副作用时，也许应该让佩佩神父站在他的身边。佩佩会为他童年的记忆以及噩梦作证。佩佩知道，对于拾荒读书人而言，他的梦即使是噩梦，也是值得留存下来的。

在这些垃圾场的孩子还处于少年时代时，胡安·迭戈最常做的梦并不是噩梦。他常常会梦见飞行，不过也不算是。那是一种奇特的空中运动，和"飞行"并没有什么共同点。这个梦总是相同的：拥挤的人们抬起头，看见胡安·迭戈正在空中走路。他从低处，也就是地面，小心翼翼地向上一直走到了天空。（似乎还在自言自语地数着步数。）

他在空中的移动并不是自发的，他没有像一只鸟儿那样自由地飞行；也没有像飞机那样借助推动力笔直前进。不过在那个常常重复的梦里，他知道自己在哪里。从天空上，他可以低头看到那些人群中焦急地扬起的脸。

当他把这个梦描述给卢佩时，还对他奇怪的妹妹这样说："每个人的人生中都有这样一个时刻，你要放开手——放开双手。"显然，一个十三岁的孩子，哪怕是正常的十三岁孩子也无法理解这些。所以当时胡安·迭戈也没有明白她的回答。

有一次，他问她对自己那个走上天空的梦有什么想法，卢佩显得很神秘，不过胡安·迭戈听出她究竟说了些什么。

"这是关于未来的梦。"女孩说。

"谁的未来？"胡安·迭戈问。

"希望不是你的。"她的妹妹更加神秘地回答。

"但是我很喜欢这个梦啊。"男孩说。

"这是死亡的梦。"卢佩说到这里就停住了。

但是现在，长大后的他在和医生讨论贝他阻断剂时，童年时代走上天空的梦从他的记忆中消失了。胡安·迭戈也不再做有关在格雷罗弄伤腿的遥远早晨的噩梦。他很想念那个噩梦。

他对医生抱怨说："贝他阻断剂阻断了我的记忆！它们偷走了我的童年，偷走了我的梦！"在他的医生眼中，这种歇斯底里的表现是因为胡安·迭戈想念肾上腺素给他带来的刺激。（贝他阻断剂确实会对肾上腺素产生影响。）

他的医生是一位很现实的女性，名叫罗丝玛丽·施泰因，与胡安·迭戈是二十年的好友。她对于胡安·迭戈的经历很熟悉，但认为他有些夸大了事实。

施泰因医生很清楚自己让胡安·迭戈使用贝他阻断剂的原因。她的好友正面临心脏病发作的危险，因为他不仅血压很高（100～170），还确切地知道自己的母亲和某个可能是他父亲的人都死于心脏病，尤其他母亲去世的时候还很年轻。胡安·迭戈并不缺少肾上腺素，即负责应激反应的荷尔蒙，这种荷尔蒙会在紧张、恐惧、遭遇意外、心情焦虑或心脏病发作时释放出来。肾上腺素还会使血液远离你的肠道和内脏，流入肌肉，这样你便可以奔跑了。（或许拾荒读书人比任何其他人更需要肾上腺素。）

"贝他阻断剂不能阻止心脏病发作，"施泰因医生对胡安·迭戈解释说，"但是这种药物可以阻断你的肾上腺素受体，这样在心脏病发作并释放肾上腺素时，就可以避免其对心脏产生毁灭性的影响。"

"我的肾上腺素受体在哪儿？"胡安·迭戈问施泰因医生。（他用开玩笑的口气称呼她"罗丝玛丽医生"。）

"你的肺里、血管里、心脏里，到处都有，"她回答道，"肾上腺素会让你的心跳加速，呼吸困难，手臂上的汗毛战栗，瞳孔放大，血管收缩，这对于心脏病患者不利。"

"那什么对心脏病患者有利呢？"胡安·迭戈问她。（垃圾场长大的孩子是很固执的，属于"顽固派"。）

"让心脏保持安静、放松——不要跳得太快，要跳得慢一些。"施泰因医生说，"服用贝他阻断剂会让脉搏变缓；你的脉搏无论如何都不能再快了。"

这种降血压措施会有一些弊端。比如服用贝他阻断剂的人要注意不能喝太多酒，因为喝酒会提高血压，不过胡安·迭戈并不怎么喝酒。（"好吧，他喝啤酒，不过只喝啤酒，而且不多。"他想道。）另外服用贝他阻断剂会降低手足的血液循环，手脚会变得很冷。胡安·迭戈对这个副作用并没有什么怨言，他还和罗丝玛丽开玩笑说，手脚冰冷对于一个来自瓦哈卡的男孩来说真是个奢侈的症状呢。

有些服用贝他阻断剂的患者会抱怨随之而来的嗜睡，因为这会导致疲惫，也会影响体育锻炼中的耐力，可是胡安·迭戈已经到了这个年纪，他已经五十四岁了，还在乎什么呢？他从十四岁起就成了跛子，一瘸一拐地走就是他的锻炼。他已经这样走了四十年，不再想要更多的锻炼了！

他希望自己能更有活力一些，不要这么"消沉"——这个词是他形容服用贝他阻断剂后的感觉，对罗丝玛丽说起自己缺少性爱的兴趣时提到的。（胡安·迭戈并不是说自己丧失了性的能力。即使是和医生的谈话，他也是从"消沉"这个词开始，又以这个词结束的。）

"我都不知道你在谈恋爱呢。"施泰因医生说。事实上，她很清楚他没有恋爱。

"亲爱的罗丝玛丽医生，"胡安·迭戈说，"我是说如果我在谈恋爱，我会因为缺少性爱的兴趣而很消沉。"

她给他开了一剂壮阳药，一个月六片，共一百毫克，让他试一下。

"不要等你遇见想要发生关系的人再吃。"罗丝玛丽说。

他没有等，也没有遇见任何这样的人，不过他试验了。

施泰因医生每个月都会为他开新的处方。"可能半片就够了。"胡安·迭戈试验后告诉她。他把多余的药储存了起来。他并没有抱怨壮阳药带来的副作用。既然药物可以帮助他勃起并达到高潮，又何必在意一点鼻塞呢？

贝他阻断剂的另一个副作用是失眠，但是胡安·迭戈对此并不陌生，也没有什么好沮丧的。和梦魇们一起清醒着躺在黑暗中几乎可以看作是一种安慰。胡安·迭戈的很多梦魇从童年就开始陪伴他，他非常了解它们，就像对朋友一样了解。

过量服用贝他阻断剂会导致头晕，甚至昏厥，但是胡安·迭戈对此并不担心。"跛子知道怎么跌倒——跌倒对于我们来说不算大事。"他对施泰因医生说。

然而，比勃起功能受到影响更让他担忧的是他的梦变得支离破碎。胡安·迭戈说他的记忆和梦不再遵从时间顺序。他讨厌贝他阻断剂，是因为它阻断了他的梦，切断了他和童年的联系。相比其他人，甚至大多数人，他认为童年对他来说意味着更多。童年的时光里有他遇到的人，那些改变了他的人；那些见证了他那段重要生活的人，他用这些替代了宗教信仰。

尽管罗丝玛丽·施泰因是胡安·迭戈的好朋友，可她并不了解他的一切。对于友人的童年，她知之甚少。对施泰因医生来说，当胡安·迭戈以一种非同寻常的尖锐口气对她说起贝他阻断剂时，她觉得有些莫名其妙。"相信我，罗丝玛丽。如果贝他阻断剂把我的宗教信仰带走了，我根本就不会跟你抱怨！反之，我会让你给每个人都开这种药！"

施泰因医生觉得，她的朋友实在太有激情，所以难免会夸大事实。毕竟，他曾为了挽救被烧掉的书——哪怕只是些天主教历史书籍，不惜烧伤自己的手。对于胡安·迭戈在垃圾场里度过的童年生活，她只知道一些点滴。她更了解的是他的朋友长大后的样子，而不是当年那个来自格雷罗的男孩。

怪物玛利亚

2010年圣诞节的第二天，一场暴风雪席卷了纽约。一天后，曼哈顿无人清扫的街道上遍是遗弃的汽车和出租车。在麦迪逊大道靠近东62街的地方，一辆公交车烧着了，原因是后轮陷在雪里后起火，引燃了汽车。焦黑的残骸碎片伴着灰烬散落在四周的雪地上。

对于那些住在中央公园南部酒店里的住客来说，他们可以看到公园里白茫茫的新雪以及个别有勇气带着小孩子玩雪的家庭，这和没有车辆往来的空荡的大街小巷形成了奇特的对比。在这个映着雪光的清晨，连哥伦布圆环都显出诡异的安静和空旷。在平时很繁忙的十字路口，比如西59街和第七大街的转角处，没有一辆出租车在移动。视线里仅有的汽车都半埋在雪中，显然是被困住的。

在这个周一的早晨，整个曼哈顿如月球般荒芜，于是胡安·迭戈所在酒店的门房决定为残疾人提供一些特殊的服务。这样的天气对于一个跛子来说，既不适合叫出租，也没法冒险开车。门房说服了一家轿车公司——是一家不太好的公司——派车接胡安·迭戈去皇后区。

虽然关于约翰·F.肯尼迪国际机场是否开放，各种报道说法不一。电视上说机场关闭了，但胡安·迭戈飞往香港的国泰航空航班据说会准时起飞。门房对此表示严重怀疑，他认为这个航班就算是不取消，也会延迟，可他还是拗不过这个焦急的跛足客人。胡安·迭戈强烈希望能准时到达机场，虽然暴风雪过后，根本没有任何航班起飞或准备起飞。

胡安·迭戈对香港并没有什么兴趣，这只是他必经的中转站，但是一些同事对他说，他不能不中途看看香港就直接到菲律宾去。有什么可看的呢？胡安·迭戈有些好奇。虽然他不知道"航空里程"究竟是什么（或者是怎么计算的），但他知道他乘坐的国泰航班是免费的，朋友们还告诉他国泰航空的一等舱必须要体验一下。这显然是另一样他一定要"看看"的东西。

胡安·迭戈觉得大家提醒他这些是因为他快要从教师岗位上退休了。否则同事们为什么要坚持帮他安排这次行程呢？不过也还有其他原因。虽然他退休很早，但身有"残疾"，而且他的好友和同事们都知道他在服用治疗心脏病的药物。

"我并不会停下写作！"他向他们保证。（圣诞节胡安·迭戈就是应他的出版商邀请来到纽约的。）"我离开的'只是'教师这个行业。"胡安·迭戈说。尽管这些年里他的写作与教学是分不开的，而这两者共同构成了他成年后的全部生活。他从前写作课上的一个学生非常积极地帮他安排着去菲律宾的行程。这个叫克拉克·弗伦奇的前学生把胡安·迭戈前往马尼拉当成了自己的任务。克拉克的写作也是充满自信，很有决断力的，和他为自己的前导师安排行程的态度一样，至少胡安·迭戈是这么认为的。

然而胡安·迭戈并没有拒绝这位前学生的好心帮助，他不想伤害克拉克的感情。另外，对他来说旅行并不容易，他听说去菲律宾可能会很麻烦，甚至很危险。所以他觉得多做一些计划也没有坏处。

在他完全不知情的情况下，旅行计划已经成形。他前往马尼拉的行程中增加了很多周边旅行和让人分心的冒险。他担心这违背了自己前往菲律宾的初衷，虽然克拉克·弗伦奇很快就告诉他自己如此热情地帮助他，正是出于对某件崇高事情（由来已久）的敬仰，而胡安·迭戈出行的首要目的正是这件崇高的事情。

少年时代在瓦哈卡，胡安·迭戈曾遇到过一个美国逃兵，他是为了逃避参加越南战争才离开美国的。那个逃兵的父亲是成千上万"二战"时期战死在菲律宾的美国军人中的一员，但不是死在巴丹死亡行军中，也不是科雷吉多尔岛那场激战。（具体细节胡安·迭戈已经不记得了。）

那个美国逃兵不想死在越南战争中。他临死前曾告诉胡安·迭戈，他想要去参观马尼拉美军纪念公墓，以示对亡父的尊敬。但他并没有因为逃到墨西哥而远离灾祸，反而死在了瓦哈卡。胡安·迭戈曾答应自己会为了那个死去的逃兵去菲律宾，替他完成一次前往马尼拉的旅行。

胡安·迭戈不曾知道那个年轻人的名字。虽然痛恨战争的少年已经和胡安·迭戈以及他看起来有些智力迟钝的妹妹卢佩成了朋友，可他们只知道他是一个"好外国佬"。他们在胡安·迭戈变成跛子之前就认识了。一开始，这个美国人就表现得格外友好，虽然里维拉叫他"梅斯卡尔嬉皮士"，孩子们也知道酋长对当时那些从美国跑来瓦哈卡的嬉皮士的看法。

这位垃圾场老板觉得那些蘑菇头嬉皮士都是"蠢货"，因为他们在寻找某些深刻的东西，比如"万物互有关联这种荒唐事"。可孩子们知道，酋长本人也是圣母玛利亚的信仰者。

至于"梅斯卡尔嬉皮士"呢，里维拉觉得他们稍微聪明一些，但属于"自我毁灭型"。这些人还沉迷于妓女，或许只是垃圾场老板这样觉得。"'好外国佬'会在萨拉戈萨大街弄死自己的。"他这样说道。孩子们可不希望如此，卢佩和胡安·迭戈都很喜欢他。他们不想让自己的好友被性欲或是从发酵果汁饮料中提取出的龙舌兰毁掉。

"都一样，"里维拉对孩子们阴沉地说，"信我的吧，被那些东西搞死根本没法升天。不是下等女人就是酒精，最后就跟那小虫子似的！"

胡安·迭戈觉得垃圾场老板说的是梅斯卡尔酒瓶底的虫子，可卢佩认为他指的是他的阳具在与妓女做爱后的样子。

"你以为所有男人都总是想着自己的阴茎。"胡安·迭戈对妹妹说。

"他们就是总在想。"会读心的女孩回答。某种程度上，正是因此卢佩不再喜欢那个"好外国佬"。那个倒霉的美国人逾越了想象的界限——阴茎界限，虽然卢佩并不会这么说。

一天晚上，拾荒读书人正在大声给卢佩读书，里维拉也和他们一起待在格雷罗的棚屋里听他朗读。这位垃圾场老板也许正在做新书架，或是在修理出了问题的烤炉。当发现破烂白（又名"死里逃生"）死了时，他停了下来。

胡安·迭戈那晚在读的依然是一本被遗弃的学术著作，很无聊的专著，应该也是阿方索或奥克塔维奥两位老神父中的一个选出来想要烧掉的。

这本没人读的学术之作倒真的是一个耶稣会教徒写的，主题关于文学和史学，名叫《D.H. 劳伦斯对托马斯·哈代作品的分析》。孩子们并没有读过什么托马斯·哈代的作品，所以即便这本书是西班牙语的，他们还是会对这些学术分析感到十分困惑。可胡安·迭戈选择这本书，却是因为它是英语的。他想要多练习一些英语，虽然那些半听不听的受众们（卢佩、里维拉以及不招人喜欢的破烂白）或许更能听懂西班牙语。

更增加难度的是，这本书的某些页已经被火烧了，垃圾场中烧焦的气味还没从书上散去。破烂白总想凑上去闻一闻。

垃圾场老板也和胡安·迭戈一样，不喜欢这只卢佩救回来的狗。他对卢佩说："你就应该让它卡在牛奶箱里。"但卢佩（一如既往地）为破烂白愤愤不平。

此时，胡安·迭戈正为他们读到某一页书，上面提到某人关于"一切事物相互关联"的观点。

"停，停——先别念了，"里维拉打断了拾荒读书人，"这是谁说的？"

"可能是那个叫哈代的。"卢佩说，"更可能是那个劳伦斯。"

胡安·迭戈把卢佩的话翻译给了里维拉，他立刻表达了赞同。"还可能是那个写书的——谁知道是哪个呢。"垃圾场老板补充说。卢佩点点头表示也有可能。这本书既冗长又难懂，都是些吹毛求疵的评论，又没有任何具体的主题。

"什么'一切事物相互关联'——有啥是相互关联的？"垃圾场老板叫道，"这就像是蘑菇头嬉皮士说的话！"

卢佩笑了，她平时很少笑。很快，平时更少笑的里维拉也跟着笑了起来。胡安·迭戈始终记得当他听见妹妹和酋长都笑了的时候，心底有多么高兴。

现在，许多年过去了——有四十年了——胡安·迭戈正在前往菲律宾的路上，这场旅行是为了纪念那个无名的"好外国佬"。不止一个朋友问过他，他打算怎样替那个逃兵向他死去的父亲表达敬意——那个牺牲的父亲也和他逃走的儿子一样没有姓名。当然朋友们都知道胡安·迭戈是个小说家，也许小说家可以借助意念完成这次为了"好外国佬"的旅行。

早年写作时，他确实是一个旅行者，旅途中的变化是他早期小说中一直重复的主题，尤其是那本以印度为背景，有着冗长名字的马戏团小说。胡安·迭戈清楚地记得，没有人能说服他放弃那个名字。

《一个由圣母玛利亚引发的故事》——多么烦琐啊，这又是一个多么长而复杂的故事啊！也许是我写过的最复杂的故事了，胡安·迭戈想道。此时他坐的轿车正在曼哈顿大雪覆盖的荒芜街道上朝富兰克林高速路艰难跋涉。这是一辆越野车，所以司机很看不起其他的车和其他的司机。他说，城里那些别的车都很难在雪中驾驶；还有少数车虽然"刚好合适"，但是"轮胎不适合"；至于剩下的那部分司机，他们根本不会雪路驾驶。

"你觉得我们到哪儿了，垃圾佛罗里达？"他朝窗外一个被困住的司机喊道。那人的车陷在了雪里，堵住了一条狭窄的城市街道。

而在远处的富兰克林高速路上，一辆出租车冲出了护栏，陷在朝东河方向的步道那及腰深的雪里。司机正努力想要把后轮刨出来，可他没有铲子，只有一把挡风玻璃刮刀。

"你是哪儿来的，垃圾墨西哥吗？"司机对他嚷道。

"嗯，我是来自墨西哥。"胡安·迭戈回答。

"我没说你，先生，你能准点到机场，不过要在那里等着。"司机不大友善地对他说，"飞机都已经停飞了，你不会还没注意到吧。"

胡安·迭戈确实没有注意到飞机都停飞了，他只想要去机场，等待自己的航班，然后准备出发，无论他的航班何时能起飞。如果航班延迟，他也并不在意，但错过这次旅行却是无法想象的。"每次旅行背后都有一个理由。"他不知不觉地想起了这句话，却忘记了这是自己写出的句子。这是他在《一个由圣母玛利亚引发的故事》中着重强调的观点。"如今我又出发了，重新开始旅行——总是有一个理由的。"他想道。

"过往就像拥挤人群中的面孔般包围了他。这其中有一张他知道的面孔，可这又是谁呢？"此刻，他被大雪包围，身边只有粗俗的汽车司机，他又忘记了这句话也是自己曾写过的。于是，他开始嫌弃贝他阻断剂。

从声音可以听出，胡安·迭戈的司机是一个讲话粗俗且脾气不好的人，但是他知道皇后区的牙买加地段怎么走，这里的宽敞街道让这个曾经的拾荒读书人想起了佩利菲利克——瓦哈卡的一条被铁轨分隔开的街道。酋长常带孩子们到佩利菲利克去买食物，那里的中心地带有最便宜、接近腐烂的食物。直到1968年的学生起义后，中心地带被军队占领，食品市场搬到了瓦哈卡中心的索卡洛广场。

那时胡安·迭戈十二岁，卢佩十一岁，他们刚开始熟悉瓦哈卡的索卡洛广场附近的地方。学生起义并没有持续多久，市场也会搬回到佩利菲利克的中心地带（在那座建在铁轨之上的可怜的人行桥上）。可孩子们已经把索卡洛广场留在了心里，那里成了他们在这个城市中最喜欢的地方。只要有时间，孩子们一出垃圾场，就会到索卡洛广场去。

为什么格雷罗的孩子们不能对市中心感兴趣呢？为什么垃圾场的孩子们不能想去看看城里的旅游区呢？垃圾场不会出现在旅游地图上，又有什么游客会到垃圾场去？只要闻一下垃圾堆的气味，或是看一眼那里永远在燃烧着的大火，又或是看一眼垃圾堆里的狗（也可能是瞥见它们看你的眼神）就会让你立刻跑回索卡洛广场。

在1968年学生起义期间，军队占领了中心市场，孩子们开始在索卡洛广场附近活动。卢佩当时只有十一岁，可她已经对瓦哈卡的各种圣女产生了浓厚的兴趣并为此感到困惑，这也不足为奇。由于哥哥是唯一能听懂她说话的人，卢佩无法和任何成年人进行有意义的交流。而这些圣女是宗教中的圣迹人物，许多人追随她们，不仅是十一岁的女孩。

起初有没有人想到卢佩可能会被这些圣女吸引呢？（卢佩会读心，现实中的伙伴没有一个有这种本领。）然而，垃圾场的孩子们会不会不那么相信奇迹？那些相互竞争的圣女们又会做什么来证明自己呢？她们作为圣迹人物，会不会在近期展现出什么圣迹？难道卢佩不会挑这些被大肆吹捧却表现不佳的圣女们的毛病吗？

瓦哈卡有一家圣女商店，孩子们刚开始到索卡洛广场来时便发现了它。这里是墨西哥，整个国家都被西班牙入侵者占领着。那不停地改变信仰的天主教会多年里不是一直在从事贩卖圣女的生意吗？瓦哈卡曾是米斯特克文明和萨巴特克文明的中心。西班牙侵略者不是几个世纪以来一直都在向土著人贩卖圣女？从奥斯定会和多明我会开始，再到第三个来的耶稣会，都在大力推广他们的圣母玛利亚。

现在要宣传的不只有圣母玛利亚，所以卢佩发现瓦哈卡的许多教堂中，但不包括城市的其他地方，有很多俗气的展览都在展出这些敌对的圣女们，而且她们还在独立地带的圣女商店中售卖。有很多圣女是真人大小，甚至更大。在整个商店各种廉价蹩脚的仿制品之间，有三种圣女比较有代表性：圣母玛利亚当然是其中之一，还有圣母瓜达卢佩，自然也有孤独圣母。卢佩看不起孤独圣母，认为她只是一个"当地英雄"，对她那"驴子的故事"也很蔑视。（驴子可能是无辜的。）

圣女商店也卖真人大小（甚至更大）的十字架上的耶稣。如果你力气够大，可以把一具"流血的耶稣"雕像搬回家。但圣女商店从1954年在瓦哈卡成立以来，主要是为圣诞节派对服务的。

其实，只有垃圾场的孩子们把独立地带的商店叫作圣女商店，其他人会称之为圣诞派对商店。这家有些吓人的商店真名叫作"圣诞派对少女"。"少女"指的就是你选择带回家的那个圣女。显然，买回一个真人大小的圣女要比买回一个十字架上的痛苦耶稣更能衬托圣诞派对的气氛。

虽然卢佩很在意瓦哈卡的圣女们，可她和胡安·迭戈一样把圣诞派对看作一场玩笑。有时他们把圣女商店说成"少女商店"，就是为了取笑的。那些被售卖的圣女还没有萨拉戈萨大街的妓女一半真实，很多买回家的圣女看起来像是充气娃娃，而流血的耶稣则显得奇形怪状。

这些在瓦哈卡众多教堂展出的圣女们（正如佩佩神父所说）也有社会等级。这些圣女及她们的社会等级给卢佩带来了深刻的影响。天主教会在瓦哈卡也有自己的商店，卢佩觉得这里的圣女就不再是可笑的了。

虽然有"驴子的故事"，而且卢佩不喜欢孤独圣母，但孤独圣母大教堂很大，地处莫雷洛斯和独立地带之间，豪华而扎眼。孩子们第一次去那里时，一群喧嚷的圣徒挡住了他们走向圣坛的路。那些人应该是乡下人（胡安·迭戈猜是庄稼汉或果农），他们不仅祈祷时大喊大叫，还夸张地跪下来，几乎爬着中心走道朝孤独圣母华美的雕像移动。那些祈祷的圣徒赶走了卢佩，也赶走了孤独圣母在她心中作为"当地英雄"的一面，她原本有时被称作"瓦哈卡的守护神"。

如果佩佩神父在的话，这个善良的耶稣会教士也许会帮助卢佩和胡安·迭戈克服他们对于社会等级的偏见：垃圾场的孩子们总想要找到不如自己的人。在格雷罗这个小殖民地里，人们认为自己比乡下人强。孤独圣母大教堂里那些大声吵嚷、穿得土里土气的教徒让胡安·迭戈和卢佩更加确信：垃圾场的孩子就是要好过那些跪着大哭的庄稼汉或者果农（谁知道那些蠢家伙究竟是做什么的）。

卢佩并不喜欢孤独圣母的衣着，她那肃穆的三角长袍是黑色的，镶着金边。"看起来就像个邪恶女王。"卢佩说。

"你是说她看起来很有钱吧。"胡安·迭戈问。

"孤独圣母不是我们的人。"卢佩又说。她的意思是她不是本地人，而是西班牙人、欧洲人（也就是白人）。

卢佩说，孤独圣母"精致的袍子里罩着一张小白脸"，这一点更让卢佩为圣母瓜达卢佩在孤独圣母大教堂里受到二等对待而感到愤愤不平。瓜达卢佩圣母的祭坛被放在中心走道的左侧，她唯一的标志是一张没有灯光照耀的棕色皮肤圣母画像（甚至没有雕塑）。瓜达卢佩圣母是土著，是本国人、印第安人，是卢佩所说的"我们的人"。

佩佩神父很惊讶胡安·迭戈竟然读了这么多书，而卢佩也听得这么仔细。阿方索神父和奥克塔维奥神父相信他们肃清了耶稣会图书馆中最无关紧要和具有煽动性的读物，但是拾荒读书少年却把这些危险的书从垃圾场的火堆中拯救了出来。

这些书记录了天主教的教化并没有得到墨西哥土著人的重视。耶稣会在西班牙入侵中却扮演着心灵指引的角色，卢佩和胡安·迭戈都知道很多罗马天主教堂中都有信仰耶稣会的入侵者。胡安·迭戈刚开始为了自学识字而阅读时，卢佩就在一边听着，也学会了很多，从一开始她就很专心。

在孤独圣母大教堂中，有一间铺满大理石的房间，里面有很多关于"驴子的故事"的画：农民们聚在一起祈祷，身后跟着一只孤独的、没人牵着的驴子。这头小驴的背上拖着一个长方形的箱子，看起来像是棺材。

"什么傻瓜才能不马上看看箱子里有什么呢？"卢佩总是问这个问题。可这些愚蠢的农民就是不看，他们肯定是因为整天戴着帽子大脑缺氧了。（在垃圾场孩子们的眼中，乡下人都很蠢。）

对于那个驴子后来怎样了，当时甚至直到现在，还存在着一些争议。某天它忽然停下脚步，倒了下来吗，还是摔死了？就在小驴倒在路上或是死去的地方，孤独圣母大教堂建立起来。因为到那时，那些蠢农民才打开了驴子背上的箱子。箱子里面是一座孤独圣母的雕像；让人不安的是，里面还有一座小一些的耶稣雕像，全身赤裸，只用毛巾遮住胯部，他躺在孤独圣母的大腿上。

"这个缩水的耶稣在那里干吗呢？"卢佩常常问。最让人不安的是两座雕像之间的大小差异：孤独圣母雕像很大，而耶稣只有她的一半。这又不是婴儿时期的耶稣，而是有胡子的，可他却非同寻常地小，而且全身上下只有一条毛巾。

在卢佩看来，驴子已经很"滥俗"了，巨大的孤独圣母雕像腿上放着一个小一些的半裸耶稣雕像"更加滥俗"，更不必提那些农民有多"蠢"了，他们一开始竟然不去看箱子里的东西。

所以，孩子们把瓦哈卡的守护神和大部分故弄玄虚的圣女看作一场骗局。卢佩把孤独圣母叫作"圣女偶像"。至于独立地带的圣女商店为什么离孤独圣母大教堂那么近，卢佩会说："它们臭味相投。"

卢佩听了许多大人的书（有的写得并不好），而她说的话除了胡安·迭戈以外，别人都无法听懂。可由于垃圾场里的书大大丰富了她的词汇量，她对语言的理解力已经远远超出了自己的年龄和阅历。

相比对于孤独圣母大教堂的不喜欢，卢佩却把阿尔卡拉的多明我大教堂称作"华美的殿堂"。她虽然抱怨过孤独圣母的镶金长袍，却很喜爱多明我大教堂的镀金天花板。她也并未诟病多明我大教堂的"西班牙巴洛克风格"，也就是"欧洲风格"。她还喜欢瓜达卢佩圣母的镶金圣坛，在多明我大教堂里，瓜达卢佩圣母并没有被圣母玛利亚掩去光芒。

自称为"瓜达卢佩女孩"的卢佩，很在意瓜达卢佩的光芒被"怪物玛利亚"掩去。她如此担心不仅是因为玛利亚是天主教堂的"马厩"中最主要的人物，还因为她觉得圣母玛利亚也是个"自视甚高的家伙"。

卢佩对马贡和特鲁加诺角落里的耶稣会圣殿也很不满，圣殿把圣母玛利亚作为主要标志。你一走进去，注意力就会被喷泉中的圣水吸引，那是圣·依纳爵·罗耀拉[1]之水，还有一张著名的圣·依纳爵的画

1　圣·依纳爵·罗耀拉（San Igmacio de Loyolam，1491—1556），天主教耶稣会创始人。西班牙人。——编者注（本书中注释，如无特殊说明，均为编者注。）

像。（罗耀拉和其他画像中一样，正望向天堂寻求指引。）

经过圣水喷泉后，在一个引人注目的角落里，便是瓜达卢佩朴实却夺目的圣坛，最显眼的是这位棕色皮肤的圣母著名的箴言，从长凳和跪垫上都很容易看到那放大的字体。

"我不在这里吗？我是你的母亲。"卢佩会在那里祈祷，并不停地重复这句话。

你可以认为卢佩拥有的是一种反常的忠诚，对一位母亲及圣女，以此作为她现实中的妓女母亲（也是耶稣会清洁工）的替代。因为那个女人对她的孩子们并没有尽到太多母亲的责任，常常缺席，也不和卢佩以及胡安·迭戈住在一起。埃斯佩兰萨还让卢佩缺少了父亲，不过垃圾场老板充当了这个角色，而且在卢佩看来她有许多个父亲。

不过卢佩虽然非常忠实地崇拜着圣母瓜达卢佩，却也强烈地质疑她。她的质疑是因为从一个孩子的角度，她认为瓜达卢佩是服从圣母玛利亚的，她默许了圣母玛利亚对她的控制。

胡安·迭戈想不起他曾在垃圾场里给卢佩读过这方面的书；他只知道，卢佩对这位棕色皮肤圣母的信任和怀疑都完全来自她自己。并不是垃圾场中的某本书指引着这个读心者走上了这条矛盾的路。

尽管耶稣会圣殿品位高雅，又对瓜达卢佩表达了恰到好处的敬仰，可不得不说，他们还是对这个棕色皮肤的圣母有所不敬。圣母玛利亚无疑占据着中心位置，显得非常突出。她的圣母画像很大，圣坛也更高，而圣母雕像更是非常高大。一个相对小一些的耶稣雕像，已经被绑在十字架上那种，流着血躺在圣母玛利亚的大脚上。

"这个缩水的耶稣又是怎么回事？"卢佩总是问。

"至少这个耶稣穿了衣服。"胡安·迭戈回答。

圣母玛利亚的大脚坚实地踩在一个三层的基座上，周围有很多冻在云里的天使的脸（让人困惑的是，基座上也到处都是云朵和天使的脸。）

"这又是什么意思？"卢佩总是问，"圣母玛利亚竟然踩踏天使——真是难以置信！"

相比圣母玛利亚的巨大雕像，两边的明显要小一些。这两座雕像有些陈旧，人物也没有那么出名：他们是圣母玛利亚的父母。

"她还有父母？"卢佩总是问，"谁知道她的父母长什么样呢？又有谁会在意呢？"

无疑，耶稣圣殿中那座巨大的圣母玛利亚雕像便是"怪物玛利亚"。孩子们的妈妈也曾抱怨，这座巨大的雕像清洗起来非常困难。梯子太高了，也没有安全或"合适"的地方可以靠着，除非直接靠在圣母雕像上。但埃斯佩兰萨会不停地对圣母玛利亚祈祷，这个晚上在萨拉戈萨大街工作的耶稣会最好的清洁工，是圣母玛利亚的忠实拥护者。

大捧的花束环绕着圣母玛利亚的祭坛——共有七束！但这些花束在巨大的玛利亚雕像面前也显得十分渺小。对于任何人和事物来说，她都是一种威胁。即使是崇拜她的埃斯佩兰萨，也认为这尊雕像"实在太大了"。

"也很自以为是。"卢佩常常会说。

"我不在这里吗？我是你的母亲。"胡安·迭戈发现自己正坐在大雪环绕的汽车后座上重复着这句话，他们现在已经接近肯尼迪机场国泰航空的航站楼。这位前拾荒读书人大声念叨着瓜达卢佩圣母的谦逊箴言，用西班牙语也用英语。瓜达卢佩圣母要比连巨大的雕像都带着锐利目光的圣母玛利亚谦逊得多。"我不在这里吗？我是你的母亲。"胡安·迭戈反复自语道。

爱争辩的司机听到他在用双语嘟哝些什么，于是从后视镜里看向他。

遗憾的是卢佩没有和哥哥在一起，否则她可以读司机的心，然后告诉胡安·迭戈这个讨厌的家伙在想些什么。

这个墨西哥劳工混得不错啊，司机想道，这便是他对这位墨西哥裔美国乘客的印象。

"我们就要到了，哥们儿。"司机说，他称呼"先生"的时候语气很不友好。但是胡安·迭戈正在回忆卢佩，以及他们一起在瓦哈卡度过的时光。他处于走神中，并未留意司机那不友善的口气。没有会读心的妹妹在身边，胡安·迭戈根本不知道这个顽固的家伙在想些什么。

作为一个墨西哥裔美国人，胡安·迭戈不是没有遇到过类似的事情。可他沉浸在自己的彷徨游荡的内心世界里，他的心总是飞去别的地方。

母　女

　　这个跛足男人并没有想到他会在肯尼迪机场滞留27小时。国泰航空的工作人员把他带到了英国航空联盟的一等舱休息室。所以他的状况要比那些经济舱旅客要好得多——供餐处没有食物了，公共厕所也不能正常使用。而原定在12月27日上午9点15分起飞的前往中国香港的航班，直到第二天中午都没有起飞。胡安·迭戈把贝他阻断剂和如厕用品都放在了托运的行李中。飞往香港的航班需要16小时，所以他在长达43小时的时间内，也就是将近两天无法服药。（垃圾场的孩子通常不会感到恐慌。）

　　他想要给罗丝玛丽打个电话，问她如果在不可预知的很长时间内无法服药，会不会有危险，但他没有打。他想起了施泰因医生曾说过：无论出于什么原因，只要他需要停止服用贝他阻断剂，都要逐渐减量。（不知为什么，"逐渐减量"的说法让他觉得暂停或者重新开始服用贝他阻断剂并不会有什么风险。）

　　胡安·迭戈知道，在肯尼迪机场的英国航空等候室中等待会让他睡眠不足，他希望自己能在终于开始前往香港的16小时航行中补回来。他没有打给施泰因医生，是因为他希望能暂时停一段时间药。如果幸运的话，他会找回某个旧时的梦；他希望所有珍贵的童年回忆都会按照顺序回到他脑海中。（作为小说家，他对时间顺序有些过于在意，这显然过时了。）

英国航空尽其所能想让这个跛足男人过得舒服些，其他一等舱旅客也都注意到他走路一瘸一拐，脚部有些畸形，残脚上的鞋子也是专门定制的。大家都很善解人意，尽管等候室中的座位并不足以容纳所有滞留的一等舱旅客，却没有人抱怨胡安·迭戈把两张椅子拼在了一起。他为自己搭了一张沙发，这样才能把那只残脚抬起来。

确实，跛足让胡安·迭戈显得比实际年龄老一些，他看起来至少六十四岁，而不是五十四岁。还有其他原因：各种听天由命的自我暗示让他显得很恍惚，而生活中最让他兴奋的部分便是他遥远的童年和少年时光。毕竟，他已经失去了所有自己爱的人，这让他显得更加衰老。

他的头发依然乌黑，只有靠近并非常仔细地看，才能发现一些零碎的白发。他完全没有脱发，但头发很长，这让他看起来既像一个叛逆少年，又像一个老年嬉皮士，也就是说，他是故意不赶时髦的。他那深棕色的眼睛几乎和发色一样黑。他依然很英俊，也很苗条，却又很显"老"。女性，尤其是年轻女性，会为他提供一些根本不需要的帮助。

命运在他身上留下了痕迹。他移动得很慢，总是沉浸在思索或想象中，仿佛他的未来已经被决定好，他自己也无法抗拒。

胡安·迭戈知道，自己不是那种会被许多读者认出来的著名作家，没读过他作品的人更不会认识他。只有他的忠实粉丝可能会认出他。那些人多半是女性，年长一些的女性，但很多女大学生也是他的热心读者。

胡安·迭戈并不觉得这是因为他小说的主题吸引了女性读者。他总是说相比男性，女性对于阅读小说更有热情。他并没有用任何理论来解释这一观点，只是观察出情况确实如此。

胡安·迭戈并不是个理论家，也不擅长推测。在一次接受采访时，记者让他对某个陈年的话题进行推测，他的回答甚至有些出名。

"我从不推测，"胡安·迭戈回答，"我只会观察和描述。"自然，那个执着的年轻记者坚持他自己的问题。记者们都很喜欢推测，他们总是会问小说家，小说会不会消亡，或者即将消亡。可你要记得：胡安·迭戈最早读过的那些小说是从垃圾场的火堆里捡回来的，他为了拯救那些书还烧伤了自己的手。你不应该问一个拾荒读书人，小说会不会消亡或者即将消亡。

"你认识什么女人吗？"胡安·迭戈问那个年轻人。"我是指读书的女人。"他的声音提高了起来，"你应该和她们聊一聊，问问她们都读些什么！"（说到这里，胡安·迭戈已经开始叫喊。）"什么时候女人们都不再读小说，小说就消亡了！"拾荒读书人嚷道。

然而作家的读者总是要比他们想象中的多。胡安·迭戈也比自己想象得更加出名。

这一次，认出他的是一对母女。这种事情只会发生在他最忠实的读者身上。"你到哪里我都会认出来。哪怕你想对我隐瞒身份，也是不可能的。"两人中的母亲更有气场，她对胡安·迭戈这样说道。她说得好像胡安·迭戈曾试图隐瞒自己的身份似的。胡安·迭戈以前在哪里见到过这样锐利的目光呢？毫无疑问，是那个高大扎眼的圣母玛利亚雕像，她就有着这样的目光。那个神圣的女子用这样的目光俯视着你，可胡安·迭戈并不知道圣母玛利亚的表情意味着同情还是责怪。（他也不能确定这个作为他的读者的长相优雅的母亲的神情意味着什么。）

至于那个女儿，她也是胡安·迭戈的粉丝，不过胡安·迭戈觉得她没有那么琢磨不透。"我会在黑暗中认出你的，只要你对我说话，哪怕不到一句，我也会知道你是谁。"女儿很诚恳地对他说。"你的声音……"她有些颤抖，仿佛激动得无法继续下去。她很年轻，也很理想主义，她的美丽是一种农家女孩的美。她的腕关节和踝关节都很粗大，臀部结实，胸脯微露。她的肤色比母亲的深，脸部轮廓更加粗犷，没有那么精致，尤其是她说起话来的时候，语气更直率粗鲁一些。

"她更像是我们的人。"胡安·迭戈认为他妹妹会这样说。（卢佩会觉得她长得更像墨西哥本地人。）

让胡安·迭戈感到不安的是，他竟在想象瓦哈卡的圣女商店会对这对母女做出怎样的仿制品。那个制造圣诞派对装饰的地方可能会把女儿潦草的衣着设计得更加夸张，可是究竟是她的衣服显得人懒散，还是她没有好好穿呢？

胡安·迭戈觉得圣女商店会把女儿的人像设计得很淫荡，一副招引人的面孔，仿佛她丰满的臀部就要呼之欲出似的。（还是说这是胡安·迭戈对这位女儿的幻想？）

偶尔被垃圾场的孩子们称作"少女商店"的圣女商店，恐怕很难仿制出这位母亲的人像。母亲的气质老成而持重，她的美是一种古典的美，浑身散发着高贵和优越感，那优越感似乎是天生的。如果这位暂时滞留在肯尼迪机场头等舱休息室里的母亲说自己是圣母玛利亚的话，不仅不会有人把她带去经理那里，还会有人在旅店里替她准备房间。独立地带那家粗俗的圣女商店没有能力复制她，这位母亲无法被做成雕像，即使那个女孩可以被做成和她很像的充气娃娃。她不是"我们的人"，而更像是"某一种人"。胡安·迭戈觉得圣女商店里没有她的位置。她不会被出售，你也不会想要把她带回家，至少不会用她来愉悦客人或逗弄孩子。不，胡安·迭戈想，你会想要把她完全留给你自己。

不知为何，胡安·迭戈未对这对母女说出任何她们带给他的感觉，可这两个女人似乎知道关于胡安·迭戈的一切。这对母女开始以明显不同的方式通力合作，她们成了一个团队。和他见面没多久，她们便很快担心起胡安·迭戈当前非常无助的处境来。胡安·迭戈此时已经很累，他觉得这是贝他阻断剂的影响。他并未作出什么反抗，而是任由这两个女人打理他的一切。不过，此时他们已经在英国航空的头等舱休息室里等了24小时。

胡安·迭戈好心的同事们，以及所有好友为他在中国香港安排了两天的停留时间。可现在，他在香港只能待上一晚，便要乘早班飞机前往马尼拉。

"你在香港住哪儿？"其中的母亲问他，她的名字叫米里亚姆。她并没有兜圈子，而是用她那锐利的目光看着胡安·迭戈，直接问道。

"你住在哪儿？"女儿也问，她叫桃乐茜。胡安·迭戈注意到，她身上没有太多母亲的影子。桃乐茜和母亲一样强势，却没有母亲美丽。

为什么胡安·迭戈会被那些强势的人牵着走，让他们想要替他打理一切呢？克拉克·弗伦奇，那位前学生介入了胡安·迭戈的菲律宾行程，如今两个女人——两个陌生女人——又在帮他安排香港的事宜。

在这对母女眼中，胡安·迭戈显然是个旅行新手，因为他需要看日程表才知道自己在香港要住的酒店的名字。当他还在上衣口袋里笨拙地翻找眼镜时，这位母亲把他手里的便条夺了过来。"天哪——你不会想要住在香港海景嘉福酒店的，"米里亚姆对他说，"从那儿到机场开车要一小时。"

"那家酒店其实在九龙。"桃乐茜说。

"机场旁边有很多酒店。"米里亚姆补充道，"你应该住在那边。"

"我们就经常住在那边。"桃乐茜叹了口气。

胡安·迭戈说他会取消那家的预订，再订另一家。他也只能这样做。

"那就好。"女儿说道，她的手指正在笔记本电脑的键盘上飞速敲击。胡安·迭戈总是惊讶于年轻人使用笔记本电脑的方式，他们几乎从来不插电。难道他们的电池不会用光吗？他想道。（而且他们不是对着笔记本电脑，就是在手机上疯狂打字，他们的手机好像也从不需要充电！）

"我觉得路太远了，就没有带电脑。"胡安·迭戈对这位母亲说，她正用一种同情的目光看着他。"我把电脑放在家里了。"他有些笨拙地告诉那个努力敲字的女儿，可她的视线并没有离开那不停变化着的电脑屏幕。

"我会帮你取消你的海景房——香港海景嘉福酒店，两晚，好了。其实我不大喜欢那个地方。"桃乐茜说，"我会在香港国际机场附近的富豪机场酒店给你订一间王牌套房。这家酒店不像名字听起来那么无聊——不过也都是圣诞节那些布置啦。"

"记得是一晚。"母亲叮嘱女孩。

"知道了，"桃乐茜说，"不过富豪酒店有一点：那里开灯关灯的方式很奇怪。"她对胡安·迭戈说。

"我们可以教他，桃乐茜。"母亲说，"我读过你写的所有东西——每一个字。"她说着，把手放在了胡安·迭戈的手腕上。

"我也几乎读过全部。"桃乐茜说。

"有两篇你就没读过，桃乐茜。"她的母亲反驳道。

"两篇——好吧。"桃乐茜说。"那也几乎算是全读过啦，对不对？"女孩问胡安·迭戈。

"当然。"他只好这样回答。他不知道这个年轻姑娘或者她的母亲是否在和他调情，也许两个人都没有。这方面的无知让他显得更加衰老，不过确实，他已经很久没有恋爱了，距离上次与人约会也过去许久，而且他从前便很少约会。这对母女旅客既然见过一些世面，自然也会猜到这一点。

在女人眼中，他是不是那种受过情伤的男人？是不是那种失去了一生所爱的人？他身上有什么地方，会让女人觉得他一直忘不了某个故人吗？

"我很喜欢你小说中的性描写。"桃乐茜说，"你写得真的很好。"

"我更喜欢，"米里亚姆看了女儿一眼，仿佛知道女儿全部的想法。"我知道什么是真正糟糕的性爱。"她接着对女儿说。

"妈妈——你不要往下说了。"桃乐茜制止了她。

胡安·迭戈注意到，米里亚姆没有戴婚戒。她身材高挑，身量苗条，面部紧绷而有些不耐烦，穿一身珠灰色套装，里面是一件银色T恤。她那米色的头发并不是原本的样子，也许她在脸上也动了一些小手脚，在刚刚离婚时，也可能是在守寡很久之后。（胡安·迭戈并不清楚这些。除去他的女读者和小说中的女性角色，他对于米里亚姆这类女性毫无了解。）

女儿桃乐茜说，她第一次读胡安·迭戈的书时，便觉得"是她的菜"。当时她还在读大学，她现在看起来也是大学生的年纪，或者稍微年长一点。

这两个女人并不去马尼拉，"我们还不会去那里。"她们对他说，但是胡安·迭戈忘记了她们离开香港后还要去哪儿，虽然她们可能说过。米里亚姆没有告诉他自己的全名，但是她的口音听起来很欧化，胡安·迭戈对她带有外国语调的部分印象深刻。当然他并不是口音专家，也许米里亚姆是美国本地人。

至于桃乐茜，她虽然没有母亲美丽，却有一种不温不火、不引人注目的美感。她是那种有点胖的姑娘，但因为还年轻，所以可以让人接受。（桃乐茜不会带给人"性感"的印象。胡安·迭戈发现并意识到在允许这两个高效的女人帮助自己的同时，他正在写作关于她们的一切，虽然只是写给自己看。）

无论这对母女究竟是谁，想要去哪里，她们终究要乘坐国泰航空的头等舱。当前往香港的841航班终于起飞后，米里亚姆和桃乐茜并没有把胡安·迭戈丢给娃娃脸的乘务员，让她去指导他国泰航空的单片睡衣怎么穿，像虫茧一样的睡袋如何安装。米里亚姆亲自教他穿上了幼稚的睡衣，而桃乐茜——这对母女中的技术担当——帮助胡安·迭戈调试了那张他坐飞机时遇到过的最舒适的床。她们甚至帮他盖好了被子。

"我觉得她们两个都在和我调情。"胡安·迭戈快要睡着时，有些好笑地想道，"至少那个女儿肯定是。"当然，桃乐茜让胡安·迭戈想起了这些年里教过的学生。他知道，她们中的很多都对他调过情。这其中有一些年轻的女性，不乏孤僻、假小子气的女作家。让年老的作家感到困扰的是，她们只懂得两种社交方式：一种是调情，另一种是难以扭转的轻蔑。

胡安·迭戈已经快睡着了，他忽然想起自己因为意外停服了贝他阻断剂。他已经进入了梦境，但一个有些不安的念头闯入了他的脑海，短暂停留后又散去。这个念头是：我并不知道停止和重新开始服用贝他阻断剂会带来什么影响。可是梦境（或者说回忆）占了上风，他便不再理会了。

坏掉的侧视镜

有一只壁虎，它嫌黎明里的第一缕晨光太晒，于是就趴在棚屋的纱门上。一眨眼，没等男孩触到纱门，它便跑走了。虽然壁虎的消失比开灯和关灯的速度还快，它却常常成为胡安·迭戈梦境的开头，在格雷罗的许多个清晨都是从消失的壁虎开始的。

这间棚屋是里维拉给自己建的，但是他为了孩子们翻修了内部。虽然他可能不是胡安·迭戈的父亲，也一定不是卢佩的父亲，但他曾和他们的母亲有过恋爱关系。到了十四岁时，胡安·迭戈知道他们已经不再有这种关系了。埃斯佩兰萨的名字虽然是"希望"的意思，但她从未给自己的孩子带来过希望，也从未鼓励过里维拉——至少在胡安·迭戈眼中是这样。一个十四岁的男孩并不一定会注意到这样的事情，而卢佩到了十三岁，也不知道她的母亲和这位垃圾场老板之间究竟发生过什么，又没发生过什么。

里维拉是唯一一个称得上正在"靠谱地"照顾两个孩子的人，他的负责程度不亚于任何一个家长。里维拉不仅为他们提供住所，还在很多方面照料着他们。

当他晚上回家，或者去别的地方的时候，都会把他的卡车和狗留给胡安·迭戈。如果有需要，卡车便是他们的另一个房间——卡车的车门不像棚屋的纱门，它可以上锁。而且除了胡安·迭戈和卢佩，没有人敢接近里维拉的狗。即使是垃圾场老板自己，也对他有几分惧怕：那是一只看起来营养不良的、家犬与猎犬杂交的狗。

据酋长说，这只狗一半是斗牛犬，一半是侦查犬——因为他很爱打架，也会根据味道追踪物品。

"破坏神在生物上就是一只好斗的狗。"里维拉说。

"你是想说'在基因上'吧。"胡安·迭戈纠正他。

很难想象，一个垃圾场里长大的孩子竟能掌握如此复杂的词汇。除了瓦哈卡耶稣会里的佩佩教父对这个从未上过学的男孩一直特别关注，他没有接受过任何教育，可他却不仅自学了识字，还能进行非常出色的演说。他甚至会讲英语，而他唯一接触这门语言的途径是美国游客。当时，美国人蜂拥来到瓦哈卡，有些是对艺术和手工艺品感兴趣，还有些是瘾君子。这种情况随着越南战争的持续越发严重。直到1968年，尼克松当选并承诺他会结束这样的状态。他们是迷失了灵魂的人（"这些年轻人在寻找自我"，佩佩神父这样说道），这里面很大程度上也包括那些逃兵。

胡安·迭戈和卢佩并没有什么机会接触那些锅盖头。蘑菇头嬉皮士们正在忙于用各种迷幻的方式丰富自己的思想，他们不会浪费时间和小孩聊天。而梅斯卡尔嬉皮士们——在他们清醒的时候——很喜欢和垃圾场的孩子们讲话，这些人中有些也会读书，虽然酒精影响了他们对自己阅读内容的记忆。不少逃兵都会读书，还把自己的平装小说送给胡安·迭戈。当然那些多半是美国小说，它们激发了胡安·迭戈对于生活在美国的想象。

就在清晨的壁虎消失后的数秒，棚屋的纱门在胡安·迭戈身后被关上了，一只乌鸦从里维拉的卡车引擎盖上飞走，格雷罗所有的狗都开始叫嚷。男孩看着天空中的乌鸦，这引发了他对于飞行的想象并让他为此着迷，而破坏神则从里维拉那小货车的拖板上抬起头，一声凶恶的狂吠让其他所有的狗都安静了下来。破坏神的叫声来自他从里维拉那只可怕的狗身上遗传的猎犬基因，而他那好战的斗牛犬基因导致他失去了充血的眼睑，左眼永远都合不上。原本眼睑所在的地方有一个粉色的疤，让他显得非常恐怖。（这伤口可能来自和狗打架，也可能是被某个带刀的人伤到。垃圾场老板并未目睹那场不知是人还是狗之间的斗争。）

至于其中一只耳朵上那不规则的三角形缺口，应该也不是手术刀的杰作，这一点谁都能看出来。

"卢佩，是你干的吧。"有一次里维拉对女孩笑着说，"破坏神会允许你对他做任何事，哪怕吃了他的耳朵。"

卢佩用她双手的拇指和食指比了一个三角形。至于她说了什么，里维拉是听不懂的，需要胡安·迭戈的翻译。"无论动物还是人，都没法用牙咬成这样。"女孩确凿地说。

孩子们从不知道里维拉每天早上什么时候（从哪里）去垃圾场，也不知道他是怎么下山到格雷罗来的。他们总是看见他在卡车驾驶室里打瞌睡，不过纱门关闭的响声和狗吠声总会把他吵醒。有时破坏神也会唤醒他，而一瞬之前或是更早一些出现的壁虎却几乎无人注意。

"早上好，酋长！"胡安·迭戈通常这样打招呼。

"真是个好日子呢，一切都会顺利的，伙计。"里维拉一般这么回答。他还会接着说："天才小公主在哪儿呢？"

"我还在老地方。"卢佩回答道，纱门在她身后关上。这第二声门响在垃圾场的火堆边都能听见。更多的乌鸦飞了起来，接下来是一阵混乱的狗吠，垃圾场和格雷罗的狗都叫了起来。随后是破坏神具有威慑力的叫声，那声音让其他的狗都安静下来，而他正用湿漉漉的鼻子蹭着男孩破短裤下面露出的膝盖。

垃圾场的大火永远在燃烧着，到处都是堆积如山和横七竖八的垃圾。里维拉天刚亮的时候就开始点火，然后再到卡车驾驶舱里打瞌睡。

瓦哈卡的垃圾场是一片燃烧的废土，无论是站在其中还是远在格雷罗，都能看见缕缕黑烟升上天空，直到目之所及的最高处。胡安·迭戈一出纱门便开始流眼泪，破坏神那缺少眼睑的眼睛也常有泪水流出，即使是在睡觉的时候，他的左眼依然睁着，但什么都看不见。

那天早上，里维拉在垃圾场里又发现了一只玩具手枪，他把它放在了小货车的拖板上，破坏神随口舔了几下后，便丢下它走开了。

"这只是给你的！"里维拉对卢佩说。卢佩正在吃涂着果酱的玉米饼，她的下巴上粘了果酱，一侧脸颊上也有，于是她就让破坏神舔她的脸，还让他把剩下的玉米饼吃掉。

路边有两只秃鹰伏在一只死去的狗身上，还有另外两只在上空，正要盘旋着下降。在垃圾场，每天早上都至少会有一只狗死去，它们的尸体不会保存太久。就算不被秃鹰发现，或者那些吃腐肉的家伙没有立刻行动，也会有人把这些尸体烧掉。反正到处都在点火。

如果是格雷罗的狗死去，处理的方式就有所不同。这些狗一般都属于某个人，你不能把别人的狗烧掉。另外，在格雷罗点火是有规定的。（人们担心这片小小的居住区被烧毁。）所以在格雷罗，死去的狗会躺在原地，不过通常不会躺太久。如果它有主人，主人便会把它带走，否则吃腐肉的秃鹰们最终也会动手。

"我不认识这只狗，你认识吗？"卢佩问破坏神，她正在查看酋长捡到的手枪。卢佩指的是路边那只正被两只秃鹰吞食的死去的狗，但是破坏神并没有吐露他是否认识。

垃圾场的孩子们知道这天是回收铜的日子。酋长小货车的拖板上放着许多铜。机场附近有一家加工铜的工厂，同样的地方还有另一家工厂，主要加工铝。

"至少今天不收玻璃——我不喜欢收玻璃。"卢佩不知是在对破坏神说话，还是自言自语。

只要破坏神在附近，你就不会听到破烂白的任何叫声，那个胆小鬼恐怕连轻声低吠都不敢，胡安·迭戈想。"他不是胆小鬼！他是只小狗！"卢佩对哥哥喊道。随后她便一遍遍（自顾自地）打量着里维拉从垃圾场捡来的水枪的商标，那上面好像写着"轻度喷射装置"。

垃圾场老板和胡安·迭戈看着卢佩跑进了棚屋，她一定把这个新得到的水枪加入了自己的收藏中。

酋长正在检查孩子们棚屋外面的燃气罐，他需要时常确保罐子没有漏，但这个早上他是在检查里面的燃气还有多少，是否快用光了。于是他把罐子拿起来，想要感受一下它的重量。

胡安·迭戈常常好奇，垃圾场老板是凭借什么依据断定他可能不是自己的父亲。他们长得确实一点都不像，和卢佩一样，胡安·迭戈长得非常像母亲，所以他怀疑自己不会和任何父亲相像。

"希望你在善良这方面会像里维拉。"佩佩神父在某一次为胡安·迭戈送书时说道。（胡安·迭戈曾试探过佩佩神父，想看看他是否知道或听说过自己的父亲最可能是谁。）

每当胡安·迭戈问酋长，他为什么总是一副"可能不是"的说辞，酋长总是笑笑，然后说他"可能不够聪明"，所以当不了拾荒读书人的父亲。

胡安·迭戈正看着里维拉提起那只燃气罐（装满的罐子非常重），他忽然说："酋长，等我长大了，我也能提得动燃气罐——即使是满的。"（这也许是拾荒读书人最直白的一次了，他其实是在告诉垃圾场老板：我希望你是我的父亲。）

"我们该走了。"里维拉只回答了这一句，然后就钻进了卡车的驾驶室。

"你还没把侧视镜修好呢。"胡安·迭戈提醒他。

卢佩跑向卡车时，嘴里正嘟哝着什么，棚屋的纱门在她身后摔上了。纱门关闭的巨大声音并没有影响到那些伏在路边狗尸体上的秃鹰，现在已经有四只秃鹰在行动了，它们谁都没有被惊扰。

里维拉尽量不去编造那些关于水枪的粗俗笑话逗弄卢佩。有一次，里维拉说："你们这些小孩怎么这么喜欢喷水枪，人家还以为你们在练习人工授精呢。"

这个词通常在医药领域中使用，但孩子们是从一本大火里救出来的科幻小说中第一次听说的。卢佩感到很恶心。当听到酋长说起人工授精时，她爆发了青春期早期的愤怒。当时她十一岁或十二岁。

"卢佩说她懂得人工授精是什么——她觉得很恶心。"胡安·迭戈替妹妹翻译道。

"她才不懂。"垃圾场老板坚持说，但他有些不安地看着暴怒的女孩。谁知道拾荒读书人给她读过什么？他想道。很小的时候，卢佩就对不雅或淫秽的东西非常留意并强烈反对。

卢佩表达了更多（有些莫名其妙的）道德上的愤怒。胡安·迭戈便总结道："她懂的。你想让她给你描述一下吗？"

"不了，不了！"里维拉叫道，"我在开玩笑呢！喷水枪就是喷水枪，我们别说这个了。"

但是卢佩并没有停下来。"她说你总是想着和性有关的事。"胡安·迭戈替她翻译。

"我才没有！"里维拉辩解道，"和你俩在一起的时候，我会尽量不去想。"

卢佩又接着说了很多，她还踮起脚来——她的靴子太大了，是从垃圾场里捡回来的。于是这踮脚变成了某种即兴的舞蹈——她在责备里维拉时还转动着脚尖。

"她说你既然会找妓女，就不要说她们不好。"胡安·迭戈解释道。

"好吧，好吧！"里维拉叫嚷着，举起他那肌肉发达的手臂，"水枪也好，喷气枪也好，都只是玩具——不管你说什么，又没有人用了它们就会怀孕。"

卢佩停下了"舞步"，可她依然对里维拉噘着嘴。

"她在干吗？这是手语吗？"里维拉问胡安·迭戈。

"卢佩说，除了妓女，你根本找不到女朋友——就算把那蠢胡子剪掉也一样。"男孩告诉他。

"卢佩说，又是卢佩说……"里维拉念叨着，可女孩那深色的眼睛依然瞪着他，同时在她那光滑的下巴上摸索着不存在的胡子。

又有一次，卢佩对胡安·迭戈说："里维拉太丑了，不配当你爸爸。"

"可酋长心很好。"男孩回答。

"他确实有很多好的想法，除了对女人。"卢佩说。

"里维拉爱我们。"胡安·迭戈接着说。

"是的，酋长爱我们——我们两个。"卢佩承认道，"虽然我不是他的孩子，你可能也不是。"

"我们两个的名字都是里维拉取的。"男孩又提醒她。

"我觉得不过是借我们的吧。"卢佩说。

"名字怎么是借的呢？"男孩问道。他的妹妹学着母亲的样子耸了耸肩——这动作有些难以捉摸。（那耸肩有一部分永远是不变的，另一部分却每次都不同。）

"也许我就成了卢佩·里维拉，还得一直叫这个。"女孩有些畏缩地说，"但你不一样。你不会一直是胡安·迭戈·里维拉，这不是你。"卢佩说到这里便停下了。

在那个胡安·迭戈的命运即将改变的清晨，里维拉并没有开什么关于喷水枪的玩笑。他心烦意乱地坐在卡车方向盘前，即将开始运货，首先是一车铜，很重的一车。

远处的飞机慢了下来，应该是要着陆了，胡安·迭戈自忖道。他依然在望向天空，寻找飞行的东西。瓦哈卡城外有一座机场（当时应该只有一条着陆跑道），男孩喜欢看着飞机从垃圾场上空飞过。他从未坐过飞机。

当然，在梦中，他完全知道飞机上坐着的人是谁，就在那架飞机出现在天空中的时候，胡安·迭戈的未来也同时出现了。可事实上，那天早晨，一些很普通的东西把胡安·迭戈的注意力从远处正在下降的飞机上吸引了过来。他看到了一片像是羽毛的东西，可能是乌鸦或秃鹰的。另一片不一样的羽毛（也没那么不一样）被压在卡车的左后轮下方。

卢佩已经坐进了卡车，就在里维拉旁边。

破坏神虽然很精瘦，但是被喂得很好，不止这一点，他在很多方面都比那些垃圾场里的狗优越。他长得很冷漠，有男子气概。（在格雷罗，人们会叫他"大公狗"。）

破坏神的前爪扒在里维拉的工具箱上，这样他的头和脖子就可以伸到卡车的副驾驶位置；如果他把前爪扒在备用轮胎上，头就会挡住里维拉看向那面碎掉的侧视镜的视线，碎成网状的玻璃让他拥有了许多个视角，于是镜子里的破坏神有四只眼睛、两张嘴、两条舌头。

"你哥哥呢？"里维拉问女孩。

"又不是只有我疯了。"卢佩说，但垃圾场老板完全没有听懂她的话。

每次酋长在卡车里打瞌睡时，都会把驾驶室地板上的变速杆放在倒车挡。因为如果放在一挡，旋钮会在他睡觉时戳到他的腿。

此时破坏神"正常"的脸出现在副驾驶座位旁的侧视镜中，是没坏的那个，于是里维拉只能看向驾驶座旁那碎成蛛网状的侧视镜，他没有看见胡安·迭戈正想要把那片有些非同寻常的红棕色羽毛从卡车左后轮下取出来。卡车猛地向后一倒，轧在了男孩的右脚上。

胡安·迭戈发现那只是一根鸡毛。在同一瞬间，他变成了一个终生的跛子，只为了一片在格雷罗多如尘埃的羽毛。瓦哈卡城郊的很多家庭里都养鸡。

左后轮胎的轻微凸起让仪表盘上的瓜达卢佩娃娃扭起了屁股。"你可小心不要怀孕啊。"卢佩对娃娃说，但是里维拉不懂她在说什么，却听到了胡安·迭戈的尖叫。"你已经没法召唤奇迹了，你被卖掉了。"卢佩还在和她的娃娃说话。里维拉熄了火，爬出卡车，跑向受伤的男孩。破坏神叫得很凶，就像是变成了另一条狗。格雷罗所有的狗都开始狂吠。"看看你干了什么好事。"卢佩训斥了仪表盘上的娃娃一句，然后立刻爬出车厢，跑向她的哥哥。

男孩的右脚被碾坏了，压扁的脚面流着血，那残废的脚不再连接着脚踝，而是扭向两点钟的方向。而且他的脚不知为何看起来比平时小一些。里维拉把胡安·迭戈抬进了卡车，男孩本应继续尖叫，可疼痛让他只能屏住呼吸，不时深吸一口气后，再屏住呼吸。他的靴子滑了下来。

"试试保持正常呼吸，要不然你该晕倒了。"里维拉对他说。

"这回你该修一修那个蠢镜子了。"卢佩对垃圾场老板大叫。

"她说什么？"里维拉问男孩，"但愿不是在说我的侧视镜。"

"我在努力正常呼吸。"胡安·迭戈回答他。

卢佩先跳进了卡车，这样她哥哥就可以把头枕在她的腿上，然后把伤脚伸出副驾驶一边的车窗。"带他去找瓦格斯医生！"女孩对里维拉嚷道，这一次他听懂了。

"我们先祈祷奇迹发生，然后再去找瓦格斯。"里维拉说。

"不要指望奇迹。"卢佩回答，她打了仪表盘上的瓜达卢佩娃娃一下，娃娃又开始扭起了屁股。

"别去找那些教士，"胡安·迭戈说，"他们中我唯一喜欢的只有佩佩神父。"

"也许我需要向你母亲解释。"里维拉对孩子们说。他开车很慢，并不想误杀格雷罗的任何一只狗，但当卡车一驶上高速路，便立刻加速起来。

车厢中的颠簸让胡安·迭戈开始呻吟，他那只被轧坏的脚血已经流到了窗外，副驾驶座位蹭上了许多道血印。在那面没坏的侧视镜中，破坏神染上血点的脸出现了。疾风中，有些血滴溅在了车厢后面，破坏神正在舔。

"嗜血狂！"里维拉叫道，"不忠诚的坏狗！"

"你可不能叫他嗜血狂。"卢佩一如既往地表达着她道德上的愤怒，"狗都喜欢血——破坏神是一只好狗。"

胡安·迭戈因为疼痛牙齿紧咬，他无法替妹妹翻译她对那只正在舔血的狗的辩护，他的头在卢佩的腿上晃来晃去。

当胡安·迭戈终于可以稳住自己的头时，他看到他那激动的妹妹正向仪表盘上的瓜达卢佩娃娃投去恐吓的眼神。卢佩是以瓜达卢佩圣母命名的，而胡安·迭戈的名字来自那个在1531年遇到这位棕色皮肤圣母的印第安人。他们两个都是出生在"新时代"的印第安人，但他们也有西班牙血统，于是便成了（自己眼中）浑蛋征服者的孩子。胡安·迭戈和卢佩觉得瓜达卢佩圣母并不一定会照顾他们。

"你要向她祈祷，不能忘恩负义，也不能打她！"里维拉对女孩说，"为你哥哥祈祷，让瓜达卢佩圣母帮助他！"

胡安·迭戈已经翻译过许多次卢佩对宗教的谩骂，这一次他咬紧牙关，紧闭嘴唇，一句话也没有说。

"瓜拉卢佩被天主教腐化了。"卢佩又开始了演说，"她是我们的圣母，但是被天主教偷走了。他们把她变成了玛利亚棕色皮肤的仆人。可能还会叫她玛利亚的奴仆或者玛利亚的清洁工！"

"你这是在亵渎圣女！你根本没有信仰！"里维拉叫道。垃圾场老板已经不需要胡安·迭戈翻译卢佩的话了，他以前就听卢佩提起过这些关于瓜达卢佩圣母的说辞。里维拉知道，卢佩对瓜达卢佩圣母又爱又恨。他也知道卢佩不喜欢圣母玛利亚。在这个小疯丫头的心中，圣母玛利亚是个冒名顶替者。瓜达卢佩圣母是货真价实的，但那些狡猾的耶稣会教徒把她偷偷塞进了天主教的教义。在卢佩看来，这位棕色皮肤的圣母妥协了，也就是"腐化了"。她觉得瓜达卢佩圣母以前可以召唤奇迹，但现在已经不能。

这一次，卢佩的左脚差点把瓜达卢佩圣母踢翻，但吸盘的底座牢牢地抓着仪表盘，所以娃娃只是摇晃了几下，那样子一点都不像个圣女。为了踢娃娃，卢佩只是稍微朝挡风玻璃的方向动了动膝盖，可这点移动却让胡安·迭戈疼得叫了起来。

"看到了吗？你把哥哥弄疼了吧！"里维拉叫道，但是卢佩低头凑近胡安·迭戈，吻了吻他的前额，她那带着烟味的头发落在受伤的男孩脸颊两侧。

"你要记得，"卢佩悄悄对胡安·迭戈说，"我们才是奇迹，你和我。不是他们，只有我们俩。我们是创造奇迹的人。"她说。

胡安·迭戈紧闭着双眼，他听见飞机在头顶呼啸。此时他只知道他们身处机场附近，但并不清楚那架正在靠近的飞机中坐着谁。当然在梦里，他知道全部的一切，甚至未来（某些部分）。

"我们是创造奇迹的人。"胡安·迭戈低语。他睡着了，现在依然在梦中，虽然他的嘴唇在动。但没有人听见他的话，没有人发现这位作家正在睡梦中写作。

此时，国泰航空841号航班还在朝着香港飞行，飞机的一边是台湾海峡，另一边是南海。但在胡安·迭戈的梦中，他只有十四岁，正痛苦地待在里维拉的卡车里。他能做的一切便是重复他那富有洞察力的妹妹的话："我们是创造奇迹的人。"

也许飞机上所有的乘客都睡着了，就连那难以捉摸的母亲和看起来稍微朴拙一点的女儿都没有听到他的自语。

5

无风不起浪

那天清晨有一个美国人在瓦哈卡着陆，在这架即将降落的飞机上，他是对胡安·迭戈的未来最重要的人，他是一位学者，正在接受成为牧师的训练。即将受雇执教于耶稣会学校和孤儿院。佩佩神父从众多报名者的名单中选中了他。阿方索神父和奥克塔维奥神父，这两位耶稣会中的老牧师，曾怀疑这个年轻的美国人西班牙语可能不会太好。而佩佩认为这位学者的资历很高，是个非常出色的学生，他的西班牙语肯定能赶上来的。

流浪儿童之家的每个人都很期待他的到来，除了格洛丽亚修女。那里其他照看孤儿的修女们都对佩佩神父说，她们很喜欢这位年轻教师的照片。佩佩也觉得这照片好看，虽然他没有告诉任何人。（如果有人能在一张照片里显得很热情，那便是他了。）

阿方索神父和奥克塔维奥神父派佩佩神父去为新教士接机。从文件中的照片上看，他以为自己见到的会是一个更健壮、更成熟的男人。不过爱德华·邦肖最近减重很多，而且这个还不到三十岁的年轻美国人从减重以来就没买过任何新衣服。所以他的衣服很大，甚至略显滑稽，让这个面容非常严肃的学者显得有些幼稚和随意。他看起来就像是一个大家庭里最小的孩子，穿的都是兄弟和表亲们丢弃或穿小的衣服。他那夏威夷衫的短袖子垂在手肘之下，又实在是太长，甚至遮住了膝盖（这件衣服的主题是棕榈树间的鹦鹉）。一下飞机，年轻的邦肖就被松垮的裤子绊了一跤。

和往常一样，飞机降落的时候会撞到一只或几只在跑道上乱窜的鸡。红棕色的羽毛随风任意飞舞，这里是马德雷山脉两条分支会合的地方，所以风总是很大。但是爱德华·邦肖并未注意到有一只（或几只）鸡被撞死了。他看着风里的羽毛，以为它们在对自己表达着温暖的问候。

"爱德华？"佩佩神父刚一开口，一片鸡毛便落在了他下唇上，他只得吐掉。与此同时，他觉得这个年轻的美国人看起来有些恍惚和不知所措。但是佩佩想起自己在这个年纪也常常心神不宁，于是便开始为年轻的邦肖担心起来，仿佛这位新教士是"流浪儿童之家"里的一个孤儿。

三年的牧师准备工作被称作见习，在那之后，爱德华·邦肖还要再接受三年神学培训。接下来便是任命，佩佩神父一边看着这位正在挥手赶走鸡毛的年轻学者一边想。而任命之后，他还要再接受第四年的神学培训，这还不包括这个可怜人已经获得的英国文学博士学位！（难怪他瘦了这么多，佩佩神父暗忖。）

但佩佩神父低估了这个热情的年轻人，此时他就站在一堆飞舞的鸡毛间，努力让自己看起来像是一个凯旋的英雄。佩佩神父并不知道，即使按照耶稣会的标准，爱德华·邦肖的祖先也是一群令人敬畏的人。

邦肖家族来自苏格兰地区的敦夫里斯郡，靠近英国边境。爱德华的曾祖父安德鲁移民到了加拿大沿海地区，他的祖父邓肯又作出谨慎的选择——移民到美国。（邓肯·邦肖喜欢说："我只会搬到缅因州，不会去美国的其他地方。"）爱德华的父亲格雷厄姆又往西面移动了一些，他搬到了爱荷华。爱德华·邦肖出生在爱荷华，在他来到墨西哥之前，从未离开过美国中西部。

至于邦肖家族怎么成了天主教徒，只有上帝和曾祖父知道。和很多苏格兰人一样，安德鲁·邦肖生来就是新教徒。他从格拉斯哥起航的时候还是如此，但是当他在哈利法克斯着陆时，已经和罗马教会产生了密切的联系，他上岸后便成了天主教徒。

即使不是那种足以扭转生死的奇迹，那艘船上也应该发生了某些转变。那次穿越大西洋的旅程中一定发生了神奇的事，可是即使到老，安德鲁也从未提起过。他把那个奇迹带进了坟墓。关于那次旅程，安德鲁只提到过一位修女教会了他玩麻将。

爱德华·邦肖对大多数奇迹都持怀疑态度，可他又对这些意外地感兴趣。不过他没有质疑过自己为什么是天主教徒，也没有质疑过他曾祖父那无法解释的转变。所有邦肖家族的人自然都学会了玩麻将。

"在那些最狂热的教徒生命中，总有一个无法解释，或者根本不能解释的矛盾。"胡安·迭戈在他关于印度的小说《一个由圣母玛利亚引发的故事》中写道。虽然这篇小说讲的是一个虚构的教士，但他在心中参考的也许正是爱德华·邦肖。

"爱德华？"佩佩神父又叫了他一次，语气比刚才确凿了一些。"爱德华多！"他又用西班牙语试了一遍。（佩佩对自己的英语缺乏自信，担心可能会在"爱德华"这个词上发音不准。）

"嘿！"年轻的爱德华·邦肖回应了他。不知为何，这位学者忽然讲起了拉丁语，他对佩佩说："无风不起浪。"

佩佩神父的拉丁语属于初级水平，他觉得自己似乎听出了"风"这个词，又好像是复数。他认为爱德华·邦肖是在展示自己受过出色的教育，其中包含对拉丁语的精通，他应该不是在开关于"空中飞舞的鸡毛"的玩笑吧。实际上，邦肖正在背诵自己族徽上的话——族徽是苏格兰的传统。邦肖家的族徽是用特殊的格子呢制成的。每当爱德华紧张或不安的时候，便会背诵那上面的拉丁文字。

那句话译作英文便是："无风不起浪。"

亲爱的上帝，他在说些什么啊？佩佩神父有些惊叹。他认为那句拉丁文的内容和宗教有关。他曾遇到过一些狂热地模仿圣·依纳爵·罗耀拉行为的教士。罗耀拉是基督教秩序及耶稣会的创建者。他曾在罗马宣称，只要能阻止一个妓女在一晚犯下的过错，他便愿意牺牲自己的生命。佩佩神父一生都生活在墨西哥城的瓦哈卡。他只知道圣·依纳爵·罗耀拉一定是疯了，才会发出这种誓言。

即使是朝圣，如果由一个傻瓜来完成，那也是徒劳的，佩佩神父走向落满羽毛的停机坪，去和年轻的美国教士打招呼时这样想道。

"爱德华——爱德华·邦肖。"佩佩喊这位学者的名字。

"我更喜欢爱德华多。听起来很新鲜——我喜欢！"爱德华·邦肖用力拥抱了佩佩，这让佩佩有些吃惊。佩佩格外喜欢被拥抱，他喜欢这位热切的美国人表达自己的方式。爱德华（爱德华多）立刻解释了自己讲的拉丁语的意思。佩佩惊讶地得知"无风不起浪"是一句苏格兰谚语，而不是什么宗教箴言，除非是来自新教，佩佩神父推测。

这个年轻的美国中西部人很乐观，性格很开朗——佩佩神父觉得他挺有趣。不过其他人会怎么看待他呢？佩佩很好奇。因为他觉得，那些人都不怎么有趣。他想到了阿方索神父和奥克塔维奥神父，不过也专门想到了格洛丽亚修女。他们面对拥抱会很不安吧——更别提那件"棕榈树间的鹦鹉"主题的奇怪夏威夷T恤了！佩佩神父想到这里，却觉得很开心。

爱德华多——爱荷华人喜欢的名字——想让佩佩看看通过墨西哥海关时，那些人是怎么蹂躏他的包的。

"看他们把我的东西翻得多乱！"他激动地叫道，正打开自己的手提箱给佩佩看。这个热情的新教士并不介意自己散乱的家当被瓦哈卡机场的路人看到。

在墨西哥城的海关，安检员一定是狠狠撕开了这位衣着鲜艳的教士的包，发现里面有更多不合身的、过大的衣服，佩佩想。

"你这么朴素啊，一定是在响应新教皇的议题！"佩佩神父对年轻的邦肖说，他正打量着那些（装在一个小而凌乱的手提箱里的）更多的夏威夷T恤。

"爱荷华流行这个。"爱德华·邦肖说，也许这是个玩笑。

"阿方索神父会觉得你像膏药里的猴子。"佩佩提醒这位学者。他用词不大准确，可能本想说"贴膏药的猴子"，当然，或许他应该说"阿方索神父会觉得这堆衣服像猴子穿的"。不过爱德华·邦肖听懂了。

"阿方索神父比较保守是吗？"年轻的美国人问。

"不尽如此。"佩佩神父说。

"是'不仅如此'吧。"爱德华·邦肖纠正了他。

"我的英语有点忘了。"佩佩承认道。

"那从现在开始，我对你讲西班牙语吧。"爱德华说。

他告诉佩佩海关安检员先是发现了一支教鞭，很快又发现了第二支。"这是惩罚工具？"安检员问邦肖，先是用西班牙语，然后用英语。

"这是激励工具。"爱德华（或爱德华多）回答。佩佩神父想：噢！慈悲的上帝，我们想要的只是个英语老师，这可怜人却用鞭子来激励自己！

另一个鼓起的手提箱里全都是书。"又是惩罚工具。"海关安检员用双语说。

"这是更好的激励工具。"爱德华·邦肖更正道。（至少这位苦行僧喜欢读书，佩佩神父想。）

"孤儿院的修女们，其中有些会和你一起教课，她们很喜欢你的照片。"佩佩神父对学者说，而他正在重新装好他那被踩躏过的行囊。

"是嘛！但和那时比我瘦了不少。"他回答。

"确实，但愿你没有生病。"佩佩有些小心地说。

"禁欲，是因为禁欲——我觉得这很好，"爱德华·邦肖解释道，"我现在不抽烟，也不喝酒，不喝酒让我的胃口变小了，我不再像之前那样总是饿。"这位忠实信徒说。

"是嘛！"佩佩神父说。（他把自己的口头禅传给了我！佩佩自忖道。）他从不喝酒，一滴也不喝。可不喝酒没有让他的胃口变小。

"衣服、教鞭、书。"海关安检员用西班牙语和英语对年轻的美国人总结道。

"这些都是必需品！"爱德华·邦肖强调说。

仁慈的上帝，宽恕他的灵魂吧！佩佩想着，仿佛这位学者在这个世界上已经时日无多了。

墨西哥城的海关安检员还查看了这个美国人的签证，那上面写着"短时居留"。

"你打算待多久？"安检员问。

"如果一切顺利的话，三年。"他回答。

佩佩神父觉得爱德华·邦肖前路渺茫，他看上去连六个月的教士生活都很难维持。他需要更多的衣服——合身的。他的书可能会不够读，两支教鞭也不够。这个虔诚的教徒会发现自己需要鞭策的时候很多。

"佩佩神父，你开甲壳虫啊！"当两位教士走向停车场落灰的红车时，爱德华·邦肖叫道。

"叫我佩佩就好，没有必要加上'神父'。"佩佩说。他很好奇是不是所有美国人都会对很平常的事情大惊小怪，不过他很喜欢这位年轻学者对一切事物的热情。

除了佩佩，教士们还会选择谁来经营他们的学校呢？只有他既拥有热情，又赞赏热情。除了他，他们又会选择谁来经营"流浪儿童之家"呢？如果没有佩佩神父热切地忧心着一切，你就没法把孤儿送去一家好学校，还把它叫作"流浪儿童之家"。

不过，忧心的人，哪怕是其中最善良的那些，他们在开车时更容易分散精力。或许佩佩在想着拾荒读书人。想着给格雷罗带去更多的书。不管怎样，佩佩在离开机场时开错了路，他没有开往瓦哈卡，即回城的方向，而是往垃圾场方向前行。当他意识到自己的错误时，已经到了格雷罗。

佩佩对这一片并不是很熟悉。他想找一个安全的地方转向，于是选择了垃圾场的土路。这条路很宽，只有那些味道难闻的卡车会走，他们不是到垃圾场去，就是从那里出来，一般都会经过那儿。

自然，只要佩佩停下甲壳虫小车，成功转向，他们两人便会被笼罩在垃圾场的黑烟中，堆积成山的垃圾高耸在道路两旁。他们会看到拾荒的孩子在垃圾堆之间爬上爬下。司机需要留意这些拾荒者，不仅是衣衫褴褛的孩子，还有垃圾场的狗。垃圾焚烧带来的气味让年轻的美国人捂住了嘴。

"这是什么地方？看起来像是地狱，气味也像！那些可怜的孩子在这里举行什么仪式呢？"年轻的邦肖惊讶地问。

我们要怎么忍受这个可爱的疯子啊？佩佩神父暗中想。他那狂热的善意并不会给瓦哈卡带来什么改变。不过佩佩只是答道："这里是城市垃圾场。这是焚烧狗的尸体以及其他垃圾的气味。我们已经帮助了这里的两个孩子——两个拾荒儿童。"

"拾荒儿童！"爱德华·邦肖嚷道。

"也就是垃圾场里的孩子。"佩佩柔和地说，他希望自己的语气可以把拾荒的孩子和捡垃圾的狗区别开。

这时，一个脏兮兮的、难以确定年龄的男孩把一只瘦小、瑟瑟发抖的狗推进佩佩神父那甲壳虫汽车的副驾驶车窗。他肯定是垃圾场里的孩子，从那双过大的靴子便能看出。

"不了，谢谢。"爱德华·邦肖礼貌地说，他似乎不是说给那个垃圾场的孩子，而是那条散发着难闻气味的小狗，他直言这只饥饿的小家伙是自由的。（垃圾场的孩子也不是乞丐。）

"你不该摸那条狗！"佩佩神父用西班牙语对那个孩子说。"你会被咬的！"他又提醒道。

"不就是狂犬病嘛！"脏兮兮的孩子嚷道。他把狗从车窗边拽了出来。"我知道可以打疫苗！"小拾荒者冲佩佩神父喊道。

"多么美的语言啊！"爱德华·邦肖评价说。

亲爱的上帝，这个学者根本就不懂西班牙语！佩佩推测道。灰尘覆盖了甲壳虫汽车的挡风玻璃，佩佩发现雨刷只会把车窗涂抹得更脏，让他更看不清离开垃圾场的路。他只得下车，用一块旧抹布擦拭车窗。于是，佩佩神父把拾荒读书人胡安·迭戈的故事讲给了新教士，也许他还应该稍微讲讲男孩的妹妹，尤其是她那强大的读心能力和难懂的语言。不过，考虑到邦肖是个乐观而热情的人，他决定把焦点放在积极易懂的事情上面。

那个叫卢佩的女孩总有些奇怪，不过胡安·迭戈真的很出色。这个在垃圾场出生长大的十四岁男孩，竟然靠自学能读懂两门语言！他身上没有任何让人困扰的地方。

"感谢耶稣！"当他们再次上路时，爱德华·邦肖说。他们这一次走上了回瓦哈卡的正确方向。

他在感谢什么？佩佩神父有些好奇，而年轻的美国人还在继续着他那看起来很虔诚的祈祷。"感谢您赋予我最需要我的使命。"

"那不过是城市垃圾场。"佩佩神父说，"垃圾场的孩子被照顾得很好。相信我，爱德华，那儿不需要你。"

"是爱德华多。"年轻的美国人纠正他说。

"好吧，爱德华多。"佩佩没再说话。这些年来，他一个人夹在阿方索神父和奥克塔维奥神父中间，他们两个比他年龄大，神学知识也更丰富。阿方索神父和奥克塔维奥神父让佩佩觉得作为一个执着的世俗上的人文主义者，他是在背叛天主教的信仰，或者更糟。（从耶稣会的角度，还有比这更糟的吗？）阿方索神父和奥克塔维奥神父记下了全部的天主教教义，他们总是围在佩佩神父身边，让他觉得自己的信仰不虔诚。他们是不可救药的教条主义者。

而佩佩为这两个老牧师找到了一位匹敌的对手——爱德华·邦肖，他是一个疯狂而可爱的斗士，或许会从本质上对耶稣会所承担的使命带来挑战。

这个学者真的在为自己能够履行"重要使命"，帮助那两个垃圾场的孩子而感谢上帝吗？他真的相信这些孩子是需要拯救的人吗？

"我为自己没能好好欢迎你而道歉，爱德华多先生，"佩佩神父说，"向你表达道歉和欢迎。"他又赞赏地补上了一句西班牙语。

"谢谢！"狂热的信徒回答。透过灰蒙蒙的挡风玻璃，他们都看到前方有一个正在旋转的小障碍物，而车辆都在渐渐偏离。"有什么死在了路上？"爱德华·邦肖问。

一群吵吵嚷嚷的狗和乌鸦正在争夺那看不见的尸体，当红色的甲壳虫车靠近那里时，佩佩神父按了按喇叭。乌鸦都飞走了，野狗也四下散开，他们发现路上只有一摊血。如果真的有什么死了，也已经毫无痕迹，只剩下那摊血。

"狗和乌鸦吃掉了尸体。"爱德华·邦肖说。这显而易见，佩佩神父想道。而此时胡安·迭戈说话了，他唤醒了沉浸在漫长睡眠和梦境中的自己，其实这算不上是梦境。（也许这是被回忆附体的梦，或是被梦附体的回忆。这也是他所怀念的，曾被贝他阻断剂盗走的，他的童年和至关重要的青少年时代。）

"不——没有什么东西死在路上，"胡安·迭戈说，"是我的血。我的血从里维拉的卡车里流了出来，破坏神并没有全舔干净。"

"你是在写作吗？"米里亚姆，那强势的母亲问胡安·迭戈。

"听起来是个可怕的故事。"女儿桃乐茜说。

两张面孔凑近他，她们并没有天使那般完美。他发现她们都去过盥洗室并刷了牙，口气很清新，但他并没有。乘务员们正在头等舱中奔忙。

国泰航空的841号航班即将在香港降落，空气中弥漫着陌生而友好的气息，显然不是瓦哈卡垃圾场的气味。

"你醒来的时候我们正要叫醒你。"米里亚姆说。

"你一定不想错过绿茶松饼——它就像做爱一样棒。"桃乐茜说。

"做爱，又是做爱。够了，桃乐茜。"她妈妈责怪道。

胡安·迭戈意识到自己的呼吸不太顺畅，他抿着嘴对两个女人笑了笑。他慢慢反应过来自己在哪里，以及这两个富有魅力的女子是谁。噢，对了，我没服用贝他阻断剂，他记了起来。我回到了我原本的地方！他想道，可这让他的心脏感到很痛。

这是什么？他发现自己身着国泰航空滑稽的睡衣，还穿着它跨越了太平洋。他也没有服用那半片壮阳药，那蓝灰色的药片和贝他阻断剂一起放在了托运的箱子里。

一共16小时10分钟的飞行中，胡安·迭戈睡了超过15小时。他以明显更轻快的步伐一瘸一拐地进了盥洗室。那两个被他命名的"天使"（她们的目光并不完全是监护人式的）看着他走了进去，这对母女似乎都很喜欢他。

"他很好，对吧？"米里亚姆问女儿。

"很可爱。"桃乐茜回答。

"谢天谢地我们发现了他，要是没有我们他肯定会走丢！"母亲说。

"谢天谢地。"桃乐茜重复道。这句话从年轻姑娘那过于饱满的嘴唇中说出来有些不自然，仿佛缺少了什么。

"我觉得他在写作，在睡梦中写作！"米里亚姆嚷道。

"写的是'血从卡车里流了出来'！"桃乐茜说。"破坏神是'恶魔'的意思吗？"她问母亲，而母亲耸了耸肩。

"桃乐茜——你总是一遍遍地说绿茶松饼的事。再怎么样，那不过是一块松饼。"米里亚姆对女儿说，"吃松饼和做爱根本不一样！"

桃乐茜转了转眼珠，又叹了口气。不管站着还是坐着，她总是一副没精打采的样子。（所以很容易想象出她躺着的状态。）

胡安·迭戈从盥洗室中出来，对着那对迷人的母女笑了笑。他已经成功把自己从国泰航空滑稽的睡衣中解放了出来，并把它递给了其中一位乘务员。他很想吃一块绿茶松饼，虽然没像桃乐茜那么想。

胡安·迭戈清楚地意识到，他的勃起只比平时减弱了一点。他很怀念能够勃起的时光。通常他都需要服用半片壮阳药才能成功，可这次并没有。

他那只残脚在睡着和刚醒来时总是会抽搐，但这次的抽搐有所不同或者说胡安·迭戈觉得如此。在他心中，他又回到了十四岁，里维拉的卡车刚刚轧伤他的右脚。他还能感觉到自己脖子和后脑勺上残存着卢佩腿的温度。里维拉仪表盘上的瓜达卢佩娃娃正在扭来扭去，是女人们承诺某种不可言说又不愿承认的事情时惯有的样子。米里亚姆和女儿桃乐茜此时面对胡安·迭戈就是这样的神情。（不过她们没有扭屁股！）

可胡安·迭戈无法说话，他的牙齿紧咬，双唇紧闭，仿佛依然在努力控制着，不要因为疼痛而叫出声。而他的头还在他那分别许久的妹妹腿上晃来晃去。

6

性与信仰

香港国际机场通往富豪酒店的细长过道上装饰着许多不完整的圣诞节饰品，神情愉快的驯鹿、圣诞老人的精灵助手们，却没有圣诞老人。

"圣诞老人正要上床呢，他可能叫了个护送服务。"桃乐茜对胡安·迭戈解释道。

"别老讲那些色情的东西，桃乐茜。"母亲提醒任性的女孩。

胡安·迭戈猜想这对母女多年来（当然不可能从上个世纪就开始）经常一起旅行，因为她们开的玩笑已经超出了母女的范畴。

"圣诞老人肯定住在这儿。"桃乐茜对胡安·迭戈说，"这里一年到头都有圣诞节装饰。"

"桃乐茜，你又不是一年到头都在这里，你怎么会知道。"米里亚姆说。

"我们已经来过好多次，"女儿有些不高兴，"差不多一年到头都在这儿了。"她告诉胡安·迭戈。

他们登上一台上升的电梯，正经过一家托儿所。让胡安·迭戈感到奇怪的是，自从他在大雪中抵达肯尼迪机场，就一直没有到过室外。托儿所四周都是寻常的装饰，有人物，也有谷仓里的动物。那些动物中只有一只富有异域风情。胡安·迭戈一直认为，能召唤奇迹的圣母玛利亚不能完全算作人类。此时身处香港的她露出羞怯的笑容，垂下双眼不去看她的崇拜者们。在托儿所这样的地方，难道人们不应该把所有的注意力都放在她那尊贵的儿子身上吗？可显然并非如此——圣母玛利亚就是个抢镜的家伙。（胡安·迭戈始终相信，这种情况不仅发生在香港。）

那上面还有约瑟夫，胡安·迭戈觉得他是一个可怜的傻瓜。如果玛利亚真的是一个处女，约瑟夫却像意料之中般处理了分娩的事情。他没有对好奇的国王们、先知们、牧羊人们，以及马厩里其他傻瓜和看热闹的家伙投以任何愤怒或怀疑的眼神，也没有迁怒于某一头牛、一头驴、一只公鸡或一匹骆驼。（骆驼便是那富有异域风情的动物。）

"我觉得孩子的父亲是某个先知。"桃乐茜说。

"别总讲那些色情的东西。"母亲提醒她。

胡安·迭戈错误地以为只有他发现圣婴从托儿所的装饰中消失了，也可能是被埋在了稻草里。"婴儿耶稣……"他正要开口。

"许多年前被人绑走了。"桃乐茜解释说，"我觉得香港的这些中国人不会在意。"

"也许圣婴在翻新呢。"米里亚姆提出了别的可能。

"不是谁都会翻新的，妈妈。"桃乐茜说。

"圣婴又不是小孩，桃乐茜，"母亲反驳道，"相信我吧，耶稣正在翻新。"

"相比给圣像翻新，天主教会给自己翻新的次数要多得多。"胡安·迭戈尖锐地说。仿佛圣诞节，以及托儿所的所有装饰，都严格属于罗马天主教会的范畴。母女俩好奇地看着他，对他愤怒的口气有些惊诧。如果她们读过胡安·迭戈的小说，就不会太惊讶于他那讽刺的语调，而她们确实读过。他不是对有信仰的人，或者任何信徒有意见，而是不满于天主教会那些社会和政治制度。

不过胡安·迭戈偶尔的尖锐言辞还是会让所有人感到惊讶。他看起来性格非常温和，而且因为残疾的右脚，总是走得很慢。他不像是一个会冒险的人，除非是在想象之中。

到达电梯顶端后，三位旅客来到一处让人困惑的地下路口，那里的标识指向九龙、香港岛，以及某个叫西贡半岛的地方。

"我们要坐火车吗？"胡安·迭戈问他的女粉丝们。

"现在不坐。"米里亚姆边说边抓住了他的胳膊。胡安·迭戈猜想，他们要经过一个火车站。那里有很多莫名其妙的广告，有裁缝店的、饭店的、珠宝店的。珠宝店的广告上写着"买不完的猫眼石"。

"为什么买不完？猫眼石又有什么特别的？"胡安·迭戈问。但奇怪的是，这些女人好像是在选择性地听他说话。

"我们先去酒店办入住，然后梳洗一下。"桃乐茜对他说，她正挽着胡安·迭戈的另一只胳膊。

胡安·迭戈一瘸一拐地向前走着，他觉得自己并没有平时跛得那么厉害。这是为什么呢？桃乐茜正提着胡安·迭戈和她自己的行李，单手拎两个包却毫不费力，她是怎么做到的？胡安·迭戈正想着这些，他们已经来到了一面大落地镜前，那里便是酒店的登记台了。当胡安·迭戈匆匆地打量着镜子里的自己时，他发现两个同伴并不在身边。他很惊讶这两个高效的女人竟然没有映在镜子里，也许是他看得太匆忙了。

"我们等下坐火车去九龙，去看香港岛的景色。天黑之后去比较好，因为港口的灯光都映在水里。"米里亚姆对胡安·迭戈耳语道。

"然后我们吃点东西，或许再喝点什么，再坐火车回到酒店。"桃乐茜从另一侧耳语道，"那会儿我们也该困了。"

胡安·迭戈忽然觉得自己从前见过这两个女人，可又是什么时候，在哪里呢？

是在那辆冲出了护栏，被卡在东河边积雪齐腰深的步道上的出租车里吗？那个司机想要把后轮挖出来，可他没有铁锹，只有一支挡风玻璃刮刀。

"你是哪儿来的，垃圾墨西哥吗？"胡安·迭戈的司机嚷道。

两张女人的面孔从那辆出租车的后视镜中映出来。她们应该是母女，但是在胡安·迭戈看来这两个恐慌的女人不可能是米里亚姆和桃乐茜。他很难想象她们俩也会感到害怕。她们会害怕谁或者什么事情呢？不过他依然觉得，自己曾经见过这两个厉害的女人，他很确信。

"这里非常现代。"当胡安·迭戈和米里亚姆及桃乐茜一起乘电梯时，他对富豪机场酒店仅有这样的印象。这对母女替他办理了登记，他只需要出示自己的护照。他觉得自己也不需要付钱。

这里的房间钥匙是一种卡片，进入房间后你需要把它插进门口墙上的卡槽中。

"否则你就没法开灯，也没法看电视。"桃乐茜解释道。

"如果不会用这些先进设施的话，就叫我们。"米里亚姆对胡安·迭戈说。

"不光是这些先进的鬼东西，你遇到什么麻烦都可以叫我们。"桃乐茜补充道。她在胡安·迭戈的房卡纸夹上写下了她和她妈妈的门牌号。

她们不住一间吗？胡安·迭戈独自在房间时想。

洗澡的时候，他又恢复了勃起，他知道自己应该服用贝他阻断剂，因为已经太久没服用了。但是这勃起却让他犹豫起来。如果米里亚姆或者桃乐茜愿意和他共度良宵，或者更不可思议地，她们两个都愿意呢？

胡安·迭戈把贝他阻断剂从装如厕用品的口袋里拿了出来，他把药片和水杯一起放在了浴室水槽边。这药片呈扁平的椭圆形，蓝灰色。他又把壮阳药拿出来看。壮阳药不是扁平的，而是球形，但又有四个面。两种药片的共性在于颜色，它们都是蓝灰色的。

如果和米里亚姆或桃乐茜共度良宵这种奇迹会发生的话，胡安·迭戈知道现在服用壮阳药有些太早了。即使如此，他还是把切药器也从口袋里取出，和壮阳药放在了水槽的同一侧，只是为了提醒自己半片药就够了。（作为一个小说家，他总是很有前瞻性。）

我怎么像个饥渴的少年一样在想象这些啊！胡安·迭戈在梳洗打扮，准备和女士们一起出门时想。他的行为令自己感到惊讶。在这种特殊的情况下，他没有服药。他讨厌贝他阻断剂带给他那消沉的感觉，也知道最好不要过早服用那半片壮阳药。胡安·迭戈想，等自己回到美国之后，要好好为罗丝玛丽让他做的试验而感谢她！

胡安·迭戈没有和他的医生朋友一起旅行，这真是太糟了。他应该记得的并不是"感谢罗丝玛丽"（因为她对服用壮阳药作出的说明）。施泰因医生曾告诉过胡安·迭戈，他会觉得有一个不幸的罗密欧徘徊在自己老年的身体里是因为：如果你一直在服用贝他阻断剂，并忽然停服一段时间，那么要当心！你的身体里始终缺乏肾上腺素，现在忽然产生了大量的肾上腺素和肾上腺素受体。那些看起来是梦，实际上是被强化的童年和少年时代记忆般的东西，就是胡安·迭戈没有服药的结果。而这也导致他对两个陌生女人产生了急剧增长的欲望，她们是一对母女，在他眼中要比陌生人熟悉一些。

他们乘坐的火车是开往九龙的机场快线，费用是九十港币。或许出于羞涩，胡安·迭戈在火车上并没有仔细去看米里亚姆和桃乐茜。于是他便装作对自己的双程票格外感兴趣，认真地把这张双面纸上的每个字都阅读了两遍。胡安·迭戈对于将票面上的中文和相应的英文对照起来有些兴趣，"同日返程"这几个词是小写的，但是在汉字上并无变化，中文中似乎没有可以和小写字母对应的东西。

胡安·迭戈作为作家的敏感让他发现了一处错误："1日行程"中的数字1难道不应该写成英文单词吗？"一日行程"看起来是不是好一些？这样更像一个标题，胡安·迭戈想。他用那只随身携带的笔在票面上写了些什么。

"你在干吗？"米里亚姆问胡安·迭戈，"怎么对一张火车票这么着迷？"

"他又在写作，"桃乐茜对母亲说，"他总是在写作。"

"成人票——至市区。"胡安·迭戈大声念着，他把火车票上的字读给那两个女人，然后把票放进了衬衫口袋。他不知道在约会中应该如何表现，甚至从未知道过，不过这两个女人却十分放松。

"每次我听到'成人'这个词，都会想到一些色情的东西。"桃乐茜笑着对胡安·迭戈说。

"够了，桃乐茜。"母亲又提醒她。

火车到达九龙站时，天已经黑了。九龙港游人如织，许多人在为这里的摩天大楼拍照，但是米里亚姆和桃乐茜却不被察觉地穿过了人群。胡安·迭戈一定是出于对这对母女的迷恋，才觉得当她们中的某一个挽着他的胳膊时，他走路就没有那么一瘸一拐。他甚至觉得自己也和她们两个一样，未被任何人注意到。

两个女人穿在开衫里的舒适短袖毛衣很显胸型，不过这毛衣有些保守。胡安·迭戈认为，也许正因为米里亚姆和桃乐茜穿着保守，才未被任何人注意到。或者由于其他的游客基本都是亚洲人，他们对这两个富有魅力的西方女人似乎没什么兴趣？米里亚姆和桃乐茜在毛衣下面都穿了裙子，也很显身型，胡安·迭戈也许会说这裙子很"紧身"，但是她们的裙子也没有吸引什么目光。

难道只有我忍不住一直在看这两个女人吗？胡安·迭戈很好奇。他对于时尚毫无知觉，也不知道不明艳的颜色会带来什么效果。他没有注意到米里亚姆和桃乐茜都穿着米色、棕色或者银色、灰色的衣裙，也没留意到她们的服装设计十分精致。至于面料，他可能只觉得摸起来很舒服，但是他注意到了米里亚姆和桃乐茜的胸部，当然，还有臀部。

关于这次乘火车到九龙的旅程，胡安·迭戈几乎什么都不会记得，他也不会对繁华的九龙港留下什么印象。他甚至忘记了当时是在哪里吃的晚餐，只记得自己特别饿，以及米里亚姆和桃乐茜的陪伴让他感到很开心。事实上，他已经想不起自己上一次这么开心是什么时候了，尽管后来不到一周的时间后，他就已经忘记当时聊了些什么。他的小说吗？还是他的童年？

胡安·迭戈遇到读者的时候，总是留意着不要提起太多自己的事情，因为他的读者们很爱问关于他自己的问题。他常常试图把话题引到读者们的生活上，所以他也让米里亚姆和桃乐茜讲讲她们自己。她们的童年和少年时代是怎样的？胡安·迭戈一定也曾小心翼翼地问起她们生命里的男人们，他确实很想知道她们现在是否处于恋爱关系中。然而，关于他们在九龙的聊天，他什么都不会记得，除了自己在坐机场快线前往九龙站的路上，对火车票显出的分外好奇；还有在乘火车回富豪酒店途中的一些关于书的对话。

回程的时候有一个瞬间让他印象深刻。当时胡安·迭戈来到了九龙消过毒的地下车站，站在站台上和那两个女人一起等车，那一瞬在完美之余流露出些许尴尬。

车站那玻璃色与金色相间的内部，以及像哨兵一样排列着的、锃亮的不锈钢垃圾桶，让这间车站的气氛有些像医院的走廊。胡安·迭戈没有从他的手机菜单中找到照相机或照片图标，他想给米里亚姆和桃乐茜拍一张照，于是什么都知道的母亲把手机接了过去。

"桃乐茜和我不拍照，我们不喜欢自己在照片里的样子，不过让我给你拍一张吧。"米里亚姆说。

站台上几乎没有别人，只有一对牵着手的中国情侣。（胡安·迭戈认为他们还是小孩。）那个年轻男生看见桃乐茜把胡安·迭戈的手机从她妈妈手里夺了过来。

"给我，让我来吧。"桃乐茜对母亲说，"你拍照非常难看。"

不过那个年轻的中国人从桃乐茜那里接过了手机。"我可以给你们几个拍一张合影。"男生说。

"噢，好啊——谢谢你！"胡安·迭戈回答他。

米里亚姆用眼睛盯着女儿，仿佛是在说：如果你让我来拍，就不会有这样的事了。

他们都听到了火车进站的声音，那个中国姑娘对她的男朋友说了些什么。自然，既然火车来了，他应该快点。

于是他便拍了。他竟抓拍到了胡安·迭戈、米里亚姆和桃乐茜。那对中国情侣似乎对照片不大满意，也许失焦了吧？但是火车已经来了。米里亚姆把手机从那对情侣手中拿了回来，桃乐茜又更迅速地从她妈妈那儿抢走。当桃乐茜把手机还给胡安·迭戈时，他已经坐上了机场快线，而手机早已不再是拍照模式。

"我们不大上相。"那对中国情侣似乎对这张照片没有拍好有些介意，于是米里亚姆这样对他们说。（可能他们平时拍的照片都比较好吧。）

胡安·迭戈又一次在手机的菜单上搜索起来，可这些对他来说实在是一团乱麻。"媒体中心"是做什么的？算了，我不研究了，胡安·迭戈想。此时米里亚姆把他的双手覆在了自己双手上面。她靠得离他很近，仿佛这辆火车非常吵嚷一般（其实没有），而她说话的样子就像他们是单独在一起，虽然桃乐茜就在他们身边，能清楚地听到她说的每个字。

"我有一个问题想问你，胡安·迭戈，不是关于性的。"米里亚姆说。桃乐茜发出有些刺耳的笑声。因为声音很大，吸引了那对中国情侣的注意，他们原本在火车上不远的位置窃窃私语。（那个女孩虽然坐在男孩的腿上，却似乎因为某些原因在生男孩的气。）"真的不是，桃乐茜。"米里亚姆厉声说。

"好吧，我们听听。"女儿略带轻蔑地回答。

"在《一个由圣母玛利亚引发的故事》中，有一处那个教士——我忘了他的名字。"米里亚姆打断了自己的话。

"马丁。"桃乐茜淡淡地说。

"对，马丁，"米里亚姆立刻开口，"我想你读过这一篇。"她又对女儿讲。"马丁很崇拜圣·依纳爵·罗耀拉，对吧？"米里亚姆问胡安·迭戈，可还没等小说家回答她，她便匆匆说了下去。"我在想圣徒遇到那个骑骡子的摩尔人，以及他们接下来关于圣母玛利亚的讨论。"米里亚姆说。"摩尔人和圣·依纳爵·罗耀拉都骑骡子。"桃乐茜打断了她的母亲。

"桃乐茜，我知道。"米里亚姆有些轻蔑地回答，"摩尔人说，他相信圣母玛利亚没有通过男人便怀孕了，但他不相信她生了孩子后依然是处女。"

"你看，这还是和性有关系吧。"桃乐茜说。

"没有。"她的妈妈反驳道。

"摩尔人走后，年轻的依纳爵觉得他应该追上那个穆斯林，然后杀了他，对吧？"桃乐茜问胡安·迭戈。

"对。"胡安·迭戈终于有机会开口了，但是他并没有在想那个很久以前的小说中被他称作马丁并崇拜圣·依纳爵·罗耀拉的教士。他想到了爱德华·邦肖，以及他来到瓦哈卡那个改变了自己命运的日子。

就在里维拉载着受伤的胡安·迭戈驶在奔向耶稣会的路上，男孩把头放在卢佩的腿间，疼得龇牙咧嘴时，爱德华·邦肖也在前往耶稣会。虽然里维拉正在期待奇迹发生，比如圣母玛利亚显灵，但这个新来的美国教士才会成为胡安·迭戈生命中最可信的奇迹。这是由一个人，而非一个圣灵带来的奇迹，这奇迹中并不排斥人性的弱点，如果确实存在的话。

噢，他多么想念爱德华多先生啊！胡安·迭戈想，泪水模糊了他的视线。

"'圣·依纳爵·罗耀拉特别想捍卫圣母玛利亚的贞洁。'"米里亚姆说，但当她看见胡安·迭戈快哭了时，声音便弱了下去。

"'他觉得诽谤生产后的圣母玛利亚不是处女是不对的，也没法接受。'"桃乐茜在一旁帮腔。

此时，胡安·迭戈正努力克制着自己的眼泪，他意识到这对母女正在引用他写在《一个由圣母玛利亚引发的故事》中的句子。不过她们怎么能把自己小说中的段落记得这么清楚，几乎一字不差？怎么会有读者能做到这一点？

"噢，别哭了——亲爱的！"米里亚姆忽然对他说。她帮他擦了擦脸。"我就是很爱这一段！"

"你把他弄哭了。"桃乐茜对母亲说。

"不，不——不是你们想的那样。"胡安·迭戈开了口。

"那个教士。"米里亚姆接着说。

"他叫马丁。"桃乐茜提醒她。

"桃乐茜，我知道！"米里亚姆说，"马丁崇拜依纳爵，这确实很感人，也很美好。"米里亚姆接着说："但我觉得，圣·依纳爵完全是个疯子！"

"就因为那个骑骡子的陌生人怀疑圣母玛利亚生产后不是处女，他便想要杀死那人。简直是疯了！"桃乐茜嚷道。

"不过，和往常一样，"胡安·迭戈提醒她们，"依纳爵在这件事上也寻求了神的旨意。"

"得了吧，还神的旨意！"米里亚姆和桃乐茜同时叫出了声。她们似乎平时就有这样的口头禅，有时单独说，有时一起说。（这吸引了那对中国情侣的注意。）

"'所以在岔路口，依纳爵放下了骡子的缰绳，如果它朝摩尔人的方向走，依纳爵就会杀了那个异教徒。'"胡安·迭戈回忆道。这个故事他闭着眼睛都能讲下来。胡安·迭戈觉得，小说家逐字逐句地记得自己写的故事并没有什么特别的。不过如果读者能够按原话背下来，那就很不一样了，是不是？

"'但是骡子选择了另一条路。'"母女一齐说道。在胡安·迭戈看来，她们似乎拥有希腊合唱团般无所不知的权威。

"'但是圣·依纳爵真的疯了——他肯定是个疯子。'"胡安·迭戈复述道。他不确定她们读懂了这部分。

"是的，"米里亚姆说，"你能说出这一点很有勇气——哪怕是在小说里。"

"这里讲到了生产之后阴道的样子，所以还是和性有关嘛。"桃乐茜说。

"不——这是一个关于信仰的故事。"米里亚姆反驳。

"是关于性和信仰。"胡安·迭戈圆场道。他并不是在做和事佬，而是真的这样认为。两个女人都明白这一点。

"你真的认识什么人，像那个教士一样崇拜圣·依纳爵吗？"米里亚姆问他。

"他叫马丁。"桃乐茜柔声重复。

我觉得我需要服用贝他阻断剂。胡安·迭戈并未说出口，但他这样想。

"她的意思是，马丁真实存在吗？"桃乐茜问他，她看到作家听见母亲的问题后呆住了，也注意到米里亚姆已经放开了他的手。

胡安·迭戈的心脏狂跳，他的肾上腺素受体正在疯狂地吸收肾上腺素，但他没法说出来。"我已经失去了太多人。"胡安·迭戈本想这样说，但"人"这个词他讲得含混不清，听起来就像是卢佩的语言。

"我猜他是真实的。"桃乐茜对母亲说。

此时胡安·迭戈正在座位上发抖，她们把双手都覆在了他的手上。

"我认识的那个教士不叫马丁。"胡安·迭戈忽然开口。

"桃乐茜，他失去过很多至爱的人——我们都读过那篇采访，你还记得吧。"米里亚姆对女儿说。

"我记得。"桃乐茜回答，"但是你问的是马丁这个人物。"女儿又对母亲说道。

胡安·迭戈唯一能做的便是摇摇头，接下来他便流下了眼泪，泪如泉涌。他无法对这两个女人解释他是为什么（以及为谁）哭泣，至少不能在机场快线上解释。

"爱德华多先生！"胡安·迭戈叫出了声，"亲爱的爱德华多！"

那个中国女孩依然坐在男朋友的腿上，她还在为某事而不开心，可她此时忽然有了反应。她开始踢自己的男友，似乎并非在生气，而是有些沮丧，当然只是玩笑般地踢了几下。（和真正的暴力截然不同。）

"我就告诉他是你！"女孩忽然对胡安·迭戈说，"我认出来是你，可他不信！"

她的意思是自己从一开始就认出了作家，可她的男友并不赞同或者他并不读书。胡安·迭戈觉得，那个中国男孩不像是爱读书的样子，但是对于男孩的女友很爱读书，他毫不惊讶。胡安·迭戈不是反复重复过这一点吗？是女性读者让小说存活了下来，这里又有一个。胡安·迭戈是用西班牙语叫出那位学者的名字的，这让这个中国女孩确定了她的猜想是正确的。

胡安·迭戈意识到，这不过又是一个读者与作者相认的时刻。他希望自己能停止啜泣。他朝那个中国女孩挥了挥手，想要笑一笑。如果他有注意到米里亚姆和桃乐茜看向那对中国情侣的目光，就会自问由这对陌生的母女陪伴是否安全。但是他没有注意到米里亚姆和桃乐茜用不满，不，更像是威慑的眼神让他的中国读者安静了下来。（那眼神像是在说：你这个小浑蛋，是我们先发现他的！去找你自己最喜欢的作家吧，他是我们的！）

为什么爱德华·邦肖总是在引用托马斯·肯皮斯的话？他喜欢针对《效仿基督》中的这一句开些无伤大雅的玩笑："少和年轻人以及陌生人待在一起。"好吧，现在提醒胡安·迭戈当心米里亚姆和桃乐茜已经太晚了。你不应该停服贝他阻断剂，而且不该注意到这对母女。

桃乐茜把胡安·迭戈拥在自己胸前，用她那格外有力的胳膊摇晃着他的身体，而他还在继续哭泣。他自然注意到这个年轻女人穿着一件露出乳头的胸衣，透过她的胸衣和开衫下的毛衣，你可以看见她的乳头。

此时正在按摩他的后颈的应该是米里亚姆（胡安·迭戈猜想），她不止一次靠近他并和他耳语。"亲爱的，你一定很伤心吧！因为你能感受到那些大多数男人感受不到的东西，"米里亚姆说，"《一个由圣母玛利亚引发的故事》里的那个可怜母亲。天啊！我一想到在她身上发生了什么……"

"别说了。"桃乐茜提醒母亲。

"一尊圣母玛利亚的雕像从基座上倒下来压到了她！她当场就死了。"米里亚姆接着说。

桃乐茜能感觉到胡安·迭戈的肩膀在她怀中颤抖着。"好吧，你还是说了，妈妈，"女儿不悦地说，"你是想让他更伤心吗？"

"你不懂，桃乐茜，"她的妈妈立刻回答，"就像故事里说的：'至少她是幸福的。并不是每个基督徒都有幸被自己信仰的圣女杀死。'看在上帝的分上，这是很有趣的一幕！"

但是胡安·迭戈（又一次）摇了摇头，这一次是对着桃乐茜的胸脯。"你写的不是自己的母亲吧？这件事没有发生在她身上，对吧？"桃乐茜问他。

"你不要把小说往他自己身上猜了，桃乐茜。"她的母亲说。

"那你来说吧。"桃乐茜反驳母亲。

胡安·迭戈注意到米里亚姆的胸部也很引人注目，尽管透过毛衣无法看到她的乳头。她穿的不是新式胸衣，胡安·迭戈想道。他不知道该怎么回答桃乐茜关于他母亲的问题，她不是被一尊倒下的圣母玛利亚雕像砸死的，并不完全是。

可他又一次无法说出口。由于过度地消耗自己的感情和性欲，他现在全身都奔涌着过多的肾上腺素，他无法控制自己的欲望和泪水。他在思念自己过往生活中的每一个人；也在渴望着米里亚姆和桃乐茜，已经难以分辨更想要其中哪一个。

"可怜的宝贝。"米里亚姆在胡安·迭戈耳边轻语，他感觉到她在亲吻自己的脖子。

桃乐茜深吸了一口气。胡安·迭戈觉得她的胸脯正抵着自己的脸。

当爱德华·邦肖认为人性的弱点必须屈服于上帝的意愿时，这位狂热的信徒会说些什么？我们凡人只能听从上帝的旨意，然后照做？胡安·迭戈听见爱德华多先生这样讲："这是上帝的荣耀。"

此时被桃乐茜拥在怀中，又被她的母亲亲吻着，胡安·迭戈又能做什么呢？他只能听从上帝的任何旨意，然后照做？不过，这里有一点矛盾：胡安·迭戈身边这两个女人并不是上帝喜欢的类型。（米里亚姆和桃乐茜是会说"得了吧上帝！"那种女人。）

"这是上帝的荣耀。"小说家自语道。

"他在说西班牙语。"桃乐茜告诉母亲。

"看在上帝的分上，桃乐茜，"米里亚姆说，"这是垃圾拉丁语。"

胡安·迭戈感觉到桃乐茜耸了耸肩。"管他呢。"叛逆的女儿说，"我知道，这话和性有关。"

两个圣母

胡安·迭戈酒店房间的床头柜上有一组按钮。这些按钮负责调节或开关卧室及浴室的灯，同时也会对收音机和电视产生效果，这让他有些眼花缭乱。

暴躁的女服务员离开时，没有关掉收音机，这种愚蠢而低级的错误在全世界的酒店服务员间依然普遍存在。虽然胡安·迭戈不知道怎么关掉，却成功地把它调成了无声。灯光已经被服务员调暗，但无论胡安·迭戈怎么做，都无法关掉它们。电视一开始很喧嚷，但又忽然安静地暗了下去。胡安·迭戈知道，他最后的办法便是把那张房卡（也是他房门的钥匙）从门口的卡槽中拔出来。不过桃乐茜提醒过他，那样所有带电的东西都会关闭，他只能在伸手不见五指的黑暗中摸索。

黑一点没关系的，作家想。他不明白为什么自己已经在飞机上睡了15小时，现在却又累了。是因为那些恼人的按钮，还是因为他重新燃起的欲望？粗鲁的女服务员重新整理了浴室里的物品。切药器被放在了水槽的另一侧，对面是他小心翼翼地放置贝他阻断剂（以及壮阳药）的地方。

他意识到自己已经很长时间没有服用贝他阻断剂，尽管如此，他却没有吃那粒蓝灰色的药片。他把椭圆形的药片拿在手里，然后又放回了药瓶。不过他服用了一粒壮阳药，一整粒。他并没有忘记自己只需要服用半片，只是想象着如果桃乐茜叫他或是敲他的门，半粒药可能不够。

胡安·迭戈清醒地躺在酒店房间那昏暗的灯光下，什么都没有做。他想象着如果米里亚姆来访，他也需要服用一整粒药。但由于他已经习惯每天服用半粒，50毫克而非100毫克，他发现自己的鼻塞更加严重，嗓子也很干，而且似乎要开始头痛。他已经仔细地想过这一点，并伴着壮阳药喝了很多水，因为喝水似乎能减轻副作用。另外他喝了很多啤酒，再喝水就会让他夜里起来小便。这样的话，如果桃乐茜和米里亚姆并不出现，他就不需要等到早晨再去服用那粒让他消沉的贝他阻断剂。胡安·迭戈已经停服贝他阻断剂太久了，他想到或许应该吃两片。但他那莫名的、由肾上腺素驱动的欲望却和疲乏以及永恒的自我怀疑混杂在一起。为什么这两个性感女人中的某一个会想要和我上床呢？小说家自问。很快，他便睡着了。没有人注意到，即使在睡觉时，他的阴茎也勃起着。

如果说肾上腺素的奔涌激发了他对女人的渴望——至少对这一对母女——他应该预料到自己的梦境（他最重要的少年时光的再现）中也会涌现出大量的细节。

在富豪机场酒店的梦里，胡安·迭戈几乎没有认出里维拉的卡车。迎风行驶的卡车外部溅满了男孩的血迹，更容易辨认的是破坏神——里维拉的狗那张沾满血的脸。血淋淋的卡车一停在耶稣会门口，就吸引了那些来参观圣殿的游客和朝拜者们的注意。全身是血的狗很难不吸引众人的目光。

他们把破坏神留在了里维拉卡车的平板上，而他正凶猛地守护着自己的领地，不让那些围观者靠得离卡车太近。尽管一个胆大的男孩已经触到副驾驶车门上一块风干的血迹。过了好久，他才发现那里依然黏糊糊的，真的是血。

"是血！"那个大胆的男孩叫道。

又有人小声嘟哝："大屠杀。"各种各样的猜想蜂拥而至！仅凭一辆旧卡车上的一点血迹，以及一只全身染血的狗，人们便纷纷开始得出结论，一个接一个。其中一小拨人冲进了圣殿。有传言说，就在巨大的圣母玛利亚雕像下，发生了一起团伙枪击事件，而被害人就在那里。（谁不想围观一下这种事情呢？）

紧随着这可怕的猜想，人群中的一部分忽然发生了某些变化。他们远离了犯罪现场（路边的卡车），疯狂冲向圣殿里奇迹即将诞生的地方。佩佩神父找了个位置停下他那落满土的红色甲壳虫汽车，而他正停在溅满血的卡车和面目凶恶的破坏神旁边。佩佩神父认出了酋长的卡车，他凭借血迹猜想，那两个（佩佩知道）由里维拉照看的可怜孩子，可能受到了某些难以言说的伤害。

"噢——孩子们。"佩佩哀叹道。他立刻对爱德华·邦肖说："别拿东西了，出事了。""出事了？"狂热的信徒用急切的语气重复道。人群中有人提到了"狗"，爱德华·邦肖匆匆跟在摇摇晃晃的佩佩神父身后，一眼瞥见了可怕的破坏神。"这狗怎么了？"爱德华问佩佩神父。

"这狗全身都是血。"佩佩先是用西班牙语，接着又用英语重复了一遍。

"我看见了啊！"爱德华·邦肖有些急躁地说。

耶稣会圣殿里挤满了目瞪口呆的围观者。"奇迹！"其中一个看客喊道。

爱德华·邦肖的西班牙语虽然有限，但没有那么糟，他听懂了"奇迹"这个词，这激起了他一直以来的兴趣。

　　"奇迹？"他问佩佩，"什么奇迹？"而佩佩正在朝着圣坛奔去。

　　"我不知道，先过去吧！"佩佩神父气喘吁吁地回答。我们想要一个英语老师，却等来了一个宣扬奇迹的家伙，可怜的佩佩想。

　　正在大声祈祷奇迹发生的是里维拉，以及人群中的傻瓜们，或者说部分傻瓜，他们的声音已经盖过了他。现在每个人的口中都在念叨着"奇迹"。

　　酋长小心地把胡安·迭戈放在了圣坛前，但男孩依然痛得直叫。（梦境中，胡安·迭戈的痛感并没有那么严重。）里维拉在胸前不停地画十字，并向那个傲慢的圣母玛利亚雕像祈祷，同时用目光四下搜寻着孩子的母亲。他不知是在祈祷胡安·迭戈能够痊愈，还是在祈祷奇迹发生在自己身上，让他免于面对埃斯佩兰萨的暴怒，或者说她因为此次事故对里维拉的责备（她一定会的）。

　　"这叫声听起来不大好。"爱德华·邦肖自语道。他还没有见到那个男孩，但是一个孩子痛苦的叫声听起来和奇迹没有多大关系。

　　"他们在祈祷。"佩佩神父气喘吁吁地说，他知道自己说得可能不准确。他问卢佩发生了什么，却听不懂那癫狂的孩子的话。

　　"她讲的是什么语言？"爱德华急切地问，"听起来有些像拉丁语。"

　　"什么都不是，虽然她好像很聪明，甚至还会读心，"佩佩神父在这个新来的人耳边低语道，"除了那个男孩，没人能听懂她说话。"而那痛苦的叫声越来越大。

　　爱德华·邦肖正是在这时见到胡安·迭戈的，他躺在高大的圣母玛利亚雕像前，脚上流着血。"慈悲的圣母！救救这个可怜的孩子吧！"那个爱荷华人喊道，他的声音让喧嚷的人群安静了下来，但男孩的叫声还在继续。

胡安·迭戈并没有注意到圣殿中其他的人，他只看到两位哀悼者。她们跪在最前排的长凳上。是两个全身黑色的女人，戴着面纱，头部完全被遮住了。奇怪的是，看到这两个女哀悼者让这个哭叫的男孩感到些许慰藉，他的疼痛竟减轻了一些。

　　这并不是什么奇迹，但是疼痛忽然减轻让胡安·迭戈好奇这两个女人是否在哀悼他，也许他是那个死去的人，或者他就要死了。当男孩再次搜寻她们时，他发现两个沉默的哀悼者并没有移动。这两个身着黑色的女人低着头，像雕像一般静止着。

　　无论是否疼痛，胡安·迭戈都毫不惊讶于圣母玛利亚没有治好他的脚，他也不会屏住呼吸等待瓜达卢佩圣母带来奇迹。

　　"这些懒圣女今天不上班，或者她们不想帮你。"卢佩对哥哥说，"那个长得很好笑的外国佬是谁？他想干啥？"

　　"她在说什么？"爱德华·邦肖询问受伤的男孩。"圣母玛利亚是个骗子。"男孩立刻回答，他觉得自己的疼痛又回来了。

　　"骗子——我们的圣母玛利亚不是！"爱德华·邦肖嚷道。

　　"这就是我和你说的那个垃圾场的孩子。"佩佩想要解释，"他很聪明——"

　　"你是谁？你想做什么？"胡安·迭戈问这个穿着滑稽夏威夷衬衫的外国佬。

　　"他是我们这里新来的老师，胡安·迭戈——友好一点，"佩佩神父提醒男孩，"他是我们的人，爱德华·邦……"

　　"爱德华多。"爱荷华人坚持道，他打断了佩佩神父。

　　"爱德华多老神父？还是爱德华多神父？"胡安·迭戈问。

　　"爱德华多先生。"卢佩忽然说。连那个爱荷华人都听懂了她的话。

　　"其实叫爱德华多就行了。"爱德华谦逊地说。

　　"爱德华多先生。"胡安·迭戈不知为何重复了一遍，受伤的拾荒读书人很喜欢这个称呼的发音。他又去搜寻前排座椅上那两个女哀悼者，却没有找到。她们怎么忽然就消失了呢？在胡安·迭戈看来，这和他时隐时现的疼痛一样不可思议。他的疼痛刚刚有所减轻，现在（又一次）恢复了原状。至于那两个女人，好吧，也许她们也是一会儿出现，一会儿消失。深陷疼痛的男孩又怎么会知道谁出现了，谁又消失了呢？

"为什么说圣母玛利亚是骗子？"爱德华·邦肖问男孩。他正一动不动地躺在圣母的脚上。

"别问了——现在别问，不是时候。"佩佩神父开口说，但是卢佩已经语无伦次地嘟哝起来。她先是指了指圣母玛利亚，又指了指那个小一些的棕色皮肤圣母——她身处自己朴素的神龛上，常常被人忽视。

"那是圣母瓜达卢佩吗？"新教士问。他们正位于圣母玛利亚的祭坛，从这里看去，瓜达卢佩的画像非常小，而且在圣殿的一侧，几乎看不见，仿佛是故意被藏起来一般。

"对！"卢佩边跺脚边叫道，她忽然朝地上吐了口痰，似乎刚好位于两个圣母之间。

"她可能也是骗子。"胡安·迭戈解释着妹妹的行为，"但是瓜达卢佩圣母没有那么坏，她只是有一点被腐化了。"

"那个女孩……"爱德华·邦肖刚要开口，佩佩神父把手放在他肩膀上，制止了他。

"别说了。"佩佩神父提醒年轻的美国人。

"不，她不是。"胡安·迭戈回答。那句没有说出口的"智力迟钝"在圣殿中回荡着，就好像是哪个圣母显灵帮忙传达了一般。（其实，卢佩已经读过新教士的心，知道他在想些什么。）

"男孩的脚有些不对劲，被轧坏了，而且脚尖的方向也很奇怪。"爱德华对佩佩神父说，"他不要去看医生吗？"

"要！"胡安·迭戈叫道，"带我去瓦格斯医生那儿。只有老板还在期待奇迹。"

"老板？"爱德华多先生问，他以为男孩指的是上帝。

"不，是那个老板。"佩佩神父说。

"什么老板？"爱荷华人问道。

"是酋长。"胡安·迭戈指着慌乱而满怀自责的里维拉。

"哈！他是男孩的父亲？"爱德华问佩佩。

"不，可能不是——他是垃圾场的老板。"佩佩神父说。

"当时他正要开车！他太懒了，没有把侧视镜修好！你看他那蠢胡子！他的嘴像毛毛虫似的，除了妓女根本不会有女人想亲他！"卢佩咆哮着。

"天哪——她有她自己的语言，对不对？"爱德华·邦肖问佩佩神父。

"他叫里维拉。他倒车的时候轧到了我，但是他待我们就像爸爸一样——比爸爸还好。他从不丢下我们，"胡安·迭戈对新教士说，"而且也从来不打我们。"

"是嘛，"爱德华的语气十分谨慎，"那你们的母亲呢？她在哪儿……"

也许是接到了那些正在放假，什么都不肯做的圣母的召唤，埃斯佩兰萨奔向圣坛边的儿子。她是个非常美丽的年轻女子，无论何时走到哪里，人们都会自动为她让开一条路。在爱荷华人看来，她既不像是耶稣会的清洁女工，也完全不像任何人的母亲。

什么女人会拥有这样完美的胸脯？佩佩神父自忖道。其他女人的胸为什么总是下垂的？

"整天迟到，神经兮兮。"卢佩阴沉地说。女孩看向圣母玛利亚和圣母瓜达卢佩的眼神便充满了怀疑，现在轮到她母亲，她直接扭开了目光。

"他肯定不是男孩的……"爱德华多先生开口道。

"是——她也是女孩的母亲。"佩佩不再说话了。

埃斯佩兰萨语无伦次地叫嚷着，她似乎在恳求圣母玛利亚，而非清醒地询问胡安·迭戈究竟发生了什么。佩佩神父觉得她的祈祷和卢佩的话语有些像，可能这是遗传的吧，而卢佩（显然）也加入了，胡乱地对母亲说着什么话。她指着垃圾场老板，把坏掉的镜子和倒车轧到脚的故事讲述了一遍。此时里维拉已经快要拜倒在圣母玛利亚的脚下，他不停地用头撞击着冷漠的圣母玛利亚身下的底座，可卢佩没有对这个嘴唇像毛毛虫的家伙表现出任何同情。圣母玛利亚真的很冷漠吗？

这时，胡安·迭戈正仰头望着圣母玛利亚那通常毫无表情的脸。不知是男孩的疼痛影响了他的视角，还是圣母玛利亚真的在对埃斯佩兰萨怒目而视。虽然她的名字象征着"希望"，可怎么没给自己儿子的生命中带来一点希望呢？圣母究竟不满于什么？为什么她会如此生气地看着孩子们的母亲？

埃斯佩兰萨那暴露衣着的低胸领口现出这位清洁女工完美的乳沟。而圣母玛利亚站在基座之上，她正全方位地俯瞰着埃斯佩兰萨的胸脯。

埃斯佩兰萨也明显感觉到了来自高大圣母雕像的无情不满。让胡安·迭戈惊讶的是，母亲竟然能听懂她那顽固的女儿在嘟哝些什么。他本已习惯做卢佩的翻译——即使是对埃斯佩兰萨——可他这次并没有。

埃斯佩兰萨已经不在圣母脚趾的位置绞着双手祈祷，这个性感的女清洁工不愿再祈求那没有反应的雕像。胡安·迭戈总是低估母亲责怪人的能力——当然是责怪别人。这次她要强烈谴责的是里维拉，即酋长。他没有修好自己的侧视镜，在卡车里睡觉时又把变速杆调到倒车挡。她的两只手紧紧握成拳头，打在垃圾场老板的身上。她还狂踢他的小腿，撕扯他的头发，并用手镯划破了他的脸。

"你帮帮里维拉吧。"胡安·迭戈对佩佩神父说，"要不然他也得去看瓦格斯医生了。"受伤的男孩又对他的妹妹讲道："你看到圣母玛利亚是怎么看我们的妈妈的吗？"但那个似乎无所不知的女孩只是耸了耸肩。

"圣母玛利亚谁都不喜欢。"卢佩回答，"那头大母猪觉得所有人都不够好。"

"她在说什么？"爱德华·邦肖问。

"谁知道呢。"佩佩神父回答。（胡安·迭戈并没有帮他们翻译。）

"你要是想担心，"卢佩对哥哥说，"你应该担心瓜达卢佩圣母怎么看你。"

"怎么看我？"胡安·迭戈问女孩。扭头去看两个圣母中不引人注目的那一个会让他的脚很痛。

"她好像还没拿定主意，"卢佩说，"瓜达卢佩还没决定要不要帮你。"会读心的女孩告诉他。

"带我离开这儿吧。"胡安·迭戈对佩佩神父说，"爱德华多先生，你一定要帮我。"受伤的男孩补充道，他紧握着新教士的手。"里维拉可以载我，"他接着说，"但你要先把他解救出来。"

"埃斯佩兰萨，停一停，"佩佩神父对清洁女工说，他上前一步，抓住了她纤细的手腕，"我们要送胡安·迭戈去医院，我们需要里维拉开他的卡车。"

"他的卡车！"歇斯底里的母亲叫嚷道。

"你应该祈祷。"爱德华·邦肖对埃斯佩兰萨说。不可思议的是，他竟然会用西班牙语讲这句话，而且讲得很好。

"祈祷？"埃斯佩兰萨重复道。"他是谁？"她忽然问佩佩。而佩佩正盯着他那流血的拇指，埃斯佩兰萨的一只手镯划伤了他。

"他是我们新来的老师，是我们一直在等的人。"佩佩神父说，他忽然灵光一现，"爱德华多先生是从爱荷华来的。"他把"爱荷华"的发音读得和"罗马"很像。

"爱荷华。"埃斯佩兰萨用愉快的语气重复道，她的胸脯起伏。

"爱德华多先生。"她复述着佩佩神父对爱德华的称呼，并对这个爱荷华人行了个屈膝礼，她的乳沟有些尴尬地露了出来。"在哪里祈祷？这里吗？现在？"她询问那个穿着随意的鹦鹉图案衬衫的新教士。

"是的。"爱德华多对她说，他正努力不去看她的胸部。

就把这件事交给他吧，他有办法应付，佩佩神父想。

里维拉已经把胡安·迭戈从高大的圣母玛利亚所在的圣坛上抱了下来。男孩痛苦地哭叫着，尽管只是一会儿，却足以让窃窃私语的人群变得安静。

"你看他。"卢佩对哥哥说。

"看谁……"胡安·迭戈问道。

"他，那个外国佬——鹦鹉男！"卢佩说，"他是带来奇迹的人。你没发现吗？他一定是为我们——为你而来的。"

"什么意思？'他是为我们而来的'是怎么回事儿？"胡安·迭戈问妹妹。

"为你而来的。"卢佩又说了一遍，却转过了身。她的热情几乎消退了，仿佛对自己刚刚的话失去了兴趣，或者不再那么确信。"我明白了，我觉得这个外国佬不是我的奇迹，只是你的。"女孩有些沮丧地说。

"鹦鹉男！"胡安·迭戈被里维拉抱着，重复了一遍卢佩的话，然后被逗笑了。可他注意到卢佩脸上并没有笑容。她格外严肃地在人群中搜寻着，仿佛在寻找那个给自己带来奇迹的人，却没有找到。

"你们天主教徒啊。"胡安·迭戈说，此时里维拉正在耶稣会圣殿拥挤的入口处拨开一条路，佩佩神父和爱德华·邦肖不确定男孩是否在对他们说话。"你们天主教徒啊"也可能是指这熙熙攘攘的人群，其中包含他那尖声祈祷却不奏效的母亲。埃斯佩兰萨祈祷时声音总是很大，这一点和卢佩很像，她也仿佛在使用卢佩的语言。而此时，她也和卢佩一样不再祈求圣母玛利亚，另一个更小的、深色皮肤的圣母吸引了这个美丽清洁女工虔诚的目光。

"噢，你曾经不被相信，遭受质疑，被要求证明自己的身份。"埃斯佩兰萨正在对着那个儿童规格的瓜达卢佩画像祈祷。

"你们天主教徒啊。"胡安·迭戈又开口了。破坏神看见孩子们回来开始摇尾巴，但这次受伤的男孩一把抓住了新教士那过大的夏威夷衬衫上的几只鹦鹉。"你们天主教偷走了我们的圣母。"胡安·迭戈对爱德华·邦肖说，"瓜达卢佩是我们的，你们把她带走了，你们利用了她，把她变成了你们圣母玛利亚的助手。"

"助手！"爱荷华人重复道，"这孩子英语讲得真好！"爱德华对佩佩神父说。

"是啊，非常好。"佩佩回答。

"不过他可能疼得有些神经错乱了。"新教士猜测道。佩佩神父觉得这和他的疼痛并没有什么关系，佩佩以前听到过这个男孩痛斥瓜达卢佩圣母。

"作为一个垃圾场里的孩子，他真是一个奇迹，"佩佩这样说道，"他读书比我们的学生还好，而且别忘了——他是自学的。"

"我知道——真的很厉害。自学！"爱德华多先生感叹道。

"天知道他是从哪儿，怎么学会英语的——他不只待在垃圾场，"佩佩说，"还常和嬉皮士和逃兵们一起出去——真是个有心的孩子！"

"但是一到垃圾场，就什么都完了，"胡安·迭戈在疼痛的间隙开了口，"哪怕是英文书。"他不再搜寻那两个女哀悼者的身影，胡安·迭戈觉得他的疼痛代表着他不会再见到她们了，因为他不会死。

"我不想和毛毛虫嘴坐一块儿，"卢佩说，"我要和鹦鹉男一起。"

"我们想和破坏神一起坐在平板上。"胡安·迭戈对里维拉说。

"好吧。"垃圾场老板叹了口气，他知道自己被嫌弃了。

086

"这狗友好吗？"爱德华多先生问佩佩神父。

"我会开甲壳虫跟着你，"佩佩回答，"你要是被撕成了碎片，我可以给你作证，我会跟上级举荐，让你以圣徒的身份死去。"

"我说真的呢。"爱德华·邦肖说。

"我也是，爱德华——抱歉，是爱德华多——我也在说真的。"佩佩回答。

里维拉让卢佩坐上卡车平板上的小床，然后把受伤男孩的头放在她的腿间。两个老牧师也来到了现场。爱德华·邦肖正抵在卡车的备胎上，孩子们挡在他和破坏神之间。而破坏神正用怀疑的目光看着这位新教士，缺少眼睑的左眼源源不断地流出泪水。

"这里怎么了，佩佩？"奥克塔维奥神父问，"有人晕倒吗？还是谁的心脏病发作了？"

"是垃圾场的孩子们。"阿方索神父皱着眉头说，"老远就能闻到垃圾车的味儿。"

"埃斯佩兰萨在祈祷什么呢？"奥克塔维奥神父问佩佩，因为清洁女工那哀号的声音也从老远就能听到，至少在圣殿前的人行道上非常清晰。

"胡安·迭戈被里维拉的卡车轧到了，"佩佩神父说，"他们把他带到这里祈求奇迹，不过我们的两个圣母都没有显灵。"

"我想他们正要去瓦格斯医生那儿吧，"阿方索神父说，"不过怎么有一个外国佬跟他们一起？"两个老牧师皱起了他们那异常敏感而且挑剔的鼻子，他们不仅是不满于垃圾车的气味，还有那个外国佬以及他衬衫上那些立在帐篷间的波西米亚鹦鹉。

"别告诉我里维拉还轧到了一个游客。"奥克塔维奥神父说。

"他是我们一直在等的人啊，"佩佩神父恶作剧似的笑了笑，"来自爱荷华的爱德华·邦肖——我们的新老师。"佩佩正要告诉他们爱德华多先生是一个宣扬奇迹的人，但是他努力克制住了。他希望奥克塔维奥神父和阿方索神父自己去了解爱德华·邦肖。佩佩这样说，本是为了激怒这两个看起来非常保守的牧师，不过他很小心，只是用最随意的口气提到了奇迹。"爱德华多先生有点神奇。"他这样说道。

"爱德华多先生。"奥克塔维奥神父重复道。

"神奇！"阿方索神父有些厌恶地嚷着。这两个老神父并不会随意使用"神奇"这个词。

"噢，你们会明白的——会明白的。"佩佩神父故作天真地回答。

"那个美国人还有别的衬衫吗，佩佩？"奥克塔维奥神父问。

"有合身的吗？"阿方索神父补充道。

"有，有好多呢——都是夏威夷风格的！"佩佩回答，"我觉得那些衬衫对他来说都有点大，因为他瘦了很多。"

"为什么？他要死了吗？"奥克塔维奥神父问。相比丑陋的夏威夷衬衫，奥克塔维奥神父和阿方索神父对减重的事情并没有什么兴趣。两个老牧师也几乎和佩佩神父一样胖。

"他——要死了吗？"阿方索神父也问佩佩。

"我想没有吧，"佩佩回答，他试着再次露出恶作剧式的笑容，"爱德华很健康，而且很想被重用。"

"重用。"奥克塔维奥神父重复着，仿佛这句话宣判了爱德华的死刑一般，"太功利了。"

"上帝保佑。"阿方索念道。

"我跟着他们。"佩佩神父对两位老牧师说。他正摇晃着走向他那落满土的红色甲壳虫汽车。"万一有什么事呢。"

"上帝保佑。"奥克塔维奥神父应和道。

"让美国人去吧，他们不是想被重用嘛。"阿方索神父说。

里维拉的卡车驶离了路边，佩佩神父也跟上了他。他向前看去，可以瞥见胡安·迭戈的小脸正被他那奇怪的妹妹用一双小手捧着。破坏神又把前爪搭在了平板的工具箱上，风把这只狗那对不对称的耳朵从脸上吹起，一只是正常的，另一只有一个不规则的三角形缺口。但吸引佩佩神父注意的却是爱德华·邦肖。

"你看他，"卢佩对胡安·迭戈说，"看那个外国佬——鹦鹉男！"

佩佩神父从爱德华·邦肖身上看到了归属感。他虽然一直很不自在，却仿佛忽然在某个计划中找到了自己的位置。

佩佩神父不知道自己是兴奋还是恐惧，或者两者都有，他现在明白爱德华多先生真的是一个目标明确的人。

胡安·迭戈在梦中有这样的感觉，你知道一切在此时已经改变了，而这一刻预示着你的余生。

"喂？"电话里传来年轻女子的声音，胡安·迭戈这才意识到自己正把它拿在手里。

"喂。"刚刚小睡过的作家回答，此时他反应过来自己还在勃起。

"嘿，是我——桃乐茜，"年轻女子说，"你一个人在房间吧？我妈妈没和你在一起吧？"

两只避孕套

  对于一个小说家的梦，你能相信多少呢？在梦中，胡安·迭戈显然知道佩佩神父的想法和感受。但是他的梦是以谁的视角进行的？（不是佩佩的。）

  胡安·迭戈很愿意谈论这些，以及其他关于他苏醒的梦境的事情，虽然现在似乎不是时候。桃乐茜正在玩弄着他的阴茎，小说家发现，自从结束性爱后，这个年轻女人便细致地把玩起他的阴茎来，这样子就像是在对待她的手机或笔记本电脑。胡安·迭戈不喜欢性幻想，即使从小说家的角度也并无兴趣。

  "我觉得你可以再来一次。"赤身的女孩说。"好吧——就算不是现在，一会儿也行。你看看这家伙！"桃乐茜叫道。第一次的时候她也毫不害羞。

  在他这个年纪，胡安·迭戈并不常看自己的阴茎，但是桃乐茜从一开始就一直在看。

  他们的前戏是怎么开始的？胡安·迭戈想道。（他对于前戏或后戏并没有太多经验。）他本想和桃乐茜解释墨西哥人对瓜达卢佩圣母的盛赞。他们在胡安·迭戈那张灯光昏暗的床上相拥，隐约能听到声音微弱的广播，仿佛来自一个遥远的星球。这时这个毫无顾忌的女孩掀开了被子，看见了他的阴茎正因肾上腺素的驱动和壮阳药的作用而勃起着。

"事情是从西班牙人1521年征服阿兹特克帝国开始的，西班牙人非常信奉天主教。"胡安·迭戈对年轻的女人说。桃乐茜用她那温暖的脸抵着他的腹部，看着他的阴茎。"西班牙人从埃斯特雷马杜拉来，那里的瓜达卢佩，我是说圣母的雕像，也许是《福音书》的作者圣·卢克雕刻的。那尊雕像发现于14世纪。"他接着说道，"圣母拽来其中一个狡猾的幽灵，你知道，他的样子是一个谦卑的牧羊人。她要求那人去挖掘自己出现的地方，牧羊人在那里发现了一个标记。"

"这根本不是一个老头儿的阴茎，而是一个很警惕的家伙。"桃乐茜说，她并没有再继续关于瓜达卢佩的话题。接着她便开始了，她可不想浪费时间。

胡安·迭戈努力不去在意她。"埃斯特雷马杜拉的瓜拉卢佩皮肤是棕色的，和大多数墨西哥人都很像，"他对桃乐茜说，虽然对着她脑后的深色长发说话让他有些不安，"所以对于那些从西班牙来到墨西哥的人来说，她是完美的劝服工具。于是她变成了引导土著人皈依基督教的最佳标志。"

"哈哈。"桃乐茜回答，她把胡安·迭戈的阴茎放进了自己的嘴里。

胡安·迭戈从来不是一个在性方面很自信的男人。最近，除了他对自己进行的壮阳药试验，他根本没有任何性生活。但是胡安·迭戈对桃乐茜的行为作出了很绅士的回应——他接着讲了下去。这一定是他的小说家身份在发挥作用：他能长期集中注意力，毕竟他没怎么写过短篇小说。

"西班牙人入侵十年后，在墨西哥城外的一座山上……"胡安·迭戈对吮吸着他阴茎的年轻女人说。

"特佩亚克。"桃乐茜短暂地停了下来。她完美地念出这个词后，又把胡安·迭戈的阴茎放回了自己口中。让胡安·迭戈困惑的是，这个看起来不学无术的女孩竟知道这个地名，但是他装作对此并无察觉，就像假装对女孩的动作毫不在意一样。

"1531年12月的一个清晨……"胡安·迭戈接着说了下去。

女孩忽然开口了，这次她并没有把胡安·迭戈的阴茎从口中取出。胡安·迭戈感觉自己被她的牙齿猛咬了一下。"在西班牙，那个早晨是圣母无瑕受孕节，这不是巧合吧？"

"不是，不过……"胡安·迭戈本想接着说，但他顿了一下。此时桃乐茜已经全心投入，似乎不会再停下来发表什么观点了。小说家努力继续下去："那个叫胡安·迭戈的农民，我的名字就是从这里来的，他看到了一个女孩的身影。她被光芒环绕着，看起来只有十五六岁。不过当她对他说话时，据说农民从她的话语中听出（也可能只是我们这样猜想），这个女孩要么是圣母玛利亚，要么是某个和她类似的人。她想要一座教堂，一整座纪念她的教堂，就建在她出现在农民面前的这个地方。"

桃乐茜哼了一声，或许是在表达自己并不相信，当然也可能是不置可否的意思，等待着胡安·迭戈后面的解释。如果一定要猜的话，胡安·迭戈觉得她知道这个故事，对于圣母玛利亚（或者某个类似她的人）以少女的形式出现，要求某个倒霉的农民为她建一整座教堂，她刚刚的反应更像是在表达讽刺。

"那个农民又能怎么做呢？"胡安·迭戈问。这是一个反问句，至于桃乐茜从前是否听过这个故事，从她忽然发出的声音便可知了。可她那粗鲁的声音把胡安·迭戈吓了一跳，不是那个农民，是另一个胡安·迭戈。他显然害怕再次被忙着吮吸的女孩的牙齿咬到，但他并没有感到疼痛，至少那一瞬间没有。

"好吧，农民把这个难以置信的故事讲给了西班牙大主教……"小说家接着讲道。

"祖马拉加！"桃乐茜在发出那种近似呕吐的声音前讲了出来。

这个年轻女人竟如此博学，她甚至知道那个疑惑的主教的名字！胡安·迭戈很惊讶。既然桃乐茜知道如此多的细节，他便有些犹豫是否还要讲瓜达卢佩的故事。他没有讲出关于"奇迹"的那一部分，要么是惊诧于桃乐茜竟对这个自己长期以来感兴趣的话题如此了解，要么是被她的吮吸分散了注意力。

"那个疑惑的主教又做了什么？"胡安·迭戈问。他是在考桃乐茜，聪明的年轻女人并没有让他失望，除了她已经停止吮吸。她的口中忽然发出"砰"的一声，放开了他的阴茎，这再一次把胡安·迭戈吓到了。

"那个蠢主教让农民去证实这件事，好像这是他的职责一样。"桃乐茜有些蔑视地说。她靠近胡安·迭戈的身体，让他的阴茎在她那一对乳房间滑动着。

"于是可怜的农民回去找圣母，和她要一个标志物来证明她的身份。"胡安·迭戈继续讲道。

"就好像这是她的垃圾职责一样。"桃乐茜说，她此时正在亲吻他的脖子并咬他的耳垂。

现在，事情变得让人困扰起来，已经难以描述是谁在对谁讲话。毕竟，他们两个都知道这个故事，也都急于快速结束讲故事的环节。圣母让胡安·迭戈（农民）去采花，因为12月盛开的鲜花可以增加她的可信度。农民找到的花是卡尔蒂利亚玫瑰，这并不是墨西哥本土的花，她的声誉便进一步扩散了。

但这是一个关于"奇迹"的故事，此时桃乐茜和胡安·迭戈（小说家）讲到农民把花拿给了主教，圣母把花放在了农民寒酸的斗篷中，而桃乐茜自己已经创造出了一点小小的奇迹。这个有心的女人拿出了她自带的避孕套，在他们说话的时候已经帮他戴上。小说家发现这个女孩可以同时做很多事，他从自己的教师生涯中得知，这一点在年轻人之间非常受赞赏。

在胡安·迭戈有过性交往的小圈子里，还没有哪个女人会自带避孕套，并非常擅长戴上它们。他也没见过哪个女孩，像桃乐茜这样熟稔而自信地想在两人的关系中占据主动。

胡安·迭戈缺少对女人的经验，尤其是像桃乐茜一样在性方面强势而多变的年轻女人，这让他有些失语。他不确定自己要不要把瓜达卢佩故事的重要部分讲完，也就是在可怜的农民掀开他的斗篷，把玫瑰拿给祖马拉加主教时发生了什么。

虽然桃乐茜正稳稳地坐在胡安·迭戈的阴茎上，她的乳房垂下来，蹭着小说家的脸，但这部分故事却是她讲出来的。当花朵从斗篷中掉落后，那上面竟出现了瓜达卢佩圣母的肖像，她的双手合十祈祷着，双目谦卑地低垂。

"其实瓜达卢佩的画像印在那个蠢斗篷上也没什么，"年轻女子边在胡安·迭戈身上动来动去边说，"是圣母本人，我是说她的样子，打动了主教。"

"你是什么意思？"胡安·迭戈上气不接下气地说，"瓜达卢佩长什么样？"

桃乐茜向后仰头，甩了甩头发，她的双乳在他面前摇晃着。胡安·迭戈屏住呼吸，凝视着那对乳房间流下的汗水。

"我是说她的仪态！"桃乐茜喘息着说，"她的手那样交叠着，就算她有乳房，你也看不到。她双目低垂，但你仍然可以从她眼中看到幽灵般的光。那光芒不在她眼球深色的部分……"

"是在虹膜……"胡安·迭戈开口道。

"也不在虹膜中，是在瞳孔里！"桃乐茜气喘吁吁，"我是说眼睛正中的地方，她的眼中有一道诡异的光。"

"是啊！"胡安·迭戈嘟哝着。他一直是这样想的，却直到现在才遇到一个和他看法一致的人。"但是瓜达卢佩与众不同，不只因为她的棕色皮肤。"他说话很费力，随着桃乐茜在他身上动来动去，他的呼吸越来越困难，"她讲纳瓦特语，当地的语言——她是个印第安人，而非西班牙人。如果她是圣母，也是一位阿兹特克圣母。"

"那个蠢主教为什么会被打动？"桃乐茜问。"瓜达卢佩的仪态太他妈的谦卑了，太像玛利亚了！"辛勤忙碌中的年轻女人叫道。

"是啊！"胡安·迭戈嚷着，"那些爱摆布人的天主教徒……"他刚开口，桃乐茜忽然用某种超乎寻常的力量抓住了他的肩膀。她把他的头和肩从床上完全拽了起来，让他翻了上去，覆在自己身体之上。

当桃乐茜还压在胡安·迭戈上面时，他曾抬头望向她，看她的眼睛，他明白了桃乐茜对他的看法。

很久之前，卢佩是怎么说的？"如果你想要担心，应该担心瓜达卢佩圣母怎么看你。她好像还没拿定主意，还没决定要不要帮你。"会读心的女孩这样对他说。

桃乐茜在把胡安·迭戈扭到上面，让他覆住自己的身体前的那个瞬间，不正是这样看着他的吗？那目光虽然短暂，却很可怕。而现在，他身下的桃乐茜就像是一个被附身的女人。她的头左右摇晃着，屁股用力向上顶着他。而胡安·迭戈就像是一个害怕摔倒的人，紧紧地抓着桃乐茜。可他能摔去哪儿呢？床很大，他们完全没有掉下去的风险。

起初，他以为是自己性高潮的状态导致了听力格外灵敏。他听到的是调至最小声的收音机吗？那未知的语言有些恼人，却又让人觉得莫名熟悉。他们这里不是应该讲中文？胡安·迭戈想，可收音机里的女声讲的并不是中文，而且她的声音一点也不小。在他们做爱的猛烈动作间，难道桃乐茜那乱动的双手，也可能是胳膊或腿，误碰了床头柜上的按钮面板？收音机里的女声不知用哪里的外语正尖叫着。

这时胡安·迭戈意识到那个尖叫的女声其实是桃乐茜。收音机的声音还和之前一样小，被放大的是桃乐茜达到高潮的叫声，超出了任何预期和理由。接下来，胡安·迭戈的两种想法不知不觉地融汇在一起：他的身体强烈地意识到，自己正在进行一场前所未有的酣畅性交；但他也同时确信，自己的确应该服用两粒贝他阻断剂——在刚一有机会的时候。不过这个未经检验的主意为他带来了另一个想法。胡安·迭戈觉得自己知道桃乐茜在讲哪种语言了，虽然距离上一次听到有人讲已经是很多年前。桃乐茜在高潮前叫嚷的语言听起来像是纳瓦特特语，那是瓜达卢佩圣母的语言，即阿兹特克人的语言。但是纳瓦特语是墨西哥中南部和中美洲众多语言中的一种。桃乐茜为什么？怎么可能会讲呢？

"你不接电话吗？"桃乐茜用英语平和地问。她弓着背，将双手枕在头底下的枕头上，以便胡安·迭戈越过她的身体，伸手去拿床头柜上的手机。难道是因为光线比较暗，让桃乐茜的肤色显得比现实中更深些？还是直到现在胡安·迭戈才注意到她的肤色很深？

他需要努力拉伸，才能够到响铃的手机。先是他的胸部触到了桃乐茜的乳房，接着是他的腹部。

"是我妈妈，你知道的。"年轻女人懒洋洋地说，"就知道是她，她先给我打了。"

胡安·迭戈想到，也许要服用三片贝他阻断剂。"喂？"他温和地对电话里说。

"你肯定耳鸣了吧。"米里亚姆说，"我很惊讶你居然能听到电话里的声音。"

"我能听见你。"胡安·迭戈说，他的声音要比想象中大很多。他现在还在耳鸣。

"整层楼，甚至整个酒店都能听见桃乐茜的声音。"米里亚姆补充道。胡安·迭戈不知道该说些什么。"如果我女儿已经恢复讲话的能力了，就让我和她说话。要不然你就帮忙传信，"米里亚姆接着说，"你可以告诉桃乐茜，等她一恢复正常。"

"她很正常。"胡安·迭戈说，他心中升腾起荒谬的错位感和极度的自尊。这么说任何一个人都是很荒唐的。为什么说桃乐茜不正常呢？这个和他一起待在床上的年轻女人不是再正常不过了吗？胡安·迭戈这样想着，把电话递给了桃乐茜。

"真是惊喜啊，妈妈。"年轻女人简短地说。胡安·迭戈听不到米里亚姆对女儿说了些什么，但他注意到桃乐茜没怎么说话。

胡安·迭戈觉得这段母女间的对话或许给了他悄悄摘掉避孕套的机会，但当他从桃乐茜身上下来，背对着她躺在自己那一侧时，他惊讶地发现避孕套已经被取走了。

真是有代沟啊，当今这些年轻人！胡安·迭戈惊叹道。他们不仅能让一只避孕套凭空出现，也能以同样的速度让它消失。不过它去哪儿了？胡安·迭戈纳闷道。当他转向桃乐茜时，女孩用她其中一只健壮的胳膊环抱着他，将他拥在自己胸前。他看到了床头柜上的箔纸包装，他之前没有注意过，但是避孕套本身已无迹可循。

胡安·迭戈曾自称"细节保存者"（他指的是作为小说家），他很好奇那只用过的避孕套去哪里了：也许压在桃乐茜的枕头下，也许随手丢在凌乱的床上。或许如此随意地处置一只避孕套也算是自己与年轻人的代沟了。

"我知道他要搭早班飞机，妈妈。"桃乐茜说，"我知道我们为什么会在这里。"

我要去小便一下，胡安·迭戈想，下次进浴室的时候我不能再忘了吃那两粒贝他阻断剂了。但当他想要离开那光线阴暗的床时，桃乐茜强壮的手臂紧紧地从他后颈处钩过来，让他的脸紧抵在那只近一些的乳房上。

"不过我们的航班是什么时候呢？"他听到桃乐茜问母亲，"我们接下来不去马尼拉吗？"不知是想到桃乐茜和米里亚姆可能会和他一起去马尼拉，还是感受到桃乐茜的乳房抵着他的脸，胡安·迭戈再次勃起了。这时他听见桃乐茜说："你在开玩笑吧？你从什么时候开始'期待'马尼拉的？"

啊——噢，胡安·迭戈想着，如果我的心脏受得了和桃乐茜这样的年轻女人在一起，自然也受得了在马尼拉与米里亚姆共度良宵。（或许他是这样想的。）

"他是个绅士，妈妈，当然不是他打给我的，"桃乐茜说，她正拿起胡安·迭戈的手，把它放在她那另一只远一点的乳房上，"对，是我打给他的。别告诉你你没想打给他过。"年轻女人刻薄地说。

胡安·迭戈用头抵着桃乐茜的一只乳房，用他那只空着的手紧握着另外一只，他想起卢佩曾喜欢说的某句话，通常都是在不合时宜的场合。"这不是地震的好时候。"卢佩说。

"你也去死吧。"桃乐茜说着挂掉了电话。这不是地震的好时候，却是胡安·迭戈到浴室去的合适时机。

"我做过一个梦。"他开口道，但是桃乐茜忽然坐了起来，推着他背过身去。

"你不会想听我做过什么梦的，相信我。"她对他说。她蜷起身子，把脸放在他的肚子上，却背对着他。胡安·迭戈再次面对着她那深色头发的后脑勺。当桃乐茜把玩他的阴茎时，小说家在思考应该用什么词形容此刻的行为，也许是"后戏"吧。

"我觉得你可以再来一次。"赤身的女孩说，"好吧，就算不是现在，一会儿也行。你看看这家伙！"桃乐茜叫道。他已经和第一次一样硬，年轻女人毫不犹豫地骑在他身上。

啊——噢，胡安·迭戈再次想道。他想的只是自己有多么需要小便，可他并未说出口，他说的是"这不是地震的好时候"。

"我让你见识一下地震。"桃乐茜说。

小说家醒来的时候，他确信自己已经死了，下到了地狱。很长一段时间里，他怀疑如果地狱真的存在（他也质疑地狱的存在），那里是否会播放糟糕的音乐，声音非常大，足以和外语新闻竞争。可事实上，胡安·迭戈醒来时依然在床上——在富豪机场酒店那灯火通明的房间的床上。他房间里的每一盏灯都亮着，而且开着最高的亮度。他收音机里的音乐和电视里的新闻也都开着最高的音量。

是桃乐茜离开的时候这样做的吗？年轻女人已经走了，但她是不是故意给胡安·迭戈留下了这份"叫醒服务"呢？或者女孩走的时候生气了，然而胡安·迭戈并不记得。他觉得自己睡得比从前任何时候都沉，但时长不超过五分钟。

他猛烈敲打着自己床头柜上的按钮，这让他的右手肘感到很痛。收音机和电视的音量已经降到足够低，于是他听到并接起了正在响铃的电话：电话中有人在用亚洲口音对他喊叫（谁知道这"亚洲口音"是哪一种语言）。

"很抱歉——我听不懂。"胡安·迭戈用英语回答。

"对不起。"他开始讲西班牙语，但那个打电话的人等不及了。

"你个昏蛋！"亚洲口音叫道。

"你是想说浑蛋——"作家回答，但那个愤怒的家伙已经挂掉了电话。这时，胡安·迭戈才发现，床头柜上不再有他第一只和第二只避孕套的箔纸包装，一定是桃乐茜带走，或者丢在废纸篓中了。胡安·迭戈看见第二只避孕套依然在他的阴茎上。事实上，这是他又一次"上阵"的唯一证据。对于桃乐茜再一次爬上他的身体，他并没有什么记忆。她发誓让他感受的"地震"也随着时间流逝了。如果那个年轻女人又一次扯开嗓子，用那种类似纳瓦特语的语言（但应该不是）叫喊，那一刻也并没有在梦中或记忆中被捕捉到。

小说家只知道自己睡着了，而且并没有做梦，甚至连噩梦都没有做。他起身一瘸一拐地朝浴室走去。但他并没有很想小便，这意味着他已经小便过了。他希望自己没有尿在床上、避孕套里，或是桃乐茜身上，但是当他走进浴室时，他看到装有贝他阻断剂的药瓶盖子开着。他上次起床小便一定吃掉了一颗（或两颗）贝他阻断剂。

但那是多久之前的事情呢？是在桃乐茜离开之前还是之后？他是按照处方只服用了一粒药，还是如自己设想服用了两粒呢？事实上他不该服用两粒。即使之前曾漏服，单次服用两粒贝他阻断剂也是不推荐的。

窗外已经出现了一缕微光，而胡安·迭戈的房间依然灯火通明，他知道自己要搭乘早班机。他并没有拿出多少行李，所以也没有太多要收拾的。然而他正在认真思考，要在如厕用品的袋子里装些什么。这一次，他把贝他阻断剂（以及壮阳药）放在了随身包中。

他把第二只避孕套摘下来，扔在了厕所，却因为找不到第一只而不安起来。他到底是何时小便的？他想到米里亚姆随时会打电话给他，或是敲他的门，告诉他该走了。不过他还是掀起床单，又在枕头下翻找一番，希望能找到第一只避孕套。这个鬼东西不在任何一个废纸篓里，还有那些箔纸包装。

胡安·迭戈站在淋浴头下，看见那只消失的避孕套正绕着浴缸底部的排水筏打转。它全部展开了，就像是一条淹死的虫子。唯一的可能是，这只避孕套在他和桃乐茜用过后，粘在了他的背上、屁股上或是一条腿后面。

多尴尬啊！他希望桃乐茜没有看到。如果没洗澡的话。他就会带着这只用过的避孕套坐上前往马尼拉的飞机。

糟糕的是，他还没有洗完，电话铃声便响了。胡安·迭戈知道，对他这个年龄的人来说，尤其是对他这个年纪的跛子来说，坏事总是发生在浴缸中。胡安·迭戈关掉了淋浴，近乎优雅地走出浴缸。他浑身湿漉漉的，心里清楚浴室的瓷砖一定很滑。但当他去拽毛巾时。又很难把它从杆子上拉下来，于是他花了比平时更大的力气。铝制的毛巾杆从浴室的墙上掉了下来，把一块墙砖也带动了。墙砖落在地上碎掉，半透明的碎片在地面四下飞溅。铝制的杆子砸中了胡安·迭戈的脸，在他一侧眉毛上方划了个口子。他一瘸一拐地跌入卧室，头上还流着血。他把毛巾覆在了流血的位置上。

"喂！"他对着电话说。

"你醒了，我先确认一下，"米里亚姆说，"别让桃乐茜回来睡。"

"桃乐茜不在这里。"胡安·迭戈说。

"她没接电话，可能是正在洗澡或者做什么。"她说，"你准备好出发了吗？"

"十分钟后怎样？"胡安·迭戈问。

"八分钟吧，最好五分钟，我会来接你。"米里亚姆对他说。"最后再去找桃乐茜，她这个年纪的女孩总是最慢的。"女孩的母亲解释道。

"我会准备好的。"胡安·迭戈说。

"你还好吗？"米里亚姆问他。

"很好啊。"他回答。

"你的声音有些不一样。"她说着便挂掉了电话。

不一样？胡安·迭戈琢磨着。他看到自己的血滴在了最外层的床单上，水从他的头发流下来，稀释了他额头上伤口的血迹，把他的血变成了粉色，但也变得比原本更多。那只是一个小伤口，却不断在流血。

是啊，脸部的伤口流血都会比较多，而且他刚刚洗过热水澡。胡安·迭戈想用毛巾擦去粘在床上的血迹，但毛巾上的血比床单上还多，他搞得一团糟。靠近床头柜那一侧的床就像是发生了一场具有仪式感的性虐杀活动。

胡安·迭戈回到浴室，那里有更多的血和水，以及满地的破碎瓷片。他用冷水浇脸，主要是前额，希望能让那个愚蠢的伤口不再流血。自然，他会终生携带壮阳药，以及他不喜欢的贝他阻断剂，还有那麻烦的切药器，不过他忘了带创可贴。他把一沓卫生纸粘在那流了很多血的小伤口上，暂时把血止住了。

米里亚姆敲门时，他请她进来。他已经准备好出发，只差把那只定制的鞋子穿在残疾的脚上。这个动作有些好笑，也很耗费时间。

"过来，"米里亚姆边说边把他推到了床上，"我来帮你。"于是他坐在床角，让她帮忙穿鞋。让他惊讶的是，她似乎知道要怎么做。她的动作很专业，也很迅速，接着她便一边检查胡安·迭戈跛脚上的鞋子，一边久久打量着沾了血的床单。"不是强奸，也不是谋杀，"米里亚姆对着那可怖的床单上的血迹和水痕点了点头，"女招待们怎么想都没关系。"

"我把自己划伤了。"胡安·迭戈说。米里亚姆自然注意到了他前额上那渗着血的卫生纸，就在眉毛上方。

"怎么看都不像是刮胡子弄的。"她说。他看着她从床边走向壁橱，朝里面望去，接着又开开关关那些抽屉，确认是否有落下的衣服。"每次离开之前，我总是要这样扫荡房间，每一家酒店的房间。"她对他说。

他没法阻止她去检查自己的浴室。胡安·迭戈确信，他并没有把任何如厕用品留在那里，壮阳药或贝他阻断剂自然也没有，他已经把它们收进了随身包。至于第一只避孕套，他现在只记得自己把它留在了浴缸，它此时应该孤零零地躺在排水筷边，仿佛象征着某种可悲的下流行为。

"嘿，小套套。"他听到米里亚姆的声音从浴室中传来。胡安·迭戈依然坐在沾了血的床角。"女招待们怎么想都没关系。"米里亚姆回到卧室的时候重复道，"但是大部分人不是会把这些东西冲进厕所吗？"

"嗯。"胡安·迭戈只应了一声。他不太喜欢性幻想，自然也不会由此联想到什么。

我一定是服用了两粒贝他阻断剂，他想道，因为他比平时感觉更加消沉。也许我可以在飞机上睡觉，他又想。胡安·迭戈知道现在考虑梦里可能会发生什么为时过早。他太累了，甚至希望自己的梦能被贝他阻断剂缩减一些。

"我妈妈揍你了吗？"当胡安·迭戈和米里亚姆来到桃乐茜的房间时，这个年轻女人问道。

"我没有，桃乐茜。"她妈妈回答。米里亚姆已经开始扫荡女儿的房间。桃乐茜只穿好了一半，一条裙子，但上身只有胸衣，没穿衬衫也没穿毛衣。她敞开的手提箱堆在床上。（那箱子很大，能装下一只大狗。）

"洗澡的时候出了点意外。"胡安·迭戈指着额头上粘着的卫生纸，只解释了这一句。

"我觉得已经不流血了。"桃乐茜对他说。她只穿胸衣站在他面前，掀起卫生纸。当桃乐茜把卫生纸从胡安·迭戈的前额上摘下来的时候，那个小伤口又开始流血，不过不算多，她把一根手指匀湿，压在他眉毛上方，但没有止住。"你不要动。"年轻女人说，而胡安·迭戈正努力不去看她那诱人的胸衣。

"看在上帝的分上，桃乐茜——快点穿衣服，"母亲对她说。

"我们去哪儿啊，我是说我们三个？"年轻女人问她的妈妈，但语气并不是那么天真无知。

"穿好衣服，我再告诉你。"米里亚姆说。"噢，我差点忘了，"她忽然转向胡安·迭戈，"你的行程表还在我这儿，我应该还给你。"胡安·迭戈记起他们最初在肯尼迪国际机场的时候，米里亚姆拿走了他的行程表，但他没注意到她还没有还。这时，米里亚姆把行程表拿给了他。"我在上面做了一些笔记，关于你在马尼拉时待在哪里。不过不是这次，你这是第一次去，待的时间又不长，还没必要担忧这个。不过相信我。你不会喜欢自己住的地方的。等到你再回到马尼拉，我是说第二次，而且会待得久些，我针对你到时候待在哪儿提了些建议。我复印了一份你的行程表，我们拿着，"米里亚姆又对他说，"这样我们就能帮你查看行程了。"

"我们拿着？"桃乐茜有些疑惑地重复着，"你的意思是你拿着吧？"

"我们——我说的是'我们'，桃乐茜。"母亲告诉女儿。

"我希望还能再见到你，"胡安·迭戈忽然说，"你们两个。"他有些尴尬地补充道，因为他只看着桃乐茜。女孩穿上了一件衬衫，还没开始系扣子。她看着自己的肚脐，又摸了摸。

"噢，你会再见到我们的。一定会。"米里亚姆对他说，她正走进浴室，继续着自己的扫荡。

"是的，一定会。"桃乐茜说。她还盯着自己的肚脐，衬衫的扣子依然没有扣好。

"快点把扣子系上，衬衫是有扣子的吧，看在上帝的分上！"她的母亲从浴室里嚷道。

"我什么都没落下，妈妈。"桃乐茜朝浴室叫道。年轻女人已经系好了扣子，她忽然快速地吻了下胡安·迭戈的嘴唇。他看到她手里拿着一个小信封，是那种看起来像是酒店供应的东西。桃乐茜把信封塞进了他的上衣口袋。"现在不要读，等下再看。是一封情书！"女孩低语着。她的舌头从胡安·迭戈的唇间掠过。

"你真让我大吃一惊，桃乐茜，"米里亚姆回到卧室时说，"胡安·迭戈的浴室比你的乱多了。"

"我生来就是让你惊讶的，妈妈。"女孩说。

胡安·迭戈犹疑地朝两人笑了笑。他始终想象，自己的菲律宾之行会是一次感伤的旅行，因为这次旅行他不是为自己而去。事实上，他一直认为这次旅程是替另一个人前往的，一个想要去那里却在出发前死去的朋友。

然而胡安·迭戈发现自己的旅程似乎已经难以和米里亚姆及桃乐茜分开。那么那段他想一个人走完的旅途该怎么办呢？

"那你——你们两个——到底要去哪里呢？"胡安·迭戈小心地询问这对（很显然）环球旅行经验丰富的母女。

"噢，哥哥——我们有些鬼事情要做！"桃乐茜有些不高兴地说。

"那是我们的任务，桃乐茜——你们这代人就爱说'鬼'什么的。"米里亚姆说。

"我们很快就会再见到的，比你想象得快。"桃乐茜告诉胡安·迭戈，"我们最后会到马尼拉，不过不是今天。"年轻女人有些神秘。

"我们会在马尼拉和你见面。"米里亚姆有些不耐烦地和他解释，又补充道，"会很快的。"

"会很快的，"桃乐茜重复着，"耶，耶！"

还没等胡安·迭戈帮忙，年轻女人便忽然把手提箱从床上拎了起来。那箱子很大，看起来也很重，但桃乐茜提起它的样子仿佛这完全没有多少重量。这让胡安·迭戈想到这个年轻女人是怎么把他拎起来的，让他的头和肩膀完全离开了床，然后把他翻到了自己身体之上。

这个女孩好强壮啊！胡安·迭戈只想到了这点。他转身去拿自己的行李箱，而非随身包，却惊讶地发现米里亚姆已经拿起了它——和她自己的大包一起。这个母亲也好强壮啊！胡安·迭戈想。他趔趄着来到走廊，努力赶上两个女人的步伐。他没有注意到自己走路几乎已经不痛了。

有一件特别的事情：胡安·迭戈已经忘记当时他们在聊些什么话题，聊到一半的时候，他和米里亚姆及桃乐茜分开了，因为他们要在香港国际机场过安检。他走向金属检测装置，并回头看米里亚姆。米里亚姆正在脱鞋，他看见她的脚趾甲染成了和桃乐茜一样的颜色。当他通过了金属检测仪器，再去寻找那两个女人时，她们都不见了，只是单纯地（或者没那么单纯地）消失了。

胡安·迭戈向其中一位安检员询问那两个和他同行的女人。她们去哪里了？安检员是个没有耐心的年轻人，他被金属检测器的一处明显故障吸引了注意。

"什么女人？哪两个女人？什么样的女人我都见过，她们肯定是走过去了！"安检员对他说。

胡安·迭戈觉得自己应该试着用手机给她们发短信或是打电话，可他忘了和她们要电话号码。他翻看自己的通信录，徒劳地寻找着她们根本不存在的名字。米里亚姆并没有把自己的，或是桃乐茜的电话号码写到在他的行程表上做的笔记之间，胡安·迭戈从中只看到了一些可供选择的马尼拉酒店的名字和地址。

胡安·迭戈想道，对于他"第二次"前往马尼拉的旅程，米里亚姆真是做足了功课，不过他停下了思绪，缓慢地走向前往菲律宾的航班登机口，而这是他第一次去马尼拉，他自忖道（如果他还在想着这次旅程的话）。他已经非常累了。

一定是因为贝他阻断剂，胡安·迭戈思索着。假如我真的服用了两粒药，我想自己不该这样做。

即使是国泰航空——这次是一架小很多的飞机——绿茶松饼也有些让人失望。这回并没有他和米里亚姆及桃乐茜一起前往香港时，第一次品尝绿茶松饼那么难忘。

当胡安·迭戈想起桃乐茜放在他口袋里的情书的时候，他已经起飞了。他拿出信封，打开了它。"我们很快就会再见到的！"桃乐茜在富豪机场酒店的信纸上写道。她把自己的唇印——显然是刚刚涂过口红的——印在了信笺上，让他感觉到她的嘴唇正在开合间吐出"很快"这个词。他这时才留意到，她的口红和她的脚指甲，以及她妈妈的脚指甲是同一个颜色。胡安·迭戈觉得，他会把这种颜色叫作洋红。

他忍不住去看这封所谓的情书信封中其他的东西：两个空箔纸包装，分别来自第一个和第二个避孕套。或许香港国际机场的金属探测器出了什么问题，胡安·迭戈想，它没有检测出这两只箔纸避孕套外壳。他又想到这一次显然不是自己期待中的感伤旅程，但他已经出发太久，没有回头路了。

9

你可能会好奇

爱德华·邦肖的额头上有一个L形的疤痕，是小时候摔的。当时他的小手里抓着一块麻将牌，却在奔跑中被一只睡着的狗绊倒了。那只小小的麻将牌是用象牙和竹子制成的，它精致的一角磕在了爱德华鼻梁上方白皙的额头上，在那对金色的眉毛正中留下了一个完美的印记。

他坐了起来，却因为太过眩晕而无法站起。血从他的双眼间流下，从鼻尖滴落。那只狗已经醒了，边摇尾巴边舔着男孩流血的脸。

狗表现出的怜爱之情让爱德华感到一丝宽慰。他七岁了，被爸爸称作"妈妈的小宝贝"。也许正由于这个原因，他很不喜欢打猎。

"为什么要去射杀那些活着的动物？"他问爸爸。

那只狗也不喜欢打猎。她是一只拉布拉多寻回犬，小时候曾误入邻居家的游泳池，差点淹死。从那以后，她便开始怕水。这对一只拉布拉多犬来说是很不正常的。爱德华那专横的父亲还坚持认为，另一点"不正常"的是，这只狗从不会寻回任何东西。（哪怕是一只球或一根木棍——死去的鸟就更不可能了。）

"她怎么不会寻回呢？她不是拉布拉多寻回犬吗？"爱德华那冷漠的叔叔伊恩时常抱怨。

但爱德华喜欢这只不会寻回也从不游泳的拉布拉多犬，可爱的狗也喜欢这个男孩。在爱德华的父亲格雷厄姆的严苛评判中，他们都是"胆小鬼"。而在小爱德华眼里，他父亲的兄弟——恃强凌弱的伊恩叔叔——又蠢又不友善。

这一切都只是用来帮助理解后续事情的背景。爱德华的父亲和伊恩叔叔出门猎野鸡，带回了很多鸟儿，他们从通往车库的门闯入了厨房。

他们住在科拉尔维尔，那里当时还是爱荷华的远郊，满脸是血的爱德华正坐在厨房的地板上，那只不会寻回也从不游泳的拉布拉多看起来像是在吃男孩的头。两个男人冲进厨房，后面跟着伊恩叔叔的切萨皮克湾寻回犬，那是一只和伊恩一样好斗而又缺乏体察力的雄性军犬。

"碧翠丝，你找死吧！"爱德华的父亲叫道。

格雷厄姆给拉布拉多取名为碧翠丝，这是他能想到的最好笑的女性名字了。对于一只伊恩叔叔认为应该绝育的狗，这个名字很合适，"这样她就没法生小狗了，也就不会让拉布拉多犬高贵的血统变种"。

两个猎手把爱德华留在了厨房地板上，他们把碧翠丝带了出去，在车道上用枪打死了她。

当爱德华·邦肖后来指着他额头上L形的伤疤，用已经释怀的冷静语气开口时，你无法想到他会讲出这样一个故事。"你们对我的伤疤很好奇吧——"他用这个开头把你带到了被残杀的碧翠丝面前。而她是小爱德华曾深爱的狗，一只拥有你能想象到的最可爱性格的狗。

许多年过去了，胡安·迭戈依然记得，爱德华多先生保留了那块精致的小麻将牌，他平整的前额上留下了一个永久的方形印记。

胡安·迭戈头上那块被毛巾杆砸出的无关紧要的伤口终于停止了

流血。是它触动了他今夜对于爱德华·邦肖——这个他生命中挚爱的人的回忆并深陷其中吗？中国香港到马尼拉的航程是否太短了，让他无法熟睡？这段旅途并没有他想象得那么短暂，但他在整整两个小时中都焦躁地处于半睡半醒状态，梦境也变得杂乱无章。他那断裂的睡眠和梦里的错序更证明了他一定服用了两粒贝他阻断剂。

飞往马尼拉的路上，他的梦境一直断断续续，但其中最重要的是关于爱德华·邦肖头上疤痕那段可怕的故事。这就是服用两粒贝他阻断剂的结果！不过，尽管胡安·迭戈已经很累，他还是庆幸自己至少做了梦，哪怕是混乱的。只有回到过去，他才会拥有最强烈的自信，也非常明确地知道自己究竟是谁，而不只是一个小说家。

混乱的梦中通常会有太多对话，以及毫无预警忽然发生的事情。医生的办公室在瓦哈卡的红十字医院，让人费解的是，那里距离急诊入口很近。不知是这个主意还是这样的设计更糟糕，或者两者兼有。一个女孩被瓦哈卡某只屋顶狗咬伤，却被带到了瓦格斯医生的整形科而非急救室，虽然她的手和前臂都为了保护脸而骨折了，但她身上并没有什么需要整形的地方。瓦格斯是一位整形医生——虽然对于马戏团成员（主要是儿童演员）、垃圾场的孩子们，以及流浪儿童之家的孤儿，他会做的并不只是整形。

瓦格斯对那个误送到他这里的咬伤病人有些不耐烦。"你会没事的。"他不停地对哭叫的女孩说。"她应该去急救室——不是我这儿。"瓦格斯又反复告诉女孩那歇斯底里的母亲。等候室里的每个人看到受伤的女孩都很难过，其中包括最近才来到这里的爱德华·邦肖。

"屋顶狗是什么？"爱德华多先生问佩佩，"我觉得应该不是一种狗！"他们正跟着瓦格斯医生进入诊室。胡安·迭戈被放在轮床上。

卢佩正在嘟哝着什么，不过她受伤的哥哥并不打算替她翻译。她说的是：有些屋顶狗是幽灵，是那些被残忍折磨和杀害的狗的鬼魂。这些鬼魂徘徊在城市的屋顶上，袭击无辜的人，因为它们遭遇袭击时也是无辜的狗，所以想要报仇。这些狗住在屋檐上，是因为它们会飞。而且由于已经成了鬼魂，没有人可以伤害它们，再也不可以。

"这个回答很长啊！"爱德华·邦肖问胡安·迭戈，"她说了什么？"

"你猜对了，屋顶狗不是狗。"胡安·迭戈只对新教士说了这一句。

"多半是杂种狗，瓦哈卡有许多流浪狗，其中很多是野狗。它们经常在屋顶上闲逛。没有人知道它们是怎么上去的。"佩佩神父解释道。

"它们不会飞。"胡安·迭戈补充说，但是卢佩依然在嘟哝着。他们此时已经进入了瓦格斯医生的诊室。

"你怎么了？"瓦格斯医生问那个讲着难懂的话的女孩，"冷静一下，慢慢和我说，这样我才能听懂。"

"我才是病人——她是我妹妹。"胡安·迭戈告诉年轻的医生。或许瓦格斯没有注意到那张轮床。

佩佩神父对瓦格斯解释，他以前曾给这两个孩子体检过，但是瓦格斯有太多病人了，他很难把这些孩子管教得规规矩矩。胡安·迭戈已经不再那么痛，所以此时他也没有喊叫。

瓦格斯医生年轻英俊，全身散发出一种放纵的高贵气质，这应该是成功的经历所致。他习惯于自己是正确的，也很容易为他人的不幸感到不安，而且过于感性，总是倾向于在与人第一次见面时对他人作出判断。每个人都知道瓦格斯医生是瓦哈卡最好的整形医生，医治跛足儿童是他的专长。谁会不在意跛足儿童呢？不过瓦格斯惹恼了所有人。孩子们因为他不记得自己而讨厌他，大人们觉得他很傲慢。

"所以你是病人，"瓦格斯医生对胡安·迭戈说，"和我说说你的情况。不用介绍你来自垃圾场，我能闻得出来。我知道那个垃圾场。说说你的脚吧，讲一下它们是怎么回事。"

"我的脚也和垃圾场有关。"胡安·迭戈对医生说，"一辆格雷罗的卡车，装着一车来自垃圾场的铜，很重的一车，轧到了我的脚。"

有时候卢佩会像列清单一样说话，现在便是如此。"第一，医生是个可怜的浑蛋。"会读心的女孩开口道，"第二，他为自己活着感到惭愧。第三，他觉得自己应该去死。第四，他会说你需要照X光，但只是在拖延，他已经知道他治不好你的脚了。"

"像是萨巴特克或米斯特克语，但又不是。"瓦格斯医生说，他并没有询问胡安·迭戈他妹妹说了什么，但胡安·迭戈也（像其他人一样）不喜欢这个年轻的医生，所以他决定把卢佩说的全部都告诉他。

"这些都是她说的？"瓦格斯问。

"关于过去她总是说得很准，"胡安·迭戈告诉他，"但是关于未来，她还没说得这么准过。"

"你确实需要照X光。我可能治不好你的脚，但我看了X光才能告诉你。"瓦格斯医生对胡安·迭戈说。"你带耶稣会的朋友来，是想要得到主的帮助吗？"医生边问男孩，边对佩佩神父点了点头。（在瓦哈卡，所有人都知道佩佩，就像许多人都听说过瓦格斯医生一样。）

"我妈妈是耶稣会的清洁女工。"胡安·迭戈对瓦格斯说。他接着朝里维拉示意："但他——酋长才是照顾我们的人——"男孩正要说下去，里维拉打断了他。

"当时是我在开车。"垃圾场老板愧疚地说。

卢佩又陷入了她那关于坏掉的侧视镜的演说，但是胡安·迭戈并不需要翻译。另外，她又增添了一些内容，关于为什么瓦格斯医生是一个可怜的浑蛋，她列举了若干细节。

"瓦格斯喝醉了，又睡过了。他错过了自己的航班，这本是一次家庭旅行。然而那个蠢飞机失事，他的父母在飞机上，还有他姐姐，以及姐姐的丈夫和两个孩子。他们都遇难了！"卢佩叫道，"而瓦格斯当时还在睡觉。"她补充说。

"她的声音很紧张，"瓦格斯对胡安·迭戈说，"我该看看她的喉咙，或许要检查一下声带。"

胡安·迭戈告诉瓦格斯他为那次让年轻医生失去整个家庭的飞机失事感到抱歉。

"她告诉你的？"瓦格斯问男孩。

卢佩并没有停止她的嘟哝：瓦格斯继承了父母的房子，以及其他全部物品。他的父母对宗教"非常虔诚"，曾经还因为瓦格斯"完全不虔诚"爆发过一些家庭矛盾。现在的年轻医生还是"不够虔诚"，卢佩说。

"如果他一开始'完全不虔诚'，怎么能说现在'不够虔诚'呢，卢佩？"胡安·迭戈问他的妹妹，但女孩只是耸了耸肩。她仅仅知道这些事情，这些信息进入了她的脑子，但不包含任何解释。

"我只是告诉你我知道些什么，"卢佩总是说，"不要问我是什么意思。"

"等下，等下！"爱德华·邦肖用英语插话道。"谁一开始'完全不虔诚'，后来变得'不够虔诚'？我知道这种现象。"爱德华对胡安·迭戈说。

胡安·迭戈用英语对爱德华多先生讲述了卢佩告诉他的关于瓦格斯的一切，即使是佩佩神父也并不了解这整个故事。此时，瓦格斯正在接着检查男孩被轧到扭曲的脚。胡安·迭戈现在有些喜欢瓦格斯医生了。卢佩那能够知道一个陌生人的过去（也能多少知道一些他的未来）的恼人本领让胡安·迭戈不再那么专注于自己的疼痛，而让他心存感激的是，瓦格斯刚好利用这个空当为他做了检查。

"这个垃圾场的孩子从哪儿学的英语？"瓦格斯医生用英语问佩佩神父，"你的英语没有这么好啊，佩佩。不过你应该也在教育这个孩子上出了一点力吧。"

"他自学的，瓦格斯——他自己说，自己理解，自己读书。"佩佩回答。

"这是一种需要培养的天赋，胡安·迭戈。"爱德华·邦肖告诉男孩。"我为你家人的悲剧感到抱歉，瓦格斯医生，"爱德华多先生补充道，"我对家庭的不幸略有所知——"

"这个外国佬是谁？"瓦格斯有些鲁莽地用西班牙语问胡安·迭戈。

"他是鹦鹉男。"卢佩回答。

胡安·迭戈把卢佩的答案翻译给了瓦格斯。

"爱德华是我们新来的老师。"佩佩神父对瓦格斯医生说。"他来自爱荷华。"佩佩补充道。

"是爱德华多。"爱德华·邦肖说。他本想伸出手，却注意到瓦格斯医生手上戴着胶皮手套——那手套已经溅上了来自男孩那被诡异地轧扁的伤脚的血迹。

"你确定他不是来自夏威夷，佩佩？"瓦格斯问。（新教士夏威夷衬衫上那几只喧嚷的鹦鹉是不可能被忽视的。）

"我和你一样，瓦格斯医生。"当爱德华·邦肖明智地决定不必和年轻医生握手后，他开口道，"我的信仰也被疑虑影响过。"

"我没有任何信仰，也没有疑虑。"瓦格斯回答。他的英语很简略，但是表达准确，他的意思是对于信仰他并没有什么疑虑。"这就是我喜欢X光的理由，胡安·迭戈。"瓦格斯医生继续着他还算准确的英语，"X光是实实在在的，它要比我此刻想到的许多事清晰得多。你受伤了，来找我，还带着两个教士。还有你那会读心的妹妹，你刚说，她对于过去要比未来知道得更准确一些。你那尊敬的酋长也来了，他又是垃圾场老板，是他照顾你，也是他轧了你。"（对于里维拉而言，所幸瓦格斯的演说使用了英语，而非西班牙语，因为里维拉已经为此次事故感到非常内疚了。）"X光的结果会告诉我们应该对你的脚做些什么。我说的是医学方面，爱德华，"瓦格斯停了下来，不仅望向爱德华·邦肖，还望着佩佩神父，"至于主的帮助，那就留给你们教士吧。"

"是爱德华多。"爱德华·邦肖更正道。爱德华多先生的父亲格雷厄姆（那个杀狗的人），中间名便是爱德华。这点足以让爱德华·邦肖更青睐爱德华多这个名字，而胡安·迭戈也很喜欢。

瓦格斯忽然对佩佩神父暴怒起来，这次他讲的是西班牙语。"孩子们住在格雷罗，他们的母亲又是耶稣会圣殿的清洁工——多巧啊！我猜流浪儿童之家也是她打扫？"

"对，孤儿院也是。"佩佩回答。

胡安·迭戈正想告诉瓦格斯，他的母亲埃斯佩兰萨不仅是一个清洁女工，可她另外的身份是有歧义的（这是最好的可能），而男孩知道年轻医生对这种歧义不会有什么好的看法。

"你母亲现在在哪里？"瓦格斯医生问男孩，"应该没在打扫卫生吧。"

"她在圣殿里为我祈祷。"胡安·迭戈告诉他。

"我们去拍X光，继续下一步。"瓦格斯医生适时地打断了话题。显然他需要控制自己，不要诋毁祈祷带来的力量。

"谢谢你，瓦格斯。"佩佩神父说，他的语气里流露出几分虚伪，于是每个人都看向他，甚至刚刚才认识他的爱德华·邦肖。"谢谢你努力不在我们面前宣扬你的无神论。"这次佩佩更加一语中的。

"我是为了你，佩佩。"瓦格斯回答。

"瓦格斯医生，没有信仰自然是你个人的事情，"爱德华·邦肖说，"但是看在这个男孩的分上，或许不该在此时讲这些。"新教士补充道，仿佛缺少信仰这件事和他有关。

"没关系，爱德华多先生，"胡安·迭戈用他近乎完美的英语对爱荷华人说，"我也没有什么信仰，并不比瓦格斯医生好多少。"但胡安·迭戈其实比他自己说的更有信仰。他对教会有所怀疑，当地的圣女之争也包含在内，但他对奇迹很感兴趣，也对此持开放的态度。

"别这么说，胡安·迭戈，你还太小，不要说自己没有信仰。"爱德华说。

"看在这男孩的分上，"瓦格斯用他那生硬的英语说道，"现在最好关注实际，而不是信仰。"

"我不知道自己应该信仰什么。"卢佩开口了，她并不在意谁能（或者不能）听懂她的话，"我想要信仰瓜达卢佩，但是看看她是怎么被利用的吧！看看圣母玛利亚是怎么控制她的！既然她让怪物玛利亚当老大，我又怎么能信任她呢？"

"瓜达卢佩让玛利亚从她头顶踩了过去，卢佩。"胡安·迭戈说。

"喂！快停下！别这么说！"爱德华·邦肖打断了男孩，"你还这么小，说话不要太讽刺。"（当话题和宗教有关时，新教士的西班牙语就会变得比你最初想象得好些。）

"去拍X光吧，爱德华多。"瓦格斯医生说，"我们进行下一步。这些孩子住在格雷罗，在垃圾场工作，而他们的母亲却为你们干活。这还不够讽刺吗？"

"我们往下进行吧，瓦格斯，"佩佩神父说，"去拍X光。"

"垃圾场很好啊！"卢佩不肯停下来。"胡安·迭戈，告诉瓦格斯我们很爱垃圾场。瓦格斯和鹦鹉男再说下去，我们就得去流浪儿童之家了！"卢佩叫嚷道，可胡安·迭戈什么都没有帮她翻译。他沉默着。

"去拍X光吧。"男孩说。他只想知道自己脚的情况。

"瓦格斯没有什么办法治好你的脚。"卢佩告诉他。"瓦格斯认为，如果影响了血液循环，他就得给你截肢！他还认为你只有一只脚，或者拖着一只残脚没法住在格雷罗！他觉得你的脚会永远保持这个扭曲的角度，然后自己愈合。到时候你就能重新走路，但不是在几个月内。你以后就只能一瘸一拐地走了，这就是他的想法。他还在好奇，为什么是鹦鹉男和我们一起来，而不是妈妈。你告诉他我知道他在想什么！"卢佩对哥哥叫道。

胡安·迭戈开口说："我会告诉你她认为你在想些什么。"他把卢佩的话讲给了瓦格斯，并不时忽然停下，把一切用英语解释给爱德华·邦肖。

瓦格斯转向佩佩神父，仿佛这里只有他们两个："这男孩会讲双语，他妹妹又会读心。他们待在马戏团会更好些，不一定非得住在格雷罗，去垃圾场工作。"

"马戏团？"爱德华·邦肖问，"他是说马戏团吗，佩佩？他们是孩子，不是动物！流浪儿童之家会照顾他们吗？一个跛足的男孩和一个不会说话的女孩！"

"卢佩会说话！她能讲很多话。"胡安·迭戈说。

"他们不是动物！"爱德华多先生重复道。也许卢佩听懂了"动物"这个词（虽然是用英语讲的），她使劲盯着鹦鹉男。

啊——噢，谁知道那个疯丫头是不是在读他的心！佩佩想。

"马戏团通常会照看里面的孩子，"瓦格斯医生目光掠过沉浸在愧疚中的里维拉，随后用英语对爱荷华人说，"这些孩子可以表演中场小节目——"

"中场小节目！"爱德华多先生嚷着，他的双手绞在一起。也许是他紧绞双手的样子，让卢佩看到了七岁时的爱德华·邦肖。女孩哭了起来。

"噢，不！"卢佩一边哭，一边用两只手捂住了眼睛。

"这又是在读心吗？"瓦格斯问，他看起来有些不相信。

"那女孩真的会读心吗，佩佩？"爱德华也问道。

我现在希望她不会，佩佩想。但他只是说："这个男孩自学了两门语言。我们可以帮助他，爱德华，你想想。那个女孩我们帮不了。"佩佩用英语低声说，虽然就算他说的是西班牙语，卢佩也不会听见，她还在大声哭叫着。

"噢，不！他们射死了他的狗！他的爸爸和叔叔，他们把鹦鹉男的狗杀了！"卢佩用沙哑的声音哀号起来。胡安·迭戈知道自己的妹妹有多么爱狗，她无法也不愿继续说下去，而是伤心地啜泣着。

"她在说什么？"爱荷华人问胡安·迭戈。

"你以前养过狗吗？"男孩反问爱德华多先生。

爱德华多跪了下来。"慈悲的圣母玛利亚，感谢你把我带到需要我的地方！"新教士叫道。

"我猜他养过狗。"瓦格斯医生用西班牙语告诉胡安·迭戈。

"那只狗死了，有人把它射死了。"男孩尽可能平静地告诉瓦格斯。卢佩还在哭泣着，而爱荷华人依然在颂扬着圣母玛利亚，没有人注意到这对医生和病人简短的对话，以及他们之间接下来发生了什么。

"你认识马戏团的人吗？"胡安·迭戈问瓦格斯医生。

"我认识，到时候可以介绍给你。"瓦格斯对男孩说，"我们需要让你妈妈知道——"说到这里，瓦格斯看见胡安·迭戈本能地闭上了眼睛，"或者佩佩，我们需要佩佩的支持，他也可以代表你妈妈。"

"鹦鹉男——"胡安·迭戈用西班牙语说道。

"我可不适合和鹦鹉男进行什么有意义的对话。"瓦格斯医生打断了他的病人。

"他的狗！他们射死了他的狗！可怜的碧翠丝！"卢佩依然哭喊着。

虽然卢佩声音嘶哑，语句难懂，爱德华·邦肖却从中听出了"碧翠丝"这个名字。

"读心术真的是上帝给的礼物，佩佩。"爱德华对他的同事说，"这女孩真是先知吗？你这么说过。"

"忘了这个女孩吧，爱德华多先生。"佩佩神父平静地说，这一次也是用英语，"想想这个男孩，我们能拯救他，或者帮他拯救他自己。他还是有救的。"

"但是女孩知道——"爱荷华人说道。

"这帮不了她。"佩佩立刻反驳。

"孤儿院会收留这两个孩子吧？"爱德华多先生问佩佩神父。

佩佩有些担心流浪儿童之家的修女们。并不是说修女们一定不会喜欢垃圾场的孩子，现在的问题是埃斯佩兰萨，这位既做清洁工又做夜场工作的母亲。但他只是对爱荷华人说："会的——儿童之家会收下他们的。"佩佩说到这里就停了下来，他不知道接下来要说些什么，以及要不要说出他的疑虑。

没有人注意到卢佩已经停止了哭泣。"马戏团。"会读心的女孩指着佩佩神父说。

"马戏团怎么了？"胡安·迭戈问妹妹。

"佩佩神父觉得这个主意很好。"卢佩告诉他。

"佩佩觉得马戏团是个不错的想法。"胡安·迭戈用英语和西班牙语对所有人说。但佩佩看起来并不是很确定。

他们暂时停止了对话。拍X光花了很多时间，尤其是等待放射科医生的判断。由于等候太久，结果出来的时候，他们对于自己听到的内容都已经不再有任何疑虑。（瓦格斯已经想到了这些，卢佩又把他的想法告诉了大家。）

在等候放射科医生诊断的时候，胡安·迭戈发现自己确实有些喜欢瓦格斯医生。卢佩的想法却略有不同：她喜欢爱德华多先生，这主要是因为七岁那年他的狗的遭遇，但并不是唯一的原因。女孩把头枕在爱德华·邦肖的腿上睡着了。和这个会读心的孩子亲密起来后，新老师展现出更多热情。他始终盯着佩佩神父，仿佛在说：你真觉得我们没法拯救她吗？我们当然可以！

噢，主啊，佩佩祈祷着：我们面前的道路多么危险，就像是被许多疯狂和未知的大手操控着！请指引我们吧！

此时瓦格斯医生正坐在爱德华·邦肖和佩佩神父旁边。他轻触了一下女孩的额头。"我需要看看她的喉咙。"年轻的医生提醒他们。他说会让自己的护士去联系另一位同事，她也在红十字会医院办公。戈麦斯医生是一位耳鼻喉专家，最理想的情况是她能检查卢佩的喉咙。不过瓦格斯知道如果她没法亲自检查，也会把必要的工具借给他。那是一种特殊的灯，以及一面放在喉咙后方的小镜子。

"我们的妈妈，"卢佩在睡梦中说，"让他们看她的喉咙。"

"她没有醒——卢佩总是说梦话。"里维拉说。

"她在说什么，胡安·迭戈？"佩佩神父问男孩。

"说的是我们的妈妈。"胡安·迭戈回答。"卢佩睡着的时候也能读心。"男孩提醒瓦格斯。

"再给我讲讲卢佩母亲的情况，佩佩。"瓦格斯说道。

"她的母亲也会发出这种声音，但又不完全相同。当她很兴奋，或者在祈祷时，没有人能听懂她。当然，埃斯佩兰萨年纪更大。"佩佩想要解释，却无法表达出自己真正的意思。无论是用英语还是西班牙语，他都不知道要怎么讲清楚。"埃斯佩兰萨能让别人理解她的意思，她说话并不总是难懂的。毕竟她是一个妓女！"在确定卢佩依然睡着后，佩佩脱口而出，"但这个孩子，这个可怜的丫头，她没法对别人表达自己的想法，除了对她哥哥。"

瓦格斯医生看向胡安·迭戈，他只是点了点头。里维拉也在点头，他一边点头一边哭泣着。瓦格斯问里维拉："她在婴儿或者之后的阶段，有过呼吸困难的症状或者你能想到的类似情况吗？"

"她得过喉头炎——老是咳嗽。"里维拉啜泣着说。

当佩佩神父把卢佩得过喉头炎的事情讲给爱德华·邦肖时，爱荷华人问："很多孩子都会得喉头炎吗？"

"她的声音格外嘶哑，这说明声带受损。"瓦格斯医生缓缓地说，"我还是想看看卢佩的喉咙，以及她的喉头和声带。"

由于会读心的女孩睡在他的腿上，爱德华·邦肖一动不动地坐着。

在这重要的一瞬，他那宏大的誓言既给他带来冲击，也赋予了他力量。他忠诚于圣·依纳爵，因为他疯狂地宣称只要可以阻止一个妓女一夜的罪行，他宁愿牺牲自己的生命。这两个垃圾场的孩子很有天分，但他们正身处危险中或是需要被拯救的边缘，也许两者兼有。而此时坚持无神论的科学青年瓦格斯医生只想到检查这个孩子的喉咙、喉头和声带——这是多么好的机会，又是多么有趣的思想碰撞啊！

这时卢佩醒来了，也许她已经醒来有一会儿，但刚刚睁开眼睛。

"我的喉头在哪里？"小姑娘问她的哥哥，"我不想让瓦格斯看。"

"她想知道她的喉头在哪里。"胡安·迭戈为瓦格斯医生翻译道。

"在她气管的顶端，声带的位置。"瓦格斯解释说。

"没有人能靠近我的气管。气管是什么？"卢佩问。

"她这次问的是她的气管。"胡安·迭戈解释道。

"是一些像水管一样的东西，空气会通过它们吸入卢佩的肺，或者从那里呼出来。"瓦格斯医生告诉胡安·迭戈。

"我的喉咙里有管子？"卢佩问。

"我们大家的喉咙里都有，卢佩。"胡安·迭戈回答。

"不知道戈麦斯医生是谁，瓦格斯想要和她做爱。"卢佩告诉她哥哥，"戈麦斯医生结婚了，也有孩子，她比瓦格斯年龄大很多，但是他还是想和她做爱。"

"戈麦斯医生是个耳鼻喉专家，卢佩。"胡安·迭戈告诉他那神奇的妹妹。

"戈麦斯医生可以看我的喉头，但是瓦格斯不行——他太恶心了！"卢佩说，"我不喜欢把镜子放在我的喉咙后面，镜子也不会开心的！"

"卢佩对于镜子有些担心。"胡安·迭戈只是这样对瓦格斯医生说。

"告诉她镜子没什么坏处。"瓦格斯说。

"你问他，他想对戈麦斯医生做的事有没有坏处！"卢佩嚷道。

"无论是我，还是戈麦斯医生，都会用纱布缠住卢佩的舌头，这样她的舌头就不会挡住喉咙后方——"瓦格斯解释着，但是卢佩不想让他继续。

"那个叫戈麦斯的女人可以碰我的舌头，瓦格斯不行。"卢佩说。

"卢佩很想见戈麦斯医生。"胡安·迭戈翻译道。

"瓦格斯医生，"爱德华·邦肖深吸了一口气，然后说，"在我们两个都方便的时候，当然我不是说现在，我觉得我们应该聊一聊信仰。"

瓦格斯那只曾温柔地拂过睡着的女孩的手，此时正用更有力的方式，紧紧地握着新教士的拳头。"我是这样想的，爱德华，还是爱德华多，不管你叫什么，"瓦格斯说，"我觉得这女孩的喉咙不大正常。问题可能出在她的喉头，然后影响了声带。而这个男孩余生都会是个瘸子，无论他是否留下这只脚。这些才是我们要面对的问题。我是说此时，在这里。"瓦格斯医生说。

当爱德华·邦肖露出笑容的时候，他那白皙的肤色仿佛在发光，就像是他身体里有一盏灯忽然被打开了一样。在他笑着时，一道闪电般精准而夺目的褶皱出现了，正穿过这位狂热者头部那道完美地位于一对金色眉毛中间的亮白印记。"你们对我的伤疤很好奇吧——"爱德华·邦肖开口了，他总是这样开始他的故事。

没有折中

　　"我们很快就会再见到的，比你想象得快。"桃乐茜告诉胡安·迭戈。"我们最后会到马尼拉。"年轻女人神秘地说。

　　卢佩曾在歇斯底里中告诉胡安·迭戈，他们最终会住在流浪儿童之家，从结果上看，这件事有一半是真的。和所有人一样，修女们也把他们称作"垃圾场的孩子"，他们把自己的家当从格雷罗搬到了耶稣会的孤儿院。孤儿院的生活和垃圾场很不同，曾经只有里维拉和破坏神保护他们，而在这里，流浪儿童之家的修女们，以及佩佩神父和爱德华多先生，都可以更好地照顾卢佩和胡安·迭戈。

　　里维拉由于自己被替代感到很心碎，但他已经因为轧坏埃斯佩兰萨唯一的儿子上了她的黑名单，而且对于没有修好侧视镜这件事，卢佩也无法原谅。卢佩说她只会想念破坏神和破烂白，但她也会思念格雷罗以及垃圾场其他的狗，即使是已经死去的。不知是在里维拉还是胡安·迭戈的帮助下，卢佩养成了焚烧垃圾场里狗的尸体的习惯。（当然他们也会想念里维拉，胡安·迭戈和卢佩都会，只是卢佩不肯说出来。）

对于流浪儿童里的修女们，佩佩神父的猜想是正确的：她们能接受这两个孩子，尽管有些不情愿。让她们大吃一惊的是孩子们的母亲埃斯佩兰萨。不过埃斯佩兰萨足以让每个人大吃一惊，包括戈麦斯医生，那个耳鼻喉专家，她是个很好的女人。瓦格斯医生想和她做爱并不是她的错。

卢佩很喜欢戈麦斯医生。虽然当她检查卢佩的喉头时，瓦格斯不自在地在一旁晃来晃去。戈麦斯医生有一个和卢佩年龄相仿的女儿，所以她知道怎么和小女孩说话。

"你知道鸭子的脚有什么特别的地方吗？"戈麦斯医生问卢佩，她的名字叫玛丽索尔。

"鸭子游得比走得快。"卢佩回答，"它们脚上长了一个扁平的东西，把脚趾连在了一起。"

当胡安·迭戈把卢佩的话翻译给戈麦斯医生后，她说："鸭子是蹼足动物，它们的脚趾上有一层黏膜，那是它们的蹼。你也有蹼，卢佩，叫作先天性喉蹼。先天的意思是生下来就有。你的蹼也是一层黏膜，在你的喉头上。这种情况很少见，也就是说你很特别。"戈麦斯医生告诉卢佩，"一万个人里只有一个，卢佩，你就是这么特别。"

卢佩耸耸肩。"这不是我身上特别的地方。"她说，这层意思很难翻译，"我知道某些本不该知道的事情。"

"卢佩能感应到一些事情。对于过去她通常能说对。"胡安·迭戈试图向戈麦斯医生解释，"不过对于未来，她说得没有那么准。"

"胡安·迭戈说的是什么意思？"戈麦斯医生问瓦格斯。

"别问瓦格斯——他想和你做爱！"卢佩叫道。"他知道你结婚了，也知道你有孩子，而且你还比他大很多，但他还是想和你做爱。瓦格斯总是想着和你做爱的事！"卢佩说。

"告诉我她在说什么，胡安·迭戈。"戈麦斯医生问。真是见鬼，胡安·迭戈想。他把全部的话都告诉了她。

"这个女孩会读心。"胡安·迭戈一结束，瓦格斯便说道，"我正想找个办法告诉你，玛丽索尔，当然是比这更私密的方式，如果我能鼓起勇气和你说的话。"

"卢佩知道他的狗发生了什么！"佩佩神父指着爱德华·邦肖对玛丽索尔·戈麦斯说。（显然，佩佩在试图转移话题。）

"卢佩几乎知道所有人的事，以及每个人在想什么。"胡安·迭戈告诉戈麦斯医生。

"甚至她睡着的时候你在想什么。"瓦格斯说。"我觉得喉头蹼跟这个没什么关系。"他补充道。

"这个孩子说的话别人完全听不懂。"戈麦斯医生说。"喉头蹼会影响她的声音状态，她的嗓音非常嘶哑，声带也有一定的受损，但是这并不会导致没有人能听懂她说话，除了你。"戈麦斯医生对胡安·迭戈补充道。

"玛丽索尔是个好名字，和她讲讲我们的蠢妈妈。"卢佩对胡安·迭戈说。"让戈麦斯医生看看她的喉咙，我觉得她的问题比我的更严重！"卢佩说，"告诉戈麦斯医生啊！"于是，胡安·迭戈照做了。

"你并没有什么错，卢佩。"在胡安·迭戈把埃斯佩兰萨的事情告诉戈麦斯医生后，她对女孩说，"先天性喉头蹼也并不蠢，只是很特别。"

"我觉得自己知道的某些事是不该知道的。"卢佩说，但是胡安·迭戈并没有翻译这一句。

"10%有喉头蹼的孩子会有相关的先天性异常。"戈麦斯医生对瓦格斯说，但她说话时不再看着他的眼睛。

"解释一下'异常'是什么意思。"卢佩说。

"卢佩想知道异常是什么意思。"胡安·迭戈翻译道。

"就是违背一般规则的、不寻常的。"戈麦斯医生说。

"就是不正常。"瓦格斯医生告诉卢佩。

"我才不像你一样不正常!"卢佩反驳道。

"我觉得我不会想知道这句话是什么意思。"瓦格斯对胡安·迭戈说。

"我会看看你们母亲的喉咙。"戈麦斯医生对佩佩神父而非瓦格斯医生说道,"无论如何,我需要和他们的母亲聊一聊。对于卢佩的喉头蹼,有几种办法——"

玛丽索尔·戈麦斯,这位美丽而很显年轻的母亲没再说下去,卢佩打断了她。"这是我的蹼!"卢佩叫道。"谁都不能碰我身上特殊的地方。"卢佩盯着瓦格斯说。

当胡安·迭戈把卢佩的话一字不差地翻译给戈麦斯医生后,她说:"这只是一种办法,我会看看你妈妈的喉咙。"她重复道。"我并不觉得她也有蹼。"戈麦斯医生补充说。

佩佩神父离开了瓦格斯医生的办公室,去找埃斯佩兰萨。瓦格斯说关于胡安·迭戈的情况,他也需要和这位母亲聊聊。X光的结果证明,胡安·迭戈的脚并没有什么可以治好的办法。瓦格斯认为,它可以这样自愈:无法长好,但能够保持充足的供血,并会一直朝一侧扭曲着。它会永远维持这个样子,而且无法承受一点重量。一开始他需要坐轮椅,之后是挂拐,最后可以一瘸一拐地走。(跛子的生活便是看着其他人做那些他不能做的事,这对于一个未来的小说家来说并不是最坏的选择。)

至于埃斯佩兰萨的喉咙,好吧,那是另一件事情了。埃斯佩兰萨并没有喉头蹼,但是她的喉咙检测出淋病阳性。戈麦斯医生告诉她90%的咽部淋病是无法察觉的,因为没有症状。

埃斯佩兰萨想知道她的咽是什么,长在哪里。"在你的嘴后方,你的鼻孔、食道和气管都连着那儿。"戈麦斯医生告诉她。

她们谈话的时候卢佩不在场，但佩佩神父允许胡安·迭戈留了下来，因为他知道如果埃斯佩兰萨激动起来或是歇斯底里时，只有胡安·迭戈能听懂她的话。不过一开始，埃斯佩兰萨对这件事并不在意。她以前得过淋病，虽然她不知道自己的喉咙里也有。"是克拉普传染的。"埃斯佩兰萨边说边耸了耸肩。卢佩的耸肩显然来自母亲，不过在她身上看不到埃斯佩兰萨的其他影子，或者佩佩神父希望如此。

　　"这和口交有关。"戈麦斯医生对埃斯佩兰萨说，"他的尿道尖端接触了你的咽部，你这是自找麻烦。"

　　"口交？尿道？"胡安·迭戈问戈麦斯医生，而她只是摇了摇头。

　　"就是吹啊，吹你阳物上那个洞。"埃斯佩兰萨不耐烦地对她的儿子解释。佩佩神父很庆幸卢佩不在这里，她和新教士一起等在另一个房间。佩佩也为爱德华·邦肖没有听到这段对话感到欣慰，哪怕他们讲的是西班牙语。不过佩佩神父和胡安·迭戈都会把关于埃斯佩兰萨喉咙的全部情况讲给爱德华多先生。

　　"我也想让他们在口交的时候戴避孕套。"埃斯佩兰萨对戈麦斯医生说。

　　"避孕套？"胡安·迭戈问。

　　"就是一块橡胶。"埃斯佩兰萨恼怒地说。"你们的修女可怎么教他？"她问佩佩，"这孩子什么都不懂！"

　　"他识字，埃斯佩兰萨。他很快就什么都懂了。"佩佩神父说。佩佩知道埃斯佩兰萨不识字。

　　"我可以给你开一剂抗生素。"戈麦斯医生告诉胡安·迭戈的母亲，"但你不一定什么时候还会感染。"

　　"给我来点抗生素吧。"埃斯佩兰萨说，"我肯定还会感染的！谁让我是个妓女。"

　　"卢佩会读你的心吗？"戈麦斯医生问埃斯佩兰萨。可她已经变得激动和歇斯底里起来，但是胡安·迭戈什么都没有说。他喜欢戈麦斯医生，所以不想告诉她自己的妈妈正在吐出些什么污秽不堪的话语。

"把我说的告诉那个烦人的医生！"埃斯佩兰萨对自己的儿子嚷道。

"对不起，"胡安·迭戈转向戈麦斯医生，"我听不懂我母亲的话——她就是个胡言乱语的疯子。"

"告诉她，你这小浑蛋！"埃斯佩兰萨叫道。她开始打胡安·迭戈，但是佩佩神父拦在了中间。

"别碰我。"胡安·迭戈对他妈妈说。"不许靠近我——你有病。你有病！"男孩重复着。

或许是这句话让胡安·迭戈从自己破碎的梦中醒了过来，也许是"有病"这个词，也可能是飞机降落发出的声音，因为他乘坐的国泰航空航班已经在下降。他意识到自己将要在马尼拉着陆，他现实中的生活正等待着他，或许并不完全是现实，但至少这是他生命的现在时刻。

虽然胡安·迭戈很喜欢做梦，但在梦到他母亲时醒来，他并不觉得遗憾。即使贝他阻断剂不会打乱他的梦，她也会的。埃斯佩兰萨并不是一个适合以"希望"命名的母亲。修女们背后都叫她"德埃斯佩兰萨"。这在西班牙语里是没有希望的意思，有时候她们直接用"绝望"这个词称呼她，这样更贴切。虽然胡安·迭戈只有十四岁，但他觉得自己才是这个家中的大人，还有卢佩，她才十三岁，但有着绝佳的洞察力。在两个孩子的眼里，埃斯佩兰萨除了在性的领域是大人，其他方面都是个小孩。哪个母亲会像埃斯佩兰萨一样，不介意在自己孩子面前展现关于性的一面呢？

埃斯佩兰萨从不穿清洁女工的服装，而是按照自己另一份工作的需要打扮。即使在打扫的时候。她也穿着萨拉戈萨大街和萨梅加宾馆的衣服。里维拉把那家宾馆称作"妓女宾馆"。埃斯佩兰萨的穿着很幼稚，很像小孩，但又显然很色情。

在钱的方面，埃斯佩兰萨也像个孩子。流浪儿童之家并不允许孩子们带钱，但胡安·迭戈和卢佩还是会攒钱。（你没法让两个拾荒者停止拾荒。他们虽然已经很久不再收集铝、铜和玻璃，但还是搬来了自己捡的所有东西，并整理分类。）他们很擅长把钱藏在自己房间里，从不会被修女们发现。

但是埃斯佩兰萨会找到他们的钱，并在需要的时候偷走。她也会用自己的方式还给孩子们。有时候在一个大赚的夜晚后，她会把钱放在卢佩或胡安·迭戈的枕头下。孩子们总能很幸运地在修女发现之前嗅到母亲给他们的钱的味道。是埃斯佩兰萨的香水暴露了她自己（以及她给的钱）。

"对不起，妈妈。"胡安·迭戈轻声自语道，此时他的飞机正在马尼拉着陆。十四岁的他还太小，不懂得对母亲抱有同情心。无论是她作为孩子的那一部分，还是作为大人的那一部分。

对于耶稣会来说，慈善是一件很重要的事，对阿方索神父和奥克塔维奥神父而言尤其如此。但雇用一个妓女为他们做打扫已经超出了慈善的范畴，牧师们认为这是一种善行，是"再给她一次机会"。（有一天佩佩神父和爱德华·邦肖睡得很晚，他们在讨论埃斯佩兰萨获得的第一次机会是什么。当时她还不是妓女，也不是耶稣会的清洁女工。）

耶稣会认为，是他们的慈善帮助垃圾场的孩子们获得了孤儿的地位，毕竟他们还有母亲。如果不考虑埃斯佩兰萨（作为母亲）是否称职的话。无疑，阿方索神父和奥克塔维奥神父还觉得，他们允许胡安·迭戈和卢佩拥有自己的卧室和浴室是更大的慈善，如果不考虑这个女孩有多么依赖她的哥哥的话。（又有一天佩佩神父和爱德华·邦肖睡得很晚，他们在讨论阿方索神父和奥克塔维奥神父的看法，两个神父不知道如果没有胡安·迭戈的翻译，卢佩要怎么生活下去。）

其他的孤儿和他们的兄弟姐妹都是按性别划分房间的。男孩们住在流浪儿童之家的一层，女孩住在另一层。男孩有一间公共浴室，女孩也是一样（但里面的镜子更好些）。如果孩子们有父母或其他亲属，他们是不可以到宿舍里看这些孩子的，但是埃斯佩兰萨可以到卧室里去看胡安·迭戈和卢佩。那里曾是一间小图书馆，也被称为访问学者的阅读室。（大部分的书依然摆在架子上，埃斯佩兰萨会定期清理。正如大家反复提及的，无论如何她都是一个很出色的清洁女工。）

当然，不让埃斯佩兰萨接触自己的孩子是一件很奇怪的事。她在流浪儿童之家也有一间卧室，但是在仆人区。只有女性仆人可以住在孤儿院里，或许这是出于对孩子们的保护。虽然她们自己坚持认为，孩子们最需要防范的其实是那些牧师（埃斯佩兰萨称他们为"独身变态"）。对于包括这件事在内的种种传闻，埃斯佩兰萨总是呼声最高。

但包括埃斯佩兰萨在内，并没有人指控阿方索神父和奥克塔维奥神父犯下这种在牧师中间广泛传言的变态罪行，也没人认为流浪儿童之家的孤儿们正面临被侵犯的危险。虽然女仆之间常常提起，孩子们遭遇独身牧师性侵的情况是非常普遍的，但她们的重点在于男子独身"很不正常"。在修女眼中情况就有所不同。她们更能接受独身，虽然没有人说起这是"正常的"，但很多女仆认为修女们宁愿不发生性行为。

只有埃斯佩兰萨会说："看看那些修女，谁会愿意和她们做爱呢？"但这和她说的很多话一样，只是恶意嘲讽，而非完全真实。（关于独身是否正常的话题，你可以想象这为佩佩神父和爱德华·邦肖带来了又一场深夜讨论。）

由于爱德华多先生会用鞭子抽打自己，他曾和胡安·迭戈开玩笑说，在孤儿院里拥有属于自己的浴室是一件很好的事。胡安·迭戈知道，他和佩佩神父共用一间浴室，他还想象过可怜的佩佩是否曾在浴缸或毛巾上发现爱德华·邦肖的血迹。佩佩看不惯这种自残行为，让他感到好笑的是，阿方索神父和奥克塔维奥神父明明认为他们自己在很多方面优于这个爱荷华人，却对他的自虐表示赞赏。

"这多么符合12世纪的风格啊！"阿方索神父钦佩地赞叹道。

"这种仪式值得坚持下去。"奥克塔维奥神父说。（无论他们对于爱德华·邦肖有什么其他的看法，两人都认为他用鞭子抽打自己的行为很勇敢。）这两个12世纪的拥护者依然会批判爱德华多先生的夏威夷风衬衫，佩佩神父觉得好笑的另一点是，两个老牧师从未把爱德华·邦肖那过大的衬衫上的鹦鹉和雨林和他用鞭子抽打自己的行为联系在一起。佩佩知道，因为过度地鞭打，爱德华多先生的身上总是在流血，他的夏威夷衬衫上纷杂的颜色和混乱的图案可以遮挡血迹。

由于共享浴室，两人的卧室又离得很近，佩佩和爱荷华人成了不太登对的室友，而他们的房间又和孩子们所在的前阅读室位于孤儿院的同一层。佩佩和爱荷华人无疑会注意到埃斯佩兰萨——她会在深夜或是凌晨经过，仿佛自己是垃圾场的孩子们母亲的鬼魂，而非真正的母亲。然而她毕竟是一个真实的女人，所以她的出现会让这两个独身男子感到不安。她有时也会听到爱德华·邦肖鞭打自己的声音。

埃斯佩兰萨知道流浪儿童之家的地板有多干净，毕竟这是她清扫的。她来看两个孩子的时候总是光着脚，这样可以更安静些，而且她的作息时间并不是一个清洁女工的正常时间。当她偷偷溜进来的时候，这里其他所有人几乎都在睡觉。对，她是来亲吻自己睡梦中的孩子的，在这个方面，埃斯佩兰萨和其他母亲没有什么区别，但她却会从孩子们那里偷钱，或是在他们的枕头下塞一些带有香水味的钱币。最重要的是，埃斯佩兰萨悄悄来到这里，是为了借用胡安·迭戈和卢佩的浴室。她希望能拥有一些隐私空间。无论是在萨梅加宾馆还是孤儿院的仆人区，埃斯佩兰萨都没有什么隐私。她肯定希望自己至少每天能有一次独自洗澡的机会。谁知道流浪儿童之家的其他女仆会怎么对待埃斯佩兰萨呢？她们会愿意和 个妓女共用浴室吗？

由于里维拉把变速杆放在了倒车挡，他轧到了胡安·迭戈的脚。由于一面坏掉的侧视镜，垃圾场的孩子们住进了耶稣会孤儿院的一间曾是阅读室的小图书馆里。由于他们的母亲埃斯佩兰萨是耶稣会的清洁女工（同时也是一个妓女），她会在新教士所住的楼层游荡。

这难道不是一个可以接受的安排吗？他们达成的协定不是很妥当，完全可以进展下去吗？难道相比格雷罗的棚屋，孩子们最终不会更喜欢在流浪儿童之家的生活吗？而那个堕落的美人埃斯佩兰萨，以及总是不停地用鞭子抽自己，身上永远在流血的爱德华·邦肖，如果说他们能从彼此身上学到些什么，会不会很荒唐？

爱德华·邦肖会从埃斯佩兰萨关于独身和自残的想法中获益。而且对于牺牲自己的生命，来阻止一个妓女一晚上犯下的罪恶这样的誓言，她也一定有自己的想法想要表达。

反过来，爱德华多先生会问埃斯佩兰萨，她为什么还要当一个妓女。她不是已经有工作，也有一个安全的地方可以睡觉吗？或许是出于虚荣？由于虚荣，她会觉得被需要比被爱更好吗？

爱德华·邦肖和埃斯佩兰萨是不是都很极端？难道两者中间没有什么折中的状态？

在其中某一晚的深夜聊天中，佩佩神父对爱德华多先生提起了这个话题："慈悲的主，肯定有某种折中的状态，让你不用牺牲自己的生命，也能阻止一个妓女在一夜犯下的罪行！"但是他们没有找到，爱德华·邦肖并不想寻找折中的状态。

他们，这个故事里的所有人，生活在一起的时间还不够长，并不知道后面会发生什么。最初提起"马戏团"这个词的是瓦格斯，这个挥之不去的想法是他带来的。

都是这个无神论者的错。而一个世俗意义上的人文主义者（人文主义是天主教永远的敌人）将为接下来发生的一切负责。对于孩子们来说，生活在流浪儿童之家，不像真正的孤儿那么无助，同时又拥有一些特殊的权利是个不坏的选择。可能一切都会很好。

　　但是瓦格斯已经在他们心中种下了马戏团的种子。哪有不喜欢马戏团，或者不幻想自己会喜欢那里的孩子呢？

11

莫名流血

　　垃圾场的孩子们从格雷罗的棚屋搬到流浪儿童之家时，他们把所有的衣服里都装满了水枪。虽然修女们会没收水枪，但卢佩只让她们找到了那些坏掉的。修女们永远不会知道这些水枪是用来做什么的。

　　胡安·迭戈和卢佩曾在里维拉身上做过"圣痕"试验。如果他们能用这个把戏骗过垃圾场老板，便能够骗过任何人。他们并没有得逞太久。里维拉能够分辨真血和假血，而且甜菜是他买的，卢佩总是让酋长帮她买甜菜。

　　孩子们会在水枪中装入兑水的甜菜汁，胡安·迭戈还会在里面加入一点自己的唾液。他说他的唾液会给甜菜汁增添一些"血液的纹理"。

　　"解释一下'纹理'。"卢佩说。

　　他们是这样开始这个把戏的：胡安·迭戈把装满的水枪藏在裤腰下面，用衬衫挡住。最好的目标是某人的鞋，因为当假的血液喷溅在他们的鞋子上时，他们并不会触碰到。但凉鞋就不大好，因为你可能会感觉到脚趾上沾满了黏糊糊的东西。

　　对于女人，胡安·迭戈喜欢从背后出击，把甜菜汁射在她们光着的小腿上。这样在她们回头看之前，男孩便有时间把水枪藏起来。这时卢佩会开始嘟哝，她先是指着那个人莫名流血的部位，然后又指向天空，就仿佛这血来自天堂，源泉是永恒的上帝（以及被祝福的死者）。"她说这血是个奇迹。"胡安·迭戈为他的妹妹翻译道。

　　有时卢佩的反应模棱两可，非常难懂。"抱歉，这可能是奇迹，也可能只是普通的流血。"胡安·迭戈会这样说。卢佩已经弯下腰，小手里拿着一块抹布。无论是不是奇迹带来的血痕，她都会在那个人反应过来之前，把它从鞋上（或者女人光着的小腿上）擦去。如果那人立刻把擦鞋的钱递了过来，孩子们已经准备好如何拒绝。他们不会因为指出奇迹，或是擦去神圣的（也可能是不神圣的）血痕而收费。好吧，至少他们一开始会拒绝，垃圾场的孩子并不是乞丐。

　　里维拉的卡车事故之后，胡安·迭戈发现轮椅很有用处。通常他会做那个张开手掌不情愿地接受恩惠的人，而轮椅也提供了更多隐藏水枪的方式。拐杖就有些尴尬了，因为他伸手的时候总是要扔下其中一根。胡安·迭戈拄拐期间，卢佩就成了那个迟疑地接过钱的人，当然，她从不会用那只擦去血迹的手接钱。

　　而在胡安·迭戈开始一瘸一拐地恢复期间——这是一种将要长期持续的状态，而非短暂的阶段——两个孩子又生出了新的主意。通常，卢佩会（假装不情愿地）收下那些坚持给他们钱的男人的恩惠。而对于女性受骗者，胡安·迭戈发现一个跛足的男孩会比一个看起来很生气的丫头更能激发她们的同情。或者说女人们能察觉出卢佩正在读她们的心？胡安·迭戈有时会把甜菜汁直接射在潜在客户的手上，在这样的高风险场合，他们才会说出那些真正的关于"圣痕"的话。在这种情况下，他们总是从背后射击。人们喜欢把手放在身侧，当他们站着或走路时，掌心便会向着后面。

一道忽然的喷溅，让甜菜汁伪装成的鲜血出现在你的手掌。这时一个女孩蹲下身，将你手掌上的血迹抹在她那狂喜的脸上。此时你可能会比平时更加相信宗教的力量。而这时，跛足的男孩开始嚷出一些关于"圣痕"的言论。面对索卡洛广场的游客，胡安·迭戈会使用双语——西班牙语和英语依次讲出"圣痕"这个词。

有一次孩子们捉弄里维拉时，把甜菜汁射在了他的鞋上。垃圾场老板望向天空，但他不是在向天堂寻求依据。"可能是哪只鸟流血了吧。"里维拉只说了这句话，也没有给孩子们付小费。

还有一次，他们直接喷射在里维拉手上，但并没有奏效。当卢佩正要用她的脸蹭去酋长手上的血迹时，他平静地把手从狂喜的女孩身边拿开。胡安·迭戈正要嚷叫那些关于"圣痕"的话，垃圾场老板却舔了舔自己手里的"血迹"。

"是甜菜汁。"酋长笑着对卢佩说。

飞机在菲律宾着陆了。胡安·迭戈用纸巾包了半块绿茶松饼，把它放进上衣口袋。旅客们都站起身，收拾东西。这样的时刻对一个跛足的老年人来说有些尴尬。但是胡安·迭戈的心思并不在这里，在他心中自己和卢佩还是少年。他们在瓦哈卡中心的索卡洛广场游荡着，寻找好骗的游客和倒霉的当地佬——那些相信自己被位于万丈高空的上帝之魂选中的人——让他们莫名流血。

在马尼拉——也和往常在任何地方一样——对这个跛足老年人产生同情的永远是女人。"需要我帮忙吗？"一个年轻妈妈问。她和自己的孩子们一起旅行，一个小女孩和一个更小的男孩。她正忙着各种事情，手里没有一点空闲，但胡安·迭戈的跛足总是能唤起他人（尤其是女性）的善心。

"不用了，我自己能行。但还是谢谢你！"胡安·迭戈立刻回答。年轻妈妈笑了笑，仿佛自己卸下了一个负担。她的孩子们还在盯着胡安·迭戈扭曲的右脚，孩子们总是对这只朝两点钟方向弯折的脚很感兴趣。

胡安·迭戈想起，在瓦哈卡，他们去索卡洛广场时总是很谨慎，那里虽然交通便利，但到处都是乞丐和小贩。乞丐们很有领地意识，而其中一个卖气球的小贩一直在观察他们的"圣痕"把戏。孩子们本不知道他在看他们，但有一天那人给了卢佩一个气球，然后看着胡安·迭戈说道："我喜欢她的手法。不过假血小子，你做得也太明显了吧。"卖气球的男人说。他脖子上挂着一条汗渍斑斑的牛皮鞋带当作项链，上面系着一只乌鸦的脚。他边说话，边用手摆弄着那只脚，仿佛这残肢是一个护身符。"我在索卡洛见过真血，我是说这里会发生事故，假血小子。"他接着说。"你不要让不该知道的人知道这把戏。他们对你没兴趣，但会把她带走。"他说着，用那只乌鸦脚指了指卢佩。

"他知道我们从哪儿来。那只乌鸦就是从垃圾场打的。"卢佩告诉胡安·迭戈，"这气球上有一个漏气的针眼，所以他卖不出去。明天它就不再是个气球了。"

"我喜欢她的手法。"卖气球的男人再次对胡安·迭戈说。他看着卢佩，又给了她一个气球。"这个气球没有针眼，也不漏气。但谁知道明天会怎样呢？我在垃圾场可不仅打过乌鸦，小妹妹。"卖气球的男人对卢佩说。这个奇怪的小贩竟然不用翻译就能听懂卢佩的话，两个孩子都吓呆了。

"他还杀狗，他打死过垃圾场的很多狗！"卢佩叫道。她把两个气球都丢开了，它们很快就飘荡在索卡洛广场上空，就连那个有针眼的气球也飞了起来。从那以后，索卡洛广场在孩子们眼中的印象发生了改变。他们对每个人都很警惕。在最受旅客欢迎的"山谷侯爵"宾馆，有一个为户外咖啡厅服务的侍者。他知道这两个孩子是谁，不知他是亲自看过"圣痕"的把戏，还是卖气球的男人告诉他的。侍者悄悄警告他们，他"或许"会把这件事告诉耶稣会的修女们。"难道你们没有什么要向阿方索神父或奥克塔维奥神父坦白的吗？"侍者这样问道。

"你说你'或许'会告诉修女们，是什么意思？"胡安·迭戈问。

"我是说假血，你们需要坦白。"侍者说。

"你说的是'或许'会告诉，"胡安·迭戈坚持道，"那你到底会不会说？"

"我靠小费生活。"侍者这样回答。那里本是孩子们往游客身上喷溅甜菜汁的最佳位置，但是现在他们需要远离"山谷侯爵"的咖啡厅，因为那个投机的侍者想要分一杯羹。

而卢佩对于"山谷侯爵"有些心理阴影。有一个被他们用水枪喷溅过假血的游客从那里的五楼阳台上跳了下来。在这之前没多久，这个面相沮丧的游客还非常慷慨地奖赏了替他擦去鞋子上血迹的卢佩。他的心思很敏锐，根本没有听信孩子们关于自己没在乞讨的说辞，而是主动给了卢佩一大笔钱。

"卢佩，那个人不是因为鞋子流血而自杀的。"胡安·迭戈向她解释，但卢佩依然感到很不对劲。"我觉得他应该是在为某事而难过，"卢佩说，"我能看出他过得并不好。"

胡安·迭戈并不介意避开"山谷侯爵"，在他和卢佩遇到那个想分钱的侍者前，他就很讨厌这家宾馆。这家宾馆是用科尔特斯给自己取的名号（瓦哈卡山谷侯爵）命名的，胡安·迭戈对和西班牙入侵有关的一切都持怀疑态度，包括天主教。瓦哈卡曾是萨巴特克文明的中心，胡安·迭戈认为自己和卢佩都是萨巴特克人。他们恨科尔特斯，卢佩喜欢说：我们是贝尼托·华雷斯人，不是科尔特斯人。她和胡安·迭戈都坚信自己是本地人。

马德雷山脉的两条分支在瓦哈卡汇合成一条，于是瓦哈卡市成了首都。然而，除了对不断改变的天主教会进行意料之中的干涉，西班牙人对瓦哈卡并没有什么兴趣。对了，他们还喜欢在山上种咖啡豆。而如同萨巴特克神灵的召唤一般，两次地震毁掉了瓦哈卡城——一次在1854年，另一次在1931年。

这段历史让卢佩对地震格外迷恋。所以，她总会不合时宜地说："这不是地震的好时候。"她还荒唐地期盼着第三次地震降临，让瓦哈卡和那里的十万居民化为灰烬。她这样想或许是因为"山谷侯爵"那个由于悲伤而自杀的旅客，也可能是因为那个让人气恼、又毫不悔改地一直杀狗的气球小贩。在卢佩眼中，杀狗的人都该死掉。

"为什么是地震？"胡安·迭戈总是问妹妹，"那其他人呢？我们也都该死掉吗？"

"我们最好离开瓦哈卡，不管怎样你得离开。"卢佩回答。"第三次地震就要到来了。"她这样说道。"你最好离开墨西哥。"她补充说。

"你不走吗？那你怎么办？"胡安·迭戈总是问她。

"我有办法。我会待在瓦哈卡，我有办法。"胡安·迭戈记得他妹妹这样重复着。

在这些回忆中，小说家胡安·迭戈·格雷罗第一次来到了马尼拉。他心烦意乱，而又无所适从。看来那两个孩子的年轻妈妈愿意为他提供帮助是正确的，可他却错在告诉她"自己能行"。此时这个体贴的女人正和她的孩子们一起等在行李带前。行李带上有很多包裹，人们漫无目的地走来走去，似乎很多无关人士也都堆在这里。胡安·迭戈并没有意识到自己在人群中显得多么知所所措，但这在外人眼中是如此明显，所以那个年轻妈妈一定注意到这个长相特殊的跛足男人看起来很迷茫。

"这机场很乱，有人来接你吗？"年轻女人问他。她是菲律宾人，但是英语很好。他听到她的孩子们只讲塔加洛语，但是他们似乎能听懂妈妈对这个跛子说了什么。

"有人接我吗……"胡安·迭戈重复道。（他怎么会不知道呢？年轻妈妈一定在想。）胡安·迭戈打开了随身包的一个袋子，他的行程表在里面，接下来他开始在衬衫口袋里摸索老花镜——当时在肯尼迪机场的英国航空一等舱休息室时，他也是这样做的，而米里亚姆把行程表从他手里夺了过去。此时他还是这副样子，像一个旅行新手。所幸他没有对这个菲律宾女人说（就像曾对米里亚姆说的）："我觉得路太远了，就没有带电脑。"他现在意识到这句话有多么荒唐，好像路途远近和电脑有关似的！

他那个独断的前学生克拉克·弗伦奇已经为他安排好了菲律宾的行程。但不看行程表，胡安·迭戈记不住他的计划，只能想起米里亚姆曾对他在马尼拉的住处提出异议。自然，米里亚姆对于他应该住在哪里给了一些建议。"那是第二次住的。"她说。而这一次呢，胡安·迭戈还记得米里亚姆那仿佛在说"信我的吧"的眼神，就好像她什么都知道。（"不过相信我。你不会喜欢自己住的地方的。"她是这么说的。）当胡安·迭戈在行程表中搜寻米里亚姆的安排时，他试图弄清楚为什么自己并不信任米里亚姆，却对她怀有渴望。

他注意到自己会住在马卡蒂市的香格里拉酒店。起初他有些怀疑，因为他不知道马卡蒂市是马尼拉大都会的一部分。而且他第二天就要离开马尼拉，前往保和，没有认识的人可以接机，甚至连克拉克·弗伦奇的亲戚们都不能。胡安·迭戈的行程表上显示，有一个职业司机会到机场接他。"就一个司机"，克拉克在行程表上这样写道。

"只有一个司机来接我。"胡安·迭戈最终告诉那个年轻的菲律宾女人。

那个母亲用塔加洛语对她的孩子们说了些什么。她指着行李带上一个巨大而笨拙的行李，那个大包占据了行李带的一角，它想把其他的包裹都推下来。孩子们看着那个臃肿的袋子发笑。这蠢袋子里能装两只拉布拉多猎犬，胡安·迭戈想。这自然是他的包，他为此感到尴尬。又大又丑的袋子让他显得更像一个旅行新手。它是橘色的，那种猎人们穿的扎眼的橘色，这样他们就不会被误当作某种动物。而在交通路标上，这种颜色意味着修路。将这个包卖给胡安·迭戈时，女售货员的说法是其他旅客不会把这个包错认成自己的，因为他们都没有这样一个包。

而此时，菲律宾妈妈和她大笑的孩子们刚刚意识到，这只在所有行李中分外花哨的信天翁属于这个跛足男人，而胡安·迭戈却想到了爱德华多先生。在那么小的年纪，他的拉布拉多犬却被打死了。当胡安·迭戈脑海里掠过"我那容量巨大的包足以装下两条爱德华·邦肖挚爱的碧翠斯"的糟糕想法时，他的眼泪流了下来。

通常，成年人的眼泪总是让人费解。（谁知道他们正在重温生命中的哪一时刻？）好心的母亲和她的孩子们一定以为，这个跛足男人是因为他们嘲笑他的包而哭泣。混乱的场面并没有就此结束。机场的这一区域喧喧嚷嚷，亲友和职业司机们都在等候着接应乘客。年轻的菲律宾母亲滚动着胡安·迭戈那只能装下两只狗的大包，而胡安·迭戈拖着她的包和自己的随身行李，孩子们背着双肩包，又一起拎着妈妈的手提袋。胡安·迭戈觉得有必要把自己的名字告诉这个热心的年轻女人，这样他们可以一起寻找司机，他会举着一块写有"胡安·迭戈·格雷罗"的牌子。但其实牌子上写的是"格雷罗先生"。胡安·迭戈有些困惑，但年轻的菲律宾妈妈知道这应该就是他的司机。

"这个是你吧？"耐心的年轻女人问。

说起他为什么会对自己的名字感到困惑，这很难解释清楚，但不过是个故事，胡安·迭戈明白此时的境况：他生来并不叫格雷罗先生，但司机在寻找的格雷罗就是他。"你就是那个作家——胡安·迭戈·格雷罗，对吧？"英俊的年轻司机问他。

"我是。"胡安·迭戈回答。他不希望年轻的菲律宾妈妈因为此前不知道他的真实身份（作家）而感到哪怕稍许不快，但是当他寻找她的身影时，她和孩子们已经离开。她还没有得知眼前的人就是胡安·迭戈·格雷罗就悄悄消失了，就好像她已经完成了今年要做的好事，胡安·迭戈想。

"我是照着一个作家取的名。"年轻的司机说。他吃力地把那个巨大的橘色袋子装进了后备厢。"比恩韦尼多·桑托斯，你读过他的书吗？"司机问。

"没有，但我听说过他。"胡安·迭戈回答。（如果有人这么说起我，我不会高兴的！胡安·迭戈想。）

"你可以叫我本。"司机说，"有人会觉得比恩韦尼多读起来太难。"

"我喜欢比恩韦尼多这个名字。"胡安·迭戈告诉年轻人。

"在马尼拉，你想去哪儿我都会载你，不只这次。"比恩韦尼多说。"你的前学生让我这么做，他说你是个作家。"司机解释道，"很抱歉我没读过你的书。我不知道你出不出名……"

"我不出名。"胡安·迭戈立刻回答。

"比恩韦尼多·桑托斯很有名，至少在这儿。"司机说。"他已经过世了。我读过他全部的书，都很好看。但是我觉得家长给自己的孩子取作家的名字真是个错误。我从小就知道我一定要读桑托斯先生的书，而他的书又那么多。如果我不喜欢怎么办？要是我不想读呢？我是想说，这是一种负担。"比恩韦尼多说。

"我理解你。"胡安·迭戈说道。

"你有孩子吗？"司机问。

"我没有。"胡安·迭戈说，但这个问题的答案其实有些复杂，这是又一个故事了，而胡安·迭戈并不愿意去想。"如果我有孩子的话，我也不会用作家的名字给他们取名。"他只是这样回答。

"我已经知道你在这里的一个去处。"司机说，"我明白你想去马尼拉美军纪念公墓……”

“这次不去，”胡安·迭戈打断了他，“我这次在马尼拉停留的时间很短。但是等我回来……”

“无论你什么时候去，都可以叫我，格雷罗先生。”比恩韦尼多立刻说道。

“叫我胡安·迭戈吧……”

“好，如果你喜欢的话。”司机重新开口道，“我想说的是，胡安·迭戈，你的前学生想到了一切，都帮你安排好了。无论你何时想要怎样……”

“我可能会换酒店，不是这次，等我回来的时候。”胡安·迭戈脱口而出。

“都听你的。”比恩韦尼多回答。

“我听说这家酒店有些方面很糟糕。”胡安·迭戈说。

“我工作时听到过很多糟糕的事。每家酒店都有！”年轻司机说道。

“马卡蒂香格里拉酒店呢，你听说过什么？”胡安·迭戈问。

交通堵塞开始了，拥挤的街道上喧喧嚷嚷，这混乱的场面让胡安·迭戈联想到汽车站而非机场。天空是混沌的土黄色，潮湿的空气中带着霉味，而车里的空调却又开得太低。

“你知道，重要的是你相信哪些。”比恩韦尼多回答，“什么说法都有。”

“小说里也有同样的问题，要不要信。”胡安·迭戈说。

“什么小说？”比恩韦尼多问。

“香格里拉是小说《消失的地平线》中虚构的地方，记得这小说是20世纪30年代写的，我忘了作者是谁。”胡安·迭戈说。（要是有人这样提起我的一本书！他想。这就像是听到别人说：“你已经死了！”）他不知道为何与司机聊天会这么累，但这时拥堵的车辆间出现一个缺口，汽车飞速地向前驶去。

胡安·迭戈觉得，哪怕是糟糕的空气也要好过空调。他打开一扇车窗，土黄色的风拂面而来。这灰霾让他忽然想到了墨西哥城，可他并不想要忆起那段时光。而机场附近拥挤的交通和汽车站般的气息让胡安·迭戈找回了童年时代在瓦哈卡关于公交车的记忆。汽车站附近似乎总是有污染的，在胡安·迭戈儿时的回忆里，那些位于索卡洛广场以南的街道污染都很严重，尤其是萨拉戈萨大街，但从流浪儿童之家和索卡洛广场前往那里的街道也没好多少。（修女们睡着后，胡安·迭戈和卢佩会到萨拉戈萨大街去找埃斯佩兰萨。）

"我听说过一件关于马卡蒂香格里拉酒店的事，但可能是胡编的。"比恩韦尼多鼓起勇气开口说。

"是什么？"胡安·迭戈问司机。

饭菜的气味从开着的车窗飘了进来。他们正经过一处棚户区，所以车又变慢了。许多自行车在汽车中间穿行着。一群光着脚，不穿上衣的孩子涌入了街道。便宜得要命的吉普车里坐满了人，车里没有开灯，或者是灯坏了，乘客们紧挨着彼此，坐在类似教堂长椅的凳子上。胡安·迭戈想到教堂的长椅，或许是因为吉普车上装饰着宗教标语。

上帝是好人！其中一个写道。上帝一定会眷顾你。另一条标语上说。才刚刚抵达马尼拉，胡安·迭戈便陷入了对某个话题痛苦的思考：西班牙侵略者和天主教会比他先来到了菲律宾，并在这里留下了印记。（他的司机名叫比恩韦尼多，而那些吉普车——穷人坐的最低等的交通工具——上面却贴满了对上帝的宣传！）

"那里的狗出了一些问题。"比恩韦尼多说。

"狗？什么狗？"胡安·迭戈问。

"香格里拉酒店的狗，拆弹犬。"年轻的司机解释道。

"那家酒店被炸弹炸过？"胡安·迭戈又问。

"应该没有。"比恩韦尼多回答，"所有的酒店都有拆弹犬。他们说在香格里拉，那些狗不知道自己应该去找什么，它们什么都闻。"

"这也没什么吧。"胡安·迭戈说。他喜欢狗，所以总是为狗辩护。（也许香格里拉的拆弹犬只是格外认真。）

"有人说香格里拉的拆弹犬没有训练过。"比恩韦尼多说。

但是胡安·迭戈并没有专注于他们的谈话。马尼拉让他想起了墨西哥。他对此并无准备，而现在话题又转到了狗。

在流浪儿童之家，他和卢佩都很想念垃圾场的狗。每当垃圾场的狗生小狗时，孩子们总是争着照顾它们；每当有小狗死去，他们总是努力赶在秃鹰前面发现尸体。他们还会帮助里维拉焚烧那些死去的狗，这也是他们爱狗的一种方式。

夜里，胡安·迭戈和卢佩去萨拉戈萨大街找母亲时，总是尽量不去想那些屋顶狗。这些狗有所不同，它们很可怕。正如佩佩神父所说，屋顶狗多半是野狗。但佩佩说得不完全对，不只是其中一些狗很野蛮，而是大部分都如此。虽然佩佩神父认为，没有人知道这些狗是怎么跑到屋顶上的，但戈麦斯医生说她知道。

戈麦斯医生的很多病人都被屋顶狗咬过。毕竟她是一个耳鼻喉科医生，而那些狗咬的正是这些部位。它们会袭击你的脸，戈麦斯医生说。许多年以前，在索卡洛广场南部那些公寓的顶层，人们会允许他们的宠物狗在屋檐上跑来跑去。但那些狗都跑丢了，或是被野狗吓丢了。这些建筑又都离得很近，狗可以从一座屋檐跑到另一座屋檐。于是人们不再让自己的宠物狗在屋檐上乱跑，很快那里的狗都变成了野狗。但第一批野狗又是怎么跳上屋檐的呢？

夜晚，在萨拉戈萨大街上，过往车辆的灯光映在屋顶狗的眼睛里，所以卢佩会以为它们是鬼魂。那些狗沿着屋檐跑动着，仿佛在猎捕街道上的人们。如果你没有在聊天，也没在听音乐，就会听见它们边跑边发出的气喘吁吁的声音。有时候，当它们从一座屋檐跳向另一座时，会有狗摔下来。那些狗自然会摔死，除非它们落在街道里的某个人身上，便侥幸挽回了性命。这些幸运的狗一般不会死，但是如果它们摔伤了的话，就更可能会咬那些自己砸到的人。

"我猜你应该喜欢狗吧。"比恩韦尼多说。

"对，我确实喜欢狗。"胡安·迭戈回答，但他正想着瓦哈卡那些鬼魂般的狗，所以有些心不在焉。（那些屋顶狗，哪怕只是其中一部分，会不会真的是鬼魂。）

"城里的鬼魂并不只有这些狗，瓦哈卡有许多鬼魂。"卢佩用她那无所不知的语气说。

"可我没看见啊。"这是胡安·迭戈的第一反应。

"你会看见的。"卢佩只回答了这句。

此时，在马尼拉，胡安·迭戈注意到一辆过载的吉普，上面依然挂着那条刚刚见过的标语。这句话显然很流行：上帝一定会眷顾你。而一辆出租车后窗上对比鲜明的广告吸引了他的目光。广告上写着：不要拒载恋童癖旅客，让他们进来。

好吧，让那些嫖客进！胡安·迭戈想。但他认为，对于那些被雇佣与旅客发生关系的孩子，上帝根本没有眷顾他们。

"我很好奇你怎么看那里的拆弹犬。"比恩韦尼多说，但是当他看向后视镜，发现这位乘客已经睡着。要不是胡安·迭戈的嘴唇在动，司机可能会以为他死了。也许他觉得，这个不太出名的作家正在睡梦中创造对话。比恩韦尼多觉得从胡安·迭戈嘴动的方式看，他应该是在自言自语，就是那种作家常有的状态。年轻的菲律宾司机不可能知道这个老年人实际上是在和谁争论，也猜不到胡安·迭戈的梦接下来会把他带去哪里。

萨拉戈萨大街

"听我说，教士先生，他们两个总是黏在一起。"瓦格斯说，"马戏团会给他们买衣服，会为他们支付医药费，还提供一日三餐，以及一张睡觉的床，而且有家人照顾他们。"

"什么家人？那是马戏团！他们睡在帐篷里！"爱德华·邦肖叫道。

"'奇迹'也是个家庭，爱德华多。"佩佩神父对爱荷华人说。

"可马戏团不需要孩子。"佩佩更加怀疑地讲。

瓦哈卡的小马戏团，也和流浪儿童之家一样，名字备受争议。它叫奇迹马戏团[1]，一个让人困惑的名字。"奇迹"这个词中的"L"是大写的，因为"奇迹"是一个真实存在的人，一位表演者。（而他们宣称，演出会带来奇迹[2]——这里的"1"是小写。）瓦哈卡的人们认

---

1 原文为Circo de La Maravilla。

2 原文为la maravilla。

为，奇迹马戏团的宣传是一种误导，那里其他的演出都很普通，并没有什么奇迹的感觉。动物们也很平常，而且那里还充斥着一些谣言。

城里的所有人都曾谈起过这位奇迹小姐。（和流浪儿童一样，马戏团的名字也常常被简化，人们会说他们去"奇迹"。）奇迹小姐永远是个小女孩，而且有许多个。那是一场激动人心的表演，几乎是在玩命，许多曾经的表演者都死去了。那些幸存者也不会继续在奇迹待太久。演员的流动性很强，小女孩们的压力也都很大。毕竟，当她们到了那个年龄，就要冒着生命危险去表演。也许是压力和荷尔蒙影响了她们，当这些女孩到了第一次来例假和发现自己胸部变大的年纪，就去做一些可能会死去的危险行为，这不是很神奇吗？难道这就是真正的危险，即真正的奇迹吗？

垃圾场里一些原本住在格雷罗的大点的孩子曾偷偷溜进过马戏团，他们和卢佩以及胡安·迭戈讲起过"奇迹"。但是里维拉无法忍受这种把戏。"奇迹"进城表演的日子，会在"五位先生"开设商店。他们的据点距离索卡洛广场和瓦哈卡市中心比距离格雷罗更近些。

人们为什么会涌向奇迹马戏团？是为了看一个无辜的女孩死去吗？不过佩佩神父说，"奇迹"或任何其他的马戏团也是一种家庭，这倒是没有错。（当然，家庭也分好坏。）

"'奇迹'能让一个跛子干什么呢？"埃斯佩兰萨问。

"拜托！不要在他在场的时候这样讲！"爱德华多先生叫道。

"没关系，我确实是个跛子。"胡安·迭戈说。

"'奇迹'会把你带去的，因为你很有用，胡安·迭戈。"瓦格斯医生说。"卢佩需要翻译。"他又对埃斯佩兰萨解释道，"他们不能找一个听不懂的算命师，卢佩需要有人替她翻译。"

"我不是算命师！"卢佩说，但是胡安·迭戈没有为她翻译这句话。

"你要找的女人叫索莱达。"瓦格斯对爱德华·邦肖说。

"什么女人？我不想找什么女人！"新教士嚷道。他以为瓦格斯医生没有理解独身誓言的含义。

"不是给你找女人，独身先生。"瓦格斯说，"我是说你需要代表孩子们和那个女人聊聊。索莱达是马戏团里照顾孩子的人，她是驯狮官的妻子。"

"作为驯狮官的妻子，这个名字可不大妥当。"佩佩神父说，"索莱达是孤独的意思，这不是什么好兆头，她可能会守寡，她丈夫可能会死。"

"看在上帝的分上，佩佩，这只是个名字。"瓦格斯说。

"你是个反基督者，你自己也知道，对吧？"爱德华多先生指着瓦格斯说，"孩子们可以住在流浪儿童，他们在这里会接受耶稣会的教育，你却想让他们去受折磨！瓦格斯医生，你是害怕他们接受这种教育吗？作为一个笃定的无神论者，你担心我们把孩子们培养成信徒？"

"这些孩子在瓦哈卡才是受折磨！"瓦格斯叫道，"我并不在意他们信什么。"

"他是个反基督者。"爱荷华人这次是对佩佩神父说。

"马戏团有狗吗？"卢佩问。胡安·迭戈替她翻译了这句。

"有，是被训练的狗。有一些表演和狗有关。索莱达会训练新来的杂技演员，包括表演飞天的那些，但狗住在单独的帐篷里。你喜欢狗吗，卢佩？"瓦格斯问女孩，她耸了耸肩。胡安·迭戈知道卢佩和自己一样喜欢去"奇迹"这个想法，她只是不喜欢瓦格斯。

"答应我一件事。"卢佩拉着胡安·迭戈的手对他说。

"好啊，是什么？"胡安·迭戈问。

"如果我死了，我想让你把我埋在垃圾场，就像那些狗一样。"卢佩对哥哥说，"只有你和里维拉可以，别人都不行。答应我。"

"耶稣呢！"胡安·迭戈叫道。

"耶稣也不行，"卢佩对他说，"只有你和里维拉可以。"

"好的，"胡安·迭戈说，"我答应你。"

"你对那个叫索莱达的女人有多了解？"爱德华·邦肖问瓦格斯。

"她是我的病人。"瓦格斯回答。"索莱达从前是杂技演员，表演空中飞人。她的关节有很多处损伤，尤其是手、腕部和肘部。她要一直抓紧绳子，何况还会摔倒。"瓦格斯说。

"空中杂技没有保护网吗？"爱德华多先生问。

"墨西哥大部分马戏团都没有。"瓦格斯回答。

"慈悲的上帝！"爱荷华人嚷道，"你却告诉我这些孩子待在瓦哈卡是受折磨！"

"算命并不会摔倒，也不会损伤关节。"瓦格斯答道。

"我不知道每个人都在想什么，我没法完全看到。我只知道某些人的想法。"卢佩说。胡安·迭戈等待着她的下文。"如果有些人的心我读不出怎么办？"卢佩问，"对这样的人，算命师应该说些什么？"

"我们需要了解中场小节目是怎么演的，然后考虑一下。"（胡安·迭戈是这样替他的妹妹翻译的。）

"这不是我说的话。"卢佩向哥哥抗议。

"我们需要考虑一下。"胡安·迭戈重复道。

"那个驯狮官怎么样？"佩佩神父问瓦格斯。

"他怎么了？"瓦格斯反问。

"我听说索莱达和他关系并不好。"佩佩说。

"好吧，和驯狮官一起生活可能不太容易，我想训狮子需要不少雄性激素。"瓦格斯说着耸了耸肩。卢佩模仿了他的动作。

"所以驯狮官是个壮汉？"佩佩问瓦格斯。

"我听说如此。"瓦格斯告诉他，"他不是我的病人。"

"驯狮不会经常摔倒，也不会损伤关节。"爱德华·邦肖总结道。

"好吧，我们考虑一下。"卢佩说。

"她说什么？"瓦格斯问胡安·迭戈。

"我们会考虑一下。"胡安·迭戈告诉他。

"你可以随时来流浪儿童，来找我。"爱德华多先生对胡安·迭戈说，"我会告诉你要读什么。我们可以聊一聊书，你还可以把写的东西给我看——"

"这孩子会写东西？"瓦格斯问。

"他想写。对，他想接受教育，瓦格斯。他很有语言天赋。他将来应该接受某种高等教育。"爱德华·邦肖说。

"你也可以随时来马戏团。"胡安·迭戈对爱德华多先生说道，"你可以来看我，给我带书……"

"你当然可以。"瓦格斯告诉爱德华·邦肖。"你几乎可以走着去五位先生，'奇迹'也会巡游。有时候会有沿路表演，孩子们就能看到墨西哥城。或许你还能和他们一起去。旅行不也是一种教育吗？"瓦格斯先生问爱荷华人，然而他并没有期待什么回答。他把注意力转到了孩子们身上。"你们会想念垃圾场的什么？"他问孩子们。（所有认识他们的人都知道卢佩非常想念垃圾场的狗，不只是破烂白和破坏神。佩佩神父知道从流浪儿童到五位先生要走上很久。）

卢佩并没有回答瓦格斯，而胡安·迭戈则自己默默地数着。他在思考自己会怀念格雷罗和垃圾场的哪些东西。小屋纱门上那只闪电般迅捷的壁虎；大量的废品；当里维拉在卡车车厢里睡觉时，许多种叫醒他的方式；能够让其他的狗都停止叫嚷的破坏神；垃圾场大火中庄严肃穆的狗的葬礼。

"卢佩会想念那些狗。"爱德华·邦肖说。卢佩知道这是瓦格斯想要爱荷华人说出的答案。

"你猜怎么？"瓦格斯忽然开口，仿佛他刚刚想到这件事，"我打赌索莱达会允许孩子们和狗一起睡在帐篷里。我可以问问她。她一定也觉得狗会喜欢，我毫不惊讶。这样每个人都能满意了！有时候世界就是这么小。"瓦格斯说着又耸了耸肩。卢佩再一次模仿了他。

"卢佩以为我没看到她在干什么吗？"瓦格斯问胡安·迭戈，这次男孩和他的妹妹都耸了耸肩。

"孩子们和狗一起住在帐篷里！"爱德华·邦肖嚷道。

"我们看看索莱达会怎么说。"瓦格斯告诉爱德华多先生。

"我喜欢大部分动物超过大部分人。"卢佩评价道。

"让我猜猜：卢佩喜欢动物超过人。"瓦格斯对胡安·迭戈说。

"我说的是'大部分'。"卢佩更正他。

"我知道卢佩不喜欢我。"瓦格斯向着胡安·迭戈说道。

听着卢佩和瓦格斯互相诋毁或彼此攻击，胡安·迭戈想起了那些面向索卡洛广场游客的流浪乐队。周末，索卡洛广场上有很多乐队，包括那些糟糕的、自带啦啦队的中学生乐团。卢佩喜欢用轮椅推着胡安·迭戈穿梭在人群中。所有人，包括啦啦队员们都会为他们让路。"就好像我们很有名一样。"卢佩对胡安·迭戈说。

由于常在萨拉戈萨大街游荡，孩子们确实很出名，他们成了那里的常客。他们在萨拉戈萨大街从不使用愚蠢的"圣痕"把戏，那里不会有人因为擦去血迹而给他们小费。萨拉戈萨大街上流过太多血，擦去这些血迹简直是浪费时间。

萨拉戈萨大街上总是有许多妓女，以及物色妓女的男人们。在萨梅加宾馆的院子里，胡安·迭戈和卢佩可以看见妓女们和她们的顾客来来往往，但他们从未在萨拉戈萨大街或宾馆院子里看见过自己的母亲。并没有证据表明埃斯佩兰萨在这条街上工作，而萨梅加宾馆也有其他的客人，既非妓女也非她们的客户。但里维拉并不是孩子们知道的唯一一个把萨梅加称作"妓女宾馆"的人，那些来来往往的家伙确实让这里很像一家"妓女宾馆"。

在胡安·迭戈还坐着轮椅的时候，一天夜里，他和卢佩在萨拉戈萨大街上跟在一个叫弗洛尔的妓女身后。孩子们知道她不是他们的母亲，但弗洛尔从背后看有一点像埃斯佩兰萨，她们走路的样子很像。

卢佩喜欢把轮椅推得飞快，然后忽然靠近那些背对着他们的人。直到轮椅撞到，他们才会反应过来。胡安·迭戈总是担心这些人会仰倒在他的腿上。所以他会身体前倾，在加速的轮椅撞击他们之前用手触到这些人。他就是这样触到弗洛尔的。他本想触碰她其中一只手，但弗洛尔走路时胳膊会前后摆动，所以胡安·迭戈不小心碰到了她摇摆的屁股。

"耶稣玛利亚约瑟夫！"弗洛尔叫嚷着转过身来。这个高挑的女人本想对着身后的人当头一拳，却低头看见一个坐着轮椅的男孩。

"是我和我妹妹。"胡安·迭戈有些难为情地说，"我们在找我们的妈妈。"

"我和你们的妈妈长得像吗？"弗洛尔问。她是一个异装妓女。在那时的瓦哈卡，异装妓女并不多。弗洛尔在其中很出挑，不仅是因为她比较高。她有些好看，虽然卢佩注意到她的上唇有一圈柔和的胡须印记，但这并不影响她的好看。

"你有一点像我们的妈妈。"胡安·迭戈回答，"你们两个都很好看。"

"弗洛尔块头要大很多，而且你懂的。"卢佩说着，把手指放在自己的上唇处。胡安·迭戈并不需要翻译这句话。

"你们这些小孩不该在这里。"弗洛尔对他们说，"你们应该去睡觉。"

"我们的妈妈叫埃斯佩兰萨。"胡安·迭戈说，"也许你在这里见过她，你可能会认识她。"

"我知道埃斯佩兰萨。"弗洛尔答道，"但我没在这附近见过她。我总是看到你们。"她告诉孩子们。

"也许我们的妈妈是所有妓女中最受欢迎的。"卢佩说，"可能她从来不用离开萨梅加宾馆，都是男人们去找她。"但是胡安·迭戈没有替她翻译这些。

"她在嘟哝什么呢，有一件事我可以告诉你们。"弗洛尔说，"只要来过这里的人都会被看到。也许你们的妈妈根本没来过，你们这些小孩就该回去睡觉。"

"弗洛尔知道很多马戏团的事，我从她的心里看到了。"卢佩说，"你问问她。"

"我们收到了'奇迹'的邀请，只是去表演中场小节目。"胡安·迭戈说。"我们会有自己的帐篷，不过要和狗一起住。那些狗都经过训练，非常聪明。你认识什么马戏团的人吗？"男孩问。

"我不接矮人的活儿，总要在某个方面划清界限吧。"弗洛尔对他们说。"矮人们不知为啥都对我感兴趣——他们老是围着我。"她说。

"我今晚都睡不着了。"卢佩对胡安·迭戈说道，"一想到矮人们都围着弗洛尔，我就没法入睡。"

"是你让我问的。我也睡不着了。"胡安·迭戈告诉她的妹妹。

"你问她认不认识索莱达。"卢佩说。

"或许我们不会想知道。"胡安·迭戈应道，但他还是问弗洛尔她对驯狮官的妻子有哪些了解。

"她是个孤独、不幸的女人。"弗洛尔说，"她丈夫就是头猪。他和狮子我站狮子。"她说。

"我猜你也不接驯狮官的活儿吧。"胡安·迭戈问。

"他的才不接，小子。"弗洛尔回答，"你们不是耶稣会的小孩吗？你们妈妈不是在那儿工作吗？又不是迫不得已，你们为什么要搬去有狗的帐篷里？"

卢佩开始罗列自己的理由。"第一，我们爱狗。"她说道，"第二，可以当明星——在马戏团我们会很出名。第三，因为鹦鹉男会去看我们，我们的未来……"她顿了一下，"应该说是他的未来。"卢佩边说边指着她哥哥，"他的未来掌握在鹦鹉男手里，我知道会是这样，无论去不去马戏团。"

"我不认识什么鹦鹉男，我没见过他。"在胡安·迭戈吃力地翻译完卢佩的理由清单后，弗洛尔对孩子们说道。

"鹦鹉男不需要女人。"卢佩说，胡安·迭戈也帮她翻译了。（卢佩曾听爱德华多先生提起过这件事。）

"那我知道很多鹦鹉男！"异装妓女说。

"卢佩的意思是这个鹦鹉男发誓自己要独身。"胡安·迭戈试图向弗洛尔解释，但她并没有让他说完后面的话。

"噢，不，我并不认识这样的人。"弗洛尔说，"鹦鹉男在'奇迹'表演中场小节目吗？"

"他是耶稣新来的教士，一个来自爱荷华的耶稣会教徒。"胡安·迭戈告诉她。

"耶稣玛利亚约瑟夫！"弗洛尔又嚷了起来，"原来是这种鹦鹉男啊。"

"他的狗被杀死了，这可能改变了他的一生。"卢佩说，但是胡安·迭戈没有帮她翻译。

他们被萨梅加宾馆门前的一场打斗吸引了注意。争执一定是在宾馆中引起的，却从院子里一直延续到萨拉戈萨大街上。

"靠，是好外国佬，那孩子真是麻烦。"弗洛尔说，"他待在越南会更安全。"

瓦哈卡的美国嬉皮士越来越多，他们中有些是和女友一起来的，但是那些女友不会待太久。这些正值征兵年龄的男孩多半孤身一人，或者最终也会变成孤身一人。爱德华·邦肖说，他们或是为了逃避越南战争，或是为了逃避自己国家的变化。爱荷华人会去找他们。他想要帮助这些男孩，但大部分嬉皮士对宗教并不感兴趣。他们和屋顶狗一样属于迷失的灵魂，他们到处疯跑，或者如鬼魂一般在城市里游荡。

　　弗洛尔也会去找年轻的美国逃兵，这些迷失的男孩都认识她。也许他们喜欢她，是因为她是个异装癖。和他们一样，她还是个男孩。不过这些美国人青睐她，也是因为她的英语很好。在回到墨西哥之前，弗洛尔住在得克萨斯。弗洛尔讲故事的方式永远不变。"我唯一一次离开瓦哈卡，是去了休斯敦。"她总是这样开头，"你们去过休斯敦吗？但我要和你们说的是，我不得不离开那里。"

　　卢佩和胡安·迭戈以前在萨拉戈萨大街看见过好外国佬。一天早晨，佩佩神父发现他睡在耶稣会圣殿的长椅上。好外国佬在唱《拉雷多的街道》。他是在睡梦中唱的，而且只有不停重复的第一节，佩佩说。

> 当我走在拉雷多的街道上
> 当我有一天来到拉雷多
> 我看到一个小牛仔，裹着白色的亚麻
> 里面的身体和黏土一样冰冷

　　这个嬉皮士对孩子们总是很友好。至于在萨梅加宾馆发生的争执，很显然他们没有给他时间穿好衣服。他蜷曲着身体，以胎儿的姿态躺在马路上，以免被那些人踢到。他只穿了一条牛仔裤，手里拿着凉鞋和一件脏兮兮的长袖衬衫，这是孩子们唯一见他穿过的衣服。但胡安·迭戈和卢佩之前没有见过他身上的巨大文身。那是一个被绑在十字架上的基督：头戴荆棘的耶稣那流血的脸填满了嬉皮士赤裸的瘦削胸膛。耶稣的身躯，包括被刺穿的那一部分，遮盖住嬉皮士裸露的腹部。耶稣伸展的手臂（他的腕部和手臂都很痛）被文在了嬉皮士的臂上。基督的上半身仿佛被粗暴地贴在了好外国佬的上半身上面。钉在十字架上的耶稣和这个嬉皮士男孩都需要刮胡子了，他们的长发也同样杂乱。

在萨拉戈萨大街上，两个暴徒立在男孩面前。孩子们认识加尔萨，那个高个儿、大胡子的家伙。是否允许你进入萨梅加宾馆是他说了算，他总是告诉两个孩子，他们应该从这里消失。加尔萨负责看管宾馆的庭院。另一个家伙，一个年轻的胖子，是加尔萨的奴隶恺撒。（加尔萨总是把一切搞砸。）

"你们就想这样甩开他吗？"弗洛尔问两个暴徒。

萨拉戈萨大街的马路边还有另一个妓女，她比较年轻，脸上有很多痘，身上穿得并不比好外国佬多。她叫阿尔芭，这个名字是"黎明"的意思。胡安·迭戈觉得她就是那种你只会在日出般短暂的瞬间中遇到的女孩。

"他没给够钱。"阿尔芭告诉弗洛尔。

"她要的钱比说好的多。"好外国佬说，"我已经给了她第一次要的钱数。"

"你们把外国佬带走吧。"弗洛尔对胡安·迭戈说，"你们既然能从流浪儿童溜出来，就也能溜进去，对吧？"

"早晨修女们会发现他的，或者佩佩神父、爱德华多先生和我妈妈也可能发现他。"卢佩说。

胡安·迭戈想要对弗洛尔解释他们的境况：他和卢佩住在同一间卧室里，共用一间浴室，但他们的妈妈也会忽然来用浴室，等等。但弗洛尔想让孩子们把好外国佬带离这条街。耶稣会很安全，他们应该带嬉皮士男孩一起回去。孤儿院里不会有人打他。"告诉修女们你们是在路边发现他的，你们只是想做些好事。"弗洛尔对胡安·迭戈说，"告诉她们这男孩本来没有文身，但是你们早上醒来，却发现他身上出现了钉在十字架上的基督。"

"我们听见了他在睡梦中唱歌，是牛仔的歌。一唱几个小时，但我们在黑暗中什么都看不到。"卢佩即兴发挥道，"好外国佬肯定是一夜间长出了文身！"

半裸的嬉皮士男孩仿佛接受了暗示一般，忽然开始唱歌。不过他现在没有睡着。他唱起《拉雷多的街道》，对那两个一直在骚扰他的暴徒表示奚落。这次只有第二段。

> "从你的打扮，能看出是个牛仔。"
> 当我缓慢地经过时，他对我说。
> "过来坐在我身旁，听我悲伤的故事，
> 我被枪击中了胸口，知道自己就要死去。"

"耶稣玛利亚约瑟夫！"胡安·迭戈只轻声说了这一句。

"嘿，最近怎么样，轮椅小子？"好外国佬问胡安·迭戈，他似乎刚刚注意到坐轮椅的男孩。"嘿，超速小妹！你还没收到罚单吗？"（卢佩从前用轮椅撞到过好外国佬。）

弗洛尔帮助嬉皮士男孩穿好了衣服。"你再碰他一下，加尔萨，"弗洛尔说，"我就趁你睡觉把你的那玩意儿连着蛋割下来。"

"你的两腿中间不也有那玩意儿。"加尔萨对异装妓女说。

"不，我的比你的大多了。"弗洛尔讽刺道。

加尔萨的奴隶恺撒开始大笑，但加尔萨和弗洛尔看他的目光让他停了下来。

"你应该第一次就定好价，阿尔芭。"弗洛尔对皮肤不好的年轻妓女说，"你不能随便改价的。"

"不用你告诉我要怎么做，弗洛尔。"阿尔芭说，但女孩等到自己溜回萨梅加宾馆的院子后才敢开口。

弗洛尔和孩子们以及好外国佬一起走到索卡洛广场。"这次我欠你的！"年轻的美国人在她离开时对她说。"我也欠你们的。"嬉皮士男孩转向两个孩子，"作为感谢我会给你们买一件礼物。"他对他们说。

"我们要怎么把他藏起来？"卢佩问哥哥，"我们今晚可以带他溜进流浪儿童，这没问题，但是我们早上没法把他运出来。"

"我会编个故事，说他身上的流血耶稣文身是奇迹。"胡安·迭戈对她说。（这的确是拾荒读书人会想出的主意。）

"它确实是某种奇迹。"好外国佬开口了，"我想到文身的主意……"

卢佩并不想让这个迷途的年轻人讲述自己的故事，至少现在不想。"答应我一件事。"她对胡安·迭戈说。

"又答应你……"

"就答应我吧！"卢佩叫道，"如果我沦落到萨拉戈萨大街上，就杀了我，杀了我就好。我要听到你发誓。"

"耶稣玛利亚约瑟夫！"胡安·迭戈说，他试图像弗洛尔那样喊出这句话。

嬉皮士已经忘了自己刚才在说什么，他正纠结于《拉雷多的街道》的一段歌词，仿佛它们是他灵感爆发，第一次写出来的一样。

"去找六个快乐的牛仔，让他们抬着我的棺材，

再找六个漂亮女仆也和他们一起。

在我的棺木上插满玫瑰，

土块落下来它们便会枯萎。"

"快发誓！"卢佩对拾荒读书人喊道。

"好的，我会杀了你。我已经说了。"胡安·迭戈说道。

"喂，轮椅小子，还有小妹妹，谁都不许杀了谁，好吗？"好外国佬对他们说，"我们都是朋友吧？"

好外国佬身上带着梅斯卡尔酒的气味，卢佩称之为"虫子味

儿",因为梅斯卡尔酒瓶底总是有死去的虫子。里维拉把梅斯卡尔酒叫作"穷人的龙舌兰"。他说梅斯卡尔酒和龙舌兰的喝法是一样的,都是加一点盐和一点酸橙汁。好外国佬身上就是酸橙汁兑啤酒的味道。那晚孩子们带他溜进流浪儿童时,这个年轻美国人嘴上还沾着盐渣,他下唇上那块没刮的V形胡须上也挂着许多盐。他们让好外国佬睡在卢佩的床上。孩子们不得不帮他脱去衣服。还没等卢佩和胡安·迭戈准备好上床睡觉,他便已经睡着了,仰躺着大声打起呼噜来。

在呼声间隙中,含混不清的《拉雷多的街道》和他的气味一起从好外国佬口中吐出。

> "噢,请你慢慢打鼓,低声吹笛,
> 边抬着我边奏起死亡进行曲。
> 把我带入山谷,让我躺下来,
> 因为我是一个知道自己犯了错的年轻牛仔。"

卢佩匀湿一块抹布,擦去了嬉皮士男孩嘴唇和脸上的盐渍。她本要给他盖他自己的衬衫,因为她不想在半夜里看到他身上的流血耶稣。但是她嗅了嗅好外国佬的衬衫,说上面有股呕吐过的梅斯卡尔酒或啤酒的气味,也可能是死虫子的味儿,于是她把床单拉上来,直盖到年轻美国人的下巴,并努力帮他掖好。

嬉皮士男孩又高又瘦,他那长长的胳膊——上面文着基督伤痕累累的腕部和手臂——伸向两侧,露出了床单。"如果他死在我们这间屋里怎么办?"卢佩问胡安·迭戈,"如果一个人死在外国,在别人的房间里,他的灵魂会怎样?能自己找回家吗?"

"有耶稣。"胡安·迭戈说。

"别管耶稣了。我们俩才能为他负责。如果嬉皮士男孩死了,我们要怎么做?"卢佩问。

"在垃圾场里烧了他。里维拉会帮我们。"胡安·迭戈说。这并不是他的本意，他只是想让卢佩快点上床睡觉。"好外国佬的灵魂会随着烟飘走。"

"好的，我们有主意了。"卢佩说。当她爬上胡安·迭戈的床时，她穿得比平时睡觉要多。卢佩说，因为有嬉皮士男孩在房间里，她想穿得"朴素一些"。她希望胡安·迭戈睡在靠近好外国佬那一侧，因为她不想在夜里被痛苦的基督吓到。"你在编那个关于奇迹的故事吧。"她对哥哥说完，在狭窄的床上背过身去，"没有人会相信那文身是奇迹。"

胡安·迭戈那晚半宿没睡，他在排演怎么把迷失的美国人身上的流血耶稣文身讲成一个一夜间的奇迹。就在胡安·迭戈终于要睡着时，他发现卢佩也醒着。"要是嬉皮士男孩身上味道好闻些，也不总唱那首牛仔的歌，我就会嫁给他。"卢佩说。

"你才十三岁。"胡安·迭戈提醒他的妹妹。

在他那弥漫着梅斯卡尔酒气息的呼声中，好外国佬只能哼出《拉雷多的街道》第一段的前两句。歌声渐渐微弱下来，孩子们甚至有些希望他能一直唱下去了。

当我走在拉雷多的街道上
当我有一天来到拉雷多

"你才十三岁。"胡安·迭戈更加坚持地重复道。

"我是说以后，等我长大一些，如果我能长大的话。"卢佩说，"我已经有胸了，虽然很小。我知道它们应该更大一些才对。"

"你说什么，如果你能长大的话？"胡安·迭戈问妹妹。

他们背靠背躺在黑暗中，但是胡安·迭戈能感觉到身边的卢佩正在发抖。

"我觉得好外国佬和我都长不大。"她对他说。

"你不明白，卢佩。"胡安·迭戈反驳道。

"我知道我的胸一点都没有变大。"卢佩告诉他。

胡安·迭戈想着这件事，更加难以入眠。他知道卢佩关于过去通常都说得很对，他半自我安慰地想着"对于将来她说得没有那么准"，才进入了梦乡。

13

现在及永远

　　至于胡安·迭戈在马卡蒂香格里拉酒店与拆弹犬之间发生了什么，我们可以冷静而理智地解释。虽然事发突然，而在香格里拉酒店门房和保安惊恐的目光中，正是后者导致两只狗的失控，这位贵宾的到来根本无法被理智而冷静地看待。在酒店登记处，胡安·迭戈·格雷罗的名字后面附加了一个冠冕堂皇的称呼：贵宾。又是那个克拉克·弗伦奇——胡安·迭戈的前学生干的，他总是自作主张。

　　酒店升级了这位墨西哥裔美国小说家的房间，并摆放了定制的餐食，其中一件与众不同。酒店的管理人员还接到提醒，不要称呼格雷罗先生为墨西哥裔美国人。然而，你并不知道衣着整洁的酒店经理正亲自徘徊在登记台前，等待着为疲惫的胡安·迭戈确认尊贵身份，至少当你目睹作家在香格里拉的车辆入口遭遇的粗鲁对待时不会想到。哎，都怪克拉克没有亲自来欢迎他的前导师。

　　驶进车辆入口时，比恩韦尼多从后视镜看到他那尊贵的客人已经睡着了。门房正跑过来想要开汽车后门。司机试图挥手阻止，因为他看到胡安·迭戈正靠在那扇门上。司机迅速拉开了他自己的车门，挥舞着双手走进酒店入口。

谁又知道拆弹犬会被挥舞的手臂激怒呢？

仿佛接受了保安的信号一般，两只狗朝着双手举过头顶的比恩韦尼多扑去。当门房打开汽车后门时，仿佛死去了的胡安·迭戈从车里摔了出来。一具倒下的尸体让两只拆弹犬更加兴奋，它们从保安手中挣脱绳索，纷纷跳上了汽车后座。

由于系着安全带，胡安·迭戈并未完全摔出汽车。他忽然惊醒，发现自己的头正在车门附近摇摇晃晃。他的腿上有一只狗，正在舔他的脸。那是一只中等大小的狗，应该是一只小公拉布拉多或母拉布拉多。其实它是一只拉布拉多混种狗，长着拉布拉多犬那柔软、蓬松的耳朵和热情的大眼睛。

"碧翠丝！"胡安·迭戈叫道。我们可以想象胡安·迭戈在幻想什么，但当他喊出一个女性化的、母狗的名字时，那条公拉布拉多混血犬有些困惑，它的名字叫詹姆斯。不过胡安·迭戈喊出"碧翠丝"这个名字，却让门房吓了一跳，他本以为这个刚来的客人已经死了。于是，门房大叫起来。

显然，拆弹犬听到尖叫声会变得更有攻击性。詹姆斯（坐在胡安·迭戈腿上的那只狗）为了保护胡安·迭戈开始对着门房咆哮。但胡安·迭戈并未注意到另一条狗，他不知道它就坐在自己身边。这是一只面相很警觉的狗，耳朵神气地立着，蓬松的毛发根根竖起。它不是纯种德国牧羊犬，而是混种。当这只狗发出狂暴的叫声时（对着胡安·迭戈的耳朵），作家一定以为自己坐在一只屋顶狗旁边。而且卢佩说得对：有些屋顶狗是鬼魂。混种牧羊犬有一只斜眼，是黄绿色的，而且焦点与另一只好眼睛不一致。这只奇怪的眼睛更让胡安·迭戈坚信，他身边那只颤抖的狗是屋顶狗，而且是鬼魂。跛足作家解开安全带，试图走出汽车，但由于詹姆斯（混种拉布拉多）还在他腿上，这个目标很难实现。

此时，两只狗都把嘴伸向了胡安·迭戈的胯部，它们把他按在座位上，开始专心地嗅来嗅去。由于这些狗本是被训练寻找炸弹的，它们的行为引起了保安们的注意。"别动。"其中一个保安含糊地说，不知是对胡安·迭戈还是对那两只狗。

"狗很喜欢我。"胡安·迭戈自豪地说，"我以前住在垃圾场。"他试图和保安们解释，而他们都专注地盯着这个摇摇晃晃的男人那特制的鞋子，根本没有在听他说话。（"我和我妹妹会照顾垃圾场里的狗。每当有狗死去时，我们会抢在秃鹰前面发现并烧掉它们的尸体。"）

现在的问题是，胡安·迭戈只有两种方式可以移动：一种是先迈那只朝两点钟方向扭曲的瘸脚，这样你一下子就会注意到他跛跄的动作。另一种是先迈正常的脚，把跛脚拖在后面。无论怎样，那只扭曲的脚和奇怪的鞋都会引起你的注意。

"别动！"那个保安又叫了起来。他提高了声音，而且用手指着胡安·迭戈，这让作家意识到他不是在对狗说话。胡安·迭戈顿住了，保持着他那一瘸一拐的姿态。

又有谁知道拆弹犬不喜欢人们停下脚步、呆滞地站着的样子？两只拆弹犬，詹姆斯和混血牧羊犬原本正用鼻子戳着胡安·迭戈的臀部，更确切地说，是指向他运动衫的口袋，那里有他用纸巾包裹的没吃完的绿茶松饼。但它们忽然停了下来。

胡安·迭戈努力回忆着一场最近发生的恐怖袭击是在哪里，棉兰老岛？那不是菲律宾最南部，靠近印度尼西亚的岛屿吗？那里是不是有很多穆斯林？是不是有一个自杀式引爆者把炸弹绑在了一条腿上？在爆炸发生前，所有人都只注意到他有些一瘸一拐。

情况不太妙，比恩韦尼多想道。胆小的门房依然坚信胡安·迭戈本是一个死人，却像僵尸般跛跄着活了过来，还喊出了一个女人的名字。当司机把橘色的信天翁大包丢给他时，他还没有从恐慌中恢复。年轻的司机走进酒店，直奔登记台，并告诉那里的人有人要开枪打死他们的贵宾。

"把那些没训练过的狗拉开。"比恩韦尼多对酒店经理说，"你们的保安想杀了瘸腿作家。"

误会很快就被澄清了。克拉克·弗伦奇甚至提醒了酒店胡安·迭戈可能会提早到达。对胡安·迭戈来说，最重要的是他们要原谅那两只狗，是绿茶松饼误导了它们。"不要训它们。"胡安·迭戈对酒店经理这样说道，"它们都是很好的狗，答应我不要惩罚。"

"惩罚？不，先生，不会惩罚的！"经理说。从前，马卡蒂香格里拉酒店的贵客可没有这样替拆弹犬说过话。经理亲自带胡安·迭戈去到他的房间。酒店提供的餐食包括一只果篮、饼干奶酪标准拼盘以及冰镇的四瓶啤酒（而非通常的香槟）。这是胡安·迭戈那细心的前学生的主意，他知道自己挚爱的导师只喝啤酒。

克拉克·弗伦奇也是胡安·迭戈的忠实读者之一，尽管在马尼拉，他作为一位娶了菲律宾女人的美国作家更为出名。胡安·迭戈一眼便看出，那个巨大的水族箱是克拉克的主意。克拉克·弗伦奇很喜欢送自己的前导师一些礼物，以示对于重现胡安·迭戈小说中那些高光时刻的热情。在胡安·迭戈早期的一部作品中——那本小说几乎无人读过——主角是一个尿道有缺陷的男人。他的女友在卧室中放了一个巨大的鱼缸。水生物们奇异的样子和它们发出的声音让那个尿道"狭窄而曲折"的男人感到不安。

胡安·迭戈一直很喜欢克拉克·弗伦奇，因为他是那种会固执地记下最琐屑的细节的读者，而这些细节只有作者本人才会记得。但是克拉克并不总是能感受到这些细节的真正用意。在胡安·迭戈那篇关于尿道的小说中，主角被女友床边的水族箱里持续上演的水下戏剧深深困扰，那些鱼让他无法入眠。

酒店经理解释说，这个租用一夜的、在灯光下发出流水声的大鱼缸是克拉克·弗伦奇在菲律宾的家人给他的礼物。克拉克妻子的一个姑妈在马卡蒂开水族商店。由于水族箱太大，没法放在酒店房间的任何桌子上，所以只好摆在床边的地面，而且很难移动。鱼缸几乎和床同样高，外观是那种冷冰冰的长方形。和它一起的还有克拉克的欢迎函：亲切的细节会助你入眠！

"这些都是我们南海的水生物。"酒店经理谨慎地提醒道，"不要喂它们，一晚上不吃东西没事。他们是这样告诉我的。"

"我知道了。"胡安·迭戈回答。他不明白为什么克拉克或者那个开水族商店的菲律宾姑妈会觉得这个水族箱很安静。胡安·迭戈推测，这里面一定装了一百磅水。关灯后，绿色的水下灯会显得更绿（而且更亮）。那些小鱼让人目不暇接，它们在水的上层悄悄地游来游去。某些更大的生物潜藏在鱼缸底部最阴暗的角落：它的眼睛闪闪发亮，腮像波浪一般起伏着。

"那是鳗鱼吗？"胡安·迭戈问。

酒店经理是一个瘦小、衣着整洁的男人，留着精心修剪过的胡子。"可能是海鳗。"经理说，"最好不要把手指伸进水里。"

"当然不会，那确实是一条鳗鱼。"胡安·迭戈回答。

胡安·迭戈起初很后悔自己那晚同意比恩韦尼多载他去一家餐馆。那里没有游客，都是家庭聚餐，"是一家很隐秘的私房菜"，司机试图说服他。胡安·迭戈本觉得如果在宾馆房间里点餐，然后早点睡觉，他会更舒适些。但现在，想到比恩韦尼多会带他远离香格里拉酒店，他如释重负，而那些并不亲切的鱼和那只面目凶恶的海鳗正等着他回去。（他宁愿和那只叫詹姆斯的拉布拉多混血拆弹犬睡在一起！）

克拉克·弗伦奇的欢迎函附言是这样写的：比恩韦尼多会好好照

顾你的！大家都很期待在保和见到你！我们全家已经迫不及待了！卡门姑妈说那条海鳗名叫莫拉莱斯——不要碰它！

作为研究生，克拉克·弗伦奇需要老师来替他辩护，胡安·迭戈也确实这样做了：这位年轻作家总是格外热情，而且永远很乐观。过多使用感叹号不仅仅是他文学作品中的问题。

"真是一条海鳗。"胡安·迭戈告诉酒店经理，"叫莫拉莱斯。"

"是'正直'的意思。这名字对一条咬人的鳗鱼来说真是讽刺啊。"经理说，"水族商店还一并送来很多东西：两辆装海水的行李车、非常精密的水下温度计、会冒泡的水循环装置、用来徒手拿动物的橡胶袋子。就待一晚的话，东西可真够多的。也许为了这次紧张的旅行，他们还给海鳗服了镇静剂。"

"我知道了。"胡安·迭戈说。莫拉莱斯先生此时并没有受到镇静剂的影响。它凶恶地盘绕在鱼缸最远处的角落里，呼吸平稳，黄色的眼睛眨都没眨一下。

作为爱荷华写作工作坊的学生，后来又成为出版过作品的小说家，克拉克·弗伦奇并不具备嘲讽的气质。他总是分外真诚，给一条海鳗取名"正直"不是他的风格。这讽刺感可能来自卡门姑妈，来自克拉克在菲律宾这边的家人。这让胡安·迭戈感到焦虑，因为那些人都在保和等着见他。虽然他很高兴看到克拉克·弗伦奇——这个似乎没什么朋友的年轻作家拥有了一个家庭。克拉克·弗伦奇的同学们（都是未来的作家）觉得他真是过于天真。哪个年轻作家会被阳光的性格吸引呢？克拉克并不乐观，他长着一张演员般英俊的脸，身材健硕，穿着如同一个走街串巷的耶和华的目击证人，保守而糟糕。

克拉克对于宗教的信仰（他非常笃信天主教）一定让胡安·迭戈想起了年轻版的爱德华·邦肖。事实上，克拉克·弗伦奇就是在菲律宾的一场天主教行善会上遇到了自己的菲律宾妻子以及她的家人，如今已被他热情地称为"我们全家"。胡安·迭戈不记得具体的场景。

天主教行善会，是哪一种？也许会有孤儿和未婚妈妈加入其中。

即使是克拉克·弗伦奇的小说，也展现出顽强而执着的善意：他的主角，那些迷失的灵魂和连续犯错的罪人总是会得到救赎。重生的希望永远出现在道德最低点之后，小说可想而知会以善良的获胜结尾。这些小说会遭到批评，这很容易理解。克拉克有说教的倾向，他似乎是在布道。胡安·迭戈觉得他的小说遭遇嘲讽是一件很让人难过的事，就像可怜的克拉克本人总是被他的同学们嘲笑。胡安·迭戈确实很喜欢克拉克·弗伦奇的作品。克拉克是个匠人，但他的优点并不讨人喜欢，这也许是他身上的诅咒。胡安·迭戈知道克拉克是故意这样做的，他真的很乐观。但是他也确实喜欢说教，他忍不住。重生的希望永远出现在道德最低点之后，这很程式化，但是这部作品会有信奉宗教的读者吗？克拉克是因为有读者才遭遇嘲讽吗？克拉克能控制自己振奋的情绪吗？（"他永远是振奋的"，他在爱荷华的一位研究生同学说道。）

然而租借一夜的水族箱还是太过分了，这实在是过于符合克拉克的个性，甚至有些过。或者说我只是一路旅途太累了，无心欣赏这份景致？胡安·迭戈想。他不想因为克拉克的个性或是因为他永远保持善意而责备他。胡安·迭戈确实很喜欢克拉克，但对这个年轻作家的喜欢让他感到痛苦。克拉克是一个顽固的天主教徒。

一股温暖的海水忽然从水族箱里喷溅出来，把胡安·迭戈和酒店经理都吓了一跳。难道哪一条不幸的鱼被咬死或吃掉了？可绿光映照下的清澈水流中并没有任何血迹或残肢的影子，那只永远警惕的鳗鱼从外表也看不出任何作恶的迹象。"这是个充满暴力的世界。"酒店老板评价道。这句话并无讽刺，是那种克拉克·弗伦奇的小说达到道德最低点时会出现的句子。

"是啊。"胡安·迭戈只是如此应和。生在贫民窟中的他并不愿看不起别人，尤其是那些好人，比如克拉克。但是胡安·迭戈也和文坛中每一个优越而居高临下的作者一样，对克拉克及他那振奋的性格有些蔑视。

在经理离开他后，胡安·迭戈后悔自己没有询问空调的事情。屋里太冷了，墙上的调温计在这个疲惫的旅客面前呈现出各种复杂的箭头和数字，让他眼花缭乱。他觉得这就像是战斗机的仪表盘。为什么我会这么累？胡安·迭戈想。为什么我只想睡觉，进入梦境，或者再次见到米里亚姆和桃乐茜？

他再次不知不觉地睡着了，就坐在桌边的椅子上。他醒来时发现自己冻得发抖。

由于只住一个晚上，胡安·迭戈没有必要打开他的橘色大包。他把贝他阻断剂放在浴室的水槽上，以便提醒自己照常服用，而且是服用一片，而非双倍的剂量。他把身上的衣服脱在床上，然后洗澡剃须。没有米里亚姆和桃乐茜一起，他的旅行和日常生活没有太大区别，不过她们的离开让他忽然有些空虚和不知所措。为什么会这样？他想着这件事，同时也想着自己为何会如此疲惫。

胡安·迭戈穿着酒店的浴衣，开始收看电视新闻。冷气依然很冷，但他通过摆弄调温计减缓了风扇的速度。空调没有变暖，但是转动的频率降低了。（那些可怜的鱼，包括那条海鳗，是不是更喜欢温暖的海水呢？）

电视里播放着监控摄像头拍摄的模糊录像，是棉兰老岛的自杀性爆炸。那个恐怖分子无法辨识，可他那一瘸一拐的样子和胡安·迭戈很像，这让他感到不安。他认真辨别两者细微的不同，有问题的是同一条腿，右腿，而此时炸弹湮灭了一切。咔嗒一声后，电视屏幕陷入一阵伴随刺耳声响的黑暗。这段影像让胡安·迭戈感到十分沮丧，仿佛他看到了自己的自杀。

他注意到篮子里的冰还很多，足以让啤酒在晚餐很久后依然保持凉爽，何况空调冷气又非常足。胡安·迭戈在水族箱发出的绿光中穿好了衣服。"对不起，莫拉莱斯先生。"他离开酒店房间时说，"这里对你和你的朋友们来说不够暖和。"当他迟疑地站在走廊里时，海鳗忽然开始盯着他看。它的目光一直滞留在胡安·迭戈身上。胡安·迭戈在关门之前朝它挥了挥手，但并没有任何回应。

比恩韦尼多载他去的那个家庭餐馆，或许对某些人来说是"很隐秘的私房菜"。那里每张桌上都有一个吵嚷的孩子，而这些家庭似乎都互相认识。他们彼此招呼，来回传递着盘子里的食物。

这里的装饰让胡安·迭戈难以理解：一条龙长着一只象鼻，正在踩踏士兵们；一个圣母玛利亚，手里抱着面带怒容的圣婴，守护着餐厅的入口。胡安·迭戈觉得这玛利亚很有威慑力，就像个保镖。（就让胡安·迭戈去挑圣母玛利亚神色的毛病吧。难道那条长着象鼻，正在践踏士兵的龙，就没有什么毛病吗？）

"生力不是西班牙啤酒吗？"胡安·迭戈坐在车里问比恩韦尼多，他们正在回酒店的路上。胡安·迭戈肯定喝了一些啤酒。

"这啤酒厂确实是西班牙的。"比恩韦尼多说，"但是它的前身在菲律宾。"

任何形式的殖民，尤其是西班牙殖民，一定会引起胡安·迭戈的注意。这也是天主教的殖民，他想。"我觉得这是殖民。"作家只评论了这一句。通过后视镜，他可以看到司机正在思考这件事。可怜的比恩韦尼多：他以为他们只是在谈论啤酒。

"是吧。"比恩韦尼多简短地回答。

这天一定是某一个圣日，至于是什么日子，胡安·迭戈并不记得。祈祷从教堂开始，不断蔓延着，这并不仅出现在胡安·迭戈的梦里。那个清晨，当孩子们和好外国佬一起在流浪儿童的房间中醒来时，祈祷声已经飘到了楼上。

"圣母！"其中一个修女起头道，像是格洛丽亚修女的声音，

171

"现在及永远，你是我的向导。"

"圣母！"孤儿院里的孩子们应和着，"现在及永远，你是我的向导。"

孩子们位于比胡安·迭戈和卢佩的卧室低一层的小礼拜堂中。每到圣日，还没等他们开始巡游，连绵不断的祈祷声便已传到了楼上。半睡半醒的卢佩也在念叨着自己的祷词，与他们歌颂圣母玛利亚的话语彼此呼应。

"我亲爱的瓜达卢佩圣母，你的正义映射在我们心中，让世界充满和平。"卢佩的祈祷带着些反讽的意味。

但是这天早上，胡安·迭戈刚刚醒来，还没睁开眼睛，卢佩便说："你的奇迹发生了：我们的妈妈刚经过房间——她正在洗澡——她没有发现好外国佬。"

胡安·迭戈睁开了眼睛。好外国佬在睡梦中一动不动，就像死了一般。但是床单已经不再盖在他身上。嬉皮士和他身上的受难耶稣都直挺挺地躺着，形成了一幅有关英年早逝、青春陨灭的画面。而这时，孩子们听见埃斯佩兰萨在浴缸里唱着某些低俗的小曲。

"他很好看，不是吗？"卢佩问她的哥哥。

"一身啤酒尿味。"胡安·迭戈边说着，边凑近年轻的美国人，确认他还有呼吸。

"我们应该把他带到大街上去，至少给他穿上衣服。"卢佩说。埃斯佩兰萨已经拔下了浴缸的活塞，孩子们听见了排水的声音。她的歌声也低了下来，可能是在用毛巾擦头发。

在楼下的小礼拜堂里，也可能是在胡安·迭戈那诗意的梦里，那个像是格洛丽亚的修女再一次要求孩子们跟着她重复道："圣母！现在及永远，你是我的向导——"

"我想用我的手和腿环抱着你！"埃斯佩兰萨唱道，"我想让我的舌头亲吻你的舌头！"

"我看到一个小牛仔，裹着白色的亚麻。"沉睡的外国佬也唱了起来，"里面的身体和黏土一样冰冷。"

"谁知道这都是什么玩意儿，反正不是奇迹。"卢佩说，她从床上下来，帮助胡安·迭戈给可怜的外国佬穿衣服。

"噢！"嬉皮士男孩哼了一声，他还在睡着，或是彻底昏厥了。"我们都是朋友，对吧？"他不停地问。"你身上真香，你真美！"他对卢佩说。而卢佩正努力为他那脏兮兮的衬衫系上扣子。可外国佬的眼睛都没有睁开过，他根本看不见卢佩。他因为宿醉难以醒来。

"只有他不再喝酒，我才会嫁给他。"卢佩对胡安·迭戈说。

好外国佬呼出的气息要比他身上其他的部位更加难闻，胡安·迭戈试图通过思考来分散自己的注意力。他想着这个友善的嬉皮士会送他们什么。昨晚还比较清醒的时候，年轻的逃兵曾承诺要给他们一份礼物。

卢佩自然知道她哥哥在想些什么。"我觉得他买不起贵重的东西。"卢佩说，"五年或七年后的某一天，能得到一个简单的金色婚戒还不错。但我现在什么都不指望，只要他把钱都花在酒和妓女上面。"

仿佛应和着"妓女"这个词，埃斯佩兰萨从浴室里走了出来，她一如既往地裹着两条浴巾（头上系着一条，身上披着另一条），手拿那身萨拉戈萨大街的衣服。

"快看他，妈妈！"胡安·迭戈叫道。他开始解好外国佬的衬衫扣子，速度比卢佩系得还快。"我们昨晚在大街上发现了他，当时他身上什么都没有。但是今天早上，你看！"胡安·迭戈扯开嬉皮士男孩的衬衫，露出流血的耶稣。"是奇迹！"他叫道。

"这不是好外国佬嘛，他可不是什么奇迹。"埃斯佩兰萨说。

"噢，让我去死吧，她竟然认识他！他们肯定光着身子待在一起过！她什么都对他做了！"卢佩叫嚷道。

埃斯佩兰萨给外国佬翻了个身，拉下他的内裤。"你说这是奇迹？"她问孩子们。在男孩光着的屁股上，文着一面美国国旗，但那国旗被故意劈成了两半，他的股沟位于中间，这可不是什么彰显爱国情怀的画面。

　　"谁啊！"毫不知情的外国佬声音嘶哑地叫道。他面朝下躺在床上，近乎窒息。

　　"他一身吐过的味儿。"埃斯佩兰萨说，"帮我把他丢进浴缸，水能让他醒过来。"

　　"外国佬把他的家伙放在她嘴里……"卢佩念叨着，"她又把他的家伙放进……"

　　"别说了，卢佩。"胡安·迭戈制止了她。

　　"忘了我说的嫁给他的事吧。"卢佩说，"五年七年后也不会！永远都不会！"

　　"你会遇到另一个人的。"胡安·迭戈告诉他妹妹。

　　"卢佩遇到谁了？谁让她伤心了？"埃斯佩兰萨问。她正架着赤裸的嬉皮士的胳膊，胡安·迭戈抓着他的脚踝，他们把他抬去了浴室。

　　"你让她伤心了。"胡安·迭戈告诉他妈妈，"想到你和好外国佬在一起，她就很难过。"

　　"胡扯。"埃斯佩兰萨说，"每个女孩都爱好外国佬，他也爱她们。当他妈妈肯定很心碎，但是这外国小子能把世界上其他的女人都哄开心。"

　　"外国小子让我心碎！"卢佩哭号着。

　　"她怎么了，来例假了吗？"埃斯佩兰萨问胡安·迭戈，"我像她这么大已经来过例假了。"

　　"我没来例假，我应该是永远不会了！"卢佩叫嚷着，"你们不是说我发育迟缓吗？我的例假就很迟缓！"

　　胡安·迭戈和他妈妈把嬉皮士丢进浴缸，用水龙头里的热水浇他的头，可他既没有躲闪也没有睁开眼睛，唯一的反应是握住了自己的阴茎。"他很可爱吧？"埃斯佩兰萨问胡安·迭戈，"是不是个可爱的家伙？"

"'从你的打扮，能看出是个牛仔。'"睡着的外国佬唱着。

卢佩本想替好外国佬打开水龙头，但当她看见他握着自己的阴茎，就再一次失落起来。"他在干吗呢？他肯定想着做爱——我就知道！"她对胡安·迭戈说。

"他在唱歌，没在想那些，卢佩。"胡安·迭戈说道。

"就是在想，外国小子整天只想着做爱，所以他看起来才这么年轻。"埃斯佩兰萨边拧开关边说。她把两个水龙头都打开了。

"噢！"外国佬叫嚷着睁开了眼睛。他看见那三个人都盯着浴缸里的自己。他可能没有见过埃斯佩兰萨此时的样子，身上紧紧裹着一条白毛巾，蓬松的头发披向两侧，露出美丽的脸。她已经摘下头上那第二条毛巾。虽然这条擦过头发的毛巾有点湿，但是她想把它留给嬉皮士男孩。因为穿好衣服，再拿几条干净的毛巾到浴室里来需要一些时间。

"你喝得太多了，小子。"埃斯佩兰萨对好外国佬说，"你的身体装不下那么多酒精。"

"你在这儿干吗呢？"男孩问她。他笑得很好看，但那垂死的耶稣依然躺在他瘦削的胸膛上。

"她是我们的妈妈！你睡了我们的妈妈！"卢佩吼道。

"嘿，小妹妹——"外国佬招呼道。显然他没听懂她的话。

"她是我们的妈妈。"胡安·迭戈趁浴缸蓄水的时候告诉他。

"噢，这样啊。我们都是朋友，不是吗？都是好朋友吧？"男孩问，但是卢佩已经从浴缸边走开，回到了卧室。由于埃斯佩拉萨没有关上通往走廊的门，而卢佩又把浴室门开着，他们听见格洛丽亚修女和孩子们的声音从小礼拜堂来到了楼梯上。格洛丽亚修女把这强制的巡游称为孩子们的"健身运动"。他们踏上楼梯，随着修女吟诵着"圣母！"，就这样边祈祷边穿过走廊——每天如此，而不是只在圣日的时候。格洛丽亚修女说，孩子们的巡游对佩佩神父和爱德华·邦肖也有好处，这是"意外收获"。他们看见和听见孩子们反复吟诵着"现在及永远"都很高兴。

但是格洛丽亚修女酷爱惩罚别人。她很想惩罚埃斯佩兰萨，像以往那样，在她裹着两条毛巾，刚走出浴室时抓住她。格洛丽亚修女一定想象过，孩子们圣洁的歌声就像一把灼热的剑，在埃斯佩兰萨罪恶的心中燃烧。也许她还进一步欺骗自己：认为那些吟唱"你是我的向导"的孤儿们会对那两个妓女生的小孩——在流浪儿童被赋予特权的垃圾场孩子起到净化作用。他们竟然有自己的卧室和浴室，格洛丽亚修女可不想这样优待这两个孩子。这不是孤儿院应该做的，她想道。怎么可以为那些从垃圾场来、身上全是烟味的拾荒儿童提供特权呢！

但是那天早上，卢佩刚刚得知自己的妈妈与好外国佬的情人关系，她根本无心去听格洛丽亚修女和孤儿们对"圣母！"的祈祷。

"圣母！"格洛丽亚修女卖力地重复着。她停在了两个孩子卧室打开的门前，从那里可以看见卢佩正坐在其中一张没有收拾好的床上。孤儿们停在走廊里，不再前进。他们站在那儿，保持原本的队形，朝卧室内部望去。卢佩正在啜泣，这件事并不新鲜。

"现在及永远，你是我的向导。"孩子们重复着，在卢佩看来，他们已经重复了上百（甚至上千）遍。

"圣母玛利亚是个骗子！"卢佩对他们吼道，"让她给我展示一个奇迹，最小的就行！这样我可能会稍微相信，你们的圣母玛利亚除了从我们瓜达卢佩那儿把墨西哥偷走，还做了一点事。圣母玛利亚做了什么呢？她连让自己怀孕都做不到！"

但格洛丽亚修女和吟唱的孤儿们已经习惯了这个似乎发育迟缓的小无赖那难以听懂的咆哮。（格洛丽亚修女称卢佩为"小无赖"。）

"圣母!"格洛丽亚修女又开始重复了，孩子们也跟着继续祈祷。

他们看见埃斯佩兰萨像个鬼影般从浴室里走了出来，于是中断了祷词。"现在及永远……"孩子们刚好停在这句话结束的地方。埃斯佩兰萨只围着一条毛巾，勉强遮住了身体。她那凌乱的、刚刚洗过的头发让孤儿们觉得她并不是孤儿院堕落的清洁女工。她以一种不一样的、更自信的面貌出现在孩子们面前。

"噢，别放在心上，卢佩!"埃斯佩兰萨说，"他不会是最后一个让你心碎的裸小子!"（这句话足以让格洛丽亚修女也停止了祈祷。）

"他是第一个也是最后一个!"卢佩哭着。（孤儿们和格洛丽亚修女自然没有听懂这一句。）

"不要盯着卢佩看，孩子们。"埃斯佩兰萨光着脚踏进走廊，对孤儿们说。"受难耶稣的幻象让她很困扰。她以为死去的耶稣在她的浴缸里，还有荆棘头冠、那些血，以及所有绑在十字架上的东西。谁被这种噩梦惊醒不会难过呢?"埃斯佩兰萨问格洛丽亚修女，可她什么也说不出。"早上好，修女。"埃斯佩兰萨边说边大摇大摆地迈进走廊，仿佛只裹着一条又薄又紧的毛巾也能正常走路。事实上，由于毛巾太紧，她只能小步挪动，可她依然走得很快。

"什么裸小子?"格洛丽亚修女问卢佩。小无赖正呆呆地坐在床上，她指向敞开的浴室门。

"'过来坐在我身旁，听我悲伤的故事，'"有人在唱道，"'我被枪击中了胸口，知道自己就要死去。'"

格洛丽亚修女有些疑惑。在关于"圣母!"的祈祷停下来，衣着暴露的埃斯佩兰萨也离开后，这位脸庞瘦削的修女听出那个声音来自垃圾场孩子们的浴室。起初，她一定以为那是胡安·迭戈在自言自语（或对自己唱歌）。但是现在，修女确定自己透过水流声听出了两个声音：那个喋喋不休的是来自瓦哈卡垃圾场的男孩胡安·迭戈（佩佩神父赞赏的学生），让她吃惊的是还有一个年长很多的少年，甚至可以说是年轻男人的声音。埃斯佩兰萨口中的裸小子在格洛丽亚修女听来更像一个成年人，这也是她疑惑的原因。

然而那些孤儿毕竟接受过强制性的教育。他们被要求永远不能停下巡游的脚步。于是孤儿们也跟着走了进来，穿过两个孩子的卧室，进入了浴室。

格洛丽亚修女又能做什么呢？如果那里真的有一个年轻男子，无论他为什么长得很像受难耶稣，如同埃斯佩兰萨所说，他垂死着躺在两个孩子的浴缸里却被卢佩误认作幻象（这显然让她非常沮丧），她不是有责任保护这些孤儿吗？

至于卢佩本人，她不再呆坐着，而是跑向了走廊。"圣母！"格洛丽亚修女一边呼唤着，一边紧随孤儿们冲进浴室。

"现在及永远，你是我的向导。"孩子们在浴室里应和起来，随后他们开始大叫。而卢佩只是沿着走廊走远了。

胡安·迭戈当时正和好外国佬进行着非常有趣的对话，然而孤儿们却忽然冲进了浴室，于是我们便理解了胡安·迭戈（尤其是老年时代的他）为什么总是没法记得所有的细节。

"我不知道为什么你们的妈妈一直叫我'小子'，我没有看起来那么小。"好外国佬开始了他的故事。（当然他在十四岁的胡安·迭戈眼里并不像个"小子"，胡安·迭戈才是个小子，但他点了点头。）"我爸爸在战争中死于菲律宾，许多美国人都死在那儿，但不是在那个时候。"逃兵接着讲，"我爸爸很倒霉。这种倒霉能传染一家人，你知道吧。这也是我觉得自己不该去越南的一部分原因，我们家很倒霉，但我一直想去菲律宾，去看看我爸爸埋在哪里，向他表达敬意，告诉他从没有机会见到他是多么遗憾，你知道吧。"

胡安·迭戈只是点了点头，他注意到浴缸一直在蓄水，但水位始终没有变化。他意识到浴缸在添水的同时也在等量地放水，可能是嬉皮士碰掉了排水塞，他那文着文身的光屁股一直打滑。他也在不停地往头发上抹洗发水，直到洗发水都用光，泡沫沾满了他湿滑的身体。而受难耶稣已经完全消失了。

"1942年5月，在科雷吉多尔岛菲律宾的一场战役进入了决战时刻。"嬉皮士说道。"美国人都被击溃了。一个月前的巴丹死亡行军，就是他们投降后逃亡了65公里。很多美国囚犯都没能逃走。所以在菲律宾，有一片很大的美军纪念公墓，建在马尼拉。我想去那里，告诉我爸爸我爱他。我不能还没去见我爸爸就去越南，然后死在那儿。"年轻的美国人说。

"我知道了。"胡安·迭戈只是这样说道。

"我想让他们相信我是一个和平主义者。"好外国佬接着说。他的整个身体已经被洗发水覆盖，只露出下唇那块U形的胡须。那个深色的区域似乎是他唯一有胡子的地方。他看起来太年轻，根本无须刮其他部分的脸，但是他已经逃离兵役三年了。他告诉胡安·迭戈自己二十六岁，他们在他二十三岁读完大学时就想让他当兵。

他就是在那时拥有愤怒的基督的文身的：他想让美国军队相信他是一个和平主义者。这个宗教题材的文身显然并没有起作用。为了表达他对祖国的恨意，他又增添了屁股上的文身——明显被股沟分为两半的美国国旗，然后飞来了墨西哥。

"假装成和平主义者给我带来了什么——三年的潜逃。"好外国佬接着说，"但是看看我可怜的爸爸身上发生了什么吧：他被送去菲律宾时比我现在还年轻。当时战争就要结束了，但1945年2月重夺科雷吉多尔岛时，他是两栖部队中的一员。他赢了会死，输了也会死。这难道不是运气不好吗？"

"是运气不好。"胡安·迭戈赞同道。

"我就说，我是1944年出生的，就在我爸爸被杀害的几个月前。他从没见过我。"好外国佬说，"我妈妈甚至不知道，他有没有看到我的婴儿照。"

"抱歉。"胡安·迭戈说。他跪坐在浴缸旁边的地板上。和大部分的十四岁孩子一样，胡安·迭戈很感性，他觉得美国嬉皮士是他见过的最有魅力的年轻人。

"轮椅小子。"外国佬用他那被洗发水覆盖的手指触了触胡安·迭戈的手，"答应我一件事，轮椅小子。"

"好啊。"胡安·迭戈说。毕竟他刚刚答应过卢佩许多荒唐的事。

"如果我出了什么意外，你要替我去菲律宾告诉我爸爸我很遗憾。"好外国佬说。

"好——我会去的。"胡安·迭戈回答。

嬉皮士第一次显出惊讶的样子。"你会去？"他问胡安·迭戈。

"是的，我会去。"拾荒读书人重复道。

"噢！轮椅小子！我觉得我需要多几个像你这样的朋友。"好外国佬对他说。此时，他依然泡在水和洗发泡沫中，当孤儿们和怒气冲冲紧随其后的格洛丽亚修女走进浴室时，嬉皮士和他身上的流血耶稣已经完全消失了。他们依然不停地唱着"圣母！"以及"现在及永远——"不必说还有那句愚蠢的"你是我的向导"。

"他在哪儿呢？"格洛丽亚修女问胡安·迭戈。"这里没有裸小子。裸小子呢？"修女念叨着。她没有注意到水中的气泡（出现在没有洗发水泡沫的地方），但是其中一个孤儿指了指那气泡，格洛丽亚修女忽然看向那个敏锐的孩子指的地方。

这时，一只海怪从满是泡沫的水中冒了出来。我们只能猜测，身上文有受难耶稣的嬉皮士（两者可能已被洗发水融为一体）在那些被灌输过信仰的孤儿们眼中就像是一只带有宗教意味的海怪。好外国佬或许只是觉得，他这样从浴缸的水中出现会带来某些娱乐效果，毕竟他刚刚给胡安·迭戈讲了那样一个沉重的故事，所以试图转换心情。我们无从知道，这个疯狂的嬉皮士为什么要从浴缸底下冒出来，像只鲸鱼一样喷水，还把两只胳膊伸向浴缸两侧，仿佛他被钉在了十字架上，即将死去，就像他赤裸胸膛上的流血耶稣一样。又是什么原因让他从浴缸中站起，俯视着所有人，也让他们看清了他赤裸的全身呢？我们无法知道好外国佬当时在想什么，当然也可能什么都没想。（年轻的美国逃兵在萨拉戈萨大街上出名可不是因为理智。）

公正地说，嬉皮士把自己藏起来的时候，浴室里只有他和胡安·迭戈，他并不知道自己从水中出来时，会面对一群人——更不必说他们中大部分都是五岁左右的基督教信徒。事实上，小孩子们会出现在这里，并不是这位"耶稣"的错。

"噢！"十字架上的耶稣叫道，他此时看起来更像是溺水耶稣，而对于讲西班牙语的孤儿们来说，他的"噢"带有外国口音。

有四五个小孩吓得立刻尿了裤子，一个小女孩尖叫得过于大声，导致许多孩子咬到了舌头。那些靠近卧室门的孩子们穿过卧室，大叫着跑进走廊。而那些认为自己无法逃离外国耶稣的孤儿们跪了下来，有的撒尿有的哭泣，并纷纷用手捂住了头。一个小男孩因为紧紧抱住了一个小女孩，被她打了一巴掌。格洛丽亚修女手足无措，只能把一只手放在浴缸上保持平衡，但是嬉皮士耶稣由于担心修女会摔倒，用他湿漉漉的胳膊环住了她。"噢，修女——"年轻人只说了这一句，就被格洛丽亚修女用她两只拳头打在赤裸的胸膛。她的拳头正落在耶稣文身那痛苦而虔诚的脸上，但是当她（惊恐地）意识到自己在做什么时，却抬起双臂，仰起头，用她那最虔诚的方式祷告起来。

"圣母！"格洛丽亚修女再次祈祷着，仿佛圣母玛利亚是她唯一的救世主和知己，正如那些回应她的孩子们所吟诵的，她是唯一的向导。

而这时，好外国佬脚底打滑，又跌入了浴缸，浮满泡沫的水从浴缸边缘溢了出来，淹没了浴室的地板。嬉皮士用双手和膝盖支撑着自己的身体，他决心关掉水龙头，这样水便可以排干。但当浴缸里的水迅速流尽时，孤儿们还在浴室里，他们主要是太害怕，所以忘记了逃跑，于是他们看见了外国耶稣光着的屁股上那（撕成两半的）美国国旗。格洛丽亚修女也看见了，一个如此庸俗的文身，与愤怒的耶稣风格完全不同。对于天性喜欢批判他人的修女来说，这个空浴缸中的裸小子身上散发着一种邪恶的违和感。

胡安·迭戈没有动。他跪在浴室的地板上，溢出的水浸湿了他的腿。在他周围，那些恐慌的孤儿们湿漉漉地蜷缩成一团。一定是他未来的作家潜质发挥了作用，他想到了重夺科雷吉多尔岛的两栖部队中死去的士兵们，他们有些还是孩子。他又想到了自己对好外国佬作出的疯狂承诺，并为此有些激动。一个人在十四岁时，可能因为想到未来某些虚幻的图景而兴奋不已。

"现在及永远。"其中一个湿乎乎的孤儿呜咽着说。

"现在及永远。"胡安·迭戈的声音更加自信。他知道这是对自己的承诺。从现在起，要抓住和未来有关的每一次机会。

什么都没有

在流浪儿童，爱德华·邦肖的教室外面走廊上有一幅圣母玛利亚的半身像，她的脸颊上有一滴眼泪。这尊雕像连同基座坐落在二楼阳台的角落。玛利亚的另一边脸上总是有一块红色的甜菜汁污渍。埃斯佩兰萨觉得那很像血。每周她都会把那印记擦掉，但下一周还会重新出现。"也许是血。"她对佩佩神父说。

"不会的。"佩佩回答，"记载中流浪儿童还没出现过圣痕事件。"

在一二层中间的平台上，摆着一尊"让小孩子来"主题的雕像，内容是圣·维森特·保罗怀里抱着两个婴儿。埃斯佩兰萨向佩佩神父报告说，她也擦去了这位圣人斗篷边缘的血迹。"每周我都会擦掉，但是它还会回来。"埃斯佩兰萨说，"这一定是圣迹之血。"

"应该不是血，埃斯佩兰萨。"佩佩只是这样回答。

"你不知道我看见了什么，佩佩！"埃斯佩兰萨边说，边指着自己那双目光热烈的眼睛，"无论那是什么，都留下了印记。"

他们两个说得都对。那并不是血，但确实每周都会回来，而且会留下印记。自从好外国佬出现在浴缸中后，孩子们不得不减少使用甜菜汁的频率，也削减了夜晚去萨拉戈萨大街的次数。爱德华多先生和佩佩神父，更不必说巫婆般的格洛丽亚和其他修女们，都密切看管着他们。而卢佩对于好外国佬的礼物猜测很正确：他们并没有收到什么贵重的礼品。

嬉皮士从卖圣诞派对装饰的地方——独立地带的圣女商店，买了些便宜的宗教人物像，显然他还讨价还价了一番。其中一个是只图腾，算是个小雕像，但称不上栩栩如生。但瓜达卢佩圣母是真人大小的，甚至比胡安·迭戈还高一些。

这便是他的礼物。瓜达卢佩那蓝绿色的披纱，应该是一种斗篷，样式很传统。她腰间系着黑色的紧身裙，这或许会让人猜测她怀孕了。在很久后的1999年，教皇约翰·保罗二世将瓜达卢佩圣母封为美国保护人及未出生儿童保护人。（"那个波兰教皇"，胡安·迭戈到时候会责骂他，还有他关于未出生儿童的事业。）

圣女商店的瓜达卢佩雕像看起来并未怀孕，她不过十五六岁，胸部却发育得很好。那对乳房让她显得毫无宗教色彩。"她是个情趣娃娃！"卢佩立刻说道。

当然，这并不完全属实。虽然瓜达卢佩雕像确实具有情趣娃娃的特点，但胡安·迭戈并不能脱去她的衣服，而她的腿（或清晰可辨的阴道）也无法移动。

"我的礼物呢？"卢佩问嬉皮士男孩。

好外国佬反问卢佩是否会原谅自己和她妈妈上过床。"我会的，"卢佩说，"但是我以后不会和你结婚。"

"你想得好长远啊。"嬉皮士听了胡安·迭戈的翻译后说道。

"把礼物给我。"卢佩只是说。

那是一尊科亚特利库埃女神的雕像，和其他的复制品女神一样丑。胡安·迭戈觉得幸好这个雕像比较小，比破烂白还小一点。好外国佬并不知道这位阿兹特克女神的名字要怎么读。卢佩的话又太难听懂，无法帮到他。

"你妈妈说你很喜欢这个奇怪的女神。"好外国佬对卢佩解释道，他的发音很含糊。

"我爱她。"卢佩说。

让胡安·迭戈费解的是，一个女神身上竟会有那么多互相矛盾的特质，但他很容易明白为什么卢佩会爱她。科亚特利库埃是个极端主义者，她掌管儿童出生、不当性行为和恶习。她身上有很多神秘的传说。其中一个是说，她在清扫圣殿时，由于一个满是羽毛的球体落在身上而受孕，胡安·迭戈觉得，所有人都会认为这是胡扯。但卢佩却说，她能想象这件事发生在他们的母亲埃斯佩兰萨身上。

和埃斯佩兰萨不同的是，科亚特利库埃穿着用蛇围成的裙子，她身上总是盘着蛇。她的项链是用人的心、手和颅骨组成的，还长着四只爪子。她的胸部很松弛。在好外国佬送给卢佩的雕像中，科亚特利库埃的乳头是用响尾蛇的尾巴做成的。（"这或许太刻意了。"卢佩评价道。）

"但你喜欢她什么呢，卢佩？"胡安·迭戈问妹妹。

"她的几个孩子发誓要杀了她。"卢佩回答，"她是个固执的女人。"

"科亚特利库埃是个糟糕的妈妈，子宫和坟墓在她身体里共存。"胡安·迭戈对嬉皮士男孩解释。

"我能看出来。"好外国佬说。"她看起来死气沉沉，轮椅小子。"嬉皮士更自信地评价道。

"没人敢惹她！"卢佩叫嚷着。

即使是爱德华·邦肖（他总是看到事情好的一面）也觉得卢佩的科亚特利库埃雕像很吓人。"我知道有些特征来自对于那个满是羽毛的球的联想，但这个女神看起来没有同情心。"爱德华多对卢佩说，他的语气中尽可能带着尊重。

"科亚特利库埃也不想成为这个样子。"卢佩回答。"她牺牲了自己，据说是为了创造。她的脸是由两条蛇组成的。她的头被砍下来之后，从脖颈流出的血是两条巨蛇的形状。我们有些人，"卢佩停下来，等待胡安·迭戈为新教士翻译她的话，"没办法选择自己成为什么样子。"

"但是——"爱德华·邦肖正要开口。

"我就是我。"卢佩说。胡安·迭戈对爱德华多先生转述时翻了个白眼。卢佩把科亚特利库埃的图腾抵在脸上，很显然她不仅是因为好外国佬送她这尊雕像才爱这位女神。

至于胡安·迭戈那份礼物，他偶尔会把瓜达卢佩娃娃放在自己的床上，让她那喜悦的脸枕着他头边的枕头，然后躺在一旁手淫。瓜达卢佩的乳房只是轻微隆起，但这就足够了。

这座冷漠的人像是用一种轻而硬的塑料制成的，不会因为触摸而变形。虽然瓜达卢佩圣母比胡安·迭戈还要高一些，但她是空心的，所以她非常轻，胡安·迭戈一只手就能把她举起来。

胡安·迭戈试图和真人大小的瓜达卢佩娃娃做爱这件事意味着双重尴尬，更确切地说，是想象自己和一个塑料圣女做爱。首先，他需要这间和妹妹共用的卧室中只有他自己，何况卢佩知道自己的哥哥想要和瓜达卢佩娃娃做爱的事。卢佩会读他的心。

第二个问题是圣女的基座。瓜达卢佩圣母那双迷人的脚固定在贴满黄绿色草甸的基座上，它的大小相当于一个汽车轮胎。当胡安·迭戈躺在塑料圣女旁边，想要抱着她时，这基座成了某种障碍。

胡安·迭戈也想过拆掉基座，但这就会把圣女美丽的脚从她的踝骨上扯下来，雕像就无法站立了。卢佩自然知道她哥哥的心思。"我不想看见瓜达卢佩圣母躺着。"卢佩对胡安·迭戈说，"或者靠在我们卧室的墙上。更别想把她的头卡在某个角落里，用断腿支撑！"

"你看她，卢佩！"胡安·迭戈叫道。他指着瓜达卢佩的雕像，她正站在这间前阅读室的一座书架前，看起来就像是文学作品中的人物，一个从小说中逃出来的女人，却找不到回到那本她所属的书中的路。"你看她。"胡安·迭戈重复道，"瓜达卢佩会引发你躺下的兴趣吗？"

凑巧的是，格洛丽亚修女正从孩子们的卧室门口经过，她从走廊望向屋内。格洛丽亚修女曾对真人大小的瓜达卢佩娃娃出现在他们的卧室中表示反对。她认为孩子们不该拥有这样的特权，但是佩佩神父站在孩子们这边。那个习惯于批判一切的修女怎么能反对一尊宗教雕像呢？格洛丽亚修女觉得胡安·迭戈的瓜达卢佩雕像更像是制衣模特——"还是有性暗示的那种。"修女对佩佩说。

"我不想再听到你说起让瓜达卢佩圣母躺下的事。"格洛丽亚修女对胡安·迭戈说道。来自少女商店的圣女都不是什么正经圣女，格洛丽亚修女想。对于瓜达卢佩圣母的样貌，她并没有和圣诞派对少女商店达成一致，格洛丽亚修女认为，圣女不该带有性诱惑的色彩，不应该具有世俗的魅力！

啊，这段记忆，还有其他那些，让胡安·迭戈从梦中醒了过来，他发现自己在马卡蒂香格里拉酒店的房间热到让人窒息。可酒店房间里的冰箱怎么会散发热气呢？

绿光照耀的水族箱中一片平静，一些死鱼浮在水面。之前上下游动的海马已经不再走直线，它的尾巴了无生气地盘绕起来，暗示着已经（永远）加入了那些失去生命的鱼类大军。水族箱的水泡又出问题了吗？还是其中一条死鱼堵住了水循环系统？鱼缸里汨汨的水声早已停止，池水凝滞着，一片黑暗。然而那双黄色的眼睛依然从浑浊的池底望着胡安·迭戈。那条海鳗——它的腮正大力呼吸着仅存的氧气——应该是这场灾难中的唯一幸存者。

啊噢，胡安·迭戈回想着：他吃饭回来时，房间里还非常冷，空调又开到了最高挡。肯定是酒店女服务员设置的，她还开着收音机。胡安·迭戈不知道要怎么关掉讨厌的音乐，只能直接拔掉了插头。

女服务员并没有那么容易满足。她看见胡安·迭戈为自己准备了适量的贝他阻断剂，便把他所有的药（包括壮阳药）还有切药器都拿了出来。这既让胡安·迭戈很生气，也导致了他的分心。虽然他刚刚拔掉收音机，又喝了冰桶中四瓶西班牙啤酒中的一瓶，当他发现服务员乱动自己的如厕用品和药物时，依然非常不满。难道生力啤酒在马尼拉随处可见吗？

借着平静的水族箱那刺眼的灯光，胡安·迭戈看见冰桶的温水中只剩下一瓶啤酒。难道他晚饭后喝了三瓶？他又是什么时候把空调全关上的？也许他曾牙齿打着战醒来（半是冻僵，半是睡着），哆嗦着摸到了卧室墙上的调温计。

胡安·迭戈一边谨慎地注视着莫拉莱斯先生，一边迅速将一根手指伸进水族箱，并立刻又收了回来。南海的水不可能有这么暖和，这鱼缸里几乎像是慢炖的鱼汤一样热。

噢，天哪——我到底做了什么？胡安·迭戈纳闷着。而且他的梦境如此生动！这种情况很少出现，尤其是在服用正确剂量的贝他阻断剂的情况下。

啊噢，他回想着——啊噢！他一瘸一拐地踱进了浴室，那里会告诉他究竟发生了什么。他显然是用切药器割开了一片贝他阻断剂，然后吃下了右半片。（至少他没有错服成半片壮阳药！）前一晚他服用了双倍的贝他阻断剂，昨晚却只吃了半片。如果罗丝玛丽·施泰因医生知道了，会对她的友人说些什么呢？

"不好，不好。"胡安·迭戈边走回非常热的卧室，边自语道。

三个生力啤酒的空瓶出现在他面前，它们被摆在电视柜上，就像矮小但灵活的保镖，守卫着远方。噢，对，胡安·迭戈记起来了。他曾呆坐在这里（多久？晚饭后吗？）看着棉兰老岛那瘸腿的恐怖分子消失在黑暗中。在胡安·迭戈上床睡觉时，三瓶冰啤酒和空调一定让他的头脑格外清爽，服用半片贝他阻断剂的状态与他的梦境并不匹配。

他想起比恩韦尼多从餐厅载他回到马卡蒂香格里拉酒店时，外面的街道上是那么闷热而潮湿。他的衬衫紧贴在后背上。拆弹犬们正在酒店入口处徘徊。让胡安·迭戈有些失落的是，值夜班的并不是那几只他认识的拆弹犬，保安也换人了。

酒店经理曾说，水族箱的水下测温计"非常精确"。也许他想说的是"恒温计"？在一个有空调的酒店房间中，难道不该是由恒温计来保持海水的温度，让那些来自南海的居民们得以生存吗？当胡安·迭戈关闭空调时，恒温计的功能便发生了改变。胡安·迭戈把卡门姑妈水族商店里的一箱水生物全都煮熟了，只剩下那条一脸怒气的海鳗还在自己死去和漂浮着的同伴中间挣扎求生。难道恒温计无法保证海水足够凉爽吗？

"对不起，莫拉莱斯先生。"胡安·迭戈再一次说。海鳗那对工作过量的腮已经不是在波动，而是快速地扇动着。胡安·迭戈让酒店经理过来了解这次事故的状况，并通知卡门姑妈在马卡蒂市区的水族商店。如果店员能迅速赶来，或许莫拉莱斯还能得救，前提是他们打开水族箱，把它放进新鲜的海水中。

"也许为了这次紧张的旅行，他们还给海鳗服了镇静剂。"酒店经理说。（从莫拉莱斯先生盯着他的目光看，胡安·迭戈觉得它并没有服用。）

胡安·迭戈离开房间去寻觅早餐前打开了空调。在门口的走廊里，他看了一眼那租来的水族箱，并希望是最后一眼，它已变成了死亡之缸。莫拉莱斯先生看着胡安·迭戈离开，仿佛希望尽快再见到他，最好到时候他已濒死地躺在床上。

"对不起，莫拉莱斯先生。"胡安·迭戈又说了一次，然后轻声关上了身后的门。当他独自站在闷热的电梯里时，那里自然没有空调，胡安·迭戈用最大的声音喊道。"去他妈的克拉克·弗伦奇！"他叫嚷着。"还有卡门姑妈，虽然我不认识你，但你去死吧！"胡安·迭戈叫道。

当他看到监控摄像头正对着自己时，便停下了叫喊。摄像头安装在电梯按钮的上方，但胡安·迭戈并不知道监控摄像是否会记录声音。作家想象着，无论能否听到他在说什么，那些保安们都会看见一个疯了般的瘸子，正独自在下降的电梯中吼叫着。

吃过早餐后，酒店经理找到他的贵宾。"先生，那些不幸的鱼已经有人在处理了。宠物商店的人来了又走了，他们都戴着外科手术口罩。"经理对胡安·迭戈说，当他提到"外科手术口罩"时压低了声音。（他不想惊动其他客人，说起外科口罩可能会联想到传染病。）

"你有听到那只海鳗……"胡安·迭戈开口询问。

"它活了下来。我觉得它很难死掉吧。"酒店经理说，"但它非常生气。"

"有多生气？"胡安·迭戈问。

"它咬人了，我听说不太严重，但是咬了，它嘴上沾了血。"经理又一次放低声音。

"咬的哪里？"胡安·迭戈又问道。

"脸。"

"脸！"

"不严重，先生。我看见了那个人的脸。已经处理好了，没有留疤，只是有些倒霉。"

"是的。倒霉。"胡安·迭戈只能这样说。他不敢询问卡门姑妈是否也跟着宠物商店的人来了又走了。如果运气好的话，她应该已经离开马尼拉前往保和——她可能正在保和等着见他（和克拉克·弗伦奇所有菲律宾的家人一起）。当然，关于死去的鱼的消息会传到保和，传去卡门姑妈的耳朵里，还有关于愤怒的莫拉莱斯先生，以及被不幸咬到脸的宠物店店员的事情。

我到底怎么了？胡安·迭戈回房间时想道。他看见床边的地板上有一条毛巾，无疑是水族箱里的海水洒了出来。（胡安·迭戈想象着海鳗拍打着尾巴，袭击了那个惊恐地抓住它的店员，但毛巾上并没有血迹。）

作家本想去厕所，但他在浴室的地板上看见了那只小小的海马。一定是因为它太小，所以在同伴们被宠物商店的人放水冲走时，它被落下了。海马那张微缩的史前面孔上嵌着一双圆圆的、惊恐的眼睛，让人感觉它还活着。那对凶恶的眼睛仿佛在向全人类表达愤怒，这让人联想到一只被猎杀的恐龙。

"对不起，海马。"胡安·迭戈在把它冲进厕所前说道。

接着他生起气来，对自己，对马卡蒂香格里拉酒店，还有卑躬屈膝的酒店经理。那个衣着时尚、留着小胡子的家伙给了胡安·迭戈一本关于马尼拉美军纪念公墓的小册子，胡安·迭戈发现那是由美国军事委员会印刷的（早餐后乘电梯时，他匆匆浏览了一番）。

是谁告诉这位忙碌的酒店经理，胡安·迭戈对马尼拉美军纪念公墓有一些个人的兴趣呢？连比恩韦尼多都知道，他想去拜访那些在太平洋的"行动"中死去的美国人。

难道克拉克·弗伦奇（或者他的菲律宾妻子）把胡安·迭戈打算替好外国佬向他的英雄父亲表达敬意的事情告诉了每一个人？胡安·迭戈多年来，一直因为这个私人原因想要来马尼拉。而那个好心的克拉克·弗伦奇却凭借他的热诚，让这个使命变得众人皆知！

显然，胡安·迭戈是在和克拉克·弗伦奇生气。他不再想去保和了。他本就不知道保和是什么地方，但克拉克坚持说自己的前导师不能独自在马尼拉度过跨年夜。

"看在上帝的分上——我这辈子大多数时间都是一个人待在爱荷华！"胡安·迭戈说，"你以前也是一个人在爱荷华！"

好吧，也许好心的克拉克希望胡安·迭戈在菲律宾遇见一位未来的妻子。看看克拉克身上发生了什么吧！他不就遇到了吗？难道克拉克没有（由于他的菲律宾妻子）很幸福吗？其实，克拉克一个人在爱荷华的时候也很幸福。胡安·迭戈怀疑，他是由于宗教而感到幸福。

或许是他妻子的菲律宾家人，他们可能为了邀请胡安·迭戈去保和做了很多准备。但在胡安·迭戈看来，克拉克一个人也能为了邀请他完成那么多的准备工作。

每年，克拉克的菲律宾家人们都会去邦劳岛附近的海滩度假。他们会从圣诞节开始租下整间酒店，直到新年以及过后的第二天。"酒店里的每个房间都是我们的，没有生人！"克拉克告诉胡安·迭戈。

我就是生人，蠢货！胡安·迭戈想。那里他唯一认识的只有克拉克·弗伦奇。自然，关于胡安·迭戈作为珍贵水下生物杀手的印象会比他本人先到保和。卡门姑妈会知道一切。胡安·迭戈相信，宠物店的店员会（以某种方式）和那条海鳗沟通。如果莫拉莱斯先生非常生气，卡门姑妈也会对他非常生气，就仿佛她是莫拉莱斯太太。

对于他越来越愤怒的状态，胡安·迭戈知道他亲爱的药剂师及好友罗丝玛丽·施泰因医生会说些什么。她会明确指出，他那乘电梯时产生而现在还在持续的怒气是因为只服用半片贝他阻断剂并不够。

难道胡安·迭戈如此愤怒，不是因为他的身体里产生了更多肾上腺素和肾上腺素受体吗？确实，但他的嗜睡程度达到了服用正常剂量的贝他阻断剂的效果，而且四肢血液循环也在降低，让胡安·迭戈感到手脚冰冷。而且，一片贝他阻断剂（一整片而非一半）竟也能给他带来惊心动魄的梦境，就像完全漏服时一样。这真让人困惑。

而且他不仅是血压非常高（100～170）。如果胡安·迭戈的母亲可信的话，其中一个可能是他父亲的人不是在很年轻时死于心脏病吗？

接下来就是埃斯佩兰萨身上发生了什么，我希望下一个惊心动魄的梦中不要梦到这些！胡安·迭戈虽然这样想，但他知道这些思绪已经萦绕在他的心头，很可能进入梦境。另外，关于埃斯佩兰萨身上发生了什么，在胡安·迭戈的梦境和记忆中，事情总是在循环往复。

"不要停下来。"胡安·迭戈大声说。他还在浴室中，思绪停留在被冲走的海马身上。这时他看见剩下的那半片贝他阻断剂，于是接了一杯水把它迅速吞下了。

难道胡安·迭戈是故意希望在这天剩下的时间里感到消沉吗？如果今天夜里在保和，他服用一整片贝他阻断剂的话，他到时候会再一次经历曾向施泰因医生抱怨过的疲倦、怠惰、反应迟缓的状态吗？

我应该立刻给罗丝玛丽打个电话，胡安·迭戈想。他知道自己随意改变了服用贝他阻断剂的剂量，而且甚至是故意如此。通过时断时续的服用，他希望自己能控制结果。他完全清楚自己应该阻断身体中的肾上腺素，但是又很怀念它们，而且他还知道自己想要更多的肾上腺素，至于他为什么不给施泰因医生打电话，并没有什么好的理由。

现在的情况是，胡安·迭戈非常明白罗丝玛丽·施泰因会针对他随意对待自己肾上腺素和肾上腺素受体的事情说些什么。（他只是不想听。）而且由于胡安·迭戈很清楚克拉克什么都知道——他要么无所不晓，要么随时准备着了解一切——于是他努力记住了关于马尼拉美军纪念公墓的旅行小册子中最重要的信息，这样所有人都会以为他已经去过那里。

本来，坐在比恩韦尼多的汽车上时，胡安·迭戈就试图这样讲。（酒店里有一个"二战"时期的老兵，我和他一起去的。他当年曾和麦克阿瑟一起登陆，你应该知道吧，1944年10月麦克阿瑟将军返程时，是在莱特岛登陆的，他告诉比恩韦尼多。）但其实他只是说："我决定下一次再去公墓。我想去看几家酒店，我回来时想要住在那些地方。是一个朋友推荐给我的。"

"好啊——你是老板。"比恩韦尼多回答。

在那本关于马尼拉美军纪念公墓的小册子中，有一张道格拉斯·麦克阿瑟将军从莱特岛及膝深的水中走上岸的照片。

胡安·迭戈还记得，公墓中有一万七千多座墓碑，这还不包括三万六千多"行动中失踪人员"和不到四千的"身份不明者"。胡安·迭戈很想把自己知道的情况告诉别人，但他忍住了，并没有讲给比恩韦尼多。

马尼拉战役中，有超过一万的美国军人牺牲了性命，而几乎同时，那些两栖部队正在重返科雷吉多尔岛，好外国佬的父亲便是这些亡命英雄中的一员，但如果比恩韦尼多的一位或几位亲人死于那场持续一月有余、有十万菲律宾市民被杀害的马尼拉战役呢？

胡安·迭戈曾向比恩韦尼多询问，他是否了解那座巨大墓园中的墓碑分布情况——公墓占地超过一百五十英亩！他想知道，是否有一个专门为1942年或1945年科雷吉多尔岛战役中阵亡的美国军人设置的区域。小册子中提到，在瓜达康纳尔岛战役中牺牲的军人就有自己的独立位置。胡安·迭戈还得知，那里共有十一片墓地。（他既不知道好外国佬的名字，也不知道他那死去的父亲的姓名——这真是个问题。）

"你应该告诉他们那个士兵的名字，他们会告诉你他在哪一片、哪一排、哪个具体的墓碑。"比恩韦尼多回答，"只要告诉名字就行，他们就是这么操作的。"

"我知道了。"胡安·迭戈只是这样说。司机一直在后视镜中观察着这位疲惫的作家，或许他觉得胡安·迭戈看起来睡得很不好。但比恩韦尼多并不知晓水族箱谋杀事件，也不知道胡安·迭戈无力地瘫倒在后座上，是因为他新服用的那半片贝他阻断剂开始生效了。

比恩韦尼多正载着胡安·迭戈前往索菲特酒店，那里位于马尼拉的帕赛市。胡安·迭戈依然保持着那无力的瘫倒状态，但他看到了拆弹犬。

"你要担心的是这里的自助餐。"比恩韦尼多对他说，"我听说过索菲特这方面的负面新闻。"

"自助餐怎么了？"胡安·迭戈问。食物中毒的猜测让他有些兴奋。但情况并非如此：胡安·迭戈知道他可以从汽车司机身上学到很多。此前去那些出版过他的书的外语国家的经历，让他学会了要关注自己的司机。

"我知道每个酒店大堂或餐厅的男厕所在哪里。"比恩韦尼多说，"如果你是一个职业司机，就要了解这些事情。"

"你的意思是要知道去哪儿小便。"胡安·迭戈应和道，其他司机也说起过这件事，"自助餐是怎么回事？"

"如果要选的话，通常酒店餐厅的男厕所要好于大堂的。"比恩韦尼多说，"但这里不是。"

"自助餐。"胡安·迭戈又重复道。

"我见过有人在便池里呕吐，还听说他们会拉肚子。"比恩韦尼多提醒胡安·迭戈。

"这里吗？索菲特酒店？你确定是在自助餐厅？"胡安·迭戈问。

"也许食物永远都放在外面。谁知道那些虾已经在室温下放了多久？我敢打赌就是自助餐厅！"比恩韦尼多嚷道。

"我知道了。"胡安·迭戈只是回答。太糟糕了，他想。索菲特看起来还挺好的。米里亚姆喜欢这里一定有某些原因，或许她从未尝试过自助餐。也可能是比恩韦尼多弄错了。

胡安·迭戈还未踏入索菲特，他们便驶离了那里。另一家米里亚姆推荐的酒店叫阿斯科特。

"你应该先说阿斯科特的。"比恩韦尼多叹了口气，然后说道。"这家在格罗利埃塔，背靠马卡蒂市。阿雅拉中心就在那里，你可以买到一切。"比恩韦尼多告诉他。

"什么意思？"胡安·迭戈问。

"那里有绵延不绝的商店，是个商业中心。到处都是电梯和扶梯，还有各种餐厅。"比恩韦尼多说。

跛子们对商业中心并不感兴趣，胡安·迭戈想，但他只是问："那酒店本身呢，那个阿斯科特？没有人死于那里的自助餐吧？"

"阿斯科特很好，你第一次就应该住在那里。"比恩韦尼多对他说。

"不要总是和我说'就应该'，比恩韦尼多。"胡安·迭戈说，人们评价他的小说中充满了"就应该"和"如果那样多好"。

"那下次吧。"比恩韦尼多说道。

他们驶回了马卡蒂市，这样胡安·迭戈就可以把一些东西存在阿斯科特，以备再回到马尼拉时使用。胡安·迭戈会让克拉克·弗伦奇帮他取消马卡蒂香格里卡酒店的预订。水族箱大屠杀事件后，大家一定都会为取消回程的预订而松一口气。

从阿斯科特临街的入口前往楼上的酒店大堂需要搭乘电梯。两层的电梯门口都有几个神色焦灼的保安带着两只拆弹犬。

胡安·迭戈没有告诉比恩韦尼多自己喜欢这些狗。他存好东西后，想象着米里亚姆在阿斯科特登记的样子。从电梯抵达大堂的地方走向登记台要花很长时间，胡安·迭戈知道那些保安会一路盯着米里亚姆看。除非你是个盲人，或者是一只拆弹犬，才不会在米里亚姆一路走远时用目光追随她。你会忍不住注视着她的每一步。

我这是怎么了？胡安·迭戈再次有些纳闷。他的思绪、记忆，他想象和梦境中的一切，都混在一起。而他却对米里亚姆和桃乐茜如此着迷。

胡安·迭戈跌入车后座，就像是一颗石子落入无形的池塘。

"我们最后会到马尼拉。"桃乐茜说。胡安·迭戈想到也许她预示着每个人的命运。或许我们所有人最后都会来马尼拉，他想。

一次单独旅行。这就像是一个标题。他写过这篇，或是想要写吗？拾荒读书人不记得了。

"要是嬉皮士男孩身上味道好闻些，也不总唱那首牛仔的歌，我就会嫁给他。"卢佩说。（"噢，让我死掉吧！"她还说过。）胡安·迭戈是多么厌恶流浪儿童的修女们称呼他妈妈的名字啊！他后悔自己也曾那样叫过她。"没希望"，修女们这样称呼埃斯佩兰萨，还有"绝望"。

"对不起，妈妈。"胡安·迭戈坐在汽车后座上，轻声自语，他的声音很小，比恩韦尼多并没有听见。

比恩韦尼多不知道胡安·迭戈是睡着还是醒着。他说了一些关于马尼拉机场国内航班的事情——安检口会如何随意关闭，又再次打开，而且所有东西都要额外收费。但是胡安·迭戈没有应答。

无论是睡着还是醒着，这个可怜人都心不在焉，比恩韦尼多决定陪着胡安·迭戈去安检，尽管有些麻烦，但他还是会把车开过去。"太冷了！"胡安·迭戈忽然叫道，"我需要新鲜空气！不要再开空调！"

"好的——你是老板。"比恩韦尼多对他说。他关掉了制冷，并让汽车的窗户自动打开。他们已经靠近机场，正经过另一个城中村，比恩韦尼多在一处红灯前停了下来。

还没等比恩韦尼多提醒他，胡安·迭戈发现自己正面对着乞讨的孩子们——他们忽然将瘦削的手臂和向上的手掌伸进停下的汽车后窗。

"嘿，孩子们。"胡安·迭戈招呼着，仿佛自己很期待他们。（你没法让两个拾荒者停止拾荒。他们虽然已经很久不再收集铝、铜和玻璃，但还是搬来了自己捡的所有东西，并整理分类。）

比恩韦尼多还没来得及阻止他，胡安·迭戈已经在摸索自己的钱包。

"不，不——不要给他们。"比恩韦尼多说，"我的意思是，什么都不要给。先生，胡安·迭戈，不要给——停不下来的！"

这是什么有趣的货币？就像是玩具钱，胡安·迭戈想。他没有零钱，只有两张小额纸币。他把二十比索那张放在第一只伸进来的手里，对第二个孩子他就只有五十比索可以给。

"二十比索！"第一个孩子叫道。

"五十比索！"第二个孩子嚷着。他们说的是塔加洛语吗？胡安·迭戈有些好奇。

在他递出一张一千比索的纸币前，比恩韦尼多制止了他，但是在比恩韦尼多隔开小乞丐的手之前，有一个孩子看到了那张纸币的金额。

"先生，别给太多了。"司机对胡安·迭戈说。

"一千比索！"其中一个孩子叫嚷道。

其他的孩子也都立刻随声应和。"一千比索！一千比索！"

交通灯变成了绿色，比恩韦尼多缓缓加速，乞讨的孩子们把那瘦削的手臂抽出了车厢。

"对于这些孩子，什么都不算多，比恩韦尼多，他们只会觉得不够。"胡安·迭戈说。"我是垃圾场的孩子。"他告诉司机，"我该知道的。"

"垃圾场的孩子？"比恩韦尼多问。

"我以前是垃圾场的孩子，比恩韦尼多。"胡安·迭戈对他说。"我和我妹妹，我们都是垃圾场的孩子。我们在垃圾场长大，基本上住在那里。我们不该离开那儿，从那时起一切就越来越糟了！"拾荒读书人说道。

"先生——"比恩韦尼多本想开口，但他看见胡安·迭戈开始哭泣，便停了下来。这座污染严重的城市那糟糕的空气透过开着的窗子进入车厢，饭菜的气味萦绕着他。孩子们依然在街上乞讨。女人们穿着无袖连衣裙或吊带衫配短裤，显得很疲惫。男人们在门口闲逛，抽烟或是和人聊天，仿佛他们无事可做。

　　"这里是贫民窟！"胡安·迭戈叫道，"是脏乱、让人作呕的地方！成千上万的人没事做，或者没有太多事可做，可天主教会却想让越来越多的孩子出生！"

　　他指的是墨西哥城，此时的马尼拉完全让他回想起墨西哥城。

　　"看看那些愚蠢的朝圣者！"胡安·迭戈嚷着，"他们用流着血的膝盖走路——为了表示忠诚还用鞭子抽自己！"

　　比恩韦尼多自然感到很困惑。他以为胡安·迭戈在说马尼拉。什么朝圣者？司机想。但他只是说："先生，这里只是个很小的城中村，不是贫民窟。我承认污染是个问题……"

　　"当心！"胡安·迭戈叫道，但比恩韦尼多是个出色的司机，他看到了那个从过载的移动吉普中跌出的男孩。而吉普司机并没有注意到他还在继续前进，但男孩却从后排的座位上摔了出来（也可能是被推搡的）。他落在街道上，为了不轧到他，比恩韦尼多只好调转了一下方向。

　　那男孩是个脏兮兮的调皮鬼，他的脖颈和肩膀上披着一条邋遢的披肩（或是毛皮围巾），这破烂的衣物像是老太太在冷天里围在脖子上的。但是男孩摔倒时，比恩韦尼多和胡安·迭戈都发现那个毛围脖其实是一条小狗。而且在跌倒中受伤的是那条狗，而非那个男孩。狗大叫起来，它的一只前爪无法承重，只能颤抖着从地面上抬起。男孩一只光着的膝盖受伤了，在流血，但其他地方似乎都没事。他主要是为那条狗担心。

　　上帝是好人！吉普车的标语上写道。这句话不是说给那个男孩，或是他的狗的，胡安·迭戈想。

　　"停下——我们得停下来。"胡安·迭戈说，但是比恩韦尼多还在继续向前开。

　　"不是这儿，先生——现在不行。"年轻的司机说，"机场的安检花的时间比你的航班还长。"

"上帝不是好人。"胡安·迭戈对他说，"上帝很冷漠。他应该问问那个男孩，或者他的狗。"

"什么朝圣者？"比恩韦尼多问他。"你刚才说到朝圣者，先生。"司机提醒他。

"在墨西哥城，有一条街——"胡安·迭戈开始解释。他闭上了双眼，但很快又睁开了，仿佛并不想看到墨西哥城的那条街。"朝圣者们从那里经过，他们穿过那条街到圣殿去。"胡安·迭戈还在讲着，但他的语气慢了下来，仿佛抵达圣殿很困难，至少对他而言如此。

"什么圣殿，先生？哪条街？"比恩韦尼多问他，但现在胡安·迭戈的眼睛闭上了，他可能没有听见年轻司机的话。"胡安·迭戈？"司机叫他。

"神秘大道。"胡安·迭戈回答，他的眼睛依然闭着，泪水却涌到了脸上。"神秘大道。"他又用英语讲了一遍。

"没关系，先生，你不用告诉我的。"比恩韦尼多说，但胡安·迭戈已经不再说话。比恩韦尼多能够看出，这个疯狂的老年人已经身在别处，某个遥远或是久远的地方，也可能两者兼有。

那天马尼拉天气晴朗，即使闭着眼睛，胡安·迭戈也能在黑暗中看到一丝光亮。这就像是看向深水之下。某个瞬间，他想象着自己看到了一双盯着他的黄色眼睛，但是在这透着光亮的黑暗中，其实什么都没有。

我死去的时候就会是这样，胡安·迭戈想。只有黑暗，纯粹的黑暗。没有上帝。没有善恶。当然也没有莫拉莱斯先生。没有关心别人的上帝。没有叫作正直的家伙。甚至不会有一条挣扎着呼吸的海鳗。什么都没有。

"什么都没有。"胡安·迭戈说，他依然闭着眼睛。

比恩韦尼多什么都没有回答，他只是继续开车。但是从他点头的样子，以及他从后视镜看向那打着瞌睡的乘客时表现出的明显同情来看，比恩韦尼多显然明白胡安·迭戈说"什么都没有"的意思。虽然也许他并不知道整个故事。

鼻　子

　　"我不是个信徒。"胡安·迭戈有一次对爱德华·邦肖说。

　　但这是他十四岁时的对话。起初，对于这个垃圾场孩子来说，承认自己不是信徒要比表明对天主教会的不信任稍微容易些，尤其是面对一位爱德华多先生这样的（正在接受牧师训练的！）学者。

　　"别这么说，胡安·迭戈，你还太小，不要把自己和信仰分隔开。"爱德华·邦肖说。

　　事实上，胡安·迭戈缺少的并不是信仰。大部分垃圾场的孩子都在寻求奇迹。至少胡安·迭戈也想要相信各种难以解释的神秘现象，虽然他怀疑那些教会想让每个人相信的奇迹，那些既有的、随着时间越发无聊的奇迹。

　　拾荒读书人怀疑的是教会：它的政治行为、社会干预、对历史的操控和性方面的表现，十四岁的胡安·迭戈很难在瓦格斯医生的办公室里讲出这些，尤其是在笃信无神论的医生和来自爱荷华的教士彼此攻击的时候。

大部分垃圾场的孩子都是信徒，也许当你看见过那么多被丢弃的东西时，总要相信些什么。胡安·迭戈知道每个垃圾场孩子（以及每个孤儿）知道的事：所有被扔掉的物品、所有不被需要的人或东西，也都曾被需要过，或者，在其他的地方会被需要。

拾荒读书人从大火中救出过许多书，也确实读过那些书。不要以为拾荒读书人没有信仰。读书需要恒心，即使（或者说尤其）从大火中拯救出的书也是如此。

从马尼拉飞往塔比拉兰市的保和只需要一小时多一点，但梦境似乎是永恒的。十四岁的胡安·迭戈正经历着从坐轮椅，到拄拐走路，再到（最终）一瘸一拐地独立行走的变化。的确，在现实中，这段转变也经历了漫长的时间，而男孩对于那段时光的记忆有些混乱。梦里只剩下跛足男孩和爱德华·邦肖日益亲密的关系，以及他们关于付出和索取的神学上的对话。男孩已经改变主意，不再说自己是不虔诚的信徒，但他依然坚定着自己对教会的不信任。胡安·迭戈记得自己在拄拐期间曾说："我们的瓜达卢佩圣母不是玛利亚，你们的圣母玛利亚也不是瓜达卢佩。这是天主教在胡言乱语，是教皇在胡说八道！"（两人此前就探讨过这个话题。）

"我明白你的意思了。"爱德华·邦肖用他那属于耶稣会的理性口气说，"我承认时间上的延迟。教皇本笃十四世看到瓜达卢佩穿着印第安长袍的画像，并宣称你们的瓜达卢佩是玛利亚时，已经太晚了。你是这样想的吗？"

"比事实晚了两百年！"胡安·迭戈叫道，他用一根拐杖戳向爱德华多先生的脚，"你们那些来自西班牙的教士和印第安人做爱，接下来的事你应该知道——好吧，我和卢佩就是这样来的。我们是萨巴特克人，如果我们有名字的话。我们不是天主教徒！瓜达卢佩也不是玛利亚。玛利亚是冒名顶替的。"

"你还在垃圾场里焚烧狗的尸体。是佩佩告诉我的。"爱德华多先生说，"我不明白，为什么你觉得烧掉它们对它们有好处。"

"你们天主教徒反对火葬。"胡安·迭戈对爱荷华人说。他们始终在争吵着，每次佩佩神父开车载着孩子们来往垃圾场，进行持续的焚烧活动前后都是如此。（与此同时，马戏团一直在召唤他们远离流浪儿童。）

"看看你们是怎么发明圣诞节的吧。你们这些天主教徒。"胡安·迭戈会说，"你们把12月25日定为基督的生日，只是为了捏造一个属于异教徒的节日。我觉得，你们天主教只会凭空捏造东西。你知道可能真的有一颗伯利恒之星[1]吗？中国人在公元前5世纪记录了一颗新出现的星星，是一颗爆炸的恒星。"

"这孩子是在哪里读到这些的，佩佩？"爱德华·邦肖总是在问。

"在我们流浪儿童的图书馆。"佩佩神父回答，"我们难道要阻止他阅读吗？我们希望他坚持读书，不是吗？"

"还有一件事。"胡安·迭戈记得自己说道，但不一定是在梦里。拐杖已经不见了，他正在一瘸一拐地走路。他们正身处索卡洛广场的某地。卢佩跑在最前面，佩佩神父正在努力跟上大家。即使一瘸一拐，胡安·迭戈也走得比佩佩还快。"独身到底有什么吸引力？为什么牧师都想要独身？他们不是要告诉我们该怎么做、怎么想吗，我指的是性方面。"胡安·迭戈问，"如果他们都没有性生活，在这个领域又怎么可能具有权威呢？"

"佩佩，这孩子已经学会质疑独身牧师在性方面的权威了，这也是我们的图书馆教他的吗？"爱德华多先生问佩佩神父。

"我也会思考一些没有读到过的问题。"胡安·迭戈记得自己这样回答，"我完全是自己想出来的。"他刚刚学会一瘸一拐地走路，也记得这种新鲜的感觉。

---

1 伯利恒之星也被称作圣诞之星或者耶稣之星。

清晨，当埃斯佩兰萨在耶稣会圣殿中打扫巨大的圣母玛利亚雕像时，胡安·迭戈对于跛脚走路的新鲜感依然存在。如果不用梯子，埃斯佩兰萨就无法靠近雕像的脸。通常，胡安·迭戈或卢佩会帮她扶着梯子，但这天早上没有。好外国佬遇到困难了。弗洛尔告诉孩子们，他花光了自己的钱，或者把剩下的全部都花在了酒（而非妓女）上面。妓女们都不怎么见到他。她们没法照顾一个很少见面的人。卢佩说，埃斯佩兰萨在某种程度上需要为嬉皮士男孩的堕落处境"负责"，至少胡安·迭戈是这样把他妹妹的话翻译给母亲的。

"越南战争才应该为他负责。"埃斯佩兰萨说。也许她相信那段故事，也可能不相信。无论在萨拉戈萨大街听说什么，埃斯佩兰萨都会接受并当作信条不停地重复，比如逃兵们为自己辩护的话或者妓女们讲的关于那些迷失美国青年的故事。

埃斯佩兰萨把梯子靠在圣母玛利亚身上。由于基座很高，埃斯佩兰萨的视线刚好和怪物玛利亚巨大的脚平齐。这尊圣母雕像的大小远超真人规格，她从高处俯视着埃斯佩兰萨。

"好外国佬正经历着他自己的战役。"卢佩神秘地自语道。接着她看了看靠在高大的玛利亚身上的梯子。"玛利亚不喜欢这个梯子。"卢佩只是说。胡安·迭戈翻译了这一句，但对好外国佬和他的战役却只字未提。

"快扶一下梯子，我才能掸到她。"埃斯佩兰萨说。

"现在最好不要动怪物玛利亚，今天圣女比较烦。"卢佩说道，但是胡安·迭戈没有替她翻译。

"我可没有一整天的时间，你们也知道。"埃斯佩兰萨边说边爬上了梯子。胡安·迭戈正要走过去扶住，卢佩忽然大叫起来。

"她的眼睛！看那巨人的眼睛！"卢佩叫嚷着，但是埃斯佩兰萨听不懂，而且她正在用羽毛掸子轻弹圣母玛利亚的鼻尖。

这时胡安·迭戈看到了圣母玛利亚的眼睛，它们很愤怒，而且目光从埃斯佩兰萨那美丽的脸移向了她的身体。或许，在巨大的圣女看来，埃斯佩兰萨的乳沟露得太多了。

"妈妈——或许不要碰她的鼻子。"胡安·迭戈只说到了这里。他原本正朝着梯子走去，却忽然停了下来。巨型圣女那愤怒的眼睛只朝他的方向看了一下却足以让他僵住了。那谴责的目光很快又回到了埃斯佩兰萨的乳沟上。

埃斯佩兰萨失去平衡的时候，可曾用双臂环住怪物玛利亚的脖子避免跌落？她当时是否看到了玛利亚那对燃烧着怒火的眼睛，然后才松开了手。相比摔倒，她更害怕圣女的愤怒吗？埃斯佩兰萨摔得并没有那么严重，甚至没有碰到头。梯子也没倒下——是埃斯佩兰萨自己跌下（也可能是被推下）梯子的。

"她摔下来之前就已经死去了。"卢佩始终说，"和摔倒没有关系。"

巨型雕像动了吗？圣母玛利亚是否在基座上迈出了步子？没有，孩子们对每一个问起的人都这样说。但是为什么她的鼻子不见了？圣母怎么可能没有鼻子呢？难道埃斯佩兰萨在跌倒时撞到了玛利亚的脸吗？她是不是用羽毛掸子的木柄击中了巨型圣女？没有，孩子们回答，他们没有看到这样的场景。人们只会想到某人的鼻子"错位"，但圣母玛利亚的鼻子却不见了！胡安·迭戈找了一大圈。那么大的一个鼻子，怎么会凭空消失呢？

巨型圣女的眼睛再次变得凝滞而静止。她的目光不再带有愤怒，而是恢复了以往的朦胧，仿佛处于透明和不透明之间的状态。现在高大的雕像不仅没有了鼻子，她那什么都看不见的眼睛也完全失去了生气。

孩子们不禁注意到埃斯佩兰萨那双睁得很大的眼睛中还有更多的生机，虽然他们明确地知道妈妈已经死去。在埃斯佩兰萨跌落梯子那一刻，他们就清楚了这个事实，"就像一片离开了大树的叶子"，胡安·迭戈随后会这样对笃信科学的瓦格斯医生描述。

瓦格斯向孩子们解释了埃斯佩兰萨的尸检结果。"因恐惧而死的最大可能是心律失常。"瓦格斯开口道。

"你知道她是吓死的？"爱德华·邦肖插嘴说。

"她确实是吓死的。"胡安·迭戈告诉爱荷华人。

"确实。"卢佩重复道。连爱德华多先生和瓦格斯都听懂了她简短的话语。

"如果心脏的传导系统中充满了肾上腺素，"瓦格斯接着说，"心律便会变得不正常。换句话说，就是供血不足。最危险的一种心律失常又叫'心室颤动'。这种情况下肌肉只会徒劳地抽搐，完全无法供血。"

"然后就会死吗？"胡安·迭戈问。

"然后就会死。"瓦格斯回答。

"这种情况也会发生在埃斯佩兰萨这么年轻、心脏也正常的人身上吗？"爱德华多先生问。

"年轻并不一定对心脏有益。"瓦格斯回答，"我不觉得埃斯佩兰萨心脏'正常'，她的血压很高——"

"她的生活方式，或许——"爱德华·邦肖暗示道。

"没有证据表明妓女更容易得心脏病，当然你们天主教徒可能会这么认为。"瓦格斯用他那坚信科学的语气说道。"埃斯佩兰萨的心脏并不'正常'，你们两个。"瓦格斯说，"我会检查你们的心脏。至少是你，胡安·迭戈。"

医生顿了一下，他正在思考胡安·迭戈的父亲可能是谁，而这个范围尚可估量，不像卢佩的父亲人选那样数量庞大。即使对于一个无神论者而言，这样的停顿也有些微妙。

瓦格斯看向爱德华·邦肖。"其中一个可能是胡安·迭戈父亲的人——我的意思是，这个人最有可能是他的生父——死于心脏病。"

瓦格斯说。"他当时还非常年轻，埃斯佩兰萨是这样和我说的。"他又补充道。"你们知道这件事吗？"瓦格斯询问两个孩子。

"不比你知道的多。"胡安·迭戈回答。

"里维拉知道一些，他只是不说。"卢佩说道。

胡安·迭戈对卢佩的话无法作出更多的解释。里维拉告诉过孩子们，那个"最有可能"是胡安·迭戈父亲的人死于心脏病。

"心脏病，是吗？"胡安·迭戈问酋长，埃斯佩兰萨就是这样告诉孩子们，以及其他所有人的。

"就是他那个叫心脏的地方'永远'坏掉了。"里维拉只对孩子们讲了这些。

至于圣母玛利亚的鼻子，好吧，胡安·迭戈找到了它。它躺在第二排长凳的跪垫旁边。把那个大鼻子装进口袋还有些困难。卢佩的尖叫声让阿方索神父和奥克塔维奥神父跑来了耶稣会圣殿。在巫婆格洛丽亚修女出现时，阿方索已经在为埃斯佩兰萨祈祷。佩佩神父上气不接下气地跟在那个永远不满意的修女身后不远处，而修女似乎正因埃斯佩兰萨的死引起的注意而恼怒。不必说，即使已经死去，这位清洁女工依然袒露着让巨型圣母强烈谴责的乳沟。

孩子们只是站在一旁，不知道牧师们或是佩佩神父或是格洛丽亚修女，要多久才会发现怪物圣母的大鼻子不见了。他们许久都没有注意到。

猜猜是谁发现了这件事？他沿着通往圣坛的走道跑来，并没有停下跪拜。他那夏威夷衬衫没有掖好，上面的猴子和热带鸟类仿佛刚刚从一片被闪电击中的雨林中逃出来。

"是坏玛利亚干的！"卢佩对爱德华多先生嚷道。"你的大圣女杀死了我们的妈妈！坏玛利亚把我们的妈妈吓死了！"胡安·迭戈毫不犹豫地翻译了她的话。

"接下来，她会把这次事故称为奇迹。"格洛丽亚修女对奥克塔维奥神父说。

"不要对我提起'奇迹'这个词，修女。"奥克塔维奥神父说道。

阿方索神父刚刚为埃斯佩兰萨做完祈祷，那是在为她身上的罪恶祈求宽恕。

"你刚刚提到了'奇迹'？"爱德华·邦肖问奥克塔维奥神父。

"是奇迹！"卢佩叫道。爱德华多先生听懂了这个词。

"埃斯佩兰萨从梯子上摔了下来，爱德华。"奥克塔维奥神父告诉爱荷华人。

"她摔下来之前就被打死了！"卢佩嘟哝着，但是胡安·迭戈并没有替她翻译那不可思议的"被打死"。目光是无法杀人的，除非你被吓死。

"玛利亚的鼻子呢？"爱德华·邦肖指着失去鼻子的巨型圣女问道。

"不见了！在一缕烟中消失了！"卢佩乱吼着，"看好坏玛利亚吧，她身上别的部位也会消失。"

"卢佩，讲实话。"胡安·迭戈说。

但是爱德华·邦肖听不懂卢佩的话，他只是无法把目光从受损的玛利亚身上移开。

"只是个鼻子，爱德华多。"佩佩神父对狂热的信徒说，"没关系的，可能只是掉在某个地方了。"

"怎么会没关系呢，佩佩？"爱荷华人反问，"圣母玛利亚的鼻子怎么能消失呢？"

阿方索神父和奥克塔维奥神父都蹲下身来，他们并没有再祈祷，而是开始在第一排跪垫下寻找怪物圣女那消失的鼻子。

"你不可能完全不知道鼻子的事吧？"佩佩神父问胡安·迭戈。

"我什么都不知道。"胡安·迭戈回答。

"坏玛利亚的眼睛动了，她好像活了过来。"卢佩说道。

"他们不会相信你的，卢佩。"胡安·迭戈告诉他妹妹。

"鹦鹉男会相信的。"卢佩指着爱德华多先生说，"他想相信更多的事情。他什么都会相信。"

"我们不会相信什么？"佩佩神父问胡安·迭戈。

"我猜是他想说的事吧。你想说什么，胡安·迭戈？"爱德华·邦肖问道。

"告诉他啊！坏玛利亚的眼睛动了，她朝四周看了一圈！"卢佩叫嚷着。

胡安·迭戈把手挤进他那塞满的口袋，当他和大家说起圣女愤怒的目光时，手里拿着圣母玛利亚的鼻子。他说到圣女的双眼环顾四周，随后又回到了埃斯佩兰萨的乳沟上。

"这确实是个奇迹。"爱荷华人语气很确凿。

"我们把那个笃信科学的人叫来吧。"阿方索神父有些嘲讽地说。

"好，瓦格斯可以安排尸检。"奥克塔维奥神父说道。

"你想用尸检来证明奇迹？"佩佩神父问，他的口气既天真，又有些故作玩笑。

"她是被吓死的。你们从尸检中只能看出这个。"胡安·迭戈边捏着圣母那坏掉的鼻子边说道。

"是坏玛利亚干的。这是我知道的全部。"卢佩说。胡安·迭戈觉得卢佩这次说的是实话，所以他把关于坏玛利亚的事翻译了出来。

"坏玛利亚！"格洛丽亚修女重复道。所有人都看向没有鼻子的圣女，仿佛在等待着更多的损坏不知会出现在什么地方。但是佩佩神父注意到爱德华·邦肖身上的一些异样：只有爱荷华人正望着圣母玛利亚的眼睛，只有她的眼睛。

一个宣扬奇迹的人，佩佩神父边看着爱德华多先生边想。如果我见过什么宣扬奇迹的人，那就是他了！

胡安·迭戈什么都没在想，他用手紧握着圣母玛利亚的鼻子，仿佛不想让它溜走。

梦境会自行修改，而且在细节方面总是很残忍。梦里的故事并不遵循常识，或者常识根本不存在。一段两分钟的梦似乎永远都做不完。

瓦格斯医生并没有隐瞒什么，他告诉了胡安·迭戈更多和肾上腺素有关的事情，但是他说的话并没有全部进入胡安·迭戈的梦境。瓦格斯说，忽然的恐惧会释放出大量的肾上腺素，这是有害的。

胡安·迭戈还问这个信仰科学的男子，其他的情绪是否也有危险。除了恐惧，还有什么会引发心律失常吗？如果你的心脏不好，还有哪些情况会造成心律的致命变化？

"任何强烈的情感，无论好的还是坏的，高兴或悲伤都会导致心律失常。"瓦格斯对男孩说，但这个答案没有出现在胡安·迭戈的梦里。"有人会在性交时死去。"瓦格斯告诉他。然后他转向爱德华·邦肖："在宗教活动中也有可能。"

"那用鞭子抽自己呢？"佩佩用他那一半天真，一半故作玩笑的口气说。

"这个没有记载。"信奉科学的人神秘地回答。

很多高尔夫球手在一杆进洞时死亡。德国足球队竞争世界杯时，心脏病突发死去的德国人数量超出想象。许多刚刚丧妻一两天的男人；许多失去丈夫的女性，并不一定是丈夫死去；还有和自己孩子生死永别的父母，他们都在短时间内死于悲伤。这些可能会导致心律失常的例子在胡安·迭戈的梦境中是缺失的。

然而里维拉卡车的声音，他倒车时那特殊的倒挡声，悄然出现在胡安·迭戈的梦境中，无疑是在他的航班即将到达保和，开始降落的时候。梦境总是这样：它们和罗马天主教会一样到处搜罗东西，还会把原本不属于自己的内容据为己有。

对梦境来说，它们是一样的：菲律宾航空公司177号航班降落的引擎声和里维拉倒车的声音。至于瓦哈卡停尸房那污浊的味道是怎么在胡安·迭戈从马尼拉到保和的短途旅行中渗入梦境的，好吧，并不是所有的事情都能够解释。

里维拉知道停尸房的载物台在哪里，他也认识那个尸检员，也就是在解剖室中切割尸体的法医。孩子们觉得，他们没有必要为埃斯佩兰萨进行尸检。是圣母玛利亚把她吓死的，而且更过分的是怪物玛利亚是故意这样做的。

里维拉尽量让埃斯佩兰萨的尸体在卢佩面前显得好看一些，那道被缝合的尸检疤痕（从脖子延伸到腹部），直接切在了胸骨上。但卢佩对那些正在等待检验的其他尸体，或者说对好外国佬那被剖开的躯体毫无准备。他那双白色的胳膊伸了出来（仿佛他曾被钉在十字架上，刚被取下），就好像面对其他的棕色皮肤尸体忽然如释重负一般。

好外国佬身上的验尸疤痕还很新，才刚刚缝好，他的头上也被切了一刀，伤口要比被荆棘刺到更严重。他的战役结束了。卢佩和胡安·迭戈看见嬉皮士男孩那被丢在一边的尸体时都很震惊。他那酷似基督的脸神色很平静，虽然这个英俊的少年苍白躯体上文着的基督遭受了法医的无情破坏。

卢佩永远不会忘记她妈妈和好外国佬在解剖室的圆形空间中展现出的美丽形体，他们看起来都比活着时好很多。"我们把好外国佬也带走吧，你答应我会烧掉他的。"卢佩对胡安·迭戈说，"我们把他和妈妈一起烧掉。"

里维拉正在说服尸检员把埃斯佩兰萨的尸体还给自己和孩子们，但当胡安·迭戈翻译了卢佩想带走嬉皮士的尸体的请求时，法医大发雷霆。

这个美国逃兵是一起犯罪案件调查的一部分。萨梅加宾馆有人报警说嬉皮士死于酒精中毒，一个妓女声称那孩子"就死在"她身上。但是尸检员查到了另外的情况。好外国佬是被打死的。他确实喝醉了，但酒精并没有杀死他。

"他的灵魂需要飞回家。"卢佩坚持说。"'当我走在拉雷多的街道上，'"她忽然唱了起来，"'当我有一天来到拉雷多……'"

"这孩子唱的是哪国话？"尸检员问里维拉。

"警察们什么都不会做。"里维拉对他说，"他们甚至不会承认嬉皮士是被打死的，会说是酒精中毒。"

尸检员耸了耸肩。"对，他们已经在这样说了。"他说，"我告诉他们这个文身的小子被打了，但警察们却让我保密。"

"是酒精中毒，他们肯定会这样处理。"里维拉说道。

"现在唯一重要的事情是好外国佬的灵魂。"卢佩坚持说。胡安·迭戈决定替她翻译这一句。

"如果他妈妈想要他的尸体呢？"胡安·迭戈补充道，他已经把卢佩说的关于灵魂的事情告诉了他们。

"他妈妈想要他的骨灰。我们通常不会这样做，尤其是对外国人。"法医说，"我们不会把尸体在垃圾场烧掉。"

里维拉耸了耸肩。"我们会给你一些骨灰。"他对法医说。

"一共有两具尸体，我们自己会留一半。"胡安·迭戈说道。

"我们会把骨灰带去墨西哥城，把它们撒在瓜达卢佩圣母大教堂，撒在我们的圣女脚下。"卢佩说。"我们不会让这些骨灰靠近没有鼻子的坏玛利亚！"她嚷道。

"这女孩说话和所有人都不一样。"尸检员说。但胡安·迭戈没有替她翻译那疯狂的想法：她想把好外国佬和埃斯佩兰萨的骨灰撒在墨西哥城的瓜达卢佩圣母雕像脚下。

也许是因为有小女孩在场的关系，里维拉坚持要把埃斯佩兰萨和好外国佬分装在不同的裹尸袋中。胡安·迭戈和里维拉帮助法医一起完成了这件事。在这段悲伤的时间里，卢佩看着其他那些尸体，有的被解剖过，有的还在等待解剖，也就是说，她并不在意它们。胡安·迭戈能听到破坏神在里维拉的卡车后座上咆哮吠叫，它能感觉到停尸房附近的空气很污浊，有一股冻肉的气味。

"他妈妈为什么没有先提出要他的尸体呢？怎么可能有只想要儿子骨灰的妈妈？"卢佩问。她并不期待什么答案，毕竟，她是相信火葬的。

埃斯佩兰萨可能并不想被烧掉，但是孩子们一定会这样做。出于对天主教的热情（埃斯佩兰萨曾经热爱忏悔），她可能不会选择垃圾场的柴堆作为自己的坟墓，但是如果死者没有事先说明（埃斯佩兰萨就没有），对尸体的处置方式就应由孩子们来决定。

"天主教不相信火葬，真是疯子。"卢佩嘟囔道，"没有比垃圾场更适合烧东西的地方了。黑烟可以蔓延到很远，还有秃鹰在空中盘旋。"卢佩在解剖室的圆形空间中闭上了眼睛，把隐秘的土地女神科亚特利库埃放在她那还没有明显发育的胸部上。"你那个鼻子还在吧？"卢佩睁开眼睛问她的哥哥。

"当然还在。"胡安·迭戈说，他的口袋还鼓胀着。

"得把鼻子也烧掉，只是为了确保。"卢佩说。

"确保什么？"胡安·迭戈问，"为什么要烧掉鼻子？"

"以防骗子玛利亚还有什么力量，所以要确保安全。"卢佩说。

"鼻子？"里维拉问。他那对宽大的肩膀两侧各背着一个裹尸袋。"什么鼻子？"

"不要说玛利亚鼻子的事。里维拉太迷信，所以让他自己发现吧。他下一次参加弥撒，或是为自己的罪恶忏悔的时候，就会发现怪物玛利亚没有鼻子了。我一直和他说，可他不听，他的胡子就是一种罪恶。"卢佩念叨着。她看见里维拉正在认真地听她说话。"鼻子"吸引了酋长的注意，他想知道孩子们口中谈论的"鼻子"究竟是什么。

"'去找六个快乐的牛仔，让他们抬着我的棺材。'"卢佩唱了起来。

"'再找六个漂亮女仆也和他们一起。'"这是唱这首牛仔挽歌的好时机——里维拉正把两个袋子放在卡车上。"'在我的棺木上插满玫瑰,'"卢佩接着唱道,"'土块落下来它们便会枯萎。'"

"这女孩是个奇迹。"法医对垃圾场老板说,"她会成为摇滚明星。"

"她怎么可能当摇滚明星?"里维拉问,"除了她哥哥,谁也听不懂她的话!"

"也没人能听懂摇滚明星在唱什么啊。谁知道歌词讲的是啥?"医生反问。

"这个蠢尸检员一辈子都和死人待在一起是有原因的。"卢佩嘟哝着。但摇滚明星的话题让里维拉忘记了鼻子的事。酋长把裹尸袋放在了卡车的平板下,然后小心翼翼地把它们拿到上面。破坏神开始嗅这些尸体。

"不要让破坏神扑到尸体上面。"里维拉叮嘱胡安·迭戈,他和孩子们都知道狗很喜欢扑咬死去的东西。胡安·迭戈会和埃斯佩兰萨、好外国佬,当然还有破坏神一起坐在卡车平板上回到垃圾场。

卢佩和里维拉一起坐在车厢里。

"你知道,耶稣会的教士们会来这里的。"法医对垃圾场老板说,"他们会来接他们的信徒,比如埃斯佩兰萨。"

"孩子们会负责他们的妈妈,告诉那些教士孩子们是埃斯佩兰萨的信徒。"里维拉对尸检员说。

"那个小姑娘可以去马戏团,你知道。"法医指着卡车里的卢佩说。

"去做什么?"里维拉问他。

"人们会花钱听她说话!"尸检员回答,"她甚至不需要唱歌。"

这个戴着胶皮手套,浑身散发着死亡和解剖气息的法医,竟在瓦哈卡的停尸房中提起了马戏团,这件事情后来会反复萦绕在胡安·迭戈的脑海中。

"开车吧！"胡安·迭戈对里维拉嚷道。他敲打着卡车的车厢，于是里维拉驶离了载物台。那天万里无云，天空蔚蓝而晴朗。"不许扑它们——不要！"胡安·迭戈对破坏神吼道，但他只是呆坐在卡车平板上看着这里唯一活着的男孩，甚至没去嗅那些尸体。

很快，风就吹干了胡安·迭戈脸上的泪水，但是也让他无法听见车厢里卢佩正在对里维拉说些什么。他只能听见她的声音，而非话语，她一直在讲话。胡安·迭戈觉得，她唠叨的内容和破烂白有关。里维拉把这只小狗送给了格雷罗的一户人家，可这老鼠般的小家伙总会跑回酋长的棚屋——显然是在寻找卢佩。

现在破烂白失踪了。卢佩正在无情地训斥里维拉。她说她知道破烂白会去哪里——她的意思是这只小狗会死掉。（她把这称作"小狗家园"。）

从卡车的平板上，胡安·迭戈只能听到垃圾场老板零碎的话语。"如果你这样说，"酋长一次次打断卢佩的话，或者说："我已经都说清楚了，卢佩。"去格雷罗的一路上，胡安·迭戈始终能看到那里飘着的缕缕黑烟，不远处的垃圾场已经有几个火堆正在燃烧。

无意间听到卢佩和里维拉之间不成对话的话语，让胡安·迭戈想到了自己在流浪儿童的一间隔音图书馆里和爱德华·邦肖学习文学的事情。爱德华·邦肖眼中的"学习文学"是一个大声朗读的过程：爱荷华人会先给胡安·迭戈阅读一段所谓的"成长小说"。用这样的方式，他们一起来判断这本书是否适合男孩的年龄。对于这个问题，他们自然会有一些看法上的分歧。

"如果我特别喜欢这本书呢？如果我知道只要让我读它，我就停不下来呢？"胡安·迭戈问。

"这和这本书是否适合你是两码事。"爱德华·邦肖这样回答十四岁的男孩。或者爱德华多先生会在朗读中停下来，提示胡安·迭戈自己会跳过某些关于性的内容。

"你在审核那些关于性的场景。"男孩会说。

"我不确定这是否合适。"爱荷华人回答。

他们两个读到了格雷厄姆·格林，爱德华·邦肖最先想到的是信仰和怀疑的问题，虽然这或许不是他用鞭子抽打自己的唯一动力。而胡安·迭戈喜欢格林的性描写，虽然他倾向于将性爱置于背景中，或是以一种隐晦的方式呈现。

他们学习的方式是，爱德华·邦肖会大声为胡安·迭戈朗读一段格林的小说，然后胡安·迭戈自己阅读剩下的部分。最后，两人会讨论这个故事。在讨论中，爱德华多先生很热衷于引用其中的某些段落，并询问胡安·迭戈作者格雷厄姆·格林的寓意是什么。

他们曾就《权力与荣耀》中一句话的意思展开了漫长而持续的讨论。这对师生对这个句子的看法不同。"童年中总有这样的一瞬，那扇门在你的面前打开，于是未来闯了进来。"

"你觉得这句话是什么意思，胡安·迭戈？"爱德华·邦肖问男孩，"格雷厄姆是说我们的未来始于童年，我们应该留意……"

"未来当然始于童年，还能始于哪里？"胡安·迭戈反问爱荷华人，"但我觉得说'通往未来的大门在一瞬间打开'是胡扯。为什么不能有很多个瞬间？而且格林是说只有一扇门吗？他说'那扇门'，应该是只有一扇。"

"格雷厄姆·格林没在胡扯，胡安·迭戈！"爱德华多先生叫道，他手里攥着什么小东西。

"我认识你那块麻将牌，不用再拿给我看了。"胡安·迭戈告诉学者，"我知道，我知道，你摔倒了，这个象牙和竹子做成的小麻将牌割破了你的脸。你开始流血，碧翠丝去舔你的脸，她就是这么死的，被用枪打死了。我知道，我知道！但这是你想要成为牧师的瞬间吗？难道毕生杜绝性关系的大门是因为碧翠丝被打死才在你面前打开的吗？你的童年里一定还有其他的瞬间，你可能还打开了其他的门。你现在还能打开另一扇门，不是吗？这个麻将牌不能代表你的童年和未来！"

胡安·迭在爱德华·邦肖的脸上看到了顺从。这位教师似乎顺应了自己的命运：独身、自我鞭笞、成为牧师。这一切都起源于他小手里那块麻将牌吗？由于他挚爱的狗被残忍地开枪打死，他就要选择鞭打自己、杜绝性关系的人生吗？

胡安·迭戈此时从里维拉的脸上也看到了顺从，他正在格雷罗那栋被他们视为家的棚屋前倒车。胡安·迭戈知道和卢佩进行一场算不上对话的交谈是什么感觉。你只要听她讲，无论能否听懂。

卢佩总是比你知道得多。虽然大多数时候，她的话都无法让人明白，但她知道一些别人不知道的事情。她是个小孩，但总是像大人一样争论。她会说出一些连自己都不懂的话，还说她并不清楚它们的意思，而这些字句只是"出现"在她脑子里。

烧掉好外国佬和妈妈的尸体，把圣母玛利亚的鼻子也一起烧掉，就这样做吧。把他们的骨灰撒在墨西哥城，就这样做吧。

而狂热的爱德华·邦肖还在喋喋不休地为格雷厄姆·格林辩护（他也是天主教徒，显然被信仰和怀疑所折磨），他坚称只有一个瞬间那扇门——也只有一扇该死的门！——会打开，让愚蠢的未来闯进来。

"耶稣基督。"胡安·迭戈从里维拉的卡车平板上爬下来时自语道。（卢佩和垃圾场老板都认为他没有在祈祷。）

"就等一分钟。"卢佩对他们说。她故意远离了他们，消失在那栋曾被他们称为家的棚屋后面。胡安·迭戈以为她要去小便。

"不，我不是去厕所！"卢佩叫道，"我要去找破烂白！"

"她去撒尿吗，还是你们想要更多水枪？"里维拉问。

胡安·迭戈耸了耸肩。"我们应该赶快烧掉这些尸体，在教士们赶来垃圾场之前。"酋长说。

卢佩带回来一只狗的尸体。那是一只小狗，而且她在哭。"我总是在同一个地方，或者那附近找到它们。"她哭闹着。那只死去的狗正是破烂白。

"我们要把破烂白和你妈妈，还有嬉皮士一起烧了吗？"里维拉问。

"你要是烧掉我，我希望是和一只小狗一起！"卢佩哭着说。胡安·迭戈觉得这句话应该翻译，于是就转达给里维拉。里维拉并没有留意死去的狗，他不喜欢破烂白。他无疑为这只讨厌的小狗没得狂犬病，也没咬卢佩松了口气。

"很抱歉没能成功把他送走。"里维拉对卢佩说。女孩又坐回了酋长的卡车车厢，死去的小狗僵硬地躺在她的腿上。

胡安·迭戈又一次和破坏神以及两个裹尸袋一起坐在了卡车的平板上。里维拉开车驶向垃圾场。一到那里，他就把车倒到了燃烧的火堆中火势最旺盛的那一个旁边。

里维拉匆匆把两个裹尸袋拿下平板，并为它们浇上汽油。

"破烂白好像被浸湿了。"胡安·迭戈对卢佩说。

"是啊。"她边说边把小狗放在裹尸袋旁边的地面上。里维拉带着敬意为死去的狗也淋上了一些汽油。孩子们背对着火堆，而酋长把两个裹尸袋丢进煤块间，看着它们被低矮的火焰淹没，而火势也忽然汹涌起来。大火已经开始熊熊燃烧，而卢佩依然背过身站着，里维拉把小狗也丢进了火光的地狱。

"我最好挪下车。"垃圾场老板说。孩子们已经注意到，卡车的侧视镜依然是坏的。里维拉说他不会去修，因为他想让自己被痛苦的回忆折磨。

这像是一个好天主教徒的做法，胡安·迭戈看着酋长把卡车驶离忽然变得炽热的墓葬火堆时想道。

“谁是好天主教徒？”卢佩问她哥哥。

“不要读我的心！”胡安·迭戈拍了她一下。

“我忍不住。”她说。此时里维拉还在卡车里，卢佩说：“现在是把怪物的鼻子丢进火里的好时机。”

“我不知道这有什么意义。”胡安·迭戈说，但他还是把圣母玛利亚坏掉的鼻子扔进了火中。

“他们来了，时间刚好。”里维拉说。他走到离火堆有一段距离的孩子们身边，这里非常热。他们看到佩佩神父那辆满是尘土的红色甲壳虫汽车正冲进垃圾场。

后来，胡安·迭戈觉得这群从小甲壳虫汽车中跌出来的教士就像在上演一出马戏团小丑戏。佩佩神父、两个愤怒的老牧师——阿方索神父和奥克塔维奥神父，当然，还有吓蒙了的爱德华·邦肖。

孩子们什么都没有说，葬礼火堆替他们说明了一切。但是卢佩觉得唱歌应该没有关系。“‘噢，请你慢慢打鼓，低声吹笛，’”她唱道，“‘边抬着我边奏起死亡进行曲。’”

“埃斯佩兰萨并不想火——”阿方索神父开口了，但是垃圾场老板打断了他。

“神父，这是她的孩子们想要的，事情就是这样。”里维拉说。

“我们想要对我们爱的人这样做。”胡安·迭戈解释道。

卢佩笑得很安详，她看着缕缕黑烟上升远去，以及那些永远在盘旋的秃鹰。

“‘把我带入山谷，让我躺下来。’”卢佩唱着，“‘因为我是一个知道自己犯了错的年轻牛仔。’”

“孩子们现在是孤儿了。”爱德华多先生说，“相比之前，我们现在更该对他们负责，不是吗？”佩佩神父并没有立刻回答爱荷华人，两个老牧师只是望着彼此。

“格雷厄姆·格林说了什么？”胡安·迭戈问爱德华·邦肖。

"格雷厄姆·格林！"阿方索神父惊呼道，"爱德华多，不要告诉我这孩子正在读格林……"

"这不适合他！"奥克塔维奥神父说。

"格林不符合他的年龄……"阿方索神父开口了，但爱德华多先生并不理会。

"格林是天主教徒！"爱荷华人辩驳道。

"不是个好教徒，爱德华。"奥克塔维奥神父说。

"格林说的一瞬间是指现在吗？"胡安·迭戈问爱德华多先生，"我们通往未来的门打开了吗，卢佩和我的？"

"那扇门通往马戏团。"卢佩说，"接下来会是这样，我们会去那里。"

胡安·迭戈自然翻译了这句话，随后他问爱德华·邦肖，"这是我们唯一的瞬间吗？是通向未来的门吗？格林是这个意思？童年就会这样结束吗？"爱荷华人认真地思考着，尽可能非常认真，他本来也是一个深思熟虑的人。

"对，你说得对！完全正确！"卢佩忽然对爱荷华人说，她触到了爱德华多先生的手。

"他说你是对的，无论你想的是什么。"胡安·迭戈对爱德华·邦肖说，而他一直注视着熊熊的火焰。

"他想的是可怜逃兵的骨灰会混着一个妓女的骨灰回到他的家乡，回到他悲伤的妈妈那里。"卢佩说，胡安·迭戈也帮她翻译了。

忽然，葬礼火堆中传来一阵刺耳的噼啪声，一缕微弱的蓝色火焰出现在跃动的橙色和黄色中间，仿佛是某些化学物质，或是一摊汽油着火了。

"可能是那只小狗。它太湿了。"里维拉说，他们都注视着猛烈的蓝色火焰。

"小狗！"爱德华·邦肖嚷道，"你们把一条小狗和你们妈妈，还有那个嬉皮士男孩一起烧了？你们又在用火焚烧死去的狗！"

"和小狗一起被烧掉的人都会好运。"胡安·迭戈告诉爱荷华人。

嘶鸣的蓝色火焰吸引了所有人的注意，但卢佩却伸出胳膊，把她哥哥的脸揽向她的唇边。胡安·迭戈以为她想要亲吻自己，可卢佩是想对他耳语，虽然即使有其他人听见，他们也听不懂她的话。

"确实是那个小狗太湿了。"里维拉还在说。

"是鼻子。"卢佩对着她哥哥耳语道，还碰了碰他的鼻子。

她说话的那一瞬，嘶鸣声停止了，蓝色的火焰也消失不见。嘶鸣的蓝色火焰确实和鼻子有关，胡安·迭戈想道。

菲律宾航空177号航班在保和降落发出的震动声并没有叫醒胡安·迭戈，没有什么可以把他从这个关于未来开始的梦中叫醒。

野兽之王

几个乘客停留在菲律宾航空177号航班的驾驶舱出口，告诉乘务人员他们很担心那个老年的、棕色皮肤的先生，他一直瘫坐在靠窗的座位上。"他要么已经死了，要么就要死了。"一位乘客对乘务员说，他的话语中混杂着方言和简单的英语。

胡安·迭戈看起来确实像是死了，但他的思绪正处在远方，在瓦哈卡垃圾场上空的缕缕黑烟上面。在他的头脑中，他正以秃鹰的视角看着城市的边界，看着五位先生——马戏团的所在地，还有奇迹马戏团那遥远却鲜艳的帐篷。

医务人员接到了来自驾驶室的通知，此时他们还没有全部离开飞机，急救员也都冲了上来。他们正要使用各种救生方式，其中一位救生员却发现胡安·迭戈还好好地活着，但他们怀疑他中风了，并搜索了他的随身包。那些处方药很快引起了注意。贝他阻断剂表明这个人心脏有问题。壮阳药上面印着不要和硝酸一起服用，于是其中一位医务人员非常焦急地询问胡安·迭戈他是否服用了硝酸。

胡安·迭戈根本不知道硝酸是什么。他的思绪还停留在四十年前的瓦哈卡，卢佩正在他的耳边低语。

　　"鼻子。"胡安·迭戈轻声对焦虑的医务人员说。那是个年轻的女人，懂一点西班牙语。

　　"你的鼻子？"年轻的医务人员问。为了确认，她边说边摸了摸自己的鼻子。

　　"你没法呼吸吗？你感觉呼吸困难吗？"另一个医务人员问。他也碰了碰自己的鼻子，无疑是在表达呼吸的意思。

　　"壮阳药会导致鼻塞。"第三个医务人员说。

　　"不，不是我的鼻子。"胡安·迭戈大笑着解释道。"我梦见了圣母玛利亚的鼻子。"他告诉医疗队的成员们。

　　这对他们没有什么帮助。关于圣母玛利亚鼻子的胡言乱语让他们忘记了该继续问下去的一连串问题——比如，胡安·迭戈是否改变了服用贝他阻断剂的剂量。不过，对医疗队来说，这位乘客的生命体征还可以，他在颠簸的着陆过程中（还有哭闹的孩子和尖叫的女人间）还能睡着并不是生病的关系。

　　"他看起来像是死了。"乘务员对任何一个听她说话的人都这样讲道。但是胡安·迭戈确实对颠簸的着陆、哭叫的孩童，还有那些哀号着说自己要死了的女人们毫无反应。关于圣母玛利亚的奇迹（也可能不是）和多年前一样完全吸引了胡安·迭戈的注意，他只听到了蓝色火焰的嘶鸣声，而火焰也和第一次出现时一样转瞬即逝。

　　医务人员并没有在胡安·迭戈身边多作停留，因为没有必要。与此同时，他的友人兼前学生一直在发短信给他，询问年迈的老师是否安好。

　　胡安·迭戈不知道的是，克拉克·弗伦奇是个很有名的作家，至少在菲律宾如此。如果说这是因为菲律宾有很多信仰天主教的读者，那些关于信仰及信念的鼓舞人心的小说在这里要比在美国或欧洲更受欢迎，这个理由未免过于简单。但是，这确实是一部分的原因，而克拉克·弗伦奇娶了一位来自古老马尼拉家族的菲律宾女人，昆塔纳这个名字在医学界非常知名。这让克拉克在菲律宾拥有了比在自己国家更多的读者。

作为克拉克的前导师，胡安·迭戈依然认为他的前学生需要保护。关于这位年轻作家的名声，他只知道克拉克在美国遭遇了其他作家居高临下的蔑视。胡安·迭戈和克拉克·弗伦奇会通过邮件联系，这让他对克拉克生活的地方只有一个大概的印象，他在菲律宾的某地。

克拉克住在马尼拉。他的妻子，约瑟法·昆塔纳医生是克拉克所说的"婴儿医生"。胡安·迭戈知道昆塔纳医生是红衣主教医院的重要人物——"那是菲律宾一家顶尖的医院"，克拉克喜欢这样说。比恩韦尼多告诉胡安·迭戈，那是一家私立医院，以此将它和那些他蔑视地称为"脏乱的政府医院"的地方区分开。胡安·迭戈在意的是，这是一家天主教医院，天主教的特质让他很是恼火，另外他也分不清"婴儿医生"是给小孩子看病，还是负责妇产科的工作。

由于胡安·迭戈全部的成年时光都在同个大学城度过，他作为作家在爱荷华的生活（持续至今）和他在同一家大学任教的经历又难以分割，他没有意识到克拉克·弗伦奇是另一种作家的代表，他们可以生活在任何地方，所有地方。

胡安·迭戈知道克拉克是那种会出现在每个作者的庆贺活动中的作家。他似乎比较喜欢，或者说擅长承担作家身份中不需要写作的那一部分——谈论自己职业的部分，而胡安·迭戈却不喜欢也做不好。随着年龄的增长，胡安·迭戈越发只享受作家身份中写作的部分（实践的部分）。

克拉克·弗伦奇满世界旅行，但马尼拉并不算是他的家或者说大本营。克拉克和他的妻子没有孩子。因为他总是在旅行？因为她是一个"婴儿医生"，见过了太多孩子？如果约瑟法·昆塔纳是另一种"婴儿医生"的话，也许是因为她见证了太多错综复杂的妇产科并发症。

无论出于什么原因没有孩子，克拉克·弗伦奇成了那些可以在任何地方写作的作家中的一员，没有哪次知名作家的庆典或是作家大会是他错过的，作家的社交属性让他不只局限于菲律宾。克拉克会"回到"马尼拉的"家"，是因为他妻子在那里。她有一份实实在在的工作。

或许由于她是一位医生，而且来自非常显赫的医生家庭，菲律宾的大多数医疗人员都听说过她，这让在飞机上为胡安·迭戈做检查的医务人员有些紧张。他们把自己医学上（以及非医学）的发现都完整地汇报给了约瑟法·昆塔纳医生。克拉克·弗伦奇也站在他妻子旁边听着。

这位乘客一直有气无力地睡着，他对自己即将死去的状态一笑而过，只专注于梦中的圣母玛利亚。

"胡安·迭戈梦见了圣母玛利亚？"克拉克·弗伦奇打断道。

"只是她的鼻子。"其中一位医师回答。

"圣女的鼻子！"克拉克惊叹道。他曾和自己的妻子说，要对胡安·迭戈对天主教的反感有心理准备，但是一个关于圣母鼻子的无谓玩笑让克拉克意识到他的前导师已经不再那么抨击天主教会。

医务人员想让昆塔纳医生了解壮阳药和贝他阻断剂的情况。约瑟法只得详细地向克拉克讲述贝他阻断剂的工作原理，而且她还非常充分地补充道，考虑到通常贝他阻断剂的副作用，壮阳药是很"必要的"。

"他的随身包里还有一部小说，至少我觉得是小说。"其中一位医务人员说。

"什么小说？"克拉克急切地问道。

"珍妮特·温特森的《激情》。"医师说，"看起来和宗教有关。"

年轻的女医务人员谨慎地开口了。（也许她正试图将小说和壮阳药联系在一起。）"听起来有些色情意味。"她说。

"不，不，温特森是个文学家，"克拉克·弗伦奇说。"她是女同性恋，但也是文学家。"他补充道。克拉克并不知道这本小说，但他猜想或许和女同性恋有关。他很好奇温特森是否写过关于女同性恋修女会的故事。

医务人员开始继续工作，克拉卡和他的妻子站在一边，他们还在等待胡安·迭戈。虽然已经过去了一段时间，克拉克还是有些担心他的前导师。

"据我所知，他一个人生活。他一直一个人生活。那他吃壮阳药干什么？"克拉克问他妻子。

约瑟法是一位妇产医生（是这一种"婴儿医生"），她对壮阳药很了解。她的很多病人曾询问过她，有时是她们的丈夫或男友在服用，有时是他们想要尝试，那些女性询问昆塔纳医生，壮阳药会不会对他们的生活造成影响。女性们会不会在半夜，或是清晨只想泡杯咖啡时被伴侣强奸，或者是在只想弯腰取出后备厢的物品时，被靠在汽车上硬来？

约瑟法·昆塔纳医生对她的丈夫说："喂，克拉克，你的前导师或许没和任何人生活在一起，但他可能只是希望自己能勃起，好吧？"

这时胡安·迭戈一瘸一拐地朝他们走来。约瑟法先看到了——她凭借自己看过的书封照片认出了他，同时克拉克也告诉过她胡安·迭戈是个跛子。（当然，克拉克·弗伦奇夸大了他跛足的程度，用作家惯有的方式。）

"为什么？"胡安·迭戈听见克拉克询问他的医生妻子。她看起来有些尴尬，胡安·迭戈想，但她朝自己挥了挥手，并露出了微笑。她看起来很温和，笑容也很真诚。

克拉克转过身，看到了胡安·迭戈。他露出了少年般的笑容，其中夹杂着几分内疚，仿佛他正在做什么或是说什么的时候被发现了。（事实上，当他妻子给出自己的专业意见：他的前导师可能只是希望自己能勃起时，他愚蠢地问了一句"为什么？"）

"为什么？"约瑟法在与胡安·迭戈握手前，轻声重复着她丈夫的话。

克拉克始终保持着笑容，此时他指着胡安·迭戈那巨大的橘色信天翁背包："看，约瑟法，我和你说过胡安·迭戈会针对他的小说进行很多调查。他把那些全都带来了！"

还是曾经那个克拉克，一个可爱但有些让人难堪的家伙，胡安·迭戈想。随后他努力站稳些，知道自己即将面对克拉克那运动员般猛烈的拥抱。

除了温特森的小说，胡安·迭戈的随身包中还有一个线装笔记本。那里面是他正在创作的小说的一些笔记。他总是在写小说。从2008年2月前往立陶宛参加关于译作的活动起，他就在创作这一部。它已经将近两岁了，胡安·迭戈觉得他还要继续写上两到三年。

那次前往维尔纽斯是他第一次去立陶宛，但他作品的译本不是第一次在那里出版。他和自己的出版商及译者一起参加了维尔纽斯书展。胡安·迭戈当时在台上接受了一位女演员的采访。在问完她自己的几个优质问题后，女演员让观众提问。现场有一千人，很多是年轻的学生。相比胡安·迭戈在美国参加的类似活动，这里的观众更多，看起来也更加聪明。

书展过后，他和出版商及译者一起去老城的一家书店签售。立陶宛人的名字是个问题，但通常都是姓氏比较麻烦。所以当时的安排是胡安·迭戈只需要写下读者名字那一部分。比如在书展上采访他的女演员叫戴利亚，这很简单，但她的姓氏却很复杂。他的出版商叫拉莎，译者叫达伊瓦，而她们的姓氏读起来既不像是英语，也不像是西班牙语。

大家都很互相体谅，包括那个年轻的书商。他的英语很糟糕，但是他读过胡安·迭戈写的所有作品（立陶宛语版本），而且说起自己最爱的作家总是喋喋不休。

"立陶宛是一个重生的国家，我们是你新生的读者！"他说道。（达伊瓦作为翻译，解释了年轻书商的意思：自从苏联解体，人们获得了更多阅读自由，尤其是外国小说。）

"我们刚刚苏醒，发现有些人已经先于我们而存在，比如您！"年轻人继续说道，他绞着自己的双手。胡安·迭戈很受感动。

有一段时间，达伊瓦和拉莎可能是去洗手间了，或者她们只是需要离开热情的年轻书商，去休息一会儿。他的名字并不太好读。（可能是金塔拉斯，或是阿维达斯。）

胡安·迭戈正在看书店里的布告牌。那上面有一些女性的照片，旁边好像是作者的名单。还有一些数字像是她们的电话号码。这些女人属于某个读书俱乐部吗？胡安·迭戈认出了许多作者的名字，其中就有他自己。他们都是小说家。显然这是一个读书俱乐部，胡安·迭戈想。一张男性的照片都没有。

"这些女人，她们读小说。她们属于某个读书俱乐部吗？"胡安·迭戈询问四下徘徊的书商。

年轻人看起来很迷惘，他可能没有听懂，或者他不知道自己想说的话用英语怎么表达。

"所有绝望的读者都想和其他的读者一起喝杯咖啡或啤酒！"金塔拉斯或阿维达斯嚷道，显然"绝望"并不是他想要表达的意思。

"你是想说约会吗？"胡安·迭戈问。这是最动人的事：女人们想和男人聊一聊她们读过的书！他还没听说有这样的事情。"一种约会服务？"配对会根据你喜欢的小说类型展开！胡安·迭戈想。但是这些可怜的女人会找到任何读小说的男人吗？（胡安·迭戈觉得不会。）

"她们是邮购新娘！"年轻的书商不屑地说。他面向布告牌，讲述了自己对这些女性的看法。

胡安·迭戈的出版商和译者回到了他身边，但在之前，他一直都充满渴望地看着其中一个女子的照片。她把胡安·迭戈的名字列在了书单的第一位。她很漂亮，但又不算特别漂亮，而且看起来有些不开心。她那对摄人心魂的眼睛周围带着黑眼圈，头发似乎也没有仔细打理过。她在生活中没有可以一起谈论读过的好看小说的人。她的名字叫奥德塔，而姓氏有十五个字母那么长。

"邮购新娘？"胡安·迭戈问金塔拉斯或阿维达斯，"她们应该不是……"

"她们是些可怜的、没有生活的女人。她们没法和真人约会，只能找小说里的人物！"书商叫道。

这让胡安·迭戈产生了新小说的灵感。邮购新娘们通过订阅的小说在各地的书店里给自己打广告！这个想法引发了一个标题：一个离开立陶宛的机会。噢，不，胡安·迭戈想。（每次想到一个新的小说灵感他都会这样，他总是会觉得这是一个糟糕的想法。）

然而，一切其实都只是误会，是语言上的误解。

金塔拉斯或阿维达斯无法用英语说清楚自己的想法。胡安·迭戈的出版商和译者边解释他的错误边发笑。

"她们只是一群读者，都是女性。"达伊瓦告诉胡安·迭戈。

"她们会约其他的女性去喝茶或啤酒，一起谈论她们喜欢的小说家。"拉莎解释道。

"就是一种即兴的读书俱乐部。"达伊瓦说。

"立陶宛没有什么邮购新娘。"拉莎评价道。

"肯定会有的。"胡安·迭戈反驳说。

第二天早上，在他所住的名字很难拼读的酒店——斯提吉莱，胡安·迭戈认识了一位来自维尔纽斯国际刑警组织的女警察。达伊瓦和拉莎找到了她，并把她带来了酒店。"立陶宛没有什么邮购新娘。"女警察告诉他。她没有留下来喝咖啡，胡安·迭戈也没记住她的名字。女警察的头发染成了金色波浪，还带有一些日落橙色的条纹，但这并不影响她的坚毅。再多的染料也掩饰不了真正的她：她不是个好女孩，但是是一个不会乱说的警察。这个严肃的女警的意思是：不要写关于立陶宛的邮购新娘的小说。然而《一个离开立陶宛的机会》还会继续存在。

"那领养呢？"胡安·迭戈问达伊瓦和拉莎，"孤儿院或是领养机构应该会有地方提供领养的服务，或是保护儿童的权益吧？那些想要或是需要送养自己孩子的女性该怎么办？立陶宛是个天主教国家吧？"

达伊瓦翻译过胡安·迭戈的很多小说，她很了解他。"那些想要送养孩子的女人不会在书店里打广告。"她说完对他笑了笑。

"这只是个开端。"他解释道，"小说总要从什么地方开始，还需要更多修改。"他没有忘记书店布告牌上奥德塔的脸，但是现在《一个离开立陶宛的机会》是另一部小说了。一个想要送养孩子的女人同时也是个读者，她想要认识其他的读者。她不仅喜欢小说，也喜欢小说里的人物们本身。她想要告别从前的生活，包括自己的孩子。她并不想寻找一个男人。

但"一个离开立陶宛的机会"是谁的机会呢？她的？还是她的孩子的？领养过程中会出现问题，胡安·迭戈知道。这不仅仅是在小说中。

至于珍妮特·温特森的《激情》，胡安·迭戈很爱这本小说，他已经读了两三遍，却还是想再读。这本书讲的不是女同性恋修女会，而是历史和魔法，包括拿破仑的饮食习惯以及一个脚上有蹼的女孩，她还是个服装师。这本小说的主题是未得到满足的爱和悲伤。它不像克拉克·弗伦奇写的书那样振奋人心。

胡安·迭戈标出了书中一句他最喜欢的话："宗教处于恐惧和性之间。"这句话可能会激怒可怜的克拉克。

当胡安·迭戈一瘸一拐地走出保和破败的机场，来到混乱的塔比拉兰市区时，已经接近新年前一天的下午五点。在他眼中，这里到处都充斥着大大小小的摩托车，脏乱不堪。在菲律宾有许多难懂的地名，岛屿有名字，城市有名字，甚至那些城市中的社区也都有名字，让人非常困惑。在塔比拉兰也有很多带有宗教标语的吉普车，胡安·迭戈已经对此很熟悉，但它们和一些酷似割草机或超大型高尔夫球车的家庭自制汽车混在一起。这里还有很多自行车，以及大量走在路上的人。

考虑到女性和孩子们的身高应该不会超过他的胸部，克拉克·弗伦奇卖力地将胡安·迭戈的大包举过了头顶。橘色的信天翁包简直是女士和小孩的杀手，它可能直接滚到他们身上。然而克拉克毫不犹豫地像个逃难者一样在人群中劈开一条道路，那些瘦小的棕色皮肤本地人都躲开了他，否则克拉克就会从他们中间硬穿过去。他就像是一头公牛。

约瑟法·昆塔纳知道如何跟在丈夫身后穿过人群。她把一只小手搭在克拉克宽阔的背上，另一只紧紧地牵着胡安·迭戈。"不用担心，我们有司机，正等在某处。"她告诉胡安·迭戈。"虽然克拉克什么都想自己做，但其实没有必要。"胡安·迭戈觉得她很有魅力。她很真诚，而且是家中拥有智慧和常识的那一个。而克拉克是一个顺应本能的人。他既是财富，也是负担。

海滩度假村提供了司机，一个长着野性的面孔，看起来还没到可以驾车的年龄的男孩，但他很渴望开车。他们一出城，路上走的人就变少了，现在车辆开始高速行驶。路边拴着很多牛羊，但是它们的绳子太长，那些牛（或是羊）的头已经靠近了路边，导致车辆不得不一直躲闪。

狗被拴在棚屋附近，或是路边那些杂乱的院子里。如果狗的链子太长，它们就会袭击路过的行人，所以路上随时会出现的不仅是牛或羊的头，还有人。驾驶着景区越野车的男孩只能不停地按喇叭。

这样的混乱场面让胡安·迭戈想起了墨西哥。人们和动物们都涌向马路！在胡安·迭戈看来，不好好照料动物是人口过多的表现。所以，保和让他想到了控制出生率。

公平地说：胡安·迭戈对于控制出生率的意识要比克拉克更加敏锐。他们针对胎儿的痛感问题在邮件里进行过激烈交锋，起因是内布拉斯加州最近颁布的怀孕20周以上禁止堕胎的法律。他们还争论了1995年教皇通谕在拉丁美洲的使用，其中保守的天主教会认为避孕是"死亡文化"的一部分，约翰·保罗二世就是这样评价堕胎的。（那位波兰教皇是他们之间的一个敏感话题。）克拉克在性方面有什么高谈阔论吗——天主教领域的高谈阔论？

但胡安·迭戈觉得这一点很难说。克拉克是那种崇尚社会自由的天主教徒。他说他只是"个人反对"堕胎，"那很糟糕"，胡安·迭戈听克拉克这样说道，但他从政治的角度是开明的，他认为女性如果需要，就有选择堕胎的权利。

克拉克也支持同性恋的权利，但他依然捍卫自己崇敬的天主教会的坚固地位。他认为教会对于堕胎，以及传统婚姻的看法（婚姻应该在一男一女间进行），是"应该持续并被期待的"。克拉克甚至说他认为教堂"应坚持"其关于堕胎和婚姻的观点。克拉克觉得，他对于"社会议题"的个人看法和他挚爱的教会有所不同，并不构成什么矛盾。这让胡安·迭戈很是恼火。

但是现在，在渐暗的黄昏中，他们的少年司机正飞快地躲闪着道路上时隐时现的障碍物，没有人提起控制生育率的话题。克拉克·弗伦奇出于自我牺牲的精神，坐在了自杀座——少年司机旁边的座位上，而胡安·迭戈和约瑟法坐在越野车那类似堡垒的后座中。

棉兰老岛的度假酒店叫作魅力酒店，路上他们要经过棉兰老岛海湾的一个小渔村。天色更黑了，他们只能从水面星点的灯光和凝重空气中的海盐味得知大海已经靠近。映在车灯中，以及出现在每一个弯道处的，是狗和羊那看不清的脸上的一对对警觉的眼睛。胡安·迭戈猜想，高一些的可能是牛或者人。黑暗中的眼睛有许多对。如果你是那个少年司机，也会尽可能开得快些。

"这位作家是制造戏剧冲突的大师。"克拉克·弗伦奇作为胡安·迭戈小说的专家，对他的妻子说道，"这个世界是命中注定的，不可避免的事情总要发生……"

"确实即使是你面临的灾难，也并非巧合，都是计划好的。"昆塔纳医生打断了她丈夫，对胡安·迭戈说道。"我觉得世界在和你那些可怜的角色们对着干。"她补充道。

"这位作家也是厄运大师！"克拉克·弗伦奇在飞驰的汽车中说。

让胡安·迭戈生气的是，每当克拉克自作聪明地提到对他的作品的评价时，总是会用第三人称，什么"这位作家"，即使胡安·迭戈就在现场（比如现在他就在车里）。

少年司机看到一个模糊的身影，于是忽然将越野车转向。那影子有一对被吓到的眼睛，还有好几条胳膊和腿，但克拉克依然在继续着，仿佛他们正身处教室中。

"不要问胡安·迭戈他作品中哪些部分是自传，约瑟法——或者哪些不是。"克拉克继续说。

"我不会问的！"他的妻子反驳道。

"印度不是墨西哥。那篇关于马戏团的小说中孩子们的经历并不是胡安·迭戈和他妹妹在他们的马戏团的遭遇。"克拉克接着说。"对吧？"他忽然问自己的前导师。

"是的，克拉克。"胡安·迭戈回答。

他还听到克拉克针对"堕胎小说"滔滔不绝——很多评论家这

样称呼胡安·迭戈的另一篇小说。"一场关于女性堕胎权利的激烈争论。"胡安·迭戈听到克拉克这样描述他的作品。"然而那是一场复杂的争论，来自一位前天主教徒。"克拉克补充道。

"我不是前天主教徒。我从来都不是天主教徒。"胡安·迭戈没有一次不这样纠正，"我被教士们收养了，但这不是我的选择，也没有违背我的意愿。你十四岁的时候能有什么选择或意愿呢？"

"我想要说的是，"克拉克在迂回前行的越野车中继续说道，黑暗中，狭窄的路边到处都是明亮、眨都不眨一下的眼睛，"在胡安·迭戈的世界里，你总是知道冲突就要出现了。至于那冲突是什么，好吧，这可能出乎意料。但你知道一定会有一个。在那本关于堕胎的小说中，从那个孤儿学习D和C是什么的时候，你就知道他将来要成为一个医生，他会——对吧，约瑟法？"

"对。"昆塔纳医生在汽车后座上回答。她给了胡安·迭戈一个难解的微笑，其中或许带着一些歉意。汽车的后座很黑，胡安·迭戈不清楚昆塔纳医生的抱歉是针对她丈夫的莽撞、他的文学攻击，还是为了有些羞怯地承认在这辆横冲直撞的汽车中，她比任何人都更了解扩宫和刮宫这些事。

"我不写自己的故事。"胡安·迭戈在一个接一个的采访中这样说道，也如此告诉克拉克·弗伦奇。他还告诉热衷于对基督教展开争论的克拉克，他（作为曾经的垃圾场男孩）在早年生活中曾大大受益于耶稣会，他很喜欢爱德华·邦肖和佩佩神父，也多次希望自己能和阿方索神父和奥克塔维奥神父对话，现在他已经长大，或许可以更好地和这些非常保守的牧师们争辩。而且流浪儿童的修女们也没有伤害过他和卢佩，虽然格洛丽亚修女做过一些坏事。（其他大多数修女对他们都还可以。）至于格洛丽亚修女，她的不满主要是源自埃斯佩兰萨。

然而胡安·迭戈已经预测到自己和克拉克在一起——虽然他曾是

个努力的学生——会让他因为反对天主教而再一次遭遇审视。克拉克那笃信天主教的皮囊下隐藏着什么想法呢？胡安·迭戈知道，他并不认为自己的前导师是个不信教的人。胡安·迭戈不是无神论者，他只是和教会有些矛盾。对于这类难题，克拉克·弗伦奇有些沮丧，因为对于没有信仰的人，他可以更轻易地直接忽略他们。

克拉克那看似随意的关于D和C的评价——对于一位从业中的妇产科医生并不是什么轻松的话题，胡安·迭戈想——让昆塔纳医生并不想继续进行文学讨论。约瑟法显然很想转移话题，这让胡安·迭戈的心情更轻松了一些，虽然她的丈夫可能并没有。

"我恐怕要讲一讲我的家庭，我的家庭很传统。"约瑟法说，相比歉意，她的笑容中带着更多的不确定。"我可以为那个地方担保，我确定你会喜欢魅力酒店，但是我并不赞许我的全部家庭成员。"她小心翼翼地继续说道，"有人婚姻不幸，有人根本不该结婚，他们还有很多很多小孩。"她那微弱的声音越来越低。

"约瑟法，你没有必要为你的家人感到抱歉。"克拉克在自杀座上应和道。"我们无法保证的是一位神秘客人，这个人没有被邀请。我们不知道会是谁。"他补充道，把自己和那个不认识的人撇清了关系。

"我的家人通常会租下整个酒店，魅力酒店的每一间都是我们的。"昆塔纳医生解释道，"但是今年，酒店把一间房订给了别人。"

胡安·迭戈的心跳忽然加速，由于变化太明显，他自己已经注意到这一点，于是他从窗子向疾驰的汽车外面看去，他看到无数的眼睛在路边闪烁，纷纷回望着他。噢，上帝！他祈祷着。希望是米里亚姆和桃乐茜！

"噢，你会再见到我们的。一定会。"米里亚姆曾对他说。

"是的，一定会。"桃乐茜也说。

在同一段对话中，米里亚姆还告诉他："我们最终会在马尼拉和你见面，会很快的。"

"会很快的。"桃乐茜重复着。

希望那个人是米里亚姆，一定是她！胡安·迭戈想着，仿佛某一双在黑暗中闪闪发光的眼睛可能是她的。

"我猜想，"胡安·迭戈缓缓地对昆塔纳医生说，"这位未被邀请的客人应该是在你们一家按照惯例预订酒店之前就订了一间房？"

"不！不是这样！情况并非如此！"克拉克·弗伦奇反驳道。

"克拉克，我们并不知道发生了什么——"约瑟法开口说。

"你们家每年都会租下整间酒店！"克拉克说，"这个女人知道这是一次私人聚会。可她还是订了房，魅力酒店也接受了她的预约，即使知道所有的房间都已经被订满。什么样的人会想要闯入一次私人聚会呢？她知道自己会被完全孤立！她知道自己只能一个人待着！"

"是个女人。"胡安·迭戈只是说，他再一次感觉到心跳加速。

此时外面的黑暗中已经没有了眼睛。道路变得狭窄，变成了碎石路，随后又变成了土路。也许魅力酒店是个隐秘的地方，但那个女人在那里不会被完全孤立。胡安·迭戈希望她可以和自己一起。如果米里亚姆是那个未被邀请的客人，她一定不会一个人待太久。

此时，少年司机一定从后视镜发现了某些奇怪的事情。他用塔加洛语快速地和昆塔纳医生说了几句。克拉克·弗伦奇只能听懂一部分，但他的语气中带着几分警觉。克拉克转过身，向后座望去，他看见他的妻子解开了安全带，正凑近胡安·迭戈观察他的情况。

"有什么问题吗，约瑟法？"克拉克问他妻子。

"等一下，克拉克——我觉得他只是睡着了。"昆塔纳医生告诉她的丈夫。

"停车——快停！"克拉克对少年司机说，但约瑟法用塔加洛语严厉地对男孩说了些什么，于是他继续开了下去。

"我们就要到了，克拉克，没有必要在这里停下。"约瑟法说，

"我确定你的老朋友睡着了，他正在做梦，我猜如此。我确信他只是睡着了。"

弗洛尔开车载着孩子们前往奇迹马戏团，因为佩佩神父已经开始为他们作出这样冒险的选择而自责。佩佩太伤心了，不能陪他们一起去，虽然马戏团是他的主意，他和瓦格斯的。弗洛尔开着佩佩的甲壳虫汽车，爱德华·邦肖坐在副驾驶座，两个孩子在后面。

就在他们离开耶稣会圣殿的片刻之前，卢佩声泪俱下地对没有鼻子的圣母玛利亚雕像发出了挑战。"既然你能把一个迷信的清洁女工吓死，那给我展示一个真正的奇迹吧！"卢佩对高大的圣女喊叫着，"做点什么能让我相信你的事情，我觉得你就是个大坏蛋！看看你！就知道站在这儿！连鼻子都没有！"

"你难道不想也祈祷些什么吗？"爱德华多先生问胡安·迭戈，他并不愿把他妹妹的愤怒翻译给爱荷华人，也不敢告诉教士自己内心最大的恐惧。如果他在奇迹马戏团出了什么事——或者出于任何原因，他和卢佩分开了——卢佩不会有任何未来，因为除了她哥哥没有人能听懂她说话。即使教士也无法收留并照顾她。她会被送去收留智力迟缓儿童的机构，然后在那里被忘却。收留智力迟缓儿童的地方本身就不为人知，或是已经被忘记了，似乎没有人知道它在哪里或者没人能确切地说出它在哪儿，只会模糊地提到"在城外"或是"在山上"。

当时，流浪儿童刚刚在城里建立不久，瓦哈卡还有另一家孤儿院，位置比较靠近"城外"和"山上"。它位于维格拉，每个人都知道它的名字——"儿童之城"。

卢佩把它称作"男孩之城"，因为他们不接收女孩。大部分孩子的年龄都在六岁至十岁，上限是十二岁，所以他们也不会接收胡安·迭戈。

儿童之城于1958年开放，存在的时间比流浪儿童更长，这家全是男孩的孤儿院也会比流浪儿童持续更久。

佩佩神父不会说儿童之城的坏话。也许他相信所有的孤儿院都是上帝的恩赐。阿方索神父和奥克塔维奥神父说，儿童之城只有教育上没有优势。（孩子们只看见过那里的男孩坐大巴去上学，他们的学校在孤独圣母大教堂附近）。卢佩曾伴着她那特有的耸肩动作说，大巴车本身就破烂不堪，可想而知是用来运送那些男孩的。

流浪儿童的一个男孩小时候曾在儿童之城待过。他没有说那家全是男孩的孤儿院的坏话，也从没提到自己曾在那里遭遇虐待。胡安·迭戈记得那个男孩曾提到那里的客厅放有鞋柜（他没有对此进行解释），而且所有的男孩——大概二十个——都睡在同一个房间。被褥乱七八糟，毯子和动物玩具都是其他男孩用剩下的。足球场上有很多石头，那个男孩说你不会想摔倒的，而煮肉是在一处户外的火堆。

这些描述并不算是批评，它们只是让胡安·迭戈和卢佩意识到，男孩之城不会成为他们的选择——即使卢佩是个男孩，而且两个孩子都没有超龄。

如果他们在流浪儿童待得快要发疯，他们会在被送往收留智力迟钝儿童的场所之前跑回垃圾场。卢佩听说那里的孩子都是"怪胎"，有些会被要求把手绑在背后，以免去抓其他孩子或是自己的眼睛。卢佩不会告诉胡安·迭戈她的消息来源。

不知为何，孩子们非常自然地认为奇迹马戏团是一个幸运的选择，也是除了回到格雷罗之外唯一可以接受的道路。里维拉希望他们回到格雷罗，但当弗洛尔和爱德华多先生送孩子们去奇迹的时候，他显然不在场。对他来说，努力挤进佩佩神父的甲壳虫汽车一定很困难。而对孩子们而言，由一个异装妓女载他们去马戏团是再正常不过的。弗洛尔边开车边抽着烟，她把烟卷伸向了自己那一侧的窗外。爱德华·邦肖有些紧张，他知道弗洛尔是个妓女，但不知道她是异装癖，他尽可能随意地说道："我以前也抽烟，但我把这习惯戒掉了。"

"你觉得独身不算习惯吗？"弗洛尔问他。爱德华多先生惊讶的是，弗洛尔的英语竟然这么好。他并不知道她在休斯敦那段说不出口的人生经历，也没有人告诉他弗洛尔生来是个男孩（或者她现在还有阴茎）。

弗洛尔开车穿过了一场从教堂出口延伸到大街上的婚礼派对：新郎新娘、宾客，还有一直不停歇的流浪乐队，"又是那些蠢货"，弗洛尔评价道。

"我很担心孩子们在马戏团的生活。"爱德华·邦肖岔开了话题，没有回应关于独身的提问，或者只是小心地拖延着回答。

"他们都到了结婚的年龄了。"弗洛尔说，她朝着窗外参加结婚派对的人（甚至孩子）做了些威慑的动作，并把烟卷叼在嘴里。"如果孩子们结婚的话，我会为他们担心。"弗洛尔接着说，"在马戏团，最糟糕的事情可能就是被一只狮子咬死。但是结婚会带来的坏事可多着呢。"

"如果你对结婚这么看，那我想独身也不是什么坏主意。"爱德华·邦肖用他那耶稣会教士的语气说道。

"马戏团里只有一只真正的公狮子。"胡安·迭戈从后座插嘴，"其他的都是母狮。"

"所以那个烦人的伊格纳西奥其实是个母狮驯狮官，你是想说这个吗？"弗洛尔问男孩。

弗洛尔刚刚绕过，或是说穿过了那场婚礼派对，却又遇见了一架倾斜的驴车。驴车上面放着许多瓜，可它们都滚向了车厢的尾部，所以驴子被重力拽到了半空。对这头小驴来说，那些瓜太重了，它的蹄子开始乱踢，于是驴车的前半部分也不再着地。

"又一头晃来晃去的蠢驴。"弗洛尔说。让人惊讶的是，她精准地把手伸向了驴车司机，那只指头修长的手刚刚还拿着香烟（用拇指

240

和食指夹着）。十几个瓜滚到了街上，司机抛下了摇晃的驴子，因为有些孩子在偷他的瓜。

"我认识那个人。"弗洛尔用她那随便的口气说。甲壳虫汽车里的各位并不知道，她想表达那人是她的顾客，还是别的什么人。

当弗洛尔到达五位先生的马戏团场地时，观看日场表演的观众已经回家。停车场几乎是空的，夜场观众还没有到来。

"当心大象的屎。"弗洛尔提醒他们，众人正沿着大道把孩子们的物品搬向剧团的帐篷。爱德华·邦肖正好踩到了一坨新鲜的粪便，象粪盖住了他整个脚，直抵脚踝。

"你的凉鞋踩了象粪，已经没救了，亲爱的。"弗洛尔对他说，"你最好光脚，我们给你找只袜子。"

"慈悲的上帝。"爱德华多先生说。教士继续往前走着，但有些一瘸一拐。他的瘸腿没有胡安·迭戈那么夸张，但足以让爱荷华人意识到两人之间的对照关系。"现在每个人都会把我们联系在一起。"爱德华·邦肖温和地对男孩说。

"我希望我们两个联系在一起。"胡安·迭戈告诉他。由于太过坦诚，他并没阻止自己，而是把这句话说出了口。

"你们会被联系在一起的，而且余生都是如此。"卢佩说，但是胡安·迭戈忽然无法翻译出这句话，他的眼睛盈满了泪水，没有出声。他当时也并不明白，卢佩对于未来的预测很准确。

爱德华·邦肖也不知该说些什么。"这对我来说是件很美好的事，胡安·迭戈。"爱荷华人迟疑地说。"和你联系在一起我很自豪。"爱德华多先生告诉男孩。

"这不是很好嘛？你们两个都很开心。"弗洛尔说，"不过牧师应该不能有孩子。这是独身的一个缺点吧，我想。"

暮色降临在奇迹马戏团，很多演员都在准备表演。新来的是一个奇怪的四人组：一个喜欢用鞭子抽打自己的耶稣会学者；一个在休斯敦有一段难以言说的生活的异装妓女，以及两个来自垃圾场的孩子。当剧团的帐篷打开时，孩子们可以看到一些演员正在忙着化妆或换戏服，其中有一个异装侏儒，她正站在全身镜前涂口红。

"嘿，弗洛尔！"胖胖的侏儒喊道，她扭着屁股，给了弗洛尔一个飞吻。

"你好啊，帕科。"弗洛尔回应道，她挥了挥那长着修长手指的手。

"我以前不知道，帕科也可以做女孩的名字。"爱德华·邦肖礼貌地对弗洛尔说。

"不。"弗洛尔纠正道。"帕科是男人的名字，帕科和我一样，也是男的。"弗洛尔说。

"但你不是——"

"我是。"弗洛尔打断了他。"我只是比帕科更像女人。"她对爱荷华人说，"帕科不想那么像女人，帕科是个小丑。"

他们接着往前走，要到驯狮官的帐篷去。爱德华·邦肖一直看着弗洛尔，什么都没有说。

"弗洛尔有家伙，就是男孩有的那个。"卢佩想帮助爱德华多理解。"鹦鹉男知道她有阴茎吗？"卢佩问胡安·迭戈，他并没有把她的援助翻译给爱德华多先生，虽然他知道自己的妹妹没法读鹦鹉男的心。

"鹦鹉男，说的是我，对吧？"爱荷华人问胡安·迭戈，"卢佩在谈论我，是吗？"

"我觉得你是个很好的鹦鹉男。"弗洛尔对他说。她看见爱荷华人脸红了，这使她更加卖弄风情。

"谢谢。"爱德华·邦肖对异装妓女说。他瘸得更厉害了。象粪像是石膏一样凝固在他毁掉的凉鞋和脚趾间，但还有什么另外的东西压在他身上。爱德华多先生仿佛在肩负着什么，而且无论如何，那个东西都要比象粪更加沉重，再多的鞭挞也难以减轻负担。无论爱荷华人承担了怎样的磨难，又坚持了多久，他已经无法再迈出一步。他挣扎着，不仅是为了走路。"我觉得我不能这样做。"爱德华多先生说。

"什么？"弗洛尔问他，但教士只是摇了摇头，他的脚步已经不仅是有一点点瘸，而是非常蹒跚。

马戏团乐队正在某处演奏，只是一段音乐的开头，很快便会停下来，然后再重新开始。乐队无法奏好一段很难的曲子，他们也很挣扎。一对好看的阿根廷夫妇站在他们开着的帐篷前。他们是高空飞人，正在互相检查着安全带，测试那些即将绑上绳子的金属扣眼是否结实。他们穿着紧身的金色连体衣，在检查安全装备时也没有停止爱抚彼此。

"我听说他们总是在做爱，虽然已经结婚了，他们总是把附近帐篷里的人吵醒。"弗洛尔对爱德华·邦肖说。"也许这是阿根廷人的习惯。"弗洛尔接着说。"但我觉得结了婚的人没有这种习惯。"她补充道。

其中一个帐篷外站着一个和卢佩年龄相仿的女孩。她穿着一件蓝绿色的连体衣，带着一只鸟嘴面具，她正在练习呼啦圈。其他一些更年长的女孩似乎装扮成了火烈鸟，她们在大道的帐篷间奔跑着，经过了孩子们。她们穿着粉色的短裙，手里拿着火烈鸟头冠，上面有长长的、僵硬的脖子。她们的银脚镯发出声响。"垃圾场的孩子。"胡安·迭戈和卢佩听见一只无头的火烈鸟说。他们没想到自己会在马戏团被认出来，但瓦哈卡是一座小城。

"一群小婊子，半裸的火烈鸟。"弗洛尔评价道，她没有说更多。她自己当然被叫过更难听的名字。

20世纪70年代，布斯塔曼特有一个同性恋酒吧，在萨拉戈萨大街上。那个酒吧以一个卷发者的名字命名，叫作拉契那。（这个名字在三十年前改掉了，但是布斯塔曼特的酒吧依然在那里——而且依然是同性恋酒吧。）

弗洛尔在拉契那很放松，她可以做自己，但即使在那里他们也叫她"疯女人"。在那个时候，异装癖很难随心所欲——在任何地方都穿着异性的服装，但弗洛尔是这样。而在拉契那众人的口中，他们对弗洛尔的称呼带有同性恋的暗示，这就相当于称她为"女王"。

其实在20世纪70年代，也有一家专门为异装者准备的酒吧。"小王冠"——位于布斯塔曼特和科西特尔的转角处。那是个开派对的地方，客人多半都是同性恋。异装癖们都打扮起来——她们疯狂地穿着异性的服装，所有人都很开心，但是小王冠并不是一个适合妓女的地方，异装癖来这里时都穿着男装，直到安全地走进小王冠，才会换上异性的衣服。

但弗洛尔不会，她永远是一个女人，无论走到哪里——不管是在萨拉戈萨大街工作还是在布斯塔曼特的聚会中，她永远是她自己。这就是她被称作"女王"的原因，她走到哪里都是那个"疯女人"。

甚至奇迹的人也知道她，马戏团知道谁是真正的明星，而且他们永远会是明星。

爱德华·邦肖直到脚上沾着象粪走在奇迹马戏团的路上，才知道弗洛尔是一个什么样的人。（对爱德华多先生来说，弗洛尔就是"奇迹"。）

一个魔术师正在帐篷前练习，那个叫"睡衣男"的柔术演员正在做热身运动。他被称为"睡衣男"，是因为他的身体非常柔软松垮，就像是一件没人穿的睡衣。他移动的样子仿佛晾衣竿上的衣服。或许马戏团对于一个跛子来说不是好地方，胡安·迭戈想。

"你要记得，胡安·迭戈——你是个读书的人。"爱德华多先生对愁容满面的男孩说，"书本里有一个世界。在你的想象中，有着比现实世界，哪怕是这里更丰富的东西。"

"我应该在小时候认识你。"弗洛尔对教士说，"我们可以互相帮助渡过一些难关。"

他们走在布满剧团帐篷的大道上，经过了驯象师和他的两头大象。爱德华·邦肖只顾着看真正的大象，结果又踩进了一坨巨大的象粪中，这一次是他那只没问题的脚和干净的凉鞋。

"慈悲的上帝。"爱荷华人再次说道。

"你不搬来马戏团是个好事。"弗洛尔对他说。

"象粪那么大。"卢佩嘟囔道，"鹦鹉男怎么就看不见呢？"

"又提到了我，我知道你在说我。"爱德华多先生有些得意地对卢佩说，"鹦鹉男这个名字很好听，不是嘛？"

"你不仅需要一个妻子，"弗洛尔对爱荷华人说，"还需要一整个家庭，让他们好好照顾你。"

他们来到了三头母狮的笼子前。其中一头懒散地看了他们一眼，另外两头在睡觉。

"你们看到女人们在一起怎么相处了吧？"弗洛尔说。她显然对奇迹马戏团很熟悉。"但这个家伙不一样。"弗洛尔边说，边停在了唯一的公狮的笼子前。那头所谓的野兽之王独自待在笼子里，似乎对此非常不满。"嘿，伙计。"弗洛尔对狮子说。"他叫伙计。"弗洛尔解释道，"你看他的蛋，很大吧？"

"上帝，请你展现慈悲。"爱德华·邦肖说。

卢佩有些生气。"又不是这可怜的狮子的错，他没法选择自己的蛋。"她说。"伙计不喜欢你开他的玩笑。"她补充道。

"我猜你能读狮子的心。"胡安·迭戈对他妹妹说。

"谁都能读伙计的心。"卢佩回答。她盯着那头狮子，看着他那巨大的脸和厚实的鬃毛，但没有看他的蛋。狮子似乎忽然被她激怒了。也许感觉到伙计很生气，那两头睡梦中的母狮醒了过来，三头母狮都一起看着卢佩，仿佛她是吸引了伙计的情敌。胡安·迭戈感觉卢佩和几头母狮都为那头公狮感到悲伤——她们既怕他，又为他而难过。

"伙计。"卢佩带着歉意对公狮说，"没关系，不是你的错。"

"你在说什么？"胡安·迭戈问她。

"过来，孩子们。"弗洛尔说，"你们还要见驯狮官和他妻子呢，你们和那些狮子没有半点关系。"从卢佩盯着伙计那呆滞的目光，以及狮子边回望她，边在笼中不安地踱步的样子，你会以为卢佩在奇迹马戏团里和这只孤独的公狮有着非常密切的关系。"没关系。"她又一次对伙计说，仿佛这是一个承诺。

"什么没关系？"胡安·迭戈问他妹妹。

"伙计是最后的狗，他是最后一个。"卢佩对她哥哥说。

这句话自然没有什么意义，伙计是狮子，不是狗。但卢佩分明说的是"最后一只狗"，最后一个，她为了让自己被听清再次重复道。

"你是什么意思，卢佩？"胡安·迭戈有些不耐烦地问。他对她那没完没了的预言感到厌烦。

"那个伙计，他是屋顶狗的头目，也是最后一只。"她耸了耸肩，只是这样回答道。每当卢佩懒得解释自己的话时，胡安·迭戈总是很恼火。

马戏团乐队终于不再重复弹奏那段音乐的开头。夜幕降临，帐篷里的灯纷纷打开。在他们面前的大道上，孩子们看见了伊格纳西奥，那个驯狮官，他正在缠绕自己的长鞭。

"我听说你喜欢鞭子。"弗洛尔低声对脚步蹒跚的教士说。

"你刚刚说给我找袜子。"爱德华·邦肖有些僵硬地转移话题，"我现在需要。"

"应该让鹦鹉男试试驯狮官的鞭子，这条鞭子很长。"卢佩嘟哝道。

伊格纳西奥平静地打量着他们，仿佛在估测新来的狮子是否勇敢可靠。驯狮官的紧身裤像是斗牛士穿的，他上身只穿了一件定制的V领背心，以展示自己的肌肉。背心是白的，更显出伊格纳西奥深棕的肤色。而且如果他在表演中遭遇狮子的袭击，他希望观众看到他的血有多么鲜红，而鲜血在白色的背景下最为显眼。即使在濒死的时刻，他也依然那么自负。

"别管他的鞭子，看他本人。"弗洛尔对脚上沾着象粪的爱荷华人说，"伊格纳西奥生来就是个哗众取宠的家伙。"

"他还沉迷女色！"卢佩念叨着。她并不在意自己是否听到你的低语，因为她已经知道你在想些什么。然而鹦鹉男的心和里维拉的一样，对卢佩而言比较难以读懂。"伊格纳西奥喜欢那些母狮。他喜欢所有女性。"卢佩说，但是此时孩子们已经走近了驯狮官的帐篷。伊格纳西奥的妻子索莱达也从帐篷中走出来，站在她那得意扬扬、孔武有力的丈夫身边。

"如果你以为你刚刚看见的是野兽之王，"弗洛尔依然在对爱德华·邦肖耳语，"并不是，现在这个才是。"异装癖低声对教士说："伊格纳西奥是野兽之王。"

"蠢猪之王。"卢佩忽然说，不过只有胡安·迭戈能听懂她的话，而且他也并不明白她的全部想法。

魅力酒店的新年之夜

　　也许是由于垃圾场的孩子们到达奇迹马戏团的那一刻让他感到悲伤；或是因为黑暗中那一双双孤独的眼睛。这些空洞的眼睛环绕着朝海滩加速行进的汽车，跟着它一起驶向拥有迷人名字的魅力酒店。谁知道是什么让胡安·迭戈忽然开始打盹儿呢？也许是由于道路变窄，汽车也慢了下来，那些神秘的眼睛都消失了。（当孩子们搬到马戏团后，注视着他们的眼睛要比之前更多。）

　　"一开始，我以为他在做白日梦。他看起来有些恍惚。"昆塔纳医生说。

　　"他还好吗？"克拉克·弗伦奇询问他的医生妻子。

　　"他只是睡着了，克拉克——他睡得很熟。"约瑟法说，"可能是时差的关系，或者你提议的那个糟糕的水族箱让他没有睡好。"

　　"约瑟法，我们说着话他就睡着了——交谈正进行到一半！"克拉克叫道，"他是不是有嗜睡症？"

　　"不要摇他！"胡安·迭戈听见克拉克的妻子说道，但他依然闭着眼睛。

"我还从没听说过有嗜睡症的作家。"克拉克·弗伦奇说，"和他服的药有什么关系吗？"

"贝他阻断剂会影响睡眠。"昆塔纳医生对她的丈夫说。

"我想的是壮阳药……"

"壮阳药只有一种功能，克拉克。"

胡安·迭戈觉得这是一个睁开眼睛的好机会。"我们到了吗？"他问。约瑟法依然坐在他旁边的后座上。克拉克打开了车后门，望向自己坐在车里的前导师。"这里就是魅力酒店吗？"胡安·迭戈故作不经意地问，"那个神秘客人来了吗？"

她来了，但是没有人看见过她。也许她经历了长途旅行，正在自己的房间里休息。她知道自己的房间在哪里，是她要求的。她的房间位于主楼二层，靠近图书馆的位置。或许她以前住过魅力酒店，也可能她觉得靠近图书馆的房间会很安静。

"我就从来不会打瞌睡。"克拉克说。他从少年司机手里接过了胡安·迭戈巨大的橘色背包，正拽着它经过这家美丽的酒店的一处户外阳台。酒店由若干神奇而杂乱的建筑组成，建造在山坡上，俯瞰大海。棕榈树挡住了沙滩的景致——即使从二楼和三楼的房间也难以看到，但是大海却在视线之内。"我只需要夜里睡个好觉就够了。"克拉克接着说。

"我的房间里昨晚有鱼，还有一条海鳗。"胡安·迭戈提醒他的前学生。他在这里的房间位于二层，和那个未被邀请的客人在同一层，位于邻近的一栋很方便到达户外阳台的楼中。

"至于那些鱼——不要太在意卡门姑妈的反应。"克拉克说道，"你的房间距离游泳池比较远。清晨孩子们在那里，他们不会把你吵醒。"

"卡门姑妈是个非常爱宠物的人。"克拉克的妻子打断道，"相比人，她更在意鱼。"

"谢天谢地那条海鳗活了下来。"克拉克也加入了对话，"我觉得莫拉莱斯是和卡门姑妈一起生活的。"

"遗憾的是没有别人和她一起。"约瑟法说。"应该也不会有。"医生补充道。

楼下，孩子们正在游泳池中嬉戏。"我们家有很多青少年，所以，小孩子们就有了免费保姆。"克拉克说道。

"目前家里有许多孩子。"妇产科医生说，"我们并不都和卡门姑妈一样。"

"我在服药——这会影响我的睡眠。"胡安·迭戈告诉他们。"我在服用贝他阻断剂。"他对昆塔纳医生说道，"你可能知道，贝他阻断剂会让你的现实生活变得低落消沉，可它对梦境的影响却有些出乎意料。"

胡安·迭戈没有告诉医生他随意改变了贝他阻断剂的服用剂量。也许他已经很坦率，至少昆塔纳医生和克拉克·弗伦奇都这么认为。

胡安·迭戈的房间很舒适。面朝大海的窗户上面装有纱窗，还有一台吊扇，所以便不再需要空调了。巨大的浴室也很便利，还有一个室外淋浴间，上面是宝塔形的竹制屋顶。

"晚餐前好好休息一下吧。"约瑟法对胡安·迭戈说。"有时差——你应该知道，这里的时间和美国不同——这也会影响贝他阻断剂对你的作用。"她提醒道。

"等到大孩子带着小孩子们上床休息了，真正的晚餐聊天才会开始。"克拉克说，他拍了拍前导师的肩膀。

这是在提醒他不要在儿童和青少年面前提起成人的话题吗？胡安·迭戈想道。他意识到克拉克·弗伦奇虽然已经学会了一些虚张声势的本领，但依然很容易紧张——一个四十来岁的假正经。克拉克在爱荷华的那些研究生如果此时见到他，肯定会予以嘲笑。

胡安·迭戈知道，堕胎在菲律宾是不合法的。他很好奇作为妇产科医生的昆塔纳对此有何想法。（以及她和她的丈夫——拥护天主教的克拉克——在这件事上看法是否相同？）显然这是一个他和克拉克无法（或者不该）在儿童和青少年上床睡觉前讨论的餐桌话题。胡安·迭戈希望自己能在克拉克上床睡觉后和昆塔纳医生聊起这个问题。

想到自己几乎忘记了米里亚姆，胡安·迭戈有些恼火。他当然没有完全忘记她，片刻也没有。他不愿去户外淋浴，不仅是因为外面很黑（夜幕降临后，户外浴室中可能会有很多虫子），也因为这样他可能会听不到电话。他没法打给米里亚姆。他甚至不知道她姓什么！他也不能打给前台，想要和那个"没被邀请"的女人取得联系。但如果米里亚姆就是那个神秘的女人，她难道不会打给他吗？

他决定去浴室洗澡。那里没有虫子，而且他可以开着卧室门。这样如果她打来电话，他也能听见。胡安·迭戈自然洗得很快，也没有电话打过来。他试图保持平静，计划着要如何服用药物。为了不造成困惑，他把切药器放了回去。壮阳药和贝他阻断剂被他并排放在了浴室水槽附近的柜台上。

我再也不要服用半片了，胡安·迭戈决定。晚餐后，他会服用一整片贝他阻断剂，也就是正确的剂量，但如果是和米里亚姆一起，他就不会服用。上次漏服一片药对他并没有什么影响，而且和米里亚姆在一起的话，肾上腺素的激增会是有益的，甚至必要的。

而在壮阳药上面，他面临着更加复杂的选择。和桃乐茜约会那一次，胡安·迭戈把通常半片的剂量换成了一整片。而如果是和米里亚姆，他觉得半片也不够。复杂的是应该在什么时候服用。壮阳药需要近一个小时才能生效。那么一片壮阳药，一整片，100毫克的剂量，可以维持多久呢？

今晚是新年夜！胡安·迭戈忽然想起。虽然小孩子不会，但青少年们也一定会待到半夜。大多数的成年人也会熬夜等待新一年的到来吧？如果米里亚姆邀请他去自己的房间呢？他需要带着壮阳药去吃晚餐吗？（现在服用太早了。）

他缓慢地穿衣，试图想象着米里亚姆想要他穿些什么。他写过的恋爱关系要比自己经历过的更加持久、更加复杂，也更加多样。他的读者们，那些没有见过他的，可能会想象他的性经历非常丰富。在他的小说中，会有同性恋和双性恋，以及很多普通的异性恋。胡安·迭戈在作品中明确地表达了他在性方面的政治观点，可他自己从未和任何人同居过，而且他就代表着异性恋中最普通的那一面。

胡安·迭戈怀疑自己会是一个很无聊的恋人。他可能是第一个承认自己的性生活几乎完全存在于想象中的人，比如现在，他悲伤地想道。他所做的一切就是在幻想米里亚姆，他甚至不知道她是否就是那个入住了魅力酒店的神秘客人。

想到自己的性生活主要源自想象，胡安·迭戈有些沮丧，所以他今天只服用了半片贝他阻断剂。这一次，他不能完全把自己的消沉状态归咎于药物。胡安·迭戈决定把一粒壮阳药放在他裤子右前方的口袋中，这样他便有了准备，无论米里亚姆是否出现。

胡安·迭戈总是把自己的手放在右前方的口袋里。他并不需要看到那块精致的麻将牌，但很喜欢触摸它的感觉，非常平滑。这个方块曾在爱德华·邦肖苍白的前额上留下一道完美的印记，所以爱德华多先生把麻将牌作为随身纪念品。当这个胡安·迭戈挚爱的人即将死去——当他既不能自己穿衣，也不再穿着带有口袋的衣服时——他把这块麻将牌送给了胡安·迭戈。这块牌曾印刻在爱德华·邦肖金色的眉毛间，而现在它变成了胡安·迭戈的护身符。

四边形的蓝灰色壮阳药并没有竹子和象牙制成的麻将牌那么平滑。壮阳药只有麻将牌的一半大，但胡安·迭戈觉得这是他的救命药。如果米里亚姆就住在魅力酒店图书馆附近的二楼房间，是那个未被邀请的客人的话，胡安·迭戈随身携带在裤子右前方口袋里的壮阳药就成了他的第二个护身符。

有人在敲胡安·迭戈的房间门，这自然引起了他错误的期待。然而只是克拉克来接他去吃晚餐。胡安·迭戈正在关闭自己的浴室和卧室灯，克拉克建议他打开吊扇，并让它一直开着。

"看到壁虎了吗？"克拉克指着天花板说。那里有一只比小拇指还小的壁虎，正待在床头板上方的天花板上。胡安·迭戈并不怎么怀念墨西哥——毕竟他从未再回去过——但他很怀念那些壁虎。当他打开风扇时，床顶上的小家伙正用它那粘连的脚趾在天花板上跳来跳去。

"只要开着风扇，壁虎便会安静下来。"克拉克说，"你试图入睡的时候肯定不想看见它们跑来跑去。"

胡安·迭戈对自己有些失望，因为在克拉克指出一只壁虎之前，他并没有看到它们。但就在他准备关上房门的时候，他发现了另一只壁虎在浴室的墙上乱窜，它的动作非常迅捷，很快就消失在浴室镜子的后方。

"我很想念壁虎。"胡安·迭戈对克拉克承认道。他们已经走到了阳台上，可以听见音乐正从沙滩上一个吵嚷的当地俱乐部中传来。

"你为什么不回墨西哥呢，我是说，回去看看？"克拉克问他。

胡安·迭戈记得，和克拉克在一起总是这样的。克拉克希望胡安·迭戈能够放下关于童年和青少年早期的"情结"，他盼望所有的沉重都能以振奋人心的方式结尾，就像自己的小说中那样。克拉克相信每个人都可以被救赎，也幻想着一切都可以被原谅，他让善良显得很乏味。

但是还有什么问题是胡安·迭戈和克拉克没有争吵过的呢？

他们对于上一任教皇——死于2005年的约翰·保罗二世始终争执不休。他当选教皇前是一个来自波兰的年轻主教，随后成了很受欢迎的教皇，但是他试图在波兰"恢复正常"，这也意味着堕胎再次回归不合法，这让胡安·迭戈很是抓狂。

克拉克表达过自己对于波兰教皇"生命文化"观点的赞同——这是约翰·保罗为自己反对堕胎和避孕提出的名号，也就是保护"无助的"胎儿免受"死亡文化"的伤害。

"为什么你，你们这些人，考虑到自己的境遇，会选择支持一个死亡而非活着的观点？"克拉克问他的前导师。现在克拉克（又在）建议胡安·迭戈回到墨西哥，只是回去看看！

"你知道我为什么不回去，克拉克。"胡安·迭戈又一次这样回答，他正一瘸一拐地走过二层的阳台。（还有一次，胡安·迭戈喝了太多啤酒，他对克拉克说："墨西哥落在了罪犯和天主教会的手里。"）

"不要告诉我你因为艾滋病而责备教会，你不会说安全的性行为是一切的解决方法吧？"克拉克此时反问他的前导师。胡安·迭戈知道，这并不是一个巧妙的掩饰，克拉克也没打算掩饰自己的想法。胡安·迭戈记得克拉克把避孕套的使用称为"宣扬行为"。他也许是在转述教皇本笃十六世的话。本笃说过避孕套只会"加剧"艾滋病的问题吗？还是克拉克说过这样的话？

此时，由于胡安·迭戈没有回答克拉克关于安全的性行为能否解决一切的问题，他依然在强调本笃的观点："本笃认为与流行病抗争的唯一方式是精神改造……"

"克拉克！"胡安·迭戈叫道，"所有的'精神改造'都意味着更多旧的家庭价值观，意味着异性婚姻、婚前禁欲，没有别的……"

"在我看来这确实是可以减缓流行病的一种方法。"克拉克狡猾地说。他真的是比以前更加教条了！

"在你们教会那些难以遵循的规定和人性之间，我会选择人性。"胡安·迭戈说。"以独身为例……"他开始了论争。"或许要等到儿童和青少年上床睡觉后再聊。"克拉克提醒他的前导师。

阳台上只有他们两个，今晚是新年夜，胡安·迭戈非常确信青少年要比成年人待到更晚，但他只是说："想想恋童癖吧，克拉克。"

"我知道！我知道你接下来会说这个！"克拉克有些兴奋地说。

在不到两周前罗马的圣诞演讲中，教皇本笃十六世表示恋童癖在20世纪70年代依然被认为是正常的。克拉克知道这会让胡安·迭戈怒不可遏。此时，他的前导师自然会采用自己的老把戏，引用教皇的话，仿佛整个天主教神学领域都应该因为本笃认为世界上本无善恶之分而受到责备。

"克拉克，本笃说，只有'更好'和'更糟'。这是你的教皇说的。"克拉克的前导师对他说。

"我能否提醒你，教会以外大众人口中的恋童癖数据，和教会内部的数据几乎是一样的？"克拉克·弗伦奇对胡安·迭戈说。

"本笃说：'世界上本无善恶之分'。他说的是世界上普通的事情，克拉克。"胡安·迭戈反驳他的前学生，"恋童癖可不是，显然它就是'恶'的，克拉克。"

"等孩子们……"

"这里没有孩子，克拉克！"胡安·迭戈叫道。"我们在阳台上，这里只有我们两个！"他大声嚷着。

"好吧……"克拉克·弗伦奇看了看四周，谨慎地说。他们可以听到某处有孩子的声音，但是却看不到任何孩子（也没有青少年，或者其他的大人）。

"天主教制度认为亲吻会导致罪恶。"胡安·迭戈低声说，"你们教会反对控制生育率，反对堕胎，反对同性婚姻，你们教会甚至反对亲吻，克拉克！"

忽然，一群小孩子从阳台上跑过，他们的人字拖发出啪嗒啪嗒的声音，湿漉漉的头发反着光。

"等小家伙们上床睡觉……"克拉克又开口了，和他对话就像是一种竞赛，类似于格斗运动。克拉克本可以成为一个不知疲倦的传教士。他有着耶稣会教士那种"我知道一切"的态度——总是宣扬学习和传道。仅仅想到自己的殉道，便激发了他的动力。他很乐意因为去做一件不可能做到的事情而受苦。如果你抨击他，他会保持微笑，并且更加努力。

"你还好吗？"克拉克问胡安·迭戈。

"我只是有一点喘不上气——我不习惯走得这么快。"胡安·迭戈对他说，"或者边走边说话。"

他们的步伐慢了下来。他们走下楼梯，朝着魅力酒店的正厅前进，餐厅就在那里。酒店的餐厅有一块延伸的屋顶，以及一面卷起的竹帘，可以放下来遮挡风雨。餐厅面向棕榈树林，同时又拥有大海的视野，这让它显得很像一个宽敞的阳台。每个桌子上都有纸质的派对帽子。

克拉克联姻的是一个多么庞大的家庭啊！胡安·迭戈想道。约瑟法·昆塔纳医生一定有三四十位亲人，其中一半以上都是孩子和青少年。

"我们不指望你记住每个人的名字。"克拉克对胡安·迭戈低语。

"至于那个神秘的客人，"胡安·迭戈忽然说，"她应该坐在我旁边。"

"坐在你旁边？"克拉克问他。

"当然。你们都很讨厌她，至少我是中立的。"胡安·迭戈对克拉克说。

"我不讨厌她——没有人认识她！她自己闯入了一个家庭……"

"我知道，克拉克——我知道。"胡安·迭戈说，"她应该挨着我坐。我们都是陌生人，你们其他人都互相认识。"

"我本想让她坐在某个孩子的桌上，"克拉克对他说，"也许和最难管的孩子们坐在一起。"

"看到了吗？你就是讨厌她。"胡安·迭戈反驳道。

"我开玩笑呢。也许坐在青少年的桌子上——那些最阴郁的。"克拉克接着说。

"你确实讨厌她,而我是中立的。"胡安·迭戈提醒道。(米里亚姆可能会把青少年带坏,胡安·迭戈想。)

"克拉克舅舅!"一个圆脸的小男孩拉住了克拉克的手。

"嘿,佩德罗。怎么了?"克拉克问小男孩。

"图书馆的画后面有一只大壁虎。它从那里跑了出来!"佩德罗对他说。

"不是那只最大的壁虎,不是那只!"克拉克假装惊慌地叫道。

"就是它!"小男孩嚷着。

"好吧,既然这样,佩德罗。那个人知道关于壁虎的一切,他是一位壁虎专家。他不仅喜欢壁虎,还很怀念壁虎。"克拉克对孩子说。"他是格雷罗先生。"克拉克补充道,然后便走开了,让胡安·迭戈和佩德罗单独相处。男孩立刻抓住了老人的手。

"你很喜欢壁虎吗?"男孩问。但是还没等胡安·迭戈回答他,佩德罗又问道:"你为什么怀念壁虎呢,先生?"

"啊,是这样……"胡安·迭戈刚一开口便停了下来,想拖延一些时间。当他一瘸一拐地朝着图书馆楼梯的方向走去时,他的步伐吸引了十几个孩子的注意。他们大概五岁,或者稍大一些,和佩德罗差不多。

"他知道关于壁虎的一切——他很喜欢壁虎。"佩德罗告诉其他的孩子。"他很怀念壁虎。为什么?"佩德罗再一次询问胡安·迭戈。

"先生,你的脚怎么了?"另一个孩子问他,是一个梳辫子的小女孩。

"我小的时候是个拾荒儿童,我住在瓦哈卡垃圾场附近的棚屋里——垃圾场就是堆垃圾的地方,瓦哈卡在墨西哥。"胡安·迭戈告诉他们,"我和我妹妹住的棚屋只有一扇门。每天早上我起床的时候，纱门上都有一只壁虎。那只壁虎跑得很快，一眨眼工夫就消失不见了。"胡安·迭戈边对孩子们说着，边拍手示意。他爬楼梯的时候越发一瘸一拐。"有一天早晨，一辆卡车轧过了我的右脚。因为司机的侧视镜坏了，他看不到我。这不是他的错，他是个好人，他现在已经死了，我很想念他。我也想念垃圾场，还有那些壁虎。"胡安·迭戈对孩子们讲道。他没有意识到有些大人也跟着他上了图书馆的台阶。克拉克也跟在自己的前导师后面。当然，他们都听到了胡安·迭戈的故事。

这个瘸腿的男人真的在说自己怀念垃圾场吗？几个孩子彼此问道。

"如果我住在垃圾场，我应该不会怀念。"梳辫子的小女孩对佩德罗说。"也许他怀念的是他妹妹。"她说道。

"怀念壁虎我可以理解。"佩德罗告诉她。

"壁虎是夜间动物，它们在夜晚最活跃，因为那时有更多的昆虫。它们以昆虫为食，它们不会伤害你们。"胡安·迭戈说道。

"你妹妹在哪里？"梳辫子的小女孩问胡安·迭戈。

"她死了。"胡安·迭戈回答。他本想说出卢佩是怎么死的，但又不想给小孩子们带来噩梦。

"看！"佩德罗叫道。他指着一幅很大的画，那幅画被挂在魅力酒店图书馆一张看起来很舒适的沙发上方。真的有一只巨大的壁虎，从远处看就和那幅画一样显眼。壁虎悬在画旁边的墙上，当胡安·迭戈和孩子们靠近时，它爬得更高了。它几乎位于画和天花板的中间，正默默地看着他们。这只壁虎真的很大，和一只家猫体型相仿。

"画里的男人是个圣人。"胡安·迭戈告诉孩子们，"他曾经是巴黎大学的学生，也当过兵。他是巴斯克军人，但是受伤了。"

"怎么受的伤？"佩德罗问。

"被炮弹打中。"胡安·迭戈告诉他。

"炮弹不会把人打死吗？"佩德罗又问道。

"我猜如果你将要成为圣人的话，就不会。"胡安·迭戈回答。

"他叫什么？"梳辫子的小女孩问，她有很多问题，"这个圣人是谁？"

"你们的克拉克舅舅知道他是谁。"胡安·迭戈回答道。他注意到克拉克·弗伦奇正看着他，也在听他讲话——他还是那个专注的学生。（克拉克看起来就像是一个被炮弹打中后依然能幸存的人。）

"克拉克舅舅！"孩子们嚷道。

"这个圣徒叫什么名字？"梳辫子的小女孩一直在问。

"圣·依纳爵·罗耀拉。"胡安·迭戈听到克拉克·弗伦奇告诉孩子们。

巨大的壁虎和小的移动得一样快。也许克拉克的声音过于自信，也许只是太大，那只巨大的壁虎居然把自己变得扁平，它钻到了画的后面，虽然导致那幅画稍微移动了一下。那幅画此时有些歪歪扭扭地挂在墙上，但壁虎仿佛从未出现过。圣·依纳爵根本就没有看见壁虎，也没有看向那些孩子和大人。

从胡安·迭戈看过的所有罗耀拉的画像中——耶稣会圣殿的、流浪儿童的，以及瓦哈卡其他地方（还有墨西哥城）的——他从不记得这个秃顶、留着胡子的圣徒曾回头看他。圣·依纳爵的眼睛总是在朝上看，总是恳求地望向天堂。这位耶稣会的建立者正在寻求更高的权威——他并不想和纯粹的旁观者有什么眼神交流。

"晚餐好了！"一个成人的声音喊道。

"谢谢你的故事，先生。"佩德罗对胡安·迭戈说。"我为你怀念的那些东西感到难过。"小男孩补充道。

当他们回到楼梯顶端时，佩德罗和梳辫子的小女孩都想去牵胡安·迭戈的手，但是楼梯却太窄了。一个跛子牵着两个小孩一起下楼并不安全。胡安·迭戈知道自己应该扶着栏杆。

而且，他看见克拉克·弗伦奇正在楼梯下面等自己。无疑，新的座位安排会让这个家庭中一些级别最高的成员们感到不满。胡安·迭戈能想象出某个特定年龄段的女性很愿意挨着他坐，这些年长一些的女人是他最狂热的读者，至少她们不会因为和他交谈而感到害羞。

而克拉克只是热情地对他说："我很喜欢听你讲故事。"

或许你不会愿意听我讲圣母玛利亚的故事，胡安·迭戈想道，但他感到非常疲惫。这对于一个在飞机上睡过，又在汽车上打过盹的人来说确实不大正常。小佩德罗为胡安·迭戈所怀念的"所有东西"感到难过是对的。因为这些他怀念的东西让他更加怀念每一个人。他给孩子们讲的垃圾场的故事甚至还没有触及事情的表面。

座位安排经过非常精心的设计。孩子们的桌子在餐厅的外围，而成人都聚集在中间的几个桌子旁。克拉克的妻子约瑟法坐在胡安·迭戈的一侧，他看到另一侧的座位空着。克拉克选择了自己的前导师斜对面的座位。没有人戴上派对的帽子——现在还没有。

胡安·迭戈所在的桌子中间，大多数都是"特定年龄段的女人"，对此他并不意外——他早就知道情况如此。她们朝他会意地微笑，以示自己读过他的小说（并想象她们知道关于你的一切），这些年纪大些的女人中只有一个没有笑。

人们常说，主人都和自己的宠物长得很像。还没等克拉克用汤匙在玻璃杯上敲击发出声音，还没等他开始喋喋不休地向前导师介绍他妻子的家人，胡安·迭戈瞬间就看出了谁是卡门姑妈。他的目光所及之处再也找不到任何其他的和一条色彩鲜艳、尖牙利齿、贪吃的鳗鱼有些许相像的人。

在晚餐桌绚烂的灯光下，卡门姑妈的颧骨可能会被误认为是海鳗波动的腮。她也和海鳗一样全身散发着疏远和不信任的气息。她的冷漠掩盖了自己作为会咬人的鳗鱼，在远处发起致命攻击的能力。

"我有些事情想和你们两个说。"当他们的桌边安静下来时，昆塔纳医生对自己的丈夫以及胡安·迭戈说道，克拉克终于不再说话。第一道菜已经端上来，是酸橘汁腌鱼。"不要谈论宗教、教会、政治，也不要说堕胎或控制生育率，不要在吃饭时说。"约瑟法提醒道。

"不要在孩子们和青少年面前……"克拉克补充说。

"在大人面前也不要，克拉克，除非你们两个单独相处，否则不要谈论这些。"他的妻子告诉他。

"而且不要有性。"卡门姑妈说，她看着胡安·迭戈。他是会在书中描写性的那一个，而克拉克从不。这位形似海鳗的女人说起"不要有性"时——就好像这个词在她那干瘪的嘴唇上留下了不好的余味——既包含了"谈论"的部分，也包含了"实践"的部分。

"我想那就只能谈论文学了。"克拉克有些刻薄地说。

"那要看是什么文学。"胡安·迭戈应道。他刚一坐下，就感到有些头晕目眩，视线也变得模糊。这种情况会伴随服用壮阳药产生，通常很快就会过去。但是当胡安·迭戈触摸他右前方的口袋时，他想起自己并没有服用壮阳药。他能透过裤子的布料感受到药片和麻将牌都在。

酸橘汁腌鱼中自然有一些海鲜——看起来像是虾，或者某种小龙虾。胡安·迭戈还注意到里面有芒果块。他用沙拉叉的尖头轻轻碰了碰腌汁。应该是柑橘，也可能是酸橙，胡安·迭戈想。

卡门姑妈看见了他正在偷偷品尝味道，她挥舞着自己的沙拉叉，仿佛在宣称已经等得足够久。"我觉得我们没有必要等她。"卡门姑妈说，她用叉子指着胡安·迭戈旁边的空位置。"她又不是我们家人。"像海鳗的女人补充道。

胡安·迭戈感觉到有什么东西或是人正在触碰他的脚踝。他看到一张小脸正从桌下抬头看着他。梳辫子的小女孩坐在了他脚边。"嘿，先生。"她说，"那位女士让我告诉你——她就要来了。"

"什么女士？"胡安·迭戈问小女孩。除了克拉克的妻子以外，这张桌上的其他人都以为他在和自己的腿说话。

"孔苏埃洛，"约瑟法对小女孩说，"你应该去你的桌子，快去吧。"

"好的。"孔苏埃洛回答。

"什么女士？"胡安·迭戈又一次问孔苏埃洛。小女孩从桌子底下爬了出来，此时正面对着卡门姑妈的注视。

"就是那个忽然出现的女人。"孔苏埃洛回答。她拉着两只辫子，让自己的头上下摆动，然后跑开了。侍者们正在倒酒，其中一个便是那个把胡安·迭戈从塔比拉兰市的机场接回来的少年司机。

"你肯定也接过那个神秘的女士。"胡安·迭戈挥着酒杯对他说，可少年没有听懂。约瑟法用塔加洛语又对他说了一遍，但他看起来依然很困惑。他用很长的话语回答了昆塔纳医生。

"他说他没有去接那个女人，她只是忽然出现在公路上。没有人看见她的车或是司机。"约瑟法说。

"事情变得复杂了！"克拉克·弗伦奇说道。"不要给他倒白酒，他只喝啤酒。"克拉克对少年司机说，他担任侍者时并没有做司机那么自信。

"好的。"少年回答。

"你当时真不该给你的前导师放那么多啤酒。"卡门姑妈忽然对克拉克说。"你喝醉了吧？"她问胡安·迭戈，"否则你为什么会关掉空调？在马尼拉没有人会关空调！"

"够了，卡门。"昆塔纳医生对她的姑妈说，"不要在餐桌上讨论你那珍贵的水族箱。你刚刚说'不要有性'，那我提议'不要有鱼'，好吗？"

"是我的错，姑妈。"克拉克开口了，"水族箱是我的主意……"

"我当时太冷了。"胡安·迭戈对像鳗鱼的女人解释道。"我不喜欢空调。"他对所有人说，"我可能确实喝了太多啤酒……"

"不必道歉。"约瑟法对他说，"只是一些鱼。"

"只是一些鱼！"卡门姑妈嚷道。

昆塔纳医生朝桌子对面探身，触了触卡门姑妈那粗糙的手。"你想知道我上周见过多少阴道，上个月又见过多少吗？"她问姑妈。

"约瑟法！"克拉克嚷道。

"不要有鱼，也不要有性。"昆塔纳医生对像鳗鱼的女人说，"你想谈论鱼吗，卡门？那要当心。"

"希望莫拉莱斯没事。"胡安·迭戈对卡门姑妈说，他努力想要平息她的愤怒。

"莫拉莱斯变了！那件事情改变了他。"卡门姑妈傲慢地说。

"也不要谈论鳗鱼，卡门。"约瑟法警告道，"你要当心。"

女医生们，胡安·迭戈是多么喜欢她们啊！他很欣赏玛丽索尔·戈麦斯，也和他的挚友罗丝玛丽·施泰因医生交好。这次又见到了出色的约瑟法·昆塔纳医生！胡安·迭戈很喜欢克拉克，但克拉克配得上这样一位妻子吗？

她"忽然出现"，梳辫子的小女孩是这样描述那个神秘女士的。少年司机不是也证实了那位女士的确是忽然出现吗？

然而关于水族箱的讨论过于激烈。没有人，甚至胡安·迭戈也没有去想那个未被邀请的客人，至少在小壁虎从天花板上跌下来（或落下来）的那一瞬间没有。壁虎落在了胡安·迭戈身旁那份还没有人碰过的酸橘汁腌鱼中，似乎连那个小家伙都知道这是一个没人用的沙拉盘。壁虎仿佛在唯一的空座位上加入了谈话。

这只壁虎的身体和圆珠笔一般细瘦，而且只有一半的长度。两个女人尖叫了起来。其中一个穿着很讲究，坐在神秘客人空着的座位正对面，她的眼镜上溅了一层柑橘汁。一块芒果从盘子中掉出，落在了那个被介绍为退休外科医生的老年男子的方向。（他和胡安·迭戈分别坐在空座位的两侧。）外科医生的妻子，其中一个"特定年龄"的读者，比那个衣着讲究的女人叫得更大声。而那个女人已经平静下来，正在擦拭自己的眼镜。

"真是糟糕。"衣着讲究的女人说。

"是谁请你来的？"退休的外科医生问那只小壁虎，它正（一动不动地）蹲在陌生的酸橘汁腌鱼中。除了卡门姑妈，所有人都笑了。显然，这只焦急的壁虎并不是她的笑料。壁虎似乎正准备着跳跃，可它会跳去哪里呢？

事后，所有人都会说是壁虎分散了他们的精力，让他们没有注意到那个穿着米色丝绸衣服的苗条女人。后来他们意识到，她就在那个时候忽然出现了。没有人看见她走近桌子，虽然她身着十分合身的无袖裙衫，非常美丽。她悄无声息地滑进了那张正在等待她的椅子。即使是一向非常警觉的壁虎也没有留意她的到来。（如果你是一只壁虎而且想要活下来，那你需要非常警觉。）

胡安·迭戈只记得自己看到了那个女人纤细的手腕边转瞬即逝的闪光，他没有反应过来她手里拿着沙拉叉，直到她刺穿了壁虎那树枝大小的脊背，把它钉在了她盘子中的一块芒果上。

"捉住你了。"米里亚姆说。

这一次，只有卡门姑妈叫了出来，仿佛她自己被捅了一刀。

孩子们总是会看到一切，也许他们注意到了米里亚姆的到来，而且很认真地观察着她。"我以为人的动作不可能像壁虎一样敏捷。"佩德罗某一天会对胡安·迭戈说。（他们在二层图书馆里注视着圣·依纳爵·罗耀拉的画像，等待着巨大的壁虎现身。可它再也没有出现过。）

"壁虎真的非常敏捷，你不可能抓住它们。"胡安·迭戈会这样告诉小男孩。

"但那个女士……"佩德罗正要开口，却停下了。

"是的，她很敏捷。"胡安·迭戈只是回答。

在安静的餐厅中，米里亚姆用她的拇指和食指夹着沙拉叉，这让胡安·迭戈想起了弗洛尔拿香烟的样子，仿佛那是她的一个关节。

"服务生。"米里亚姆叫道。奄奄一息的壁虎四肢无力地挂在小叉子闪着光的尖上。少年司机是一个笨拙的侍者，他跑过来拿走了米里亚姆手中的凶器。"我还需要一份新的酸橘汁腌鱼。"她边对他说，边坐回自己的位置。

"不必起来，亲爱的。"她把一只手放在胡安·迭戈的肩膀上。"我知道不会太久，但是我真的很想你。"她补充道。餐厅里的每个人都听到了她的话，没有人出声。

"我也很想你。"胡安·迭戈对米里亚姆说。

"好啦，我现在来了。"米里亚姆回答。

他们竟然如此熟悉，所有人都在想。她并不是他们以为的那种神秘客人。忽然，她看起来不再是那个未被邀请的人，而胡安·迭戈也显得并不中立。

"这是米里亚姆。"胡安·迭戈介绍道。"这是克拉克——克拉克·弗伦奇，作家。我的前学生。"胡安·迭戈说。

"噢，我知道。"米里亚姆真挚地微笑着。

"这是克拉克的妻子，约瑟法——昆塔纳医生。"胡安·迭戈接着介绍。

"很高兴这里有一位医生。"米里亚姆对约瑟法说，"这让魅力酒店显得没那么偏远了。"

迎接她的是一阵齐声呼喊——其他的医生们也都纷纷挥起了手。（当然，这其中大部分是男性，但是那些女性医生也都抬起手来。）

"噢，真棒啊！一家子医生。"米里亚姆说，她对每个人微笑着。只有卡门姑妈保持着冷漠，显然她站在壁虎那一边，毕竟她是一个非常喜爱宠物的人。

孩子们会怎么想？胡安·迭戈很好奇。他们会如何看待这个神秘的客人呢？

他感觉到米里亚姆的手正擦过他的大腿，然后停在了上面。"新年快乐，亲爱的。"她对他低语道。胡安·迭戈感觉到她的脚触到了自己的小腿，随后是膝盖。

"嘿，先生。"孔苏埃洛从桌子下面叫道。这一次，这个梳辫子的小女孩不是一个人，佩德罗也和她一起钻进了桌子底下。胡安·迭戈低头看着他们。

约瑟法没有看到孩子们，她正朝桌子对面探身，和克拉克进行着某些难懂的手语交流。

米里亚姆朝桌下望去，她看见两个孩子正注视着他们。

"我想这位女士不喜欢壁虎，先生。"佩德罗说。

"我觉得她也不会怀念壁虎。"孔苏埃洛也说道。

"我不喜欢我的酸橘汁腌鱼里有壁虎。"米里亚姆对孩子们说，"我也不怀念我沙拉里的壁虎。"她补充道。

"你怎么看，先生？"梳辫子的小女孩问胡安·迭戈。"你妹妹会怎么想？"她又问道。

"是的，而且……"佩德罗正要开口，但是米里亚姆弯腰凑向了他们。她的脸低到了桌子下，忽然离孩子们非常近。"听着，你们两个。"米里亚姆对他们说，"不要问他他妹妹怎么想，他妹妹被一头狮子杀死了。"

这句话吓到了孩子们，他们匆匆爬走了。

我不想让他们做噩梦，胡安·迭戈本想这样告诉米里亚姆，但他无法开口。我本来不想吓到他们！他想对米里亚姆这样说，可他的话语都消失了。他仿佛在桌子下看到了卢佩的脸，虽然那个梳辫子的女孩，孔苏埃洛，要比卢佩死的时候小很多。

胡安·迭戈的视线忽然再次模糊了，他知道这不是因为壮阳药。

"只是眼泪。"他对米里亚姆说。"我很好——没有什么问题。我只是哭了。"他试图对约瑟法解释。（昆塔纳医生抓住了他的手臂。）

"你还好吗？"克拉克问他的前导师。

"我很好，克拉克——没有什么问题，我只是哭了。"胡安·迭戈重复道。

"你当然哭了，亲爱的——你当然哭了。"米里亚姆挽着他的另一只手臂对他说，她亲吻了他的手。

"那个梳辫子的可爱小孩在哪里呢？让她过来。"米里亚姆对昆塔纳医生说。

"孔苏埃洛！"约瑟法叫道。小女孩跑到他们的桌边。佩德罗就站在她身后。

"你们在这儿呀，你们两个！"米里亚姆叫道。她松开了胡安·迭戈的手臂，拥抱住两个孩子。"不要害怕。"她对他们说。"格雷罗先生在为他的妹妹难过，他总是会想到她。如果你们无法忘记你们的妹妹是被狮子杀死的，你们会不会哭呢？"米里亚姆问孩子们。

"会！"孔苏埃洛说道。

"我想应该会吧。"佩德罗回答，他实际的反应是他可能会忘记这件事。

"嗯，这就是格雷罗先生的感受——他只是很想念她。"米里亚姆告诉孩子们。

"我很想念她——她叫卢佩。"胡安·迭戈终于对孩子们说出了口。少年司机现在作为侍者，给他送来了啤酒。他尴尬地站在那里，不知道要把啤酒怎么办。

"就放下吧！"米里亚姆提醒他，他照做了。

孔苏埃洛爬上了胡安·迭戈的腿。"会好起来的。"小女孩说道，她拽着自己的辫子，这让他不住地哭泣。"会好起来的，先生。"孔苏埃洛一直在对他说。

米里亚姆抱起佩德罗，让他坐在自己的腿上，男孩对她有些许的不信任，但米里亚姆很快就解决了这个问题。"你觉得你会思念什么呢，佩德罗？"米里亚姆问他，"我的意思是，有一天，如果你失去了什么，你会思念吗？你会思念某个人吗？你最爱谁？"

这个女人是谁？她从哪里来？所有的成年人都在思考这件事，胡安·迭戈也在思考。他渴望米里亚姆，非常想要见到她。但她是谁，她在这里做什么？为什么大家都和她联系在一起？甚至那些孩子，虽然她确实吓到了他们。

"嗯，"佩德罗开口了，他严肃地皱着眉头，"我会思念我爸爸。我会思念他，如果有一天。"

"是的，你当然会，这很好。这就是我的意思。"米里亚姆对男孩说。一阵悲伤弥漫在小佩德罗的心头，他靠在米里亚姆身上，而米里亚姆把他抱在怀里。"你是个聪明的小男孩。"她对他低语道。佩德罗闭上眼睛，叹了口气。他就这样被引诱了，可真是糟糕。

整张桌子，甚至整个客厅，都安静了下来。"我为你的妹妹感到悲伤，先生。"孔苏埃洛对胡安·迭戈说。

"我会好起来的。"他告诉小女孩。他太累了，无法接着说下去，也不想改变任何事情。

少年司机，也就是那个不太自信的侍者，用塔加洛语对昆塔纳医生说了些什么。

"当然，上主菜。这有什么疑问，上吧！"约瑟法对他说。（没有一个人戴上了派对帽子。现在还不是派对的时间。）

"看佩德罗！"孔苏埃洛叫道，小女孩笑了，"他睡着了。"

"噢，不是很可爱吗？"米里亚姆说，她朝胡安·迭戈笑了笑。小男孩在米里亚姆腿上熟睡着，头抵着她的胸部。一个像他这样年纪的男孩怎么可能在一个完全陌生的人腿上睡着呢，而且她还是个可怕的家伙！

她是谁？胡安·迭戈再次纳闷起来，但是他忍不住回应了她一个微笑。也许所有人都在好奇米里亚姆究竟是谁，但是没有人说什么，或是通过做什么小事来阻止她。

欲望有办法

　　离开瓦哈卡多年后，胡安·迭戈依然和佩佩神父保持着联系。从20世纪70年代初开始，胡安·迭戈对瓦哈卡的了解主要来源于佩佩忠实的信件。

　　问题在于，胡安·迭戈并不总能记住佩佩是何时带来这个或那个重要信息的。对佩佩来说，每件新事物都很"重要"。每一点变化都有意义，它们和那些没有变化（也永远不会变化）的事情同样重要。

　　在艾滋病传播期间，佩佩神父写信给胡安·迭戈，谈论了布斯塔曼特的同性恋酒吧，但是这可能是在80年代末，也可能是在90年代初，这样的细节是胡安·迭戈无法记住的。"是的，酒吧依然在那里，也依然还是同性恋酒吧。"佩佩写道。一定是胡安·迭戈问起过。"但它不再叫拉契那了，而是叫其南帕。"

　　在那段时间，佩佩还写到瓦格斯医生心中产生了"医学界的绝望"。艾滋病让瓦格斯感到了作为整形外科医生的"无能为力"。"任何医生接受训练，都不是为了看着人们死去的。我们不想握着人们的手看他们离开。"瓦格斯对佩佩说，他甚至没有处理过传染病。这听起来很像瓦格斯的风格，他依然由于错过了全家的飞机失事而感觉自己被遗忘。

佩佩关于"小王冠"的信件是90年代写来的，如果胡安·迭戈记忆准确的话。这家异装者的"聚会场所"已经关闭，那个同性恋老板死去了。后来小王冠又重新开张，而且扩大了一些。那里增添了二楼，现在成了异装妓女和她们的客人的场所。人们不再等到进入酒吧才换装，异装者们来时便穿着自己想穿的衣服。她们到场时就是女人，也许这只是佩佩的猜想。

佩佩神父90年代在从事临终关怀方面的事业，和瓦格斯不同的是，佩佩很适合握着人们的手看他们离开，而流浪儿童已经关闭很久了。

"女孩之家"建立于1979年。这是儿童之城——卢佩口中的"男孩之城"的女孩版本。佩佩在整个80年代及90年代初曾在女孩之家工作。

佩佩从不会贬低任何一家孤儿院。女孩之家距离维格拉并不远，只招男孩的儿童之城依然在那里运行着。女孩之家位于夸乌特莫克街区。

佩佩发现那些女孩很任性，他向胡安·迭戈抱怨说她们对待彼此很凶残。他也不赞成女孩们喜欢《小美人鱼》——迪士尼1989年拍摄的动画电影。卧室里有真人大小的小美人鱼贴纸，"比瓜达卢佩圣母的画像还大。"佩佩抱怨道。（如果是卢佩，一定也会如此抱怨，胡安·迭戈想。）

佩佩寄来了其中一些女孩的一张照片。她们穿着老式的，别人传下来的衣服，那种后背系扣子的。在照片中，胡安·迭戈发现女孩们根本懒得系那些背面的扣子，但是佩佩神父也抱怨了这一点。显然，不给自己系好扣子只是女孩们"任性"的事迹之一。

佩佩神父会继续担任"耶稣的一位士兵"（尽管有一些小的抱怨），爱德华多先生经常这样称呼自己和他的教士兄弟。但事实上，佩佩是孩子们的服务者，这才是他的使命。

越来越多的孤儿来到了城里。流浪儿童解散后，又有其他的替代场所，也许它们并没有阿方索神父和奥克塔维奥神父曾经强调的教育优势，但毕竟都是孤儿院。总有一天，瓦哈卡会有许多家。

90年代末，佩佩神父加入了圣卢西亚德尔卡米诺的约瑟芬孤儿院。这家孤儿院成立于1993年，修女们同时照顾男孩和女孩，虽然超过十二岁的男孩不能在那里继续待下去。胡安·迭戈不明白那些修女是什么人，但佩佩神父懒得解释。"被遗忘者的母亲"，胡安·迭戈这样翻译道。（他觉得'被遗忘者'比'被遗弃者'听起来好些。）但是佩佩把修女们称作"无家可归者的母亲"。在所有孤儿院中，佩佩觉得约瑟芬是最好的。"那些孩子会牵着你的手。"他对胡安·迭戈写道。

教堂里有一座瓜达卢佩雕像，教室里也有一座，甚至还有一台瓜达卢佩挂钟，佩佩说。女孩们可以待到想要离开时再走，其中一些离去时已经二十几岁。但这对卢佩和胡安·迭戈并没有意义，因为胡安·迭戈总会超龄的。

"不要死去。"胡安·迭戈从爱荷华市给佩佩神父写道。他的意思是如果他失去了佩佩，他自己可能会死。

这个新年夜里，有多少医生正待在魅力酒店所在的海滨呢？十个或是十二个？可能还更多。克拉克·弗伦奇的菲律宾家庭中满是医生。没有任何一个医生——克拉克的妻子约瑟法·昆塔纳医生自然也没有——鼓励胡安·迭戈再次漏服一片贝他阻断剂。

也许这些医生中的男士们，已经见过米里亚姆，尤其是目击了她闪电般敏捷地用沙拉叉刺中一只壁虎的那些，会认为服用100毫克的壮阳药是合适的。

至于从没有服用贝他阻断剂，更改为一次服用两片（又改成半片）——完全不可取！即使那些在魅力酒店庆祝新年夜的男医生们也不会赞同这种行为。

虽然米里亚姆只是短暂地在餐桌上讲起了卢佩的死，却让胡安·迭戈想到了卢佩，想到了她责骂没有鼻子的圣母玛利亚雕像的样子。

"给我展示一个真正的奇迹！"卢佩曾经这样挑战巨大的雕像，"做点什么能让我相信你的事情，我觉得你就是个大坏蛋！"难道是这段回忆让胡安·迭戈渐渐意识到，耶稣会圣殿中高大的圣母玛利亚竟和米里亚姆有着某种令人费解的相似性？

在这个茫然的时刻，米里亚姆从桌下触到了他，他的大腿，他裤子右前方口袋里那两个小硬块。"这是什么？"米里亚姆低声问他。他很快就向她展示了那块麻将牌，一个承载着历史的小道具，但还没等他开始进一步的解释，米里亚姆便嘟哝道："噢，不是这个，我知道你随身携带着这个鼓舞人心的纪念品。我的意思是，你口袋里还有什么？"

难道米里亚姆读过他关于麻将牌的作者采访吗？难道胡安·迭戈把关于这件珍贵纪念品的故事讲给了一向琐屑的媒体吗？而且米里亚姆似乎不用他说，就知道壮阳药的事情。是桃乐茜告诉她妈妈胡安·迭戈在服用壮阳药吗？显然，他没有在采访中说起过此事——还是他说过？

由于不知道米里亚姆对于壮阳药的事了解（或不了解）多少，胡安·迭戈想到了他刚到马戏团时的一段简短对话——爱德华·邦肖此前只知道弗洛尔是个妓女，他刚刚得知她还是个异装癖。

那是一个意外。他们从打开的帐篷看到了帕科，那个异装的矮人，于是弗洛尔对爱荷华人说："我只是比帕科更像女人，亲爱的。"

"鹦鹉男知道弗洛尔有阴茎吗？"卢佩问（但她的话没有被翻译出来）。显然鹦鹉男想到了弗洛尔的阴茎。弗洛尔知道爱德华多先生在想些什么，所以她走上前去和他调情。

一切都掌握在命运中，胡安·迭戈思索着，他想到了那个梳辫子的小女孩，孔苏埃洛，以及她说"嗨，先生"的样子。这让他想到了卢佩！

卢佩就是这样对鹦鹉男说："一切都会好起来的。"

"我听说你喜欢鞭子。"弗洛尔低声对蹒跚的教士说，他的整个拖鞋都沾满了象粪。

"蠢猪之王。"卢佩忽然在看到伊格纳西奥，那个驯狮官时说道。

胡安·迭戈不知道为什么这些回忆会在此时涌上心头，不可能仅仅是因为孔苏埃洛，那个梳辫子的小女孩对他说了"嘿，先生"。孔苏埃洛是怎么称呼米里亚姆的？"那个忽然出现的女士。""如果你们无法忘记你们的妹妹是被狮子杀死的，你们会不会哭呢？"米里亚姆问孩子们。随后佩德罗把头枕在米里亚姆的胸部睡着了。这个男孩仿佛被施了魔法，胡安·迭戈想。

胡安·迭戈注视着自己的大腿以及米里亚姆那只正把壮阳药片朝他腿部按压的手，但当他抬头看向餐桌时（是所有的餐桌），他意识到自己错过了一个环节，而每个人都戴上了派对帽子。他看到甚至米里亚姆也戴着一顶，就像是国王或女王的王冠，而她的是粉色的。所有的帽子都是彩色。胡安·迭戈触了触自己的头顶，感觉到帽子的存在，一个纸质的王冠把他的头发弄出了声响。

"我的是……"他开口问道。

"浅蓝色。"米里亚姆回答。当胡安·迭戈再次触到自己裤子右前方的口袋时，他感觉到麻将牌还在，但壮阳药不见了。他还感觉到米里亚姆的手盖住了他的手。

"你吃掉了。"她低语道。

"我吃了吗？"

晚餐的餐盘已经被清理干净，虽然胡安·迭戈不记得他吃了什么，甚至连酸橙汁腌鱼也没有吃。

"你看起来很累。"米里亚姆对他说。

如果胡安·迭戈对于女人有更多的经验，他是否会意识到米里亚姆有些奇怪，或是有点"不对劲儿"？胡安·迭戈对女人的了解主要源于小说，无论是阅读还是写作。小说中的女人通常迷人而神秘。在胡安·迭戈的小说中，女人们还会有些令人惶恐。这难道不正常吗？或许算是很平常吧。小说中的女人不都有点危险吗？

如果胡安·迭戈现实生活中遇到的女人并不如那些只存在于想象中的女人的话。好吧，这便能够解释为什么像米里亚姆和桃乐茜这样远超他现实经验的女人，会让他觉得迷人而亲切。（也许他已经在想象中见过她们许多次。他此前不正是在想象中和她们相遇过吗？）

如果纸帽子是忽然出现在魅力酒店这群新年庆贺者的头上，同时出现的乐队也很难理解。乐队最前方是三个衣着邋遢、留着断断续续的胡子、面黄肌瘦的年轻男子。首席吉他手的脖子上有一处文身，看起来像是烫伤或烧伤的疤痕。口琴手和鼓手都很爱穿背心，这让他们露出了带文身的胳膊。鼓手喜欢的是昆虫主题，而口琴手喜欢爬行动物——只有一些长着鳞片的脊椎动物，以及蛇和蜥蜴才能在他裸露的手臂上攀爬。

米里亚姆并不看好这些年轻人："有太多荷尔蒙，却没什么前途。"胡安·迭戈知道克拉克听到了这句话，但他正背对着乐队的少年们，克拉克的些许惊讶表明，他以为米里亚姆说的是他。

"那些少年在你身后，是乐队，克拉克。"昆塔纳医生对她丈夫说。

（所有人都知道）他们被称为午夜猴子。乐队的名声，严格来说是在当地的声誉，是建立在主唱那瘦骨嶙峋的肩膀上的。她是一个穿着无肩带连衣裙的瘦弱流浪儿。她的胸部不够丰满，无法阻止衣服的滑落。她那又细又黑的头发，在耳垂的长度被粗糙地剪断，和苍白的脸色形成了鲜明对比。她的皮肤很白，甚至有些不自然，并不是很像菲律宾人，胡安·迭戈想。由于主唱看起来就像是一具刚挖出来的尸体，胡安·迭戈不禁想到如果她有一两个文身是否会好些，哪怕不像首席吉他手脖子上那怪异的伤疤，而是昆虫或爬行动物也行。

至于乐队的名字为什么叫午夜猴子，克拉克自然有一番解释。附近的朱古力山是当地的地标，而山上有猴子。

"猴子无疑是夜行动物。"米里亚姆说。

"确实。"克拉克有些不太肯定地回答。"如果你感兴趣，而且不下雨，可以到朱古力山一日游——我们一些人每年都会去。"克拉克说。

"但是我们没法在白天看到猴子，如果它们是夜行动物的话。"米里亚姆说道。

"确实，我们从没看见过猴子。"克拉克含糊地说。他不敢注视米里亚姆，胡安·迭戈注意到。

"我想我们就只能看见这群猴子了。"米里亚姆说。她怠倦地朝着那支倒霉乐队的大致方向挥了挥裸露的手臂。他们看起来确实很像午夜猴子。

"每年，我们会选一个晚上乘船巡游。"克拉克鼓起勇气说，他比之前更加小心翼翼。米里亚姆让他感到很紧张，而她只是等着他继续说下去。"我们乘公交到河边，那里有码头，有吃饭的地方。"克拉克接着说道，"晚饭后，我们坐着观光船沿河航行。"

"在夜里。"米里亚姆平淡地说。"夜里有什么可看的？"她问克拉克。

"萤火虫——有成千上万只。萤火虫很美。"克拉克回答。

"萤火虫会做什么——除了闪光？"米里亚姆问。

"萤火虫闪光的时候就很美。"克拉克坚持道。

米里亚姆耸了耸肩。"闪光是那些甲虫求偶的方式。"她说，"想象我们只能通过眨眼来认识彼此！"此时她对胡安·迭戈眨了眨眼，而他也用同样的动作回应了。两个人都笑了起来。

约瑟法·昆塔纳医生也笑了。她朝着餐桌对面的丈夫眨了眨眼，但是克拉克并没有回应的心情。"萤火虫很美。"他重复着，仿佛一位课堂失去了控制的老师。

米里亚姆对胡安·迭戈眨眼的样子让他产生了勃起。（多亏了米里亚姆），他想起自己已经吃过壮阳药，而桌下米里亚姆的手正放在他大腿上也是一部分的原因。胡安·迭戈很不安，他明显感觉到有人在他膝盖的地方呼吸，离米里亚姆手停留的位置非常近。当他低头看向桌下时，发现那个梳辫子的小女孩，孔苏埃洛，正抬头看着他。"晚安，先生，我该上床睡觉了。"孔苏埃洛说。

"晚安，孔苏埃洛。"胡安·迭戈回答。约瑟法和米里亚姆也都低头看向桌下的小女孩。"我妈妈一般会在睡觉前帮我拆开辫子。"小姑娘说，"但是今晚是一个姐姐带我去睡觉，我只能带着辫子睡了。"

"你的发型一晚上不会弄乱的，孔苏埃洛。"昆塔纳医生对小女孩说，"辫子可以保留一夜。"

"那我的头发会变卷的。"孔苏埃洛抱怨道。

"过来吧。"米里亚姆对她说，"我会拆辫子。"

孔苏埃洛并不情愿到她那里去，但米里亚姆微笑着向小女孩伸出了手，让她爬到自己的腿上。她坐在那里，背挺得非常直，两只手紧紧地绞在一起。"你应该把辫子梳开，但是你没有梳子。"孔苏埃洛紧张地说。

"我会用手指拆辫子。"米里亚姆对小女孩说，"我可以用手指梳头发。"

"不要让我睡着，就像佩德罗那样。"孔苏埃洛说。

"我尽量吧。"米里亚姆面无表情地回答，她并没有什么承诺的意味。

当米里亚姆正在给孔苏埃洛拆辫子的时候，胡安·迭戈看向桌下的佩德罗，但他偷偷溜上了昆塔纳医生的椅子。（胡安·迭戈也没有注意到昆塔纳医生已经离开了座位，此时他看到医生正站在桌子斜对面的克拉克身边。）餐厅中间的许多成年人都离开了桌边的位置，那些桌子被搬走了，餐厅中间的区域将被当作舞池。胡安·迭戈不喜欢看别人跳舞，舞蹈对跛子没有吸引力，哪怕只是欣赏。

小孩子们被送去睡觉了，大一点的孩子以及青少年也离开了舞池边缘的桌子。有些成年人已经坐在了那些桌子旁。音乐开始后，青少年们肯定会回来，胡安·迭戈想，但他们此时都消失了，不知是去做些什么属于他们的事情。

"你觉得那只藏在画后面的大壁虎去哪儿了？"佩德罗轻声问胡安·迭戈。

"嗯……"胡安·迭戈正要开口。

"它不见了。我去找过，哪里都没有。"佩德罗低语道。

"大壁虎一定是去打猎了。"胡安·迭戈猜测说。

"它不见了。"佩德罗重复着。"也许那个女士也刺死了那只大壁虎。"他小声说。

"不——我觉得没有，佩德罗。"胡安·迭戈反驳道，但男孩似乎很确信那只大壁虎永远地消失了。

米里亚姆已经拆开了孔苏埃洛的辫子，她的手指正专业地在小女孩浓密的黑色头发间穿梭。"你的头发很美，孔苏埃洛。"米里亚姆对小女孩说，她坐在米里亚姆腿上的姿态已经没有刚才那么僵硬。孔苏埃洛努力不想睡着，她控制着自己不要打哈欠。

"是的，我的头发很好。"孔苏埃洛说，"如果我被绑架了，他们会把我的头发剪下来卖掉。"

"不要想这种事，不会发生的。"米里亚姆对她说。

"你知道所有将要发生的事吗？"孔苏埃洛问米里亚姆。

出于某些原因，胡安·迭戈屏住了呼吸。他专注地等待着米里亚姆的答案，不想错过一个字。

"我觉得这位女士什么都知道。"佩德罗轻声对胡安·迭戈说。恐惧的男孩看出胡安·迭戈和他一样，对米里亚姆有不祥的预感。胡安·迭戈的呼吸停滞，是因为他相信米里亚姆知晓未来，尽管他并不像佩德罗那样坚信是米里亚姆让那只大壁虎消失的。（那样她需要一个远比沙拉叉更可怕的凶器。）

在胡安·迭戈停止呼吸那段时间里，他和佩德罗都在注视着米里亚姆摆弄孔苏埃洛头发的动作。小女孩那浓密的发丝间不再有一丝凌乱，而她也终于屈服，躺倒在米里亚姆身上。她半闭着眼睛，昏昏欲睡，仿佛已经忘记米里亚姆还没有回答她刚才的问题。

但佩德罗没有忘。"先生，你最好再问她一次。"男孩小声说。"她让孔苏埃洛睡着了，也许她就是这么对待那只大壁虎的。"佩德罗猜测道。

"你……"胡安·迭戈正要启齿，但他感觉到口中的舌头有些不对劲，自己的话语也变得含糊起来。你知道所有将要发生的事吗？他本想问米里亚姆，但她把一根手指放在他嘴边，示意他保持安静。

"嘘——这个可怜的小家伙该睡觉了。"米里亚姆轻声说。

"但是你……"佩德罗正要开口，但他只说到这里。

胡安·迭戈看见一只壁虎从天花板上跌下或落下来，是另一只小的，这一只掉在了佩德罗的头上，在他头发里。惊恐的壁虎完美地落在了男孩的头顶，在那顶纸质的派对王冠里面。佩德罗认为他的王冠是海绿色的，和小壁虎的颜色很相似。当佩德罗意识到自己头发里的壁虎时，他开始尖叫，这让孔苏埃洛从恍惚中惊醒，小女孩也跟着尖叫起来。

后来，胡安·迭戈才意识到这两个菲律宾孩子为什么会为一只壁虎而尖叫。让佩德罗和孔苏埃洛叫起来的并不是壁虎，而是他们想象到米里亚姆会把它刺死，让这只小家伙钉在佩德罗的头顶。

当胡安·迭戈伸手去够佩德罗头发上的壁虎时，惶恐的男孩已经把它甩在了舞池中，他的派对帽子也掉了下来。那个鼓手（赤裸的手臂上文着昆虫的家伙）用脚踩到了壁虎，它的残骸溅在了鼓手的紧身牛仔裤上。

"哦，小子……太残忍了。"口琴手说，他是另一个穿背心的男人，手臂上文着蛇和蜥蜴。

脖子上文着烧伤疤痕的首席吉他手没有注意到被踩死的壁虎，他正在摆弄扩音器和音箱，调整着声音。

但孔苏埃洛和佩德罗看见了小壁虎身上发生了什么，他们的尖叫变成了哭闹的抗议，那些正要带他们上床睡觉的青少年也无济于事。（尖叫和哭闹声让青少年们回到了客厅，他们可能将孩子们的哭喊误作了乐队开始的信号。）

那个脸色如同死尸的流浪少女要比某些主唱更加冷静，她抬头看着舞池顶部的天花板，仿佛在期待着有更多壁虎落下来。"我不喜欢这些鬼东西。"她并没有刻意对谁讲话。她也看到了鼓手正试图把壁虎的残骸从自己的牛仔裤上擦去。"恶心。"主唱评价道，但她说出"恶心"这个词的样子就仿佛这是她最知名的歌曲标题。

"我打赌我的卧室要比你的离舞池近。"米里亚姆对胡安·迭戈说，此时两个吓坏了的孩子已经被带走。"我的意思是，亲爱的，我们选择睡在哪个房间，取决于有多想听到午夜猴子的音乐声。"

"确实。"胡安·迭戈只回答了这一句。他看见卡门姑妈已经不再和其他成年人一起待在新出现的舞池边缘，她也没有和餐桌一起离开，或是在小孩子之前上床睡觉。午夜猴子们一定没有凭借魅力赢得卡门姑妈的欢心。至于真正的午夜猴子，朱古力山上的那些，胡安·迭戈觉得卡门姑妈应该会喜欢，如果能把其中一只喂给她的宠物海鳗的话。

"确实。"胡安·迭戈重复道。确实到了可以溜走的时间。他从桌边站起身,仿佛自己已经不再瘸腿,仿佛他从来没有瘸过。由于米里亚姆立刻挽住了他的手臂,他刚开始随着她走时完全没有一瘸一拐。

"不留下来迎接新年吗?"克拉克·弗伦奇招呼他的前导师。

"噢,我们准备在屋里迎接,也是一样的。"米里亚姆回答他,她又一次慵懒地挥动着自己那裸露的手臂。

"让他们单独待着吧,克拉克——让他们走吧。"约瑟法说。

胡安·迭戈看起来一定有些蠢,他边一瘸一拐(只是轻度)地走着,边触摸自己的头顶。他在纳闷他的派对帽子去哪里了,却不记得是米里亚姆如同摘掉自己的帽子一般,毫不费力地把它取了下来。

在胡安·迭戈爬楼梯上二楼时,他和米里亚姆可以听见从沙滩俱乐部传来的卡拉OK音乐,那音乐从魅力酒店的户外阳台上能够隐约听到,但是没有持续多久。远处的卡拉OK音乐无法和午夜猴子那撕心裂肺的演奏匹敌。忽然开始跳动的鼓声、充满愤怒的吉他以及口琴哀怨的演奏(展现出一种轻盈的痛苦)。

胡安·迭戈和米里亚姆依然在外面,在阳台上——他正在打开自己房间的门——这时主唱,那个来自坟墓的女孩开始了她的悲歌。当他们走进房间,胡安·迭戈关上了身后的门,午夜猴子的乐曲被吊扇发出的柔和嗡嗡声冲淡了。还有另一种隐蔽的声音:透过打开的窗子可以听见,海滩上吹来的微风拍打着纱窗,(幸运的是)从沙滩俱乐部传来的单调卡拉OK歌声成了他们唯一能听见的音乐。

"那个可怜的女孩。"米里亚姆说,她指的是午夜猴子的主唱,"应该有人去叫救护车,她要么在生孩子,要么在被剖腹。"

这些正是胡安·迭戈也想说的。这怎么可能?她也是一位作家吗?(如果是,他们也不可能是同一位作家。)至于是什么原因,这已经不重要了。欲望有办法分散你对神秘的注意力。

米里亚姆把手滑进了胡安·迭戈裤子右前方的口袋中。她知道他已经服用了壮阳药，而且对于握着他的麻将牌并不感兴趣。这块漂亮的小东西不是她的护身符。

"亲爱的。"米利亚姆开口了，仿佛以前从没有人使用过这老式的爱称，也仿佛没有人从裤子口袋里握住过一个男人的阴茎。

对胡安·迭戈来说，确实没有人用这样的方式握住过他的阴茎，虽然他曾描写过这种场景。由于想象过这样的方式，他放松了一点。另一件让他放松的事情是，他已经忘记了和克拉克刚刚的谈话的上下文。胡安·迭戈不记得那件事发生在米里亚姆以刺杀壁虎的形式出现在晚餐桌之前还是之后。当时克拉克正在吹嘘一个近来的写作课学生，在胡安·迭戈看来，她只是一个行进中的门徒，虽然他能看出约瑟法对她抱有怀疑。写作课学生被他称作"可怜的莱斯莉"，是一个遭受了某种痛苦的年轻女子，当然还有天主教的背景。但是欲望有办法分散你的注意力，胡安·迭戈很快就和米里亚姆纠缠在了一起。

奇迹男孩

在为年轻女杂技演员们准备的帐篷顶部，有一个梯子水平地固定在两个并排的四英寸[1]长、两英寸宽的梯子上。横栏上面有绳圈，整个梯子共有十八个绳圈。空中飞人就在这里练习，因为杂技演员的帐篷顶端只有十二英尺[2]高。即使你用脚吊在绳圈上，头朝下，从帐篷顶部的梯子掉下来也不可能摔死。

作为马戏团表演场地的主帐篷，就是另一回事了。拥有十八个绳圈的梯子几乎和平时一样，但它被固定在了主帐篷的顶端。如果你从梯子上摔下来，面对的是八十英尺的高度，而且没有防护网，你会死去。在奇迹马戏团，空中飞人不安装防护网。

无论你称呼它为"奇迹马戏团"还是简短的"奇迹"，这里的奇迹一部分便源自没有防护网。当你说起奇迹的时候，无论指的是马

1　英美制长度单位，1英寸约合0.0254米。
2　英美制长度单位，1英尺约合0.3048米。

戏团（整个马戏团），还是那个实际的演员——奇迹小姐本人，让她显得如此特别的正是没有防护网这件事情。这是故意而为的，而且完全是伊格纳西奥的想法。驯狮官年轻的时候曾经去印度旅行，他在那里的马戏团第一次看到了空中飞人。他也是从那里获得灵感，让孩子来表演这个项目。伊格纳西奥决定不使用防护网，是因为看了朱纳格特和拉杰果德的两家马戏团的演出。没有防护网、雇用孩子表演、高风险行为，这让空中飞人在墨西哥成了真正受欢迎的项目。由于胡安·迭戈痛恨伊格纳西奥，他曾去印度旅行，想看看驯狮官当时看见了什么，他需要知道伊格纳西奥的灵感来自哪里。

他关于印度的小说——《一个由圣母玛利亚引发的故事》，讲的是一切的"起源"。在那本小说中，正如胡安·迭戈童年和青少年大部分的时光中，很多事情都起源于耶稣会或马戏团。然而胡安·迭戈·格雷罗并没有哪一本小说背景是墨西哥，他的小说里也没有墨西哥人（或墨西哥裔美国人）。"现实生活对于一本好小说而言太草率了。"胡安·迭戈曾说。"好小说中的人物要比生活中我们认识的大多数人更加丰富。"他补充道，"小说中的人物更容易被理解，行为更加连贯，更有预测性。好的小说不可能一团混乱，但所谓的现实生活是很杂乱的。在一本好的小说中，一切对故事推进而言很重要的内容总是源自某件事或某个地方。"

确实，他的小说源自他的童年和青少年生活，因为他的恐惧来源于此，而他的想象来自所有他恐惧的事情。但这并不意味着他在写他自己，或是自己童年及青少年时代发生的事情——并没有。作为一个作家，胡安·迭戈·格雷罗想象出了他恐惧的东西。你永远不可能知道那些现实中的人为什么会变成现在的样子。

比如驯狮官伊格纳西奥——他为什么会成为一个恶人。这不能归咎于印度。无疑他在印度的马戏团中学会了驯狮的技巧，但驯狮并不是一种体育竞技，它也绝对不是杂技。（驯狮是一种统率行为，无论驯狮官是男性还是女性都如此。）伊格纳西奥深谙如何表现得很有威慑力，或许他在去印度之前就有这样的本领。和狮子在一起时，这种威慑力自然是一种错觉。至于这种统率行为能否奏效——好吧，这取决于每一头狮子。在伊格纳西奥的案例中取决于每一头母狮——这是女性的因素。

空中飞人本身更看重技巧。他们需要掌握这个特定的系统，这是有方法的。伊格纳西奥知道这一点，但他是驯狮官而非杂技演员——他只是娶了一个杂技演员。伊格纳西奥的妻子索莱达是杂技演员或曾经的杂技演员。她表演过空中秋千。从体能上看，索莱达可以做任何动作。伊格纳西奥只是向她们描述了空中行走是如何进行的，而索莱达会教那些年轻的女杂技演员如何操作。索莱达就是在帐篷顶端那个安全的梯子上自己学会了空中行走，当她能够完成动作而不再摔倒时，她知道自己可以去教那些练杂技的女孩了。

在奇迹马戏团，只有少女——特定年龄的女杂技演员——会被训练为空中飞人（也就是奇迹小姐们）。这一点也是故意的，而且完全是伊格纳西奥的主意。驯狮官喜欢年轻女孩，他认为青春期之前的少女可以成为最好的空中飞人。伊格纳西奥觉得如果你是观众，你会担心女孩子们是否会摔下来，而不会从色情的角度看待她们。一旦女人更加成熟，你就会有色情的想法——好吧，至少在驯狮官看来，如果你在幻想和她们做爱，就不会那么担心她们会不会摔死。当然，从卢佩见到驯狮官的那一刻起，她就知道他有这样的想法——她可以读伊格纳西奥的心。孩子们刚到奇迹时的第一次会面，卢佩便了解了驯狮官的想法。她之前从没有读到过像伊格纳西奥这样有着可怕念头的内心。

"这位是卢佩，新来的算命师。"索莱达说，她正在把卢佩介绍给帐篷里的少女们。卢佩知道她是在一片陌生的领地上。

"卢佩更像是'读心师'，而非'算命师'——她一般会知道你在想什么，但并不一定知道接下来会发生什么。"胡安·迭戈解释道。他在这里没有安全感，感到飘忽不定。

"这是卢佩的哥哥，胡安·迭戈，他是唯一一个能听懂卢佩说话的人。"索莱达接着说。

胡安·迭戈身处一个满是同龄女孩的帐篷中，其中有些和卢佩一样小（或者更小），只有十到十二岁，还有一些十五六岁的女孩，但大部分杂技演员的年龄都在十三四岁。胡安·迭戈从未感觉如此紧张过，他并不习惯被这些健美的女孩包围。

一个少女正倒挂在剧团帐篷顶端空中行走的梯子上，她那对光着的脚尖套入了前两个绳圈中，紧紧地绷成了直角，贴着裸露的小腿。她前后摇晃着，但韵律一直不变，有节奏地迈出一个绳圈，将脚伸进下一个，然后再以同样的韵律伸向再下一个。从开始到结束，空中飞人共要经过十六个绳圈。在八十英尺的高度，又没有防护网，任何一个绳圈都可能成为最后一个。但是帐篷里的空中飞人似乎毫不担心。她看起来满不在乎，就和她那脱下来的T恤一样放松。她把T恤系在了腰间（而她的两只手腕交叉放在小小的乳房上面）。"她，"索莱达指着倒挂在头顶的空中飞人说，"是德洛丽丝。"胡安·迭戈望着她。

德洛丽丝是当时的奇迹小姐，她是奇迹马戏团中的奇迹，只需要很短暂的时间，德洛丽丝就会进入青春期。胡安·迭戈屏住了呼吸。

这个少女名字的寓意是"痛苦"和"磨难"，她还在继续空中行走。那条宽松的运动短裤露出一双长腿，裸露的腹部被汗水浸湿。胡安·迭戈很喜欢她。

"德洛丽丝十四岁。"索莱达说。（虽然只有十四岁，但看起来距离二十一岁并不远，胡安·迭戈长久地对她留下了这样的印象。）德洛丽丝很美丽，但也很无趣，她似乎对自己正面临的危险毫不在意，而且更可怕的是她对任何危险都显得无动于衷。卢佩已经开始讨厌她。

但卢佩正念叨着驯狮官的想法。"那头猪认为德洛丽丝应该和人做爱，而不是走钢丝。"卢佩嘟囔道。

"她和谁……"胡安·迭戈开口问，但卢佩没有停下来。她盯着伊格纳西奥。

"他。这头猪想让她和自己做爱——他觉得她当空中飞人已经够久了。只是没有其他水平足够高的女孩可以代替她——现在还没有。"卢佩说。她还说，伊格纳西奥认为如果奇迹小姐会给你带来性欲的话，便违背了节目的目的，他觉得如果你同时想着和那个女孩做爱，就不会担心她的生命。

"理想情况是，只要女孩来了月经，就不该再当空中飞人了。"卢佩陈述道。伊格纳西奥对女孩们说，狮子们会知道她们什么时候来月经。（无论是否是真的，女杂技演员们都相信这一点。）伊格纳西奥知道女孩们何时来月经，是因为她们在狮子面前会变得惶恐，或者干脆躲开狮子。

"那头猪已经等不及要和这个女孩做爱——他觉得她已经准备好了。"卢佩说着，又朝冷静地吊在头顶上的德洛丽丝点了点头。

"空中飞人在想什么？"胡安·迭戈低声问卢佩。

"我读不到她的心，奇迹小姐现在没有任何想法。"卢佩轻蔑地说。"但你也在希望自己能和她上床吧，是不是？"卢佩问她哥哥。"恶心！"还没等胡安·迭戈回答，她便说道。

"那驯狮官的妻子……"胡安·迭戈再次低语。

"索莱达知道那头猪会在女杂技演员们'到了年龄'之后和她们上床，她只是感到悲哀。"卢佩告诉他。

当德洛丽丝走完空中飞人的路线后，她双手伸向梯子，让自己的长腿垂下来。当她移开梯子时，她那伤痕累累的双脚离地只有几英尺远，于是她落在了帐篷中的泥地上。

"请问，"德洛丽丝对索莱达说，"这个跛子是做什么的？可能是一些不需要脚的事情吧。"优秀的少女说。真是个恶毒的女神，胡安·迭戈想。

"乳头像耗子，被宠坏的小婊子——驯狮官把她肚子搞大了！这是她唯一的未来！"卢佩说。她的特点便是言语粗俗到极致，但她正在读其他女杂技演员的心。卢佩的话语在马戏团会变得更加庸俗。（胡安·迭戈当然没有翻译出这些话，他被德洛丽丝魅惑了。）

"胡安·迭戈是翻译，是他妹妹的翻译。"索莱达对骄傲的女孩说。德洛丽丝耸了耸肩。

"生孩子的时候死了，这个母猴子！"卢佩对德洛丽丝说。（她还读出其他女杂技演员都很讨厌德洛丽丝。）

"她说什么？"德洛丽丝问胡安·迭戈。

"卢佩好奇绳圈会不会伤到你的脚尖。"胡安·迭戈迟疑地对空中飞人说。（德洛丽丝脚尖上那些还未痊愈的疤痕对任何人来说都很明显。）

"一开始会，"德洛丽丝回答，"但是会习惯的。"

"他们已经开始互相聊天了，这不是很好嘛？"爱德华·邦肖问弗洛尔。帐篷里的人都不想站在弗洛尔旁边。伊格纳西奥尽可能站得离她很远，异装妓女要比驯狮官还高一些，肩膀也更宽。

"或许吧。"弗洛尔对教士说。也没有人想要挨着爱德华多先生，不过这只是因为他的凉鞋上沾了象粪。

弗洛尔对驯狮官说了些什么，获得了最简短的回答。由于谈话进行得过于短暂，爱德华·邦肖并没有听懂。

"什么？"爱荷华人问弗洛尔。

"我问他我们能在哪里找到袜子。"弗洛尔告诉他。

"爱德华多先生还在想弗洛尔有阴茎的事。"卢佩对胡安·迭戈说，"他忍不住不去想她的阴茎。"

"耶稣。"胡安·迭戈说。太多的事情发生得太快了。"读心师提到了耶稣吗？"德洛丽丝问。

"她说，耶稣可以用你在空中行走的方式在水上走路。"胡安·迭戈对自命不凡的十四岁女孩撒了谎。

"真是个骗子！"卢佩蔑视地嚷道。

"她想知道你头朝下的时候，是怎么用脚尖支撑住自己的重量的。想要让脚处于正确的角度，肯定需要花时间练习肌肉吧，这样你的脚才不会从绳圈中掉出来。和我讲讲这些吧。"胡安·迭戈对美丽的空中飞人说。他最终控制住了自己的呼吸。

"你妹妹很细心。"德洛丽丝对跛子说，"这是最难的部分。"

"那对我来说，在空中行走只有一半的难度。"胡安·迭戈对德洛丽丝说。他脱下那只特制的鞋，给她看自己扭曲的脚。他的脚和胫骨方向略微不一致，指向两点钟的方向，但是这只伤脚永远定在了正确的角度。跛足男孩的右脚并不需要锻炼肌肉。他这只脚不会弯曲，因为不可能弯曲。残疾的右脚始终保持着空中行走需要的完美角度。

"你看到了吧？"胡安·迭戈对德洛丽丝说，"我只需要训练一只脚——左脚，所以空中行走对我来说是不是更容易呢？"

负责训练空中行走的索莱达跪在帐篷的泥地上，摸了摸胡安·迭戈的跛脚。胡安·迭戈始终记得那个瞬间：这是从他的伤脚按照自己的方式痊愈后，第一次有人摸它，更不必说，这也是第一次有人触摸这只脚时，露出了赞赏的神情。

"这男孩说得对，伊格纳西奥。"索莱达对她丈夫说，"空中行走对于胡安·迭戈来说只有一半的难度。这只脚是个钩子，它已经知道怎么在空中走路了。"

"只有女孩可以当空中飞人。"驯狮官说，"奇迹一直都是女孩。"（这个男人是个男性机器，一个有阴茎的机器人。）

"脏猪对你的青春期不感兴趣。"卢佩对胡安·迭戈解释道，但相比对伊格纳西奥的蔑视，她对胡安·迭戈更多的是生气。"你不能去当奇迹，你会在空中行走时死去的！你应该和爱德华多先生一起离开墨西哥。"卢佩对他哥哥说。"你不会待在马戏团,马戏团不是永远的归宿,对你来说不是!"卢佩对他说。"你不是杂技演员,也不擅长运动,你甚至只能一瘸一拐地走路!"卢佩叫道。

"我头朝下的时候就不会一瘸一拐,我在那里能走得很好。"胡安·迭戈指着帐篷顶上那个水平的梯子。"也许跛子应该看看大帐篷里的梯子。"德洛丽丝说,她并没有明确在对谁讲。"在那个梯子上当奇迹需要胆量。"优秀的女孩对胡安·迭戈说,"在这个练习帐篷里,谁都可以空中行走。"

"我有胆量。"男孩对她说。不仅是德洛丽丝,女杂技演员们都笑了。伊格纳西奥也笑了,但他的妻子并没有。

索莱达的一只手依然放在胡安·迭戈的伤脚上。"我们看看他有没有胆量。"索莱达说,"我和这孩子都说过,这只脚给他带来了优势。"

"男孩不可以做奇迹。"伊格纳西奥说。他把自己的鞭子卷起来又散开,看起来像是在威慑,但更多的是紧张。

"为什么不可以?"他的妻子问,"我是那个训练空中飞人的人,对吧?"(也不是所有的母狮都很驯服。)

"我不喜欢他们争论这些。"爱德华·邦肖对弗洛尔说。"他们没有认真对待胡安·迭戈想要接近那个梯子的把戏,是不是?他不是认真的吧?"爱荷华人问弗洛尔。

"这孩子很有胆量,不是吗?"弗洛尔反问教士。

"不,不,不要去空中行走。"卢佩叫嚷着。"你有另一种未来!"女孩对她哥哥说。"我们应该回到流浪儿童去。不要再来马戏团了!"卢佩叫道。"我读了太多心了。"女孩说。她忽然注意到驯狮官正在看着她,胡安·迭戈也发现伊格纳西奥正注视着卢佩。

"怎么了?"胡安·迭戈问他妹妹。"那头猪现在在想什么?"他对她低语。

卢佩没有看驯狮官。"他在想他想要睡了我，等我准备好以后。"卢佩告诉胡安·迭戈，"他想知道睡一个智力迟缓的女孩是什么感觉，一个说话只能被她的跛足哥哥听懂的女孩。"

"你知道我在想什么吗？"伊格纳西奥忽然说。驯狮官看向一个并没有人的方向，那里正位于卢佩和胡安·迭戈中间，胡安·迭戈觉得这是他对狮子使用的伎俩——就是说，不和单独某一只狮子进行眼神交流，而是让狮子们觉得他在看着它们中的全部。显然，一下子发生了太多的事情。

"卢佩知道你在想什么。"胡安·迭戈对驯狮官说，"她智力并不迟钝。"

"我想说的是，"伊格纳西奥开口说，他依然没有看着胡安·迭戈或卢佩，而是他们中间的某个位置，"大部分读心师或者算命师，无论你怎么称呼，都是假的。那些能够按要求做这件事的人完全是在撒谎。真正会读心的人能读出某些人的心，但不是全部。他们会觉得大部分人的想法都很无聊。他们只会从人们的想法中挑出那些特别的东西。"

"大多都很可怕。"卢佩说。

"她说那些特别的东西大多很可怕。"胡安·迭戈告诉驯狮官。事情确实进展得太快了。

"她应该是真的。"伊格纳西奥说。他此时看向卢佩，只看着她，不包含其他人。"你读过动物的心吗？"驯狮官问她，"我很好奇你能否知道狮子在想什么。"

"这取决于某只公狮或母狮。"卢佩说。胡安·迭戈准确地重复了卢佩的话。听到"母狮"这个词，女杂技演员们纷纷从伊格纳西奥身边移开，这让垃圾场的孩子们知道驯狮官对于被称作"母狮驯狮官"这件事很敏感。

"那你也能看出某只公狮或母狮心中特别的东西吗？"伊格纳西

291

奥间，他的眼神不再聚焦，而是在会读心的女孩和她的哥哥中间的某个大致范围徘徊。

"大多都很可怕。"卢佩重复道。这一次，胡安·迭戈逐字翻译了。

"有趣。"驯狮官只是说。但帐篷里的所有人都知道，他认为卢佩是真的会读心，而且能准确地读出他的心。"那个跛子可以试试空中行走，我们会看看他有没有胆量。"伊格纳西奥离开时说。他把鞭子完全放了出来，并把它完整地拖在自己身后，然后离开了帐篷。鞭子在他背后就像是一条宠物蛇，跟着自己的主人。女杂技演员们都看向卢佩，连德洛丽丝，那个明星空中飞人，都望着她。

"她们都想知道伊格纳西奥对于和她们睡觉有什么想法，如果他觉得她们准备好了的话。"卢佩告诉胡安·迭戈。驯狮官的妻子（以及其他所有人，甚至教士）都听到了伊格纳西奥的名字。

"伊格纳西奥怎么了？"索莱达问。她懒得问卢佩，所以直接对胡安·迭戈说道。

"确实，伊格纳西奥想和我们所有人上床——每个少女，他在想这个。"卢佩说。"但你已经知道了，你不需要我告诉你。"卢佩直接对索莱达说。

"你们所有人都已经知道了。"卢佩对她们说。她说话时依次看着每个女杂技演员，在德洛丽丝身上停留最久。

没有人对胡安·迭戈准确翻译出的内容感到惊讶。弗洛尔是最不惊讶的。连爱德华·邦肖也没有表现出惊异，但他其实不懂得这段对话中的很大一部分，包括胡安·迭戈的翻译。

"今天有夜场表演。"索莱达对几位新来者解释道，"姑娘们要换演出服了。"

索莱达给垃圾场的孩子们看了他们将要住的帐篷。和之前说好的一样，他们住在狗的帐篷里。他们有两张折叠床，以及各自的壁橱，还有一面很高的全身镜。

狗的床和水碗排列很整齐，但给狗挂演出服的衣帽架很小，而且乱七八糟。驯狗师很高兴见到垃圾场的孩子们，她是一个老太太，但打扮得仿佛自己依然年轻漂亮。孩子们来到帐篷时，她正在给狗换上夜场表演的服装。她叫爱丝特雷娜，名字是"星星"的意思。她告诉孩子们她不和狗一起睡是因为需要休息，虽然孩子们看她给狗穿衣服的样子，就知道这个老太太真的很爱狗，而且把它们照顾得很好。

爱丝特雷娜穿着不符合年龄的衣服，让她比垃圾场的孩子们显得更像小孩。卢佩和胡安·迭戈都和那些狗一样喜欢她。卢佩总是不喜欢她妈妈不够端庄的打扮，但爱丝特雷娜的低胸衫就显得并不艳俗，而只是很好笑。她那干枯的乳房常常露出来，但是它们很小很瘪，爱丝特雷娜露出它们并没有任何挑逗的意思。她曾经的紧身裙也变得很滑稽。爱丝特雷娜像是个稻草人，她的衣服并不像从前那样贴身（也可能她想象着它们依然和曾经一样）。

爱丝特雷娜是个秃子，她不喜欢脱发，也不喜欢自己的头发失去乌黑的光泽。于是她自己剃了光头或是说服某人帮她剃的，因为她很容易割伤自己。她戴假发（她的假发比狗还要多）。那些假发对她而言都太年轻了。

夜晚，爱丝特雷娜戴着棒球帽睡觉。她抱怨由于有帽舌，她只能仰面而卧。打鼾并不是她的错。她说这是由于棒球帽的关系。帽带在她的前额留下了一个永久的凹痕，被覆在假发下面。当爱丝特雷娜累了的时候，某些日子她便不再摘下棒球帽，换上一个又一个假发。如果奇迹不表演的话，她的打扮就像是一个戴着棒球帽的秃顶木杆身材的妓女。

爱丝特雷娜是个慷慨的人，她不会吝啬自己的假发，她会让卢佩试戴，而且她们两个都喜欢给狗尝试一个个假发。这天爱丝特雷娜没有戴棒球帽，她头上顶着"火红"假发，这顶假发戴在某只狗头上或许会更好看，戴在卢佩头上效果也会更好。

所有人都知道为什么垃圾场的孩子们和狗会喜欢爱丝特雷娜。但尽管她很慷慨，却并没有像对孩子们那样欢迎弗洛尔和爱德华多先生。爱丝特雷娜在性方面没有偏见，也不会反对一个异装妓女出现在狗的帐篷里。但是如果狗在帐篷中拉屎，驯狗师会责骂它们。她不希望脚上沾着象粪的爱荷华人给它们带来不良的暗示，所以她不太欢迎教士。

在男厕所帐篷后面的户外浴室附近，有一个带有长软管的水龙头，于是弗洛尔把爱德华·邦肖带到那里，想要处理一下凝固在教士凉鞋上的象粪，更糟的是他光着脚，脚趾间也都沾满了。

由于爱丝特雷娜正在告诉卢佩每只狗的名字，以及要喂它们多少食物，索莱达抓住了这个单独说话的机会。胡安·迭戈意识到，住在帐篷里并没有什么隐私的时间，这和在孤儿院不一样。

"你的妹妹很特别。"索莱达轻声开口道，"但是为什么她不想让你当奇迹呢？空中飞人是马戏团的明星。"明星这个概念让他感到眩晕。

"卢佩觉得我有不一样的未来，不是空中行走。"胡安·迭戈说。他有些不知所措。

"卢佩还知道未来吗？"索莱达问跛足的男孩。

"只是其中一些。"胡安·迭戈回答。其实，他并不清楚卢佩是否知道很多（或者很少）。"因为卢佩在我的未来中没有看到空中行走，她觉得我可能会死，如果我尝试的话。"

"那你怎么想，胡安·迭戈？"驯狮官的妻子问。在这个孩子眼中，她是那种很陌生的大人。

"我只知道我在空中行走时不会一瘸一拐。"男孩对她说。他看到自己的决定正在前方若隐若现。

"这只达克斯猎犬是公狗，他叫宝宝。"他听见卢佩对自己重复道。胡安·迭戈知道这是她记忆东西的方式。他可以看见那只达克斯猎犬：小狗下巴上系着一顶婴儿帽，端正地坐在儿童车里。

"伊格纳西奥想要一个会读狮子的心的人。"索莱达忽然对胡安·迭戈说。"读心师又能表演什么中场小节目呢？你自己说过你妹妹不是算命师。"索莱达接着柔声说道。事情和预期并不一样。

"这只牧羊犬是母狗，叫帕斯托拉。"胡安·迭戈听见卢佩说。（帕斯托拉是"牧羊女"的意思。）这是一只边境牧羊犬，她穿着女孩的裙子。当她同时用四条腿走路时会被裙子绊倒，但是当她用后腿站立，推着里面有宝宝（那只达克斯猎犬）的儿童车时，裙子正好合身。

"卢佩在中场小节目里能和人说什么呢？会有女人想听人说出她丈夫的想法吗？会有男人想知道自己妻子在想什么吗？"索莱达问胡安·迭戈。"如果被朋友们知道了自己的想法，小孩子会不会很尴尬？你想想吧。"索莱达说。"伊格纳西奥只在意那头老公狮和那些母狮在想什么。如果你妹妹读不出狮子的心，她对伊格纳西奥就没有用。一旦她读出了狮子的心在想些什么，那她也不再有用了，对不对？还是说狮子也会改变想法？"索莱达问胡安·迭戈。

"我不知道。"男孩承认道。他有些害怕。

"我也不知道。"索莱达对他说。"我只知道如果你成了空中飞人，你们在马戏团待下去的概率更大，尤其你是一个男空中飞人。你明白我在说什么吧，奇迹男孩？"索莱达问他。一切都太突然了。

"我明白。"他对索莱达说，但是事情的忽然发生让他感到恐惧。想象索莱达曾经是个美丽的女子是很困难的，但胡安·迭戈知道她的思路很清楚。她足够了解自己的丈夫，也许正因为如此才能活下来。索莱达知道驯狮官作出的决定多半很自私，他喜欢卢佩会读心的本领是出于自我保护。索莱达身上有一点很明显：她是一个强壮的女人。

正如瓦格斯医生对这位前秋千演员的描述，她的关节有伤。虽然她的手指、手腕、手肘这些地方都受过伤，但索莱达依然很强壮。作为飞行杂技演员，她最后担任的角色是抓举者。在秋千表演中，这种角色通常由男性承担，但是索莱达的手臂足够健壮，而且有充足的握力来担任这项工作。

"这只混种犬是公狗。我觉得他被叫作'杂种'不公平——可怜的狗不该叫这个名字！"卢佩说。可怜的混种狗"杂种"并没有穿演出服。在狗的表演中，"杂种"是个偷孩子的。他想要夺走里面有"宝宝"的儿童车，然后车中的达克斯猎犬会像疯子一样狂叫。"杂种永远演坏蛋。"卢佩说，"这也不公平！"（胡安·迭戈知道卢佩接下来要说什么，因为这是他妹妹经常重复的话题。）"杂种也不想当混种狗。"卢佩说。（当然，驯狗师爱丝特雷娜一点也不知道卢佩在说些什么。）

"我猜伊格纳西奥有些害怕狮子。"胡安·迭戈小心翼翼地对索莱达说，他在拖延时间。"伊格纳西奥就应该害怕狮子，他应该很怕。"驯狮官的妻子说。

"这只德国牧羊犬是母狗，她叫阿勒曼尼亚。"卢佩嘟囔道。胡安·迭戈觉得给一只德国牧羊犬取名"德国"很偷懒，而且让她穿着警服也是一种刻板印象。但阿勒曼尼亚是个女警。卢佩自然在念叨着，"杂种"作为一只公狗，被一只母德牧拘捕是多么"丢人"。在马戏团表演中，杂种在偷走儿童车里的婴儿时被捉住了，没穿衣服的他被身着警服的阿勒曼尼亚咬住脖颈，拖出了场地。宝宝（达克斯猎犬）和他的妈妈（帕斯托拉，牧羊犬）重获团圆。

就在胡安·迭戈意识到这件事情——垃圾场的孩子们在马戏团获得成功的机会很渺茫，一个跛足空中飞人成功的概率和卢佩成为读狮子心的人一样低的时候——光着脚的爱德华·邦肖蹒跚着走进了狗的帐篷中。或许是爱荷华人小心翼翼地走路的样子，也可能瘦小的他倚靠着高大的异装妓女寻求支撑的难堪处境，引起了狗的注意。

宝宝第一个叫了，这只小达克斯猎犬从儿童车中跳了出来。这偏离了剧本，完全不像是马戏团的表演，可怜的杂种生起气来，去咬爱德华·邦肖光着的脚。宝宝迅速抬起了一条腿，像大部分的公狗那样，在爱德华多先生另一只脚——没有被咬的那只上面撒了一泡尿。弗洛尔踢了达克斯猎犬和混种犬。

阿勒曼尼亚，那只警犬，不喜欢看到别的狗被踢。一阵紧张的对峙在德国牧羊犬和异装妓女之间展开了，大狗吠叫着，而弗洛尔也毫不退缩，不肯在斗争中退下阵来。爱丝特雷娜头上的火红色假发已经歪了，她正努力让那些狗平静下来。

卢佩（在这一瞬间）读到胡安·迭戈的内心后感到很难过，她不再关注那些狗。"我是一个读狮子的心的人，是吗？"女孩问她哥哥。

"我信任索莱达，你呢？"胡安·迭戈只是回答。

"如果你成了空中飞人，我们就不可替代，否则，我们就没什么用，是吗？"卢佩再一次问胡安·迭戈，"噢，我知道了，你愿意当奇迹男孩，是不是？"

"索莱达和我都不知道狮子会不会改变想法，假如你能读出狮子在想什么。"胡安·迭戈说，他试图表现得很认真，但奇迹男孩的想法诱惑了他。

"我知道伙计心里在想什么。"卢佩只是告诉他。

"我觉得我们就试试吧。"胡安·迭戈说，"用一周的时间，看看会怎么样……"

"一周！"卢佩叫嚷道，"你不是奇迹男孩，相信我。"

"好吧，好吧，我们就试几天。"胡安·迭戈恳求道。"就试试吧，卢佩，你不会知道所有的事情。"他补充说。哪个跛子不想不再一瘸一拐地走路呢？如果一个跛子可以走在万众瞩目之下，该有多好？空中飞人会得到掌声，受人喜爱，甚至被仰慕。只要走路就好了，只要走十六步。

"我们要么离开，要么就会死在这儿。"卢佩说。"几天还是一周没有什么区别。"一切都太突然了，对卢佩来说也是一样。

"你太异想天开了！"胡安·迭戈指责她。

"是谁想当奇迹？是谁异想天开？"卢佩问他，"奇迹男孩。"

那些该对他们负责的大人去哪里了？

很难想象还有更多的事情发生在爱德华·邦肖的脚上，但这个光脚的爱荷华人在想着其他的东西。狗并没有成功分散他的注意力，也不要指望他能了解垃圾场的孩子们面临的困境。即使一直在和爱荷华人调情的弗洛尔，也不该因为错过孩子们"要么离开，要么死去"的艰难决定而遭受指责。这些大人都在想着自己的事。

"你真的既有乳房又有阴茎吗？"爱德华·邦肖用英语对弗洛尔说，那段在休斯敦不可言说的经历让她很精通这门语言。爱德华多先生希望弗洛尔能懂得他的问题，他自然没有意识到正在吵架的胡安·迭戈和卢佩会听到他的话，而且能够听懂。帐篷里的人都猜不到，老驯狗师爱丝特雷娜，甚至驯狮官的妻子索莱达，也都懂得英语。

在爱德华多先生询问弗洛尔她是不是既有乳房又有阴茎的时候，那些疯狂的狗都停止了吠叫。帐篷里的每个人都听到并懂得了这个问题。孩子们和这件事没有什么关系。

"耶稣。"胡安·迭戈说。他们现在只能靠自己。

卢佩把她的科亚特利库埃图腾放在了自己那小得几乎难以发觉的胸部上。以响尾蛇作为乳头的可怕女神似乎听懂了关于乳房和阴茎的问题。

"好吧，我不会给你看我的阴茎，在这里不会。"弗洛尔对爱荷华人说。她正在解开自己的上衣，把它从裙子上方脱下来。孩子们还在自己作着突然的决定。

"你没发现吗？"卢佩对胡安·迭戈说。"她就是那个人，那个适合他的人！弗洛尔和爱德华多先生，他们两个会收养你。只有他们在一起，才会让你和他们走！"

弗洛尔已经完全脱下了她的上衣，再脱去内衣并没有必要。她的胸很小。她之后会说"这是荷尔蒙能做到的最好情形了"。弗洛尔说她"不是手术变性的"。但是，为了确认，她把内衣也脱了下来，虽然她的乳房很小，她还是想让爱德华·邦肖相信她确实有。

"不是响尾蛇的乳头吧？"弗洛尔问卢佩，帐篷里的每个人都能看到她的胸和乳头。

"我们要么离开，要么就会死在这儿。"卢佩重复道。"爱德华多先生和弗洛尔会带你走。"小姑娘告诉胡安·迭戈。

"现在，你应该也相信我有阴茎吧。"弗洛尔对爱荷华人说。当伊格纳西奥走进来时，她已经穿回了内衣，正在系上衣的扣子。无论是否处于帐篷中，孩子们感觉驯狮官进屋前从来都不会敲门。

"过来看看狮子。"伊格纳西奥对卢佩说。"我猜你也得来吧。"驯狮官对跛子——未来的奇迹男孩说。

孩子们无疑懂得了他的意思：读心的工作完全面向狮子。无论狮子能否改变想法，卢佩都要努力让驯狮官相信它们会改变。

但这个光着脚，脚上既被咬，又被撒了尿的教士在想些什么呢？爱德华·邦肖的思绪很混乱。弗洛尔身上乳房和阴茎的组合让他重新开始思考独身主义，连鞭子的抽打也无法打消这个念头。

"一位基督教的战士"，爱德华多先生这样称呼自己和他的耶稣会同胞们，但他的信念动摇了。那两个老牧师明显不想让垃圾场的孩子们待在流浪儿童，他们对于马戏团安全性漫不经心的质疑更多是一种牧师的程式化行为，而非真正的担心或责任感。

"那些孩子太野了，我觉得他们会被野兽吃掉！"阿方索神父说，他抬起了双手，仿佛这样的命运很适合垃圾场的孩子们。

"他们缺乏自制力，会从那些摇晃的东西上掉下来！"奥克塔维奥神父也插话道。

"秋千。"佩佩为他们提供了帮助。

"对！秋千！"奥克塔维奥神父叫道，似乎这个想法很吸引他。

"那男孩不会去爬任何摇晃的东西。"爱德华·邦肖对牧师们保证说，"他会去做翻译，至少他不会成为垃圾场的乞丐！"

"女孩可以读心、算命，也不会去爬什么摇晃的东西。至少她将来不会变成妓女。"佩佩神父对两个牧师说。佩佩很了解他们，"妓女"这个词会起到关键的作用。

"那还不如被野兽吃了。"阿方索神父说。

"还不如从秋千上掉下来。"奥克塔维奥神父自然也应和道。

"我知道你们能理解。"爱德华多先生对两位老牧师说。然而，即使在那时，他也不确定自己要站在哪一边。他似乎很期待自己争取来的事情。为什么马戏团会成为一个很好的选择呢？

而此时爱德华·邦肖再一次走在排满剧团帐篷的大道上，随时留意着象粪，他蹒跚地用自己柔弱的光脚走着。他倚靠着弗洛尔，向更高、更强壮的异装妓女寻求着支持。前往狮笼的路途只有短暂的两分钟，对爱德华·邦肖来说却意味着永恒——他遇见了弗洛尔，仅仅是想到她同时拥有乳房和阴茎，就改变了他生命的轨迹。

前往狮笼的路对于爱德华多先生来说就像是空中行走，在他眼中，这段距离如同走在八十英尺的高空，又没有防护网。然而无论他的步履如何蹒跚，这段路都改变了他的人生。

爱德华多先生将自己的小手滑入了弗洛尔那大很多的手掌，当她紧握住自己的手时，教士几乎跌倒。"事实是，"爱荷华人努力说出口，"我爱上你了。"眼泪在他的脸上流淌着，他长期以来追寻的生活，他用鞭子督促自己实现的生活，现在结束了。

"你好像对此并不开心。"弗洛尔指出。

"不，不——我很开心，我真的很开心！"爱德华·邦肖对他说。

他开始告诉弗洛尔，圣·依纳爵·罗耀拉是如何为堕落的女人寻求庇护的。"在罗马，这位圣人宣布，如果他能阻止一个妓女一夜的罪恶，他甘愿牺牲自己的生命。"爱德华多先生哭诉着。

"我不想让你牺牲你的生命，傻瓜。"异装妓女对他说。"我不想让你拯救我。"她说道。"我觉得你应该从和我上床开始。"弗洛尔告诉爱荷华人。"我们就从这件事开始吧。看看后面会怎样。"弗洛尔对他说。

"好。"爱德华·邦肖回答，他几乎又一次摔倒。他有些犹豫，但欲望总有办法。

女杂技演员们在大道上跑过他们身边，她们衣衫上蓝绿色的亮片在灯笼映射下闪闪发光。德洛丽丝也经过了他们，但是她没有跑，而是快步走着，她把跑步的力气用在了明星空中飞人的训练中。她衣服上的亮片是金银两色的，脚镯上系着银色的铃铛。德洛丽丝经过他们时，铃铛发出了声响。"制造噪声，故意引人注目的荡妇！"卢佩在美丽的空中飞人身后喊道。"她不是你的未来，忘了她吧。"她只对胡安·迭戈说了这样一句。

他们来到了狮笼面前。狮子们现在都醒着，全部的四只。三只母狮的目光警觉地跟随着布满剧团帐篷的大道上的人流。阴沉的公狮伙计眯起眼睛盯着正在靠近的驯狮官。

走在繁忙大道上的路人看见，那个跛足男孩似乎跌倒了，他的妹妹在他倒下前抓住了他的胳膊，那些离他们更近的人也许会以为，跛足男孩是在弯下腰亲吻他妹妹一侧的太阳穴。

真实情况是胡安·迭戈正在卢佩耳边低语。"如果你真的知道狮子们在想些什么，卢佩——"他开口道。

"我知道你在想什么。"卢佩打断了他。

"看在上帝的分上，你说出狮子的想法时一定要小心！"胡安·迭戈严厉地对她轻声说。

"你才是那个需要小心的人。"卢佩对他说。"没有人知道我在说什么，只有你能告诉他们。"她提醒他。

"你要记住：我不是你的拯救目标。"弗洛尔对爱荷华人说，他已经泪如雨下，不知这是幸福的眼泪，矛盾的眼泪，还是普通的眼泪。他的泪水不住地流着，换句话说，有时欲望有办法让你作出这样的举动。

一行人在狮笼面前停了下来。

"你好，伙计。"卢佩对狮子说。这只雄性的大猫正在看着卢佩，它只看着卢佩，而非伊格纳西奥。

也许胡安·迭戈在此时鼓起了成为空中飞人的勇气，也许此时他相信自己有胆量做这件事。成为奇迹男孩确实是可能的。

"你还觉得她智力迟钝吗？"跛足男孩问驯狮官。"你能看出伙计知道她会读心吧？"胡安·迭戈问伊格纳西奥。"她是真的会读心。"男孩补充道。他实际上的信心还不足话语中的一半。

"不要想着骗我，天花板飞人。"伊格纳西奥对胡安·迭戈说。"关于你妹妹说了什么，不要撒谎。如果你不说实话，我会知道的，只会走练习帐篷的家伙。我知道你在想什么——知道一些。"驯狮官说。

胡安·迭戈看向卢佩时，她没有任何评价，甚至没有耸肩。女孩的注意力都在狮子上。即使是大道上随意经过的路人也能看出，卢佩和伙计了解对方的想法。老公狮和女孩都专注于彼此，完全无视其他人。

瓦格斯之家

在胡安·迭戈的梦中，他无法判断出这音乐来自哪里。它没有流浪乐队那种非常卖力的声音，就像在山谷侯爵的户外咖啡桌边演奏的那些，其中一个恼人的乐队或许曾出现在索卡洛的各个地方。虽然奇迹的马戏团乐队演奏《拉雷多的街道》的时候，也有自己的铜管及鼓乐版本，但此时的音乐中也没有他们奏起这支牛仔挽歌时那垂死挣扎及安魂曲般的感觉。

而且有一点，胡安·迭戈听到的是一个人声在唱歌。在梦中，他辨出了歌词，虽然并没有好外国佬曾经唱这首歌时那么温柔。噢，好外国佬是多么喜欢《拉雷多的街道》啊，可怜的少年只能在睡梦里唱起这支曲子了！卢佩也能把这首歌唱得很甜美。尽管她的声音嘶哑而难懂，却有少女的感觉，她的嗓音听起来很天真。

沙滩上的业余歌手已经停止了歌唱，所以胡安·迭戈听到的并不是那些陈旧的卡拉OK音乐。邦劳岛沙滩上的俱乐部中，那些参加新年庆典的人已经上床睡觉了，或是准备下水在夜里游个泳。魅力酒店里也没有人在敲新年的钟声。谢天谢地，连午夜猴子都安静了下来。

胡安·迭戈的酒店房间里一片漆黑，他屏住了呼吸，因为他没有听到米里亚姆的喘气声。只有一个胡安·迭戈辨识不出的声音正在唱着悲伤的牛仔之歌。他知道这是谁吗？一个年龄大一些的女人唱起《拉雷多的街道》是很奇怪的，似乎有些不对劲。但这个声音本身不是很容易辨认吗？只是她不该唱起这首歌。

"'从你的打扮，能看出是个牛仔。'"女子用低沉、沙哑的声音唱着，"'当我缓慢地经过时，他对我说。'"

这是米里亚姆的声音吗？胡安·迭戈有些纳闷。如果他没有听到她的呼吸声，她怎么还能唱歌呢？黑暗中，胡安·迭戈并不确定她是否在这里。

"米里亚姆？"他低声叫道。之后他又用大一点的声音重新喊了她的名字。

歌声消失，《拉雷多的街道》停止了。但房间里也没有喘气声。胡安·迭戈屏住了呼吸，他在留意米里亚姆任何细微的动静，或许她已经回到了自己的房间。也许是他打鼾，或者在睡梦中说话。偶尔他会在做梦时讲话。

我应该试着碰碰她，只是看看她在不在这里，胡安·迭戈想道，但是他对此有些害怕。他触到了自己的阴茎，然后嗅了嗅手指。性爱的气味并不使他惊讶。他记得自己确实曾和米里亚姆做爱。但他并没有完全记起。他确实说过些什么，关于她感觉如何，以及自己的阴茎在她体内感觉如何。他说的是"柔滑"或"柔软"，这些话是他唯一记得的。

而米里亚姆说："你真有趣，总要用一个词来描述所有的事情。"

这时一只公鸡叫了起来——天还完全黑着！菲律宾的公鸡都疯了吗？这个愚蠢的家伙难道被卡拉OK打乱了生物钟？这只傻公鸡是不是把午夜猴子当成了午夜母鸡？

"应该有人杀了那只公鸡。"米里亚姆用她那低沉、沙哑的声音说。胡安·迭戈感觉到她那赤裸的胸部触到了他的胸膛和上臂，而她的手指抓住了他的阴茎。或许米里亚姆可以在黑暗中看见东西。"你在这儿，亲爱的。"她对他说，仿佛他需要确认自己的存在，他确实在这里，和她在一起。那个瞬间他在疑惑她是否是真的，她是否真实存在。（这便是他害怕得知的真相。）

疯狂的公鸡再一次在黑暗中叫了起来。

"我是在爱荷华学会的游泳。"他在黑暗中对米里亚姆说。和握着你阴茎的人说起这件事是很滑稽的，但胡安·迭戈的时间正是这样流动（不仅是在他的梦中）。时光向前或向后跳跃，一切按照联想而非线性的时间展开，但又不是仅仅依靠联想。

"爱荷华。"米里亚姆低声说，"我想起游泳时并不会联想到那里。"

"我在水里不会一瘸一拐。"胡安·迭戈告诉她。米里亚姆让他的阴茎再次硬了起来。当胡安·迭戈不在爱荷华时，他并没有遇到过很多对那里感兴趣的人。"你可能从没去过中西部。"胡安·迭戈对米里亚姆说。

"噢，我哪里都去过。"米里亚姆用她惯有的简单方式反驳道。

哪里都去过？胡安·迭戈琢磨着。没有人哪里都去过，他想。但是对于一个地方的感觉，个人的视角很重要，不是吗？并不是每个人在十四岁第一次来到爱荷华时，都会觉得从墨西哥搬来这里是一件很兴奋的事。对胡安·迭戈而言，爱荷华是一次冒险。他是一个从不模仿周围年轻人的男孩，但到了这里忽然到处都是学生。爱荷华是一座大学城，是十大城镇之一，校园就是城市，城市和大学融为一体。作为一个拾荒读书人，他难道不会觉得大学很令人兴奋吗？诚然，任何一个十四岁的男孩都会意识到，爱荷华的校园英雄是那些体育明星。这和胡安·迭戈对美国的想象是一致的。在一个墨西哥孩子眼里，电影和体育明星是美国文化的巅峰。正如罗丝玛丽·施泰因医生对胡安·迭戈所说的，他有时是一个来自墨西哥的小孩，有时又是一个来自爱荷华的成年人。对于弗洛尔而言，从瓦卡哈到爱荷华市的转变肯定更加困难，虽然这里带给她的不幸并没有休斯敦那么多。在作为十大城镇之一的大学城，一个有异装癖的前妓女能有什么机会呢？她在休斯敦已经犯了一次错，所以不打算在爱荷华抓住任何机会。保持温顺、低调。好吧，弗洛尔的天性就并不温柔，她一贯坚持自己的主张。

当精神错乱的公鸡叫响第三声时，它的叫声在中途被打断了。"好啦，"米里亚姆说，"现在不会再有虚假的黎明和不诚实的信使了。"

当胡安·迭戈试图理解米里亚姆真正的意思时，她的话语是那么具有权威性。一只狗又叫了起来，很快其他的狗也都开始吠叫。"不要伤害那些狗，不是它们的错。"胡安·迭戈对米里亚姆说。他想象着卢佩会这样讲。（又一个新年到了，胡安·迭戈依然在思念着他亲爱的妹妹。）

"不会有人伤害那些狗的，亲爱的。"米里亚姆轻声说。

面向大海的窗子敞开着，一阵微风吹了过来。胡安·迭戈感觉他闻到了海水的气味，但是并没有听到海浪的声音，如果有海浪的话。他此时才意识到自己可以在保和游泳，魅力酒店就有沙滩和游泳池。（好外国佬，那个促成胡安·迭戈来菲律宾旅行的人，并没有激发他关于游泳的念头。）

"告诉我你在爱荷华是怎么学会游泳的。"米里亚姆在他耳边低语。她正横跨在他身上，他感觉自己再次进入了她的身体。一种柔滑的感觉包围了他，这就像是在游泳，他想，这样的思绪还未拂过他的心头，米里亚姆已经知道他在想什么。

是的，那已经是很久以前，由于卢佩的关系，胡安·迭戈知道身边有一个会读心的人是什么感觉。

"我是在爱荷华大学的室内泳池游泳。"胡安·迭戈开口了，他有些呼吸困难。

"我是说谁，亲爱的。我是想问是谁教你的，谁把你带去了游泳池。"米里亚姆温柔地说。

"噢。"

即使在黑暗中，胡安·迭戈也无法说出他们的名字。

是爱德华多先生教会他游泳的，在爱荷华老田舍的游泳池，紧挨着校医院及诊所。爱德华·邦肖曾因为担任牧师而远离了学术，当他回到爱荷华大学的英语系时依然被接纳了，"他来自这里"，弗洛尔喜欢说，她的墨西哥口音在读出"这里"这个词时有些夸张。

弗洛尔并不游泳，但在胡安·迭戈开始学游泳后，她有时会带他去泳池，那里供大学教职工和他们的孩子使用，其他市民也很喜欢。爱德华多先生和胡安·迭戈都很爱老田舍。在20世纪70年代初，卡弗鹰眼竞技场还没有建成，爱荷华的大部分室内运动都是在老田舍进行的。除了游泳，爱德华·邦肖和胡安·迭戈还会去那里看篮球赛和摔跤比赛。

弗洛尔喜欢游泳池，但讨厌老田舍，她说那里有太多运动的人在跑来跑去。女人们会带孩子们去游泳池。她们在弗洛尔身边感到很不安，但是并不敢看她。年轻男人却忍不住，弗洛尔总是说他们会盯着她看。弗洛尔很高，肩膀也很宽，身高六英尺二英寸，体重170磅。尽管她的胸很小，却看起来很迷人（从女性的角度），但又很男性化。

在泳池边，弗洛尔会穿连体的泳衣，但是人们只能看到她的腰部以上。她总是在屁股上裹着一条大毛巾，泳衣的下半身从不露出来。弗洛尔也从来不下水。

胡安·迭戈并不知道弗洛尔怎么穿脱衣服，她会去女更衣室，也许她从不脱下自己的泳衣？（因为没有弄湿。）

"不要担心这件事。"弗洛尔对男孩说，"除了爱德华多先生，我不会给任何人看我的家伙。"

在爱荷华市不会。胡安·迭戈有一天会明白。他终有一天会懂得为什么弗洛尔有时会离开爱荷华。这种情况并不多，只是偶尔。

如果佩佩神父在瓦哈卡见到弗洛尔，他会写信给胡安·迭戈。"我想你和爱德华知道她在这里。她说'只是回来看看'。我在那些平常的地方看见了她。好吧，并不全是'平常的'地方。"佩佩会这样说。

佩佩的意思是他看见弗洛尔去了拉契那，那家布斯塔曼特的同性恋酒吧，将来它会变成其南帕。佩佩也在小王冠见到过"疯女人"，那里的客人大部分是同性恋，异装癖们疯狂地换装。

佩佩并没有暗示弗洛尔出现在妓女宾馆。弗洛尔怀念的不是萨梅加宾馆，也不是当妓女的日子。但弗洛尔这样的人在爱荷华市又能去哪儿呢？她是个喜欢派对的人，至少有时如此。七八十年代的爱荷华市没有拉契那，更没有小王冠。弗洛尔一次次回到瓦哈卡，会造成什么伤害呢？

佩佩神父并没有批判她，但很明显爱德华多先生是明白的。

当胡安·迭戈离开瓦哈卡时，佩佩神父对他说："不要成为那种墨西哥人……"他停了下来。

"哪种？"弗洛尔问佩佩。

"那种憎恨墨西哥的墨西哥人。"佩佩说出了口。

"你的意思是那种憎恨墨西哥的美国人。"弗洛尔说。

"亲爱的孩子！"佩佩神父叫道，他把胡安·迭戈拥入了怀中。"你也不会想成为那种总是回来的墨西哥人，他们在外面待不住。"佩佩补充道。

弗洛尔只是瞪着佩佩神父。"还有什么人是他不能成为的？"她问佩佩，"还有哪种墨西哥人？"

但佩佩只是忽略了弗洛尔，他在胡安·迭戈的耳边低语："亲爱的孩子，成为你想要成为的人吧。保持联系！"佩佩恳求道。

"你最好不要成为任何一种人。"弗洛尔趁着佩佩正在抑制不住地啜泣时，对十四岁的男孩说。"相信我，佩佩，爱德华和我不会让这孩子泯然众人的。"弗洛尔说，"我们确信他会成为一个来自墨西哥的小人物。"

爱德华·邦肖听到了所有的话，但他只听懂了自己的名字。

"是爱德华多。"爱德华·邦肖纠正道，而她只是理解地对他笑了笑。

"他们是我的父母，或者说他们曾尝试做我的父母！"胡安·迭戈本想大声讲出来，但这些话即使在黑暗中也难以说出口。"噢。"他只是又一次感叹道。米里亚姆正在他身上移动着，他难以说出更多的话。

杂种，也就是那只混种狗被隔离了起来，并需要观察十天，如果你在担心狂犬病，这是对待那些看起来没有病的咬人动物的一般程序。（杂种并没有狂犬病，但瓦格斯医生给爱德华·邦肖注射了狂犬疫苗，他想要确认这一点。）那十天里，奇迹马戏团没有狗的表演。扮演小偷的狗被隔离，打乱了和孩子们同住在帐篷中的其他狗的正常生活秩序。

宝宝，那只达克斯猎犬，每晚都会在帐篷中的泥地上撒尿。帕斯托拉，那只母牧羊犬，总是不停地哭嚎。爱丝特雷娜只得睡在狗的帐篷中，否则帕斯托拉便片刻不能安宁，而爱丝特雷娜会打鼾。每当爱丝特雷娜仰躺着睡觉时，她的脸都被遮挡在棒球帽的帽舌下，这让卢佩时常做噩梦。但爱丝特雷娜说自己不能光着头睡，因为蚊子会叮她的秃头，这样她的头就会发痒，她不摘下假发就没法去抓，摘下假发又会让狗感到不安。在杂种隔离期间，阿勒曼尼亚，那只母德国牧羊犬，夜晚会站在胡安·迭戈的折叠床边，在他面前喘气。卢佩责怪瓦格斯把混种狗"妖魔化"。可怜的杂种"永远是坏蛋",他再一次成了卢佩眼中的受害者。

"那只恶犬咬了爱德华多先生。"胡安·迭戈提醒他妹妹。

"恶犬"是里维拉的称呼,卢佩并不相信世界上有恶犬。

"爱德华多先生爱上了弗洛尔的阴茎!"卢佩叫道。仿佛是这个恼人的新变化导致了杂种去袭击爱荷华人。但是这意味着杂种讨厌同性恋,是这点让他变成了一只恶犬吗?

然而胡安·迭戈成功地说服卢佩留在了奇迹,至少待到马戏团到墨西哥城巡演之后。这次旅行对卢佩的意义比对胡安·迭戈更大。挥撒他们妈妈的骨灰(以及好外国佬和破烂白的骨灰,还有圣母玛利亚巨大鼻子的残迹)对卢佩来说很重要。她相信瓜达卢佩圣母在瓦哈卡的教堂中遭受了排斥,只能屈居次席。

无论埃斯佩兰萨有什么错,在卢佩眼中,她都是被圣母玛利亚"谋杀"的。这个会读心的孩子相信宗教世界的错误会自己得到纠正,但这是在,而且只在她那罪恶的母亲的骨灰被撒在墨西哥城瓜达卢佩大教堂的前提下。只有在那里,这位棕色皮肤的圣母成功吸引了众多信徒前往她的圣殿。卢佩很想去水井礼拜堂,那里的瓜达卢佩被玻璃罩着,睡在自己临终的床榻上。

即使一瘸一拐,胡安·迭戈依然期待经历漫长的时间,爬上玫瑰山丘那无尽的阶梯。在那座圣殿,瓜达卢佩没有被隐藏在侧面的圣坛中。她就矗立在神圣的山丘前方,"山丘。"(相比"山丘",卢佩更喜欢将圣殿叫作"玫瑰",她觉得这听起来比"山丘"更加神圣。)可能是在那里,也可能是在水井礼拜堂中棕色皮肤圣母的床榻边,孩子们会撒下骨灰,他们把骨灰存放在里维拉从垃圾场捡来的咖啡罐中。

咖啡罐中的粉末并没有埃斯佩兰萨的味道,而是一种不可名状的气味。弗洛尔嗅了嗅骨灰,说也没有好外国佬的味道。

"像是咖啡味。"爱德华·邦肖闻过后说。

无论骨灰有着怎样的味道，帐篷中的狗都不会感兴趣。也许它带有某种药味，爱丝特雷娜说任何有药味的东西都会让狗大倒胃口。也许这种难以辨别的气味来自圣母玛利亚的鼻子。

"肯定不是破烂白。"卢佩只是这样评价那种气味。她每晚上床前都会闻一闻咖啡罐里的骨灰。

胡安·迭戈无法读她的心，他甚至没有尝试过。也许卢佩喜欢嗅咖啡罐里的气味，是因为她知道他们很快就能去撒骨灰了，她想要在失去后记得它的味道。

就在奇迹马戏团将要去墨西哥城巡演之前——那是一次漫长的旅行，而且随行的有很多卡车和汽车——卢佩带着咖啡罐去参加他们被邀请的一次晚宴，是在瓦格斯医生位于瓦哈卡的家中。卢佩对胡安·迭戈说，她想对骨灰的味道进行"科学的判断"。

"但这是晚宴，卢佩。"胡安·迭戈说。这是孩子们被邀请的第一次晚宴。他们知道，这很可能不是瓦格斯的主意。

佩佩神父和瓦格斯讨论了爱德华所面临的被他称为"灵魂考验"的境况。瓦格斯医生并不觉得弗洛尔会给爱荷华人带来如此的精神危机。他对爱德华多暗示，他在这段与异装妓女的关系中唯一需要担心的可能是健康问题，这让弗洛尔感到很受冒犯。

瓦格斯的意思是性传播的疾病。他想表达一个妓女会有许多伴侣，弗洛尔可能会通过其中某一个染病。瓦格斯并不在意弗洛尔有阴茎或者爱德华·邦肖也有一个，以及爱荷华人不得不因此放弃成为牧师的愿望。

爱德华·邦肖打破了自己的独身承诺这件事，瓦格斯也毫不关心。"我只是不想让你的阴茎脱落或者变绿什么的。"瓦格斯对爱荷华人说。这让弗洛尔很是恼火，所以她没有参加"瓦格斯之家"的晚宴。

在瓦哈卡，所有与瓦格斯有私交的人都称他的房子为"瓦格斯之家"。这其中包括那些嫉妒他的家庭财产的人，还有些人认为，他在父母因飞机失事遇难后，搬进他们的大房子这一点很冷漠。（当时，瓦哈卡的每个人都知道了瓦格斯本应也在那架飞机上的故事。）那些讽刺地称呼"瓦格斯之家"的人中，还有些是被他的直率所冒犯的。他把科学当作棍棒，热衷于用严格的医学细节来对付你，比如他贬损弗洛尔是一个潜在的性病传播者。

好吧，这就是瓦格斯，他就是这样的人。佩佩神父很了解他。佩佩觉得瓦格斯对一切事物都充满讽刺，他也相信孩子们和爱德华·邦肖能够从其中某些讽刺中受益。这也是佩佩说服瓦格斯，邀请爱荷华人和孩子们参加晚宴的原因。

佩佩认识其他一些放弃了自己誓言的学者。通往神职的道路上可能会有困惑和弯路。当最热忱的学生放弃学业时，他们在情感和心理上都需要"重塑自我"，正如佩佩所想，这是一件很残忍的事。

无疑爱德华·邦肖开始怀疑自己是不是同性恋，以及他是否爱上了这个恰巧同时拥有乳房和阴茎的人。他难免会自问：不是有许多同性恋并不会被异装癖吸引吗？但他知道有些人会。爱德华多先生会思考，自己在性方面是不是成了少数中的少数？

佩佩神父并不在意这些区别中的区别。佩佩很博爱，他知道爱荷华人的性取向完全是他自己的事情。

佩佩神父不在意爱德华多先生近来才发现自己是同性恋（如果事情真的如此），以及他放弃成为牧师的追求，对佩佩来说爱德华·邦肖被一个穿着女装同时长着阴茎的人迷住并没有什么。佩佩也不讨厌弗洛尔，但他有些在意她是一个妓女，不完全是由于瓦格斯所说的传播性病的关系。佩佩知道弗洛尔总是惹麻烦，她生活在麻烦中间（并不是所有事情都应该归咎于休斯敦），而爱德华·邦肖几乎没有经历过这种生活。这样的两个人怎么能在爱荷华一起生活呢？在佩佩看来，对爱德华多先生来说，弗洛尔迈出了太远的步伐。她的世界没有边界。

至于弗洛尔，谁知道她在想什么呢？"我觉得你是个非常好的鹦鹉男。"弗洛尔曾对爱荷华人说。"我应该在小时候认识你。"她对他说道，"我们可以互相帮助渡过一些难关。"

是的，佩佩神父认同这一点。但现在对于他们两个来说是不是太迟了？至于瓦格斯医生，尤其是他对于弗洛尔的"冒犯"，也许是佩佩唆使他说的。然而并没有什么样的性病可以把爱德华·邦肖吓走，性吸引力并不是完全遵循科学的。

佩佩神父更寄希望于，瓦格斯的质疑可以在胡安·迭戈和卢佩身上获得成功。孩子们对马戏团的幻想已经破灭，至少卢佩如此。瓦格斯医生对读狮子的心态度并不乐观，佩佩神父也是。瓦格斯为一些少女杂技演员做过检查，她们是他的病人，无论在伊格纳西奥对她们出手之前还是之后。作为一个演员，担任奇迹或奇迹小姐本人，会害死你。（没有人能在缺乏防护网的情况下，摔下八十英尺的高空还活下来。）瓦格斯医生知道那些和伊格纳西奥做过爱的少女杂技演员们更希望自己死掉。

瓦格斯自我辩护般地对佩佩承认，他一开始想到马戏团对于孩子们是个好的前途，是因为他以为作为读心师的卢佩不会与伊格纳西奥有什么接触。（卢佩不会成为伊格纳西奥手下的女杂技演员。）现在瓦格斯改变了想法，他不想让卢佩去读狮子的心，是因为不愿让这个十三岁的女孩和伊格纳西奥产生瓜葛。

佩佩对于孩子们在马戏团前景的看法又回到了原点。他想让他们回流浪儿童，这样至少是安全的。对于胡安·迭戈是否适合当空中飞人，佩佩的想法得到了瓦格斯的认同。就算那只跛脚能永远保持在适合空中行走的完美角度，又能如何呢？胡安·迭戈不是运动员，他那只好脚并不适合这项运动。

他正在杂技演员们的帐篷上练习。那只好脚经常会从梯子上的绳圈中滑落。他摔倒过数次。而这只是练习帐篷。

最后一点是孩子们对于墨西哥城的向往。胡安·迭戈和卢佩想要去教堂朝圣的想法令佩佩感到不安，他就来自墨西哥城。他知道第一次看到瓜达卢佩的圣坛会有多震撼，也知道孩子们非常在意。在公开表达信仰方面，他们是很难说服的孩子。佩佩认为孩子们有他们自己的宗教，并因为难以理解而感到困扰。

流浪儿童不会答应爱德华·邦肖和佩佩神父陪孩子们一起去墨西哥城，他们无法同时给这两个最好的老师放假。爱德华多先生几乎和孩子们一样，渴望看到瓜达卢佩的圣坛。在佩佩眼中，爱荷华人也会和孩子们一样，对发生在瓜达卢佩圣母大教堂的过分行为感到震惊和厌恶。（那些在周六清晨涌向瓜达卢佩圣坛的人群足以无情地践踏任何人的信仰。）

瓦格斯知道这样的场面，那些鲁莽、横冲直撞的朝圣者们正是他所讨厌的。但是佩佩神父错误地以为，瓦格斯医生（或者其他任何人）能让孩子们和爱德华·邦肖对那些疯狂涌向神秘大道上瓜达卢佩圣母大教堂的信徒们有所准备。"神秘大道"，佩佩听见瓦格斯用他那生硬的英语说道。而孩子们和教士只能亲自去见证那里的奇观。

说到奇观：瓦格斯之家的晚宴就是一场奇观。西班牙征服者们真人大小的雕像坐落在高大的楼梯顶端和底部（以及大厅里），它们比那些宗教情趣娃娃以及独立地带的圣女商店里售卖的其他雕像都更令人生畏。

这些可怕的西班牙士兵看起来非常逼真，他们就像一支军队守卫着这两层楼。瓦格斯没有改变父母的房子中任何摆设。他在少年时代与父母在宗教和政治上有些纷争，但他原封不动地保留了他们的画、雕塑和家庭合影。

瓦格斯是一个社会主义者及无神论者，他完全把自己的医疗服务提供给了最需要的人。但他住的这栋房子却彰显着他父母曾经被他摒弃的价值观。瓦格斯之家表达了他对已逝父母的尊敬，但同时又体现出更大程度的嘲笑。这里展示着那些瓦格斯并不认同的属于他们的文化，但更多是为了荒唐的效果而非表示敬意，至少佩佩神父如此认为。

"瓦格斯可能为他死去的父母制作了雕像，让他们也来守护家族的房子！"佩佩神父提醒爱德华·邦肖，但他直至来到晚宴现场一直心不在焉。

爱德华多先生还没有向阿方索神父和奥克塔维奥神父坦白自己倾心于弗洛尔的罪行。这位狂热的信徒坚持把他爱的人视为使命，他们是需要被改造或拯救的而不应该被遗弃。弗洛尔、胡安·迭戈还有卢佩都是他的使命。爱德华以一个天生的改革家的眼光看待他们，但是这并不会让他减少对他们的爱。（在佩佩眼中，这是爱德华多先生"重塑自我"的一个难点。）

佩佩神父和这位狂热的信徒共用一间浴室。他知道爱德华·邦肖已经不再鞭打自己，但他能听见他在浴室里哭泣，并且开始鞭打马桶、水槽和浴缸。爱德华多先生不停地哭着，他不想在安排好如何对待自己挚爱的使命前辞去流浪儿童的工作。

至于卢佩，她没有心情参加瓦格斯之家的晚宴。她把所有的时间都花在了伙计和母狮们身上，"女士们"，伊格纳西奥这样称呼三只母狮。他给她们取了名字，都以身体部位命名。卡拉是"脸"的意思（指人的脸）；加拉寓意着"爪子"（长着趾甲的）；奥利亚象征耳朵（特指外耳）。伊格纳西奥告诉卢佩，他可以凭借这些身体部位读母狮的心。卡拉生气的时候会把脸揉成一团；加拉会把爪子抠进地里，就像是在揉面包；奥利亚会把一只耳朵竖起来，平时她两只耳朵都是平的。

"她们不会骗我，我知道她们在想什么。女士们的想法很明显。"驯狮官对卢佩说，"我不需要有人读女士们的心，我猜不透的是伙计。"

也许对卢佩来说不是这样，胡安·迭戈想道。他也没有心情参加晚宴，他怀疑卢佩对他是否完全坦率。

"伙计在想什么？"他问卢佩。

"没什么，就是一个典型的男人。"卢佩告诉他哥哥。"他在想和母狮做爱。通常是和卡拉，有时和加拉，他几乎不怎么想到奥利亚，除了会忽然想到，然后想要立刻去找她干那事儿。伙计要么想着性，要么什么都不想。"卢佩说，"还有吃的。"

"那伙计危险吗？"胡安·迭戈问她。（他觉得伙计想性的事情很奇怪，他很确信伙计根本就没有性生活。）

"如果你在伙计吃饭的时候打扰他，如果你在他想着和某只母狮做爱时触摸他，就很危险。伙计希望一切都是同样的，他讨厌变化。"卢佩说。"我不知道狮子们是否真的会做爱。"她承认道。

"那他对伊格纳西奥怎么看？这才是他在乎的吧！"胡安·迭戈嚷道。

卢佩学着他们已逝的母亲的样子耸了耸肩。"伙计很爱伊格纳西奥，但有时又很恨他。他恨伊格纳西奥时会感到困惑，他知道自己不该恨他。"卢佩回答。

"有些事情你没有告诉我。"胡安·迭戈对她说。

"噢，你也会读心了，是吗？"卢佩反问道。

"是什么？"胡安·迭戈问她。

"伊格纳西奥觉得母狮是蠢娘们，他对于母狮在想什么并不感兴趣。"卢佩答道。

"就这个？"胡安·迭戈问。身处伊格纳西奥和那些少女杂技演员之间，卢佩的语言变得越来越粗俗。

"伊格纳西奥对伙计的想法很着迷，这是男人之间的事情。"但是她说后面的话时用了一种滑稽的口气，胡安·迭戈想。"母狮驯狮官并不在意母狮们在想些什么。"卢佩说。她说的不是西班牙语"驯狮子的人",而是"驯母狮的人"。

"所以母狮们在想些什么呢,卢佩?"胡安·迭戈问她。(显然不是性。)

"母狮们讨厌伊格纳西奥,一直都是。"卢佩回答。"母狮们是蠢娘们。她们嫉妒伊格纳西奥,因为她们觉得伙计爱伊格纳西奥超过爱她们!如果伊格纳西奥伤害伙计,她们会弄死他。母狮们比母猴子还蠢!"卢佩嚷道,"她们爱伙计,尽管那头坏狮子根本不想她们,除了他想起自己要做爱的时候,而且他还记不住自己更想睡哪一只母狮!"

"母狮们想要弄死伊格纳西奥?"胡安·迭戈问卢佩。

"她们会弄死他。"她说,"伊格纳西奥不该害怕伙计,母狮们才是他应该怕的。"

"问题是哪些事情你能告诉伊格纳西奥,哪些不能。"胡安·迭戈对他妹妹说。

"这是你的问题。"卢佩回答。"我只是读心师,你才是那个把这些讲给驯狮官的人,天花板飞人。"她说道。

他确实只能达到这个水平,胡安·迭戈想。连索莱达都对他成为未来的空中飞人失去了信心。那只好脚给他带来了麻烦,它总是会从梯子的绳圈中滑出来,而且它也不够有力,无法在那个超出常规的直角方向支撑他的重量。

胡安·迭戈总是看见德洛丽丝倒立的样子。不是她挂在空中,就是他自己。在杂技演员的帐篷中,每次只能有一个空中飞人进行练习。德洛丽丝对于胡安·迭戈成为空中飞人毫无信心。和伊格纳西奥一样,她认为胡安·迭戈缺乏胆量。(至于胆量,显然只有在主帐篷——行走在八十英尺的高空,又没有防护网——才能得到真正的考验。)

卢佩说过，如果你害怕伙计，他就会喜欢你。或许这也是为什么伊格纳西奥会对女杂技演员们说，伙计知道她们什么时候来月经。这让女孩们很害怕伙计。不过伊格纳西奥会让女孩们来喂狮子（还有那几只母狮），这是否让她们更安全一些？

伙计由于女孩们害怕他，所以喜欢她们，这一点很病态，胡安·迭戈想。但是卢佩说过，这没有什么意义。伊格纳西奥想让女杂技演员们害怕，也是他想让她们喂狮子。伊格纳西奥觉得如果他自己喂狮子，她们会觉得他很弱。关于女孩们月经的事，只有伊格纳西奥会关心。卢佩说伙计根本不会去想女孩们的月经，从没想过。

胡安·迭戈害怕德洛丽丝，但这并没有让德洛丽丝喜欢上他。德洛丽丝对他说起过一件有帮助的事，是关于空中行走的，她并没有刻意想要帮助胡安·迭戈，而只是对他很残忍，这是她的天性。

"如果你觉得自己会摔倒，你就会摔倒。"德洛丽丝告诉胡安·迭戈。他正倒挂在练习帐篷里，双脚位于梯子的前两个绳圈中。绳圈嵌入了他脚尖朝胫骨方向弯曲的地方。

"这没什么用，德洛丽丝。"索莱达告诉奇迹小姐，但这对胡安·迭戈很有用。然而在那一刻，他忍不住去想自己快要摔倒，结果他真的摔倒了。

"看到了吧？"德洛丽丝对他说，她正爬上梯子。倒立的她显得更加诱惑。

胡安·迭戈并没有得到允许，把他那真人大小的瓜达卢佩雕像带到狗的帐篷里。因为没有地方，当胡安·迭戈对爱丝特雷娜说起瓜达卢佩人像时，老太太告诉他公狗们（达克斯猎犬宝宝，以及杂种）会在上面撒尿。

现在，当胡安·迭戈想要自慰的时候，他会想着德洛丽丝，她通常都是倒立着的，他想到她时也依然是这个样子。他没有对卢佩说过自己想着倒立的德洛丽丝手淫，但卢佩知道他在干这个。

"恶心！"卢佩对他说，"你在幻想德洛丽丝倒立着，你把那家伙放在她嘴里，你在想什么呢？"

"卢佩，我又能说什么？你已经知道我在想什么了！"胡安·迭戈恼火地说，他也感到很尴尬。

那是一段可怕的时光：他们搬到了马戏团，也到了有自己秘密的年龄。两个人忽然都变得很痛苦，卢佩不想知道他哥哥在想些什么，胡安·迭戈也不希望卢佩知道。他们第一次变得疏远起来。

就这样（带着非同寻常的心态），孩子们和佩佩神父以及爱德华多先生一起来到了瓦格斯之家。西班牙征服者的雕像让爱德华·邦肖走上楼梯时有些蹒跚，也可能是门厅的富丽堂皇导致他失去了平衡。佩佩神父抓住了爱荷华人的手臂，他知道爱德华多先生那份关于禁止自己做的事情的长清单已经缩短了。除了和弗洛尔做爱，爱德华·邦肖现在还允许自己喝啤酒，和弗洛尔在一起，不喝点什么是不可能的，但是只要一点啤酒就能让他开始眩晕。

即使是瓦格斯的晚宴女友正在高大的楼梯上招呼他们也无济于事。瓦格斯医生并没有同居女友，他一个人住，如果你认为住在瓦格斯之家可以算作"独居"的话。（那些西班牙征服者的雕像相当于一支占领军，但规模不大。）

为了举行晚宴，瓦格斯总是会有一个会做饭的女友。这一位名叫亚丽杭德拉，一个丰满的美人，她身处炉灶之间时，胸部肯定很危险。卢佩很快就表现出对亚丽杭德拉的厌恶，在卢佩的严格标准下，瓦格斯对戈麦斯医生那些放荡的想法应该促使他忠于那位耳鼻喉医生。

"卢佩，现实一点。"胡安·迭戈对他神色阴沉的妹妹耳语道。她只是怒视着亚丽杭德拉，拒绝和这位年轻女子握手。（她不想放下咖啡罐。）"瓦格斯并不需要忠于一个他没睡过的女人！瓦格斯只想和戈麦斯医生上床，卢佩。"

"这没什么区别。"卢佩一本正经地说。她自然也不喜欢经过楼梯上的西班牙军队。

"亚丽杭德拉，亚丽杭德拉。"瓦格斯的晚宴女友一直在重复着，向佩佩神父和蹒跚地走在危险的楼梯上的爱德华多先生介绍自己。

"那个烂婊子。"卢佩对她哥哥说。她是说亚丽杭德拉是个烂婊子，这是德洛丽丝最喜欢的绰号。奇迹小姐会把那些正在或是已经和伊格纳西奥上过床的女杂技演员称为烂婊子。她也会这样称呼那几头母狮，当她不得不去喂她们食物的时候。（母狮们都很讨厌德洛丽丝，卢佩说，但胡安·迭戈不知道这是否是真的，他只确信卢佩讨厌德洛丽丝。）卢佩也把德洛丽丝称作烂婊子，或者她暗示德洛丽丝即将成为烂婊子，（卢佩说）她就是个蠢货，所以不会知道这一点。

现在亚丽杭德拉也成了烂婊子，只因为她是瓦格斯医生的女友之一。上气不接下气的爱德华·邦肖看见瓦格斯正在楼梯顶端对他微笑，他的手臂环绕着头戴羽毛头盔的大胡子士兵。"这个野人是谁？"爱德华多先生指着士兵的剑和胸甲问。

"当然是你们的一位基督徒，穿着盔甲。"瓦格斯回答爱荷华人。

爱德华·邦肖警惕地看了一眼那个西班牙人。是因为胡安·迭戈正在为他妹妹担心吗，他才会觉得当那个征服者雕像看向卢佩时，它那无神的目光忽然有了生机？

"不要盯着我看，强奸抢劫犯，"卢佩对西班牙人说，"我会用你的剑割掉你的家伙。我知道有狮子想吃掉你，还有你的基督教残渣！"

"耶稣，卢佩！"胡安·迭戈叫嚷道。

"耶稣怎么了？"卢佩问他，"掌权的是圣女，并不是说她们是真的圣女，我们也不知道她们是谁。"

"什么？"胡安·迭戈问。

"圣女们就像那些母狮，"卢佩告诉她哥哥，"她们才是你需要担心的，是她们掌控着演出。"此时卢佩的目光和西班牙人的剑柄同高，她的小手触到了剑鞘。"要让它保持锋利噢，杀手。"卢佩对征服者说。

"他们确实很吓人，是不是？"爱德华·邦肖说，他依然盯着入侵的士兵。

"他们确实想要显得很吓人。"瓦格斯对爱荷华人说。

他们跟在亚丽杭德拉身后，穿过一条布置典雅的长走廊。显然，经过耶稣的画像时，他们不可能不作出评价。

"清心的——"爱德华·邦肖正要开口，这幅画上面是耶稣在山上布道。

"噢，那些可爱的祝福！"瓦格斯打断了他，"这是我在《圣经》中最喜欢的部分，但并没有什么人关心这些祝福，它们不是教会的主要职责。你不是要带着两个小孩去瓜达卢佩圣坛吗？如果你问我的话，我会说那里是一个天主教旅游景点。"瓦格斯是对爱德华多先生说的，但他是为了大家好。"在最不神圣的教堂里，不会有什么祝福！"

"请你宽容一点，瓦格斯。"佩佩神父恳求道，"你对我们的信仰宽容，我们也会宽容你没有信仰……"

"这是圣女们的规则，"卢佩打断了他们，她紧紧地握着咖啡罐，"没有人会在意祝福。没有人听耶稣的话，耶稣只是个婴儿。圣女们才是幕后操纵者。"

"我建议你不要替卢佩翻译。不管她说了什么，都不要。"佩佩对胡安·迭戈说。他被亚丽杭德拉的屁股吸引了，并没太关注卢佩神秘的言论，也许咖啡罐里的东西会更加刺激卢佩。"宽容永远不是坏事。"爱德华·邦肖开口道。胡安·迭戈走在他们前面，他看见了另一位西班牙士兵，正把守着走廊边的两扇门。

"这听起来像是个基督教的玩笑。"瓦格斯对爱荷华人说，"你们天主教徒什么时候放过我们这些不信教的人了？"作为证据，瓦格斯医生指着那个庄严地把守着通往厨房门廊的征服者。瓦格斯把手放在了士兵的胸甲上，覆盖住他心脏的位置——如果那个西班牙征服者有心脏的话。"你试着和他谈谈自由的意愿。"瓦格斯说，但西班牙人似乎没有意识到医生过于亲密的触摸。胡安·迭戈再次看到雕像那遥远的目光有了焦点。西班牙士兵正在看着卢佩。

胡安·迭戈低下头对卢佩耳语："我知道你没有告诉我所有的事情。"

"你不会相信我的。"她回答道。

"他们不是很可爱吗——那两个孩子？"亚丽杭德拉对瓦格斯说。

"噢，上帝，那个烂婊子想要孩子！真倒胃口。"卢佩只对她哥哥说了这一句。

"你自己带了咖啡吗？"亚丽杭德拉忽然问卢佩，"还是说这是你的玩具？这个……"

"是给他看的！"卢佩指着瓦格斯医生说。"这是我们的妈妈的骨灰。它的味道很有趣。这里还有一只小狗和一个死去的嬉皮士的骨灰。当然，还有一些神圣的东西。"卢佩补充道。"但是它的气味很奇怪，我们分辨不出来，所以想要得到科学的解释。"她把咖啡罐递向瓦格斯。"你来闻一下。"卢佩对他说。

"就只是咖啡的气味。"爱德华·邦肖试图向瓦格斯保证道。（爱荷华人不知道瓦格斯是否对咖啡罐里的东西有事先的了解。）

"是埃斯佩兰萨的骨灰！"佩佩神父嚷了出来。

"到你了，翻译。"瓦格斯对胡安·迭戈说。医生已经从卢佩手中接过了咖啡罐，但他还没有掀开盖子。"我们在垃圾场焚烧了我们的妈妈的尸体。"胡安·迭戈开口道。"我们还一起烧了一个外国逃兵，他也死了。"十四岁的男孩费力地解释着。

"里面还混入了一只狗，是条小狗。"佩佩指出。

"那一定是场大火。"瓦格斯说。

"我们把尸体放进去的时候已经在燃烧了。"胡安·迭戈解释道，"是里维拉点的火，用附近的某些东西。"

"就是你们垃圾场里烧的那种火吧。"瓦格斯说，他正把手指伸向咖啡罐的盖子，但依然没有打开。

胡安·迭戈始终记得卢佩是怎么触碰自己的鼻尖的，她说话时用一根食指抵着鼻子。"还有鼻子。"卢佩说。

胡安·迭戈很犹豫是否要翻译这句话，但是卢佩一直在讲，她又摸了摸自己的小鼻尖。"还有鼻子。"

"鼻子？"瓦格斯猜测道，"什么鼻子？谁的鼻子？"

"没有鼻子，你这个野丫头！"佩佩神父嚷道。

"玛利亚的鼻子吗？"爱德华·邦肖惊叫道。"你把玛利亚的鼻子放在了火里？"爱荷华人问卢佩。

"是他放的。"卢佩说着，指着自己的哥哥，"鼻子在他的口袋里，虽然差点装不下，那个鼻子很大。"

没有人告诉亚丽杭德拉，那位晚宴女友，耶稣会圣殿巨大的圣母玛利亚雕像在一场害死了清洁女工的事故中丢失了鼻子。可怜的亚丽杭德拉在某一瞬间一定想象着，真正的圣母玛利亚把鼻子掉入了垃圾场可怕的大火中。

"帮帮她。"卢佩只是指着亚丽杭德拉说。佩佩神父和爱德华·邦肖把晚宴女友引到了厨房的水槽边。

瓦格斯打开了咖啡罐的盖子。没有人说话，虽然大家都能听见亚丽杭德拉正用鼻子吸气，然后用嘴呼气，她试图抑制自己呕吐的冲动。

瓦格斯医生把鼻子和嘴凑近了打开的咖啡罐。所有人都听见他深吸了一口气。之后便再也没有其他的声音，只剩下他的晚宴女友正努力控制着呼吸，她挣扎着不想吐在水槽里。

在高大的楼梯脚下，第一个征服者的剑从剑鞘中被拔出了，在石质地板上发出了撞击声。那声音非常大，但是距离身处厨房的晚宴宾客们很远。

佩佩神父被佩剑发出的声音吓了一跳，爱德华多先生和孩子们也是如此，但是瓦格斯和亚丽杭德拉并没有。第二次声响就离得近一些，是楼梯顶部那个西班牙人的剑发出的。所有人不仅能听到第二把剑在停下来前，从若干层阶梯上跌落时与大理石地面的撞击声，也都听见了它从剑鞘中被拔出的声音。

"那些西班牙士兵……"爱德华·邦肖开口说。

"不是它们，它们只是雕像。"卢佩告诉大家。（胡安·迭戈翻译这些话时并未犹豫。）"是你的父母，对不对？你住在他们的房子里，但他们也在这儿，对吧？"卢佩问瓦格斯医生。（胡安·迭戈一直在翻译。）

"骨灰也是灰，灰烬几乎没有什么气味。"瓦格斯说。"但那是垃圾场的火。"医生继续说道，"这些灰里面有油漆或许还有松脂，或是某种油漆稀释剂。可能还有染色剂，我是说给木材染色的那种。总之是易燃物。"

"可能是汽油吗？"胡安·迭戈猜测，他看见里维拉在垃圾场用汽油点过不止一场火。

"也可能是汽油，"瓦格斯回答。"有很多化学物质，"医生补充道，"你们闻到的是化学物质的气味。"

"玛利亚的鼻子也是化学物质。"卢佩说，但是胡安·迭戈在她触碰自己的鼻子之前抓住了她的手。

第三次接连而起的声音离他们很近，除了瓦格斯，所有人都跳了起来。

"让我猜猜，"佩佩神父愉快地说，"是守在厨房门口那个士兵的剑，就是走廊里的那个。"佩佩边说边指着。

"不，是他的头盔。"亚丽杭德拉说。"我不会在这里过夜，我不知道他的父母想做什么。"年轻美丽的女厨师说，她似乎已经完全恢复了。

"他们只是想待在这里，希望瓦格斯知道他们过得很好。"卢佩解释道。"他们很高兴你没有在飞机上，你知道的。"卢佩对瓦格斯医生说。

当胡安·迭戈翻译出这句话时，瓦格斯只是对卢佩点了点头，他知道确实如此。他把咖啡罐的盖子重新放了回去，然后还给了卢佩。"如果你碰了骨灰的话，不要用手指接触嘴和眼睛。"他告诉她，"要洗手。油漆、松脂，以及木材染料都有毒。"

一把剑落在他们所在的厨房地面上，这一次并没有声音，这里的地板是木制的。

"这是第三把剑，属于那个最近的西班牙人。"亚丽杭德拉说，"他们总是把它放在厨房里。"

佩佩神父和爱德华·邦肖前往长走廊去看个究竟。耶稣在山上布道的画像倾斜地挂在墙上，佩佩用手摆弄着它，直至正过来。瓦格斯并没有朝走廊看，他说："他们希望引起我对那些祝福的留意。"

在走廊外面，他们可以听见爱荷华人在吟诵那些祝福。

"清心的……"他一直念了下去。

"相信鬼魂和相信上帝是两码事。"瓦格斯对孩子们说，他似乎是在为自己辩解。

"你还可以。"卢佩说。"你比我想象得好。"她补充道。"你不是烂婊子。"女孩对亚丽杭德拉说。"食物闻起来很香。我们该吃点东西了。"胡安·迭戈决定只翻译后面的部分。

"清心的人有福了，因为他们必看见神。"爱德华多先生背诵着。爱荷华人不赞同瓦格斯的观点，他认为相信鬼魂和相信上帝是同一件事，对他来说，这两件事至少有所关联。

　　胡安·迭戈相信什么呢，无论当时还是现在？他看到过鬼魂可以做什么。而他是真的看见了怪物玛利亚有所行动，还是这只是他想象出来的？还有那个关于鼻子的把戏，无论人们如何称呼它。有些无法解释的事情是真实发生的。

21

先生要去游泳

　　"相信鬼魂和相信上帝是两码事。"从前的拾荒读书人大声说。胡安·迭戈说起瓦格斯家族的鬼魂，要比他本人更加自信。在梦中，他在和克拉克争辩，虽然并不是关于相信鬼魂或上帝的话题。他们再一次针对波兰教皇展开了激烈论战。让胡安·迭戈愤怒的是，约翰·保罗二世把堕胎和控制生育率与道德沦丧联系在了一起，那位教皇始终在进行反对避孕的持久斗争。在20世纪80年代初，他把避孕和堕胎称作"家庭的现代敌人"。

　　"我觉得你肯定忽略了当时的背景。"克拉克·弗伦奇对他的前导师说过许多次。

　　"背景，克拉克？"胡安·迭戈问。（他在梦里也这样问道）。

　　在80年代末，教皇约翰·保罗二世把避孕套的使用——甚至是用来预防艾滋病的——称作"违背道德的行为"。

　　"背景是艾滋病的危机，克拉克！"胡安·迭戈叫道，不止是这一次在梦中。

然而胡安·迭戈醒来时发现自己正在争论相信鬼魂和相信上帝有所不同。从梦境到清醒后的转换非常令人困惑。"鬼魂……"胡安·迭戈继续说道，他坐在床上，但忽然住了口。

　　他一个人待在魅力酒店的卧室里，这一次米里亚姆真的消失了，她并没有睡在他身边的床上，但（用某种方式）屏住了呼吸。"米里亚姆？"胡安·迭戈叫道，他觉得她可能在浴室。但浴室门开着，而且并没有应答，只有另一只公鸡在打鸣。（只能是另一只公鸡，第一只已经在叫到一半时被杀掉了，从声音听来是这样。）至少这只公鸡没有疯，晨光已经洒满卧室。今天是保和的新年。

　　透过开着的窗户，胡安·迭戈可以听见游泳池里孩子们的声音。当他走进浴室，他惊讶地发现自己的处方药散落在水槽四周的台面。他夜里起来过吗，而且半睡半醒地，或是在性满足的恍惚状态下吞下了一堆药丸？如果是这样，他吃了多少粒，又是什么药呢？（壮阳药和贝他阻断剂的盒子都被打开了，药片洒在台面上，有些落在浴室的地板上。）

　　米里亚姆是个有药瘾的人吗？胡安·迭戈想道。但即使是瘾君子，也不会觉得贝他阻断剂有什么刺激性，而且一个女人要壮阳药干什么呢？

　　胡安·迭戈清理了混乱的场面。他在户外浴室洗了个澡，很愉快地看着小猫们在瓦檐顶淘气地跳来跳去，还朝着他叫。也许在夜幕下，是某一只小猫在打鸣中途杀死了那只被误导的公鸡。猫难道不是天生的杀手吗？

　　胡安·迭戈穿衣时听到了警笛声，或者是某种类似的声音。也许是一具尸体被冲上了海岸，他想象着，死者是邦劳岛的沙滩俱乐部中一个深夜演唱卡拉OK的家伙。他在半夜去游泳，由于跳了一夜的舞，因腿脚抽筋而淹死。或者午夜猴子们去裸泳，造成了灾难性的结果。因此胡安·迭戈按照作家的方式发挥自己的想象力，描绘出了一幅可怕的死亡场景。

　　但是当胡安·迭戈一瘸一拐地下楼吃早餐时，他看到救护车和警车停在魅力酒店的车道上。克拉克·弗伦奇主动守在通往二楼图书馆的楼梯前。"我只是不想让孩子们过来。"克拉克对他的前导师说。

　　"那里怎么了，克拉克？"胡安·迭戈问。

　　"约瑟法在楼上的现场，和验尸官以及警察一起。卡门姑妈就在你女朋友斜对面的房间。我不知道她走得这么早！"

　　"谁，克拉克？谁走了？"胡安·迭戈问他。

　　"你的女朋友！谁会一路跑来这里，然后只待一个晚上呢，而且是新年夜？"克拉克问他。

　　胡安·迭戈不知道米里亚姆已经离开了，他看起来一定很惊讶。"她没有告诉你她要走吗？"克拉克问。"我还以为你很了解她！接待员说她要搭乘早班的飞机，天还没亮就有一辆车把她接走了。有人说你女朋友离开后，所有通往二楼房间的门都大开着。所以他们才发现了卡门姑妈！"克拉克絮絮叨叨地说。

　　"发现她——在哪儿发现她，克拉克？"胡安·迭戈问他。这个故事在时间上和克拉克·弗伦奇的一本小说一样具有挑战性！前写作老师想。

　　"在她房间的地板上，床和浴室之间——卡门姑妈死了！"克拉克叫道。

　　"很抱歉，克拉克。她生病了吗？她有没有……"胡安·迭戈问，而克拉克·弗伦奇指着大厅里的登记台。"她给你留了一封信，在接待员那里。"克拉克告诉他的前导师。

　　"卡门姑妈给我……"

　　"你的女朋友给你留了一封信，不是卡门姑妈！"克拉克叫道。

　　"噢。"

　　"嘿，先生。"孔苏埃洛说，梳辫子的小女孩正站在他身边。胡安·迭戈看见佩德罗也和她在一起。

"不要上楼，孩子们。"克拉克·弗伦奇警告他们，但是佩德罗和孔苏埃洛选择跟在一瘸一拐的胡安·迭戈身后穿过大厅，来到了登记台前。

"那个养鱼的姑妈死了，先生。"佩德罗开口了。

"是的，我听说了。"胡安·迭戈对男孩说。

"她摔断了脖子。"孔苏埃洛说。

"她的脖子！"胡安·迭戈叫道。

"从床上下来怎么可能摔断脖子呢？"佩德罗问。

"我也不知道。"胡安·迭戈说。

"那个忽然出现的女士消失了，先生。"孔苏埃洛告诉他。

"是的，我听说了。"胡安·迭戈对梳辫子的小女孩说。

登记员看着胡安·迭戈走了过来，他是一个目光热切，又有些紧张的年轻男子，他已经拿出了信："是米里亚姆女士留给你的，她要去赶早班的飞机。"

"米里亚姆女士。"胡安·迭戈重复道。没有人知道米里亚姆姓什么吗？

克拉克·弗伦奇也跟着他和孩子们来到了登记台前。"米里亚姆女士是魅力酒店的常客吗？有没有一位米里亚姆先生？"克拉克问接待员。（胡安·迭戈很清楚，他的前学生带着某些道德批判的语气，在克拉克写作的口吻中，这也是一种压力、一种炽烈的情绪。）

"她以前在我们这里住过，但不频繁。她有一个女儿。"接待员对克拉克说。

"桃乐茜？"胡安·迭戈问。

"对，这是她女儿的名字，先生，桃乐茜。"接待员说，他把信递给了胡安·迭戈。

"你认识她们母女？"克拉克问他的前导师。（他的口气现在处于道德上高度警惕的状态。）

　　"一开始我和那个女儿关系更近些，克拉克，但是我也是刚刚遇到她们，在我从纽约去中国香港的飞机上。"胡安·迭戈解释道，"她们是环球旅行者。我也只知道这么多。她们……"

　　"她们似乎见过很多世面，至少米里亚姆是这样。"克拉克忽然说。（胡安·迭戈知道"见过世面"并不是一件好事，对于克拉克这样一位严格的天主教徒而言。）

　　"你不打算读一读那个女士给你的信吗，先生？"孔苏埃洛问。胡安·迭戈想起了桃乐茜"信"中的内容，于是停了下来，没有在孩子们面前打开米里亚姆的来信。但是他又怎么能不打开呢？大家都在等着。

　　"你的女朋友可能会注意到什么，我的意思是关于卡门姑妈的事。"克拉克·弗伦奇。在他的口吻下，"女朋友"听起来就像是一个"女鬼"。有没有哪个词是专门称呼女鬼的呢？（这听起来像是格洛丽亚修女会说的。）莎丘比——就是这个词！克拉克·弗伦奇对这个名词确实很熟悉。莎丘比指的是女性的鬼魂，传说她们会和睡着了的男子做爱。这应该是源自拉丁语，胡安·迭戈想，但由于佩德罗拽着他的胳膊，他的思绪被打断了。

　　"我没有见过更迅速的人，先生。"佩德罗对胡安·迭戈说，"我是说你的女朋友。"

　　"无论出现还是消失都很迅速，先生。"孔苏埃洛说，她拽着自己的辫子。

　　由于他们对米里亚姆非常感兴趣，胡安·迭戈打开了她的信。"到马尼拉"，米里亚姆在信封上写道。"见来自D.的传真"，她还随意地涂写着，这笔迹匆忙而不耐烦，或许两者兼有。克拉克把信封从胡安·迭戈手中拿过来，大声读着"到马尼拉"。

　　"听起来像是一个标题。"克拉克·弗伦奇说。"你会去马尼拉见米里亚姆吗？"他问胡安·迭戈。

"应该会吧。"胡安·迭戈对他说，他已经学会了卢佩式的耸肩，那是他们母亲漫不经心地作出的动作。胡安·迭戈有些自豪地相信，克拉克·弗伦奇认为自己的前导师也是见过世面的人，而且他可能想象胡安·迭戈正在和一个莎丘比交往！

"我猜D. 是她的女儿。看起来是一封很长的传真。"克拉克接着说。

"D. 是桃乐茜的意思，克拉克——确实，是她的女儿。"胡安·迭戈说。那是一封很长的传真，而且有些难以读下去。故事里有一头水牛，还有某些带刺的东西。桃乐茜在旅途中遇到的孩子们发生了一系列事故，或者看起来如此。桃乐茜邀请胡安·迭戈到拉根岛的一处叫爱尼的度假地去找她。那个地方在菲律宾的另一个地区，叫作巴拉望省。信封里有机票，克拉克自然注意到了。克拉克很了解爱尼，而且并不喜欢。（那里就像是一个鸟巢、一个兽穴、一个山洞、一个鬼窝。）克拉克无疑也不喜欢D. 。

魅力酒店的大厅里传来小车轮滚动的声音，这让胡安·迭戈后颈处的头发竖了起来。在他看到轮床之前，他便（通过某些方式）得知那是来自救护车的担架。他们正在把它推上服务电梯。佩德罗和孔苏埃洛跟在轮床后跑着。克拉克和胡安·迭戈看到了克拉克的妻子，约瑟法·昆塔纳医生，她正和验尸官一起从二楼的图书馆走下楼梯。

"就像我和你说的，克拉克，卡门姑妈一定摔得很惨。她的脖子断了。"昆塔纳医生对他说。

"也许有人扯断了她的脖子。"克拉克说，他看向胡安·迭戈，似乎在确认此事。

"他们两个都是小说家。"约瑟法对验尸官说，"很有想象力。"

"你的姑妈摔得很重，地板是石制的。她摔倒时脖子一定扭在了身下。"验尸官对克拉克解释道。

"她还撞到了头顶。"昆塔纳医生告诉他。

"也可能是别人拽着她撞的，约瑟法！"克拉克·弗伦奇说。

"这家酒店……"约瑟法开始对胡安·迭戈讲话。但她看见那两个孩子，佩德罗和孔苏埃洛，正严肃地走在放卡门姑妈尸体的轮床旁边，于是停了下来。一位急救员推着轮床穿过了魅力酒店的大厅。

"酒店怎么了？"胡安·迭戈问克拉克的妻子。

"很邪魅。"昆塔纳医生对他说。

"她的意思是会闹鬼。"克拉克·弗伦奇说。

"瓦格斯之家。"胡安·迭戈只是这样说道，看来他刚刚梦到关于鬼魂的事情并不是意外。"甚至不是意外。"他用西班牙语说。

"胡安·迭戈先认识了他女友的女儿。他只是在飞机上见过她们。"克拉克对他的妻子解释道。（尸检员已经离开了他们，跟在轮床的后面。）"我猜你不是很了解她们。"克拉克对他的前导师说。

"不怎么了解，"胡安·迭戈承认道。"我和她们两个都睡过，但是她们对我而言很神秘。"他告诉克拉克和昆塔纳医生。

"你分别睡了一对母女，"克拉克说，他仿佛在确认这一点。"你知道莎丘比是什么吗？"他接着问，但是还没等胡安·迭戈回答，便继续说道，"莎丘比是'妖女'的意思，是一种形如女人的鬼……"

"传说会和睡梦中的男人做爱！"胡安·迭戈慌忙打断。

"这是从拉丁语'莎丘珀斯'来的，是'躺在下面'的意思。"克拉克补充道。

"米里亚姆和桃乐茜对我来说只是很神秘。"胡安·迭戈又一次告诉克拉克和昆塔纳医生。

"神秘。"克拉克重复道，他一直在说这个词。

"说起神秘，"胡安·迭戈说，"你听到那只半夜打鸣的公鸡了吗，在天完全黑着的时候？"

昆塔纳医生阻止了她丈夫继续重复"神秘"这个词。不，他们没有听到那只疯狂的公鸡，它的打鸣在中途被打断了，可能是永远地打断了。

"嘿，先生。"孔苏埃洛说，她回到了胡安·迭戈身边。"你今天打算干吗？"她对他耳语道。还没等胡安·迭戈回答，孔苏埃洛已经牵住了他的手。他感觉到佩德罗牵起了另一只。

"我打算去游泳。"胡安·迭戈对两个孩子低语道。他们似乎很惊讶，尽管他们身处一个被水环绕的地方。孩子们担忧地看着彼此。

"你的脚可以吗，先生？"孔苏埃洛轻声问。佩德罗也认真地点了点头，两个孩子都看着胡安·迭戈那只朝两点钟方向扭曲的右脚。

"我在水里不会一瘸一拐。"胡安·迭戈低声说。"我游泳的时候不再是个瘸子。"他们的耳语很有趣。

为什么胡安·迭戈会对这一天即将发生的事情感到兴奋呢？相比将要去游泳，更令他高兴的是孩子们很乐于和他耳语。孔苏埃洛和佩德罗把他去游泳的事情当成了一场游戏。胡安·迭戈很喜欢孩子们的陪伴。

为什么胡安·迭戈并不急着和克拉克·弗伦奇针对他挚爱的天主教会展开惯常的争论呢？胡安·迭戈甚至不在意米里亚姆没有告诉他自己要离开，事实上，他甚至因为她的离去感到些微的轻松。

由于某种不明的原因，他是否有些害怕米里亚姆呢？仅仅是因为在这个被米里亚姆吓到的新年夜，他梦到了鬼魂吗？老实说，胡安·迭戈很乐意一个人待着，不和米里亚姆一起。（直到"到马尼拉"。）

那桃乐茜呢？和桃乐茜，以及米里亚姆做爱的感觉很好。如果是这样，为什么他难以记住那些细节呢？米里亚姆和桃乐茜与他的梦境紧密地联系在一起，胡安·迭戈怀疑这两个女人是不是只存在于他的梦中。可她们是真实存在的，其他人也能看到她们！那对在九龙火车站遇到的中国情侣；男孩还拍了胡安·迭戈和米里亚姆及桃乐茜的合影。（"我没法在一张照片中拍下你们三个。"男孩说。）而且无疑每个人都在新年夜的晚餐中看见了米里亚姆，可能只有那只不幸被沙拉叉钉住的小壁虎没有发觉她，等它看见时已经太迟了。

然而胡安·迭戈怀疑自己是否见过桃乐茜，在他的脑海中，他已经无法勾勒出这个年轻女人的样子。要承认的是，米里亚姆在两人中更加引人注目。（而且，从性爱的角度，米里亚姆的时间更近。）

"我们去吃早餐吗？"克拉克·弗伦奇说，虽然他和他妻子都有些心不在焉。胡安·迭戈似乎和孔苏埃洛及佩德罗难以分开，克拉克夫妇是否在为他们的窃窃私语恼火呢？

"孔苏埃洛，你还没去吃早餐吗？"昆塔纳医生问小女孩。孔苏埃洛没有放开胡安·迭戈的手。

"我去了，但我什么都没吃——我在等先生。"孔苏埃洛回答。

"是格雷罗先生。"克拉克纠正小女孩。

"其实，克拉克，我喜欢只叫先生——这就够了。"胡安·迭戈说。

"今天早上有两只壁虎，先生——到现在为止。"佩德罗告诉胡安·迭戈，男孩已经找遍了所有画像的背面。胡安·迭戈也曾看到佩德罗掀起地毯的一角，或是窥向灯罩内部。

"但是没看到那只大的，它不见了。"男孩说。

"不见"对于胡安·迭戈来说是很难过的字眼。他爱过的人都不见了——所有那些挚爱的人，那些塑造了他的人。

"我知道我们很快会在马尼拉再次见面。"克拉克对他说，尽管胡安·迭戈还要在保和待上两天。"我知道你会去见D.，以及接下来去哪里。我们可以再一次谈论起那个女儿。"克拉克对他的前导师说。仿佛他们关于桃乐茜有什么需要说的（或者克拉克觉得有必要谈谈她），但是不能在孩子们面前提起。孔苏埃洛紧紧地握着胡安·迭戈的手，佩德罗已经对牵手失去了兴趣，但他并没有走开。

"桃乐茜怎么了？"胡安·迭戈问克拉克，他并没有故作天真。（胡安·迭戈知道克拉克很在意她们母女的事情，并为此困扰。）

"我会去哪里见她呢，另一座岛上吗？"没等克拉克回答，胡安·迭戈就转向了约瑟法。"当你没有自己做计划时，就记不住要去哪里。"他对医生说。

"你服用的那些药，"昆塔纳医生开口道，"你还在服用贝他阻断剂吧？你没有停药吧？"

胡安·迭戈此时意识到，他一定是没有服用贝他阻断剂。那些散落在他浴室里的药片骗了他。他今早的感觉太好了，如果他服了药，就不会感觉这么好。

他对昆塔纳医生撒了谎："我当然在服用，如果想要停下来，只能渐渐地停服。"

"只要有不想服用的想法，你都要和你的医生商量。"昆塔纳医生告诉他。

"是，我知道。"胡安·迭戈对她说。

"你要从这儿去巴拉望的拉根岛。"克拉克·弗伦奇对他的老年导师说。"那个度假地叫爱尼，和这里一点都不像。那里很出乎意料，你会意识到差别有多大的。"克拉克有些不满地说。

"拉根岛上有壁虎吗？"佩德罗问克拉克·弗伦奇。"那里的壁虎长什么样？"他继续问。

"那里有巨蜥，它们食肉，和狗一样大。"克拉克对男孩说。

"它们是在地上跑还是游泳呢？"孔苏埃洛问克拉克。

"都会，而且都很快。"克拉克·弗伦奇告诉梳辫子的小女孩。

"不要让孩子们做噩梦，克拉克。"约瑟法对她丈夫说。

"一想到那对母女的事情，我就要做噩梦。"克拉克·弗伦奇开口道。

"或许不要在孩子们面前说。"他的妻子提醒他。

胡安·迭戈耸了耸肩，他并不了解巨蜥，但是到那个出乎意料的岛上去见桃乐茜确实会是一种很不同的体验。对于他前学生的失望，胡安·迭戈有一点愧疚，他甚至有些享受；而克拉克的道德谴责也从某种程度上令他满意。然而克拉克、米里亚姆以及桃乐茜都很善于操纵他人，虽然方式不同，胡安·迭戈想。也许他很喜欢稍微操控一下这三个人的感觉。

忽然，胡安·迭戈意识到克拉克的妻子，约瑟法正握着他的另一只手，那只没有被孔苏埃洛牵着的。"你今天没有那么一瘸一拐，"医生对他说，"你应该已经补回了睡眠。"

胡安·迭戈知道在昆塔纳医生身边，他需要小心一些，掩藏起自己随意改变贝他阻断剂剂量的事实。当他和医生在一起时，他可能要表现得比真实情况更消沉一点，她的观察力很强。

"噢，我今天感觉非常好，我的意思是对我而言已经很好。"胡安·迭戈告诉她。"没有很累，也没有很消沉。"他是这样对昆塔纳医生说的。

"是的，我能看出来。"约瑟法回答，她捏了一下他的手。

"你不会喜欢爱尼的，那里到处都是游客，外国游客。"克拉克·弗伦奇说。

"你知道我今天要做什么吗？是一件我很爱的事。"胡安·迭戈对约瑟法说道。但是还没等他把自己的计划告诉克拉克的妻子，梳辫子的小女孩已经先一步开了口。

"先生要去游泳！"孔苏埃洛嚷道。

你可以看见克拉克·弗伦奇正努力克制着，对他来说，抑制住自己对游泳的不满有些困难。

爱德华·邦肖和垃圾场的孩子们与驯狗师爱丝特雷娜和狗在同一

辆汽车上。矮人小丑们、啤酒肚和他看起来不太像女人的搭档——异装者帕科——也上了那一辆车。在爱德华多先生睡着后，帕科用"象麻疹"点在他（以及孩子们）的脸上。那些"麻疹"是用胭脂做的，她也点缀了自己和啤酒肚的脸。

那对阿根廷高空杂技演员互相爱抚着睡着了，但是矮人们并没有把胭脂点在这对恋人的脸上。（阿根廷人会以为象麻疹是通过性传播的。）少女杂技演员们一直在车子的后部喋喋不休，她们显得很高傲，对象麻疹的恶作剧毫无兴趣。胡安·迭戈感觉矮人小丑们总是在奇迹马戏团的旅途中捉弄那些毫无戒备的人。

前往墨西哥城的全部路途中，睡衣男，那个柔术演员，都四肢摊开地睡在汽车的地面上，他躺在座位中间的过道。孩子们以前从未见过柔术演员完全展开身体，他们很惊讶地发现他其实很高。那些狗在过道里不停地跑来跑去，在他身上踏过或是嗅他，但柔术演员完全不受影响。

德洛丽丝——奇迹小姐本人，并没有和那些没什么成就的女杂技演员们坐在一起。她不是望着窗外，就是用前额抵着窗玻璃睡觉，这进一步验证了卢佩的想法：她是一个"被宠坏的婊子"，这个称呼时常和"乳头像耗子"连在一起。即使是德洛丽丝脚踝戴着铃铛，也被卢佩贬损为"制造噪声，故意引人注目的荡妇"，虽然德洛丽丝很冷漠——对每一个人，至少在汽车上——这让胡安·迭戈对她产生了与"故意引人注目"相反的印象。

在胡安·迭戈看来，德洛丽丝似乎很悲伤，甚至是萎靡，他觉得她恐惧的不是空中行走时摔下来的危险。让德洛丽丝的未来笼罩着阴云的是驯狮官伊格纳西奥，正如卢佩所预言的——"让驯狮官把她的肚子搞大了！"卢佩嚷道，"生孩子的时候死了，母猴子！"这可能是卢佩一时气愤说的话，但是在胡安·迭戈心中，这相当于一个无法打破的诅咒。

男孩不只是渴望德洛丽丝，他也敬仰她成为空中飞人的勇气。他在空中行走上的训练已经够多，知道在八十英尺的高空实践这件事情确实很可怕。

伊格纳西奥没有和孩子们乘坐同一辆车，他在那辆运送大猫们的卡车上。（索莱达说伊格纳西奥总是和他的狮子们一起旅行。）伙计，被卢佩称为"最后一条狗"的公狮，有他自己的笼子。女士们——驯狮官用身体部位命名的母狮们，被关了一起。（据弗洛尔的观察，母狮们彼此关系还不错。）

马戏团的驻地在墨西哥城的北部，离玫瑰山丘不远，据说1531年，那位与胡安·迭戈同名的阿兹特克人就是在这座山上看见了圣女。那里离墨西哥城市区有些距离，但是距瓜达卢佩圣母大教堂很近。然而载着孩子们和爱德华·邦肖的那辆车离开了马戏团大部队，在两个矮人小丑的要求下临时掉头前往墨西哥城市区。

帕科和啤酒肚想让他们在奇迹的同伴看看矮人们的老家——这两个小丑来自墨西哥城。当汽车在拥挤的城市交通中慢下来，快到阿尼罗环道与圣巴勃罗大街之间繁忙的十字路口时，爱德华多先生醒来了。

杂种，也就是那只偷孩子的混种狗——胡安·迭戈现在称呼他"咬人狗"——正睡在卢佩的腿上，但这只小狗却在爱德华多先生大腿上撒了一泡尿。这让爱荷华人以为自己尿裤子了。

这一次，卢佩成功地读出了爱德华·邦肖的想法，所以她明白他醒来时的困惑。

"告诉鹦鹉男杂种在他身上撒尿了。"卢佩对胡安·迭戈说，但此时爱荷华人看到了孩子们脸上的象麻疹。

"你们生病了，你们染上了某种可怕的病！"爱德华多先生嚷道。

啤酒肚和帕科正准备组织大家步行游览圣巴勃罗大街，汽车已经停了下来，但爱德华·邦肖看到了矮人小丑们脸上也有象麻疹。"这是传染病！"爱荷华人嚷道。（卢佩后来说，他当时以为小便失禁也是这种病的一个早期症状。）

帕科给这位就要结束神职的学者递了一面小镜子（在他胭脂盒子的内盖上），异装者把它放在自己的钱包里。"你也有，这是象麻疹。每个马戏团都会暴发，通常不致命。"异装者说。

"象麻疹！"爱德华多先生叫道，"通常不致命……"没等他说完，胡安·迭戈便在他耳边低语。

"他们是小丑，这是个玩笑，是某种化妆品弄的。"拾荒读书人告诉慌张的教士。

"是我的紫红色胭脂，爱德华多。"帕科指着带镜子的粉盒里的化妆品。

"他让我尿了裤子！"爱德华·邦肖愤慨地对异装小丑说，但他激动的英语只有胡安·迭戈能够听懂。

"杂种尿在了你的裤子上，就是那只咬了你的蠢狗。"胡安·迭戈对爱德华多先生解释道。

"这不像是马戏团驻地。"爱德华·邦肖说，他和孩子们跟着演员们走下了汽车。没有人对步行参观帕科和啤酒肚的老家感兴趣，但这让胡安·迭戈和卢佩得以看一眼墨西哥城的市区，他们很想看到蜂拥的人群。

"商贩、抗议者、妓女、改革家、游客、小偷、卖自行车的……"啤酒肚边说边带路。确实，在圣巴勃罗大街和罗尔丹大街的拐角处有一家自行车商店。路边售卖的自行车前方站着一些妓女，更多的妓女在托帕西奥大街一家妓女宾馆的院子里徘徊，她们看起来只比卢佩大一点。

"我想回到汽车上，"卢佩说，"我想回流浪儿童，即使……"她忽然不再说下去了，胡安·迭戈猜测她是否改变了想法或者她忽然看到了未来的某些事情，某些（至少卢佩觉得）让他们不太可能回到流浪儿童的事情。或许还没等胡安·迭戈翻译他妹妹的请求，爱德华·邦肖就懂得了，也可能是因为卢佩忽然抓住了爱荷华人的手，这让他不需要语言就完全明白了她想做什么。女孩和教士一起回到了汽车上。（胡安·迭戈并没有察觉到那个瞬间。）

"会不会有什么遗传的因素或血统上的原因，让她们成为妓女？"胡安·迭戈问啤酒肚。（男孩一定在想着他已逝的母亲，埃斯佩兰萨。）

"你不会想知道她们血统里有什么。"啤酒肚对男孩说。

"谁的血统？血统怎么了？"帕科问他们。她的假发歪斜着，脸上的胡茬和淡紫色的口红及配套眼影形成了鲜明对比，当然还有象麻疹。

胡安·迭戈也想回到汽车上，回流浪儿童的想法也萦绕在他脑海中。"麻烦不在于地域，亲爱的。"他曾听到弗洛尔对爱德华多先生说，胡安·迭戈不确定他们在谈论什么。（弗洛尔在休斯敦遇到的麻烦是因为地域吗？）也许胡安·迭戈想要的是来自咖啡罐，以及里面混合粉末的安慰，他和卢佩把咖啡罐留在了车上。至于回到流浪儿童，胡安·迭戈会觉得这是认输吗？（至少，在他眼中这是一种退缩的方式。）

"我很嫉妒你。"胡安·迭戈曾听见爱德华·邦肖对瓦格斯说。"你治病的能力，改变生命的力量——"爱德华多先生说道，但瓦格斯打断了他。

"嫉妒别人的基督徒应该是遇到了麻烦。不要告诉我你有疑惑，鹦鹉男。"瓦格斯说。

"疑惑也是信仰的一部分，瓦格斯——确定性是为你们这些关闭了另一扇门的科学家准备的。"爱德华·邦肖对他说。

"另一扇门！"瓦格斯叫道。

回到汽车上，胡安·迭戈得知了哪些人没有去参加步行游览。不仅阴郁的德洛丽丝——奇迹小姐本人没有离开过她靠窗的座位，其他的女杂技演员也没有。墨西哥城的样子，或者说市区的这一部分，至少会让她们有一点反感，因为这里有很多妓女。也许马戏团让女杂技演员们避免了艰难的选择。也许奇迹会让伊格纳西奥介入她们未来的决定性时刻，但那些在圣巴勃罗大街和托帕西奥大街上贩卖自己的女孩和奇迹的女杂技演员们并没有过着同一种生活，至少现在如此。

那对阿根廷空中杂技演员也没有离开汽车，他们拥抱着彼此，仿佛在爱抚过程中忽然静止，公开的性生活似乎可以保护他们免于摔下去，就和他们紧紧地绑在对方安全带上的绳子一样。那个柔术演员，睡衣男，依然在座位中间的过道上伸展着身体，他不想让自己的柔韧性暴露在公众的嘲笑之下。（马戏团中没有人笑他。）当然，爱丝特雷娜也和她亲爱的狗们一起留在了汽车上。

卢佩躺在两个座位上睡着了，她的头枕着爱德华·邦肖的腿。卢佩并不在意杂种尿在了爱荷华人的大腿上。"我感觉卢佩有些害怕。我觉得你们两个都应该回流浪儿童……"爱德华多先生看见胡安·迭戈时说道。

"但是你要走了吗？"十四岁的男孩问他。

"是的，和弗洛尔一起。"爱荷华人温柔地说。

"我听到了你和瓦格斯的谈话，关于明信片上的小马。"胡安·迭戈对爱德华·邦肖说。

"你不该听到那段对话的，胡安·迭戈。我有时会忘了你的英语有多好。"爱德华多先生说。

"我知道色情是什么意思。"胡安·迭戈告诉他。"那是一张色情照片，对吧？一张上面有小马的明信片，一个年轻女子把小马的阴茎含在她嘴里。是吧？"十四岁的男孩问教士。爱德华·邦肖愧疚地点了点头。

"我看见它时就是在你这个年纪。"爱荷华人说。

"我明白为什么它会让你难过。"男孩说。"我确信它也会让我难过。但是为什么你到现在还是为此难过呢？"胡安·迭戈问爱德华多先生，"大人们难道不会忘记一些事情吗？"

爱德华·邦肖当时在参加县里的集市。"在当时，县里的集市并没有那么正规。"胡安·迭戈听见爱荷华人对瓦格斯医生说。

"对，对，五条腿的马，多一个头的牛。各种反常的动物，变异物种，是吗？"瓦格斯问他。

"还有少女表演，女孩们在帐篷里脱衣服，他们把这叫作偷窥秀。"爱德华多先生继续说。

"在爱荷华！"瓦格斯大笑着叫嚷道。

"少女帐篷中的某个人卖给我一张色情明信片，价值一美元。"爱德华·邦肖坦白说。

"那个给小马口交的女孩？"瓦格斯问爱荷华人。

爱德华多先生看起来很震惊。"你知道那张明信片？"教士问。

"每个人都见过那张明信片。是得克萨斯生产的，对吧？"瓦格斯问，"每个人都知道，因为那个女孩看起来像墨西哥人——"

但是爱德华·邦肖打断了医生："明信片最显眼的地方有一个男人。你看不见他的脸，但是他穿着牛仔靴，手里拿着一条鞭子。看起来像是他强迫女孩……"

这次轮到瓦格斯打断了："当然有人强迫她。你不会以为这是那个女孩的意愿吧？或者是小马的。"瓦格斯补充道。

"那张明信片让我心神不宁。我忍不住去看它，我爱上了那个可怜的女孩！"爱荷华人说。

"这难道不是色情的效果吗？"瓦格斯问爱德华·邦肖，"你一直看它，没法停下来！"

"那条鞭子让我尤其困扰。"爱德华多先生说。

"佩佩告诉我你有鞭子……"瓦格斯开口道。

"有一天，我带着那张明信片去忏悔，"爱德华·邦肖继续说，"我向牧师忏悔我对它的迷恋。他对我说：'把这张照片留给我吧。'

显然，我以为他想要这张照片和我是同样的原因，但是牧师说'我可以摧毁它，如果你能下定决心舍弃的话。那个可怜的女孩会平静地离开。'牧师说道。"

"我怀疑那个可怜的女孩是否懂得什么是'平静'。"瓦格斯说。

"那是我第一次想要成为牧师。"爱德华·邦肖说道。"我想为其他人做牧师为我做的事情——他拯救了我。谁知道呢？"爱德华多先生说，"也许那张明信片毁了那个牧师。"

"我觉得这段经历对于那个女孩来说是最糟的。"瓦格斯只是说。

爱德华·邦肖不再说话。但是胡安·迭戈不明白的是，为什么那张明信片现在依然困扰着爱德华多先生。

"你觉得瓦格斯医生说得对吗？"胡安·迭戈在马戏团的汽车上问爱荷华人，"你不觉得那张色情照片对那个可怜女孩伤害更大吗？"

"那个可怜的女孩不是一个女孩。"爱德华多先生说。他看了看枕在自己腿上的卢佩，只是为了确定她依然睡着。"那个可怜的女孩是弗洛尔。"爱荷华人说，他此时降低了音量。"这就是弗洛尔在休斯敦发生的事情。那个可怜的女孩遇到了一匹马。"

胡安·迭戈从前曾为弗洛尔和爱德华多先生流过泪，他现在依然无法停下来。但是胡安·迭戈距离海岸有一定的距离，没有人能看见他在哭泣。难道海水没有让每个人的眼中盈满眼泪吗？你可以在海水里永远地漂浮下去，胡安·迭戈想。在平静而温和的大海中踩水是很容易的。

"嘿，先生！"孔苏埃洛呼唤道。胡安·迭戈看见梳辫子的小女孩站在沙滩上。她正在朝他挥手，而他也用同样的动作回应着。

浮在水面上几乎不需要花费什么力气，他似乎完全没有移动。胡安·迭戈边哭边游，但哭泣也并未消耗体力，眼泪自然就出现了。

"你看，我一直爱着她，甚至在我认识她之前！"爱德华·邦肖对胡安·迭戈说。爱荷华人并没有辨识出弗洛尔就是那个和小马一起的女孩——起初没有。但是当他认出弗洛尔的时候，当他意识到她就是小马明信片上的女孩时，弗洛尔已经长大了，他无法告诉她，自己知道她在得克萨斯州与小马有关的悲伤故事。

"你应该告诉她。"胡安·迭戈对爱荷华人说。即使在十四岁时，拾荒读书人也清楚这一点。

"当弗洛尔想要告诉我休斯敦的事情时，她会说的。这是她的故事，那个可怜的女孩。"爱德华·邦肖多年来一直对胡安·迭戈这样说。

"告诉她！"在他们一起巡游的日子里，胡安·迭戈始终劝说爱德华多先生。弗洛尔在休斯敦的故事将永远属于她自己。

"告诉她！"胡安·迭戈在保和温暖的海水中啜泣着。他朝着离岸的方向望去，面对的是无尽的海面，棉兰老岛不是在那个方向吗？（岸上的任何人都听不到他的哭泣。）

"嘿，先生！"佩德罗呼唤他，"要当心——"（他接下来说的是，"不要踩到……"，那个难以听清的词应该是"水葫芦"。）但是胡安·迭戈位于深水之中，他无法触到岸底。他并没有踩到水藻或海参，以及其他佩德罗提醒他注意的奇怪生物的危险。

胡安·迭戈能够踩水很久，但是他并不擅长游泳。他喜欢狗刨，这是他青睐的泳姿，缓慢的狗刨（并不是所有人都能用狗刨游得很快）。

胡安·迭戈的狗刨曾给爱荷华老田舍室内泳池里那些认真游泳的人带来麻烦。他游得非常慢，被称作慢道上的"狗刨"泳者。

人们都建议胡安·迭戈去上游泳课，但他学过游泳，狗刨是他自己的选择。（狗刨对胡安·迭戈来说很合适，他的小说进展也很慢。）

"让这孩子自己游吧。"弗洛尔对游泳池边的一个保安说，"你看过他走路吗？他的脚不仅是瘸的，还很重。里面全都是金属。你要是在一条腿上拴着一只锚，除了狗刨还能怎么游！"

"我的脚里面没有金属。"胡安·迭戈在从老田舍回家的路上告诉弗洛尔。

"这难道不是个好故事吗？"弗洛尔只是说。但是她没有讲出自己的故事。明信片上的小马只是她故事中的一个瞬间，也是爱德华·邦肖对她在休斯敦的经历仅有的了解。

"嘿，先生！"孔苏埃洛一直在沙滩上喊着。佩德罗已经涉入了浅水，他格外小心，似乎正用手指着海底那些可能致命的东西。

"这里有一只！"佩德罗对孔苏埃洛嚷道，"是一大堆！"梳辫子的小女孩并没有胆量下水。

胡安·迭戈正缓慢地用狗刨的姿势朝岸边游去，保和的海水对他来说并没有什么危险。他也不担心会致命的水葫芦，或者其他那些佩德罗担心的东西。胡安·迭戈因为踩水而疲惫，这和游泳带给他的感觉是一样的，但他要等到自己停止啜泣才能上岸。

事实上，他并没有真的停下来，只是疲于等待自己结束哭泣。到了浅水地带，胡安·迭戈刚一触到岸底，就决定走完抵达岸边的剩余路途，尽管这意味着他要重新开始一瘸一拐。

"小心，先生——到处都是。"佩德罗说。但胡安·迭戈还没有看到他会踩上的第一只海胆（或者第二只，第三只。）即使你不一瘸一拐，踩在长着硬壳、上面满是刺的圆球上也并不好玩。

"这些海胆真是太糟了，先生。"孔苏埃洛说，此时胡安·迭戈用两手和膝盖着地来到了岸边，他的双脚因为被刺到而感到疼痛。

佩德罗跑去找昆塔纳医生。"哭吧，没关系的，先生——海胆的刺太疼了。"孔苏埃洛说，她坐在他旁边的沙滩上。也许是由于在海水中泡了太久，胡安·迭戈的眼泪完全停不下来。他看见约瑟法和佩德罗正从沙滩上朝自己跑过来，克拉克·弗伦奇跟在后面，他跑起来就像是一辆载货的火车，起步缓慢，但一直在加速。

胡安·迭戈的肩膀颤抖着，也许是踩水太久，狗刨对胳膊和肩膀的消耗很严重。梳辫子的小女孩用她那双细瘦的胳膊环绕着他。

"会好起来的，先生。"孔苏埃洛试图安慰他，"医生来了——你会没事的。"

我和女医生们有着怎样的缘分呢？胡安·迭戈想。（他知道自己应该和一个女医生结婚。）

"先生踩到了海胆。"孔苏埃洛对昆塔纳医生解释道，她跪在胡安·迭戈身旁的沙滩上。"当然，他还有别的想要哭的事情。"梳辫子的小女孩说。

"他怀念很多东西——壁虎、垃圾场。"佩德罗对约瑟法列举道。

"别忘了他妹妹。"孔苏埃洛提醒佩德罗。"一头狮子杀死了先生的妹妹。"她对昆塔纳医生解释道，她担心医生没有听到胡安·迭戈所承受的一系列苦难。而现在，最重要的是，他踩在了海胆上面！

昆塔纳医生温柔地触碰着胡安·迭戈的双脚。"麻烦在于海胆的刺是会动的。它们刺了你不止一次。"医生说。

"不是因为我的脚，也不是因为海胆。"胡安·迭戈试图轻声告诉她。

"什么？"约瑟法问。她把头靠得更近些，希望听清他的话。

"我应该和一个女医生结婚。"他对约瑟法耳语道。克拉克和孩子们听不见他在说什么。

"那为什么没有？"昆塔纳医生微笑着问他。

"我没有及时求婚，她答应了另一个人。"胡安·迭戈柔声说。

他还能告诉昆塔纳医生什么呢？他不可能告诉克拉克·弗伦奇的妻子他为什么从未结婚，为什么他从未有过一位毕生陪伴他到人生最后的伴侣。即使克拉克和孩子们不在沙滩上，胡安·迭戈也无法告诉约瑟法，为什么他没有对任何人作出爱德华·邦肖对弗洛尔作出的选择。

平日里的熟人，甚至同事和亲密的朋友——包括那些和他关系好，有过一些社交联系的学生（并不只是在课堂及教师-作家会议上见面）——都认为胡安·迭戈的养父母是一对他人不会（也无法）模仿的伴侣。他们太奇怪了——在任何意义上！确实，这是胡安·迭戈解释自己从未结婚的惯常理由，他甚至没有像众多人一样，试图去寻找那个毕生伴侣。（胡安·迭戈知道，克拉克·弗伦奇一定会这样给自己的妻子讲述前导师的故事。在克拉克的眼中，他是一个顽固的单身汉，以及不信仰上帝的世俗人文主义者。）

只有施泰因医生——亲爱的罗丝玛丽！——胡安·迭戈相信只有她明白这一点。罗丝玛丽·施泰因并不知道她的挚友及病人的一切。她不了解垃圾场的孩子。也没有见证胡安·迭戈的童年和青少年时光。但是她知道他何时失去了爱德华多先生和弗洛尔，她也是他们的医生。

正如胡安·迭戈所想，罗丝玛丽医生非常清楚地知道为什么他从来没有结婚。并不是因为弗洛尔和爱德华·邦肖是一对奇怪的伴侣，而是因为他们两个非常相爱，胡安·迭戈难以想象自己会拥有和他们一样完美的关系——他们是难以模仿的。而且他也没有把他们当作父母来爱，更不是"养父母"。他深爱他们，是因为他们是他所知道的最好的（也就是最难得的）伴侣。

"他怀念很多东西。"佩德罗说过，他举了壁虎和垃圾场的例子。

"不要忘了他妹妹。"孔苏埃洛说。

胡安·迭戈知道杀死卢佩的不只是一头狮子，但是他说不出口——对此时在沙滩上的任何一个人——他只能说自己本能成为一个空中飞人。胡安·迭戈不可能拯救他的妹妹，就像他不可能成为"奇迹"一样。

如果他曾向罗丝玛丽医生求婚，在她答应另一个人之前，谁知道她是否会回应拾荒读书人的告白呢？

"游泳怎么样？"克拉克·弗伦奇问他的前导师。"我是说踩到海胆之前。"克拉克不必要地解释道。

"先生喜欢停在一个地方。"孔苏埃洛回答。"对不对，先生？"梳辫子的小女孩问。

"是的，孔苏埃洛。"胡安·迭戈对她说。

"踩水，再加上一点狗刨——这和写小说很像，克拉克。"拾荒读书人告诉他的前学生，"仿佛你有很长的路要走，因为工作量很大，但你基本上是在覆盖旧的领域，你走在自己熟悉的领地上。"

"我明白。"克拉克谨慎地说。胡安·迭戈知道他并不明白。克拉克是一个想要改变世界的人，他的写作带有使命，带有积极的目标。他不喜欢狗刨或踩水，那就像是生活在过往，哪里也不去。胡安·迭戈就生活在过去——他用自己的想象重温着过往，那些失去的经历塑造了他。

玛那纳

　　"如果你生命中的某些事情出了错，或者无法解决，墨西哥城可能不会是你梦想的答案。"胡安·迭戈曾在一本早期的小说中写道。"如果你不能掌控自己的生活，就不要去那儿。"说这句话的女性角色并非墨西哥人，我们也无法知道她在墨西哥城经历了什么。胡安·迭戈的小说没有描写过那里。

　　马戏团的场地位于墨西哥城北部，毗邻一处墓园。石场上的草很稀疏，被烟土染成了灰色，他们在那里驯马以及带着大象散步。空气中烟雾弥漫，卢佩去喂狮子的时候发现，她们的眼睛总是水汪汪的。

　　伊格纳西奥让卢佩去喂伙计和几头母狮。女杂技演员们——那些即将来月经的——曾经反抗过驯狮官的这一手段。伊格纳西奥让她们相信，狮子会知道她们什么时候来月经，所以她们很害怕在流血时靠近这些大猫。（当然，女孩们最害怕的还是来月经本身。）

　　卢佩相信自己永远不会来月经，所以她不害怕。而且卢佩可以读狮子的心，她知道伙计和那些母狮从没有想过女孩月经的事。

"只有伊格纳西奥会想。"卢佩告诉胡安·迭戈。她很喜欢去喂伙计和母狮们。"你不敢相信她们有多么想吃肉。"她对爱德华·邦肖解释道。爱荷华人想看着卢佩喂狮子，只是为了确保这个过程是安全的。

卢佩向爱德华多先生演示了笼子中让食盘出入的开口是如何锁上与打开的，这样托盘就可以沿着笼中的地面滑进和滑出。伙计会把他的爪子伸出开口，去够卢佩放在托盘上的肉。对于狮子来说，相比实际的行动，这更像是一种渴求的姿态。

当卢佩把装满了肉的托盘放回狮笼时，伙计总会收回他刚刚伸出的爪子。他会坐好等待肉的到来，他的尾巴像一把扫帚，从笼子的一侧扫向另一侧。

母狮们不会在卢佩往托盘中放肉的时候去够开口，她们坐在那里等着，尾巴始终在挥动。

为了方便清洗，托盘可以从笼子地面上的开口处完全取出。即使当托盘被移到笼外时，那个开口也不足以让伙计和母狮们逃出来。伙计的头太大，无法通过开口。甚至一头母狮也会把头卡在开着的喂食口处。

"很安全。"爱德华·邦肖对胡安·迭戈说，"我只是想要确认开口的大小。"

奇迹在墨西哥城表演的那个漫长周末，爱德华多先生和孩子们一起睡在狗的帐篷里。第一晚，当孩子们听到爱荷华人打鼾，得知他睡着了时，卢佩对她哥哥说："我可以钻进那个食盘进出的开口，它对我来说并不算小。"

在黑暗的帐篷中，胡安·迭戈思考着卢佩的话意味着什么，她说的和意味的通常不是同样的事情。"你的意思是，你可以通过喂食口爬进伙计的笼子或者母狮的笼子？"男孩问她。

"如果食盘从那里拿走后，我可以的。"卢佩告诉他。

"听起来你好像尝试过。"胡安·迭戈说。

"我为什么要尝试？"卢佩反问他。

"我不知道，你为什么会呢？"胡安·迭戈问。

卢佩没有回答他，但即使在黑暗中，他也感受到了她的耸肩，她并没有兴趣回答他的问题。（卢佩似乎懒得解释她知道的一切，或者她是如何知道的。）

不知是谁放了个屁，或许是其中一只狗。"是那个咬人的家伙吗？"胡安·迭戈问。杂种，也就是那只混种狗，和卢佩一起睡在她的折叠床上。帕斯托拉和胡安·迭戈一起睡，他知道这只牧羊犬没有放屁。

"是鹦鹉男。"卢佩回答。两个孩子都笑了。一只狗的尾巴摇了起来，伴随着砰砰的声音。她对笑声很感兴趣。

"阿勒曼尼亚。"卢佩说，摇着大尾巴的是那只母德国牧羊犬。她睡在帐篷中的泥地上，靠近门口，仿佛正（用警犬的方式）守卫着出入的道路。

"我很好奇狮子会不会得狂犬病。"卢佩说，她似乎快睡着了，清晨醒来就不会记得这个主意。

"为什么？"胡安·迭戈问她。

"只是好奇。"卢佩说着叹了口气。她停顿了片刻，然后问："你不觉得狗的新节目很蠢吗？"

胡安·迭戈知道卢佩是故意转变了话题，卢佩也自然知道他在思考狗的新节目。这是胡安·迭戈的主意，但是狗们并不是很配合，于是矮人小丑们采取了这个创意，在卢佩眼中这变成了帕科和啤酒肚的新节目。（仿佛这两个小丑需要另一个愚蠢的节目似的。）

啊，时光飞逝。有一天当胡安·迭戈在爱荷华老田舍的游泳池中狗刨时，他意识到狗的新节目相当于他创作的第一部小说，但那是一个他无法完成的故事。（关于狮子会得狂犬病的想法呢？这难道不是卢佩没能讲完的故事吗？）

和胡安·迭戈现实中的小说一样，狗的新节目也以"如果……会怎样"的结构开始。如果其中一只狗经过训练，可以爬到梯子顶端会怎样？那种梯子的顶部有一个架子，是用来放一罐油漆，或者匠人的工具的，但胡安·迭戈把它想象成了狗的跳台。如果一只狗爬上梯子，然后从跳台上跃下，腾入空中，最后落在矮人小丑们手中敞开的毯子里会怎样？

"观众会喜欢的。"胡安·迭戈对爱丝特雷娜说。

"阿勒曼尼亚不行，她不会做的。"爱丝特雷娜回答。

"对，我觉得德国牧羊犬太大了，不适合爬梯子。"胡安·迭戈应和道。

"阿勒曼尼亚太聪明了。"爱丝特雷娜只是说。

"杂种，咬人的家伙，是个小不点儿。"胡安·迭戈说。

"你讨厌小狗，你讨厌破烂白。"卢佩对他说道。

"我不讨厌小狗，杂种没有那么小。我讨厌吓唬人的狗，还有咬人的。"胡安·迭戈对他妹妹解释。

"杂种不行，他不会做的。"爱丝特雷娜只是说。

他们首先尝试了牧羊犬帕斯托拉。每个人都觉得达克斯猎犬的腿太短，难以爬上梯子。宝宝确实爬不上去。

帕斯托拉可以爬上梯子，这些边境牧羊犬都非常灵活和好斗，但是她到达顶部后，却在跳台上躺了下来，把鼻子放在两爪之间。矮人小丑们在梯子下方跳舞，手里的毯子向她展开，但是帕斯托拉甚至没有在跳台上站起来。当帕科或啤酒肚呼唤她的名字时，牧羊犬只是躺着摇尾巴。

"她不喜欢跳。"爱丝特雷娜只是说。

"宝宝有胆量。"胡安·迭戈说。达克斯猎犬很有胆量，在他们这个体型的狗中格外凶猛，而且宝宝也很愿意尝试爬梯子。但是达克斯猎犬的腿太短，需要帮助。

帕科和啤酒肚认为这很滑稽，观众会笑。两个矮人小丑把宝宝推上梯子的场景确实很好笑。帕科一如既往（糟糕地）穿成女人的样子，当帕科推着宝宝的屁股，帮助他爬上梯子时，啤酒肚站在帕科身后，往梯子的方向推她的屁股。

"到目前为止，一切顺利。"爱丝特雷娜说。但是无论宝宝怎么有胆量，他还是很恐高。他到达梯子顶端后，便在跳台上僵住了，甚至不敢躺下。他僵直地站在那里，开始颤抖，很快梯子也跟着抖了起来。帕科和啤酒肚手拿展开的毯子请求宝宝跳下来。最终，宝宝在跳台上撒了一泡尿。由于太过害怕，他没有像公狗们通常那样抬起一条腿。

"宝宝感到很丢脸，他没法像平常一样撒尿。"爱丝特雷娜说。

但是矮人小丑们坚持认为这个节目很滑稽。帕科和啤酒肚说，宝宝不会跳也没有关系。

爱丝特雷娜不会允许宝宝这样出现在观众面前，她说这个节目在心理层面太残忍了。这不是胡安·迭戈原本的想法。但是那晚睡在狗的帐篷里，他只是在黑暗中对卢佩说："狗的新节目并不蠢。我们需要的是一只新狗，我们需要会跳的。"

许多年以后，他才意识到自己是被人操纵才说出这样的话。很长一段时间，卢佩都没有作声。狗的帐篷里满是鼾声和放屁的味道。她开口的时候胡安·迭戈已经快睡着了，卢佩的声音表明她自己也处于半睡的状态。

"可怜的马。"卢佩只是说。

"什么马？"胡安·迭戈在黑暗中问道。

"墓园里的那一只。"卢佩回答他。

早上，孩子们醒来时听到了一声枪响。马戏团里的一匹马从煤烟弥漫的田野中跑了出来，越过栅栏进入墓园，在墓碑上磕断了腿。伊格纳西奥打死了那匹马。驯狮官有一把点45口径的左轮手枪，以防狮子惹出什么麻烦。

"可怜的马。"卢佩听见枪声响起，只说了这一句。

奇迹是在周四抵达墨西哥城的。勤杂工们在刚到的那一天便搭起了剧团帐篷。周五一整天，他们都在搭建主帐篷，并固定表演场边的动物护栏。旅途影响了动物们的注意力，他们需要利用大半个周五来恢复。

那匹马的名字叫玛那纳，他已经被阉割，学东西很慢。驯马师总是说，这匹马"明天"能学会某个已经练习了数周的技能——玛那纳也就是明天的意思。但是越过栅栏进入墓园，磕断自己的腿，对于玛那纳来说是一个新技能。

伊格纳西奥在周五让这匹可怜的马结束了悲惨的境遇。玛那纳是跃过栅栏进入墓园的，但墓园的门锁着。把马的尸体从墓园中搬出来似乎面临着无法实现的困难。然而，有人因枪声报警，警察来到了马戏团，他们并不能提供什么帮助，反而成了一种阻碍。

为什么驯狮官会拥有一把大口径手枪？警察问。（好吧，他是一个驯狮官。）为什么伊格纳西奥会打死一匹马？（玛那纳的腿磕断了！）等等。

他们没有在墨西哥城处理这匹马的许可——在周末不行，而且这匹马并非"来自"墨西哥城。把玛那纳从上锁的墓园中抬出来只是麻烦的开始。

整个周末马戏团都有表演，从周五晚上开始。最后一场是周日下午早些时候，然后勤杂工们会在那天日落之前拆除主帐篷，卸下表演场四周的防护栏。奇迹会继续上路，在周一的中午回到瓦哈卡。垃圾场的孩子们和爱德华·邦肖计划在周六上午前往瓜达卢佩的圣殿。

胡安·迭戈正看着卢佩喂狮子。一只哀鸠正在伙计笼子附近的泥地上用土洗澡。伙计讨厌鸟，也许他以为哀鸠想要偷吃他的肉。出于某些原因，伙计把爪子从开口伸出来，抓向食物托盘时动作更加剧烈，他的一只爪子划到了卢佩的手背，只流了一点血。卢佩把手放到嘴边，伙计收回了爪子。这只狮子看起来很愧疚，他退到了自己的笼子中。

"不是你的错。"卢佩对大猫说，但是狮子那深黄色的眼睛发生了某些变化，变得更加专注，他是在凝视那只哀鸠还是卢佩的血迹呢？鸟儿一定察觉了伙计那打量般的强烈目光，它飞走了。

伙计的眼神很快就恢复了正常，甚至有些怠倦。那两个矮人小丑正摇摇摆摆地走过狮笼，准备去户外浴室洗澡。他们腰间系着旧毛巾，脚上的拖鞋拍打着地面。狮子用明显缺乏兴趣的目光望着他们。

"你好啊，伙计！"啤酒肚喊道。

"你好啊，卢佩！你好，卢佩的哥哥！"帕科说，这个异装者胸非常小（几乎不存在），所以她在来往于户外浴室的路上根本懒得遮住，而她的胡子在清晨是最短的。（无论帕科在服用什么激素药物，她和弗洛尔的雌激素来源是不同的。弗洛尔的雌性激素来自瓦格斯医生。）

但是，正如弗洛尔所说，帕科是个小丑，她的人生目标并不是让自己看起来像个女人。在现实中，帕科是一个同性恋矮人，她大多数时候依然作为男性而生活。

帕科去拉契那，即布斯塔曼特的同性恋酒吧时扮演男性。她去小王冠，和异装者们一起打扮时，也是男性的身份。帕科只是男同性恋顾客中的一员。

弗洛尔说帕科吸引了很多第一次来的客人，他们是首次和另一个男人在一起。（也许第一次来的客人会觉得同性恋矮人是一个谨慎的开端？）

但是当帕科和她的马戏团家人一起待在奇迹的时候，这个矮人小丑觉得担任一个女性角色很有安全感。作为啤酒肚身边的异装者，她感到很舒适。在小丑表演中，他们总是扮作一对儿，但现实中啤酒肚是直男。他结婚了，而且他的妻子不是矮人。

啤酒肚的妻子很害怕怀孕，她不想拥有一个矮人孩子。她让啤酒肚戴两层避孕套。奇迹中的每个人都听说过啤酒肚关于戴两层避孕套的危险的故事。

"没有人这么做。没有人会戴两层避孕套，你知道的。"帕科总是对他说，但是啤酒肚依然坚持戴两层，因为他的妻子想要这样。

户外浴室是用轻薄的预制胶合板做成的，可以很快搭好或拆散。它们有时会散落，甚至砸在正在洗澡的人身上。关于奇迹使用的户外浴室，糟糕的故事和啤酒肚额外的避孕套一样多。（也就是说，发生过很多令人尴尬的事件。）

女杂技演员们曾向索莱达抱怨，伊格纳西奥会透过户外浴室偷看她们，但索莱达也无法制止她丈夫的色鬼行为。玛那纳在墓园被打死的那个早晨，德洛丽丝正在户外浴室洗澡，帕科和啤酒肚故意算好了到达浴室的时间，他们想要看一眼德洛丽丝的裸体。

这两个矮人小丑并不好色，对于美丽而不可靠近的空中飞人，奇迹小姐本人，没有色情的想法。帕科是个同性恋，为什么她会想要看一眼德洛丽丝呢？啤酒肚把自己所有的精力都用在了那个要求他戴两层避孕套的妻子身上，他对于看德洛丽丝的裸体也没有个人兴趣。但是两个矮人打了一个赌。帕科说："我的乳头比德洛丽丝的大。"啤酒肚则打赌德洛丽丝的大一些。这也是为什么这两个小丑总是想要在户外浴室看一眼德洛丽丝。德洛丽丝听说了他们打赌的事情，她对此并不高兴。胡安·迭戈曾想象浴室散落，德洛丽丝的身体暴露出来，矮人小丑们为她乳房的尺寸而争论。（卢佩曾用"乳头像耗子"形容德洛丽丝的胸，她站在帕科那边。卢佩相信帕科的乳头更大些。）

这也是胡安·迭戈跟随帕科和啤酒肚前往户外浴室的原因，十四岁的男孩希望发生某些事情，这样他就能看到德洛丽丝的裸体。（胡安·迭戈并不在意她的胸小。他认为即使她的乳头很小，她也依然很美。）

矮人小丑们和胡安·迭戈能够看见德洛丽丝的头和赤裸的肩膀露在户外浴室胶合板的边缘。这时，一只大象出现在布满剧团帐篷的大街上。大象驮着那匹死去的、脖子上拴着链条的马。警察跟在玛那纳尸体的后面，一匹死去的马身后跟着十个警察。伊格纳西奥正在和警察们争吵。

德洛丽丝的头上涂抹着一层厚厚的肥皂泡，她的眼睛闭着。你可以在轻薄胶合板的下部边缘看到她的脚腕和赤脚，她的双脚被泡沫盖住了。胡安·迭戈觉得，也许洗发水会刺痛她脚尖那些开裂的伤口。

当驯狮官看见德洛丽丝正身处其中一间户外浴室时，他不再说话。警察们也都看向奇迹小姐的方向。

"也许现在不是好时机。"啤酒肚对他的矮人同伴帕科说。

"我觉得现在是最好的时候。"帕科说着，加快了摇摆的步伐。矮人小丑们跑向德洛丽丝所在的户外浴室。除非他们站在对方的肩膀上（而这是不可能做到的），才能看到胶合板的内部，于是他们从胶合板的底部往里窥去，向上偷看，却只能看到落下的水和肥皂泡。矮人们只看了一两秒，头上就被水淋湿了（还沾满了泡沫），于是他们起身，远离了德洛丽丝的浴室。德洛丽丝依然在洗头发，她没有注意到矮人们在偷看她。但是胡安·迭戈试图从胶合板的顶部往里看，他只能踮起脚，用双手抓着轻薄的胶合板。

后来，啤酒肚会说那是一场滑稽的小丑表演。最不可能聚在一起的演员们在布满剧团帐篷的大街上形成了一个小舞台。矮人小丑们头上点缀着德洛丽丝的肥皂泡沫，他们只是旁观者。（小丑们只要站在一边，什么都不做，就可以达到最滑稽的效果。）

后来，驯象师说发生在大象视线以外的事情要比大象所直视的内容惊人得多。德洛丽丝所在的户外浴室坍塌了，她尖叫了起来。她什么都看不见（被肥皂泡遮挡了视线），但是能够确切地感觉到围绕着自己的墙壁消失了。

后来，胡安·迭戈说虽然他被压在其中一面胶合板制成的墙壁之下，但能感觉到大象跑起来或飞奔起来时（也可能是大象在惊恐或突发状态下的其他行为）让地面发出的震动。

驯象师在大象身后奔跑着，链子依然拴在死去的马脖子上，却忽然折断。在此之前，玛那纳已经被拉拽起来，变成了跪倒（或祈祷）的姿势。

德洛丽丝四肢着地跌倒在用作浴室临时地板的木制平台上。她的头依然在水流下，这样便可以冲洗掉头发上的肥皂泡——她当然想要重新看见东西。胡安·迭戈已经从坍塌的胶合板下面爬了出来，他想把德洛丽丝的毛巾递给她。

"是我——是我干的，对不起。"他对她说。德洛丽丝从他手上接过了毛巾，但并没有急着用它遮住自己的身体，而是先用毛巾擦干了头发。直到奇迹小姐看见伊格纳西奥，以及那十个警察，才用毛巾遮挡住自己。

"你比我想象得勇敢，至少有些胆量。"德洛丽丝只对胡安·迭戈说了这一句。

没有人意识到她并未注意那匹死去的马。当时，矮人小丑们就站在布满剧团帐篷的大街上看热闹，毛巾围在他们的腰间。帕科的胸太小了，那十个警察谁都没有看她第二眼，他们一定以为帕科是个男人。

"我告诉过你德洛丽丝的更大些。"啤酒肚对他的矮人同伴说。

"你开玩笑吧？"帕科反问他，"我的更大！"

"你的更小。"啤酒肚告诉她。

"更大！"帕科反驳道。"你觉得呢，卢佩的哥哥？"异装者询问胡安·迭戈，"德洛丽丝的胸是更大还是更小？"

"更美。"十四岁的男孩说。"德洛丽丝的胸更美。"胡安·迭戈答道。

"你确实有些胆量。"德洛丽丝对他说。她走出浴室的平台，来到了布满剧团帐篷的大街上，弯腰看向那匹死去的马。子弹打中的地方依然在流血，伤口位于玛那纳脸的一侧，正处于耳朵和其中一只睁得很大的眼睛之间。

后来，帕科会说她不同意啤酒肚的看法，不仅是关于德洛丽丝胸的大小，还有这一幕淋浴插曲可以看作一场小丑表演的主意。"死去的马不该算在内，这一点都不滑稽。"帕科对此只是这样评价。

在布满剧团帐篷的大街上，德洛丽丝躺在马的尸体上面，踢着裸露的腿，挥打着赤裸的胳膊尖叫起来。伊格纳西奥竟然反常地忽略了她。他和十个警察继续向前走去，但在他重新开始与这些执法人员争吵之前，却对胡安·迭戈说了一些话。

"如果你有'胆量'的话，天花板飞人，你还在等什么呢？"伊格纳西奥问男孩。"你打算什么时候试着在八十英尺的高度走一下？我觉得你应该叫'胆量'。或者玛那纳怎么样？这个名字现在没人叫了。"驯狮官指着死去的马说，"如果你想要，它就是你的。如果你总是拖延，说自己'明天'会成为第一个男空中飞人，要是你再拖延，再说'明天'的话！"

德洛丽丝已经站了起来，她的毛巾沾上了马的血迹。在走回女杂技演员们的帐篷之前，她朝着啤酒肚和帕科的头顶各打了一拳。"恶心的小鬼。"她对他们说。

"比你的大。"在德洛丽丝离开他们站的地方后，啤酒肚只是这样对帕科说。

"比我的小。"帕科低声反驳。

伊格纳西奥和那十个警察已经走过去了，他们依然在争吵，虽然只有驯狮官一直说话。

"如果处置一匹死马需要许可的话，我剁了它，把肉喂给我的狮子不需要许可吧，对不对？"驯狮官说，但他并没有等待十个警察的答复。"我想你们不会指望我开车把一匹死马带回瓦哈卡，对吧？"伊格纳西奥问他们。"我本可以把马留在墓园里，但你们不赞同，是不是？"驯狮官接着说，但警察没有回答。

"忘了空中行走的事吧，卢佩的哥哥。"帕科对十四岁的男孩说。

"卢佩需要你来照顾她。"啤酒肚告诉胡安·迭戈。两个矮人摇摆着走开了。有些户外浴室没有倒塌，他们走过去洗澡。

胡安·迭戈以为大街上只剩下自己和玛那纳，直到卢佩来到他身边，他才看见她。胡安·迭戈猜测她一直都在这里。

"你有没有看到……"他开口问。

"都看到了。"卢佩回答。胡安·迭戈只是点了点头。"关于狗的新节目……"卢佩开口说。可她又停住了，似乎在等待胡安·迭戈跟上她的思路。她总是比他先想到一两件事。

"怎么了？"胡安·迭戈问她。

卢佩说："我知道你在哪里能找到新狗，一只会跳的。"

胡安·迭戈会怀念自己的梦境或回忆，因为贝他阻断剂再次生效，并占据了上风。在魅力酒店的最后两天，他认真地服用了自己的处方药，而且是正确的剂量。

昆塔纳医生一定知道胡安·迭戈没有在伪装，他重新变得迟钝起来，警觉性和生理活动能力有所下降，这一点在每个人看来都很明显。他开始在游泳池中狗刨（那里没有潜伏的海胆），在儿童桌上进餐。他始终和那两个喜欢对他耳语的孩子——孔苏埃洛和佩德罗在一起。

清晨，胡安·迭戈在游泳池边喝咖啡时，会重读自己关于《一个离开立陶宛的机会》的笔记（也会写一些新的）。自从2008年的第一次出访后，他又回到过维尔纽斯两次。他的出版商拉莎找到了一个在国家儿童权益保护与收养服务中心工作的女人，她可以和他讨论。

第一次会面时他带上了他的翻译达伊瓦，但是那个儿童权益中心的女人英语讲得很好，而且很愿意配合。她叫奥德塔，和书店布告牌上那个并非"邮购新娘"的神秘女人同名。那个女人的照片和电话号码已经从布告牌上消失了，但是她依然萦绕在胡安·迭戈的脑海中。她努力克制着自己的忧愁，但依然显而易见，她那因熬夜阅读造成的黑眼圈，还有缺乏精心打理的头发。她的生活中依然没有谁可以一起谈论那些读过的精彩小说吗？

《一个离开立陶宛的机会》显然已经得到了改进。那个女读者并不是一个邮购新娘。她想送养自己的孩子，但是（经过漫长的流程）却失败了。在胡安·迭戈的小说中，这个女人想让自己的孩子被美国人收养。（她一直梦想去美国，现在她要放弃自己的孩子，但是她希望自己可以幻想着孩子在美国过上幸福的生活。）

儿童权益中心的奥德塔对胡安·迭戈解释说，立陶宛的儿童很少被送养到国外。等待的时间很漫长，是为了给生母提供第二次改变想法的机会。法律也非常严格：跨国决策至少需要六个月的时间，但流程期（等待的时间）长达四年，因此，年长一些的孩子更有可能被外国人领养。

在《一个离开立陶宛的机会》中，那对等候领养一个立陶宛孩子的美国夫妇遭遇了悲剧：年轻的妻子骑着自行车被肇事逃逸的司机撞死，寡居的丈夫不适合独自收养一个孩子（儿童权益中心也不会允许）。

在胡安·迭戈·格雷罗的小说中，每个人在某种程度上都是外来者。胡安·迭戈笔下的角色即使在自己的国度，依然会觉得如同在异国。那个年轻的立陶宛女人曾经有两次机会在送养自己孩子的事情上改变想法，她现在又有了第三次。她的送养计划被搁置了，需要面对又一段可怕的"流程期"。她把自己的照片和电话号码写在了书店的布告牌上，和其他女读者相约喝咖啡或啤酒，讨论她们读过的小说，那些属于别人的无尽不幸。

接下来发生的冲突显而易见，胡安·迭戈想。那个美国鳏夫来到维尔纽斯旅行，他并没有指望看到他和已逝的妻子本打算收养的那个孩子，儿童权益中心不会允许的。他甚至不知道那个送养孩子的单身母亲的名字。他没有期待见到任何人，只是希望去感受一种气氛，他们收养的孩子本可能会把这样的气息带去美国。或者说，他去维尔纽斯是为了和死去的妻子建立联系，让她能够在这个世界上活得更久一点？

当然，他前往了那家书店。也许是时差的关系，他觉得一本小说可以促进自己的睡眠。在那里的布告牌上，他看到了她的照片，她努力掩藏着自己的忧愁，却又那么明显。她对自己的漠不关心吸引了他的注意，而且她最喜欢的小说家们都是他妻子喜欢的！他并不知道这个女人是否会讲英语——她当然会讲——于是他请求书店店员帮忙打电话给她。

然后呢？最初的问题依然还在，也就是说，"一个离开立陶宛的机会"是属于谁的？《一个离开立陶宛的机会》中的冲突发展很明显：他们见了面，彼此都得知了对方的身份，然后成了爱人。但他们会如何处理这种极端巧合下的相遇带来的重压呢？他们会如何面对看似由命运主导的一切呢？他们会在一起吗？她会留下自己的孩子吗？他们三人会一同前往美国吗？还是说孤独的美国鳏夫会和这位母亲及她的孩子一起留在维尔纽斯？（她的孩子现在和她姐姐待在一起，这种境况并不好。）

黑暗中，在单身母亲的小公寓里，她睡在他的臂弯中，这是多年来她睡得最熟的一次，而他躺在床上思索着。（他依然只见过那个孩子的照片。）如果他要抛下这个女人和她的孩子，独自回到美国，他知道自己最好现在就离开。

我们不该看到的事情发生了，胡安·迭戈想，题目中那个"离开立陶宛的机会"可以是这个美国人的吗？这是他最后一次改变想法的机会了。

"你在写作吧，是不是？"克拉克·弗伦奇询问他的前导师。此时还是清晨，克拉克看见胡安·迭戈身处魅力酒店的游泳池边，手握钢笔，正在其中一个笔记本上写字。

"你了解我，这只是我针对要写的内容做的笔记。"胡安·迭戈回答。

"这也算写作。"克拉克自信地说。

克拉克问起胡安·迭戈这本正在创作中的小说，似乎是很正常的。胡安·迭戈也愿意对他提到《一个离开立陶宛的机会》，他的灵感来自哪里，小说又是怎样改进的。

"又是一个天主教国家。"克拉克忽然说，"我能问问教会在这个故事中会扮演什么邪恶角色吗？"

胡安·迭戈并没有说起教会扮演的角色，他自己甚至都没有想过这一点——还没有。但是他当然会让教会在《一个离开立陶宛的机会》中扮演某种角色，他和他的前学生都确切地知道这一点。"克拉克，你和我一样清楚，教会在弃养儿童的事情中扮演着什么角色，"胡安·迭戈回答，"至于那些父母不想要的孩子为什么会出生，首先——"他停了下来，因为他看见克拉克闭上了双眼。胡安·迭戈也合上了眼睛。

两人宗教理念的不同，必然会使他们陷入熟悉的僵局，并闯进令人沮丧的死胡同。过去，克拉克会使用"我们"这个词，他的意思不是"你和我"。他说"我们"的时候，指的是教会，尤其是在他想要显得很进步或是很宽容的时候。"我们不该在堕胎、使用避孕手段、同性婚姻等事情上过于坚持教会的教义"——说到这里克拉克总是会迟疑一下——"很明显，"他会接着说，"没有必要总是讨论这些问题，或者激烈地争论。"

确实，当克拉克想要表现得很进步的时候，他会这样做。他在这些议题上并不是约翰·保罗二世那样的极端主义者！

而胡安·迭戈这些年来也并不诚恳，他使出了浑身解数。他曾用那句老切斯特顿引用过数次的话调侃克拉克："能否针对它开玩笑是检验一种宗教好坏的方式。"（克拉克对此自然一笑了之。）

胡安·迭戈很后悔，他把亲爱的佩佩神父最喜欢的祈祷词浪费在与克拉克的争论中不止一次。克拉克当然无法从来自阿维拉的圣·特蕾莎的祈祷中认识自己。佩佩神父曾忠诚地在他的日常祷告中念诵道："主啊，请你把我们从愚蠢的祈祷和愁眉苦脸的信徒中拯救出来。"

但是为什么胡安·迭戈要重温自己与和佩佩神父的通信呢，仿佛那是佩佩神父昨天才写过的？多年前，他曾写到阿方索神父和奥克塔维奥神父于数日内双双在睡梦中死去。对于两位老牧师的"悄然离开"，佩佩对胡安·迭戈表达了他的惶恐。他们两个一直那么教条，那么固执武断，怎么可能不动声色地离去呢？

里维拉的离开也让佩佩神父感到愤怒。自从旧的垃圾场在1981年搬走，酋长的状态就不太对。现在又有了新垃圾场，格雷罗殖民地的十户家庭早就不见了。

真正击垮里维拉的是新垃圾场建成后颁发的严禁焚烧政策。他们怎么能禁止点火呢？什么垃圾场不许燃烧垃圾？

佩佩让酋长告诉他更多的情况。佩佩神父并不在意垃圾场火堆的消失，他想知道的是胡安·迭戈的父亲究竟是谁。

旧垃圾场的女工曾对佩佩说，垃圾场老板"并不算是"拾荒读书人的父亲，胡安·迭戈自己始终认为酋长"可能不是"他父亲。

但是卢佩曾说过："里维拉知道一些，他只是不说。"

里维拉曾告诉孩子们，那个"最有可能"是胡安·迭戈父亲的人死于心脏病。

"心脏病，是吗？"胡安·迭戈问酋长。埃斯佩兰萨就是这样告诉孩子们，以及其他所有人的。

"就是他那个叫心脏的地方'永远'坏掉了。"里维拉只对孩子们讲了这些。

但佩佩神父最终说服了里维拉讲出更多的实情。

确实，垃圾场老板非常确信他就是胡安·迭戈的生父，埃斯佩兰萨在那个时候没有和其他人睡过——或者她这样说。但是她后来告诉里维拉，他太蠢了，不可能拥有一个像拾荒读书人这样的天才儿子。"即使你是他的父亲，他也永远不该知道。"埃斯佩兰萨对酋长说。"如果胡安·迭戈知道你是他的父亲，会破坏他的自信。"她说道。（这无疑摧毁了垃圾场老板那一点微弱的信心。）

里维拉要求佩佩不要告诉胡安·迭戈，在他死之前都不要。谁知道酋长是否死于心脏病呢？

没有人知道里维拉实际住在哪里，他死在自己卡车的车厢中。那是他最喜欢睡觉的地方，在破坏神死后，里维拉思念他的狗，于是他很少睡在其他场所。

和阿方索神父及奥克塔维奥神父一样，酋长也是"悄然离开"的，但他事先对佩佩神父坦白了自己的秘密。里维拉的死，以及他的坦白，是胡安·迭戈重温与佩佩神父的通信时很大的一部分，而且他会不时翻看。佩佩神父为什么能如此愉快地度过自己生命的尾声呢？胡安·迭戈思索着。

在魅力酒店，不再有公鸡会在黑暗中打鸣，胡安·迭戈能够睡上一整夜，完全忽略沙滩俱乐部传来的卡拉OK音乐。没有女人睡在他身边（或者从他身边消失），但是一个清晨他醒来时，发现了某段类似标题的文字——是他自己的笔迹——写在床头柜的记事本上。

"最后那些东西"，他在本子上写道，那是他梦见佩佩在最后一家孤儿院的一天夜晚。2001年后的某段时间，佩佩神父开始在"来自月亮的孩子"担任志愿工作。佩佩在信中很乐观，一切似乎都使他充满活力，而他当时已经将近八十岁。

孤儿院位于瓜达卢佩·维多利亚（即"瓜达卢佩胜利纪念地"）。"来自月亮的孩子"接收的是妓女的小孩。佩佩神父说他们很欢迎那些妓女来看望自己的孩子。胡安·迭戈记得，在流浪儿童，修女们不会允许生母进入。这也是埃斯佩兰萨，垃圾场孩子们的生母从未被修女们欢迎的一个原因。

在"来自月亮的孩子"，孤儿们称呼佩佩为"爸爸"，佩佩认为这"没什么大不了"。据他所说，其他在孤儿院从事志愿服务的男性也都被称作"爸爸"。

"我们亲爱的爱德华不会赞成把摩托车停在教室里。"佩佩神父写道，"但如果你把它们停在大街上，就会有人偷走。"（爱德华多先生说摩托车是"即时杀手"。）

瓦格斯医生也一定会反对孤儿院里的狗，而"来自月亮的孩子"允许养狗：孤儿们很喜欢它们。

"来自月亮的孩子"的院子里有一架很大的蹦床——他们不允许狗爬上蹦床，佩佩写道——还有一棵高大的石榴树，高处的树枝上装饰着布娃娃和其他玩具，是孩子们把这些东西向上抛，让它们落在了枝头。女孩和男孩的宿舍区不在同一栋建筑中，但他们的服装是通用的——孤儿们的衣服是公共财产。

"我不再开小甲壳虫汽车了。"佩佩写道，"我不想撞死人。我买了一辆小摩托，开得很慢，即使撞到也不会出人命。"

那是佩佩神父的最后一封信，是其中一件可以算作"最后那些东西"的物品，这个明显的标题是胡安·迭戈在睡梦或半醒的状态中写下的。

他离开魅力酒店的那个清晨，只有孔苏埃洛和佩德罗醒来和他道别，外面的天依然黑着。胡安·迭戈的司机是那个脸色阴郁、看起来还不够驾车年龄的少年，他时常按喇叭。但胡安·迭戈记得，他做司机的时候要好过担任侍者。

"小心那些巨蜥，先生。"佩德罗说。

"不要踩上海胆，先生。"孔苏埃洛说。

克拉克·弗伦奇在登记台给他的前导师留了一张字条。克拉克一定觉得他很幽默，至少这对克拉克来说很幽默。到马尼拉，这便是他字条的内容。

前往塔比拉兰市的一路上，胡安·迭戈没有和少年司机说话。他想起了自己收到那个女士来信的场景，她经营着位于瓜达卢佩·维多利亚的"来自月亮的孩子"。佩佩神父死在他的小摩托上。他为了避免碰到一条狗而躲闪，却被一辆大巴撞到了。"他有你所有的书——那些你为他签名的。他很为你骄傲！""来自月亮的孩子"中的女士在信中对胡安·迭戈说。她的签名是——"妈妈"。给胡安·迭戈写信的女士名叫蔻蔻。孩子们称呼她为"妈妈"。

胡安·迭戈很好奇"来自月亮的孩子"中是否只有一位"妈妈"。结果确实如此，"只有一个"，瓦格斯给胡安·迭戈的信中这样写道。

对于"爸爸"这个词的使用，是佩佩弄错了，瓦格斯在信中对胡安·迭戈说明了这一点。"佩佩的听力不是很好，否则他就会听到汽车的声音。"瓦格斯这样解释。

孤儿们并没有叫佩佩"爸爸"，佩佩听错了。

在"来自月亮的孩子"里，他们只会对一个人叫"爸爸"，他是蔻蔻的儿子，那个被称作"妈妈"的女士的儿子。

把一切都交给瓦格斯，让他向你提供科学的答案吧，胡安·迭戈想道。

前往塔比拉兰市的路是那么遥远，而胡安·迭戈知道，这只是他旅途中漫长一天的开始。两辆飞机和三艘船等在他面前，这还不包括巨蜥，或者D.。

并非动物、植物或矿物

"过往就像人群中的面孔环绕着他。"胡安·迭戈写道。

这天是2011年1月3日，星期一——坐在胡安·迭戈旁边的年轻女士正在为他担心。清晨7点30分起飞，从塔比拉兰市前往马尼拉的菲律宾航空174号此时非常吵嚷。然而坐在胡安·迭戈旁边的女士告诉乘务人员，尽管同行的乘客都在大声嚷叫，这位先生还是立刻睡着了。

"他完全昏厥了。"女士对乘务员说。但是在胡安·迭戈睡着后不久，他开始说话。"起初，我以为他是在对我说。"女士告诉乘务人员。

胡安·迭戈听起来不像是在睡梦中讲话，他的语音并不含糊，思想也很深刻（带有一定的专业性）。

"16世纪，当耶稣会建立的时候，很多人都不识字，更不可能掌握主持弥撒必备的拉丁文。"胡安·迭戈开口道。

"什么？"年轻女士问。

"但是有一些格外忠诚的人，他们只想着做善事，渴望成为宗教秩序的一部分。"胡安·迭戈接着说。

"为什么？"女士问他，她还没有意识到他的眼睛闭着。胡安·迭戈曾经是大学教授，在那位女士看来，他似乎是在睡梦中向她讲课。

"这些忠诚的人被称为奠基者，这意味着他们没有获得任命。"胡安·迭戈的课堂继续着。"现在，他们主要担任收银员或厨师的工作甚至作家。"他边说边因为自己的话而发笑。随后，胡安·迭戈依然处于熟睡的状态，却开始哭泣。"但是佩佩神父把一生奉献给了孩子们。他是一位教师。"胡安·迭戈说道，他的声音变得破碎起来。他睁开了眼睛，盯着坐在他身边的那位年轻女士，但什么都没有看见。正如她所说，她知道他依然处于昏厥状态。"佩佩只是觉得自己没有资格当牧师，虽然他的誓言与牧师相同，因此他无法结婚。"胡安·迭戈解释道，当泪水流向脸颊时，他的双眼依然紧闭着。

"我知道了。"女士柔声对他说着，离开了自己的座位。她就是在这时去找乘务员的。她试图向乘务人员解释这个男人并没有打扰到她，他看起来是个好人，但是很悲伤，她说道。

"悲伤？"乘务人员问。她忙得不可开交：早班飞机上有一群醉汉，那些连夜饮酒狂欢的年轻男子。还有一个孕妇，她的月数或许已经太大，不适合坐飞机。（她告诉乘务员自己要么即将分娩，要么吃了一顿不合适的早餐。）

"他在哭，在睡梦中啜泣。"坐在胡安·迭戈旁边的女士努力解释着，"但是他说的话非常高端，就像是一个教师在上课，或者类似的情况。"

"听起来并不吓人。"乘务员说。（她们的谈话明显背道而驰。）

"我说过他很好，完全不吓人！"年轻女士说，"这个可怜人遇到了麻烦，他非常不开心！"

"不开心。"乘务员重复道，仿佛"不开心"也是她工作的一部分！然而，似乎是为了从那群年轻醉汉和那个傻瓜孕妇的事情中解脱出来，她决定跟着那位女士去看一眼胡安·迭戈，他此时正在靠窗的座位上平静地睡着。

胡安·迭戈睡觉的时候，是他唯一显得比实际年轻的瞬间。他的皮肤呈暖棕色，头发近乎全黑。于是乘务员对那个年轻女士说："这个人没有'遇到麻烦'。他也没在哭——他睡着了！"

"他以为自己手里拿着什么？"女士问乘务人员。确实，胡安·迭戈的前臂与身体呈现出僵硬的直角。他的双手分开，手指舒展，仿佛正握着一件和咖啡罐周长相似的东西。

"先生？"乘务员靠在他的座位边招呼道。她轻触他的腰部，能够感觉到前臂肌肉的紧绷。"先生，你还好吧？"乘务员更加卖力地问。

"神秘大道。"胡安·迭戈用西班牙语大声说道，仿佛想让自己的声音盖过众人的喧嚷。（在胡安·迭戈脑海中，在他的回忆或梦境中，他确实在这样做。他正坐在一辆出租车的后座上，穿过周六清晨神秘大道上拥挤的车流——这里人群鼎沸。）

"打扰了——"乘务员说。

"你看到了吧？情况就是这样，他并没有在和你讲话。"年轻女士对乘务员说。

"大街，指的是一条宽阔的路，通常铺了鹅卵石或砖块——这个词非常墨西哥化，非常正式，源于帝国时代。"胡安·迭戈解释道。"大道就没有这么正式。一条神秘大街，一条神秘大道，是同样的。翻译成英语的时候，你不会带上冠词。你会说'神秘大道'，让'一条'见鬼吧。"胡安·迭戈补充道，他最后的话没有那么专业。

"我知道了。"乘务员说。

"问问他手里拿着什么。"年轻的乘客提醒乘务员。

"先生，"乘务员温柔地问，"你手里拿着什么？"但是当她再一次触碰胡安·迭戈那绷紧的前臂时，他把想象中的咖啡罐抓在了自己胸前。

"灰。"胡安·迭戈轻声说。

"灰。"乘务员重复道。

"'尘归尘，土归土'，应该是那种灰吧。我是这么猜的。"女乘客说。

"是谁的骨灰？"乘务员靠近胡安·迭戈，在他耳边低语。

"我妈妈的。"他回答道，"还有死去的嬉皮士，还有一只死去的狗——一只小狗。"

两个年轻的女人站在机舱的过道上，不知道该说些什么，他们都看见胡安·迭戈又开始了哭泣。"还有圣母玛利亚的鼻子。是它们混合的骨灰。"胡安·迭戈轻声说。

年轻的醉汉们正在唱着一支不合时宜的歌曲。菲律宾航空174号上面有孩子，而一个年长些的女人来到了过道上的乘务员面前。

"我觉得那个孕妇要分娩了。"老年女子说，"至少她认为如此。你们要当心：这是她第一次生孩子，她并不知道分娩是什么感觉……"

"很抱歉，请你坐下。"乘务员对坐在胡安·迭戈旁边的年轻女士说，"这个带着骨灰睡觉的人没什么危险，再过三四十分钟，我们就要在马尼拉降落了。"

"耶稣玛利亚约瑟夫。"那个年轻女士只是这样说道。她看见胡安·迭戈重新啜泣了起来。他是为他妈妈、死去的嬉皮士、逝去的小狗还是圣母玛利亚的鼻子而哭泣呢？好吧，谁知道促使他哭起来的究竟是什么？

从塔比拉兰市到马尼拉的航班时间并不长，但三四十分钟对于一个关于骨灰的梦而言已经很久。

成群的朝圣者已经聚在一起，他们正徒步走在宽阔的大街中央，虽然其中很多人是先乘坐汽车抵达神秘大道的。出租车缓缓向前行驶，然后又停下来，接着再小心地朝前方挪动。蜂拥的人群让车流陷入了停滞状态，人们统一而有目标地聚集成不同的小组。游行者们坚持向前移动着，时而挡住车辆的去路，时而超过它们。这些步行的朝圣者在神秘大道上的行进要比那些闷热而封闭的出租车顺利得多。孩子们前往瓜达卢佩圣殿的朝圣并不孤单，至少在周六清晨的墨西哥城如此。周末，这位棕色皮肤的圣母——圣母瓜达卢佩——会吸引众多信徒。

胡安·迭戈坐在闷热的出租车后座，把神圣的咖啡罐放在腿上。卢佩本想拿着它，但她的手太小了。要是某个圣徒撞到他们的车，会导致她松开装骨灰的罐子。

出租车司机又一次踩下了刹车，他们停在一大群游行者中间，在靠近瓜达卢佩圣母大教堂的地方，宽阔的大街被完全堵住了。

"都是为了看那个名字叫'土狼饲养员'的印第安婊子——瓜达卢佩在纳瓦特语或者其中一种印第安语中的意思是'土狼饲养员'。"那个面目恶毒的司机说。

"你不知道你在说什么，贼眉鼠眼的家伙。"卢佩对司机嚷道。

"她在说啥，纳瓦特语吗，还是别的？"司机问。他缺了两颗门牙，还有其他几颗牙齿。

"不要按着旅行指南的路线走，我们不是游客，一直开。"胡安·迭戈告诉他。

此时一列修女正从停下来的出租车前经过，其中一个弄坏了自己的念珠串，那些脱落的念珠在汽车的引擎盖上滚来滚去。

"你们一定要看那幅印第安人洗礼的画——不能错过。"司机对他们说。

"那些印第安人不得不放弃他们的印第安名字！"卢佩嚷道，"他们只能叫西班牙名。这就是'印第安人的转化'，你个浑蛋，变态！"

"不是纳瓦特语吗？听起来像是印度……"出租车司机刚要开口，但是有一张戴面具的脸贴在了他的挡风玻璃上。他按了喇叭，而那些蒙面游行者依然边走边看向车内。他们的面具上画着些粗俗的动物：奶牛、马或驴、山羊，还有鸡。

"基督朝圣者，他妈的一群疯子。"出租车司机自语道。某个人也同时打掉了他的上、下犬齿，可他依然表现出一种亢奋的优越感。

歌颂圣母的激昂音乐正在响起，穿校服的孩子们在敲鼓。出租车朝前挪动了一阵，又停了下来。一群蒙着眼睛、穿着西装的男子被用绳子绑在一起，他们由一位正在祈祷的牧师指引着。（没有人能透过音乐听见牧师的祷告。）

在后座上，卢佩闷闷不乐地坐在她哥哥和爱德华·邦肖中间。爱德华多先生忍不住担忧地看向胡安·迭戈放在腿上的咖啡罐，他对于那些围绕在他们车旁的疯狂朝圣者们也感到同样的焦虑。此时，朝圣者之中又混入了兜售廉价宗教图腾的小贩，有瓜达卢佩的画像、手指大小的基督（在十字架上经历着多方面的苦难），甚至还有可怕的科亚特利库埃，她穿着用蛇围成的裙子（更不必说她那迷人的项链上面装饰着人的心脏、手和颅骨）。

胡安·迭戈知道卢佩很难过，因为她看到好外国佬送给她的怪诞雕像居然有这么多粗劣的仿品。其中一个声音尖厉的小贩手上恐怕有一百尊待售的科亚特利库埃雕像，它们都被蛇盘绕着，长着松弛的乳房和响尾蛇尾巴做成的乳头。和卢佩的那个一样，每尊雕像的手脚处都有锋利的爪子。

"你那个依然很特别，卢佩，因为是好外国佬给你的。"胡安·迭戈对他妹妹说。

"我读了太多心。"卢佩只是说道。

"我知道了。"出租车司机说，"如果她说的不是纳瓦特语，那应该是嗓子有些问题。你带她去'土狼饲养员'那儿是为了治好！"

"我们不想在你这臭车上待了。我们走得比你开得快，死龟头。"胡安·迭戈说。

"我看到你走路了，小鬼。"司机对他说，"你觉得瓜达卢佩能治好你的瘸腿，是嘛？"

"我们停下了吗？"爱德华·邦肖问垃圾场的孩子们。

"我们就没有动！"卢佩嚷道，"我们的司机睡了太多妓女，他的脑子还没有他的蛋大！"

爱德华多先生正在给司机付钱，胡安·迭戈用英语告诉他不要给小费。

"操你妈的！"司机对胡安·迭戈骂道。胡安·迭戈认为出租车司机刚刚把他称为"妓女的儿子"，格洛丽亚修女私下一定也是这样看待他的，但卢佩对这个翻译表示质疑。她听到女杂技演员们用过"操"这个词，她觉得这句话的意思是"睡你的母亲"。

"没牙的蠢货！"卢佩对司机嚷道。

"那个印第安丫头说什么？"司机问胡安·迭戈。

"他说你是'没牙的蠢货'。显然你之前差点被人打死吧。"胡安·迭戈说。

"多美的语言啊！"爱德华·邦肖感叹道，他总是这样讲，"我希望我能学会，但是我似乎没有什么进步。"

在那之后，孩子们和爱荷华人陷入了拥挤的人群。起初他们被堵在一堆缓慢地跪着行走的修女后面，她们的习惯是半抬大腿，并用膝盖在石板路上留下血迹。随后孩子们和即将卸任的教士又因为一群僧侣而慢下了脚步，他们来自某个无名的修道院，正在用鞭子抽打自己。（就算他们流血，棕色的长袍也能掩盖血迹。但是他们挥舞鞭子的动作把爱德华多先生吓了一跳。）穿着校服敲鼓的孩子变得更多了。

"亲爱的上帝。"爱德华·邦肖只说了这一句。他已经不再担忧地看向胡安·迭戈手里的咖啡罐。周围有太多骇人的事物了，而他们还没有到达圣殿。

在水井礼拜堂中，爱德华多先生和孩子们要从那些作出自虐行为，彰显自己令人作呕举动的圣徒之间挤出一条路。一个女人正不停地用指甲抠自己的脸。一个男人用钢笔在自己的头上戳出了凹痕，血迹和墨水混在一起，滴入了他的眼睛。自然，他只能不断地眨眼，于是流下了紫色的眼泪。

爱德华·邦肖把卢佩举过自己的肩膀，这样她就不再被那些穿西装的男人挡住。他们已经摘下了眼罩，这样便可以看见瓜达卢佩圣母躺在临终的床榻上。棕色皮肤的圣母被玻璃罩着，但是那群用绳子拴在一起的西装男子不再移动了——他们不允许其他人看到她。

那个引领着戴眼罩的商人们来到这里的牧师继续着他的祷告。牧师手里拿着所有的眼罩，看起来就像是一个衣着糟糕的侍者，正在一间因爆炸恐慌而紧急疏散的餐厅中收集用过的餐巾。

胡安·迭戈认为喧嚷的音乐还不错，因为这样就听不到牧师的祈祷，他似乎陷入了某种最简单的重复。那些对瓜达卢佩哪怕有一点了解的人，难道还没有把她最著名的语句铭记于心吗？

"我不在这里吗？我是你的母亲。"牧师手拿皱巴巴的眼罩，依然念诵不停。"我不在这里吗？我是你的母亲。"这个手里握着十几条（甚至更多）眼罩的男子一直喋喋不休着，但这显然毫无意义。

"把我放下来，我不想看这些。"卢佩说，但是爱荷华人听不懂她的话。胡安·迭戈只能帮他妹妹翻译。

"那些傻帽银行家不需要眼罩，他们不戴眼罩也是瞎的。"卢佩说，但是胡安·迭戈没有翻译这一句。（马戏团的勤杂工会把帐篷的杆子叫'做梦的龟头'，胡安·迭戈认为卢佩的语言达到这么粗俗的水平也只是时间问题。）

前方等待着爱德华多先生和孩子们的是通往玫瑰山丘的无尽阶梯——确实是毅力和耐力的考验。爱德华·邦肖勇敢地开始了攀登，这一次他把跛足男孩举上了头顶，但台阶实在太多，他们的路途无比漫长而陡峭。"我能走，你知道的。"胡安·迭戈试图劝说爱荷华人，"一瘸一拐也没有关系，我就是这样的嘛！"

但是爱德华多先生依然坚持着，他喘着粗气，咖啡罐的底部不时撞到他跃动的头顶。当然没有人会猜到，这个失败的学者正背着一个瘸子上台阶。摇摇晃晃的基督教士似乎看起来和那些自虐的圣徒没什么两样，他还不如在肩膀上绑着煤块或沙袋。

"如果鹦鹉男摔下来死了，你知道会发生什么吗？"卢佩问她哥哥，"你就会失去远离糟糕生活，以及这个疯狂的国家的机会！"

孩子们亲眼见证了一匹马的死亡带来的复杂后果。玛那纳不是这座城里的马，对吧？如果爱德华·邦肖在攀登玫瑰山丘的台阶时跌倒了。那么，爱荷华人也不属于这座城市，对不对？胡安·迭戈和卢佩到时候要怎么做呢？胡安·迭戈思索着。

当然，对于他的想法卢佩有答案。"我们要先去抢爱德华多先生的尸体，这样才有足够的钱叫出租车回到马戏团驻地。要不然我们就会被绑架，然后卖给儿童卖淫场所！"

"好啦，好啦。"胡安·迭戈制止了她。他对蹒跚前行、满头大汗的爱德华多先生说："把我放下来，让我一瘸一拐地走吧。我爬着走，也比你背着我快些。如果你死了，我只能把卢佩卖去儿童妓院才有钱吃饭。而且你死了，我们就永远没法回到瓦哈卡。"

"慈悲的耶稣！"爱德华·邦肖跪在台阶上祈祷着。他并没有真的在祈祷，跪下来是因为他没有力气把胡安·迭戈从肩膀上放下，用膝盖触地则是由于如果他再试着迈一步，就会跌倒。

孩子们站在跪在地上喘着粗气的爱德华多先生旁边，看着他努力恢复呼吸。一个电视节目组从他们身边的台阶上经过。（多年以后，在爱德华·邦肖垂死之际，这个他挚爱的人也像这样努力控制着呼吸，胡安·迭戈会回想起电视节目组经过他们的那个瞬间，当时他们正在攀爬阶梯，前往卢佩喜欢称作"玫瑰"的圣殿。）

出镜的电视记者——一个年轻女人，美丽而具有专业性——正在对这里的奇迹老生常谈。这应该是一档旅游节目，或者电视纪录片，既不深奥，也谈不上感人。

"1531年，圣母第一次出现在胡安·迭戈面前，他是一个阿兹特克人，根据相互矛盾的说法，有可能是贵族，也可能是农民。主教不相信胡安·迭戈的话，于是要他提供证据。"美丽的电视记者说道。当看到那个跪在地上的外国人时，她停止了讲述，也许是那件夏威夷衬衫吸引了她的目光，也可能是那两个担忧地围在这个显然在祈祷的人身边的孩子。这时摄像师转动了镜头；他显然很喜欢这副场景。爱德华·邦肖跪在台阶上，两个孩子正在等待他。他们三个吸引了电视摄像的注意。

这不是胡安·迭戈第一次听到"相互矛盾的说法"，虽然他更倾向于以一个著名的农民命名。想到自己的名字可能来自一个阿兹特克贵族，他有些困扰。这个词与胡安·迭戈对自己的总体印象，即拾荒读书人的领导者，并不相符。

爱德华多先生已经恢复了呼吸，他站了起来，也能够迈着不太稳定的步伐继续攀登。但是摄像师把镜头对准了正在攀爬玫瑰山丘的跛足男孩。于是节目组开始随着爱荷华人及孩子们缓步前进，他们一起向上攀登着。

"当胡安·迭戈回到了山上，圣女再次出现，让他采一些玫瑰带给主教。"电视记者继续讲述道。

当瘸腿的男孩和他的妹妹到达山顶时，他们身后是墨西哥城的全景。电视摄像抓住了这个画面，但爱德华·邦肖和孩子们都没有回头看。胡安·迭戈小心地握着面前的咖啡罐，仿佛那骨灰是他带到"玫瑰山丘"圣殿的神圣祭品，这里就是那些奇迹般的玫瑰生长的地方。

"这一次，主教相信了他——圣母的画像浮现在胡安·迭戈的斗篷上面。"美丽的电视记者接着说，但是摄像师已经对爱德华多先生和孩子们失去了兴趣，他的注意力被一群来自日本的蜜月夫妇吸引了，他们的导游正拿着扩音器用日语讲解瓜达卢佩的奇迹。

卢佩看到那些日本蜜月游客都用外科口罩遮挡着口鼻，她感到很难过。她想象着这些年轻的日本夫妇将要死于某种可怕的疾病，她认为他们来到玫瑰山丘，是为了祈求圣母瓜达卢佩的拯救。

"可他们不会传染吗？"卢佩问，"他们从日本到这里来，一路会感染多少人？"

胡安·迭戈的翻译和爱德华·邦肖对卢佩的解释有多少消散在了嘈杂的人群中呢？日本人有"预防"的习惯，他们戴着外科口罩是为了远离糟糕的空气或病菌。当然，至于卢佩能否听懂，我们不得而知。

更让人分心的是，附近的游客和朝拜者们听见了卢佩说话，出于自己的信仰，他们纷纷开始兴奋地叫喊。其中一个虔诚的信徒指着卢佩，宣称她讲的是一种特别的语言，这让卢佩非常沮丧，他们把她那混乱、难以听懂的话语当成了救世真谛。

圣殿里正在举行弥撒，但是那些不断涌入玫瑰的乌合之众并不契合弥撒的氛围：成群结队的修女、穿着制服的孩子、挥舞鞭子的僧侣以及用绳子捆绑在一起的西装男子，后者又重新戴上了眼罩，这导致他们在上台阶时不停绊倒和摔跤（他们的裤子不是摔坏就是磨破了，有两三个商人还一瘸一拐，虽然没有胡安·迭戈那么明显）。

胡安·迭戈并不是唯一的瘸子，一群残疾人也来了，还有截肢者。（他们是来祈祷痊愈的。）所有的人都在这里：聋人、盲人、穷人，还有一些无名游客和戴着口罩的日本蜜月旅行者。

在通往圣殿的门口，孩子们听见美丽的电视记者说："一位德国化学家实际分析了胡安·迭戈斗篷上红色和黄色的纤维。经过科学研究，化学家认为那些颜色并非来自动物、植物或矿物。"

"德国人为什么要这么做呢？"卢佩问，"无论瓜达卢佩是不是奇迹，和斗篷都没有关系啊！"

瓜达卢佩大教堂实际上是由一组教堂、小礼拜堂和圣殿组成的，它们都集中在这片曾经应该诞生过奇迹的崎岖山坡上。结果是，爱德华·邦肖和垃圾场的孩子们只看到了水井礼拜堂，那里的瓜达卢佩躺在玻璃下的临终床榻上，以及玫瑰山丘。（他们永远不会看到那顶神圣的斗篷。）

在玫瑰圣殿内，圣母瓜达卢佩确实没有被掩藏在侧面的圣坛中。她就矗立在礼拜堂的正前方。但是他们有没有让她成为主要的景点呢？他们把瓜达卢佩和圣母玛利亚合一，让她们变成了同一个人。天主教的骗局非常彻底：神圣的玫瑰山丘像是一个动物园。疯狂的信徒远超限额，他们正试图加入弥撒。牧师们都在死记硬背。由于圣殿中不允许使用扩音器，导游依然在用日语对那些带着外科口罩的蜜月旅行者进行讲解。那些用绳子绑在一起的西装男子，他们又一次摘下了眼罩，用茫然的目光望着棕色皮肤的圣母，就像是胡安·迭戈在睡梦中的眼神。

"不要碰骨灰。"卢佩对他说，但是胡安·迭戈正捂着扣紧的盖子。"一点都不要撒在这里。"卢佩告诉他。

"我知道……"胡安·迭戈开口道。

"我们的妈妈宁可在地狱中被烧死，也不要把骨灰撒在这儿。"卢佩说。"好外国佬也不该睡在山丘。他睡着的时候那么好看。"她边说边回忆道。胡安·迭戈注意到他的妹妹不再把圣殿称作"玫瑰"。卢佩很乐意将它叫成"山丘"，这里对她来说已经不再神圣了。

"我不需要翻译。"爱德华多先生对孩子们说，"这座礼拜堂并不神圣。这整个地方都不太对劲。一切都是错的，不是它应该拥有的样子。"

"应该拥有的样子。"胡安·迭戈重复道。

"并非动物、植物或矿物，就像德国人说的！"卢佩嚷着。胡安·迭戈觉得他应该为爱德华·邦肖翻译这句话，这听起来太过真实，甚至令人不安。

"什么德国人？"爱荷华人问，他们正走下台阶。（多年以后，爱德华多先生会对胡安·迭戈说："我感觉自己依然在离开玫瑰山丘的路上。我下台阶时感受到的那种幻灭和醒悟还在延续，我一直在下降。"爱德华·邦肖会这样讲。）

爱荷华人和孩子们走下台阶时，更多大汗淋漓的朝圣者挤过他们，朝着山顶的奇迹之地前进。胡安·迭戈踩上了某些东西：感觉有些软，同时又有一点脆。他停下来去看它，随后又捡了起来。那是一尊图腾，比到处都在贩卖的手指尺寸受难耶稣略大些，但并没有卢佩那尊老鼠大小的科亚特利库埃人像厚实，也在瓜达卢佩圣母大教堂建筑群周围出售。胡安·迭戈踩到的玩具人偶是瓜达卢佩本人。她那被动而顺从的体态、低垂的双眼、没有乳房的胸部、轻微隆起的小腹，充分展现了圣母卑微的出身。如果她有说话，那一定只讲纳瓦特语。

"有人扔掉了它。"卢佩对胡安·迭戈说。"有人和我们一样厌恶。"她说道。但是胡安·迭戈把那尊用硬橡胶制成的宗教人像放进了自己的口袋。（它并不像圣母玛利亚的鼻子那么大，但依然让他的口袋鼓了起来。）

在阶梯底部，他们穿过了围攻上来的零食饮料小贩们。那里还有一队修女，正在通过售卖明信片为她们修道院救济穷人而筹钱。爱德华·邦肖买了一张。

胡安·迭戈思索爱德华多先生是否还在想着那张有弗洛尔和小马的明信片，但是这只是又一张瓜达卢佩的照片。水井礼拜堂中，圣女躺在临终的床榻上，被玻璃罩着。

"一份纪念品。"爱荷华人显得有些愧疚，他把明信片展示给卢佩和胡安·迭戈。

卢佩只是大致看了一眼照片上那个躺在临终床榻上的棕色皮肤

圣母，然后便移开了视线。"我现在的感觉是，如果她把一匹马的阴茎放在嘴里，我会更喜欢她一点。"卢佩说。"我的意思是她已经死了，但依然含着马的阴茎。"她补充道。

是的，她睡着了，头枕在爱德华多先生的腿上，当爱荷华人给胡安·迭戈讲述那张可怕明信片的故事时。但胡安·迭戈始终知道，卢佩在睡梦中也能读心。

"卢佩在说什么？"爱德华·邦肖问。

胡安·迭戈正寻找着离开巨大石板广场的最佳方式，他在思考出租车在哪里。

"卢佩说她很高兴瓜达卢佩已经死了，她觉得这是那张明信片最好的部分。"胡安·迭戈只是这样说。

"你还没有问我狗的新节目的事。"卢佩对她哥哥说。她停顿了一下，和往常一样等待他反应过来。但是胡安·迭戈永远跟不上卢佩的思路。

"现在，卢佩，我在想办法让我们离开这儿。"胡安·迭戈不耐烦地告诉她。

卢佩碰了碰他鼓起的口袋，那里藏着那尊被弄丢或遗弃的瓜达卢佩人像。"不要请她帮忙。"卢佩只是说。

"每段旅程背后都有一个理由。"胡安·迭戈有一天会写道。距离垃圾场的孩子们前往墨西哥城的瓜达卢佩圣殿已经四十年，正如爱德华多先生有一天会说的。胡安·迭戈感觉他始终在下降。

可怜的莱斯莉

"我总是在机场遇到一些人。"桃乐茜用她那看似天真无辜的口气开始了写给胡安·迭戈的传真。"嘿,小子,那个年轻妈妈需要帮助!没有丈夫——丈夫已经甩掉了她。保姆在旅途一开始便抛弃了她和孩子们——她就消失在飞机上!"桃乐茜是这样开始讲述她的故事的。

那个长期遭受痛苦的年轻母亲听起来很熟悉,胡安·迭戈在一遍遍重读桃乐茜的传真时想道。作为一个作家,胡安·迭戈知道桃乐茜的故事中想要表达很多东西,他怀疑还有更多的意味被自己漏掉了。比如:在桃乐茜的笔下,"一件事"是如何"引发另一件事"的,以及她为什么要和"可怜的莱斯莉"以及她的小孩子们一起去爱尼。

第一次阅读桃乐茜的传真,胡安·迭戈便注意到了"可怜的莱斯莉"这个称呼。他以前没有听说过一位可怜的莱斯莉?噢,听说过,胡安·迭戈并不需要再读更多桃乐茜的传真,他已经想起自己是如何听说可怜的莱斯莉的,以及是听谁说起。

"不要担心,亲爱的,她不是又一位作家!"桃乐茜写道,"她只是个写作方面的学生，想要当作家。实际上，她认识你的朋友克拉克。莱斯莉在一次作家会议上参加过某种工作坊，在那里克拉克是她的导师。"

所以她就是那个"可怜的莱斯莉"！胡安·迭戈回想了起来。这个可怜的莱斯莉在参加克拉克的写作工作坊之前就认识了他。克拉克是在一次筹款活动中遇到她的。据克拉克所说，那是他和可怜的莱斯莉共同支持的天主教慈善活动之一。她的丈夫刚刚离开她，她有两个"有些粗野"的小男孩，她认为自己如此年轻，却经历了"日益增长的幻灭"，这值得书写。

胡安·迭戈还记得自己认为克拉克给莱斯莉的建议完全不符合他的风格，他讨厌回忆录和自传性小说。克拉克对于他口中的"疗伤式写作"很蔑视，他认为回忆录小说"失去了虚构色彩，背叛了想象"。可克拉克却鼓励可怜的莱斯莉在纸面上敞开心扉！"莱斯莉的心很好。"当克拉克和胡安·迭戈说起她时，他坚持道，"可怜的莱斯莉只是在和男人交往方面运气差！"

"可怜的莱斯莉。"克拉克的妻子重复道，她停顿了一下。随后约瑟法·昆塔纳医生说："我觉得莱斯莉喜欢女人，克拉克。"

"我不认为莱斯莉是同性恋。我想她只是很困惑。"克拉克说。

"可怜的莱斯莉。"约瑟法重复道。胡安·迭戈很清楚地记得，她的语气并不十分确凿。

"莱斯莉美吗？"胡安·迭戈问。

克拉克的表述简直是冷漠的典范，仿佛他从未注意过莱斯莉美不美。

"很美。"昆塔纳医生简短地说。

据桃乐茜所说，她和莱斯莉以及那些粗野的男孩们一起去爱尼完全是莱斯莉的主意。

"我可不是当保姆的料。"桃乐茜对胡安·迭戈写道。但是莱斯莉很美，胡安·迭戈想。如果莱斯莉喜欢女人，无论她是同性恋，还是只因为困惑，胡安·迭戈完全不怀疑桃乐茜会弄清楚这些。无论桃乐茜是怎么样的人，她都完全不为此困惑。

当然，胡安·迭戈没有告诉克拉克和约瑟法，桃乐茜和可怜的莱斯莉勾搭上了——如果确实如此的话。（在传真中，桃乐茜并未确切地说这是真的。）

克拉克本来就蔑视地将桃乐茜称呼为"D."，而且得知桃乐茜是那对母女中的"女儿"更让他感到厌恶，他完全无法理解胡安·迭戈与这对母女之间的关系。好吧，那胡安·迭戈为何还要告诉他可怜的莱斯莉和"D."在一起，让他更加难过呢？

"那些孩子的事情不是我的错。"桃乐茜写道。作为作家，胡安·迭戈能够觉察到讲故事的人正在故意转移话题。她知道桃乐茜去爱尼并不是由于她渴望成为一个保姆。

他还知道桃乐茜非常直白。如果她想，就可以讲得很明确。可关于莱斯莉的男孩们究竟发生了什么，细节却很模糊，也许她是故意这样写的？

当胡安·迭戈从保和起飞的航班降落在马尼拉，并把他震醒时，他正在想着这件事。

他当然无法理解为什么那个坐在他旁边的年轻女士——她坐的是靠近过道的位置——正握着他的手。"真抱歉。"她诚恳地对他说。胡安·迭戈没有作声，只是对她微笑。他希望她能解释一下自己是什么意思，或者至少放开他的手。"你的妈妈……"年轻女士开口道，但她又停下了，用双手覆住了脸。"死去的嬉皮士，一只逝去的狗——小狗，还有其他的一切！"她忽然脱口而出。（坐在他身边的年轻女士并没有说出"圣母玛利亚的鼻子"，她只是用手触了触自己的。）

"我明白了。"胡安·迭戈只是这样说道。

我是不是疯了？胡安·迭戈想。我难道一路都在和身边这个陌生人讲话？还是说我命中注定时常遇到会读心的人？

年轻女士此时正在查看她的手机，这提醒了胡安·迭戈打开自己的手机看一眼。小小的手机在他手中震动着作为回应。他最喜欢震动模式，而非大家所说的任何"铃声"。胡安·迭戈看见自己收到了来自克拉克的信息——很长的一条。在短信这个被精简的语境中，小说家往往很难找到最好的状态，但克拉克一直坚持不懈。当对某件事情感到愤怒时，他总是格外顽固。短信不是用来表达道德上的义愤的，胡安·迭戈想。"我的朋友莱斯莉被你的朋友D. 引诱了，就是那个女儿！"克拉克的短信这样开始，他应该是从可怜的莱斯莉那里听说了此事。

莱斯莉的两个小男孩分别九岁和十岁或者七岁和八岁，胡安·迭戈努力回想着。（他不可能记得他们的名字。）

男孩们的名字带有德国发音，胡安·迭戈想道，这一点他是对的。他们的父亲，莱斯莉的前夫是德国人，一家国际酒店的老板。胡安·迭戈不记得（或者没有人告诉他）那个德国酒店大亨的名字，但这便是莱斯莉前夫的职业：他经营酒店，并且买下了许多陷入财务瓶颈的一流酒店。马尼拉是这位德国酒店老板亚洲业务的基地，至少克拉克如此暗示。莱斯莉在许多地方生活过，包括菲律宾。她的小男孩们也游历过全世界。

胡安·迭戈跟在他来自保和的飞机后面，在跑道上阅读着克拉克的短信。一种天主教式的愤怒——怨愤之感从中涌现出来，他代表的是莱斯莉。毕竟，可怜的莱斯莉是一个有信仰的人——一个天主教徒，克拉克感觉她再一次遭受了冤屈。

克拉克打下了这些文字："当心机场的水牛，它们可没有表面那么温顺！维尔纳被踩伤了，但并不严重。小迪特尔说他和维尔纳都没有做什么引发注意的事情。（可怜的莱斯莉说维尔纳和迪特尔都"没有挑逗水牛"。）随后小迪特尔又被水生物刺痛，度假地将它们称为'浮游生物'。你的朋友D. 说那些刺到他的东西和人的拇指指甲大小相仿。D. 和迪特尔一起游泳，她说这些所谓的浮游生物就像是'三岁孩子的避孕套'，有成百上千只！这种微型避孕套的刺伤并没有引发过敏反应。'应该不是浮游生物。'D. 说。"

D. 说，胡安·迭戈自忖道，克拉克对于水牛和带刺的东西的描述和桃乐茜只是略有不同。关于"三岁孩子的避孕套"的画面是一致的，但是桃乐茜用她那含糊的方式暗示水牛被吸引了注意。她没有说明究竟是怎样的。

马尼拉机场并没有水牛需要担心，胡安·迭戈要在这里转机去巴拉望。新飞机是双引擎的，呈雪茄状，过道的两侧都只有一个座位。（胡安·迭戈不会再面临把他和卢佩没有在墨西哥城的瓜达卢佩圣殿撒下骨灰的故事讲给一个完全陌生的人的危险。）

但就在螺旋桨飞机从登机口滑行离开前，胡安·迭戈感觉手机再次震动了。克拉克的短信显得比之前更加急迫，也更加歇斯底里："维尔纳被水牛撞到的伤还没有好，又被某种垂直游动的粉红色水母（像是海马）蜇伤了。D. 说它们'半透明状，食指大小'。可怜的莱斯莉和她的男孩们应该立刻从岛上撤离，因为维尔纳很快就对那些透明手指似的东西起了过敏反应——他的嘴唇、舌头，还有可怜的阴茎都肿了起来。你将单独和D. 待在一起，她会留下来取消房间的预订——是可怜的莱斯莉的，不是你的！不要游泳。希望能在马尼拉见到你。和D. 在一起要当心。"

螺旋桨飞机开始移动，胡安·迭戈关闭了手机。他在想着第二个刺伤事件，关于垂直游动的粉色水母，桃乐茜的评价更符合她的性格。"谁想碰上这种鬼东西？去他妈的南海！"桃乐茜在给胡安·迭戈的传真中写道。他正想象着自己单独和桃乐茜待在一个隔绝的岛上，而他又不敢在那里游泳。他怎么可能想被三岁孩子的避孕套，或是粉色的、能让阴茎肿起来的水母刺伤呢？（更不必说像狗一样大的巨蜥！莱斯莉家的野小子们是怎么躲开巨大的蜥蜴的？）

回到马尼拉会不会开心一些？胡安·迭戈思索着。但是飞机上发了一本小册子，他在地图那一页看了最久，得出的结论也很让人不安。巴拉望位于菲律宾群岛最西侧。爱尼是拉根岛上的度假地，位于巴拉望的东北角，和胡志明市及湄公河入海口纬度相同。越南的西侧隔南海与菲律宾相望。

越南战争是好外国佬跑来墨西哥的理由，他的父亲在早年的战役中死去，他埋葬的地点距离自己儿子可能牺牲的地方并不远。这些联系是巧合还是命中注定呢？"现在有一个问题！"胡安·迭戈听见爱德华多先生说。虽然，在爱荷华人的一生中，他都没能亲自回答。

当爱德华·邦肖和弗洛尔死去后，胡安·迭戈会向瓦格斯医生询问同样的问题。胡安·迭戈告诉瓦格斯，爱德华多先生曾向他吐露过在明信片上认出弗洛尔的事情。"为什么会有这样的联系呢？"胡安·迭戈会问瓦格斯。"你把它看作巧合还是命运？"拾荒读书人如此询问这位无神论者。

"你怎么形容这两者之间的状态呢？"瓦格斯反问他。"我会叫作逃避。"胡安·迭戈回答。但他很生气，弗洛尔和爱德华多先生刚刚死去，垃圾医生们没有治好他们。

也许现在，胡安·迭戈会引用瓦格斯曾经说过的话：世界是按照巧合与命运的"中间状态"运转的。胡安·迭戈知道，有很多神秘的事情，并不是一切都可以用科学解释。

飞机在巴拉望的利奥机场降落时很颠簸，跑道没有铺砌过，尘土飞扬。从飞机上下来后，乘客们会受到当地歌手的欢迎。百无聊赖地站在歌手身边的，是一只神色疲惫的水牛。很难想象这只悲伤的水牛会袭击或践踏任何人，但只有上帝（或桃乐茜）真正知道莱斯莉的两个野小子（或者其中一个）做了什么激怒那头野兽的事情。

后面的路途还有三程船，虽然拉根岛上的度假地爱尼距离巴拉望并不远。从海上看拉根岛全是崖壁——这个岛是一座山。潟湖被掩藏了起来，度假地的建筑环绕着它。到了爱尼，度假地一个友善的年轻代表迎接了他。考虑到他的跛足，那个能看见潟湖的房间距离大厅只有一小段路。他们聊起了可怜的莱斯莉，由于不幸的遭遇她不得不忽然离开。"那两个男孩有些野。"年轻的代表机智地说，他正在给胡安·迭戈展示他的房间。

"但是那些带刺的东西并不是因为男孩们太野，才会被刺到吧？"胡安·迭戈问。

"在我们这里游泳的客人并不经常被刺到。"年轻人回答，"那两个孩子还想逮住一条巨蜥。这是自找麻烦。"

"逮住！"胡安·迭戈念叨着，他试图想象那两个野孩子，他们用红树根做成的矛武装着自己。

"莱斯莉女士的朋友和男孩们一起游泳，她就没有被刺。"度假地的年轻代表指出。

"噢，对，她的朋友。她在……"胡安·迭戈开口问。

"她在这里，先生，我想你问的是桃乐茜女士。"年轻人说。

"是的，当然，桃乐茜女士。"胡安·迭戈只是说道。姓氏现在已经过时了吗？胡安·迭戈只为此疑惑了短暂的一瞬。让他惊讶的是爱尼是这样一个让人愉快的地方，偏远但美丽，他想道。他还有时间打开行李，然后在晚餐前一瘸一拐地绕着潟湖走上一圈。度假地的年轻代表说，桃乐茜已经为他安排好了一切：她支付了他的房费和所有餐费。（还是说可怜的莱斯莉支付了全部费用？胡安·迭戈也只是短暂地为此疑惑了一下。）

胡安·迭戈不知道他会在爱尼做些什么，他很怀疑自己是否真的喜欢和桃乐茜独处。

他刚刚拿出自己的行李，洗了个澡并刮了胡子。此时他听到敲门的声音。敲击声还在继续，这一次不是试探性的。

应该是她，胡安·迭戈想。他没有看门孔就打开了门。

"我猜你很想我吧，嗯？"桃乐茜问。她微笑着推开他，把自己的包放进了他的房间。

我还没有想清楚这是一次怎样的旅行吗？胡安·迭戈思索着。这次旅行是不是被安排得太完美了？在旅途中，相比巧合，这些联系是不是更多意味着命中注定呢？（还是说他从作家的角度思考得太多？）

桃乐茜坐在床上，脱掉了凉鞋，扭动着脚趾。胡安·迭戈觉得她的腿要比他记忆中黑一些。也许自从上一次见到她，她一直在晒太阳。

"你和莱斯莉是怎么遇见的？"胡安·迭戈问她。

桃乐茜耸肩的样子非常熟悉，仿佛她曾看见过埃斯佩兰萨和卢佩耸肩，并且在模仿她们。

"你会在机场遇到许多人，你知道的。"她只是回答。

"水牛是怎么回事？"胡安·迭戈问。

"噢，那些男孩！"桃乐茜说着叹了口气。"真高兴你没有孩子。"她微笑着对他说道。

"水牛被激怒了吗？"胡安·迭戈问她。

"男孩们弄了一条活的毛毛虫——是黄绿色的，上面长着深棕色的毛。"桃乐茜说，"维尔纳把毛毛虫放在了水牛的鼻子里，塞在其中一个鼻孔中，非常深。"

"水牛的头和角都会用力摇晃吧，我想。"胡安·迭戈说，"还有蹄子。地面肯定会跟着震动起来。"

"如果你想把鼻子里的毛毛虫弄出来的话，还会使劲儿呼气。"桃乐茜说。很明显她站在水牛那一边："这么看维尔纳被踢得不算狠。"

"确实，但那些扎人的避孕套和竖着游泳的透明手指是什么情况？"胡安·迭戈问她。

"是啊，它们很狡猾。它们没有蜇我，但是那孩子的阴茎没人能预料到。"桃乐茜说。"你没法知道谁对什么东西过敏或者怎么过敏！"

"你没法知道。"胡安·迭戈重复道。他坐在她身边的床上。她的气味像椰子，也许是由于防晒霜。

"我打赌你很想我，对吧？"桃乐茜问他。

"是的。"他对她说。胡安·迭戈曾想念过她，但直到现在他都没有意识到，桃乐茜让他想起了色情娃娃般的瓜达卢佩——那尊好外国佬送给他，一开始就让格洛丽亚修女非常反对的雕像。

这是漫长的一天，但胡安·迭戈是因此感到疲惫吗？他已经没有精力询问桃乐茜她是否和可怜的莱斯莉上了床。（要知道她是桃乐茜，她一定会这样做。）

"你看起来很难过。"桃乐茜轻声说。胡安·迭戈想说话，但他说不出口。"也许你该吃点东西，这里的食物很棒。"她告诉他。

"越南。"胡安·迭戈只说出了一个词。他想告诉她自己曾经是一个新美国人。他太年轻，不适合入伍，而征兵结束后，抽签结果也没有起作用。他是一个瘸子，他们不可能收下他。但由于他认识好外国佬，那个不想去越南却死掉的人，胡安·迭戈为自己不用去以及无须为了不去当兵而自残或逃跑感到内疚。

胡安·迭戈想告诉桃乐茜在地理上离越南这么近让他很困扰——在同一片南海上——因为他没有被送去那里当兵，让他难过的是好外国佬的死是因为这个不幸的男孩试图从那场卑鄙的战争中逃离出来。

但桃乐茜忽然说："你们美国士兵来过这里，你知道我不是说这儿，不是这个度假地，也不是拉根岛或者巴拉望。我的意思是他们休假的时候，你懂的。他们把这叫作在越南战争中苦中作乐。"

"关于那次战争你了解多少？"胡安·迭戈终于知道要如何询问她。（对他而言，他自己和卢佩一样让人难以理解。）

桃乐茜重复了她那熟悉的耸肩动作——她听懂了他的话。"那些恐惧的士兵，其中有些只有十九岁，你知道的。"桃乐茜说，她仿佛在回忆他们，虽然她不可能记得其中任何一个年轻人。

桃乐茜不比那些当时参战的男孩年长多少，越南战争结束前她不可能出生——那已经是三十五年前！显然，她是在从历史的角度讲述那些惶恐的十九岁少年们。

他们害怕死亡，胡安·迭戈想象着为什么参战的少年不能害怕呢？但是，他又一次不知该说些什么，桃乐茜说："那些男孩害怕被捕，或者被折磨。美国封锁了关于北越南人如何折磨被捕的美国士兵的消息。你应该去拉瓦格——位于吕宋岛的最北部。拉瓦格、维干那些地方。年轻士兵们会离开越南到那里度假。我们可以去，你懂的，我知道一个地方。"桃乐茜对他说，"爱尼只是一个度假地，很美，但并不真实。"

胡安·迭戈只是说："胡志明市位于这儿的西边。"

"当时叫西贡。"桃乐茜提醒他。"岘港和北部湾在维干西边。河内在拉瓦格西边。吕宋岛的每一个人都知道那些北越南人是如何折磨年轻的美国士兵的，这是那些可怜的男孩害怕的事情。北越南人在折磨人方面'毫不克制'，拉瓦格和维干的人这样说。我们可以去那儿。"桃乐茜重复道。

"好的。"胡安·迭戈回答，这是最简单的答案。他本想提到一位越南老兵，胡安·迭戈是在爱荷华遇见他的。老兵讲述过一些在菲律宾度假的事情。

他们说起了奥隆阿波和碧瑶，也可能是碧瑶市。吕宋岛会划分城市吗？胡安·迭戈思索着。老兵提到了酒吧、夜生活和妓女。他们没有说起折磨，或者北越南人在这方面的专长，也没提到拉瓦格或维干——在胡安·迭戈记忆中没有。

"你的药怎么样？你需要吃一些吗？"桃乐茜问他。"我们来看看你的药吧。"她说着牵起了他的手。

"好的。"他重复道。他已经非常累，但他感觉自己和桃乐茜一起前往浴室，去看贝他阻断剂和壮阳药时并没有一瘸一拐。

"我喜欢这个，你呢？"桃乐茜问他。（她手里拿着一粒壮阳药。）"它太完美了！为什么要把它切成两半呢？我觉得吃一整片要好过半片，你呢？"

"好的。"胡安·迭戈轻声说。

"不要担心，也别难过。"桃乐茜对他说道。她给了他一粒壮阳药和一杯水。"一切都会好起来的。"

然而胡安·迭戈忽然记起的并不是"好的"。他想起了桃乐茜和米里亚姆曾齐声说出的话，仿佛她们在合唱。

"得了吧上帝！"米里亚姆和桃乐茜一同嚷道。胡安·迭戈几乎不怀疑，如果克拉克听到她们的声音，会认为这是莎丘比在说话。

米里亚姆和桃乐茜在上帝头顶架了一把斧头吗？胡安·迭戈想。这时他忽然意识到：桃乐茜和米里亚姆厌恶上帝的意愿，是因为这些想法是她们提出来的吗？多么疯狂的主意啊！认为米里亚姆和桃乐茜是提出上帝意愿的人，与克拉克眼中她们的女妖形象截然相反。这下克拉克无法说服胡安·迭戈相信这对母女是邪灵了。在渴望她们的时候，胡安·迭戈感觉米里亚姆和桃乐茜的身体属于现实的世界，她们有血有肉，而不是暗影或幽灵。至于这两个完全不神圣的女人是否掌握着上帝的意愿。好吧，想它做什么呢？谁又能想象这一点呢？

胡安·迭戈自然永远不会说出这个疯狂的想法，至少在此情此景下，当桃乐茜正递给他一片壮阳药和一杯水。

"你和莱斯莉……"胡安·迭戈开口问道。

"可怜的莱斯莉很困惑，我只是想要帮她。"桃乐茜说。

"你想要帮她。"胡安·迭戈只是说道。他的语气听起来不像是疑问，虽然他在想着自己是否很困惑，和桃乐茜在一起并没有什么帮助。

第5幕，第3场

当你回忆或梦见你深爱的人时——那些已经死去的——你没法阻止故事的结局先于其他部分自己跳出来。你无法选择梦境的时间排列，或者回忆起某个人时每一件事情发生的顺序。在你的心中——你的梦境、你的记忆里——故事有时会从尾声开始。

在爱荷华，第一家集中的艾滋病病毒诊所，包括护理、社会服务以及配套的教育，开放于1988年6月。诊所开在博伊德塔——它被称作塔，但实际上不是。所谓的博伊德塔是一座附属于老医院的新建五层建筑。博伊德塔是爱荷华大学医院及诊所的一部分，艾滋病病毒/艾滋病诊所位于第一层，被称作病毒诊所。当时，人们对于直称艾滋病病毒/艾滋病诊所还有所顾虑，担心病人和医院都会受到歧视，这是合情合理的。

艾滋病病毒/艾滋病与性和毒品相关。这种病在爱荷华还不够普及，很多当地人认为这是一种"都市"病。在爱荷华的乡下人之间，一些病人要同时面对周围人的恐慌和排斥。

胡安·迭戈还记得博伊德塔未建成时的样子。在20世纪70年代，那里（和现在一样）是一座真正的塔，那座哥特风格的塔位于老综合医院的北侧。当胡安·迭戈刚和爱德华多先生及弗洛尔一起搬来爱荷华时，他们住在一套复式公寓中，那里是过于繁复的维多利亚婚礼蛋糕风格，带有一个废弃的门廊。胡安·迭戈的卧室和浴室以及爱德华多先生的书房都在二楼。

快散架的门廊对于爱德华·邦肖或弗洛尔来说没有什么用，但是胡安·迭戈还记得自己曾经有多么喜欢那里。从门廊上，他可以看见爱荷华老田舍（室内游泳池所在地）以及金尼克体育场。梅尔罗斯大街上的破败门廊是观看学生活动的绝佳地点，尤其是在秋季的周六，爱荷华足球队有内部比赛。（爱德华多先生把金尼克体育场称作罗马圆形剧场。）

胡安·迭戈对美式足球并不感兴趣。起初是出于好奇——后来是为了和朋友们在一起——胡安·迭戈偶尔会去金尼克体育场看比赛，但他真正喜欢的是坐在梅尔罗斯那栋古老木房子的门廊上，看着那些年轻人走过。（"我感觉我喜欢乐队的声音，从远处传来，以及想象啦啦队的样子，近距离地。"弗洛尔会用她那难以听懂的话语说。）

博伊德塔建成时，胡安·迭戈即将结束他在爱荷华的本科学习。从他们位于梅尔罗斯大街的家中，这个特殊的一家三口能够看到老综合医院中的哥特塔。（弗洛尔后来说，她失去了对那座旧塔的喜爱。）

弗洛尔是第一个出现症状的。当她被诊断后，爱德华·邦肖自然要接受检查。弗洛尔和爱德华多先生在1989年检测出艾滋病病毒阳性。潜伏期的卡氏肺孢子虫肺炎是他们两个最早的艾滋病症状。他们咳嗽、呼吸困难、发烧，弗洛尔和爱荷华人开始服用抗生素。（爱德华·邦肖会因此而引发皮疹。）

弗洛尔还是很美，但是她的脸因为波卡西肉瘤病变而毁了容。她的一边眉毛呈现出紫色的病灶，另一处体现在她的鼻子上。后者非常明显，弗洛尔决定用一块印花大手帕遮住。她把自己称作"土匪"。但是对她而言最难过的是，她失去了自身的女性特征。

她服用的雌性激素具有副作用，尤其是对她的肝。雌激素会引发一种肝炎，并导致胆汁的淤积和聚集。这种情况下发生的瘙痒让弗洛尔非常抓狂。她只能停止服用激素，于是她的胡子又回来了。

在胡安·迭戈看来，弗洛尔如此努力地让自己变得女性化，可她不仅要死于艾滋病，还要以一个男人的身体死去，这是很不公平的。当爱德华多先生的手已经不够稳，没法每天给弗洛尔刮脸时，胡安·迭戈会替他做。然而，当胡安·迭戈亲吻她的时候，依然能够感觉到脸颊上的胡茬，也总是能看到胡须的影子，即使她已经刮好了脸。

由于爱德华·邦肖和弗洛尔是一对不寻常的夫妇，他们需要一位年轻的医生来进行日常保健，而且弗洛尔想要一位女医生。他们美丽的女全科医生是罗丝玛丽·施泰因，她坚持要他们进行艾滋病病毒检测。1989年，施泰因医生只有三十三岁。"罗丝玛丽医生"——弗洛尔是第一个这样称呼她的——和胡安·迭戈同龄。在病毒诊所中，弗洛尔称呼那些传染病医生都用名字，他们的姓氏在墨西哥人的发音中简直是一场噩梦。胡安·迭戈和爱德华·邦肖，他们的英语很完美，也称那些传染病医生为"杰克医生"和"亚伯拉罕医生"，只是为了让弗洛尔显得不那么像外国人。

病毒诊所的等候室非常简朴，是20世纪60年代的风格。地毯是棕色的，椅子分单双人款，上面铺着深色的化纤垫子，更确切地说是瑙加海德革。登记桌是桦色的，顶上带有浅色的福米卡塑料贴面。登记桌对面的墙是砖砌的。弗洛尔说她希望博伊德塔的内外部完全是用砖砌成的，想到那些"垃圾瑙加海德革和福米卡塑料贴面"要比她和她亲爱的爱德华多留存更久，她就很难过。

所有人都认为是弗洛尔传染了爱荷华人，虽然只有弗洛尔这样说。爱德华·邦肖从未指责她，也没说过任何埋怨的话。他们没有正式宣誓，但对彼此作出过正常夫妻的承诺。"无论健康还是疾病，只要我们都活着就好。"当弗洛尔陷入自责，承认她偶尔的不忠行为（那些回瓦哈卡的旅行、那些派对——只是看在旧日的情分上）的时候，爱德华多先生会努力地向她吟诵这句话。

"关于'放弃其他所有'，我赞同这一点，不是吗？"弗洛尔会询问她亲爱的爱德华多，她一心想要责怪自己。

但弗洛尔始终是无法无天的。爱德华·邦肖会保持对她的真诚。他总是说弗洛尔是他的一生挚爱，正如他坚守着那句苏格兰誓言，也就是他疯狂笃信的"无风不起浪"。他总是忍不住愚蠢地重复着拉丁语的原版。（当他在那个鸡毛纷飞的瞬间抵达瓦哈卡时，就是这样在佩佩神父眼中留下狂热的印象的。）

在病毒诊所，采血室位于等候室的隔壁，艾滋病病毒阳性患者通常要和糖尿病患者共用那个房间。两组病人分别坐在房间的两侧，在80年代末90年代初，艾滋病患者数量增加，许多濒死者的症状都很明显——不仅是因为他们消瘦的身体，或是波卡西肉瘤病变。

爱德华·邦肖有他自己的标志：他患上了脂溢性皮炎，皮肤变得脆而油腻，主要是在眉毛和头皮上，还有鼻子两侧。爱德华多先生的嘴里长出了干酪状的念珠菌，把他的舌头都覆盖成了白色。念珠菌最终会进入爱荷华人的喉咙以及食道，他会吞咽困难，嘴唇上结出白色的痂并开裂。最后，爱德华多先生只能微弱地呼吸，但他拒绝上呼吸机。他和弗洛尔想要一起死去——在家里，而不是医院。

最后，他们通过希克曼导管帮助爱德华·邦肖进食。他们告诉胡安·迭戈，对于那些不能自己吃饭的病人，静脉营养法是必要的。由于念珠菌以及吞咽的困难，爱德华多先生很饥饿。一位护士——名叫道奇太太的年长女性——搬进了梅尔罗斯那栋复式公寓二楼曾经是胡安·迭戈卧室的房间。大多数时候，护士在那里是为了照看导管，道奇太太需要用肝素溶液来冲洗希克曼导管。

"否则会凝固。"道奇太太告诉胡安·迭戈，他并不明白她的意思，但也没有让她解释。

希克曼导管悬挂在爱德华·邦肖右侧的胸前，它被插在锁骨下方，穿过乳头上面几英寸的皮肤，进入锁骨下部的静脉。胡安·迭戈对此很难习惯，他将在其中一本小说中写到希克曼导管，在那本书中他的许多角色死于艾滋病，还有一些死于那些爱德华多和弗洛尔感染的与艾滋病相关的机会性疾病。但是那篇小说中的艾滋病患者甚至没有爱荷华人，或者人称女王自称土匪的弗洛尔隐约的"影子"。

胡安·迭戈用自己的方式书写着弗洛尔和爱德华·邦肖身上发生的事情，但是他没有一次写到过他们。拾荒读书人自学了阅读，也教会了自己如何想象。也许正是自学的经历，让他明白了小说家如何创造人物，如何虚构故事。你写的不只是你认识的人，讲的也不只是你自己的故事，这才是小说。

胡安·迭戈生命中那些真实的人身上有太多矛盾和未知的地方——他们不够完整，无法作为小说中的角色，胡安·迭戈想。他可以虚构出比自己的真实经历更好的故事。拾荒读书人认为，他自己的故事作为小说也"不够完整"。

作为创意写作的教师，胡安·迭戈不止一次告诉他的学生应该如何写作，他从不会建议那些写小说的学生们用他自己的方式创作。拾荒读书人不是一个劝导者。问题在于许多年轻的作家都在寻找方法，他们很倾向于选择一种写作流程，并相信有且只有一种创作的方式。（按照你想到的去写吧！只要充分发挥想象！一切只关乎语言！）

以克拉克为例。很多学生一辈子都是学生：他们寻找并发现自己赖以生存的规律。作为作家，他们希望自己使用一种通用的、无法打破的模式来写作。（将自传作为小说的基础完全是无稽之谈！用你的想象来编造故事吧！）克拉克知道胡安·迭戈站在"反对自传的一边"。

胡安·迭戈并没有想要站在哪一边。

克拉克坚持说胡安·迭戈站在"想象那一边"，他是一个"虚构家，而非回忆家。"克拉克说。

也许如此吧，胡安·迭戈想，但他并不愿意站队。克拉克把小说创作当成了一种论争。

胡安·迭戈试图减少话题中的论争色彩，他想谈论自己喜欢的文学，那些让他希望自己是一个作家的作者。这一切并不是因为他把这些作家看作写作标准的定制者，而单纯因为他喜欢他们写的东西。

让人毫不惊讶的是：流浪儿童的英语图书馆是很有限的，19世纪以后的范例基本不存在，包括那些阿方索神父和奥克塔维奥神父决定在垃圾场的火堆中烧掉的书，还有那些佩佩神父和爱德华·邦肖从图书馆少量的小说中救出来的必要作品。是这些鼓励了胡安·迭戈成为一个小说家。

狗的不公平境遇让拾荒读书人在阅读霍桑的《红字》时有了一定的准备。那些庄重的女教徒私下讨论着要对海丝特做什么，用热烙铁在她额头上打下烙印，或者杀掉她，而不是仅仅在她衣服上留下印记。这让胡安·迭戈对于搬到爱荷华后会接触到的美国清教徒残余有所准备。

梅尔维尔的《白鲸》，其中最著名的桥段是魁魁格的"棺材救生衣"，教会了胡安·迭戈在故事中预言往往和命运相伴。

至于命运，以及你无法逃避自己的命运，则来自哈代的《卡斯特桥市长》。在第一章，迈克尔·亨查德喝醉了，把他的妻子和女儿卖给了一个水手。亨查德永远无法为自己做的事情赎罪。在他的遗嘱中，他写道"没有人记得我"。（这并不是一个关于救赎的故事。克拉克不喜欢哈代。）

还有狄更斯，胡安·迭戈会引用《大卫·科波菲尔》中"暴风雨"那一章。在这章的结尾，斯提福兹的尸体被冲上了海面，科波菲尔面对着自己儿时偶像和狡诈地折磨过他的人的遗骸——他是那种你在学校会遇到的典型，年长一些的男孩，命中注定的霸凌者。既然他已经躺在"他曾经屈居，但已成为废墟的家园"中，就没有必要再对斯提福兹沙滩上的尸体进行什么描写了。但狄更斯终究是狄更斯，他让科波菲尔说出了更多的话："我看见他把头枕在胳膊上，我以前在学校经常看到他这样躺着。"

"关于写小说，除了从这四个人身上学到的，我还需要什么呢？"胡安·迭戈询问过他的写作课学生们，包括克拉克在内。

当胡安·迭戈向他的写作课学生们展示那四位19世纪的小说家时，他将霍桑、梅尔维尔、哈代和狄更斯称作"我的老师"，他也没有忘记提到莎士比亚。在胡安·迭戈开始写小说很久以前，爱德华多先生就给他读过。莎士比亚理解并欣赏情节的重要性。

和克拉克·弗伦奇提起莎士比亚是一种错误。克拉克自封为这位阿文河上的吟游诗人的卫士。克拉克属于纯粹想象学派，你可以想到他对那些相信"莎士比亚的作品其实是别人写的"的异教徒有多么恼火。

只要想到莎士比亚，胡安·迭戈的思绪就会回到爱德华·邦肖以及他和弗洛尔的遭遇上面。

起初，爱德华多先生和弗洛尔还足够强壮的时候，他们可以自己搬东西和上下楼梯，弗洛尔还在开车，他们会自己到博伊德塔的一层诊所去。那里距离他们在梅尔罗斯的房子只有三分之一英里路。当一切变得更加艰难后，胡安·迭戈（或道奇太太）会带着弗洛尔和爱德华·邦肖穿过梅尔罗斯大街。弗洛尔还能走路，但爱德华多先生需要坐轮椅。

在90年代早期或中期，艾滋病死亡率即将下降（由于新药物的作用），而病毒诊所中艾滋病病毒阳性患者的数量还没有开始增加。来访的病人稳定了下来，大概每年两百人。很多病人在等候室中需要坐在伴侣的腿上，他们偶尔会聊起同性恋酒吧和变装秀，那里有一些衣着华丽的异装者——是爱荷华风格的艳丽。

但弗洛尔不是，她已经不再是其中的一员。弗洛尔失去了她身上大多数的女性特征，虽然她依然穿着女装，但打扮很低调。她意识到自己的魅力已经消退，只有爱德华多还用爱慕的眼神看着她。他们在等候室中牵着手。在爱荷华市，至少在胡安·迭戈的记忆中，博伊德塔的艾滋病病毒/艾滋病诊所等候室是弗洛尔和爱德华·邦肖公开展现他们彼此间爱情的唯一场所。

其中一个艾滋病患者是来自门诺会[1]家庭的年轻人，家人一开始和他断绝了关系，后来又重新接受了他。他会把自己园子中的蔬菜带来等候室，并把土豆送给诊所的员工。年轻的门诺会教徒穿着牛仔靴，戴着一顶粉色的牛仔帽。

有一次，道奇太太带弗洛尔和爱德华·邦肖去诊所，弗洛尔对那个戴粉色牛仔帽的年轻园丁说了些好笑的话。

弗洛尔在公共场所总是戴着她的印花大手帕。土匪说："你知道吗，牛仔？如果你有两匹马，我们两个就可以抢劫一辆火车或一家银行了。"

道奇太太告诉胡安·迭戈"整间等候室的人都笑了"——她也笑了，她说道。头戴粉红色牛仔帽的门诺会教徒配合了这个笑话。

"我对北自由城很了解。"牛仔说。"那里有一家很好抢的图书馆。你知道北自由城吗？"牛仔问弗洛尔。

"不，我不知道。"弗洛尔对他说，"我对抢劫图书馆不感兴趣，我不读书。"

这是真的：弗洛尔不读书。她的口语词汇量非常丰富，也是一个

1　由门诺·西门创立的基督新教宗教团体。

优秀的聆听者，但她的墨西哥口音从20世纪70年代就没有改变过，她也不读任何东西。（爱德华·邦肖或胡安·迭戈会大声读书给她听。）

道奇太太说，这是艾滋病病毒/艾滋病诊所中一幕有趣的小插曲，但爱德华多先生为弗洛尔和那个牛仔园丁调情感到很难过。

"我没有调情，我只是在开玩笑。"弗洛尔说。

道奇太太也不觉得弗洛尔在和那个农夫调情。后来，当胡安·迭戈向她问起当时的事情时，道奇太太说："我觉得弗洛尔已经没法调情了。"

道奇太太来自科拉尔维尔，是罗丝玛丽医生推荐她来的。第一次见面爱德华·邦肖曾对护士说："你在打量我的伤疤吧……"好吧，道奇太太知道关于那件事的一切。

"科拉尔维尔的每个人，我是指一定年龄段的每个人，都知道那个故事。"道奇太太告诉爱德华多先生，"由于你父亲对那只可怜的狗做的事，邦肖家族很出名。"

当爱德华多先生听说邦肖家族并未逃离科拉尔维尔村民的审视时，感到如释重负——在车道上开枪打死一只狗是逃不掉的。"当然，"道奇太太接着说，"我听说这个故事的时候还是一个小女孩，故事和你或者你的伤疤没有关系。"她对爱德华多先生说："它是关于碧翠丝的。"

"事情本来应该是这样，她才是那个被打死的。故事是关于碧翠丝的。"爱德华·邦肖说道。

"对我来说不是，对那些爱你的人来说不是，爱德华多。"弗洛尔对他说。

"你在和那个戴粉色牛仔帽的农夫调情！"爱德华多先生抱怨道。

"我没有调情。"弗洛尔坚持说。后来，胡安·迭戈想到，爱德华·邦肖关于弗洛尔在诊所中和那个年轻的门诺会牛仔调情的指责，最接近于他对于她回到瓦哈卡那些旅行的反应。我们可以想象出弗洛尔会在那里展现出她热衷于调情的本质。

当然，胡安·迭戈从那时起与罗丝玛丽·施泰因医生成了朋友，不仅是因为她很美丽，还因为她是爱德华多和弗洛尔的医生。那罗丝玛丽为什么不能也成为胡安·迭戈的医生呢？

弗洛尔告诉胡安·迭戈他应该向罗丝玛丽医生求婚，但胡安·迭戈决定先邀请她担任自己的医生。胡安·迭戈后来回忆起自己第一次因为想象出的病症来到施泰因医生的办公室时，感到很难堪。他没有生病，什么问题都没有。但是他见证了太多和艾滋病相关联的机会性疾病，这让他坚信自己应该进行艾滋病病毒检测。

施泰因医生向他保证，他没有做任何可能会感染这种病毒的事情。胡安·迭戈已经不太记得他最后一次做爱的场景，他甚至不确定是哪一年，但他知道对方是一个女人，而且他使用了避孕套。

"你不用静脉注射的方式使用毒品吧？"罗丝玛丽医生问他。

"不——从没有！"

然而他想象念珠菌的白色霉斑正侵蚀着他的牙齿。（胡安·迭戈对罗丝玛丽医生承认，他会在半夜醒来，用手持镜和手电筒照向口中，并检查自己的喉咙。）在病毒诊所，胡安·迭戈听说过一些病人会患有隐球菌脑膜炎。亚伯拉罕医生对他说，脑膜炎要通过腰椎穿刺来确诊，表现为发烧、头痛以及神志不清。

胡安·迭戈会不停地梦到这些事情，然后在夜里因为完全想象出的症状醒来。"让道奇太太带弗洛尔和爱德华去诊所吧。这也是我帮你找到她的原因，让道奇太太去。"施泰因医生对胡安·迭戈说。

"你是个有想象力的人，你是个作家，对吧？"罗丝玛丽医生问他。"你的想象力不是水龙头，你没法在一天结束，停止写作的时候把它关掉。你的想象会一直延续，对不对？"罗丝玛丽问。

他应该在那时向她求婚的，在她答应另一个人之前。但等到胡安·迭戈终于明白自己应该向罗丝玛丽求婚时，她已经答应了别人。

如果弗洛尔还活着，胡安·迭戈知道她会这样对他说。"靠，你可真慢，我一直都知道你有多慢。"弗洛尔会说。（弗洛尔就是这样评价他的狗刨泳姿的。）

最终，亚伯拉罕医生和杰克医生会用舌下吗啡抗体酶剂做实验，爱德华·邦肖和弗洛尔自愿担任实验对象。但是在那时，胡安·迭戈已经允许道奇太太做一切事，他听了罗丝玛丽医生的话，把护理工作交给了护士。

很快就到了1991年，弗洛尔和爱德华多先生去世时，胡安·迭戈和罗丝玛丽都是三十五岁，弗洛尔先离开了，爱德华·邦肖在数日内便随她而去。

梅尔罗斯大街所在的地带一直在变化，那些样式夸张、奢华，有着宽阔门廊的维多利亚房子已经开始消失。和弗洛尔一样，胡安·迭戈曾经喜欢从梅尔罗斯的木房子前门廊朝哥特式的塔看去，但是当你看到博伊德塔一楼的病毒诊所时，当你看见塔下面正在发生的一切时，还有什么可喜欢的呢？

在艾滋病流行前很久，胡安·迭戈还在上高中的时候，他开始对于爱荷华市梅尔罗斯大街附近的景致稍微失去了兴趣。比如说，作为一个跛子，从梅尔罗斯到西部高中要向西走上很久，超过1.5英里。在刚过高尔夫球场，接近摩门崔克大道十字路口的地方，有一只坏狗。高中里还有霸凌。不是弗洛尔告诉他要有所准备的那一种。胡安·迭戈是一个长着黑色头发、棕色皮肤，拥有墨西哥长相的男孩，然而种族主义在爱荷华并不盛行，在西部高中（少数人，少量事件中）会出现，但是这不是胡安·迭戈在那里遭受的最糟糕的霸凌。

大多数时候，指向胡安·迭戈的枪林弹雨都是关于弗洛尔和爱德华多先生的——他那不算真正的女人的母亲和"可怜"的父亲。"一对怪胎情侣"，西部高中的一个孩子如此称呼胡安·迭戈的养父母。说他的男孩长着一头金发和粉红色的脸颊，胡安·迭戈不知道那孩子的名字。

所以胡安·迭戈遭遇的最大偏见无关种族，而是关于性，但他不敢把这件事告诉弗洛尔和爱德华·邦肖。当这对爱侣发现胡安·迭戈陷入了困境，并问起他因何而困扰时，胡安·迭戈不想让他们知道问题出在他们身上。说自己正因墨西哥血统而遭受反对更容易些，比如同学们会用南部的边境来暗示他，或者伙伴们会像弗洛尔提醒过的那样完全忽略他。

至于要一瘸一拐地走完西部高中和梅尔罗斯之间的漫长路途，胡安·迭戈并未抱怨。让弗洛尔开车送他会更加糟糕，她的接送会引发更多和性的话题相关的霸凌。此外，胡安·迭戈从高中开始就已经很辛苦了，他是那些整天垂头丧气的学生中的一员。他沉默而隐忍地度过了高中时代，却一心想着在大学生涯中出人头地，他也真的做到了。（当一个拾荒读书人唯一的工作是去上学时，他可以相当快乐，更不必说取得成功。）

胡安·迭戈不开车，他从没有开过。他右脚的角度对于踩油门或刹车而言都很尴尬。胡安·迭戈本可以得到驾照，但当他第一次尝试驾驶的时候，弗洛尔坐在他身边的乘客座上——弗洛尔是家中唯一有驾照的人，爱德华·邦肖拒绝开车——胡安·迭戈同时踩上了刹车和加速。（如果你的右脚指向两点钟的方向，这会是很自然的事情。）

"好吧，我们就这样吧。"弗洛尔对他说，"现在我们家有两个不开车的人了。"

当然，西部高中会有一两个孩子认为胡安·迭戈没有驾照是很丢人的。不会开车要比瘸腿或是墨西哥式的长相更加被孤立。这让胡安·迭戈显得很奇怪，和西部高中某些孩子眼中他那对养父母的样子同等奇怪。

"你妈妈，或者无论她管自己叫什么，她刮胡子吗？我指的是她的脸，那该死的下巴。"那个金发、粉红色脸颊的孩子问胡安·迭戈。

弗洛尔的胡须痕迹已经非常浅。这不是她身上最男性化的特征，但是却很明显。在高中，很多青少年不想显得特殊，他们也不希望自己的父母很特殊。但值得赞扬的是，胡安·迭戈从不会为爱德华多先生和弗洛尔感到尴尬。"这是激素能达到的最好效果了。你可能会发现她的胸很小。那也是激素的作用。雌性激素的功效很有限，我只知道这些。"胡安·迭戈告诉金发男孩。

粉红脸颊的孩子并没有想到胡安·迭戈能够如此坦白地回答。胡安·迭戈似乎在这一瞬间取得了胜利，但霸凌者们并不会就此罢休。

金发男孩没有住口。"我知道的是，"他说，"你所谓的妈妈和爸爸都是男的。其中一个，高个的那个，穿成女人的样子，但是他们都有那玩意儿。我只知道这些。"

"他们收养了我。他们很爱我。"胡安·迭戈对那个孩子说，因为爱德华多先生教给他要永远说实话。"我也很爱他们。我只知道这些。"胡安·迭戈补充道。

你并不会在这些高中的霸凌事件中真正取得胜利，但是如果你坚持下来，最终一定会赢。这是弗洛尔一直对胡安·迭戈讲的。他会因为未对弗洛尔和爱德华多先生完全坦白自己是如何被霸凌的，以及背后的原因感到愧疚。

"她会刮脸吧——她那该死的下巴刮得可没多好——无论她是谁，是什么人。"粉红色脸颊的金发男孩对胡安·迭戈说。

"她不刮脸。"胡安·迭戈告诉他。他用自己的手指描摹着上唇的轮廓，他看见卢佩奚落里维拉的时候就是这样做的。"胡子的痕迹会一直在。这已经是雌激素能达到的最好效果了。我和你说过。"

许多年过去，弗洛尔生病后不得不停止注射雌激素，她的胡子又回来了。当胡安·迭戈帮弗洛尔刮脸时，他想到了那个粉红色脸颊的金发男孩。也许有一天我会再次见到他，胡安·迭戈自忖道。

"再见到谁？"弗洛尔问他。弗洛尔不会读心，胡安·迭戈意识到他一定把自己的想法说了出来。

"噢，你不认识的人。我甚至不知道他的名字。只是一个高中时的同学。"胡安·迭戈对她说。

"我没有什么还想再见到的人，尤其是高中的。"弗洛尔对他说。（也尤其是休斯敦的，胡安·迭戈在帮她刮脸时想道，但是他留意没有把这个想法说出来。）

弗洛尔和爱德华多先生去世时，胡安·迭戈在爱荷华作家工作坊任教。这个专业属于艺术硕士，他曾经也是这里的学生。自从离开梅尔罗斯大街的复式公寓中位于二层的卧室，胡安·迭戈就不再住在爱荷华河那一侧。

他自己有几处乏味的公寓，靠近主校区和旧国会大厦，通常距离爱荷华市区很近，因为不会开车。他总是走路，更确切地说，是一瘸一拐地走路。他的朋友们，还有同事和学生，都认识他的步伐，他们从远处，或者从一辆经过的汽车上可以准确无误地辨认出胡安·迭戈。

和大多数不开车的人一样，胡安·迭戈不知道别人开车载他去的地方的具体方位。如果胡安·迭戈没有一瘸一拐地走去过那里，而只是坐其他人的车经过，他无法告诉你那个地方在哪儿，以及如何抵达。

邦肖家族墓地所在的地方就是如此。弗洛尔和爱德华多先生即将被埋葬。按照他们的愿望埋在一起，同时还有碧翠丝的骨灰，是爱德华·邦肖的母亲留给他的。（爱德华多先生把他亲爱的狗的骨灰放在爱荷华市一家银行的保险柜中。）

由于道奇太太来自科拉尔维尔，她明确地知道邦肖家族的墓地在哪里，并不在科拉尔维尔，而是"爱荷华市郊的某处"。（爱德华·邦肖自己是这样描述的，他也不会开车。）

如果没有道奇太太，胡安·迭戈都无法找到他深爱的养父母想要被埋葬的地点。道奇太太去世后，就是罗丝玛丽医生开车载胡安·迭戈去那片神秘的墓地。如他们所愿，爱德华·邦肖和弗洛尔共用一块墓碑，上面铭刻着莎士比亚《罗密欧与朱丽叶》中最后一段台词，那是爱德华多先生深爱的。最让爱荷华人感动的是那些关于年轻人的悲剧。（弗洛尔会说自己没有那么感动，但是她在他们共同的法定名和墓碑的铭文上向她亲爱的爱德华多妥协了。）

弗洛尔&爱德华·邦肖
"这个清晨带来了
一份阴郁的和平"
第5幕，第3场

这便是墓碑上的内容，胡安·迭戈曾质疑过爱德华多先生的请求。"你难道不想至少刻上'莎士比亚'的名字吗？"拾荒读书人询问爱荷华人。

"我觉得没有必要。那些了解莎士比亚的人会知道，那些不了解的——那么，他们也不用知道。"爱德华·邦肖半开玩笑地说，希克曼导管正在他赤裸的胸膛上起伏着，"没有人需要知道碧翠丝的骨灰和我们埋在一起，不是吗？"

当然，胡安·迭戈会知道，对吧？还有罗丝玛丽，她还知道她这位作家朋友为何会对长期关系中需要的承诺如此冷淡。罗丝玛丽也知道，在胡安·迭戈的创作中，一切都来自那些真正重要的事情。

罗丝玛丽医生确实不了解那个来自格雷罗的男孩，他生命中属于拾荒儿童的部分，以及属于拾荒读书人的固执。但是在她最初知道胡安·迭戈如此执着时感到很震惊，他的身材那么矮小，体重那么轻，而且还要一瘸一拐地行走。

当时他们在一家常去的餐厅中吃饭，那里位于克林顿街和伯灵顿街的转角处。在场的只有罗丝玛丽和她的丈夫皮特——也是一位医生——以及胡安·迭戈和他的一位作家同事。是罗伊吗？罗丝玛丽不记得了。也许是拉尔夫，而非罗伊。总之是一个很能喝酒的访问作家，他要么什么都不说，要么说个不停。是其中一个暂居于此的作家，罗丝玛丽觉得这些人表现得最为糟糕。

那是在2000年，不，是2001年，因为罗丝玛丽说："难以想象已经过了十年，但是他们已经去世十年了。上帝啊，他们离开了这么久。"（罗丝玛丽医生说的是弗洛尔和爱德华·邦肖。）胡安·迭戈觉得罗丝玛丽有些喝醉了，但是还好她没有任务，无论他们去哪里都是皮特开车。

这时胡安·迭戈听见旁边桌子上的一个男人说了些什么。他说的话并没有什么特别，但说话的语气很特别。"我只知道这些。"男人说。他的语调中有些难忘的感觉。他的声音既熟悉，又带有某些对抗性，还有些许戒备的意味。他听起来就像是会说出最后那一句话的人。

那是一个金发、粉红色脸颊的男人，他正在和家人吃饭。胡安·迭戈猜测，他似乎在和自己的女儿，一个十六七岁的女孩争论什么。他的儿子也在那里，只比女儿略大一些。男孩看起来最多十八岁，还在上高中，胡安·迭戈敢对此打赌。

"是老奥唐纳家的人。"皮特说，"他们说话声音都有些大。"

"他是休·奥唐纳，"罗丝玛丽说，"是分区委员会的成员。他总是想知道我们什么时候会再建一家医院，这样他就可以反对了。"

但胡安·迭戈看着那个女儿。他知道并理解年轻女孩脸上那遭遇围攻的神情。她正试图为自己身上穿的毛衣辩护。胡安·迭戈听到她对她父亲说："我的毛衣并不'淫荡'，现在的孩子都这样穿！"

正是这句话引发了她那红脸的父亲蔑视地说出了"我只知道这些"。金发男子自从高中时对胡安·迭戈说过那些伤人的话后就没怎么变。那是二十八或二十九年，将近三十年前的事情了吧？

"休，你不要——"奥唐纳太太劝阻道。

"一点都不'淫荡'，对不对？"女孩问他哥哥。她在椅子上转过身，试图让那个傻笑着的男孩更好地看到她的毛衣。但是这个男孩让胡安·迭戈想起了休·奥唐纳曾经的样子——更瘦些、浅黄色的头发，脸上有更多粉色。（休的脸现在更红一些。）男孩的傻笑也和他父亲如出一辙，女孩知道向他展示自己的毛衣没什么用，她转去了别的方向。谁都能看出傻笑的哥哥没有勇气站在他妹妹那一边。他看向她的眼神胡安·迭戈从前见过，毫无同情色彩，仿佛哥哥认为他妹妹穿任何毛衣都会显得淫荡。在男孩那居高临下的目光中，无论这个可怜的姑娘穿什么，看起来都像是一个荡妇。

"喂，你们两个……"作为妻子和母亲的女人正要开口，但是胡安·迭戈从桌边站了起来。自然，休·奥唐纳认出了他的跛足，虽然他已经将近三十年没有见过它或者说胡安·迭戈。

"嘿——我叫胡安·迭戈·格雷罗。我是个作家。我和你们的爸爸是高中同学。"他对奥唐纳家的孩子们说。

"嘿……"那个女儿开口道，但是儿子什么都没有说。女孩看了他父亲一眼，然后住了口。

奥唐纳太太想要说些什么，但是她没有讲完便停了下来。"噢，我知道你是谁。我读过……"她只是说到这里。在胡安·迭戈的神色中，一定展现出了不少属于拾荒读书人的固执，他在提醒奥唐纳太太他并不想谈论自己的书或者和她谈论。至少现在如此。

"我和你一样大的时候，"胡安·迭戈对休·奥唐纳的儿子说。"也许你爸爸和我当时处于你们的年龄之间。"他又对那个女儿说。"他对我也不是很好。"胡安·迭戈向女孩补充道，她似乎忽然意识到了什么，并不一定是因为那件饱受诟病的毛衣。

"嘿，看这里……"休·奥唐纳说道，但胡安·迭戈只是指着休，懒得看他。

"我没有和你说话，你想说的我都听过了。"胡安·迭戈对他说，他看着那两个孩子。"我被两个同性恋男人收养了。"胡安·迭戈接着说，毕竟，他知道怎么讲故事。"他们是伴侣。他们无法结婚，在这里和我的家乡墨西哥都不行。但是他们深爱彼此，也很爱我。他们是我的监护人，我的养父母。我当然也爱他们，和其他孩子对他们父母的爱是一样的。你们知道那是一种怎样的爱，对吧？"胡安·迭戈询问休·奥唐纳的孩子们，但是他们没有回答，只有那个女孩点了点头，动作很小。男孩几乎一动不动。

"无论如何，"胡安·迭戈接着说，"你们的爸爸是个霸凌者。他说我妈妈刮胡子——指的是她的脸。他觉得她的下巴刮得不干净，但她并不刮脸。当然，她是一个男人，她穿女装，注射激素。激素会帮助她变得更像一个女人。她的胸很小，但是她有胸，她的胡子也没有停止生长，虽然她的下巴上只有那种最浅、最柔软的胡须痕迹。我告诉你们的爸爸这是激素所能达到的最佳效果，我说雌性激素只能做到这些，但是你们的爸爸依然一直在侮辱我。"

休·奥唐纳从桌边站了起来，但是他没有说话，只是呆站在那里。

"你们知道你们的爸爸对我说什么吗？"胡安·迭戈问奥唐纳家的两个孩子。"他说：'你所谓的妈妈和爸爸都是男的。他们都有那玩意儿。'他是这么说的。我觉得他就是一个只会说'我只知道这些'的人。对不对啊，休？"胡安·迭戈问。胡安·迭戈第一次看向了他。"这些话是你对我说的吧？"休·奥唐纳依然站在那里，没有说话。胡安·迭戈把注意力放回到孩子们身上。

"他们死于艾滋病，十年前，他们是在这里去世的，在爱荷华。"胡安·迭戈对孩子们说，"那个想成为女人的人，在她临死前我只能每天给她刮脸，因为她不能再服用激素，所以她的胡子长了回来，我知道她因为自己变得像男人一样有多难过。她是先离开的。

411

我'所谓的父亲'几天后也去世了。"

胡安·迭戈停了下来。虽然他没有看奥唐纳太太，但他知道她在哭，那个女儿也在哭。胡安·迭戈一直知道女人们是真正的读者——只有她们拥有被一个故事感染的能力。

看看那个没有反应的红脸父亲和他那长着粉色脸颊、一动不动的儿子吧，胡安·迭戈停下来是在思考，多数男人会受到什么事情的影响。究竟什么鬼东西会打动大多数的男人呢？胡安·迭戈思量着。

"我只知道这些。"胡安·迭戈对奥唐纳的孩子们说。这一次他们都点了点头，尽管幅度很小。当胡安·迭戈转过身，一瘸一拐地走回他的餐桌时，他看到罗丝玛丽和皮特，甚至那个喝醉了的作家，都在认真地聆听着他的每一句话。胡安·迭戈意识到，他的瘸腿要比平时更加明显一些，仿佛他在有意（或是无意中）让它吸引更多的注意。爱德华多先生和弗洛尔似乎也这样看着他，在某个地方，以某种方式，他们认真聆听着他的每一句话。

上车后，皮特坐在驾驶座上，醉酒的作家在副驾驶位置，因为罗伊或拉尔夫是个大块头，酒后动作笨拙，大家都一致认为他需要放腿的空间。胡安·迭戈和罗丝玛丽医生一起坐在后座上。胡安·迭戈本打算一瘸一拐地走回家，他住得离克林顿街与伯灵顿街的转角处很近，但是罗伊或拉尔夫需要搭车，罗丝玛丽也坚持自己和皮特会把胡安·迭戈送到要去的地方。

"哇，那是一个非常好的故事，我能感觉到。"醉酒的作家在前座上说道。

"是的，这个故事很有趣。"皮特只是说。

"对于艾滋病的部分我有点困惑。"拉尔夫或罗伊接着说道。"他们是两个男人，这点我明白了，好吧。其中一个是异装者。现在我对刮脸的部分有些疑问，艾滋病的部分我觉得我懂了。"罗伊或拉尔夫继续说。

"他们已经死了，在十年前。这才是重要的事。"胡安·迭戈坐在后座上说。

"不，不仅这些。"罗丝玛丽说道。（我猜对了，胡安·迭戈记得自己当时这样想：罗丝玛丽有一点喝醉，也许不止一点，他想道。）在后座上，罗丝玛丽医生忽然用双手捧住了胡安·迭戈的脸。"如果我听到了你对那个浑蛋休·奥唐纳说的话，我的意思是在我答应嫁给皮特之前，我会问你要不要和我结婚的，胡安·迭戈。"罗丝玛丽说。

皮特沿着迪比克街行驶了一会儿，没有人说话。罗伊或拉尔夫住在迪比克街东部的某处，也许在布鲁明顿街或达文波特街上，他记不得了。出于善意：罗伊或拉尔夫被吸引了注意，他试图找到后座上的罗丝玛丽医生，于是来回摆弄着后视镜。最终，他看见了她。

"噢——我刚刚没看到。"罗伊或拉尔夫对她说，"我是指你向胡安·迭戈求婚！"

"我看到了，全都看到了。"皮特说。

胡安·迭戈沉默地呆坐在后座上，罗伊或拉尔夫的话让他的思绪回到了现实，无论这个巡游作家是谁。（胡安·迭戈也没有意识到刚才发生了什么。）

"我们到了，我觉得我们到了。真希望我知道我他妈的住在哪儿。"罗伊或拉尔夫说。

"我不是说我真的会嫁给你。"罗丝玛丽试图为自己辩解道。不知是为了皮特还是胡安·迭戈，也许她是同时说给这两个人听的。"我只是说我可能会问问你。"她说，这样听起来更加合理。

胡安·迭戈没有看向罗丝玛丽，但他知道她在哭，和他知道休·奥唐纳的妻子和女儿在哭泣是一样的。

但是事情已经如此了。胡安·迭戈坐在后座上，他只能这样说："女人们是读者。"还有些事情，即使在当时他也知道是说不出口的，比如，有时故事会从结局的地方开始。但是，他怎么能真的讲出这样的话呢？这需要上下文。

有时，胡安·迭戈会感觉自己依然和罗丝玛丽一起坐在那有些黑暗的汽车后座上，他们两个没有看向彼此，也没有说话。这不就是莎士比亚那句台词的意思吗，以及为什么爱德华·邦肖会如此喜爱那句话？"这个清晨带来了一份阴郁的和平"，好吧，是呀，这样的黑暗为什么会消失？谁又能跳过故事的结尾，只幸福地想象着朱丽叶和她的罗密欧身上发生的其他事情呢？

26

撒骨灰

　　旅途中的迷失感是胡安·迭戈早期作品中常见的主题。如今，混乱的感觉又折磨着他，他已经不记得自己和桃乐茜在爱尼度过了多少个日夜。

　　他记得和桃乐茜做爱的场景。不仅是她达到高潮时的尖叫，那种近似纳瓦特语的声音，还有她反复把他的阴茎称作"这家伙"，仿佛胡安·迭戈的阴茎是一个从不说话，但在喧嚷的聚会上依然引人注目的人。桃乐茜确实很吵，她在性高潮的世界中带来了一场真正的地震。度假地临近房间的旅客甚至打来电话，询问这间房里的人是否安好。（但是没有人骂他们"蠢蛋"，或者更普遍的"浑蛋"。）

　　正如桃乐茜告诉胡安·迭戈的，爱尼的食物很棒：虾酱米粉、猪肉或蘑菇或鸭肉馅的春卷、配上腌青芒果的火腿、辣味沙丁鱼。还有一种用发酵的鱼制成的调味品，胡安·迭戈已经知道要避开这道菜，他觉得这让他消化不良或胃部灼烧。甜品是果酱饼，胡安·迭戈喜欢蛋奶沙司，但桃乐茜告诉他不要吃任何里面有牛奶的东西。她说自己不信任"外岛"上的牛奶。

胡安·迭戈不知道只有这一小部分的岛屿算作外岛，还是说整个巴拉望群岛都算（在桃乐茜的判断中）。当他询问桃乐茜的时候，她只是耸了耸肩。她的耸肩很致命。

奇怪的是，和桃乐茜在一起让他忘记了米里亚姆，但是他已经不记得和米里亚姆在一起的时候（甚至渴望她时）自己也忘记过与桃乐茜共处的事情。这很神奇：他怎么可能同时迷恋两个女人，又会忘记她们。

度假地的咖啡太过浓烈，也许是胡安·迭戈不加奶的关系。"喝点绿茶吧。"桃乐茜对他说。但是绿茶非常苦，他试着在里面加一些蜂蜜。他看到那蜂蜜来自澳大利亚。

"澳大利亚离这里不远，对吧？"胡安·迭戈问桃乐茜，"我确定蜂蜜是安全的。"

"他们稀释了，里面的水太多。"桃乐茜说。"而且水是从哪里来的？"她问他。（她又开始了关于外岛的话题。）"是瓶装水吗，还是他们烧的？我觉得蜂蜜不怎么样。"桃乐茜对他说。

"好吧。"胡安·迭戈说。桃乐茜似乎知道很多。胡安·迭戈越来越意识到，当他和桃乐茜或她妈妈在一起时，他总是听她们的。

他允许桃乐茜给他拿药，于是她轻易地接管了他的药量安排。桃乐茜不仅能够决定他什么时候吃壮阳药——总是一整片，而非半片——还告诉他什么时候服用贝他阻断剂，什么时候不服用。

退潮的时候，桃乐茜坚持他们应该坐下来俯瞰潟湖。暗礁上的白鹭在退潮时会在泥滩上四处搜寻。

"白鹭在找什么？"胡安·迭戈问她。

"无所谓吧。这些鸟长得很美，不是吗？"桃乐茜只是回答。

涨潮的时候，桃乐茜挽着他的手臂，他们冒险来到马蹄形海湾的沙滩。巨蜥很喜欢躺在沙子上，有些和成年人的胳膊一样长。"你不会想接近它们的。它们会咬人，而且气味就像是腐肉。"桃乐茜提醒他。"它们看起来像阴茎，对不对？不友好的阴茎。"桃乐茜说。

胡安·迭戈并不知道不友好的阴茎长什么样，他不明白阴茎怎么可能会长成远处那些巨蜥的样子。胡安·迭戈对自己的阴茎都不太了解。当桃乐茜带他到潟湖外的深海中潜水时，他的阴茎会有些刺痛。

"这只是盐水，是因为你做爱太频繁了。"桃乐茜对他说。她似乎比胡安·迭戈更了解他的阴茎。很快刺痛就停止了。（其实相比刺痛，更多是有些痒。）胡安·迭戈并没有被那些扎人的东西袭击，比如酷似三岁孩子的避孕套的浮游生物。这里也没有垂直游动的食指，那些带刺的粉色东西，像海马一样竖着游泳，他只从桃乐茜和克拉克那里听说过这种水母。

至于克拉克，胡安·迭戈在和桃乐茜离开爱尼和拉根岛之前，一直收到来自他前学生的质问短信。

"D. 还和你在一起吧，对不对？"克拉克在第一条这样的短信中问道。

"我要怎么回答他？"胡安·迭戈问桃乐茜。

"噢，莱斯莉在给克拉克发短信是吗？"桃乐茜问道，"我只是没有回复她。你会觉得我和莱斯莉已经确定关系了，或者类似的情况。"

但是克拉克·弗伦奇依然发短信给他的前导师。"可怜的莱斯莉只知道，D. 消失了。莱斯莉还期待着D. 能在马尼拉和她见面。但是可怜的莱斯莉有些怀疑。她知道你认识D.。我要怎么告诉她？"

"告诉克拉克我们要离开这里去拉瓦格。莱斯莉知道那是哪里。每个人都知道拉瓦格在哪儿，不要说得再具体。"桃乐茜对胡安·迭戈说。

但当胡安·迭戈真的这样做时，当他给克拉克回短信说他要"和D. 一起去拉瓦格"时，他几乎立刻收到了前学生的回复。

"D. 在和你做爱，对吧？你要知道：想了解这些的可不是我！"克拉克在短信中写道，"是可怜的莱斯莉在问我。我要怎么告诉她？"

桃乐茜从他盯着手机开始，就注意到了他的惊愕。"莱斯莉是个占有欲很强的人。"桃乐茜对胡安·迭戈说，她都不必询问那短信是否来自克拉克，"我们必须让莱斯莉明白她并没有拥有我们。这都是因为你的前学生太焦躁了，没法和她上床，莱斯莉又知道她的乳房无法永远保持紧致，这一类的事情。"

"你想让我帮忙甩掉你那专横的女友？"胡安·迭戈问桃乐茜。

"我想你从来都不需要摆脱一个专横的女友。"桃乐茜说，她没有等待胡安·迭戈坦白自己从没有过一个专横的女友，也没有很多其他类型的女友。桃乐茜已经告诉他应该如何解决这个问题。

"我们必须让莱斯莉知道她和我们之间没有感情，也不会产生什么连锁反应。"桃乐茜开口道，"你要这样对克拉克说，他会把一切都告诉莱斯莉。第一，为什么我和D. 不能做爱呢？第二，莱斯莉和D. 也睡过，不是吗？第三，男孩们怎么样了，尤其是那个可怜孩子的阴茎？第四，需要我们代表你们全家向水牛问好吗？"

"我应该这样说吗？"胡安·迭戈问桃乐茜。她真的知道很多，他想。

"发吧。"桃乐茜对他说。"莱斯莉需要被甩掉，她巴不得如此。现在你就可以说我之前有过一个专横的女友了。很有趣，对不对？"桃乐茜问他。

他按照桃乐茜的说明编辑了短信。胡安·迭戈意识到他也在甩掉克拉克。总之，他很开心。他已经不记得自己何时曾像这样高兴过，尽管他的阴茎经历了转瞬即逝的刺痛。

"这家伙怎样了？"桃乐茜随后触摸着他的阴茎问道。"还疼吗？或许依然有一点痒？想让这家伙更痒些吗？"桃乐茜问他。

胡安·迭戈只是点了点头，他已经很累了。他依然盯着自己的手机，回想着发给克拉克的那条不符合他性格的短信。

"不要担心。"桃乐茜对他耳语道，她一直握着他的阴茎。"你看起来有些累，但是这家伙没有。"她低声说，"它可不累。"

桃乐茜这时拿走了他的手机。"别担心，亲爱的。"她的语气比之前带有更多命令的意味，那声"亲爱的"和米里亚姆说起这个词时的感觉完全不同，"莱斯莉不会再来烦我们了。相信我：她会收到短信的。你的朋友克拉克会为她做她想要的一切，除了和她上床。"

胡安·迭戈想问问桃乐茜关于他们去拉瓦格或维干的行程的事情，但是他无法组织语言。他不可能向桃乐茜表达自己对于前往那里的疑惑。桃乐茜已经决定了，因为胡安·迭戈是美国人，而且属于经历过越南战争的一代，他至少应该看看那些年轻的美国士兵，那些因为害怕被折磨而惶恐的十九岁少年，曾经暂时远离战争的地方。（当他们有机会躲避的时候。）

胡安·迭戈本来也想问桃乐茜，为什么她对于任何想法永远那么笃定。你知道胡安·迭戈总是很好奇一切事情的来源，但是他始终无法鼓起勇气去询问这个专断的年轻女子。

桃乐茜不喜欢爱尼的日本游客，她讨厌度假地为了满足日本人，专门指出菜单上有日式料理。

"但是我们离日本很近，"胡安·迭戈提醒她，"其他人喜欢日本料理……"

"在日本对菲律宾做了那种事之后吗？"桃乐茜问他。

"对，那场战争……"胡安·迭戈正要开口。

"等你去了马尼拉美军纪念公墓以后，如果你最终真的去了的话。"桃乐茜轻蔑地说，"你就知道日本人不该来菲律宾。"

而且桃乐茜指出，爱尼餐厅中的澳大利亚人要比其他地方的白人多。"无论他们去哪里，都喜欢成群结队，就像是一个团伙。"她说。

"你不喜欢澳大利亚人？"胡安·迭戈问她。"他们很友好，只是天生喜欢社交。"他被回以一个卢佩式的耸肩。

桃乐茜仿佛还在说：如果你不懂，那我也没办法对你解释清楚。

爱尼有两个俄罗斯家庭，还有一些德国人。

"到处都有德国人。"桃乐茜只是说。

"他们很爱旅行，对吧？"胡安·迭戈问她。

"他们很爱侵略。"桃乐茜回答，她转动着深色的眼珠。

"但是你喜欢这里的食物，爱尼的。你说过食物很棒。"胡安·迭戈提醒她。

"米饭就是米饭。"桃乐茜回答道，仿佛她从未夸赞过这里的食物。然而，当桃乐茜想着"这家伙"的时候，她的专注令人印象深刻。

在爱尼的最后一夜，胡安·迭戈伴着倒映在潟湖上的月色醒来，他们早些时候一定专注于"这家伙"，所以忘了拉上窗帘。银色的月光映在床上，照亮了桃乐茜的脸，这显得有些诡异。她睡着了，像是一个没有生命的雕像。这种感觉就仿佛桃乐茜是一个人体模特，只有偶尔才会活过来。

胡安·迭戈在月光中向她俯身，把自己的耳朵凑近她的嘴唇。他感觉不到她的口鼻处还有呼吸，她的胸脯被一层床单轻轻地盖着，也没有任何起伏。

有那么一会儿，胡安·迭戈想象着他可以听见格洛丽亚修女在说话，她有一次说："我不想再听到你说起让瓜达卢佩圣母躺下的事。"那一瞬，胡安·迭戈仿佛躺在酷似充气娃娃的瓜达卢佩圣母身旁。那是好外国佬给他的礼物，从瓦哈卡的圣女商店买来的。胡安·迭戈终于看到了这尊人像的双脚脱离了底座的禁锢的样子。

"你是在期待我说些什么吗？"桃乐茜在他耳边低语，把他吓了一跳。"噢，也许你想要对我下毒手，用这种方式把我叫醒。"年轻的女子漠然地说。

"你是谁？"胡安·迭戈问。但是在银色的月光中，他看见桃乐茜转过身睡着了，或者她在装睡，也可能他只是在想象她对自己说话，以及自己刚才问过的问题。

　　太阳正在落山。它已经在空中停留了太久，给南海镀上了一层古铜色的光芒。他们那架来自巴拉望的飞机还在继续向马尼拉行进。胡安·迭戈记得他们离开时，桃乐茜用永别的目光看着机场那头疲于应付旅客的水牛。

　　"那头水牛大概服用了贝他阻断剂。"胡安·迭戈评价道，"可怜的家伙。"

　　"啊，好吧。你应该看见他鼻子里进了毛毛虫的样子。"桃乐茜说，她又一次向水牛投去恶毒的眼神。太阳已经落了下去，天空呈现出瘀青的颜色。在遥远的地方，河岸边闪烁着灯光。胡安·迭戈知道他们是在陆地之上飞行，大海已经被甩在了后面。胡安·迭戈从飞机的小窗户向外望去，他感觉到桃乐茜沉重的头正触到他的肩膀和脖颈边缘。她的脑袋感觉就像炮弹一样结实。

　　"大概十五分钟后，你会看到城市的灯光。"桃乐茜对他说，"首先是一片没有灯的黑暗。"

　　"没有灯的黑暗？"胡安·迭戈问，他的语气有些警觉。

　　"除了偶尔经过的船只。"她回答道。"黑的地方是马尼拉海湾，"桃乐茜解释说，"你会先看到海湾，然后才是灯光。"

　　是桃乐茜的声音或者她头部的重量让胡安·迭戈昏昏欲睡吗？还是说他感觉到没有灯的黑暗正在召唤他？他肩膀上的头是卢佩的，而不是桃乐茜的。他在一辆汽车上，而不是飞机。黑暗中蜿蜒的山路是在马德雷山脉的某地，马戏团正从墨西哥城返回瓦哈卡。卢佩就像是一只不会做梦的狗一样沉重地靠着他。在她睡着之前，她的手指已经从那两个一直在摆弄的宗教图腾上松开了。

　　胡安·迭戈正握着装有骨灰的咖啡罐。在卢佩睡着时，他不会让她把罐子放在两膝之间。卢佩手里拿着她那可怕的科亚特利库埃雕像和瓜达卢佩的人像——那座胡安·迭戈从玫瑰山丘上下来时在阶梯上捡到的，她在这两个女神之间发动了一场斗争。卢佩让这两个人物模型互相撞头、拳打脚踢，甚至做爱。面色平静的瓜达卢佩似乎不大可能获胜，只要看一眼科亚特利库埃那用响尾蛇的尾巴做成的乳头（或者用蛇围成的裙子），就可以确信在这对斗士中，她象征着地狱。

胡安·迭戈任由她妹妹在这场幼稚的英雄争斗中表演出自己内心的宗教纷争。瓜达卢佩雕像看起来很神圣，但一出场就被击败了。她的手保持着祈祷的姿势，放在那对微微隆起的乳房下面。瓜达卢佩并没有斗士的气场，而科亚特利库埃就像她其中一条扭动的蛇那样镇定自若，准备出击，她干瘪的乳房也很恐怖。（即使是一个饥饿的婴儿也会被响尾蛇尾巴做成的乳头吓到！）

然而卢佩让这两个人偶成功地作出了一系列情感丰富的动作：打斗和做爱混杂在一起，还有些瞬间两位战士表现出明显的柔情，她们甚至会亲吻。

当胡安·迭戈看见瓜达卢佩和科亚特利库埃亲吻时，他问卢佩这是否象征着两位斗士的停战，她们决定把宗教的差异放在一边。毕竟，亲吻不就意味着和好吗？

"她们只是在休息。"卢佩回答道，她又重新在两个图腾之间展开了更多暴力、绝不停歇的活动——更多战斗和做爱，直到她自己疲惫地睡着。

胡安·迭戈看着瓜达卢佩和科亚特利库埃躺在卢佩那对小手松开的手指间，他能看出这两个婊子之间什么问题都没有解决。一个暴力的地母怎么可能和其中一个什么都知道，却什么也不做的圣女友好共存呢？胡安·迭戈想道。他不知道的是，在黑暗的汽车中，当他把两个宗教人像从睡着的妹妹手里悄悄拿走时，爱德华·邦肖正在过道的另一侧看着他。

汽车中有谁在放屁，可能是其中一只狗，或者鹦鹉男，肯定有帕科或啤酒肚。（这两个矮人喝了很多啤酒。）胡安·迭戈已经打开了身边的车窗，玻璃发出声响。窗子的开口让他差点把两个英雄扔出去。在某地，这是一个永恒的夜晚，身处马德雷山脉多风的路上，两个强大的宗教人物被留在没有灯的黑暗中自谋生路。现在要怎么办？接下来呢？胡安·迭戈正想着，爱德华多先生从过道的另一侧对他开了口。

"你并不孤单，胡安·迭戈。"爱荷华人说，"如果你拒绝了一个又一个信仰，你也不会孤单。我们的宇宙不缺少神。"

"现在要怎么办？接下来呢？"胡安·迭戈问他。

一只狗带着探询的目光走在马戏团汽车的过道上，正经过他们。是帕斯托拉，那只牧羊犬。它摇着尾巴，仿佛胡安·迭戈是在对它说话，然后又接着走了下去。

爱德华·邦肖开始念叨起耶稣会圣殿，他指的是瓦哈卡的那个。爱德华多先生想让胡安·迭戈把埃斯佩兰萨的骨灰撒在那里巨大的圣母玛利亚雕像脚下。

"怪物玛利亚……"胡安·迭戈开口道。

"好吧，也许不是全部的骨灰，只在她的脚下而已！"爱荷华人立刻说，"我知道你和卢佩与圣母玛利亚有过节，但你们的妈妈崇拜她。"

"怪物玛利亚杀死了我们的妈妈。"胡安·迭戈向爱德华多先生控诉。

"你们把一场事故解释得太绝对了。"爱德华·邦肖提醒胡安·迭戈，"也许卢佩更愿意重新拜访圣母玛利亚，你们所说的怪物玛利亚。"

帕斯托拉依然来回走着，她再一次从过道中经过了他们。这只不安的狗让胡安·迭戈想到了自己，以及最近卢佩的状态。她非同寻常地表现出对自己的不确信，或许还有些神秘。

"躺下，帕斯托拉。"胡安·迭戈说，但是这些边境牧羊犬总是鬼鬼祟祟，它还在继续走来走去。

胡安·迭戈不知道应该相信什么，除了空中行走，一切都是骗局。他知道卢佩也很困惑，虽然她不会承认。如果埃斯佩兰萨对圣母玛利亚的崇拜是对的呢？胡安·迭戈把咖啡罐放在腿间，他意识到无论把他妈妈的骨灰——以及其他所有——撒在哪里，这都不一定是一个宗教上的决策。为什么我们的妈妈不能希望把自己的骨灰撒在耶稣会圣殿巨大的圣母玛利亚雕像下呢？埃斯佩兰萨曾在那里为自己赢得了好的名声。（如果只作为清洁女工的话。）

破晓的时候，爱德华·邦肖和胡安·迭戈都睡着了。马戏团那由卡车和大巴组成的车队来到了瓦哈卡马德雷山脉与南马德雷山脉之间的山谷。车队抵达瓦哈卡的时候，卢佩叫醒了她的哥哥。"鹦鹉男是对的。我们可以把骨灰撒在怪物玛利亚的全身。"卢佩对胡安·迭戈说。

"他只说了'脚下'，卢佩。"胡安·迭戈更正了他的妹妹。也许卢佩在读爱荷华人的心时出现了错误，当时不是她在睡觉，就是爱德华多先生在睡觉，也可能两种情况兼有。

"我是说让骨灰撒遍怪物玛利亚的全身，让那个婊子向我们证明自己。"卢佩对她哥哥说。

"爱德华多先生说'也许不是全部的骨灰'，卢佩。"胡安·迭戈提醒她。

"我说的是全部，撒满她的全身。"卢佩说，"告诉汽车司机我们和鹦鹉男要在圣殿下车。"

"耶稣玛利亚约瑟夫。"胡安·迭戈嘟哝道。他看到所有的狗都醒来了，它们正跟在帕斯托拉身后在过道上踱步。

"里维拉应该在场，他是玛利亚的崇拜者。"卢佩说，她似乎在自言自语。胡安·迭戈知道，清晨里维拉可能会在格雷罗的棚屋，或是在他卡车的车厢中睡觉，也许他已经点燃了垃圾场的火堆。垃圾场的孩子们在清晨的弥撒之前就可以抵达圣殿，也许佩佩神父已经点好了蜡烛，或者他正在点燃。他们身边不可能没有其他人。

狭窄的街道被一条狗的尸体封锁了，汽车司机只能绕行。"我知道你在哪里可以得到一条新狗——会跳的。"卢佩对胡安·迭戈说。她指的不是一条死去的狗，而是一条屋顶狗——习惯跳跃，不会摔下来的。

"一条屋顶狗。"对于街道上那只死去的狗，司机只是如此评价，但是胡安·迭戈明白这就是卢佩的想法。

"你没法训练一条屋顶狗去爬梯子，卢佩。"胡安·迭戈告诉他妹妹，"而且瓦格斯说过屋顶上那些狗有狂犬病。它们就像垃圾场的狗一样。瓦格斯说垃圾场和屋顶狗都有狂犬病……"

"我要和瓦格斯谈些别的事情。忘了会跳的狗吧。"卢佩说。"那个爬梯子的蠢把戏不值得担心。屋顶狗只是一个想法，它们会跳，对不对？"卢佩问他。

"它们会死，而且一定会咬人……"胡安·迭戈开口道。

"屋顶狗倒无所谓。"卢佩不耐烦地说。"更大的问题是狮子，它们会得狂犬病吗？瓦格斯会知道。"她说着，声音渐渐低了下去。

汽车已经绕过了那条有狗的尸体的路，他们来到了弗洛里斯·马贡和瓦莱里奥·特鲁亚诺大街的拐角处，已经可以看到耶稣会圣殿。

"瓦格斯不是狮子的医生。"胡安·迭戈对他妹妹说。

"骨灰在你那儿，对吧？"卢佩只是问道。她抱起了宝宝，那只胆小的公达克斯猎犬，并把狗的鼻子探进了爱德华多先生的耳朵，叫他起床。冰冷的鼻子把爱荷华人吓了一跳，他在汽车过道上站了起来，那些狗在他周围转来转去。爱德华·邦肖看见咖啡罐被紧紧地握在跛子的手中，他知道这个男孩是认真的。

"我明白了，我们要去撒骨灰，对吧？"爱荷华人问，但是没有人回答他。

"我们要用骨灰从头到脚覆盖住那个婊子，怪物玛利亚的眼睛里也要进灰！"卢佩语无伦次地大声叫嚷着。但是胡安·迭戈没有替他妹妹翻译出这些话。

在圣殿入口，只有爱德华·邦肖停在了圣水的喷泉前，他用手点了一滴圣水，然后在圣·依纳爵（永远）仰望着天堂寻求指引的画像下触碰了自己的前额。佩佩已经点燃了蜡烛。垃圾场的孩子们甚至没有在圣水面前停留片刻。在喷泉后面的角落里，他们看见佩佩神父正在对着瓜达卢佩的铭文祈祷，卢佩现在将它称作"胡说八道瓜达卢佩"。

"我不在这里吗，我是你的母亲？"（卢佩认为这是胡说八道。）

"你不在这里。"卢佩对那尊略小于真人尺寸的瓜达卢佩说。"而且你也不是我的母亲。"当卢佩看见佩佩正在跪着时，她对她哥哥说："告诉佩佩去找里维拉，垃圾场老板应该在场，他很想看到。"

胡安·迭戈告诉佩佩他们将要把骨灰撒在巨大的圣母玛利亚雕像脚下，卢佩希望里维拉在场。

"不一样了嘛。"佩佩说。"这意味着你们的想法有很大改变。我猜瓜达卢佩圣殿是一个分水岭。也许墨西哥城就是转折点？"佩佩问爱荷华人，他的前额被圣水沾湿了。

"一切从没有这样不确定过。"爱德华多先生说。在佩佩听来，这就像是一段漫长忏悔的开头。佩佩对爱荷华人略表歉意，然后匆忙地上了路。

"我要去找里维拉，这是我的使命。"佩佩说，虽然他对于爱德华·邦肖重塑自我的过程满怀同情。"顺便，我听说了那匹马的事情！"佩佩朝胡安·迭戈喊道，他正忙着追上卢佩。卢佩已经站在了基座下面（基座上刻着来自天堂的云朵，以及面目凝滞而可怕的天使们），她正盯着怪物玛利亚。

"你看到了吧？"卢佩对胡安·迭戈说，"你没法把骨灰撒在她脚下，她脚下已经有东西了！"

就这样，垃圾场的孩子们在怪物玛利亚面前站了好一会儿，他们忘记了那个微型的、缩水的耶稣，他正躺在圣母玛利亚的脚边，在十字架上受难并流血。"我们不能把妈妈的骨灰撒在他身上。"卢佩说。

"好吧，那撒在哪里？"胡安·迭戈问她。

"我真的认为这是正确的决定。"爱德华·邦肖说，"我觉得你们两个没有给圣母玛利亚一个公平的机会。"

"你应该爬到鹦鹉男的肩膀上。如果你高一些，就能把骨灰撒得高一些。"卢佩对胡安·迭戈说。

当胡安·迭戈爬上爱德华·邦肖的肩膀时，卢佩拿着咖啡罐。爱荷华人只有抓着领圣餐用的扶手才能起身，摇摇晃晃地站直。卢佩在把骨灰递给她哥哥之前，先把咖啡罐的盖子取了下来。（只有上帝知道卢佩对盖子做了什么。）

即使被举高，胡安·迭戈的视线也只能和圣母玛利亚的膝盖平齐，他的头顶只有巨型圣母的大腿那么高。

"我不确定你怎么能把骨灰向上撒。"爱德华多先生机智地评价道。

"不要管怎么撒了。"卢佩对她哥哥说，"就抓一把，然后扔出去。"

但是第一把骨灰的高度并没有超过怪物玛利亚那庞大的胸部。自然，大多数骨灰都落在了胡安·迭戈和爱荷华人扬起的脸上。爱德华多先生又咳嗽又打喷嚏，胡安·迭戈把骨灰弄进了眼睛。"效果不是很好。"胡安·迭戈说。

"重要的是这个想法。"爱德华·邦肖近乎窒息地说。

"把整个罐子——扔到她的头上！"卢佩嚷道。

"她在祈祷吗？"爱荷华人问胡安·迭戈，但是男孩的注意力都在目标上。他把里面还有四分之三骨灰的咖啡罐扔了出去，就像是他在电影中见到的士兵投掷手榴弹一般。

"不要扔整个罐子！"孩子们听到爱德华多先生叫嚷着。

"好球。"卢佩说。咖啡罐打中了圣母玛利亚那盛气凌人的前额。（胡安·迭戈确信他看见怪物玛利亚眨了下眼。）骨灰纷然如雨，溅得到处都是，透过清晨的日光缓缓落下，落在怪物玛利亚每一寸的身体上。骨灰还在继续飘落着。

"这骨灰仿佛是从无尽的高空落下来的，来自一个未知的地方，但非常高。"爱德华·邦肖后来会这样描述当时发生的事情，"它们继续飘落，仿佛要比咖啡罐能盛下的骨灰还要多。"说到这里，爱荷华人总是会停顿一下，然后继续道："我对此很怀疑，确实怀疑。但是当时骨灰一直在不停地飘落，仿佛那个瞬间会永远延续下去。时间，时间本身，以及一切关于时间的感觉，都停了下来。"

接下来的数周、数月，佩佩神父会坚持告诉那些提前到达第一场清晨弥撒的信徒们晨光中飘落的骨灰是"一种仪式"。但是灰烬让圣母玛利亚笼罩在一片明亮的棕灰色云雾中，那些前往耶稣会圣殿参加清晨弥撒的人们，并不一定都将此视为神圣的事件。

两位老牧师，阿方索神父和奥克塔维奥神父因为骨灰造成的混乱非常愤怒：前十排的座位全部被灰烬笼罩了，领圣餐用的扶手上也沾了一层，摸起来黏糊糊。圣母玛利亚变得脏兮兮的，仿佛被煤烟熏黑了一般。土棕色和死灰色的粉末到处都是。

"孩子们想要撒下他们妈妈的骨灰。"爱德华·邦肖开口解释道。

"在这座圣殿吗，爱德华？"阿方索神父问爱荷华人。

"都是因为撒骨灰！"奥克塔维奥神父嚷道。他被什么东西绊了一下，然后无意中踢到了它，是那个空咖啡罐，它在脚下发出哗啦的声音。爱德华多先生把罐子捡了起来。

"我不知道他们会把所有的东西都撒出来。"爱荷华人承认道。

"那个咖啡罐是满的吗？"阿方索神父问。

"不仅是我们的妈妈的骨灰。"胡安·迭戈告诉两个老牧师。

"说吧。"阿方索神父说。爱德华·邦肖盯着那个空咖啡罐的内部，仿佛希望它拥有神谕的力量。

"好外国佬——愿他安息。"卢佩开口道。"我的狗——一条小狗。"她停了下来，仿佛在等待胡安·迭戈帮她翻译完这些再接着说下去。也可能卢佩停下，是因为她在思考要不要把怪物玛利亚丢失的鼻子的事情告诉两个老牧师。

"你们还记得那个美国嬉皮士吧。他是个逃兵，他死了。"胡安·迭戈对阿方索神父和奥克塔维奥神父说。

"记得，当然记得。"阿方索神父说，"一个迷失的灵魂，一个悲剧性自我毁灭的人。"

"一个可怕的悲剧，如此可惜。"奥克塔维奥神父说。

"我妹妹的小狗也死了，我们把它放在了火里。"胡安·迭戈接着说，"还有死去的嬉皮士。"

"全都回来了，我们知道这些事。"阿方索神父说。奥克塔维奥神父冷漠地点点头。

"是的，不要说了。这就够了。真是糟糕。我们都记得，胡安·迭戈。"奥克塔维奥神父说。

卢佩没有开口，毕竟两个老牧师也听不懂她说话。她只是清了清嗓子，仿佛要说些什么。

"不要。"胡安·迭戈制止道，但已经太迟了。卢佩指着巨大的圣母玛利亚那张没有鼻子的脸，又用另一只手的食指触了触自己的小鼻子。

阿方索神父和奥克塔维奥神父花了好一会儿才看明白：圣母玛利亚失去了鼻子，这个来自垃圾场的、说话让人无法听懂的孩子指出她自己的鼻子是完好的。垃圾场中有一场大火，对人和狗的尸体进行了来自地狱般的焚烧。

"圣母玛利亚的鼻子在那场地狱大火中？"阿方索神父问卢佩，她使劲点了点头，仿佛想要自己的牙齿松动，或是让眼睛掉出来。

"慈悲的圣母……"奥克塔维奥神父开口道。

掉在地上的咖啡罐会发出很大的声音。爱德华·邦肖应该不是故意把它丢弃的，他很快就捡了回来。爱德华多先生一定是没有拿住，他可能已经意识到自己始终向阿方索神父和奥克塔维奥神父隐瞒的事情（也就是他为了对弗洛尔的爱放弃了自己的誓言）对于这两个老牧师的打击要大于焚烧了一尊没有生命的雕像的鼻子。

由于胡安·迭戈目睹过怪物玛利亚用最厌恶的目光看向他妈妈的乳沟，由于他知道圣母玛利亚是有生命的，至少在流露谴责的目光和蔑视的眼神时是有的，他会质疑任何人关于这座高大的雕像（或者她失去的鼻子）没有生命的看法。难道圣母玛利亚的鼻子没有发出特殊的声音，并在墓葬火堆中产生蓝色的火焰吗？难道胡安·迭戈在用咖啡罐砸到圣母玛利亚的前额时，没有看到她眨眼吗？

当爱德华·邦肖笨拙地弄掉又捡起咖啡罐，发出响亮的哗啦声时，凶恶的圣母玛利亚那无所不知的眼中没有划过一道饱含恐怖或憎恶的怒火吗？

胡安·迭戈不是玛利亚的崇拜者，但是他知道最好不要对这个脏兮兮的女巨人表现出不敬。"对不起，圣母。"胡安·迭戈指着自己的前额轻声对高大的圣母玛利亚说，"我并没想用罐子砸你。我只是在试着够到你。"

"这些骨灰有一种奇怪的气味，我想知道罐子里还有什么。"阿方索神父说。

"垃圾场的东西吧，我猜，不过垃圾场老板来了，我们应该问他。"奥克塔维奥神父说道。

说起玛利亚的崇拜者，里维拉正沿着中间的过道朝巨大的雕像走来。垃圾场老板来到怪物玛利亚面前似乎有他自己的理由。佩佩的使命，去格雷罗接他，可能只是巧合。很显然佩佩在里维拉正在做某事的时候打断了他——"一个小物件，到了调整的部分。"垃圾场老板只是如此形容。里维拉一定是急匆匆地离开格雷罗的——谁知道佩佩神父是如何向他宣布了撒骨灰的事情呢？——因为垃圾场老板还穿着他的木工围裙。

围裙有很多口袋，而且很长，就像是一件丑陋的主妇裙。其中一个口袋用来放不同型号的凿子，另一个装着各种砂纸，或粗或细。第三个口袋里面有胶管，以及里维拉用来擦去喷口处残留胶水的布。不知道其他的口袋中都装着什么。里维拉说他喜欢这件木工围裙，就是因为这些口袋。古旧的皮革围裙中藏着许多秘密，或者幼年时的胡安·迭戈曾经如此相信。

"我不知道我们在等什么，可能在等你。"胡安·迭戈对酋长说。"我觉得女巨人不大可能做什么了。"男孩补充道，他对怪物玛利亚点了点头。

佩佩神父和里维拉到达时，圣殿里挤满了人，虽然距离弥撒开始还有些时间。胡安·迭戈后来会记得，卢佩对垃圾场老板给予了比平时更多的注意。至于里维拉，他在卢佩身边时比平日更加小心。

里维拉的左手深深地插在他那木工围裙的一个神秘口袋中，他用右手的指尖触了触领圣餐用的扶手上的灰烬。

"骨灰闻起来有些特别，并不算太刺鼻。"阿方索神父对酋长说。

"这些灰中有些黏的东西，是杂质。"奥克塔维奥神父说道。

里维拉嗅了嗅自己的指尖，然后把它擦在了皮革围裙上。

"你口袋里有不少东西嘛，酋长。"卢佩对垃圾场老板说，但是胡安·迭戈没有翻译这句话。拾荒读书人对于里维拉没理会关于女巨人的笑话有些生气——也就是他的预言：圣母玛利亚不大可能做什么。

"你应该熄掉蜡烛，佩佩。"垃圾场老板说。他指着自己挚爱的圣母玛利亚，对两个老神父说道："她现在很容易着火。"

"着火！"阿方索神父嚷着。

对于咖啡罐中粉末的成分，里维拉的答案和孩子们从瓦格斯医生那里听来的差不多——一段科学、严谨的化学分析。"油漆、松脂或者某种油漆稀释剂。当然还有汽油。"里维拉告诉两个老牧师，"也许还有给木材染色的东西。"

"圣母不会被染上颜色吧？"奥克塔维奥神父问垃圾场老板。

"你最好让我清理她一下。"垃圾场老板回答。"如果我能单独花些时间和她在一起。我的意思是在明早的第一场弥撒开始之前，最好是在今晚的弥撒结束之后。你们不会想把水和这些杂质混在一起的。"里维拉说，仿佛他是一个不容辩驳的炼金术士，无论如何都不像平日里的垃圾场老板。

佩佩神父踮着脚，正在用长长的金色罩具熄灭那些蜡烛，飘落的灰烬已经把距离圣母玛利亚最近的蜡烛灭掉了。

"你的手受伤了吗，酋长？你在哪里划破的？"卢佩问里维拉。即使对于一个会读心的人来说，他的想法也很难理解。

胡安·迭戈后来会猜到，卢佩可能已经读出了里维拉心中全部的想法，不仅是关于割伤自己的事情，还有他流了多少血。卢佩可能也完全知道那个里维拉说正处于"调整阶段"，却被佩佩中途打断的"小物件"是什么，也就是说垃圾场老板是如何割伤了自己左手的拇指和食指。但是卢佩从未说过她知道哪些，或者是否知道，而里维拉，就像是他那件木工围裙的众多口袋一样，藏着很多秘密。

"卢佩想知道你的手是不是受伤了，酋长——你是在哪儿划破的。"胡安·迭戈问。

"我只需要缝几针。"里维拉说，他的左手依然藏在皮革围裙的口袋里。

佩佩神父认为里维拉不应该开车，他们是搭乘佩佩的甲壳虫汽车从格雷罗的棚屋来到这里的。佩佩想立刻载垃圾场老板去瓦格斯医生那里缝针，但是里维拉想先看看撒骨灰的结果。

"结果！"阿方索神父在佩佩的说明后重复道。

"结果就是搞破坏。"奥克塔维奥神父说，他边说边看向胡安·迭戈和卢佩。

"我需要见瓦格斯。我们走吧。"卢佩对她哥哥说。垃圾场的孩子们甚至没有看怪物玛利亚一眼，他们并不指望她会带来什么结果。但是里维拉抬头望着圣母玛利亚没有鼻子的脸，仿佛虽然她的脸被染成了灰色，但垃圾场老板期待看到某种信号，某种类似于指示的东西。

"走吧，酋长。你受伤了，你还在流血。"卢佩说着，牵住了里维拉没受伤的右手。垃圾场老板并不习惯来自这个向来刻薄的女孩的优待，他把手递给了卢佩，让她领着自己穿过中间的过道。

"我们会确保圣殿在今晚关门之前，归你一个人所有！"阿方索神父在垃圾场老板身后嚷着。

"佩佩，我想你要在他走之后锁门。"奥克塔维奥神父对佩佩神父说。佩佩正把蜡烛罩具放回神圣的位置，然后急匆匆地跟在里维拉和孩子们身后。

"好，好！"佩佩向两位老牧师回应道。

爱德华·邦肖留了下来，他手里依然拿着那个空咖啡罐。对于爱德华多先生而言，他知道自己需要对阿方索神父和奥克塔维奥神父说些什么，但现在不是时候，现在不是适合坦白的时刻。一场弥撒即将开始，而咖啡罐的盖子不见了。它只是单纯地（也可能没那么单纯）消失了，也许和玛利亚的鼻子一样已经在烟雾中消散，爱德华多先生想。但是这个特殊的咖啡罐的盖子——最后一个碰它的人是卢佩——甚至没有产生会咝咝作响的蓝色火焰就已然不见。

孩子们和垃圾场老板与佩佩神父一起离开了圣殿，只剩下爱德华·邦肖和两个老牧师面对着没有鼻子的圣母和他们不确定的未来。也许佩佩最懂得：他知道重塑自我的过程从来都不容易。

以鼻子换鼻子

从马尼拉到拉瓦格的晚间航班中满是哭泣的孩子。他们的飞行时间不超过一小时十五分钟，但这些号哭的儿童让航程显得更加漫长。

"今天是周末吗？"胡安·迭戈问桃乐茜，但她告诉他这是一个周四的晚上。"上学的晚上！"胡安·迭戈评价道，他有些愚蠢地说，"这些孩子不用上学吗？"（他事先便知道桃乐茜会耸肩。）

即使是桃乐茜那漠不关心的耸肩动作非常轻微，却足以让胡安·迭戈从现在的时间中抽离出来。哭泣的孩子也无法把他留在此刻。为什么他会如此轻易（而且反复地）回到过去呢？胡安·迭戈思索着。

都是贝他阻断剂的作用吗，还是说当他的脚步踏上菲律宾的土地，便产生了一种不真实或转瞬即逝的感觉？

桃乐茜在说些什么，她认为自己在周围有孩子的时候更愿意讲话，"我更喜欢听到我自己的声音，而非孩子们的吵嚷，你明白吧？"但是胡安·迭戈很难听进桃乐茜的话。虽然已经过去四十年，在红十字会与瓦格斯的对话，当时他正在给里维拉左手的拇指和食指缝针，对胡安·迭戈而言却比桃乐茜在前往拉瓦格路上的独白更加清晰。

"你不喜欢孩子？"胡安·迭戈只是问她。那之后，他在整个飞行中都没有再说一句话。他更多是在聆听瓦格斯、里维拉和卢佩在说什么——那是许久以前在红十字会医院缝针的清晨——所以他并没有听进（或是记得）多少桃乐茜东拉西扯的自语。

"如果别人有孩子我不介意，我的意思是其他人。如果别的成年人想要孩子，我没什么意见。"桃乐茜说。她开始讲述当地的历史，但并未按照时间顺序。桃乐茜一定想要胡安·迭戈至少知道一些关于他们目的地的情况。但是胡安·迭戈错过了大部分桃乐茜告诉他的内容，他把更多的注意力放在了发生在红十字会的一段对话上，早在四十年前，他就应该更仔细地聆听。

"耶稣啊，酋长，你参加了剑斗吗？"瓦格斯询问垃圾场老板。

"只是一把凿子弄的。"里维拉告诉瓦格斯，"我先试了一下斜口凿，它有一个斜角的切割刀片，但是不管用。"

"于是你换了其他的凿子。"卢佩对酋长说，胡安·迭戈翻译了这句话。

"对，我换了其他凿子。"里维拉说，"问题在于我做的那个东西没法平放，也很难底朝下立着，那东西其实没有底。"

"所以你切割或者凿下碎片的时候，就没法一只手拿着，另一只手使用凿子。"卢佩解释道。胡安·迭戈也替她翻译了这段分析。

"对。那东西很难固定，就是这样。"垃圾场老板赞同道。

"是什么东西呢，酋长？"胡安·迭戈问。

"你想想门把手或者门或窗户的闩。"垃圾场老板回答，"有些像那种。"

"很有趣的东西。"卢佩说。胡安·迭戈也翻译了这句。

"是啊。"里维拉只是说。

"你把自己伤得很严重啊，酋长。"瓦格斯对垃圾场老板说，"也许你应该坚持垃圾场的生意。"

当时，每个人都笑了，胡安·迭戈在桃乐茜漫无边际的话语间依然能够听到他们的笑声。桃乐茜在说一些关于吕宋岛西北部边界的事情。吕宋岛在10世纪至11世纪是一处贸易港口和捕鱼点。"我们看到了中国的影响，"桃乐茜说道，"随后西班牙入侵，带来了他们的玛利亚、耶稣那类东西，你的老朋友们。"桃乐茜对胡安·迭戈说。（西班牙人在15世纪来到菲律宾，他们统治那里长达三百多年。）

但是胡安·迭戈并没有在听。另一段对话压在他的心头，那一瞬间他看到（可以看到、应该看到）某事正在发生，在那一刻他本可以改变事情的发展方向。

卢佩正在看着瓦格斯缝合里维拉拇指和食指上的伤口，她靠得太近，甚至能够碰到针。瓦格斯告诉卢佩他可能会把她好奇的小脸误缝在酋长的手上。这时卢佩向瓦格斯询问了他对于狮子和狂犬病的了解。"狮子会得狂犬病吗？我们从这里说起。"卢佩开口道。胡安·迭戈翻译了这句话。但瓦格斯是那种不愿轻易承认自己不知道某事的人。

"当狂犬病毒到达狗的唾液腺时，被感染的狗能够传播病毒，大概有一周的时间，在狗死于狂犬病之前。"瓦格斯回答。

"卢佩想要了解的是狮子的情况。"胡安·迭戈告诉他。

"被感染的人通常有三到七周的潜伏期，但是我也有十天就发病的病人。"瓦格斯说道，这时卢佩打断了他。

"我们假设一只得了狂犬病的狗咬了一头狮子，你懂的，比如说一只屋顶狗，或者垃圾场的某一只。狮子会得病吗？它会怎样呢？"卢佩问瓦格斯。

"我确定应该有相关的研究。我需要看看人们对于狮子得狂犬病做过哪些调查。"瓦格斯说着叹了口气。"大多数被狮子咬了的人担心的都不是狂犬病。被狮子咬了之后，那不是你首先要担忧的事情。"他对卢佩说。

胡安·迭戈知道卢佩的耸肩是不必翻译的。

瓦格斯正在给里维拉左手的拇指和食指包扎。"你要保持伤口清洁干燥，酋长。"瓦格斯对垃圾场老板说。但是里维拉却看向卢佩，可她并没有看他，酋长知道卢佩心里有某些秘密。

胡安·迭戈很期待回到五位先生，奇迹正在那里重新搭建帐篷，让动物们安定下来。此时，胡安·迭戈相信他有比卢佩的心事更需要在意的事情。作为一个十四岁的男孩，胡安·迭戈梦想着自己成为英雄，他内心中充满了对空中行走的渴望。（卢佩当然知道她哥哥在想什么，她可以读他的心。）

四人坐进了佩佩的甲壳虫汽车中，佩佩先送垃圾场的孩子们去五位先生，然后带里维拉回到格雷罗的棚屋。（酋长说在局部麻醉失效之前，他想打个盹儿。）

在车上，佩佩告诉孩子们他欢迎他们回到流浪儿童。"你们的老房间随时给你们留着。"佩佩是这样说的。但是格洛丽亚修女已经把胡安·迭戈那具真人大小的瓜达卢佩色情娃娃送回了卖圣诞派对物品的地方。流浪儿童已经不同于从前，胡安·迭戈想道。而且为什么你离开了一家孤儿院，还要回去呢？如果你离开，那就是离开了，胡安·迭戈想，你要向前走，而不是回头。

当他们到达马戏团时，里维拉正在哭泣。孩子们知道局部麻醉还没有失效，但是垃圾场老板实在太难过，他无法说话。

"我们知道你也会欢迎我们回到格雷罗的，酋长。"卢佩说。"告诉里维拉我们知道那间棚屋是我们的，如果我们需要回家的话。"卢佩告诉胡安·迭戈。"还有，告诉他我们很想他。"卢佩说。胡安·迭戈全都照说了，而里维拉依然在哭，他那高大的肩膀在副驾驶的位置上颤抖着。

惊人的是，在那个年纪，当你十三四岁的时候，你会觉得爱是理所当然的，你会（即使在被需要的时候）感到彻底的孤独。垃圾场的孩子们并没有被丢弃在奇迹马戏团，但他们已经不再信任彼此，也不再信任其他人。

"希望你做的那个东西顺利。"当里维拉正要离开五位先生，回到格雷罗时，胡安·迭戈对他说。

"有趣的东西。"卢佩重复道，她仿佛在自言自语。（在佩佩的甲壳虫汽车驶离后，只有胡安·迭戈能听见她说话，但他又没在听。）胡安·迭戈想着他自己有趣的事情。关于他是否有勇气，显然，只有主帐篷——在八十英尺的高空中行走，而且没有防护网——可以真正地验证。或者是德洛丽丝这样说，胡安·迭戈相信她。索莱达已经指导过他，并教给他如何在年轻女杂技演员们的帐篷顶端行走，但德洛丽丝说这不算数。

胡安·迭戈记得自己梦见过空中行走，当时他还不知道这是什么，他还和卢佩一起住在格雷罗，在里维拉的棚屋中。当胡安·迭戈问他妹妹对于他那个在天空之上倒立行走的梦有何想法时，她显然很神秘。他向卢佩描述自己的梦时只是这样说："每个人的人生中都有这样一个时刻，你要放开手——放开双手。"

"这是一个关于未来的梦。"卢佩说。"是关于死亡的。"她这样评价道。

德洛丽丝描述过那个至关重要的时刻，那个你必须放开手——放开双手的时刻。"在那一刻，我不知道自己的命运掌握在谁手中。"德洛丽丝告诉他。"也许是那些有魔法的神秘圣女们？也许我那一刻在她们的手里。我觉得你不该思考这件事。因为你需要把注意力集中在你的脚上，每次都是一步。在每个人的生命中，我觉得总有一个瞬间你要决定自己属于哪里。在那一刻，你的命运不在任何人手中。"

德洛丽丝对胡安·迭戈说。"在那一刻，每个人都在空中行走。也许所有伟大的决定都是在没有防护网的情况下作出的。"奇迹小姐本人告诉他，"每个人的生命中都有这样的时刻，你必须要放手。"

巡游后的早晨，奇迹马戏团会睡到很晚，不过"晚"是对于一个马戏团而言。胡安·迭戈希望这是一个新的开始，但是起得比狗早是很难的。胡安·迭戈本想偷偷溜出狗住的帐篷，而不引起任何怀疑。自然，任何醒来的狗都会想要跟着他。

胡安·迭戈起床确实很早，只有帕斯托拉听到了他的声音。她已经醒来了，正在四处踱步。这只牧羊犬当然无法理解，为什么胡安·迭戈离开帐篷时没有带着她。在胡安·迭戈走后，也许是帕斯托拉叫醒了卢佩。在满是剧团帐篷的大街上，周围没有任何人。胡安·迭戈搜寻着德洛丽丝，她会早起跑步。最近，她似乎跑得太多或太卖力了，某些早上，她会把自己弄得很不舒服。尽管胡安·迭戈很喜欢德洛丽丝的长腿，但是他并不欣赏她这种疯狂的跑法。跛足男孩怎么可能喜欢跑步呢？就算你喜欢跑步，为何要跑到呕吐为止？但是德洛丽丝很重视自己的训练。她坚持跑步，而且喝很多水。她坚信这两者都能保证她的腿部肌肉不会抽筋。德洛丽丝说，在空中行走的绳圈上，你不会想让自己承重的那条腿抽筋的，何况在八十英尺的高空，与那条腿相连的脚是你唯一与梯子连接的部位。

胡安·迭戈安慰自己，他认为女杂技演员帐篷里的任何一个女孩都没有准备好代替德洛丽丝成为奇迹小姐。胡安·迭戈知道，除了德洛丽丝，他是奇迹中最好的空中行走者，如果只在十二英尺的高度的话。

主帐篷是另外一回事。那条打结的绳子是所有的高空杂技演员用来爬上帐篷顶部的。粗绳上的绳结有一定的间隔，刚好适合秋千演员们手与脚的距离，德洛丽丝可以够得到，那对在性方面过于活跃的阿根廷空中飞人也能够到。

对胡安·迭戈来说，绳结并不是问题。他的臂力很强（他可能和德洛丽丝体重相当），他的手可以轻易抓到头顶的下一个绳结，而那只好脚也能安全地踩在绳结上。他不断地把自己向上拉，攀爬绳子是一种消耗，但胡安·迭戈始终注视前方，他只向上看。在上方，他可以看到主帐篷顶部那架带有绳圈的梯子，每一次手臂的拉拽，他都感觉梯子离他近了一些。但是如果一次只前进一条手臂的距离，八十英尺是一段很长的路，但问题在于胡安·迭戈不敢向下看。他让头顶那架用来空中行走的梯子保留在自己的视线中，他唯一的目标就是正在逐渐接近的帐篷顶端——随着一下下的拉拽。

"你有另一种未来！"他听到卢佩对他喊道，她以前就说过这样的话。胡安·迭戈知道向下看并不是一个选择，他继续往上爬，几乎快到顶了，已经超过了秋千演员的平台。他可以伸出手并触碰秋千，但这意味着放开绳子，他不会放开的，一只手也不会。

他还经过了聚光灯，而且几乎没有注意到它们，因为灯关着。但是他大概看了那些没点亮的灯泡，聚光灯的指向朝上。这意味着要照亮空中飞人，但是它们也用最亮的光芒照耀着空中飞人的绳圈。

"不要往下看，别往下看。"胡安·迭戈听见德洛丽丝说。她一定已经跑完了步，因为他能听到她干呕的声音。胡安·迭戈没有向下看，但德洛丽丝的声音让他停顿了一下。他胳膊上的肌肉在灼烧，但是他感觉自己很强壮。而且他不需要再爬多久了。

"另一种未来！另一种未来！另一种未来！"卢佩对他嚷着。德洛丽丝依然在呕吐。胡安·迭戈猜测她们是他仅有的观众。

"你不该停下。"德洛丽丝对他说。"你从绳子到空中行走的梯子时什么都不要想，因为你必须在抓到梯子之前就松开绳子。"这意味着他需要放手两次。

没有人告诉过他这个部分。索莱达和德洛丽丝都认为他没有做好准备。胡安·迭戈意识到他一次都无法放手，即使是一只手。他只是僵在那里，紧紧地抓着绳子，他能感觉到粗绳在摇摆。

"下来。"德洛丽丝对他说，"不是每个人都有做这件事情的勇气。我确信你在其他很多事情上是有胆量的。"

"你有另一种未来。"卢佩重复道，她的声音更加温和了。

胡安·迭戈从绳子上爬下来时一次也没有向下看。当他的双脚触地，他很惊讶地发现巨大的帐篷中只有他和卢佩。

"德洛丽丝去哪儿了？"胡安·迭戈问。

卢佩说过一些关于德洛丽丝的可怕事情——"被驯狮官把肚子搞大了！"卢佩曾说道。（事实上，伊格纳西奥确实搞大了德洛丽丝的肚子。）

"这是她唯一的未来！"卢佩曾经说过，但是现在她为自己那样说感到抱歉。德洛丽丝前段时间来了第一次月经，也许狮子们不知道德洛丽丝是何时开始流血的，但伊格纳西奥知道。

德洛丽丝跑步是为了把孩子跑掉——她不再来月经了——但是她跑得不够剧烈，不足以流产。德洛丽丝呕吐是怀孕所致的晨吐。

当卢佩把这一切告诉胡安·迭戈时，他问卢佩，德洛丽丝是否提起过这些，但德洛丽丝并没有把她的境况告诉卢佩。卢佩只是读出了德洛丽丝心里的想法。

在离开主帐篷时，德洛丽丝对卢佩说了一件事，当时她知道胡安·迭戈即将爬下梯子。"我会告诉你我对什么没有胆量。因为你有些会读心，你可能已经知道了。"德洛丽丝对卢佩说。"我对于我生活的下一个阶段没有胆量。"空中飞人说。随后德洛丽丝便离开了主帐篷，她不会再回来了。奇迹不再拥有空中飞人。

瓦哈卡最后一个见到德洛丽丝的人是瓦格斯，在红十字会医院的急诊室。瓦格斯说德洛丽丝死于腹膜感染，因为她在瓜达拉哈拉流产失败。瓦格斯说："那个浑蛋驯狮官认识一些业余医生，他会把怀孕的空中飞人们送到那里去看病。"等到德洛丽丝来到红十字会时，感染已经非常严重，瓦格斯没法救她。

"生孩子的时候死了，母猴子！"卢佩有一次曾对奇迹小姐说。某种程度上，德洛丽丝确实是这样死去的。她和胡安·迭戈同龄，只有十四岁。奇迹马戏团失去了奇迹小姐。

事情之间的链条，我们生命之中的联系，是这些引导着我们要去哪里，让我们遵循着某种目标，让我们面对无法看清的未来，以及为此做某些事情。这一切都是神秘的，或者只是无法预见，甚至很明显如此。

瓦格斯是一个优秀的医生，也是一个聪明的人。他看了一眼德洛丽丝，就知道了一切：瓜达拉哈拉的堕胎（瓦格斯此前看到过这样的结果）；那个把工作搞砸的业余医生（瓦格斯知道这位刽子手是伊格纳西奥的伙伴）；最近才来第一次月经的十四岁女孩（瓦格斯了解空中行走与月经之间的诡异联系，虽然他不知道驯狮官告诉女孩们狮子会知道她们什么时候流血）。但即使是瓦格斯也不知道所有的事情。瓦格斯医生在余生都会对狮子和狂犬病感兴趣，他会持续地寄给胡安·迭戈那些已有的调查报告。然而在卢佩询问那个问题时，当她在寻找答案的时候，瓦格斯并没有关注任何狮子的消息。

瓦格斯有一颗科学的头脑，这是他的本性，他无法停止研究。他并不是真的对狮子和狂犬病感兴趣，但是在卢佩死后很久，瓦格斯会好奇为什么她想要知道这件事。当瓦格斯给胡安·迭戈写信，告诉他坦桑尼亚的某些难以理解的"研究"时，爱德华多先生和弗洛尔已经死于艾滋病，卢佩也早已过世。瓦格斯强调说，关于塞伦盖蒂平原上的狮子感染狂犬病的调查提出了这些"重要"的点。

狮子身上的狂犬病毒来自家犬，被认为是由狗传染给土狼，土狼再传给狮子的。狮子身上的狂犬病毒可能导致疾病，但也可能"不发病"。（在1976年和1981年，曾经出现过狮子大量感染狂犬病毒的情况，但是没有发病——这种情形被称作不发病的感染。）一种曾经被比作疟疾的寄生虫，被认为是这种来自狂犬病毒的疾病是否发作的决定性因素——也就是说，一头狮子可能传播狂犬病毒，但自己从不发病；它也可能获得同样的病毒，然后死亡。这取决于它是否同时感染了寄生虫。"这与此种寄生虫对免疫系统的影响有关。"瓦格斯对胡安·迭戈写道。在塞伦盖蒂平原的狮子中，曾发生过"致命"的狂犬病毒传播，那是在导致好望角水牛大量死亡的旱灾期间。（水牛的尸体上满是虱子，而虱子会携带寄生虫。）

瓦格斯认为坦桑尼亚的"研究"并不能帮到卢佩。她感兴趣的是伙计能否感染狂犬病毒，以及是否会发病。但是为什么呢？瓦格斯想要知道这一点。（现在知道这件事还有什么意义？胡安·迭戈想道。了解到卢佩当时在想什么已经太迟了。）

狮子会因为狂犬病毒而发病的可能性是很小的，即使是在塞伦盖蒂平原上，但是卢佩的脑海中有过什么疯狂的想法呢？随后她改变了主意，又产生了另一个疯狂的想法。

为什么伙计能否暴发狂犬病的事情对她很重要？屋顶狗的主意一定是这么来的，随后却被卢佩抛弃了。如果一条得了狂犬病的狗咬了伙计，或者伙计咬死并吃掉了一条有狂犬病的狗，随后会怎样呢？那么伙计便会发病，他会咬伊格纳西奥，可是接下来呢？

"一切都和母狮的想法有关。"胡安·迭戈向瓦格斯解释了一百遍，"卢佩能读懂狮子们的心，她知道伙计从来不会伤害伊格纳西奥。而奇迹的女孩们永远不会安全，只要驯狮官还活着就不会。卢佩也很清楚这一点，因为她能读伊格纳西奥的心。"

自然，这种充满幻想的逻辑与瓦格斯找到的那些可信的科学研究风格不符。

"你是说卢佩通过某种方式知道只要驯狮官杀死了伙计，母狮们就会想要杀死伊格纳西奥？"瓦格斯（始终怀疑地）问胡安·迭戈。

"我听她说过这件事。"胡安·迭戈反复告诉瓦格斯，"卢佩说的不是母狮们'想要'杀死伊格纳西奥，她说她们'将要'杀死他。卢佩说母狮们非常恨伊格纳西奥。她觉得母狮们比母猴子还要蠢，因为她们嫉妒伊格纳西奥，而且认为相比爱她们，伙计更爱驯狮官！对伊格纳西奥来说，伙计没什么可怕的，驯狮官真正应该害怕的是那些母狮，卢佩总是这样说。"

"卢佩知道所有这些事？她是怎么知道的？"瓦格斯总是会问胡安·迭戈。这位医生还会继续关于狮子得狂犬病的研究。（这并不是一个非常流行的领域。）

胡安·迭戈没敢在空中行走的那一天，（某一段时间）在瓦哈卡会被称作"鼻子之日"。它不会成为宗教日历上的日子，也不会成为国家性节日，甚至地方上的圣日。鼻子之日很快就会在记忆中散去，甚至在当地的传说中消失，但是，在当时，那是一件不小的事情。

在布满剧团帐篷的大街上，只有卢佩和胡安·迭戈。当时还很早，第一场清晨弥撒尚未开始，奇迹马戏团也在沉睡。

狗住的帐篷中发生了某些骚动，显然爱丝特雷娜和狗们没有在里面睡觉，孩子们匆忙地赶了过去，想知道骚乱是如何引起的。在这条大街上看到佩佩神父的甲壳虫汽车是一件很不寻常的事，小车是空的，但是佩佩神父没有关闭发动机。孩子们可以听见杂种，那条混种犬，正在疯狂吠叫。狗的帐篷门被打开了，阿勒曼尼亚，那条德国牧羊犬，正在门口咆哮，她牵制住了爱德华·邦肖。

"他们在这儿呢！"佩佩嚷道，他看到了垃圾场的孩子们。

"啊——噢。"卢佩说。（显然她知道教士们在想什么。）

"你见过里维拉吗？"佩佩神父问胡安·迭戈。

"在你们分开后没有见过。"胡安·迭戈回答。

"垃圾场老板想着要去参加清晨第一场弥撒。"卢佩说，她停了下来，等待她的哥哥翻译完这句话再告诉他更多。既然卢佩知道佩佩和爱德华多先生全部的想法，她等不及让他们告诉胡安·迭戈发生了什么事。"怪物玛利亚长了一个新的鼻子。"卢佩说，"或者说圣母玛利亚长出了别人的鼻子。你应该能想到，这件事引发了一场争论。"

"关于什么的？"胡安·迭戈问她。

"关于奇迹，有两种观点。"卢佩对他说。"我们撒下了旧鼻子的骨灰，现在圣母玛利亚有了一个新的鼻子。这是一个奇迹，还是说鼻子只是被修复了？你可能会想到，阿方索神父和奥克塔维奥神父不喜欢别人随意使用'奇迹'这个词。"卢佩说。自然，爱德华多先生听见并懂得"奇迹"的字眼。

"卢佩说这是一个奇迹吗？"爱荷华人问胡安·迭戈。

"卢佩说这只是其中一种观点。"胡安·迭戈告诉他。

"关于圣母玛利亚改变了颜色，卢佩是怎么说的？"佩佩神父问，"里维拉清理了骨灰，但是那尊雕像的肤色要比之前深了许多。"

"阿方索神父和奥克塔维奥神父说她不是我们从前的玛利亚，她以前的肤色就像是雪白的粉笔。"卢佩接着说道，"牧师们认为相比玛利亚，怪物玛利亚显得更像瓜达卢佩——阿方索神父和奥克塔维奥神父认为圣母玛利亚变成了一个巨大的棕色皮肤圣母。"

但是当胡安·迭戈翻译这句话时，爱德华·邦肖变得充满了热情，或者说尽可能如此，因为阿勒曼尼亚正在对他狂吠。"我们，我是指教会，不是一直在说，某种程度上，圣母玛利亚和瓜达卢佩是同一个人吗？"爱荷华人问，"那么，如果两个圣母是同一个人，这尊雕像的肤色一定也没有什么关系，对吧？"

"这是其中一种观点。"卢佩对胡安·迭戈解释道，"怪物玛利亚的肤色引发了另一场论争。"

"里维拉当时单独和雕像在一起，是他要求这样做的。"佩佩神父提醒垃圾场的孩子们，"你们认为垃圾场老板不会做什么，对吗？"

正如你们所想，里维拉是否做了什么也成了一个论争的话题。

"酋长说他正在做的那个东西无法平放，也很难底朝下立着——他说那个东西其实没有底。"卢佩指出。"听起来像是一个鼻子。"她说。

"你想想门把手或者门或窗户的闩。有些像那种。"酋长当时说。（有些像鼻子，胡安·迭戈想。）

"有趣的东西。"卢佩当时如此称呼里维拉正在做的物品。但是卢佩从未说过她是否知道里维拉正在为圣母玛利亚制作一个新的鼻子，而且在孩子们和佩佩神父及爱德华多先生一起乘坐甲壳虫汽车回到耶稣会圣殿之前很久，卢佩和胡安·迭戈就有充足的经验可以得知酋长此前藏有某些秘密。

从五位先生到瓦哈卡市中心，他们赶上了交通高峰。他们到达耶稣会圣殿时弥撒已经结束。某些支持新鼻子的人依然在附近徘徊，呆呆地望着棕色皮肤的怪物玛利亚。通过清洁雕像，里维拉成功去除了被骨灰袭击的圣母玛利亚身上的一些来自化学元素的染色物质。（巨型圣母的衣服并没有被染黑，至少她的服饰没有肤色黑得那么明显。）

里维拉也参加了弥撒，但是他没有和那些呆望着鼻子的家伙待在一起。垃圾场老板正跪在离前排座位稍远的垫子上，安静地独自祈祷着。他那冷漠的性格，让他对两位老牧师的含沙射影完全无动于衷。

对于圣母玛利亚的皮肤变黑，里维拉只是因为染料和松脂或者是由于"某种颜料稀释剂"和"给木材染色的东西"。当然，垃圾场老板也提到了汽油可能造成强烈影响，那是他最喜欢的点火燃料。

对于新的鼻子，里维拉宣称在他结束清洁的时候，雕像还没有鼻子。（佩佩说他夜晚锁门时也没有注意到新鼻子。）

卢佩正在对着肤色变深的怪物玛利亚微笑。巨大的圣母玛利亚确实显得更加本土化了。卢佩也很喜欢这个新鼻子。"它没有那么完美，更像是人的鼻子。"卢佩说。阿方索神父和奥克塔维奥神父并不习惯看见卢佩露出笑容，他们向胡安·迭戈寻求翻译。

"就像是拳击手的鼻子。"阿方索神父说，他对卢佩的评价如此回应。

"而且肯定是被打坏了的。"奥克塔维奥神父说，他正看向卢佩。（无疑他认为"没有那么完美，更像是人的鼻子"的样貌并不适合圣母玛利亚。）

两位老牧师邀请瓦格斯医生前来给他们提供一些科学的看法。佩佩神父知道，这并不是因为他们喜欢（或者相信）科学，而是因为瓦格斯不会轻易地使用"奇迹"这个词。瓦格斯根本不会使用"奇迹"的字眼，而阿方索神父和奥克塔维奥神父很想淡化那些关于怪物玛利亚变深的肤色和新鼻子的神秘解释。（两位老牧师一定知道，他们询问瓦格斯的观点有些冒险。）

爱德华·邦肖的信仰最近刚刚遭遇动摇，他的誓言，更不必说他那"无风不起浪"的信条都被打破了。对于接受一个有所改变，但是重要性依旧的圣母玛利亚出现在面前，他有自己的理由。

至于佩佩，他始终是那个拥抱变化的人，而且他很宽容，永远如此。和胡安·迭戈及爱荷华人接触后，佩佩的英语有了很大的进步。他热情地接纳了长着新鼻子的深色皮肤圣母，并宣称转变后的怪物玛利亚"福祸参半"。

佩佩一定没有意识到"参半"这个词包含了"好事"和"坏事"，而阿方索神父和奥克塔维奥神父看不出一个本地化的圣母玛利亚（长着一只斗士的鼻子）能和"祝福"有什么关系。

"我想你的意思是'大杂烩'吧，佩佩。"爱德华多先生想要帮助他，但这样两个老牧师也依然难以理解。阿方索神父和奥克塔维奥神父并不觉得圣母玛利亚和"杂烩"有什么关系。

"这个圣母玛利亚就是圣母玛利亚，"卢佩说，"她做得已经比我期待的要多了。"卢佩告诉他们："至少她做了一些事情，对吧？"卢佩询问两个老牧师。"谁会在意她的鼻子从哪里来呢？为什么她的鼻子必须是奇迹呢？或者为何又不能是奇迹呢？你们为什么非要解释一切？"她问两个老牧师。"有人知道真正的圣母玛利亚长什么样子吗？"卢佩问所有人。"我们知道真正的圣女肤色如何，以及她有着怎样的鼻子吗？"卢佩问道，她状态正佳。胡安·迭戈替她翻译了每一句话。

即使是那些新鼻子的支持者们也不再呆望着怪物玛利亚，他们把注意力转到了这个喋喋不休的女孩身上。垃圾场老板从他沉默的祈祷中抬起了头。所有人都发现原来瓦格斯一直在场。瓦格斯医生站在距离高大的雕像稍远的地方，他正透过一副望远镜看向圣母玛利亚的新鼻子。瓦格斯已经让新来的清洁女工为他拿来长梯。

"我想补充一点莎士比亚写的文字。"爱德华·邦肖——作为曾经的教师——如此说道。（是爱荷华人挚爱的《罗密欧与朱丽叶》的熟悉选段。）"名字意味着什么？"爱德华多先生对他们念诵道——当然，学者把"玫瑰"换成了"鼻子"。"'无论我们称之为鼻子还是其他任何词，它都是同样的甜美。'"爱德华·邦肖用洪亮的声音发表着他的演说。

阿方索神父和奥克塔维奥神父听到胡安·迭戈为他们翻译了卢佩的精彩话语，他们陷入了无言的状态，但是莎士比亚并没有打动这两位老牧师，他们以前听说过莎士比亚，认为他的作品非常世俗。

"这是材质的问题，瓦格斯，她的脸和新鼻子是同一种材料制成的吗？"阿方索神父问医生，他依然在用那副能看见一切的望远镜观察着鼻子。

"我们想知道她的鼻子和脸之间有没有明显的接缝或裂痕。"奥克塔维奥神父补充道。

清洁女工（这个健壮的粗人看起来很像是清洁女工）正沿着中间的过道把梯子拖拽过来，埃斯佩兰萨无法独自拖动长梯（她确实搬不动）。瓦格斯帮助清洁女工立起了梯子，把它靠在女巨人的身上。

"我不记得怪物玛利亚对梯子有什么反应了。"卢佩对胡安·迭戈说。

"我也不记得。"胡安·迭戈只是告诉她。

孩子们并不确定怪物玛利亚从前的鼻子是用木头还是石膏制成的，卢佩和胡安·迭戈都确信是木头，染了色的木头。但是多年以后，佩佩神父在给胡安·迭戈写信说起耶稣会圣殿的"内部重建"时，他提到了"新的石灰岩"。

"你知道吗，"佩佩问胡安·迭戈，"石灰岩焚烧的时候会产生石灰？"胡安·迭戈并不知道，他也不明白佩佩的意思是不是怪物玛利亚本身需要被重塑。当佩佩神父说起圣殿的"内部重建"时，那尊巨大的圣母也包含在内吗？如果是这样，重塑雕像（现在它是由"新的石灰岩"制成的）是否意味着从前的圣母玛利亚是用另一种石头打造的呢？

瓦格斯爬上了梯子，想要更近距离地观察怪物玛利亚的脸。这一刻会发生什么非常难以预测，然而本土化圣母的目光中完全没有显现出任何生机，此时卢佩读懂了胡安·迭戈心中的想法。

"是的，我也觉得是木头，不是石膏。"卢佩对胡安·迭戈说。

"可另一方面，如果里维拉用木工的凿子给石头切割和塑形，那么这便能解释他为什么会割伤自己了。我以前从没见他划伤过，你呢？"卢佩问她哥哥。

"没有。"胡安·迭戈说。他认为两个鼻子都是木质的，但是瓦格斯或许不必对这个神秘（也可能不神秘）的新鼻子的材质构成提及太多，就能找到一个听起来很科学的说法。

两个老牧师专注地看着瓦格斯，虽然他已经在梯子上爬得很高，其实很难看清他究竟在做什么。

"那是刀吗？你没把她割坏吧？"阿方索神父朝着长梯嚷道。

"是瑞士军刀，我以前也有一把，但是——"爱德华·邦肖刚一开口，奥克塔维奥神父便打断了他。

"我们可不是让你去抽血，瓦格斯！"奥克塔维奥神父朝长梯上方嚷着。

卢佩和胡安·迭戈并不在意瑞士军刀，他们注视着圣母玛利亚那双没有反应的眼睛。

"我必须说，这是一次完美无瑕的鼻子整形。"瓦格斯医生从看起来摇摇晃晃的梯子靠近顶端的位置汇报道，"在外科手术方面，业余医生和专家有很大的区别。"

"你是说那个人做得非常专业，但这依然是外科手术？"阿方索神父朝着梯子喊道。

"其中一侧鼻孔有轻微的瑕疵，像是胎记，你们在下面是永远无法看到的。"瓦格斯对阿方索神父说。那个所谓的胎记可能是一块血渍，胡安·迭戈想。

"是的，可能是血。"卢佩对她哥哥说，"酋长一定流了很多血。"

"圣母玛利亚有胎记？"奥克塔维奥神父愤怒地问。

"这并不是缺陷，其实还挺有趣的。"瓦格斯说。

"那材质呢，瓦格斯——她的脸，还有新鼻子？"奥克塔维奥神父提醒这位科学家。

"噢，我从这位女士身上看到的东西要比天堂还要多。"瓦格斯说，他在和两个老牧师开玩笑，他们也知道如此，"她身上拥有的垃圾场的气味，要胜过我来世嗅到的甜美。"

"请你坚持科学，瓦格斯。"阿方索神父说。

"如果我们需要诗歌，我们会读莎士比亚。"奥克塔维奥神父说。他看向鹦鹉男，后者知道奥克塔维奥神父的意思是不要再诵读更多《罗密欧与朱丽叶》的选段。

垃圾场老板结束了祈祷，他已经不再跪在地上。无论新鼻子是不是他做的，他都没有说出来。他的绷带保持着清洁和干燥，而他也保持着沉默。

里维拉本可以离开圣殿，离开身处梯子之上的瓦格斯和两个感觉自己被嘲弄的老牧师，但是卢佩一定希望她说话的时候大家都在场。后来，胡安·迭戈才意识到为什么她希望所有人都听到她的演讲。

最后一批荒唐地呆望着鼻子的人已经离开了圣殿，也许他们在寻找奇迹，但是他们对于现实世界有足够的了解，所以知道不大可能会从一个站在梯子上、手拿望远镜和瑞士军刀的医生口中听到"奇迹"这个词。

"这是以鼻子换鼻子，对我来说已经很好。你要替我翻译每一句话。"卢佩对胡安·迭戈说。"当我死后，不要烧掉我。对我履行全部的服务。"卢佩说，她直视着阿方索神父和奥克塔维奥神父。"如果你们想要烧掉什么的话，"她对里维拉和胡安·迭戈说道，"你们可以烧我的衣服——我仅存的那点东西。如果有新的小狗死去——好吧，那你们可以把小狗和我的物品一起烧掉。但是不要烧掉我。按照她希望的方式处置我吧。"卢佩对所有人说，她指着怪物玛利亚那拳击手般的鼻子。"然后把骨灰撒在——只是撒就好，不要扔得到处都是——圣母玛利亚的脚下。就像你第一次说的那样。"卢佩对鹦鹉男说，"也许不是全部的骨灰，只在她的脚下！"

当胡安·迭戈逐字逐句地替她翻译时，他可以看出两个老牧师正沉浸在卢佩的演说中。"当心那个小耶稣，不要让骨灰进到他的眼睛里。"卢佩对她哥哥说。（她甚至对那个在微型十字架上受难、在巨大的圣母玛利亚脚边流血的缩水耶稣也很体贴。）

胡安·迭戈并不需要会读心才能知道佩佩神父的想法。这是发生在卢佩身上的转变吗？正如佩佩神父在他们第一次撒骨灰时所说的："不一样了嘛。这意味着你们的想法有很大改变。"

这就是我们认为的精神领域上的纪念碑，比如耶稣会圣殿。在这样的地方，由于矗立着巨型的圣母玛利亚，我们会产生宗教上（或者和宗教无关）的想法。我们聆听了卢佩这样的演讲，我们思考自己在宗教上的差异和共性，我们听到的只是我们想象中卢佩的宗教信仰，或者她对宗教的感受，我们用她的信仰和感受与自己的进行对比和衡量。

无神论者瓦格斯，这个医生为了调查一个奇迹，或者检验一只没有奇迹色彩的鼻子带来了自己的望远镜和刀具。他会说，作为一个十三岁的孩子，卢佩精神世界的复杂性是"非常令人难忘的"。

里维拉知道卢佩很特别。事实上，垃圾场老板是玛利亚的崇拜者，而且非常迷信，他有些害怕卢佩。好吧，有谁能说出酋长在想什么呢？（也许里维拉会因为卢佩的宗教信仰没有她从前表达得那么偏激而如释重负。）

而那两个老牧师，阿方索神父和奥克塔维奥神父，显然他们在祝贺自己，以及流浪儿童的员工们，因为他们在这个充满挑战性又让人难以理解的孩子身上取得了如此明显的进步。

善良的佩佩神父也许在祈祷卢佩还有希望。毕竟，她可能并没有他最初想象得那么"迷失"，或许，只有通过翻译，卢佩的话才有意义，或者至少在宗教上有意义。对佩佩来说，卢佩听起来已经发生了转变。

不要焚烧，这也许是对亲爱的爱德华多先生而言唯一重要的事。确实，放弃焚烧是通往正确方向的一步。这里的所有人一定都各自这样想着。即使是最了解他妹妹的胡安·迭戈，即使是他也错过了本该听到的内容。

为什么一个十三岁的女孩会想到死亡？为什么卢佩会在此时说出最后的请求？卢佩是一个能够读出其他人想法的女孩，甚至狮子，甚至母狮。为什么他们谁也没能读出卢佩的想法呢？

28

聚在一起的黄色眼睛

这一次，胡安·迭戈非常彻底地沉浸在过去，或者说他已经距离现在的时刻很遥远了。飞机下降时引擎发出的声音，甚至降落在拉瓦格时的震动，都没有立刻把他带回与桃乐茜的对话中。

"马科斯就是从这里来的。"桃乐茜说道。

"谁？"胡安·迭戈问她。

"马科斯。你知道马科斯太太吧？"桃乐茜问他。"伊梅尔达，拥有一百万双鞋那个伊梅尔达。她还是这个地区众议院的议员。"桃乐茜告诉他。

"马科斯太太应该八十多岁了吧。"胡安·迭戈说。

"是的，她真的已经很老了。"桃乐茜以此结束了对话。

桃乐茜提醒过他，他们还有一小时的车程。又是一条黑暗的公路，又是一个夜晚，窗外陌生的景致一闪而过。（茅草小屋；西班牙建筑风格的教堂；狗，或者只是它们的眼睛。）借着被黑暗笼罩的车厢——他们的旅店老板帮忙安排了汽车和司机——桃乐茜讲起了那场发生在北越南的战争中的美国囚犯难以言说的遭遇。她似乎知道一些关于河内希尔顿监狱（北越南首都的华卢监狱曾被如此称呼）的严刑拷打的可怕细节。她说最残忍的手段被用在那些被击落并俘获的美国飞行员身上。

这些事情太政治化了，关于政治的陈年往事，胡安·迭戈想。他正经过无尽的黑暗。并不是说胡安·迭戈不关心政治，但是作为一个小说家，他对那些自以为了解他的政治主张是什么（或应该是什么）的人很警惕，这种事情经常发生。

还有什么理由让桃乐茜把胡安·迭戈带来这里呢？只因为他是一个美国人，桃乐茜觉得他应该看看那些之前提到过，被她称为"恐惧的十九岁少年"的士兵们度假的地方。正如桃乐茜所强调的，他们非常恐慌，他们害怕的是一旦被北越南俘虏，即将遭遇的残忍折磨。

桃乐茜的话语听起来和那些评论家和记者很像，他们认为胡安·迭戈作为一个作家应该在某些方面具有更多墨西哥裔美国人的特征。因为他是一个墨西哥裔美国人，所以他就要以这种方式写作吗？还是说他应该书写自己作为一个墨西哥裔美国人的生活？（他的评论者们本质上不是在告诉他写作的主题应该是什么吗？）

"不要成为那种墨西哥人……"佩佩神父对胡安·迭戈说道，但是他又停了下来。

"哪种？"弗洛尔问佩佩。

"那种憎恨墨西哥的墨西哥人。"佩佩说出了口，随后把胡安·迭戈拥入了怀中。"你也不会想成为那种总是回来的墨西哥人。他们在外面待不住。"佩佩补充道。

弗洛尔只是瞪着可怜的佩佩神父："还有什么人是他不能成为的？"

弗洛尔不会明白这些话中关于写作的部分：对于一个墨西哥裔美国作家应该（或不应该）写什么，人们有哪些期待；对于一个从不书写自己作为墨西哥裔美国人的"经历"的作家，（在很多评论家和记者心中）有哪些禁忌。

胡安·迭戈相信，如果你接受了墨西哥裔美国人的标签，你就要符合这些期许。

相比胡安·迭戈在墨西哥的经历，相比他在瓦哈卡度过的童年和青少年时光，自从胡安·迭戈搬来美国，他的生活中并没有什么值得书写的。

是的，他拥有一个充满激情的年轻爱人，但是她的政治主张——更确切地说，是桃乐茜对于他的政治主张应该是怎样的想象——驱使她向他解释他们来到这里有多么重要。她并不明白，胡安·迭戈不需要为了想象那些"恐惧的十九岁少年"而来到吕宋岛西北部并亲自目睹这个地方。

也许是一辆经过的汽车前灯在反光，在那一两秒内，桃乐茜那对深色的眼睛中闪过一抹亮色的光芒，这让它们变成了黄褐色，就像是狮子的眼睛。在那个瞬间，胡安·迭戈又回到了过往。

他仿佛从来没有离开过瓦哈卡，狗住的帐篷正处于黎明前的黑暗，那里散发着狗的气息，除了在奇迹担任他妹妹的翻译，并没有其他的未来在等待着他。胡安·迭戈没有当空中飞人的胆量，而奇迹马戏团不需要一个天花板飞人。（胡安·迭戈当时还没有意识到，在德洛丽丝之后就不再有空中飞人。）当你在十四岁陷入沮丧时，牢牢抓住自己可能有另一种未来的想法就像是试图在黑暗中看见东西。"在每个人的生命中，"德洛丽丝曾说，"总有一个瞬间你必须要决定自己属于哪里。"

在狗住的帐篷中，黎明前的黑暗是非常幽深的。当胡安·迭戈睡不着的时候，他会试着分辨大家的呼吸。如果他听不到爱丝特雷娜打鼾的声音，他就会认为她不是死了，就是在另一个帐篷睡觉。（清晨，胡安·迭戈想起了他原本知道的事情：爱丝特雷娜有时夜里不和狗一起睡。）

阿勒曼尼亚睡觉的声音在狗中是最响的，她的呼吸最重，也最不容易被打扰。（也许是她醒着时扮演女警的生活太疲惫了。）

宝宝是最爱做梦的狗，他的短腿在睡觉时会跑动，有时他会用前爪作出挖洞的姿势。（宝宝在梦见自己要被杀死时会发出低吠。）

正如卢佩所抱怨的，杂种"永远都是坏蛋"。如果严格按照放屁的数量来评价这只混种犬，好吧，他确实是狗的帐篷中的坏蛋。（除非鹦鹉男也睡在这里。）

至于帕斯托拉，她和胡安·迭戈很像。她心事重重，而且会失眠。当帕斯托拉醒着时，她会气喘吁吁地踱步。在睡梦中她会发出呜咽声，仿佛幸福对她来说就像是一夜好眠那样转瞬即逝。

"躺下，帕斯托拉。"胡安·迭戈尽可能轻声地说，他不想吵醒其他的狗。

这天早晨，他轻易地分辨出了每只狗的呼吸。卢佩的声音是最难听出的，她睡得非常安静，几乎没有呼吸。胡安·迭戈正努力想要听见卢佩的声音，可他的手触到了枕头下的某些东西。为了看清他在枕头下摸到了什么，他需要四处搜寻床下的手电筒。

曾经神圣地装着骨灰的咖啡罐那丢失的盖子，除了气味和其他的塑料盖并无两样。相比埃斯佩兰萨、好外国佬或破烂白的踪迹，骨灰中含有更多的化学物质。无论圣母玛利亚的旧鼻子蕴藏着怎样的魔法，你都不可能嗅到它。那个咖啡罐盖子上带有更多垃圾场的气息，而非其他超凡脱俗的东西。然而卢佩把它保存了下来，她希望胡安·迭戈拥有这个盖子。同样放在胡安·迭戈枕头下的还有一条绳子，上面拴着狮笼中喂食盘的钥匙。当然，钥匙共有两把，一个是伙计的笼子的，另一个是母狮的笼子的。

乐队指挥的妻子很喜欢编绳子，当她丈夫为马戏团乐队指挥时，她为他的口哨编了一条绳子。她还为卢佩编了另一条，卢佩的绳子是深红色和白色相间。当卢佩在喂食时间携带钥匙前往狮笼时，她会把绳子挂在脖子上。

"卢佩？"胡安·迭戈叫道，比他让帕斯托拉躺下来的声音更轻一些。没有人听见他，甚至没有一条狗听见。"卢佩！"胡安·迭戈急迫地嚷着，他用手电筒照向她的空床。

"我总是在我该在的地方。"卢佩经常说，可这次没有。

这一次，在刚刚破晓的时刻，胡安·迭戈在伙计的笼子中找到了卢佩。

即使当喂食盆完全移出狮笼地板上的开口时，由于那个开口不够大，伙计不可能从那里逃出来。

"很安全。"爱德华·邦肖在第一次参观了卢佩如何喂狮子后曾告诉胡安·迭戈，"我只是想要确认开口的大小。"

但是在他们前往墨西哥城的第一晚，卢佩曾对她哥哥说："我可以钻进那个食盘进出的开口，它对我来说并不算小。"

"听起来你好像尝试过。"胡安·迭戈说。

"我为什么要尝试？"卢佩反问他。

"我不知道，你为什么会呢？"胡安·迭戈问。

卢佩没有回答他，在墨西哥城的那一晚没有，以后也没有。

胡安·迭戈始终知道卢佩关于过去的说法通常是对的，但她对未来的预测没有那么准确。读心师并不一定擅长算命，但卢佩一定坚信自己看到了未来。这是她想象中自己看到的未来吗，还是说她在试图改变胡安·迭戈的未来？卢佩是否相信如果他们待在马戏团，如果他们一直留在奇迹，未来一定是她所预言的样子呢？

卢佩始终很孤独，仿佛作为一个十三岁女孩的孤独对她而言远远不止！我们从不知道卢佩相信什么，但是对于十三岁的孩子而言，那一定是个很大的负担。（她知道她的胸不可能再长大，她知道自己永远不会来月经。）

更宽泛地说，卢佩预见到了一个让她感到恐惧的未来，她想要抓住机会去改变。这件事充满了戏剧性。卢佩所做的事情不仅会改变她哥哥的未来，还会让胡安·迭戈的余生都生活在自己的想象里，卢佩（还有德洛丽丝）身上发生的事情标记着奇迹马戏团的终结时代即将到来。

在瓦哈卡，当大家都不再谈论鼻子之日很久之后，城里那些健谈的市民们依然会针对奇迹马戏团可怕的解散——耸人听闻的消亡窃窃私语。卢佩做的事情无疑产生了影响，但这不是问题本身。卢佩的所作所为也很可怕。了解和喜爱孤儿的佩佩神父后来会说，这种行为只有极端疯狂的十三岁孩子能够想到。（好吧，但是对于十三岁的孩子们怎么想，没有人能够做什么，对吧？）

卢佩一定在前一晚就打开了伙计笼子上放喂食盘用的开口，这样，她就可以把系着狮笼钥匙的绳子留在胡安·迭戈的枕头下。

也许伙计很生气，因为外面天还没亮，卢佩就来给他喂食了，这非常反常。而且卢佩把喂食盘完全取出了笼子。更重要的是，她没有把肉放在伙计的托盘上。

接下来发生的事情是大家的猜测。伊格纳西奥猜想卢佩一定爬进了伙计的笼子，把肉拿给他。胡安·迭戈相信卢佩可能会假装吃掉伙计的肉，或者至少她会试图让他得不到。（当卢佩向爱德华多先生解释喂狮子的过程时，她说你无法想象狮子们有多想吃肉。）

而且，卢佩第一次见到伙计的时候，就把他称作"最后一只狗"。"最后一只"，她是这样重复的吧？"最后一只狗。"她分明如此形容这头狮子。"最后一只。"（仿佛伙计是屋顶狗的王者，一只咬人的王者，最后一个咬人的家伙。）

"没关系。"卢佩从一开始就反复对伙计这样说。"不是你的错。"她告诉狮子。

但狮子似乎并没有这样想，胡安·迭戈看见他坐在笼子后方的一个角落里。伙计看起来很愧疚，他尽可能坐在距离卢佩蜷成球状的身体最远的地方，在狮笼中呈对角线的角落。卢佩蜷缩在靠近打开的喂食盘开口那一角，她的脸背朝着胡安·迭戈。当时，胡安·迭戈很庆幸自己没有看清卢佩的神情。后来，他会希望自己看到了她的脸，也许这样他就不会余生都想象着她当时的神态。

伙计一口咬死了卢佩。"对着脖子后面狠命一咬。"瓦格斯在检查过她的尸体后如此描述道。卢佩的身上没有其他的伤口，甚至爪痕。在卢佩脖子上被咬的部位，并没有多少血迹，她的血也一滴都没有溅落在狮笼中。（伊格纳西奥后来说，伙计会舔干任何血渍，他也吃光了所有的肉。）

在伊格纳西奥把伙计打死后——他在狮子那巨大的头上开了两枪——伙计流放自己的那个笼中的角落流满了狮子的血。这只困惑而哀伤的狮子并没有因为他表现出的沉痛而得救。伊格纳西奥迅速地看了一眼卢佩位于喂食盘开口附近的尸体，而在狮笼最远的一角，伙计（几乎很顺从地）待在与其呈对角线的位置。当胡安·迭戈一瘸一拐地跑到驯狮官的帐篷后，伊格纳西奥带着自己的枪和他一起来到了犯罪现场。

伊格纳西奥打死玛那纳，是因为那匹马摔断了腿。在胡安·迭戈看来，伊格纳西奥打死伙计是不公平的。卢佩说得对：发生这样的事情不是狮子的错。促使伊格纳西奥打死伙计的原因有两重。驯狮官是个胆小鬼，他不敢在狮子杀死卢佩后走进他的笼子，在伙计活着的情况下不敢。（卢佩被杀后，狮笼中的气氛有些莫名的恐怖。）而且伊格纳西奥一定被某些大男子主义关于"食人动物"的胡话所影响，也就是说，驯狮官需要相信，人类在狮子口中死去永远都是狮子的错。

当然，无论卢佩的想法如何被误导，她对于伙计杀死她之后发生的一切的预测是正确的。卢佩知道伊格纳西奥会开枪打死伙计，她一定也知道这件事情导致的后果。

　　结果是，胡安·迭戈直到第二天清晨才完全领会到卢佩的预言（她那不属于人类的本领，即使不是神赐，也超出了科学的范畴）。

　　卢佩被杀死的那天，奇迹马戏团拥满了那些被伊格纳西奥称为"权威人士"的人。由于驯狮官总是自视为权威人士，当其他的官方出现时，他就无法很好地发挥作用。他们是警察，以及其他一些承担类似官方职责的人。

　　当胡安·迭戈告诉驯狮官卢佩在喂伙计之前已经喂过母狮的时候，他的反应很粗鲁。胡安·迭戈知道此事，因为他猜测卢佩会觉得如果那天她没有喂过母狮们，就不会有人喂。

　　胡安·迭戈知道这一点，还因为他在卢佩和伙计双双被杀后去看过母狮们。前一晚，卢佩也没有给母狮的笼子上喂食盘的开口上锁。她一定是用平常的方法喂过母狮，然后把整个喂食盘都拉了出来，让它靠在母狮狮笼的外侧，她对伙计笼子上的喂食盘也是这样做的。

　　而且，母狮们看起来应该是被喂过。被伊格纳西奥称作"女士们"的三只母狮只是躺在她们的笼子后部，用难以理解的目光看着胡安·迭戈。

　　伊格纳西奥对胡安·迭戈的回应让他觉得，驯狮官并不在意卢佩在死前是否喂过母狮。但是后来发生的事情证明这一点很重要，非常重要。这意味着在卢佩和伙计被杀死的那天，没有人需要去喂那些母狮。

　　胡安·迭戈甚至想把那两把狮笼上喂食盘开口的钥匙还给伊格纳西奥，但是伊格纳西奥并不想要。"你留着吧，我有我自己的钥匙。"驯狮官对他说。

　　自然，佩佩神父和爱德华·邦肖不会允许胡安·迭戈在狗的帐篷中再住一晚。佩佩和爱德华多先生帮助胡安·迭戈装好了他的东西，还有卢佩少量的物品，也就是她的衣服。（卢佩没有小收藏品，她不是你们通常印象中那种十三岁女孩。）

从奇迹到流浪儿童的匆忙转移中，胡安·迭戈会弄丢那个咖啡罐的盖子，它曾经装有能长出鼻子的骨灰。但是那晚他睡在流浪儿童的老房间时，脖子上系着卢佩的绳子。他能够感觉到那两把狮笼的钥匙。黑暗中，他在睡着之前用拇指和食指挤压着它们。在他身边卢佩曾睡过的小床上，鹦鹉男正在照看着他，当然是在他不打鼾的时候。

男孩们都会梦见成为英雄，在胡安·迭戈失去卢佩后，他不再做这样的梦。他知道他妹妹是在试图拯救他，也知道自己没能拯救妹妹。他身上有一种命运的气息。即使在十四岁的时候，胡安·迭戈也知道这一点。

失去卢佩之后的那个清晨，胡安·迭戈在孩子们的歌声中醒来。那些幼儿园里的孤儿们依然在反复应和着格洛丽亚修女的祈祷。"现在及永远。"他们念诵道，"现在及永远。"不是这里，我的余生不会在这里度过，胡安·迭戈想。他已经醒了，但依然闭着眼睛。胡安·迭戈不想看见他在流浪儿童的老房间，也不想看见卢佩的小床上空无一人（也许鹦鹉男躺在上面）。

那个清晨，卢佩的遗体会和瓦格斯医生待在一起。阿方索神父和奥克塔维奥神父请瓦格斯看一眼那孩子的尸体，两位老牧师想要带流浪儿童的一位修女和他们一起去红十字会医院。关于卢佩的遗体应该穿什么有些疑问。由于她被狮子咬伤了，不知道开放式的棺材是否合适。（佩佩神父说他无法做到去看卢佩的尸体。这也是为什么两个老牧师希望瓦格斯能看一眼。）

那个清晨，如奇迹的所有人所知——除了伊格纳西奥，他了解的有所不同——德洛丽丝只是逃走了。马戏团的人们谈论着奇迹小姐是如何忽然消失的，不可思议的是没有人在瓦哈卡见到她。一个像她这样美丽、拥有一双长腿的女孩，不可能完全消失在视野中，对吧？也许只有伊格纳西奥知道德洛丽丝在瓜达拉哈拉，也许那次业余的堕胎手术已经完成了，她的腹膜感染刚刚开始出现。或许德洛丽丝以为自己会很快康复，她已经在回瓦哈卡的路上。

那个清晨，在流浪儿童，爱德华·邦肖心中一定有很多想法。他需要向阿方索神父和奥克塔维奥神父坦白一件大事，不是两个老牧师所熟悉的那种坦白。爱德华多先生知道他需要教会的帮助。他不仅仅是一个背弃了自己誓言的学者，还是一个爱上了异装者的同性恋。

这样的两个人怎么可能收养一位孤儿呢？为什么人们会允许爱德华·邦肖和弗洛尔成为胡安·迭戈的法定监护人？（爱德华多先生不仅需要教会的帮助，他还需要教会打破常规，而且不仅是一点。）

那个清晨，在奇迹，伊格纳西奥知道他只能自己去喂母狮们。驯狮官又能说服谁去替他做这件事呢？索莱达不和他说话，伊格纳西奥又成功地让那些女杂技演员们害怕狮子，他那关于"狮子会知道女孩何时来月经"的胡说八道把年轻的杂技演员都吓跑了。即使在伙计杀死卢佩之前，女孩们也很害怕，对母狮也是如此。

"驯狮官应该害怕的是母狮们。"卢佩曾预言说。

在伊格纳西奥开枪打死伙计之后的那个清晨，驯狮官在喂母狮们的时候一定犯了一个错误。"她们没法骗过我，我知道她们在想什么。"伊格纳西奥曾经针对母狮如此吹嘘。"年轻女士们的想法很明显。"驯狮官对卢佩说。"我不需要读心师来读女士们的心。"伊格纳西奥曾告诉卢佩，他可以通过母狮们所命名的身体部位读懂她们的想法。

那个清晨，母狮们的想法并没有驯狮官曾经想象得那样容易看懂。根据瓦格斯后来向胡安·迭戈讲述的塞伦盖蒂平原上关于狮子的研究，大部分的捕杀都是母狮完成的。母狮们知道如何作为团队捕猎。当它们追踪一群角马或斑马时，会在袭击之前包围马群，并切断所有的逃跑路线。

当垃圾场的孩子们第一次见到伙计的时候，弗洛尔曾对爱德华·邦肖耳语道："如果你以为你刚刚看见的是野兽之王，并不是，现在这个才是。伊格纳西奥是野兽之王。"

"蠢猪之王。"卢佩忽然说。

根据塞伦盖蒂平原上的数据，以及其他关于狮子的研究，唯一和"蠢猪之王"有关的事情发生在野外的母狮们杀死它们的猎物之后，公狮在此时会彰显出它们的统治地位，在母狮们被允许吃掉自己份额的食物前，它们会先吃。胡安·迭戈觉得"蠢猪之王"用在这里是说得过去的。

那个清晨，没有人看见伊格纳西奥在喂母狮的时候发生了什么，但是母狮们知道如何保持耐心，她们已经学会了等待机会。女士们，伊格纳西奥的姑娘们，将会迎来她们的机会。那个清晨，奇迹即将迎来的结局以很完整的形式开了头。

帕科和啤酒肚最早发现了驯狮官的尸体，矮人小丑们正沿着布满剧团帐篷的大街摇摇晃晃地走着，他们要去户外浴室。当他们发现伊格纳西奥残损的尸体出现在笼子外时，一定很纳闷母狮们是如何杀死他的。但是任何熟悉母狮工作方式的人都很清楚，而且瓦格斯医生（自然，瓦格斯是检查伊格纳西奥尸体的人）毫无难度地重现了当时的一系列事件。

作为小说家，当胡安·迭戈谈论情节的时候，尤其是如何构建情节时，他会说"母狮们的集体合作"是"早期的范本"。在许多采访中，胡安·迭戈会先说没有人看见驯狮官身上发生了什么，随后又说他总是会不厌其烦地重新构建当时发生的一系列事件，这至少是他成为一位小说家的部分原因。如果你把伊格纳西奥身上发生的事情和卢佩可能拥有的想法组合在一起，那么，你就会知道是什么激发了拾荒读书人的想象力，不是吗？

伊格纳西奥像往常一样把肉放在母狮的喂食盘上。他也和平常一样把喂食盘滑进狮笼的开口。随后一定发生了某些不寻常的事情。

瓦格斯难以自制地描述着伊格纳西奥胳膊、肩膀和脖子背后数量众多的抓伤。其中一只母狮先抓住了他，随后是其他带有长指甲的爪子，她们将他控制住。母狮们一定把他紧紧地固定在了笼子的铁栏上。

瓦格斯说驯狮官的鼻子不见了，还有耳朵、两侧的脸颊和下巴。瓦格斯还说他双手的手指也消失了，但母狮们忽略了其中一个拇指。瓦格斯说，让伊格纳西奥死去的是一次致命的喉咙咬伤——医生将其称作"凌乱的伤口"。

正如瓦格斯所说，"这不是一次干净利落的猎杀。"他解释道，一只母狮可以只凭借喉咙处的致命一袭就杀死一头牛羚或斑马，但是笼子的铁栏太密了，那只最终咬到伊格纳西奥喉咙的母狮无法伸出自己的头。在完美地抓住驯狮官的喉咙前，她也无法让自己的爪子得到想要的舒展。（这也是为什么瓦格斯会用"凌乱的伤口"来描述那致命的咬伤。）

这件事发生之后，"权威人士们"（正如伊格纳西奥所料）会来调查奇迹的过失。当马戏团发生出人命的事故时总是如此。专家们会前来告诉你哪些地方做错了。（专家们说伊格纳西奥喂狮子的肉总量有误，狮子们每天喂食的次数也有问题。）

谁会在意呢？胡安·迭戈想。他已经无法记得专家们所说的正确次数和总量。奇迹的错误在于伊格纳西奥本人。是驯狮官错了！最终，奇迹的所有人都不需要专家们告诉他们这一点。

胡安·迭戈会思考，伊格纳西奥最后从那些聚在一起的黄色眼睛中看到了什么。他的姑娘们最后的目光中肯定没有喜爱之情，驯狮官最终看到的是女士们那无法原谅的眼睛。

每家走向倒闭的马戏团都会有后记。当马戏团关门后，那些演员们会去哪里呢？我们知道，奇迹小姐本人很快就会和此事没有关系。但是我们不是也知道，奇迹其他的演员无法作出德洛丽丝做的事情吗？正如胡安·迭戈所发现的，并不是每个人都能成为空中飞人。爱丝特雷娜也在为狗们找家。好吧，没有人愿意收养混种犬，爱丝特雷娜只能自己带走他。正如卢佩所说，杂种永远是坏蛋。

没有其他的马戏团愿意接受睡衣男，他的虚荣心太强了。有那么一段时间，在周末，人们会看见这位柔术演员在索卡洛广场为游客们表演。

瓦格斯医生后来会说他为医学院的搬走感到抱歉。新的医学院距离市中心很远，位于一家公立医院对面，离停尸房和红十字会医院也不近。那里是瓦格斯的老地盘，旧的医学院就在那里，当时瓦格斯也在此任教。

瓦格斯最后一次见到睡衣男是在旧的医学院。柔术演员的尸体正从酸液池中被吊往一台波纹状的金属轮床上，他身体中的液体通过轮床上靠近头部的一个洞排到了桶中。在陡峭的验尸板上——中间有一条通向排水孔的深沟，也是在睡衣男头部的位置——尸体被解剖了。他的身体舒展着，再也无法作出柔术的动作。医学生们没有认出他，但瓦格斯知道他是从前的柔术演员。

"他的脸上没有空虚，没有缺憾，就像是一张尸体的脸。"瓦格斯在胡安·迭戈搬去爱荷华后写信道。"属于人类的梦想消失了，"瓦格斯说，"但是痛苦没有。从他身上依然可以看到一个人活着时的虚荣心。你会记得睡衣男总是很精心地打理和修剪他的胡子，这泄露了他在镜子前花费的时长——用来欣赏自己的容颜或是想办法完善。"

"这世上的荣耀已经消逝。"阿方索神父和奥克塔维奥神父喜欢用严肃的语气如此感叹。

"这世上的荣耀已经消逝。"格洛丽亚修女总是如此提醒流浪儿童的孤儿们。

那对阿根廷空中飞人非常擅长他们的工作，彼此也很相爱，他们很容易在其他的马戏团找到职位。最近（任何发生在2001年后，即新的世纪的事情，对于胡安·迭戈来说都算是最近），佩佩神父从一个见过他们的人那里听说了一些情况。佩佩说那对阿根廷空中飞人在山间的一家小马戏团表演,距离墨西哥城大概一小时车程。他们可能已经退休了。

在奇迹倒闭后,帕科和啤酒肚去了墨西哥城——那是这两个矮人的故乡,而且(据佩佩所说)啤酒肚留在了那里。啤酒肚加入了另一门生意,虽然胡安·迭戈不记得是什么。胡安·迭戈不知道啤酒肚是否还活着,而且他很难想象啤酒肚不当小丑的样子。(当然,啤酒肚永远都是一个矮人。)

胡安·迭戈知道帕科死了。和弗洛尔一样,帕科无法离开瓦哈卡。和弗洛尔一样,帕科喜欢去逛那些老约会场所。帕科始终是拉契那,布斯塔曼特那家同性恋酒吧的常客,那个地方后来变成了其南帕。帕科也常去"小王冠"——那家异装者的聚会场所在20世纪90年代关闭过一段时间(当时小王冠的同性恋老板死去了。)和爱德华·邦肖及弗洛尔一样,小丑的老板及帕科也都死于艾滋病。

索莱达,那个曾经称呼胡安·迭戈为"奇迹男孩"的人,在奇迹解散后很久依然还活着。她还是瓦格斯的病人。无疑,根据瓦格斯医生对这位前秋千演员的观察,她的关节依然有受损的症状。尽管有这些伤痛,索莱达依然很强壮。胡安·迭戈还记得她在职业生涯的最后担任的是抓举者,这在女人中并不普遍。她的手臂和握力都很强,能够抓住飞在空中的男人。

佩佩会告诉胡安·迭戈(大约在流浪儿童的孤儿院解散期间),索莱达收养了流浪儿童的两个孤儿,一个男孩和一个女孩,而瓦格斯是她在担保信中提到的若干证明人之一。

佩佩写到,索莱达是一个很出色的母亲。这一点没有人感到惊讶。索莱达是一个令人难忘的女人。好吧,虽然胡安·迭戈记得她有一点冷酷,但他始终崇拜她。

索莱达身上有过一些不好的传闻,但那是在她领养的孩子们长大离开家以后。索莱达找了一个坏男友，佩佩和瓦格斯都用"坏"来形容索莱达的男友，他们不愿解释他坏在哪里，但胡安·迭戈认为他是一个虐待狂。

让胡安·迭戈惊讶的是，继伊格纳西奥之后，索莱达依然有耐心应付坏男友。在他看来，她并不是那种能够忍受虐待的女人。

结果是，索莱达并不需要忍受那个坏男友太久。一天早上，当她购物回家后，发现他已经死了，他依然坐在厨房的餐桌前，头枕在胳膊上。索莱达说，那天早晨自己离开时他就坐在那里。

"他一定是有心脏病，或者类似的情况。"佩佩神父只是说。

自然，瓦格斯担任了尸检医生。"可能有人闯入。"瓦格斯说。"一个别有用心的人，那人的手很有力。"瓦格斯医生推测。那个坏男友坐在厨房的桌子边被掐死了。

医生说索莱达不可能掐死自己的男友。"她的手有伤。"瓦格斯证实道。"她连一瓶柠檬汁都拧不开！"瓦格斯是这样说的。

瓦格斯提供了索莱达服用的止痛药处方作为证据，证明这个"有伤的"女人无法掐死任何人。药物是治疗关节痛的，主要是用于索莱达指尖和手部的疼痛。

"损伤很严重，疼痛也很严重。"医生说。

胡安·迭戈对她的伤病和疼痛并不怀疑。但是，回溯过去，他想起了驯狮官帐篷中的索莱达，以及她偶尔投向伊格纳西奥的目光，胡安·迭戈在这个前秋千演员的眼中看到了什么。索莱达深色的眼睛和狮子黄色的眼睛并没有什么共性，但是她的眼神中确实带有母狮般令人难解的意图。

29

一次单独旅行

"斗鸡在这里是合法的，而且非常流行。"桃乐茜说，"那些精神病公鸡整晚醒着，还会打鸣。愚蠢又好斗的家伙们在为下一场战斗做准备。"

好吧，胡安·迭戈想，这或许可以解释在魅力酒店的新年之夜，那只精神错乱的公鸡为何会在黎明前就开始打鸣，但是随后它的尖叫和突然发生、听起来像是遭遇暴力的死亡却与此无关。仿佛米里亚姆只是希望那只恼人的公鸡死掉，这件事便发生了。

胡安·迭戈想，至少他收到了提醒：维干附近的旅店可能整夜都有斗鸡在打鸣。胡安·迭戈很想知道桃乐茜对此会做什么。

"应该有人杀了那只公鸡。"那晚在魅力酒店，米里亚姆用她那低沉而沙哑的声音说。随后，当那只狂乱的公鸡第三次打鸣的时候，它的声音被中途切断了，米里亚姆说："好啦，现在不会再有虚假的黎明和不诚实的信使了。"

"由于公鸡在夜里打鸣，狗的叫声也不会停下。"桃乐茜告诉他。

"听起来非常安静。"胡安·迭戈说。旅店是由一系列建筑组成的，它们都很老。西班牙式的建筑风格很明显，也许这家旅店曾经是一个布道场所，胡安·迭戈想，在六间小旅馆之间有一座教堂。

旅店被称作"隐秘之地"。他们尝试过，夜晚十点之后，很难辨别出这是什么地方。其他的客人（如果有的话）已经上床睡觉。餐厅位于室外，头顶是一座茅草屋檐，但它是开放的，暴露在自然环境中，尽管桃乐茜向他保证那里没有蚊子。

"是什么杀死了蚊子？"胡安·迭戈问她。

"可能是蝙蝠或者鬼魂。"桃乐茜冷漠地回答。

胡安·迭戈猜想，蝙蝠们也整晚醒着，既不打鸣也不吠叫，只是静静地杀死其他的生物。胡安·迭戈某种程度上已习惯了鬼魂的存在，或者他如此认为。

这对不般配的恋人待在海边，微风徐徐。胡安·迭戈和桃乐茜没有进入维干，或者其他城镇，但是他们能看见来自维干的灯光，而且有两三艘货船停在岸边。他们也可以看见货船上的灯火，当风向正确的时候，还能偶尔听见船上的广播。

"这儿有一个小游泳池。我猜你会把它叫作儿童池。"桃乐茜说。"你要小心别在夜里掉进池中，因为那里没有点灯。"她提醒道。

这儿没有空调，但是桃乐茜说夜晚很凉快，并不需要。而且他们的房间里有一台吊扇，吊扇会发出哗啦的声音，可是相比打鸣的斗鸡和吠叫的狗，这又算得上什么呢？"隐秘之地"不是那种你会称之为度假场所的地方。

"当地的沙滩连着渔村和一所小学，但是你只能远远地听见孩子们的声音。孩子嘛，从远处听见倒是没关系。"桃乐茜说，此时他们正要上床睡觉。"渔村里的狗对沙滩很有领地意识，但如果你走在湿沙子上就是安全的，只要离水近一些。"桃乐茜建议道。

什么样的人会待在"隐秘之地"？胡安·迭戈有些好奇。这里会让他想到逃亡者或革命者，而非游客的聚集地。但是胡安·迭戈快睡着了，当桃乐茜的手机（震动模式）在床头柜上嗡嗡作响时，他已经处于半睡状态。

"真是惊喜啊，妈妈。"他听到桃乐茜在黑暗中用讽刺的语气说。随后是一段漫长的停顿，只能听见公鸡打鸣和狗狂吠的声音，后来桃乐茜说了许多遍"啊哈"，又说了一两次"好的"。这时胡安·迭戈听见她说，"你在开玩笑，对吧？"在这些桃乐茜惯用的语句之后，这位女儿以并不算尽责的方式结束了谈话。胡安·迭戈听见桃乐茜对米里亚姆说："你不会想知道我梦见什么的。相信我，妈妈。"

胡安·迭戈清醒地躺在黑暗中，想着那个母亲和她的女儿，他在追溯自己是如何遇见她们的，他在思考自己会变得有多么依赖她们。

"睡觉吧，亲爱的。"胡安·迭戈听见桃乐茜说，她的语气和米里亚姆称呼他"亲爱的"时几乎一样。年轻女子的手准确地伸向并找到他的阴茎，并开始时断时续地按压着。

"好吧。"胡安·迭戈本想这样回答，但他没有说出口。仿佛在桃乐茜的指令下，睡眠占据了他的身体。

"当我死了，不要烧掉我。给我举行全部的仪式。"卢佩曾经直视着阿方索神父和奥克塔维奥神父说。这是胡安·迭戈在睡梦中听到的，卢佩正在向所有人说明。胡安·迭戈没有听到打鸣的公鸡和吠叫的狗，他也没有听到两只猫在户外浴室的茅草屋顶上打架或做爱（可能两者兼有）。胡安·迭戈没有听见桃乐茜在夜里醒来，不是去小便，而是打开了通往户外浴室的门，并啪的一声点亮了浴室的灯。

"滚开，去死吧。"桃乐茜厉声对那两只猫说，它们停止了嚎叫。她对自己看见的鬼魂语气更轻柔些，那个鬼魂站在户外浴室中，仿佛水正在流淌，然而并没有，仿佛赤身裸体，而他其实穿着衣服。

"抱歉，我不是在说你，我说的是那些猫。"桃乐茜对他说，但那个年轻的鬼魂消失了。

胡安·迭戈没有听见桃乐茜对那个迅速消失的战俘道歉，他只是其中一个鬼魂客人。那个消瘦的年轻人长着灰色的皮肤，穿着灰色的狱服，他是北越南饱受折磨的战俘之一。他的神色困扰而愧疚——这是桃乐茜后来对胡安·迭戈说的——她推测他是其中一个在折磨下垮掉的士兵。也许这个年轻的战俘在痛苦中屈服了。也许他签署了某些声称他做了自己并未做过的事情的文件。有些美国士兵录制了广播，在里面念诵共产主义的宣言。这不是他们的错，他们不该自责，桃乐茜始终想要告诉"隐秘之地"的鬼魂客人们，但是他们没等你开口说话就会消失。

"我只是想要告诉他们，无论他们做了什么，或者被迫做了什么，都已经得到了原谅。"桃乐茜是这样对胡安·迭戈说的，"但是这些年轻的鬼魂有他们自己的时空。他们不会听我们说话，根本就不会和我们交流。"

桃乐茜还会告诉胡安·迭戈，那些在北越南死去的美国战俘并不总是穿着灰色的狱服，有些年轻的穿着劳役服装。"我不知道他们能不能选择自己穿什么。我见过他们穿运动装、夏威夷衬衫或者类似的鬼东西。"桃乐茜是这样对胡安·迭戈描述的，"没有人知道鬼魂的规则。"

胡安·迭戈希望自己不要看到穿着夏威夷衬衫的战俘鬼魂，但是他们住在维干城外那家老旅店的第一晚，他根本没有见到那些曾在"隐秘之地"度假，但早已死去的士兵们的魂灵。他在自己那些爱争辩的鬼魂的陪伴下入睡。胡安·迭戈在做梦，这一次是一个很吵嚷的梦。（难怪胡安·迭戈没有听见桃乐茜和那些猫说话，或是向那个鬼魂道歉。）

卢佩曾要求过"全部的服务"，耶稣会圣殿也没有打折扣。佩佩神父尽己所能，他试图说服两个老神父让仪式简单一些，但是他知道自己无法限制他们。无辜者的死亡是教堂的核心生计，不能因为死去的是孩子而有所简化。卢佩将获得所有服务，任何流程都不会省略。

阿方索神父和奥克塔维奥神父坚持使用开放式棺材。卢佩穿着一件白裙子，在脖子的伤口处围着一条白围巾，这样就不会有咬伤或肿胀的痕迹露在外面。（你只能去想象她的脖颈背面是什么样子。）圣殿中熏香摇曳，摔坏鼻子的圣母玛利亚那陌生的面孔被刺鼻的烟雾笼罩着。里维拉很担心这些烟，仿佛卢佩如她曾经所愿，被垃圾场的地狱之火吞噬了。

"不要担心，我们之后会按照她说的烧掉一些东西。"胡安·迭戈对酋长耳语道。

"我会留意死去的小狗，会找到一只的。"垃圾场老板回答。

他们都被"加略山之女"吓到了，那群被雇佣来的修女大声哭喊着。

佩佩神父称她们为"职业哭丧者"，这似乎很多余。其实只要格洛丽亚修女带着幼儿园的孤儿们反复吟诵他们惯常的祈祷就够了。

"圣母！现在及永远。"孩子们跟在格洛丽亚修女身后重复着。

"圣母！现在及永远，你是我的向导。"但是即使对于这反复的恳求，以及其他全部——加略山之女的哭泣、萦绕着怪物玛利亚巨大身躯的焚香——这个肤色更深、长着拳击手般的鼻子的圣母玛利亚都没有任何反应。（在升腾的神圣烟雾之间，胡安·迭戈无法清楚地看见她。）

瓦格斯医生前来参加卢佩的葬礼，他的目光几乎没有从那尊不可信赖的圣母玛利亚雕像身上移开过，他也没有加入那些涌向耶稣会圣殿前方，想要看一眼开放式棺材中的狮子女孩的哀悼者们（还有好奇的游客和其他观光者）。在瓦哈卡及周边地区，人们称呼卢佩为"狮子女孩"。

瓦格斯是和亚丽杭德拉一起来参加卢佩的葬礼的。这些日子，她似乎不仅担任着晚宴女友，而且亚丽杭德拉曾经很喜欢卢佩，但是瓦格斯不会和他的女友一同去看开放式棺材中卢佩的遗体。

胡安·迭戈和里维拉忍不住想要偷听他们的对话。

"你不看吗？"亚丽杭德拉问瓦格斯。

"我知道卢佩是什么样子，我见过她了。"瓦格斯只是回答。

在那之后，胡安·迭戈和垃圾场老板也不想去看开放式棺材中一身白色的卢佩。他们希望自己关于卢佩活着的记忆，和平常见到她时是一样的。他们一动不动地待在座位上，在瓦格斯旁边，想着那些垃圾场的孩子和垃圾场老板会关心的事情：哪些东西可以烧掉，以及把灰烬撒落在怪物玛利亚的脚下——正如卢佩对他们说的"只是撒落就好，不要扔"——"也许不是全部的骨灰，只在她的脚下！"卢佩曾如此明确地说道。

好奇的游客们和其他观光者已经看过开放式棺材中的狮子女孩，他们在退场前就粗鲁地离开了圣殿。显然，由于没有看到狮子的袭击在卢佩没有生命的身体上留下的痕迹，他们很失望。（伊格纳西奥的尸体不会在开放式棺材中展示。瓦格斯医生见过驯狮官的残骸，他完全明白这一点。）

退场的音乐是《万福玛利亚》，不幸的是，这首歌选择了一支糟糕的儿童合唱团来演唱。他们也和加略山之女一样是雇来的。那是一群穿着制服的小孩子，来自一所名声显赫的音乐学校。在神职人员和合唱团离场的过程中，他们的父母一直在旁边拍快照。

此时，唱《万福玛利亚》的合唱团与马戏团乐队违和地相遇了。阿方索神父和奥克塔维奥神父坚持要求马戏团乐队待在耶稣会圣殿外面，但是奇迹那铜管及鼓乐版本的《拉雷多的街道》是难以阻止的，他们的改动让这支牛仔的挽歌充满了哀乐和安魂曲的气息，而且声音很大，甚至连卢佩本人都能听见。

音乐学校的孩子们扯着嗓子，努力让他们的《万福玛利亚》被听到，却依然比不上马戏团乐队喧嚷的吹奏和敲鼓声。你能够在索卡洛广场听见奇迹演奏那首悲痛的《拉雷多的街道》。弗洛尔的朋友们——那些在萨梅加宾馆工作的妓女——说那首关于一个牛仔的戏剧性死亡的歌曲已经从远处的耶稣会圣殿传到了萨拉戈萨大街。

"也许撒落灰烬的过程会简单一些。"在他们离开卢佩的葬礼现场时，佩佩神父满怀希望地对胡安·迭戈说。这种不合时宜的仪式，这种天主教式的荒诞不经，正是卢佩想要的。

"是的，也许更有精神意义。"爱德华·邦肖插话道。他一开始并不理解"加略山之女"的英文翻译。尽管爱德华多查阅了自己的随身词典，但他找到的是"加略山"这个词的非正式含义，它也具有"一系列灾难"的意思。

爱德华·邦肖的生命中充斥着一系列灾难，他错误地以为那些被雇佣来哭泣的修女们被称作"一系列灾难的女儿"。想想那些被丢在流浪儿童的孤儿，想想卢佩死去时的可怕场景。好吧，你会认同鹦鹉男对于"加略山之女"的误解的。

人们会同情弗洛尔，她对于鹦鹉男的欣赏程度正在削弱。也许这样说不太合适，但是弗洛尔一直等待着鹦鹉男拿定主意，要么就滚蛋。当爱德华多先生把"加略山之女"当作一群制造一系列灾难的修女，并为此而困惑时，好吧，弗洛尔只是翻了个白眼。如果可以的话，爱德华·邦肖什么时候才能有胆量向两位老牧师坦白他对她的爱呢？

"重要的事情在于宽容，对吧？"当他们准备离开耶稣会圣殿，并经过圣·依纳爵的画像时，爱德华多先生说。那个圣徒忽略了他们，只是在望着天堂寻求指引。睡衣男正在圣水喷泉中洗脸，索莱达和年轻女杂技演员们在胡安·迭戈一瘸一拐地走过时低下了头。

帕科和啤酒肚站在圣殿外面，那里可以听见马戏团的铜管鼓乐队最大声的演奏。

"我真难过！"啤酒肚见到胡安·迭戈时嚷道。

"是啊，是啊。卢佩的哥哥——真难过，真难过。"帕科重复着，他给了胡安·迭戈一个拥抱。

　　此时，伴随着安魂曲版本的《拉雷多的街道》，并不是爱德华多先生向阿方索神父和奥克塔维奥神父坦白他对弗洛尔的爱的好时机，无论爱荷华人是否有胆量开始这场惊人的坦白。

　　德洛丽丝劝胡安·迭戈从主帐篷顶端爬下来时，奇迹小姐本人说："我确信你在很多其他的事情上很有胆量。"但那是在何时呢？在哪些其他的事情上呢？胡安·迭戈想，而马戏团一直在持续不断地演奏。这首挽歌似乎永远不会结束。

　　《拉雷多的街道》反复回荡在耳边，特鲁亚诺和弗洛雷斯·马贡大街的转角处始终在震颤。里维拉或许觉得在这里叫嚷很安全，没有人能听见他的喊声。可他错了，即使铜管鼓乐版本的牛仔挽歌也无法掩盖住他的声音。

　　垃圾场老板转过身，面向耶稣会圣殿的入口，背对着弗洛雷斯·马贡大街，他朝着怪物玛利亚的方向挥了挥拳头，他很生气。"我们会回来的，给你带更多的灰！"酋长喊道。

　　"你指的是撒落那些灰烬吧，我猜。"佩佩神父对垃圾场老板说，他仿佛在提及什么阴谋。

　　"啊，是的——撒灰。"瓦格斯医生加入了谈话。"到时候一定要告诉我。我不想错过。"他对里维拉说。

　　"还有东西要烧。有些事情还没决定。"垃圾场老板嘟哝道。

　　"我们不想要太多的灰。这一次正好就行。"胡安·迭戈补充说。

　　"而且只撒在圣母玛利亚的脚下！"鹦鹉男提醒他们。

　　"好，好。这些事还需要时间。"酋长告诉大家。

　　但不是在梦中。有时梦境进展很快。梦里的时间可以被压缩。

　　在现实生活中，德洛丽丝几天后才会出现在红十字会医院，让瓦格斯得知她患上了致命的腹膜感染。（在梦中，胡安·迭戈会跳过这个部分。）

在现实生活中，亲爱的鹦鹉男需要花上几天寻找对阿方索神父和奥克塔维奥神父坦白的勇气，而胡安·迭戈会发现正如他僵在八十英尺的高空时德洛丽丝所说的，他确实在"其他很多事情"上很有胆量。（在他的梦中，胡安·迭戈自然也跳过了那些他和爱荷华人发现自己胆量的日子。）

在现实生活中，佩佩神父用若干天进行了必要的调查——和法定监护人有关的规则，（主要是）关于孤儿的部分；关于教会在为流浪儿童的孩子任命或推荐法定监护人时能够担任及已经担任的角色。佩佩很擅长研究这类文件，通过历史解释基督教的观点是他非常理解的流程。

阿方索神父和奥克塔维奥神父总是在说"我们是有规则的教会"，佩佩神父对此习以为常，然而他发现两位老牧师从未说过他们可以或者愿意打破规则。值得注意的是，阿方索神父和奥克塔维奥神父一直在频繁打破规则——有些孤儿不适合收养，并不是每个潜在的监护人都无可争议。毫不惊讶，（考虑到胡安·迭戈的艰难境况）关于为何爱德华·邦肖和弗洛尔是拾荒读书人最理想的监护人，佩佩神父做了充分的准备和精彩的演说。好吧，你应该能够理解这些学术化的争论并不是梦境的合适素材。（在梦中，胡安·迭戈也会跳过佩佩那充满基督教色彩的论争。）

最后提及但依然重要的是，在现实生活中，里维拉和胡安·迭戈花了几天时间计划焚烧的事情。不仅是在垃圾场的火堆中放什么，还有燃烧多久以及取出多少灰烬。这一次，装灰烬的容器很小，不是咖啡罐，而只是一个咖啡杯。那是卢佩喜欢用来喝热巧克力的杯子，她把杯子留在了格雷罗的棚屋，让酋长帮忙保管。

重要的是，卢佩最后的请求还有第二个部分——撒落灰烬，但是这些有趣的灰的准备工序也没有出现在胡安·迭戈的梦中。（梦境不仅能够快进，还有一定的选择性。）

在"隐秘之地"的第一夜，胡安·迭戈起床小便。他不记得发生了什么，因为他依然在梦中。他坐下来小便，因为这样可以尿得更安静，他不想吵醒桃乐茜，但他坐下还有第二个原因。他看见了自己的手机，它被放在厕所旁边的台面上。

由于依然在做梦，胡安·迭戈可能不记得浴室是他能找到的唯一给手机充电的地方。卧室的床头柜旁边只有一个插座，桃乐茜已经抢先了一步。她是一个在科技方面很敏感的年轻女子。

胡安·迭戈则对此毫不敏感。他依然不明白自己的手机是如何运作的，也不知道如何打开那些处于（或不处于）他那恼人的手机菜单上的东西。其他人总是认为这些事情很容易，而且会因为看手机而入迷。胡安·迭戈并不觉得他的手机多有趣，达不到别人认为的那个程度。在他爱荷华市的常规生活中，并没有更年轻的人教他如何使用那神秘的手机。（他的手机是一款已经过时的翻盖式。）

他很恼火——虽然半睡半醒而且依然在做梦，同时又坐在马桶上撒尿——他依然无法找到那张由一个中国小伙子在九龙地下车站拍的照片。

他们都听见了火车的声音——男孩需要抓紧时间。照片中意外地抓拍到了胡安·迭戈、米里亚姆和桃乐茜。那对中国情侣似乎觉得这张照片不够好，也许失焦了吧，但是随后火车就来了。是米里亚姆从那对情侣手中拿走了手机，桃乐茜更迅速地从她妈妈那里夺了过去。当桃乐茜把手机还给他时，它已经不再处于拍照模式。

"我们不大上相。"米里亚姆只是这样对那对中国情侣说，他们因为这件事情非常困扰。（也许他们平时拍的照片都要更好些。）

此时，胡安·迭戈坐在"隐秘之地"旅店自己浴室的马桶上，他完全意外地发现——也许因为他半睡半醒着，而且还在做梦——有一种更简单的方式可以找到在九龙车站拍的照片。胡安·迭戈甚至不会记得他是如何发现了那个中国小伙子拍摄的照片。他无意中触到了手机侧面的一个按钮，屏幕上忽然显示"开启相机"。胡安·迭戈本可能会拍一张自己光着的膝盖从马桶的座位上延伸出来的照片，但是他一定看到了"我的图片"选项。他就是这样找到了那张在九龙站拍摄的照片，虽然他不会记得自己做过这件事。

事实上，到了早晨，胡安·迭戈会觉得他只是梦见了那张照片，因为他坐在马桶上看到的——在那张实际的照片中看到的——不可能是真的，或者他认为如此。

在胡安·迭戈看到的照片中，他一个人站在九龙站的站台上。正如米里亚姆所说，她和桃乐茜真的不"上相"。难怪米里亚姆说她和桃乐茜无法接受她们在照片中的样子，她们根本就没有在照片中出现！难怪那对年轻的中国情侣看过照片后会显得如此困扰。

但是胡安·迭戈在那一瞬间并没有醒着，他正身处自己生命中最重要的梦境和记忆中——撒落骨灰的部分。另外胡安·迭戈不可能接受（目前还不行）米里亚姆和桃乐茜没有出现在九龙车站的照片中，那张照片原本意外地抓拍到了他们三个。

当胡安·迭戈在"隐秘之地"尽可能安静地给浴室的马桶冲水时，他没有看到那个忧虑地站在户外淋浴喷头下的年轻鬼魂。他和桃乐茜看到的不是一个，这个鬼魂穿着杂役服，他看起来非常年轻，还没有开始刮脸。（桃乐茜一定没有关掉浴室灯。）

在那个年轻的鬼魂消失，并且永远失散前的一瞬间，胡安·迭戈一瘸一拐地回到了卧室。他对于看到自己独自站在九龙车站的站台上并无印象。胡安·迭戈知道自己当时不是一个人在那里，所以他相信他只是梦见了那场没有米里亚姆和桃乐茜的旅行。

当胡安·迭戈躺在桃乐茜身边时——至少他认为桃乐茜真的在那

里——也许"旅行"这个词会让他在回归睡眠，完全重返过去之前想起什么。他把那张前往九龙车站的往返车票放在哪里了？他知道自己出于某些原因留下了它。他用随身钢笔在票上写了些什么，也许是未来一篇小说的标题？一次单独旅行——是这个吧？

对，就是这个！但是他的思绪（和他的梦境一样）零散，他很难集中精力。也许这一晚桃乐茜给他吃了两片贝他阻断剂。这一晚他们没有做爱，也就是说，他在用这样的夜晚补上自己曾经错过的贝他阻断剂？如果如此——如果他服用了两粒药——那么假如胡安·迭戈看见了那个忧虑地站在户外淋浴喷头下的年轻鬼魂，他会在意吗？他会相信自己只是在梦中看到了士兵的魂灵吗？

一次单独旅行，这听起来就像是一篇他已经写过的小说，胡安·迭戈在重新睡着，更深沉地陷入那毕生延续的梦境时想道。他觉得"单独"可能意味着没有他人的陪伴，也就是取其"一个人"或"独自"的意思，但这个词也意味着没有类似的经历（也就是取"独一无二"的意思，胡安·迭戈设想。）

然而，当胡安·迭戈起身回到床上后，他便不再想这些了。他又一次回到了过往。

30

第二次撒落

　　卢佩最后的请求中关于撒落骨灰的部分并没有一个充满精神意义的开始。佩佩神父正在和一位美国移民律师交流，这是作为他和墨西哥各界权威人士谈话的补充。"法定监护人"的确定并不是唯一需要处理的事宜，爱德华·邦肖必须"担保"弗洛尔在美国的"永久性居住"资格。佩佩说这些话的时候小心翼翼，只有爱德华多和弗洛尔能听见。

　　至于佩佩说她有犯罪记录，弗洛尔自然反驳。（这会导致规则被更大程度地打破。）"我没干过任何有罪的事！"弗洛尔抗议道。她进过一两次局子，也就是说瓦哈卡警方逮捕过她一到两次。

　　根据警方的记录，在萨梅加宾馆发生过若干起斗殴，但是弗洛尔说她"只"打过加尔萨，"那个浑蛋皮条客活该！"还有一个晚上，她把加尔萨的奴隶恺撒踢得屁滚尿流。弗洛尔坚持这些斗殴都没有犯罪。至于弗洛尔在休斯敦发生了什么，美国移民律师告诉佩佩并无记载。（那张明信片上的小马，那件爱德华多先生会永远在心底保密的事情，并不构成犯罪记录——在得克萨斯州不算。）

在耶稣会圣殿撒落骨灰之前，众人需要关心的是灰烬的内容，这和精神层面无关。

"我们能知道都烧了什么吗？"阿方索神父先询问垃圾场老板。

"我们希望这次没有杂质。"奥克塔维奥神父如此对里维拉说。

"卢佩的衣服，她挂在脖子上的一条绳子，几把钥匙，再加上格雷罗的一些零碎物品。"胡安·迭戈告诉两位老牧师。

"主要是马戏团的东西吗？"阿方索神父问。

"是在垃圾场烧的，焚烧是垃圾场的事情。"酋长谨慎地回答。

"嗯，我们知道。"奥克塔维奥神父立刻说。"但是这些灰的内容主要来自卢佩在马戏团的生活——是吗？"牧师问垃圾场老板。

"主要是马戏团的东西。"里维拉嘟哝道。他小心翼翼地不提卢佩找到小狗的地方，她就是在那里看到破烂白的。小狗的地方距离格雷罗的棚屋很近，酋长在那里为卢佩的火堆找到了一只新的小狗尸体。

由于主动提出参加撒落灰烬的仪式，瓦格斯和亚丽杭德拉也在场。那天对于瓦格斯而言已经很糟糕，德洛丽丝腹腔感染的事情让医生不得不和许多权威人士交涉，而这个过程并不令人满意。

阿方索神父和奥克塔维奥神父把散落灰烬定在了午休时间，但是某些无家可归的人——在瓦哈卡四处游荡的酒鬼和嬉皮士们——午后喜欢在教堂中打盹儿。耶稣会圣殿最后几排的座椅成了这些不受待见的人的临时休息场所，因此两个老牧师希望撒落灰烬的仪式安静地举行。把骨灰撒在圣母玛利亚的脚下是一种不合理的要求。阿方索神父和奥克塔维奥神父不想让公众以为任何人都可以在耶稣会圣殿撒落骨灰。

"当心那个小耶稣，不要把骨灰弄进他的眼睛。"卢佩曾对她哥哥说。

胡安·迭戈手拿卢佩曾经喜欢用来喝热巧克力的咖啡杯，满怀敬意地接近了难以捉摸的怪物玛利亚。

"灰似乎会影响你，我的意思是这是最后一次。"胡安·迭戈小心地开口道。他不知道要怎么和这个高大的家伙说话。"我没和你开玩笑。这些灰烬中没有她，只是她的衣服，和一些她喜欢的东西。我觉得这样没关系。"他对高大的圣母说完，在怪物玛利亚所站的三层底座上撒了一点灰烬。她的大脚站在一个几乎没有任何主题，只是刻意堆砌着许多僵在云中的天使的地方。（把灰烬撒在圣母玛利亚的脚下，又不让它们进入天使们的眼睛是不可能的，但是卢佩并没有说过要当心那些天使。）

胡安·迭戈继续撒落，留意着不让灰烬靠近缩水的受难耶稣那张痛苦的脸。小杯子中已经没剩下多少灰烬。

"我能说些什么吗？"佩佩神父忽然问。

"当然，佩佩。"阿方索神父说。

"说吧，佩佩。"奥克塔维奥神父催促道。

但是佩佩并没有询问两位老牧师，他在女巨人面前跪了下来，他在询问她。"我们中的一员，我们亲爱的爱德华，亲爱的爱德华多，有些事情要问你，圣母玛利亚。"佩佩说。"对吧，爱德华多？"佩佩神父问爱荷华人。

弗洛尔觉得这是爱德华·邦肖到目前为止最有胆量的时刻。"如果让你失望了，我很抱歉。"爱德华多先生对神色冷漠的怪物玛利亚说。"但是我背弃了我的誓言，我爱上了一个人，就是她。"爱荷华人补充道。他望着弗洛尔，然后在圣母玛利亚巨大的双脚旁低下了头。"如果让你们失望了，我也很抱歉。"爱德华·邦肖边说，便抬头看了看两位老牧师。"请让我们走吧。请帮助我们。"爱德华多先生向阿方索神父和奥克塔维奥神父请求道。"我想带着胡安·迭戈，我很喜欢这个男孩。"爱荷华人告诉两位老牧师。"我会好好照顾他，我向你承诺。"爱德华·邦肖对巨大的圣母恳求着。

"我爱你。"弗洛尔对爱荷华人说。爱德华·邦肖开始啜泣，他的肩膀在夏威夷衬衫中、在明艳的树丛和栩栩如生的鹦鹉之间颤抖着。"我做过一些有争议的事情。"弗洛尔忽然对圣母玛利亚说。"我没有很多机会遇到你们说的那种好人，请帮帮我们。"弗洛尔说道，她转向了那两位老牧师。

"我想拥有另一种未来！"胡安·迭戈嚷道，他起初是对怪物玛利亚说的，但是他已经没有灰烬可以撒落在毫无回应的女巨人脚下。于是他也面对着阿方索神父和奥克塔维奥神父。"请让我和他们走吧。我已经在这里尝试过，让我试试去爱荷华。"男孩恳求道。

"这是很可耻的，爱德华——"阿方索神父开口说。

"你们两个——想出这样的主意！你们竟然想要养孩子……"奥克塔维奥神父气急败坏地说。

"你们甚至不是夫妻！"阿方索神父对爱德华多先生说道。

"你甚至不是一个女人！"奥克塔维奥神父对弗洛尔说。

"只有已婚夫妇可以……"阿方索神父开口道。

"这孩子不能……"奥克塔维奥神父正要说出口，瓦格斯医生打断了他。

"这个男孩在这里能有什么机会？"瓦格斯问两位老牧师。"胡安·迭戈离开流浪儿童后，在瓦哈卡能有什么前途？"瓦格斯更大声地问。"我刚刚看到奇迹的明星——奇迹小姐本人！"瓦格斯嚷道。"如果德洛丽丝都没有机会，垃圾场的孩子能有什么机会？如果让这孩子跟着他们走，他会有机会！"瓦格斯大喊着，他指向鹦鹉男和弗洛尔。

这并不是两位老牧师想象中那种安静的撒落灰烬仪式。瓦格斯的喊声吵醒了那些无家可归的人，酒鬼和嬉皮士们纷纷从圣殿后排的座位上起身——好吧，除了一个嬉皮士。他睡在一张长凳下面。由于那个嬉皮士把他的脏脚伸进了中间的过道，所有人都能看见他那双破破烂烂的拖鞋。

"我们没有询问你的科学观点，瓦格斯。"阿方索神父嘲讽地说。

"请把你的声音放低一些……"奥克塔维奥神父对医生说道。

"我的声音！"瓦格斯嚷着，"如果亚丽杭德拉和我想要收养胡安·迭戈……"他正要说下去，但是阿方索神父更迅速地开了口。

"你们没有结婚，瓦格斯。"阿方索神父平静地说。

"你们这些规则！你们这些规则和人们现实的生活有什么关系？"瓦格斯问他。

"这是我们的教会，我们的规则，瓦格斯。"阿方索神父低声告诉他。

"我们是有规则的教会……"奥克塔维奥神父说道。（佩佩神父已经听过这句话上百次。）

"规则是我们定的。"佩佩神父指出，"但是我们从没有，或者不能打破它们吗？我想我们相信的是慈善。"

"你们总是帮助那些'权威人士'，他们也需要回报你们，对吧？"瓦格斯问两位老牧师。"这男孩不会再有更好的机会，除了这两位……"瓦格斯正要接着说下去，但是奥克塔维奥神父忽然决定把那些无家可归的人轰出圣殿，所以他分了神。只有阿方索神父在听瓦格斯说话，因此瓦格斯自己停了下来，虽然再继续下去（即使对瓦格斯而言）也并无意义。想要说服这两个老牧师的希望是很渺茫的。

胡安·迭戈，至少他，还在一直请求他们。"请你做些什么。"男孩绝望地对巨大的圣母说。"你本应是一个特别的人，可是你什么都没有做！"胡安·迭戈向怪物玛利亚哭诉着。"如果你没法帮我——没关系——但是你就不能做些什么吗？如果你可以，请做点什么吧。"男孩对高大的雕像说，但是他的声音弱了下去。他的心已经不在那里，他拥有的小小信仰已经消失了。

胡安·迭戈转过身去，不再面对怪物玛利亚，他不想看她。弗洛尔也已经背向巨大的圣母。起初，弗洛尔就不是玛利亚的崇拜者。即使爱德华·邦肖也别过了脸，尽管爱荷华人的手还放在底座上，就在圣母巨大的脚下。

那些无家可归的人开始漫无目的地走出圣殿，奥克塔维奥神父又回到主景观前这群不愉快的人中间。阿方索神父和佩佩神父互相看了一眼，但很快便移开了目光。瓦格斯并没有太留意圣母玛利亚，这一次没有，医生的全部希望都寄托在两位老牧师身上。亚丽杭德拉沉浸在自己的世界中，不知她的世界是怎样的：关于一个未婚的年轻女人和一个内心孤独的年轻医生。（无论你将她的世界称作什么，如果它有名字的话。）

没有人向巨大的圣母询问什么。再也没有。只有其中一个参加了撒落灰烬仪式，但一句话都没有说的人正在看着圣母玛利亚。里维拉看得非常仔细，从一开始他就在看着她，而且只有她。

"看她。"垃圾场老板对所有人说，"你们没看到吗？你们需要凑近一些——她的脸太远了，她的头太高了——在那里。"他们都能看见酋长指向的地方，但是只有凑近才能看清圣母玛利亚的眼睛。这尊雕像非常高。

怪物玛利亚的第一滴眼泪落在爱德华·邦肖的手上，她的眼泪是从高处掉落的，所以会飞溅起很明显的水花。

"你们没看到吗？"垃圾场老板再次问他们，"她在哭。看到她的眼睛了吗？看到她的眼泪了吗？"

佩佩已经走到足够近的位置，他紧紧地瞪着圣母玛利亚那只鹰钩鼻，这时一滴巨大的眼泪如同冰雹般砸中了他，正落在他的两眼之间。圣母玛利亚更多的泪水落在鹦鹉男那举起的手掌中。弗洛尔拒绝伸出手去接落下的眼泪，但是她站得离爱德华多先生很近，能够感觉到泪水打在他手上，她也能看到摔坏鼻子的圣母玛利亚那张布满了泪水的脸。

瓦格斯和亚丽杭德拉对于巨型圣母落下的眼泪有着不同方面的好奇。亚丽杭德拉试探性地伸出了手。在把水擦在屁股上之前，她嗅了嗅掌间的水滴。当然，瓦格斯的行为更加出格，他品尝了那些眼泪。他也在努力朝怪物玛利亚的头上看去，想要确定屋顶没有漏雨。

"外面没有下雨，瓦格斯。"佩佩告诉他。

"就是确认一下。"瓦格斯只是说。

"人们死去后，瓦格斯——我的意思是那些你会永远记得的人，那些改变了你生命的人——他们并不会真正走远。"佩佩对年轻的医生说。

"我知道，佩佩——我也和鬼魂一起生活。"瓦格斯回答。

两位老牧师是最后接近高大的圣母的，撒落灰烬本身已经是一件不合常规的事情——那些少量的物品对卢佩而言很重要，它们化成了灰——现在又产生了更多的纷扰，玛利亚似乎并非完全了无生气，还流下了巨大的泪滴。阿方索神父触碰了其中一滴胡安·迭戈拿给他的眼泪。在拾荒读书人那呈杯状的小手中，那滴眼泪闪着水晶般明亮的光芒。"是的，我看到了。"阿方索神父说，他尽量显得很庄重。

"我觉得不是水管裂了，天花板上没有水管吧？"瓦格斯询问两位老牧师，他没有故作天真。

"没有水管，确实没有，瓦格斯。"奥克塔维奥神父草率地说。

"这难道不是奇迹吗？"爱德华·邦肖的脸上布满了他自己的泪水，他问阿方索神父。"奇迹——你们是这样讲的吧？"爱荷华人用西班牙语说出了这个词，然后询问奥克塔维奥神父。

"不，不——请不要使用'奇迹'的字眼。"阿方索神父对鹦鹉男说。

"现在提到这个词还太早了，这样的事情需要时间。目前这还属于一个未知事件或者有人会说是一系列事件。"奥克塔维奥神父念叨着，仿佛他在自言自语或背诵给主教的初级报告。

"首先，主教需要知道……"阿方索神父开了口，但是奥克塔维奥神父打断了他。

"是的，是的当然，但主教只是开始。我们有一个流程。"奥克塔维奥神父陈述道，"可能需要数年。"

"我们遵循一定的程序。在这种情况下……"阿方索神父正要说下去，但是他停了下来，看着卢佩的热巧克力杯子。胡安·迭戈用自己的小手拿着那个空杯子。"如果你已经撒落完毕，胡安·迭戈，我想要拿走那个杯子，作为记录。"阿方索神父说。

教会宣布圣母瓜达卢佩就是玛利亚用了两百年的时间，胡安·迭戈想。（1754年，教皇本笃十四世宣布瓜达卢佩成为当时新西班牙的保护人。）但是胡安·迭戈并没有说出这些。是鹦鹉男说的，当时胡安·迭戈正把卢佩的杯子递给阿方索神父。

"你们说的是那两百年吗？"爱德华·邦肖询问两位老神父。

"你是在对我们说教皇本笃十四世的事情吗？本笃宣布圣母瓜达卢佩就是玛利亚的时间已经过去了两百年。你们心中的流程是这样的吗？"爱德华多先生问奥克塔维奥神父。"你刚刚说你们会遵循一定的程序，这需要花两百年吗？"爱荷华人问阿方索神父。

"这样的话，我们所有这些见到过圣母玛利亚哭泣的人都已经死了，对吧？"胡安·迭戈问两位老牧师。"没有目击者，是不是？"男孩问他们。（现在胡安·迭戈知道德洛丽丝没有开玩笑，现在他知道自己在其他事情上很有胆量。）

"我想我们相信奇迹。"佩佩神父对阿方索神父和奥克塔维奥神父说。

"不是这个奇迹，佩佩。"瓦格斯说。"这是关于老一套的教会规则的事情，对吧？"瓦格斯问两位老牧师，"你们的教会和奇迹无关，但和你们的规则有关，是不是？"

"我知道我看到了什么。"里维拉对两位老牧师说。"你们什么都没有做，但是她做了。"垃圾场老板对他们说道。里维拉指向那里，那是圣母玛利亚被泪水打湿的脸。"我不是为了你们来这里的，是为了她。"酋长说。

"把事情弄成一坨狗屎的不是你们那些圣母。"弗洛尔对阿方索神父说。"是你们和你们的规则,你们给我们这些人定的规则。"弗洛尔告诉奥克塔维奥神父。"他们不会帮助我们。"弗洛尔对爱德华多先生说。"他们不会帮我们,因为你让他们失望了,而且他们讨厌我。"她告诉爱荷华人。

"我想巨型圣母已经停止了哭泣,她不再流泪了。"瓦格斯医生说。

"你们可以帮助我们,如果你们想的话。"胡安·迭戈对两位老牧师说。

"我告诉过你,那孩子很有勇气,是不是?"弗洛尔问爱德华多先生。

"是的,我也觉得已经没有眼泪了。"阿方索神父说道,他听起来如释重负。

"我没有看见新的眼泪。"奥克塔维奥神父也加入了对话,他似乎心怀希望。

"他们三个。"佩佩神父忽然开口道,出乎意料的是,他的手臂正环绕着那两个不算般配的爱人和跛足的男孩,仿佛是佩佩把他们聚在了一起。"你们可以,也能够解决他们三个人的困难。我会弄清楚需要做什么,以及你们要怎么做。你们可以解决这件事。"佩佩神父对两位老牧师说。"交换条件(拉丁语)——我说得对吗?"佩佩问爱荷华人,他知道爱德华·邦肖很为自己的拉丁语自豪。

"交换条件。"鹦鹉男重复道。"指的是给予他人某物并得到回报。"爱德华多先生对阿方索神父说。"换句话说,这是一个契约。"爱德华·邦肖这样对奥克塔维奥神父解释。

"我们知道这是什么意思,爱德华。"阿方索神父不耐烦地说。

"他们三个将在你们的帮助下定居爱荷华。"佩佩神父对两位老牧师说，"而你们，也就是我们，指的是教会，可以把这件事情暂缓或压制下来，无论它是否是奇迹。"

"没有人说过'压制'这种词，佩佩。"阿方索神父指责道。

"现在说出'奇迹'的字眼还欠妥，佩佩。我们需要等待结果。"奥克塔维奥神父斥责地说。

"只要帮助我们去爱荷华。"胡安·迭戈说，"我们可以再等两百年。"

"这个约定对每个人来说都很合适。"爱荷华人也加入了对话。

"其实，胡安·迭戈，"爱德华多先生对拾荒读书人说，"瓜达卢佩为了官方的公布等待了203年。"

"我们不介意要等待多久才能让他们告诉我们那是真的奇迹，甚至奇迹是什么也并不重要。"里维拉对所有人说。怪物玛利亚已经不再流泪，垃圾场老板也准备离开。"我们不需要宣布什么是奇迹，什么不是。我们能看见。"酋长在离开时提醒大家。"当然阿方索神父和奥克塔维奥神父会帮助你们。你不需要会读心，也知道这一点，对吧？"垃圾场老板问拾荒少年。

"卢佩知道这两个人是你未来重要的部分，对吗？"里维拉问胡安·迭戈，他指着鹦鹉男和弗洛尔。"你不觉得你妹妹也知道，他们会帮助你离开吗？"酋长又指向那两位老牧师。

垃圾场老板在圣水喷泉前停留了很久，他在犹豫要不要触碰里面的水。可他在离开的路上并没有触摸圣水。显然，怪物玛利亚的眼泪就足够了。

"你去爱荷华之前最好来和我道个别。"里维拉对拾荒读书人说，显然垃圾场老板已经不想再和其他任何人讲话。

"一两天之后来找我，酋长，我会帮你拆线！"瓦格斯在里维拉身后喊道。

胡安·迭戈并不怀疑垃圾场老板说的话，他知道两位老牧师会妥协，也知道卢佩清楚他们会这样做。只要看一眼阿方索神父和奥克塔维奥神父，胡安·迭戈就明白两位老牧师也知道自己会妥协。

"那句拉丁语鬼话是什么来着？"弗洛尔问爱德华多先生。

"交换条件。"爱荷华人轻声说，他不想再提这件事。

现在轮到佩佩神父哭了。他的眼泪当然不是奇迹，但哭泣对佩佩来说是一件大事，他没法停下来。他的眼泪只是不停地流出。

"我会想你的，我亲爱的读书人。"佩佩神父对胡安·迭戈说。

"我觉得我已经在想你了！"佩佩啜泣着。

那些猫并没有吵醒胡安·迭戈，但是桃乐茜弄醒了他。桃乐茜占据了绝佳的位置，她那对厚重的乳房刚好扫过他的脸，她的屁股坐在他身上前后移动，这个年轻女子让胡安·迭戈感到呼吸困难。

"我也会想你的！"他嚷了出来，他依然睡着，而且在做梦。他意识到的下一件事是自己进入了做爱的状态——胡安·迭戈不记得她是如何为自己戴上避孕套的——桃乐茜也进入了状态。这是一场地震，胡安·迭戈想。

如果户外浴室的稻草屋顶上还有猫的话，桃乐茜的尖叫一定会吓跑它们。她的叫声让那些打鸣的斗鸡也暂时停了下来。咆哮了一整夜的狗们重新开始了狂吠。

"隐秘之地"的卧室中没有电话，否则附近房间的某些蠢货一定会打来抱怨。至于那些在越南死去的年轻美国士兵的鬼魂，他们会永远留在"隐秘之地"度假，桃乐茜那爆炸性的叫喊一定会让他们那停止跳动的心脏感到一两下抽搐。

胡安·迭戈直到一瘸一拐地走进浴室，才看到他的壮阳药瓶子开着，药片被放在他正在台面上充电的手机旁边。胡安·迭戈不记得自己服用过壮阳药，但他一定吃了一整片，而不是半片。不知他是在半睡半醒的时候自己服用的，还是桃乐茜在他熟睡，并梦见撒落骨灰的仪式时把一粒一百毫克的药片拿给了他。（如何服用的还重要吗？他确实是服过。）

很难说让胡安·迭戈感到更惊讶的是什么。是那个年轻的鬼魂本身，还是迷失的士兵身上的夏威夷衬衫？更惊人的是，这个在久远的战争中死去的美国人正盯着浴室水池上方的镜子，试图从中看到自己，然而年轻的遇难者根本没有显现在镜子里。（有些鬼魂会出现在镜子中，但不是这个。鬼魂是很难区分的。）而胡安·迭戈出现在浴室水池上方的同一面镜子中，这让那个鬼魂消失了。

那个没有映射在浴室镜子中的鬼魂让胡安·迭戈想起了他奇怪的梦，关于那张由一个中国小伙子在九龙车站拍摄的照片。为什么米里亚姆和桃乐茜不在照片中？孔苏埃洛如何称呼米里亚姆？"那个忽然出现的女士"，梳辫子的小女孩不是这样说的吗？但是米里亚姆和桃乐茜是如何从一张照片上消失的呢？胡安·迭戈想。还是说那张手机照片一开始就没有拍到米里亚姆和桃乐茜？

这种想法、这种联系，而不是年轻的鬼魂本身或他的夏威夷衬衫，让胡安·迭戈感到最为恐惧。当桃乐茜发现他一动不动地站在浴室里，盯着水池上方那面小镜子时，她猜到他看见了其中一个鬼魂。

"你看见了一个，是吧？"桃乐茜问他。她迅速地亲吻了他的后颈，然后赤身从他身后滑过，走向了户外浴室。

"其中一个鬼魂，是的。"胡安·迭戈只是说。他的目光还没有从浴室的镜子上移开。他感觉到桃乐茜亲吻了自己的脖子，也感觉到她擦着自己的背部从他身后滑过。但是桃乐茜没有出现在浴室的镜子中，和穿着夏威夷衬衫的鬼魂一样，她也没有显现。可桃乐茜又和那个年轻的美国战俘不同，她甚至懒得在镜子中搜寻自己。她如此不知不觉地从胡安·迭戈身后经过，他甚至都没有注意到她赤裸着身体，直到他看见桃乐茜站在户外浴室中。

有那么一会儿，他在看着她洗头发。胡安·迭戈觉得桃乐茜是一个很有魅力的年轻女子，如果她是一个幽灵或者在某种程度上不属于这个世界，这让胡安·迭戈觉得她想要和自己待在一起是更可信的，虽然她的陪伴可能是不真实或虚幻的事情。

"你是谁？"胡安·迭戈在爱尼问过桃乐茜，但是她当时睡着了，或者假装睡着，也可能胡安·迭戈只是想象自己问过她。

他觉得已经不必再次询问她究竟是谁。想到桃乐茜和米里亚姆可能是幽灵，胡安·迭戈感到非常轻松。他想象中的世界要比现实世界带给他更多的满足和更少的痛苦。

"你想和我一起洗澡吗？"桃乐茜问他。"会很有趣吧。只有猫和狗能看见我们，或者鬼魂，它们又会在意什么呢？"她说。

"是啊，会很有趣。"胡安·迭戈回答。他依然盯着浴室的镜子，这时，一只小壁虎从镜子后面爬了出来，用它那双明亮、一眨不眨的眼睛望着他。那只壁虎无疑看到了他，只是为了确认，胡安·迭戈耸了耸肩，让自己的头来回摆动着。壁虎冲向浴室镜子的后面，瞬间把自己藏了起来。

"我马上就来！"胡安·迭戈对桃乐茜喊道。户外浴室（不必说桃乐茜在里面）看起来很诱人。壁虎一定看到了他，胡安·迭戈知道自己还活着，至少可以被看见。他还不是某种鬼魂，至少现在不是。

"我来了！"胡安·迭戈对她嚷道。

"来吧，来吧。"桃乐茜在户外浴室中回应他。

她想把他的阴茎用泡沫弄得很光滑，然后在水下摩擦他的身体。胡安·迭戈纳闷为什么他没有结交过任何像桃乐茜这样的女友，但即使在更年轻的时候，他也知道自己的谈话中带有一种书生气，一种可能会把有趣的女孩赶走的严肃气质。这便是胡安·迭戈在想象中，更愿意编造出一个像桃乐茜这样的年轻女子的原因吗？

"不要担心那些鬼魂。我只是觉得你应该看见他们。"桃乐茜在淋浴下对他说。"他们不会期待你给什么。他们只是很难过，对于他们的悲伤你做不了任何事。你是个美国人，他们经历的事情是你的一部分，或者你是他们经历的事情的一部分，也许类似这样。"桃乐茜接着说了下去。

但是他的哪一部分是真实的呢？胡安·迭戈思索着。人们——甚至鬼魂，如果桃乐茜是其中一种鬼魂——总是试图让某件事成为他的"一部分"！

你无法让拾荒者停止拾荒，外国人走到哪里都是外国人。胡安·迭戈究竟是什么样的人呢？他去任何地方旅行都有一种陌生感，这种感觉关乎他是谁，不仅仅是一个作家。连他的名字都是虚构的，不是"里维拉"而是"格雷罗"。美国移民律师不允许胡安·迭戈使用里维拉的名字。里维拉"可能不是"胡安·迭戈的父亲的理由并不充分。而里维拉还活着，让这个被收养的男孩拥有他的名字不大好。

佩佩神父只能向垃圾场老板解释这尴尬的情况，胡安·迭戈无法告诉酋长"被收养的男孩"需要一个新的名字。

"'格雷罗'怎么样？"里维拉提议道，他只看着佩佩，而非胡安·迭戈。

"你觉得'格雷罗'可以吗，酋长？"胡安·迭戈问垃圾场老板。

"可以。"里维拉回答，他现在允许自己看向胡安·迭戈，但只是稍微看了一眼。"即使是一个垃圾场的孩子也该知道他来自哪里。"酋长说。

"我不会忘记我来自哪里，酋长。"胡安·迭戈只是说，他的名字已经成了某种想象出来的东西。

共有九个人看见了发生在瓦哈卡耶稣会圣殿的奇迹——泪水从一尊雕像的眼中流出。这尊雕像是圣母玛利亚，但是奇迹并没有被记录下来，九个目击者中的六个已经死去。随着剩下三个人的死亡——瓦格斯、亚丽杭德拉以及胡安·迭戈——奇迹自身也会死去，不是吗？

如果卢佩还活着，她会告诉胡安·迭戈这尊哭泣的雕像并不是他一生中最主要的奇迹。"我们是会创造奇迹的人。"卢佩曾经对他说。卢佩自己难道不是最主要的奇迹吗？她所知道的一切，她冒险去做的一切，她是多么希望胡安·迭戈拥有另一种未来啊！这些神秘的事情是胡安·迭戈的一部分。在这些神秘事件面前，他另外的人生经历都显得很苍白。

桃乐茜在谈论什么，她依然继续着。

"关于鬼魂，"胡安·迭戈尽可能随意地打断了她，"我想总有办法能够把他们和其他的客人区分开。"

"你看向他们时，他们就会消失，这一点已经很清楚了。"桃乐茜说。

早餐时间，桃乐茜和胡安·迭戈发现"隐秘之地"并不是十分拥挤，并没有很多其他的客人。那些在户外餐桌前享用早餐的人不会在你看向他们的时候消失，但是胡安·迭戈觉得他们有一些衰老和疲惫。当然，那个清晨他也从镜子中打量了自己——要比平时花的时间稍长——他会说自己看起来也更加衰老和疲惫一些。

早餐后，桃乐茜想让胡安·迭戈去看这些组合建筑之间的小教堂或是礼拜堂。她觉得这种建筑会让胡安·迭戈想起他在瓦哈卡经常看到的西班牙风格。（噢，那些西班牙人，他们真的无处不在！胡安·迭戈想。）

礼拜堂的内部非常简单，完全没有华丽或精致的感觉。那里有一座圣坛，类似于只能容纳两名顾客的小咖啡桌。还有一尊十字架上的耶稣——这位耶稣并没有遭遇太多痛苦，以及一尊圣母玛利亚，雕像并不高大，仅仅是真人大小。他们两个似乎是在相互对话。但是这两尊熟悉的雕像，这对母子，并不是最显眼的，让胡安·迭戈瞬间表现出兴趣的不是玛利亚和他的耶稣。

两个坐在礼拜堂前排座位上的年轻鬼魂吸引了胡安·迭戈的全部注意。这两个年轻人手牵着手，其中一个把头放在另一个的肩膀上。

他们似乎并不只是从前的战友，虽然两人都穿着军服。让胡安·迭戈惊讶的并不是这两个早已死去的美国战俘是（或曾经是）恋人关系。这两个鬼魂没有看见桃乐茜和胡安·迭戈走进小教堂，他们不仅没有消失，还继续恳切地看着玛利亚和耶稣，仿佛坚信教堂里只有他们两个，不会被任何人看到。

胡安·迭戈或许想过，当你死去后变成了鬼魂，你的神态——尤其是在教堂中的时候——会有所不同。你应该不再寻求指引了吧？难道你没有以某种方式知晓答案吗？

但是这两个鬼魂和任何两个由于遇到麻烦，满心困惑地看向玛利亚和耶稣的爱人相比并无任何区别。胡安·迭戈清楚他们什么都不知道，这两个死去的士兵不比任何活着的人知道得多。两个年轻的鬼魂依然在寻找答案。

"不要再有鬼魂了。我已经见过够多了。"胡安·迭戈对桃乐茜说，他指着那两个手挽手的已逝士兵消失的地方。

胡安·迭戈和桃乐茜会在"隐秘之地"再待上一天一夜——这是一个周五。他们周六会离开维干，搭乘另一班从拉瓦格飞往马尼拉的航班。又一次，除了偶尔经过的船只，他们会飞过一块没有亮灯的黑暗，那里是马尼拉海湾。

31

肾上腺素

又一个晚上，他们抵达了另一家酒店，胡安·迭戈想道，但是他以前来过这家酒店的大厅。这里是马卡蒂市的阿斯科特酒店，米里亚姆曾说过当他回到马尼拉时应该住在这里。多么奇怪啊：他曾经幻想过米里亚姆引人注目地从入口走进来，现在却在和桃乐茜一起登记入住。

胡安·迭戈记得，从大厅中电梯出口的地方到登记台需要走很久。"我有一点惊讶我妈妈没有……"桃乐茜开口道。当她在大厅中四处环顾时，米里亚姆出现了。胡安·迭戈毫不惊异的是，从电梯到登记台的一路，那些保安们都没有把目光从米里亚姆身上移开。"真是惊喜，妈妈。"桃乐茜简洁地说，但是米里亚姆忽略了她。

"可怜人！"米里亚姆对胡安·迭戈嚷道。"我猜你见到了很多桃乐茜的鬼魂。那些恐惧的十九岁少年可没法对每个人的胃口。"

"你是在说轮到你了嘛，妈妈？"桃乐茜问她。

"别这么粗鲁，桃乐茜。我们之间并没有你想象的那种性关系。"她妈妈说。

"你在开玩笑吧？"桃乐茜问她。

"现在已经很晚了，这里是马尼拉，桃乐茜。"米里亚姆提醒她。

"我知道现在是什么时间，我知道我们在哪里，妈妈。"桃乐茜对她说。

"不要再说性的事情了，桃乐茜。"米里亚姆重复道。

"人们已经不再做爱了吗？"桃乐茜问她，但是米里亚姆又一次忽略了她。

"亲爱的，你看起了很累，我很担心你是不是非常疲乏。"米里亚姆对胡安·迭戈说。

他看着桃乐茜离开了大厅。她有一种难以抵挡的粗俗魅力，那些保安们望着桃乐茜走近他们，一路前往电梯，但是他们看向她时和看米里亚姆的目光并不一样。

"看在基督的分上，桃乐茜。"米里亚姆自语般嘟囔着，她看着自己的女儿不大高兴地离开。只有胡安·迭戈能听见她。"这是公平的，桃乐茜！"米里亚姆在她身后喊道，但是桃乐茜并没有听见，电梯门已经关上了。

在米里亚姆的要求下，阿斯科特酒店把胡安·迭戈的房间升级成了带有完整厨房的套间，在某个最高的楼层。胡安·迭戈确实不需要厨房。

"你去过了'隐秘之地'，那里和海平面高度相当，而且比较沉闷。我觉得你需要看到更"高处"的风景。"米里亚姆对他说。

尽管"高处"的风景，从阿斯科特酒店看到的马卡蒂市——马尼拉的华尔街，菲律宾的商业及金融中心——在夜晚和很多其他的高楼大厦没什么两样：灯光柔和地变幻，那些日用办公场所黑暗的窗户被酒店和公寓楼明亮的窗户映衬着。胡安·迭戈不想对米里亚姆在他房间视野方面的努力毫无感激，但他看到的城市景象带有普遍的一致性

（缺乏国家特质）。

　　米里亚姆带他去吃晚餐的地方，在阿雅拉中心，距离酒店很近，商店和餐厅都很精致，但是节奏很快（就像是一家商场搬到了国际机场，或者反之。）然而也许因为阿雅拉中心的餐厅都太过大众，或者阿斯科特的商务旅行气氛过于浓厚，这让胡安·迭戈给米里亚姆讲了一个私密的故事：是发生在好外国佬身上的事情——他不仅讲述了垃圾场的焚烧，还用一种病态的单调语气念出了《拉雷多的街道》每一节的歌词。（胡安·迭戈和好外国佬不同，他不会唱歌。）不要忘了，胡安·迭戈已经和桃乐茜一起待了数日。米里亚姆一定觉得相比她的女儿，她是更好的倾听者。

　　"如果你们无法忘记你们的妹妹是被狮子杀死的，你们会不会哭呢？"米里亚姆这样询问魅力酒店的孩子们。随后佩德罗就如同着了魔一般，把头靠在米里亚姆的胸上睡着了。

　　胡安·迭戈决定他要一直对米里亚姆说下去，如果不让她讲话，也许她就不会让自己着魔。

　　他继续讲起好外国佬的事情——不仅讲到了这个在劫难逃的嬉皮士是如何和卢佩及胡安·迭戈成了朋友，还有关于不知道好外国佬名字的尴尬。是马尼拉美军纪念公墓驱使胡安·迭戈来到了菲律宾，但是他告诉米里亚姆他并不指望自己能够找到那个失踪的父亲真正的墓碑。那里有十一片墓地，而且他甚至不知道那个死去的父亲的名字。

　　"然而承诺始终是承诺。"胡安·迭戈在阿雅拉中心的餐厅中对米里亚姆说，"我向好外国佬承诺过要替他向他爸爸表达敬意。我想公墓应该很大，但是我不得不去那里，我至少应该去看看。"

　　"不要明天去，亲爱的。明天是周日，而且不是普通的周日。"米里亚姆说。（你可以看到胡安·迭戈一直说下去的计划失败了，这种事情在和米里亚姆及桃乐茜一起时经常发生，这两个女人知道一些他不知道的事情。）

明天是周日，也是一年一度被称作黑拿撒勒人的盛宴的游行。

"那家伙来自墨西哥。一艘西班牙帆船把它从阿卡普尔科带来了马尼拉，我猜是在15世纪早期，应该是一群奥斯定教徒带来的。"米里亚姆告诉他。

"黑拿撒勒人？"胡安·迭戈问。

"不是人种上的黑人。"米里亚姆说，"是用木头制成、真人大小的耶稣·基督雕像，在背负着他的十字架去加略山时被冻住了。也许那雕像是用某种深色的木头做的，但是原本并不是黑色，它被放在火里燃烧。"

"你的意思是它烧焦了？"胡安·迭戈问她。

"烧了至少三次，第一次是在西班牙帆船甲板上的火堆。那东西来的时候就是烧焦的，但在黑拿撒勒人来到马尼拉之后，还会再烧两次。奎亚波教堂被大火烧毁了两次——一次在18世纪，一次在20世纪20年代。"米里亚姆说。"马尼拉还发生过两次地震——一次在17世纪，一次在19世纪。教会根据黑拿撒勒人在三次大火和两次地震，以及1946年的马尼拉解放运动中存活下来大做文章——还有二战时期发生在太平洋剧院的一次最惨烈的爆炸。但是一个木头人像'存活'下来又有什么了不起的？木像不可能死掉吧？那家伙被烧了几次后，变得更黑了！"米里亚姆说道。"黑拿撒勒人还被枪击中过一次，我想是在脸上。那场意外发生的时间很近，是在九几年。"米里亚姆说。

"仿佛基督经历的苦难还不够多，在去加略山的路上，黑拿撒勒人一共在六次重大灾难中'幸存'，既有自然的也有人为的。相信我，"米里亚姆忽然对胡安·迭戈说，"你明天不会想要离开酒店。那些黑拿撒勒人的信徒举行疯狂的游行时，马尼拉简直是一团糟。"

"游行有上千人吗？"胡安·迭戈问米里亚姆。

"不，有几百万。"米里亚姆说。"其中很多相信触摸黑拿撒勒人可以治好任何的病痛。许多人在游行中受伤。有些相信黑拿撒勒人的男性自称'黑拿撒勒人之子',对天主教的虔诚促使他们很'认同'自己口中耶稣的苦难。也许那些傻瓜想要遭受和耶稣同样的痛苦。"米里亚姆说。她耸肩的样子让胡安·迭戈打了一个寒战。"谁知道那些真正的信徒想干什么?"

"也许我应该周一去公墓。"胡安·迭戈提议。

"马尼拉在周一很混乱。他们需要花一天的时间清理街道,所有的医院都在处理受伤的人。"米里亚姆说。"周二去吧,最好是下午。那些最狂热的人会尽可能在一大早做任何事。不要早晨去。"米里亚姆说。

"好吧。"胡安·迭戈回答。只是听米里亚姆说话就让他感到很疲惫,仿佛参加了黑拿撒勒人的游行,在人群中不可避免地被挤伤并且脱水一般。虽然胡安·迭戈非常疲乏,但他有些怀疑米里亚姆告诉他的事情。她的声音总是很有权威,但是这一次说的内容似乎很夸张,甚至不够真实。在胡安·迭戈印象中,马尼拉很大。一场发生在奎亚波的宗教游行真的会影响到马卡蒂地区吗?

胡安·迭戈喝了太多生力啤酒,又吃了某些奇怪的东西,许多事情都可能是他感到不舒服的原因。他怀疑是北京烤鸭春卷。(为什么他们要把鸭肉放在春卷中?)胡安·迭戈在米里亚姆告诉他之后才弄明白油炸五花肉是什么,加有巴贡蛋黄酱的香肠也让他大吃一惊。后来,米里亚姆告诉他,那种蛋黄酱是用发酵的鱼调制成的。胡安·迭戈认为这种食材会导致他消化不良或心脏灼烧。

事实上,导致他肠胃不舒服而且很难受的可能不是菲律宾食物(或者太多生力啤酒)。那些黑拿撒勒人狂热信徒们的迷乱行为让他感到太过熟悉,也因此而沮丧。当然,那个焚烧过的耶稣和他焦黑的十字架来自墨西哥!胡安·迭戈在和米里亚姆在阿雅拉中心宽阔的大厅中搭电梯时想道。他们不停地乘电梯向上,来到了阿斯科特酒店的套间。

又一次，胡安·迭戈几乎没有注意到，当他和米里亚姆或桃乐茜一起走在某处时，他就不再瘸腿。克拉克·弗伦奇正一条接一条地发来质问短信。可怜的莱斯莉给克拉克发信息，她想让克拉克知道他的前导师"被一个小说粉丝跟踪狂盯上了"。

胡安·迭戈不知道"小说粉丝跟踪狂"这一说法，他怀疑莱斯莉（一个写作领域的学生）身边有很多这种人，但是她告诉克拉克，胡安·迭戈被那种"以作家为目标的追星族"引诱。（克拉克坚持只称呼桃乐茜为"D."。）莱斯莉告诉克拉克，桃乐茜是一个"可能有邪恶意图的女人"。"邪恶"这个词总是很能吸引克拉克。

胡安·迭戈收到克拉克这么多条短信，是因为他在坐上从拉瓦格到马尼拉的航班后关闭了手机，当他和米里亚姆一同离开餐厅时才想起来打开。此时，克拉克的想象已经转向了非常可怕的层面，并试图保护他。

"你还好吗？"克拉克最近的一条短信以此开头，"D. 会不会很邪恶？我见过米里亚姆，我觉得她很邪恶！"

胡安·迭戈发现自己还错过了另一条来自比恩韦尼多的短信。克拉克·弗伦奇确实已经安排好胡安·迭戈在马尼拉的大部分行程，但是比恩韦尼多知道弗伦奇先生的前导师回到了城里，而且他换了酒店。比恩韦尼多并非完全反对米里亚姆对于周日的警告，但他没有那么执着。

"明天最好躲起来，因为有很多人会参加黑拿撒勒人的游行，至少不要靠近他们的路线。"比恩韦尼多在短信中说。"周一我会载你去和弗伦奇先生一起上台采访，还有之后的晚餐。"

"周一我和你一起的上台采访是什么，克拉克，之后的晚餐又是什么？"胡安·迭戈立刻发信息给克拉克·弗伦奇，他还没有提及让他的前写作课学生非常兴奋的"邪恶"场面。

克拉克打来电话解释。马卡蒂市有一家小剧院，距离胡安·迭戈的酒店很近。"虽小但令人愉快"，克拉克如此描述。周一晚上，在剧场结束后，那家公司会举行作家的登台采访。当地的一家书店会提供作家的书籍进行签售，克拉克通常是采访者。随后有一场为作家采访系列的老主顾们准备的晚餐。"不会有许多人。"克拉克向他保证，"但是可以让你和你的菲律宾读者们进行一些交流。"

克拉克·弗伦奇是胡安·迭戈唯一认识的说话像出版商的作家。而且，和出版商类似的是，克拉克最后才提到媒体。上台采访和晚餐时会有一两位记者，但克拉克说他会提醒胡安·迭戈哪些人需要当心。（克拉克应该待在家里写作！胡安·迭戈想。）

"而且你的朋友们也会来。"克拉克忽然说。

"是谁，克拉克？"胡安·迭戈问。

"米里亚姆和她的女儿。我看了晚餐的客人名单，上面只写着'米里亚姆和她的女儿，作者的朋友'。我想你应该知道她们会来。"克拉克对他说。

胡安·迭戈仔细打量着他的酒店套间。米里亚姆在浴室中，现在几乎是午夜。她可能准备上床睡觉。胡安·迭戈一瘸一拐地来到了套间的厨房，在和克拉克讲电话时压低了声音。

"D. 指的是桃乐茜。克拉克，桃乐茜是米里亚姆的女儿。我在和米里亚姆上床之前，就和桃乐茜上过床。"胡安·迭戈提醒他的前写作课学生，"我在桃乐茜遇到莱斯莉之前就和她睡过，克拉克。"

"你承认过你并不怎么了解米里亚姆和她女儿。"克拉克提醒他的老年导师。

"我和你说过，她们对我来说很神秘，但是你的朋友莱斯莉有她自己的问题。莱斯莉只是嫉妒，克拉克。"

"我不否认可怜的莱斯莉有问题……"克拉克开口道。

"她的一个男孩被水牛踩踏了，也是这个孩子被竖着游泳的粉色水母刺伤。"胡安·迭戈对着电话低语道，"另一个男孩被形似三岁孩子用的避孕套的浮游生物扎到了。"

"带刺的避孕套，不要让我想起这个！"克拉克嚷道。

"不是避孕套，那些扎人的浮游生物看起来像避孕套，克拉克。"

"你为什么声音这么小？"克拉克问他的老年写作教师。

"我和米里亚姆在一起。"胡安·迭戈低声说，他正一瘸一拐地在厨房的区域徘徊，试图对关闭的浴室门保持关注。

"我会让你去的。"克拉克低语道，"我觉得周二去美国战士公墓很合适……"

"对，下午。"胡安·迭戈打断了他。

"周二上午我也约了比恩韦尼多。"克拉克告诉他。"我觉得也许你会想去看看瓜达卢佩圣母的国家圣殿，马尼拉有一座。那里只有一些建筑，一座老教堂和修道院，不像在你们墨西哥城那么宏伟。教堂和修道院都位于瓜达卢佩街的贫民窟中。贫民窟在帕西格河上游的一座小山上。"克拉克接着说。

"瓜达卢佩街，一处贫民窟。"胡安·迭戈只是这样说。

"你听起来很累。我们之后再决定吧。"克拉克忽然说。

"瓜达卢佩，好……"胡安·迭戈正要开口。浴室门打开了，他看见米里亚姆走进了卧室。她身上只围着一条毛巾，正在拉上卧室的窗帘。

"对于瓜达卢佩街，你刚刚说'好'。你想去那里吗？"克拉克·弗伦奇问道。

"是的，克拉克。"胡安·迭戈回答。

瓜达卢佩街听起来并不像贫民窟，对于一个垃圾场的孩子而言，它听起来更像是一个目的地。对胡安·迭戈来说，相比曾经感情用事地对好外国佬许下的承诺，马尼拉存在着一个瓜达卢佩圣母国家圣殿似乎更像是他此次来菲律宾旅行的理由。比起马尼拉美军纪念公墓，瓜达卢佩街更像是一个来自瓦哈卡的拾荒读书人最终会到达的地方，如果使用桃乐茜的生硬表达的话。而且如果胡安·迭戈·格雷罗身上真的有一种命运的气息，那瓜达卢佩街难道不是更适合他的地方吗？

"你在发抖，亲爱的。你感冒了吗？"当他走进卧室时米里亚姆问道，

"没有，我刚刚在和克拉克·弗伦奇打电话。"胡安·迭戈对她说，"克拉克和我要一起参加一场登台活动——一次共同的采访。我听说你和桃乐茜会去。"

"我们不会参加很多文学活动。"米里亚姆微笑着说。她把毛巾抖落在她那一侧床边脚下的地毯上。她已经盖上了被子。"我把你的药拿了出来。"她诚恳地说。"我不知道今晚该服用贝他阻断剂还是壮阳药。"米里亚姆用她那漫不经心的语气说。

胡安·迭戈意识到他的夜晚是交替的：他会选择那些自己想要感受到肾上腺素的夜晚，而在其他那些他知道自己会感觉消沉的夜晚，他便听天由命。他意识到自己漏服了一粒贝他阻断剂，确切地说，他解封了身体中的肾上腺素受体，让自己的肾上腺素得到了释放，而这是很危险的。但胡安·迭戈不记得自己从什么时候开始让选择"今晚服用贝他阻断剂还是壮阳药"成了惯例，正如米里亚姆刚才也就是一瞬间之前说的，他想。

胡安·迭戈思索着米里亚姆和桃乐茜有哪些共性，这和她们的样貌，以及她们在性方面的表现毫无关系。这两个女人的共同点在于她们如何掌控他，更不必说无论何时他和其中一个人在一起，都有忘记另一个人的倾向。（然而他既会忘记她们两个，又会为她们而着迷！）

胡安·迭戈觉得，他的表现可以用一个词来形容，无论是和那两个女人在一起时，还是在服用贝他阻断剂时。他表现得很幼稚，胡安·迭戈想。这有些类似他和卢佩对圣女们的态度，起初相比怪物玛利亚更喜欢瓜达卢佩，直到瓜达卢佩令他们失望。后来圣母玛利亚真的做了什么，这足以引起垃圾场孩子们的注意，不仅是她以鼻子换鼻

子的把戏，还有那真实存在的眼泪。

阿斯科特不是"隐秘之地"。这里没有鬼魂，除非米里亚姆是一个，胡安·迭戈可以在任何插座上给自己的手机充电。然而他选择了位于浴室水池边的一个插座，因为浴室很私密。胡安·迭戈希望无论米里亚姆是否是鬼魂，她都会在他用完浴室前睡着。

"不要再说性的事情了，桃乐茜。"他听见米里亚姆说。这句话她重复过许多次，还有另一句最近她刚说过的："我们之间并没有你想象的那种性关系。"

第二天是周日。胡安·迭戈将在周三返程回到美国。胡安·迭戈觉得，他不仅不再想做爱，也受够了这两个神秘的女人，无论她们是谁。有一种不让自己再为她们着迷的方式，那就是停止和她们做爱，胡安·迭戈想。他使用切药器把一粒长方形的贝他阻断剂切成了两半，然后服用了原本的剂量，再加上这半片。

比恩韦尼多说最好在周日"躲起来"，胡安·迭戈确实会躲起来。他会在消沉的状态下错过大半个周日。胡安·迭戈想要错过的并不是黑拿撒勒人游行中拥挤的人群和宗教的狂乱，他希望米里亚姆和桃乐茜消失。和往常一样，他比自己想象得还要消沉。

胡安·迭戈努力想要回归正常，至少他在尝试遵循医生的指令，虽然已经太迟了。（罗丝玛丽医生经常出现在他的脑海中，虽然并不总是以他的医生的身份。）

"亲爱的罗丝玛丽医生"，他开始给她发短信，他又一次拿着自己难以弄懂的手机坐在浴室的马桶上。胡安·迭戈想告诉她，自己在处方药的剂量方面做了一些灵活的处理。他想要向她解释这不寻常的境遇，以及他遇到的两个有趣的（或者至少令他感兴趣的）女人。而且胡安·迭戈想让罗丝玛丽知道他并不孤单或可怜，他还想向她承诺他不会再随意改变原本应该服用的贝他阻断剂剂量，但是他似乎花了很久，却只打出了"亲爱的罗丝玛丽医生"。这个愚蠢的手机对于任何作家来说都是一种侮辱！胡安·迭戈从来不记得要按哪个蠢按钮才能让字母大写。

这时胡安·迭戈想到了一个更简单的方法：他可以把自己和米里亚姆及桃乐茜在九龙车站拍的照片发给罗丝玛丽，这样他的信息可以更短，也更有趣。"我遇见了两个女人，是她们打乱了我服用贝他阻断剂的节奏。不要担心！我已经回到了正轨，开始重新按规律服药。爱你的……"

这难道不是对罗丝玛丽医生坦白的最简单方式吗？而且语气中没有自怜的感觉，也没有暗示自己对于那晚开车驶过迪比克街时发生的事情依然憧憬或是感到遗憾。当时罗丝玛丽捧着胡安·迭戈的脸说："我会问你要不要和我结婚的。"

可怜的皮特还在开车。可怜的罗丝玛丽试图为自己之前说的话辩解。"我只是说我可能会问问你。"罗丝玛丽这样说道。胡安·迭戈没有看她，但他知道她在哭泣。

啊，好吧。对于胡安·迭戈和他亲爱的罗丝玛丽而言，最好不要去回想那晚开车行驶在迪比克街上时发生的一切。胡安·迭戈怎么可能把在九龙车站拍的照片发给她呢？他不知道如何在自己愚蠢的手机中找到那张照片，更不必说如何把照片添加在短信中。在他那台小手机恼人的键盘上，甚至连"清除"键都没有完整地拼出来。"清除"键的标识不是"clear"而是简写的"clr"。在胡安·迭戈看来，那个按键上有充足的位置加上两个字母。他愤怒地删掉了自己写给罗丝玛丽的信息，一次只能删一个字母。

克拉克·弗伦奇会知道如何找到那张由一个中国小伙子在九龙车站拍摄的照片，他也可以告诉胡安·迭戈如何把照片插入给罗丝玛丽医生的短信中。克拉克知道任何事情，除了如何对待可怜的莱斯莉，胡安·迭戈在一瘸一拐地走向床边时想道。

没有狗在吠叫，也没有斗鸡在打鸣，但是和魅力酒店的新年之夜相似的是，胡安·迭戈完全无法辨识出米里亚姆的呼吸。

米里亚姆向左边侧卧着，背部面对胡安·迭戈。胡安·迭戈觉得他也可以朝左边侧卧，然后用手臂环住她，他想把自己的手放在她的心脏处，而非胸部。他想感觉一下她的心是否还在跳动。

罗丝玛丽·施泰因医生应该告诉过他，在其他的部位能够更好地感受到脉搏。胡安·迭戈自然能感受到米里亚姆——她的整个胸部！——但是他感觉不到她的心跳。

在来回摸索的时候，他的脚触到了米里亚姆的脚。如果米里亚姆还活着，而且不是幽灵的话，她一定能感觉到他在触碰自己。然而，胡安·迭戈正试图勇敢地表现出自己对于幽灵的世界很熟悉。

这个出生在格雷罗的男孩对幽灵并不陌生，瓦哈卡是一个充斥着各种圣女的城镇。即使是在那个卖圣诞派对用品的地方，独立地带的圣女商店中——那些色情娃娃都是那座城市中著名圣女们的仿制品——她们总是有些神圣的。而胡安·迭戈是流浪儿童的孩子，修女们以及耶稣会圣殿那两位老牧师也一定向拾荒读书人展现过灵魂的世界。甚至连垃圾场老板都是一个信徒，他曾是玛利亚的崇拜者。胡安·迭戈并不害怕米里亚姆和桃乐茜，无论她们是谁，或者是什么。正如酋长所说："我们不需要宣布一件事情是不是奇迹。我们能看见。"

米里亚姆是谁，或者是什么并不重要。如果米里亚姆和桃乐茜是胡安·迭戈专属的死亡天使，他并不惊讶。她们不是他最早或唯一的奇迹。正如卢佩对他说的："我们是会创造奇迹的人。"这便是胡安·迭戈相信的，或者他试图相信的。当他继续触碰米里亚姆的时候，他非常诚挚地想要相信这一点。

忽然，米里亚姆急促的呼吸还是把他吓了一跳。"我猜这是一个服用贝他阻断剂的夜晚。"她用低沉、沙哑的声音对他说。

他试图以冷漠的态度回应她。"你怎么知道？"胡安·迭戈问。

"你的手和脚，亲爱的。"米里亚姆告诉他，"你的四肢已经开始变冷了。"

贝他阻断剂确实能够减少手足部位的血液循环。周日胡安·迭戈到了正午才醒来，他感到手脚冰冷。他并不惊讶米里亚姆已经走了，或者她没有给他留字条。

在男人们不渴望她们的时候，女人是知道的：无论鬼魂还是巫婆，神明还是恶魔，或者死亡天使——甚至圣女，甚至普通的女子。女人们总是会知道，她们能看出你什么时候开始不再渴望她们。

胡安·迭戈感到非常消沉，他已经不记得那个周日以及周日的夜晚是如何度过的。即使多服用了半片贝他阻断剂也太多了。周日晚上，他把剩下的半片药冲进了厕所，只服用了正常的剂量。胡安·迭戈在周一依然会睡到中午。如果那个周末有任何新闻的话，他都错过了。

爱荷华的写作课同学们将克拉克·弗伦奇称作"天主教空想改良家"和"万事通"，当胡安·迭戈睡觉时，克拉克在忙着处理莱斯莉的事情。"我相信可怜的莱斯莉最关心的是你是否还好。"克拉克发给胡安·迭戈的第一条短信这样开头。当然，克拉克还发了更多信息，大部分和他们的登台采访相关。"不要担心，我不会问你莎士比亚戏剧是谁写的，而且我们会尽可能回避关于自传体小说的问题！"

还有很多内容是关于可怜的莱斯莉的。"莱斯莉说她没有嫉妒，她并不想再和D. 有什么关系。"克拉克在短信中说，"我确信莱斯莉非常担心D. 在你身上使用了什么巫术，以及某些暴力的伎俩。维尔纳告诉他妈妈那头水牛受了刺激，所以才会攻击和踩人。维尔纳说D. 往水牛的鼻子里塞了一条毛毛虫！"

有人在撒谎，胡安·迭戈想。到目前为止，他并不相信是桃乐茜用一条毛毛虫完全堵住了水牛一侧的鼻孔，也不相信小维尔纳会这样做。

"是一条黄绿色、长着深棕色绒毛的毛毛虫吗？"胡安·迭戈发信息给克拉克。

"正是！"克拉克回答。我猜维尔纳仔细看了那条毛毛虫，胡安·迭戈想。

"确实是巫术。"胡安·迭戈用短信回复克拉克。"我已经不再和桃乐茜或她妈妈上床了。"他补充道。

"可怜的莱斯莉会参加我们今晚的活动。"克拉克回复道，"D.会在场吗？和她妈妈一起吗？莱斯莉说她很惊讶D.竟然有一个活着的妈妈。"

"是的，桃乐茜和她妈妈会到场。"这是胡安·迭戈发给克拉克的最后一条短信。发送这些信息让他感到些微的愉悦。胡安·迭戈意识到当他肾上腺素水平比较低的时候，做一些不太走心的事情就不会那么紧张。

这是那些退休的人满足于打理自己的后院，或者打高尔夫，以及做一些类似事情的原因吗——比如发送短信，每次只输入一个乏味的字母？胡安·迭戈想。当你已经感到很消沉的时候，会更能忍受一些琐事吗？

他没有预料到电视里的新闻，以及酒店送到他房间的报纸全部都和马尼拉举行的黑拿撒勒人游行有关。仅有的新闻来自当地。周日他完全不在状态，没有意识到整天都下着毛毛雨。"一场东北季风"，报纸如此称呼道。尽管天气不佳，依然有预计170万的菲律宾天主教徒（很多都光着脚）出席了游行，除了信徒还有3500名警察加入其中。和往年一样，上百起受伤事件会被报道出来。海岸警卫队报道，三名信徒在奎松桥跌倒或掉落，他们还说已经在平底船上部署了若干情报小组，用来巡逻帕西格河，"不仅要保证信徒的安全，还要当心任何可能会制造异常场面的外来人士。"

什么"异常场面"？胡安·迭戈有些好奇。

游行最终总是会回到奎亚波教堂，那里会举行名为"帕哈里克"的仪式——人们要亲吻黑拿撒勒人的雕像。许多人挤在圣坛旁排队，等待着亲吻雕像的机会。

这时电视中出现了一位医生，他有些不以为然地说起有560位信徒在今年的黑拿撒勒人游行中受了"轻伤"。医生强烈表示所有的负伤都在意料之中。"都是由拥挤造成的典型伤势，比如绊倒——光脚出门就是在找麻烦。"医生说。他很年轻，看起来很不耐烦。那腹痛呢？年轻医生被问到。"那是选错了食物导致的。"扭伤呢？"更是典型的拥挤问题了。人们推推搡搡，自然会摔倒。"医生回答完叹了口气。头疼又是怎么回事？"是脱水。人们没有喝足够的水。"医生答道，他的语气更加轻蔑了。上百名游行者由于眩晕和呼吸困难接受了治疗。他们告诉医生有些还晕倒了。"这是由于不习惯游行！"医生举起双手嚷道。他让胡安·迭戈想起了瓦格斯医生。（那个年轻医生似乎已经快要脱口而出："问题在于宗教！"）

背痛的症状又是为何出现呢？"可能是任何原因导致的，那些推搡无疑加剧了这种情况。"医生回答，他闭上了眼睛。高血压呢？"可能由任何原因导致。"医生重复道，他的眼睛依然闭着。"更多和游行有关的事务或许是一个。"当年轻的医生忽然睁开眼睛，直面摄像机说话时，他的声音几乎已经消失了。"我会告诉你们黑拿撒勒人游行对什么有好处。"他说，"对拾荒者有好处。"

当然，一个来自垃圾场的孩子会对"拾荒者"这个贬义的说法很敏感。胡安·迭戈不仅想到了垃圾场那些拾荒客，还有像拾荒儿童那样专业收集垃圾的人，他还饱含同情地想到了那里的狗和秃鹫。但是那个医生没有贬低的意思，他对于黑拿撒勒人游行倒是非常蔑视，但是说到这次游行对"拾荒者"有好处，他指的是对穷人有益。那些人可以跟在信徒们后面，充分利用所有的废弃水瓶和塑料食品袋。

啊，好吧——穷人，胡安·迭戈想。历史确实把天主教会和穷人联系在一起。胡安·迭戈常常和克拉克以此论争。

当然，正如克拉克总是争论的，教会在关爱穷人方面"货真价实"。胡安·迭戈对这一点没有异议。教会怎么可能不关爱穷人呢？胡安·迭戈习惯于如此询问克拉克。但是出生率控制呢？堕胎呢？让胡安·迭戈抓狂的是天主教会对于这些"社会议题"的做法。教会的政策——反对堕胎，甚至反对避孕！正如胡安·迭戈对克拉克所说，这不仅让女性受到"不停生育的奴役"，还会让穷人始终贫穷，或者变得更穷。穷人会不停地生孩子，是不是？胡安·迭戈一直问克拉克。

胡安·迭戈和克拉克为此始终在不停地争吵。如果关于教会的话题没有出现在他们两人今晚的登台采访中，也没有出现在随后的晚餐中，它怎么可能不在他们明天上午共同参观一座罗马天主教堂时出现呢？当克拉克和胡安·迭戈共同身处马尼拉的瓜达卢佩教堂时，他们怎么会不重现那段如此熟悉的、关于天主教的对话？

只是想到这段对话就让胡安·迭戈意识到自己的肾上腺素，也就是说他很需要。自从胡安·迭戈开始服用贝他阻断剂，他怀念肾上腺素的感觉并不只是为了性。拾荒读书人最初是在从火堆中拯救出来的书本那些焦黑的书页上读到了一点天主教的历史，作为流浪儿童的孩子，他认为自己知道那些无法解答的宗教谜团与人为的教会规则之间的区别。

胡安·迭戈想到，如果他上午要和克拉克一起参观瓜达卢佩圣母教堂的话，也许今晚漏服一片贝他阻断剂不是什么坏主意。想想胡安·迭戈·格雷罗是一个怎样的人，他来自哪里。那么，如果你是胡安·迭戈，而且你要和克拉克·弗伦奇一起去瓜达卢佩街，难道你不想拥有尽可能最多的肾上腺素吗？

而且还有严酷的登台采访，以及随后的晚餐，还有今晚和明天需要度过，胡安·迭戈想道。要不要服用贝他阻断剂呢？这是他在思考的问题。

克拉克·弗伦奇发来的短信很简短，但是内容充分。

"我再三思考后觉得，"克拉克写道，"我们可以用我问你是

谁写了莎士比亚戏剧作为开始。我们在这一点上是一致的。这会引出
'个人经历是我们创作小说时唯一的有效基础'的话题。我们知道关
于这一点我们的意见也是一致的。至于那些认为莎士比亚是另一个人
的家伙们：他们低估了想象的力量，或者过分夸大了个人经历的重要
性。这是他们支持自传性小说的依据，对吧？"克拉克·弗伦奇在
短信中对他的前导师说。可怜的克拉克，他依然注重理论，永远很幼
稚，总是引发纷争。

让我拥有尽可能多的肾上腺素吧，胡安·迭戈想。他又一次没有
服用贝他阻断剂。

不是马尼拉海湾

　　从胡安·迭戈的角度，被克拉克·弗伦奇采访的好处在于大部分时间都是克拉克在说话。而艰难的部分在于听克拉克讲话，他是标准的保守派。如果克拉克站在你这边，他可能会更加令人尴尬。

　　胡安·迭戈和克拉克最近都阅读了詹姆斯·夏皮罗的《有争议的遗嘱：谁写了莎士比亚》。克拉克和胡安·迭戈都很喜欢这本书，他们被夏皮罗先生的论述说服了。他们相信住在斯特拉特福德的莎士比亚是唯一的莎士比亚，也赞同署名威廉·莎士比亚的戏剧并不是合作或由其他人完成的。

　　然而胡安·迭戈想，为什么克拉克·弗伦奇没有在采访开头引用夏皮罗先生那最令人信服的结论也就是这本书的结语？（夏皮罗写道："让我最为沮丧的是，那些声称住在斯特拉特福德的莎士比亚缺少写作这些戏剧的生活经验的人，他们没有看到他身上最为特别的东西：想象力。"）

　　为什么克拉克会以攻击马克·吐温开头？克拉克在读高中的时

候，有一门作业是阅读《密西西比河上的生活》，这"对我的想象力造成了致命的伤害"或者克拉克只是如此抱怨。吐温的自传性小说几乎让克拉克放了成为作家的愿望。克拉克认为，《汤姆·索亚历险记》和《哈克贝利·费恩历险记》应该是一部小说，"一个短篇"，克拉克抱怨道。

胡安·迭戈能看出，观众们根本无法理解这段长篇大论的重点，更不知道这和台上的另一位作家（也就是胡安·迭戈）有何关系。而胡安·迭戈和观众们不同，他知道接下来会发生什么，也知道吐温和莎士比亚目前还没有被联系在一起。

马克·吐温是相信莎士比亚无法写出那些他署名的戏剧的一个罪魁祸首。吐温曾说过他自己的书都是"单纯的自传"。如同夏皮罗先生所写的，吐温相信"好的小说，包括他自己的，都一定是自传性的"。

但是克拉克并没有把这些与"谁写了莎士比亚"的论证联系在一起，胡安·迭戈知道这是他原本的想法。克拉克一直在讨论吐温缺乏想象力的一面。"那些没有想象力的作家，那些只能写作自己生活经历的作家，当然也无法想象别的作家可以想象出任何事情！"克拉克嚷道。胡安·迭戈希望自己可以消失。

"但是谁写了莎士比亚戏剧，克拉克？"胡安·迭戈问他的前学生，他想要把克拉克引向正题。

"莎士比亚写了莎士比亚！"克拉克急切地说。

"好了，这就解决了。"胡安·迭戈说。观众席中传出一些不大的声音，是一两声窃笑。虽然声音微弱，但是克拉克似乎对此感到很惊讶，仿佛他已经忘记了现场有观众。

在克拉克接着说下去之前，他本想列举另外一些罪人，他们都是些缺乏想象力的无赖，赞成某种异端邪说：莎士比亚的戏剧是其他人写的。但胡安·迭戈却试图介绍一些詹姆斯·夏皮罗那本优秀的书中的观点：夏皮罗是如何说出"莎士比亚并不是和我们一样生活在自传的时代"；夏皮罗先生还进一步说"在他的时代，以及他去世后的一个半世纪，没有人认为莎士比亚的作品是自传"。

"莎士比亚真幸运！"克拉克·弗伦奇嚷道。

一只细瘦的胳膊在静默的观众席之间挥动着。那个女人太过瘦小，从舞台上几乎难以看到，但是她的美貌却很突出（即使她坐在米里亚姆和桃乐茜中间）。而且（即使从远处看去），她那瘦弱胳膊上的手镯看起来也很贵重，是那种曾经拥有一位富有前夫的女人会佩戴的引人注目的款式。

"你认为夏皮罗的书是否诋毁了亨利·詹姆斯？"莱斯莉在观众席中怯怯地问。（那个女人无疑正是可怜的莱斯莉。）

"亨利·詹姆斯！"克拉克嚷道，仿佛詹姆斯也在脆弱的中学时代给他的想象力留下了难以言说的创痛。可怜的莱斯莉本来就很瘦小，坐在她的座位上就更显如此。难道只有胡安·迭戈注意到莱斯莉和桃乐茜牵着手吗？还是说克拉克也看到了？（莱斯莉还说她不想和D.有任何关系！）

"想要确定亨利·詹姆斯对莎士比亚身份的怀疑并不容易。"夏皮罗写道，"和吐温不同，詹姆斯并不愿意公开或直接面对这个问题。"（这并不算是诋毁，胡安·迭戈想。尽管对于夏皮罗的描述"詹姆斯那令人抓狂的隐晦言谈及回避态度"，他表示赞同。）

"你认为夏皮罗是否在中伤弗洛伊德？"克拉克反问他最喜欢的写作学生，但是可怜的莱斯莉现在有些怕他，她看上去太过渺小，甚至说不出话来。

胡安·迭戈发誓米里亚姆那长长的胳膊正环绕着可怜的莱斯莉颤抖的肩膀。

"弗洛伊德对自我分析进行了拓展，用来研究莎士比亚。"夏皮罗写道。

只有弗洛伊德本人能够想象出他对自己母亲的欲望，或者对父亲的嫉妒，克拉克说，但是弗洛伊德又是如何通过自我分析得出结论，（如弗洛伊德所说）认为这是"童年早期的普遍现象"。

　　噢，这些童年早期的普遍现象！胡安·迭戈想。他希望克拉克·弗伦奇不要把弗洛伊德引入讨论。胡安·迭戈不想听见克拉克·弗伦奇谈论他对弗洛伊德生殖器嫉妒理论的看法。

　　"不要讲了，克拉克。"观众席上又一个更强烈的女声说道。这次不是莱斯莉那怯弱的声音。是克拉克的妻子，约瑟法·昆塔纳医生，一个更有魄力的女人。她阻止了克拉克告诉观众他对弗洛伊德的看法。弗洛伊德对文学造成的无法估量的损害，以及在世界观形成的年纪给少年克拉克脆弱的想象力造成的打击。

　　这场登台演讲以如此压抑的方式开头，又怎么可能自己回到积极的层面呢？观众们没有离开简直是奇迹，但莱斯莉还是提前离场了，这一点很明显。随后采访变得稍微好一些。他们提到了胡安·迭戈的一些小说，值得稍微庆贺的是，随后他们开始谈论胡安·迭戈是否算是一个墨西哥裔美国作家，而不再继续提及弗洛伊德、詹姆斯或吐温。

　　但是可怜的莱斯莉并没有被丢下，并非完全如此。绝大多数人都认为那个母亲和她的女儿，那两个和莱斯莉一起的女人确实看起来很强势，从她们护送莱斯莉起身由过道走出剧院的样子来看，她们一定很习惯掌控别人。事实上，米里亚姆和桃乐茜搀扶着那个瘦小、美丽的女人的状态可能会让某些擅长观察的观众有些担心，如果有人注意到，或者曾留意的话。米里亚姆和桃乐茜牢牢地抓着可怜的莱斯莉，这或许意味着她们在安慰她，但也可能是在诱拐她。这很难说。

　　米里亚姆和桃乐茜去哪里了？胡安·迭戈一直在想。他为什么要在意？他不是希望她们消失吗？然而当你的死亡天使离开了，当你的专属幽灵不再纠缠你，这意味着什么？

活动后的晚餐安排在错综复杂的阿雅拉中心。对于一个外地人来说，晚餐的客人们彼此并没有什么不同。胡安·迭戈知道哪些是他的读者，他们宣称自己很熟悉他小说中的细节。但是那些被克拉克称作"艺术赞助人"的客人却很冷漠，他们对胡安·迭戈怀有某种难以捉摸的同情。

你无法对那些艺术赞助人一概而论。他们中有些人什么书都不读，但通常声称自己什么都读过。另外一些人表现出超然物外的样子，他们并不打算说话，如果开口也只是一些关于沙拉或座次安排的随意评论。他们通常读过你写的一切，也读过你会阅读的所有其他作家的作品。

"你在那些'艺术赞助人'之间要当心。"克拉克对胡安·迭戈耳语，"他们可不像看起来那样。"

克拉克在对胡安·迭戈插科打诨。克拉克可以激怒任何人。对于某些已知的事情，克拉克和胡安·迭戈看法不同，可偏偏在胡安·迭戈最赞同克拉克的时候，克拉克更能激怒他。

公平地说：克拉克已经提前告诉胡安·迭戈"有一两个记者"会出现在晚餐会中，克拉克也说他会提醒胡安·迭戈"哪些人需要当心"。但是克拉克并不知道所有的记者。

其中一个不认识的记者问胡安·迭戈他喝的啤酒是第一瓶还是第二瓶。

"你想知道他喝了多少啤酒吗？"克拉克有些蛮横地问那个年轻人。"你知道这位作家写了多少本小说吗？"克拉克进一步询问那位记者，他穿着一件没有系扣的白色衬衫。这是一件礼服衬衫，但是已经穿了一段时间。由于它脏兮兮的样子和上面的各色污渍，这个穿着它的年轻人在克拉克看来过着肮脏混乱的生活。

"你喜欢生力吗？"那个记者指着啤酒问胡安·迭戈，他故意忽略了克拉克。

"列举两篇这位作家写过的小说，只要两篇。"克拉克对记者说。"说出一篇你读过的胡安·迭戈·格雷罗的作品，只要一篇。"克拉克说。

胡安·迭戈永远也不会（而且无法）表现得和克拉克一样，但克拉克每分每秒都在自我补救。胡安·迭戈想起了自己最喜欢克拉克·弗伦奇的哪些特质，尽管克拉克在其他方面也很有自己的特点。

"对，我喜欢生力啤酒。"胡安·迭戈对记者说。他举起了自己的酒，仿佛在和那个不读书的年轻人干杯。"我想这是我的第二杯。"

"你没必要和他说话。他都没有做功课。"克拉克对他的前导师说。

胡安·迭戈觉得他给克拉克·弗伦奇的"好人人设"也许没有那么准确。克拉克确实是个好人，如果你不是一个没有做功课的记者的话。

至于那个没有准备的记者，那个不是他读者的年轻人，他已经走开了。"我不认识他。"克拉克嘟囔道，他对自己感到失望。"但是我知道那个，我认识她。"克拉克指着一个正从远处望向他们的中年女人对胡安·迭戈说。（她在等待那个年轻记者离开。）"她是一个非常虚伪的人，可以想象成一只恶毒的仓鼠。"克拉克对胡安·迭戈低语。

"我猜她是其中一个需要当心的人。"胡安·迭戈说，他会意地对自己的前学生笑了笑。"和你在一起我感觉很安全，克拉克。"胡安·迭戈忽然说。这句话确实发自内心，但是胡安·迭戈说出来后才意识到自己多么没有安全感，而且始终如此！（垃圾场的孩子并不指望拥有安全感，马戏团的孩子从不设想那里有一张防护网。）

而克拉克却很感动，他用自己粗壮的胳膊揽住了他的前导师瘦弱的肩膀。"但我不觉得面对这个人你需要我的保护。"克拉克对胡安·迭戈耳语道，"只是一个八卦的家伙。"

克拉克正在谈论那个中年女记者，她已经在靠近——"恶毒的仓鼠"。他的意思是说她的头脑会原地打转，在那个走投无路的轮子上反复转圈吗？但为什么说她"恶毒"呢？"她所有的问题都是重复利用。她在网上查的材料，你回答过的每个愚蠢的问题都会再问一遍。"克拉克对他的前导师耳语。"她不会去读任何一本你写的小说，但是她会阅读所有和你有关的资料。我相信你知道这种类型。"克拉克补充道。

"我知道，克拉克——谢谢你。"胡安·迭戈轻声说，他对自己的前学生微笑着。万幸的是，约瑟法也在场，好心的昆塔纳医生正试图把她的丈夫拽走。胡安·迭戈看到自助餐的餐桌，才发现自己正站在排队取食物的队伍中，他已经来到了桌子跟前。

"你应该拿一些鱼。"女记者对他说。胡安·迭戈看见她把自己插在了他旁边的取餐队伍中，这也许正是恶毒的仓鼠的风格。

"鱼上面好像有一层芝士酱。"胡安·迭戈只是说。他给自己拿了些韩式的蔬菜凉面，还有某些被称作越南牛肉的东西。

"我想我没看见过人真的会吃这里被碾碎的牛肉。"记者说。她一定是想说"手撕的"，胡安·迭戈想，但他什么都没有说。（也许越南人真的会碾碎他们的牛肉，胡安·迭戈也不知道。）

"那个瘦小、美丽的女子，今晚在这里的，"中年女人说，她正在给自己盛鱼。"她提前走了。"她停顿了很久后补充道。

"对，我知道你说的是谁，那个莱斯莉。我不认识她。"胡安·迭戈只是说。

"那个莱斯莉让我告诉你一些事。"中年女人用一种推心置腹的（但并不是慈母式的）口气对他说。

胡安·迭戈等着她继续说下去，他并不想表现得太感兴趣。他在四处搜寻着克拉克和约瑟法，他略微意识到如果克拉克把这个女记者吓走，他应该不会反对。

"莱斯莉让我告诉你那个和桃乐茜在一起的女人不可能是她妈妈。莱斯莉说那个年长些的女子年纪不够做桃乐茜的妈妈。另外，她们长得完全不像。"记者说。

"你认识米里亚姆和桃乐茜吗？"胡安·迭戈问那个看起来有些傻气的女人。她穿着一件农民式的衬衫，是那种美国女嬉皮士在瓦哈卡会穿的宽松款式，那些女人不穿胸罩，而且头发上插着花。

"我不认识她们，我只是看到她们非常喜欢莱斯莉。"女记者说。"而且她们也提前离开了，和莱斯莉一起。无论这件事意味着什么，我觉得那个年长一些的女人年纪不够做那个年轻女孩的妈妈。而且她们看起来完全不像，对我来说是这样。"她补充道。

"我也看到了她们。"胡安·迭戈只是说。很难想象米里亚姆和桃乐茜为什么和莱斯莉在一起，胡安·迭戈想。也许更难想象的是为什么可怜的莱斯莉要和她们在一起。

克拉克一定是去洗手间了，胡安·迭戈想，他完全不在视线之内。然而一个意想不到的救世主正在朝胡安·迭戈的方向走来，她穿得很糟糕，应该是另一个记者，但是在她热切的目光中，可以辨识出某种光芒，那是没有表达出来的亲切感，仿佛阅读他的作品改变了她的一生。她有一些故事想要分享，关于他如何救赎了自己：也许她曾经想要自杀；或者她在十六岁时怀了第一个孩子；也可能是她在丢了一个孩子后开始阅读。好吧，这便是她眼中那亲切的光芒的含义，"我通过阅读你的作品得到了救赎"。胡安·迭戈喜欢这些顽固的读者，那些他小说中被珍视的细节在他们眼中闪闪发光。

女记者看见那个顽固的读者走了过来。她们在某种程度上是认识的吗？胡安·迭戈并不知道。她们都是类似年纪的女性。

"我喜欢马克·吐温。"记者对胡安·迭戈说。她正打算离开，这是她的临别赠言。这就是她恶毒的全部表现吗？胡安·迭戈有些好奇。

"我一定告诉克拉克。"他对她说，但是她可能没有听见。她似乎离开得很匆忙。

"快走吧！"胡安·迭戈那位热心的读者在女记者身后喊道。"她什么都没读过。"新来的人对胡安·迭戈说，"我是你最忠实的粉丝。"

实话说，她是一个大块头的女子，足有170磅或180磅重。她穿着宽松的蓝色牛仔裤，两边膝盖都有破洞，上身是一件黑色T恤，双乳中间印着一只凶猛的老虎。那是一件抗议用的T恤，代表珍稀物种表达它们的愤怒。胡安·迭戈对此完全不了解，他不知道老虎正面临着麻烦。

"看——你也盛了牛肉！"新来的大块头粉丝嚷道，她用和克拉克差不多强壮的手臂环住了胡安·迭戈更加瘦弱的肩膀。"我告诉你一件事。"大块头女人对胡安·迭戈说，她把他引向了自己的桌子。"你记得《猎鸭人》中那个场面吧？那个傻瓜忘了拿掉避孕套，他回到家开始在他妻子面前撒尿？我很爱那个场面！"这个喜欢老虎的女人对他说，她把胡安·迭戈推到自己前面。

"并不是所有人都喜欢那个场面。"胡安·迭戈试图告诉她。他想起了一两篇书评。

"是莎士比亚写了莎士比亚，对吧？"高大的女人问他，她把他推向了一个座位。

"对，我觉得是。"胡安·迭戈谨慎地说。他依然在到处搜寻着克拉克和约瑟法。他确实很喜欢那些顽固的读者，但是她们总是有些太过热情。

找到他的是约瑟法，她把他带到了克拉克正在等待的桌子旁。"那个拯救老虎的女人也是记者，其中一个好的。"克拉克告诉他，"一个真正读过小说的。"

"我在登台采访活动中看到了米里亚姆和桃乐茜。"胡安·迭戈对克拉克说，"你的朋友莱斯莉和她们在一起。"

"噢，我看见米里亚姆和一个我不认识的人在一起。"约瑟法说。

"是她的女儿桃乐茜。"胡安·迭戈告诉医生。

"就是D."克拉克解释道。（很显然克拉克和约瑟法谈论桃乐茜的时候把她称作D.）

"我看到的那个女人不像米里亚姆的女儿。"昆塔纳医生说，"她不够美。"

"我对莱斯莉非常失望。"克拉克告诉他的前导师和妻子。约瑟法什么都没有说。

"非常失望。"胡安·迭戈只是说。但他能想到的是莱斯莉是一个特别的人。为什么她会和桃乐茜及米里亚姆一起去某处？为什么她要和她们在一起？可怜的莱斯莉不会想和她们在一起的，胡安·迭戈想，除非她着了魔。

这天是2011年1月11日，马尼拉的一个周二清晨，有一些不大好的新闻来自胡安·迭戈的第二故乡。这件事是周六发生的：亚利桑那州民主党众议员加布里埃尔·吉福兹头部中枪。她还有活下来的机会，虽然不是全部的大脑功能。在那场枪击暴乱中，有六个人死去，包括一个九岁的女孩。

亚利桑那州的枪手二十二岁，他使用的是格洛克半自动手枪，装有可容纳三十枚子弹的大容量弹匣。枪手的口供听起来毫无逻辑，语无伦次。他也是一个疯狂的无政府主义者吗？胡安·迭戈想。

我在遥远的菲律宾，胡安·迭戈想道，但是我的第二故乡那土生土长的仇恨和充满警觉的分裂并不遥远。

至于当地的新闻，胡安·迭戈在阿斯科特的餐桌上吃早饭时，正在读一份马尼拉报纸，他看到那个好记者，他的死忠读者，并没有中伤他。她简单描述了胡安·迭戈的外表，并称赞了他的小说。那个被克拉克称作"拯救老虎的女人"的大块头记者是一个很好的读者，而且对胡安·迭戈十分尊敬。胡安·迭戈知道这份报纸登出的照片并不是她的错。无疑是一个愚蠢的摄影编辑选择了这张照片，那个喜欢老虎的女人也不该因为这个标题受到指责。

在这张来访作者的照片中，胡安·迭戈坐在晚餐桌旁边，面前是啤酒和他那盘"碾碎"的牛肉，他的眼睛闭着，看起来比睡着了更糟糕些，仿佛因醉酒而陷入了昏迷。标题是：他喜欢生力啤酒。

胡安·迭戈因为这个标题感到愤怒，这也许是他的肾上腺素即将消失的前兆，但是他没有再想这件事。虽然胡安·迭戈感到轻微的消化不良，也许他的心脏又开始灼烧了，但是他没有在意。在国外，很容易吃到不合胃口的东西。也许这是他的早餐，或昨晚的越南牛肉导致的，胡安·迭戈在穿过阿斯科特狭长的大厅前往电梯时这样想，他看见克拉克·弗伦奇等在那里。

"今天早上看到你睁着眼睛我真是如释重负！"克拉克和他的前导师打招呼。显然，克拉克看到了报纸上那张胡安·迭戈闭着眼睛的照片。克拉克拥有终结对话的天赋。

毫不惊讶的是，克拉克和弗伦奇乘坐阿斯科特酒店的电梯下降时，都不知道应该和对方说些什么。汽车在街道上等待他们，比恩韦尼多坐在驾驶座上，胡安·迭戈曾在这辆车上信任地朝其中一只拆弹犬伸出了手。克拉克·弗伦奇从不会忘记做功课，当他们还在前往瓜达卢佩街的途中时，他已经开始了演讲。

马卡蒂市的瓜达卢佩地带是一处西语区，以第一批西班牙定居者的"女保护人"命名——"他们来自耶稣会，是你的老朋友们，也是我的"，克拉克如此对他的前导师介绍。

"噢，那些耶稣会教士，他们真是无处不在。"胡安·迭戈说。他并不想说太多，却很惊讶地意识到在说话的同时呼吸有多么困难。胡安·迭戈发现自己的呼吸不再正常。他的胃里仿佛堵着什么奇怪的东西，而且胸部感觉非常沉重。一定是因为牛肉，可能确实是"碾碎的"，胡安·迭戈想。他的脸很红，并且开始流汗。作为一个讨厌空调的人，胡安·迭戈却想让比恩韦尼多把车里弄得冷一些，但是他没有开口。忽然间，由于在努力保持呼吸，他不知道自己还能否说话。

在"二战"期间，瓜达卢佩地带是马卡蒂市受灾最严重的街区，克拉克·弗伦奇依然在演讲。

"男人、女人和小孩都被日军残杀了。"比恩韦尼多插嘴道。

胡安·迭戈当然知道后面会发生什么。让瓜达卢佩圣母来保护每个人吧！胡安·迭戈知道那些所谓的反堕胎支持者是如何把瓜达卢佩据为己用的。"从子宫到坟墓"，许多教会中的教士都不停地吟诵着这句话。

他们经常引用的耶利米的庄严诗句是什么？足球比赛时，傻瓜们在决赛区座位上举着标语：耶利米1：5。这又是怎么回事？胡安·迭戈想问克拉克。他知道克拉克一定铭记于心："你在我的子宫中形成之前，我就认识你。在你出生之前，是我让你与众不同。"（类似如此。）胡安·迭戈想要告诉克拉克他的想法，但是他无法开口，只有呼吸是最重要的事情。他开始汗如雨下，衣服贴在身上。胡安·迭戈知道，如果他试图说话，最多只能说到"你在我的子宫中形成之前——"讲完这句，他怀疑自己就会呕吐出来。

也许是乘车让他感到难受，一种晕车反应？胡安·迭戈想，此时比恩韦尼多正载着他们缓缓地穿过帕西格河上游山坡上贫民窟的狭窄街道。老教堂和修道院的院子里满是煤灰，还有一个警示牌：小心狗。

"所有的狗吗？"胡安·迭戈气喘吁吁地问。但是比恩韦尼多在停车，克拉克当然在说话。没有人听到胡安·迭戈试图开口。

在修道院入口处的耶稣雕像旁边，有一丛绿色的灌木。灌木装饰着花哨的星星，就像是一棵俗气的圣诞树。

"这里永远在过无聊的圣诞节。"胡安·迭戈能听见桃乐茜说或者他想象如果桃乐茜和他一起站在瓜达卢佩圣母教堂的院子里的话，她会这样说。但是当然，桃乐茜不在这里，只有她的声音。他能听到一些东西吗？胡安·迭戈想。他听到得最多的——以前从未注意过的——是心脏那狂野而剧烈的跳动。

许多棕榈树挡住了修道院被煤烟熏黑的墙壁，瓜达卢佩圣母的雕像穿着蓝色的斗篷半掩于树丛中，虽然她见证了如此悲剧性的历史，脸上却带着难以捉摸的平静神情。克拉克当然在背诵历史，他那专业的话语似乎和胡安·迭戈怦怦的心跳声拥有同样的韵律。

不知是什么原因，修道院没有开，但是克拉克把他的前导师领进了瓜达卢佩教堂。它的官方名称是圣母恩典大教堂，克拉克解释道。并不是又一个"我们的圣母"。真是受够"我们的圣母"了！胡安·迭戈想，但是他什么都没有说，只是试图拯救自己的呼吸。

瓜达卢佩圣母的画像是1604从西班牙带过来的，教堂和修道院的建筑于1629年完工。1639年，这里种了六万株中国玫瑰，克拉克告诉胡安·迭戈。至于原因，他没有给出任何解释！但是西班牙人把瓜达卢佩的画像带到了战场上，神奇的是，他们达成和解，避免了流血。（也许并不神奇——谁能说这就是一场奇迹呢？胡安·迭戈想。）

当然还有更多的麻烦：1764年，教堂和修道院被英国军队占领，随之而来的便是焚烧和毁灭。瓜达卢佩的画像被一个爱尔兰天主教"官员"拯救了出来。（是什么样的官员拯救的呢？胡安·迭戈有些好奇。）

比恩韦尼多等在车里。老教堂中除了两个哀悼者之外只有克拉克和胡安·迭戈。哀悼者们跪在最前排的座位上，面对着品位高雅，几乎非常精致的圣坛桌子和并不起眼的瓜达卢佩画像。那是两个女人，全身黑色，她们用面纱遮住了整个头部。克拉克压低了声音，以示对死者的尊敬。

1850年，地震几乎把马尼拉夷为了平地，教堂的拱顶在地震中倒塌了。1882年，修道院变成了面向霍乱受难者孩子的孤儿院。1898年，皮奥·德尔·皮拉尔——一位菲律宾革命领袖——带领他的反抗军队占领了教堂和修道院。1899年皮奥被迫向美国投降，逃离时给教堂点了一把火，那些家具、文件和书籍全部被焚烧。

耶稣啊，克拉克，你难道看不出我有些不对劲吗？胡安·迭戈想。他知道自己不大正常，但是克拉克并没有看他。

克拉克忽然开口说，1935年教皇庇护十一世宣布圣母瓜达卢佩是"菲律宾的保护人"。1941年，美国轰炸机来了，他们把那些藏在瓜达卢佩教堂废墟中的日本士兵打得屁滚尿流。1995年，教堂中圣坛和圣器安置所完成重建。说到这里，克拉克结束了他的背诵。那两个沉默的哀悼者一动不动，她们一身黑色，低垂着头，和雕像一样凝滞。

胡安·迭戈依然在挣扎着呼吸，但此时加剧的疼痛让他不得不时而屏住呼吸，然后努力喘气，随后再屏住呼吸。克拉克·弗伦奇和往常一样沉浸在自己的话语中，他没有注意到自己前导师的痛苦。

胡安·迭戈觉得他可能无法说完耶利米1∶5的事情，他的呼吸已经太过微弱，不能说那么多话。他决定只说最后的部分，因为知道克拉克会明白他在讲什么。胡安·迭戈挣扎着说——他只说了"在你出生之前，是我让你与众不同"。

"我更喜欢说'是我让你变得圣洁'而不是'是我让你与众不同'——尽管两者都是对的。"克拉克对他的前导师说完，才转过身来看向他。如果不是克拉克抓住了胡安·迭戈的双臂，他一定会倒下。

在教堂接下来发生的混乱中，克拉克和胡安·迭戈都没有注意到那两个沉默的哀悼者，两个跪着的女人只是稍微转过了头。她们掀起面纱，只为看清教堂后部来来往往的人们。克拉克跑出去找比恩韦尼多，胡安·迭戈躺在最后排的长凳上，两个男人一起从克拉克离开的地方抬走了他。在如此紧急的情况下——而且那两个女人跪在光线昏暗的老教堂最前方——没有人会认出她们是米里亚姆和桃乐茜。（她们并非全身黑色，也不再用围巾覆盖整个头部。）

胡安·迭戈是一个很在意故事时间顺序的小说家。在他看来，作为一名作家，让故事从哪里开始，到哪里结束永远是有意的选择。但胡安·迭戈是否意识到他正在走向死亡呢？他一定知道自己的呼吸困难和因此带来的疼痛不是因为越南牛肉，但是克拉克和比恩韦尼多正在说的话对他而言似乎并不重要。比恩韦尼多抱怨着他眼中"脏乱的政府医院"，克拉克当然想让胡安·迭戈去他妻子工作的那家医院。那里每个人一定都认识约瑟法·昆塔纳医生，他的前导师能得到最好的照顾。

"我们走运了。"胡安·迭戈似乎听见他的前学生对比恩韦尼多这样说。比恩韦尼多告诉克拉克距离瓜达卢佩教堂最近的天主教医院在仙范市，所以克拉克如此回答。仙范是马尼拉城区的一部分，紧挨着马卡蒂市，只有二十分钟的距离。克拉克说"走运"是因为那便是他妻子所在的医院——红衣主教圣托斯医疗中心。

在胡安·迭戈眼中，这二十分钟的车程如同梦境般模糊不清，任何真实的东西都没有给他留下印象。比如绿山购物中心，那里离医院非常近，甚至那个毗邻医疗中心、名字很奇怪的瓦克瓦克高尔夫&乡村俱乐部。克拉克很担心他亲爱的前导师，因为关于他对"瓦克"这个词拼写错误的评价，胡安·迭戈没有回应。"人们一定是'击打'高尔夫球，所以应该是'whack'而非'wack'，单词里应该有一个'h'。"克拉克说，"我总觉得那些打高尔夫的人在浪费时间，他们不会拼写也并不惊奇。"

但是胡安·迭戈没有回应，克拉克的前导师甚至对红衣主教圣托斯急救室中的耶稣受难像没有任何反应，这真的让克拉克非常担心。

胡安·迭戈似乎也没有注意到那些定期巡查的修女们。（克拉克知道，在红衣主教圣托斯，清晨总会有一两个牧师值班，他们会给有需要的病人发放圣餐。）

"先生要去游泳！"胡安·迭戈想象着自己听见孔苏埃洛这样嚷道，但是那个梳辫子的小女孩并不在拥挤的人群那些上扬的面孔中。围观的没有菲律宾人，胡安·迭戈也没在游泳。他在走路，而且终于不再一瘸一拐。当然他在倒立着走路，在八十英尺的高度空中行走，他已经迈出了决定生死存亡的前两步。（接下来又是两步，然后再两步。）又一次，过往环绕着他，就像是拥挤的观众中那些扬起的脸。

胡安·迭戈想象着德洛丽丝在那里，她在说："当你为圣女们空中行走时，她们永远都不会让你停下来。"但是空中行走对于拾荒读书人而言并不算大事。胡安·迭戈最初读到的那些书是从垃圾场的火堆中抢救出来的，他为了不让那些书烧掉不惜烧伤了自己的手。对于一个拾荒读书人，在八十英尺的高空迈出十六步又算什么呢？如果他勇敢地抓住机会的话，这难道不是他可能拥有的生活吗？但是当你只有十四岁时，你无法清晰地看见未来。

"我们是会创造奇迹的人。"卢佩曾试图告诉他。"你有另一种未来！"她的预测是正确的。事实上，如果他成了空中飞人的话，他能让自己和妹妹活多久呢？

只剩下十步了，胡安·迭戈想，他默默地为自己数着步数。（当然，红衣主教圣托斯急救室中没有人知道他在计数。）

急救室的护士知道她将要失去他。她已经召唤了心脏病专家，克拉克坚持要呼叫他的妻子。当然，他也在给她发信息。"昆塔纳医生要来了吧？"急救室护士问克拉克。在护士看来这件事并不重要，但是她觉得让克拉克分散注意力是明智的选择。

"对，对——她马上就来。"克拉克嘟嚷道。他又一次给约瑟法发了短信，至少这让他有事可做。让他忽然感到愤怒的是，那个允许他们进急救室的老修女还在那里，依然在他们附近徘徊。此时老修女正在胸前画十字，并且说着些听不见的内容。她在做什么？克拉克想。她在祈祷吗？即使是她的祈祷也让克拉克很生气。

"也许一位牧师……"老修女开口道，但是克拉克制止了她。

"不——不要牧师！"克拉克对她说，"胡安·迭戈不想要牧师。"

"不，确实。他绝对不会想要的。"克拉克听见有人说话。那是一个女人的声音，非常强势，他以前听过那个声音，但是是何时，在哪里呢？克拉克思考着。

当克拉克放下手机抬起头时，胡安·迭戈又默默地数了两步，然后再是两步，之后又两步。（只剩下四步要走了！胡安·迭戈想。）

克拉克·弗伦奇看到没有人在急救室陪着他的前导师，除了急救护士和老修女。后者已经走开了，她现在站的位置距离胡安·迭戈为自己的生命而斗争的地方很远。但是两个女人——全身黑色，头部完全被遮挡着——正从走廊上经过，她们只是一闪而过，在消失之前克拉克粗略地瞥见了她们。克拉克并没有好好看清那两个女人，他清楚地听见米里亚姆说，"不，确实，他绝对不会想要的。"但是克拉克不会把自己听到的声音和魅力酒店那个用沙拉叉钉死壁虎的女人联系在一起。

很可能，即使克拉克·弗伦奇仔细看到了那两个在走廊中闪过的女人，他也不会说这两个黑衣女子看起来像一位母亲和她的女儿。那两个女人遮挡着头部的样子，以及她们完全没有互相说话的状态，让克拉克·弗伦奇以为她们是修女。在他看来，修女们一身黑的习惯是很正常的。（至于米里亚姆和桃乐茜，她们已经消失了，用她们的方式。那两个人总是忽然出现或消失，不是吗？）

"我自己去找约瑟法。"克拉克无助地对急救护士说。（终于摆脱了。你在这里就没有用！她可能这样想，如果她有任何想法的话。）"不要牧师！"克拉克近乎愤怒地对那个老修女重复道。修女什么都没有说，她见证过各种各样的死亡，很熟悉这个过程，她也见证过各种各样绝望的、最后一刻的表现（比如克拉克的行为）。

急救室护士知道一颗心脏什么时候会停止，无论是妇产科医师还是心脏病专家都无法让它重新启动，护士知道这一点，但是即使如此，她也要寻找某些人。

胡安·迭戈似乎是在计数的中途忘记了。究竟只剩下最后两步呢，还是还有四步？胡安·迭戈想。他在下一步时犹豫了。空中飞人（真正的空中飞人）知道最好不要犹豫，但是胡安·迭戈却停了下来。这时胡安·迭戈意识到自己并不是真的在空中行走，他明白了他只是在想象。

这才是他真正擅长的事情，只是想象。胡安·迭戈此时知道自己就要死去，死亡并不是想象。而且他意识到这便是、这才是人们在死亡时做的事情，这才是人们在离开人世时想要的。好吧，至少这是胡安·迭戈想要的。并不一定是永恒的生命，也不是所谓的死后生活，而是他曾希望自己拥有的现实人生，他曾经为自己想象出的英雄的人生。

所以这就是死亡，这就是死亡的全部，胡安·迭戈想。这让他想到卢佩时感觉略好一些。死亡甚至不是一场意外。"甚至不是一场意外。"老修女听见胡安·迭戈用西班牙语说。

现在已经没有了离开立陶宛的机会。现在没有灯光，只剩下没有亮灯的黑暗。桃乐茜曾这样描述当你在夜晚靠近马尼拉时，从飞机上看见的马尼拉海湾：一片没有亮灯的黑暗。"除了偶尔经过的船只，"她对他说。"那片黑暗的地方是马尼拉海湾。"桃乐茜解释道。这一次不是，胡安·迭戈知道，这片黑暗不是。这里没有灯光，没有船只，这一片没有亮灯的黑暗不是马尼拉海湾。

老修女用她干枯的左手把十字架挂在了自己的脖子上，她把受难耶稣握在拳头中，抵在自己跳动的心脏处。没有人——甚至死去的胡安·迭戈也没有——听见她用拉丁语说："这世上的荣耀已经消逝。"

谁都不会怀疑一位如此受人尊敬的修女，她是正确的。即使克拉克在场，也不会对此作出任何评判。并不是每一个故事冲突都是意外。

· 致 谢 ·

Julia Arvin

Martin Bell

David Calicchio

Nina Cochran

Emily Copeland

Nicole Dancel

Rick Dancel

Daiva Daugirdiené

John DiBlasio

Minnie Domingo

Rodrigo Fresán

Gail Godwin

Dave Gould

Ron Hansen

Everett Irving

Janet Irving

Stephanie Irving

Bronwen Jervis

Karina Juárez

Delia Louzán

Mary Ellen Mark

José Antonio Martínez

Anna von Planta

Benjamin Alire Sáenz

Marty Schwartz

Nick Spengler

Jack Stapleton

Abraham Verghese

Ana Isabel Villaseñor

马上扫二维码，关注"**熊猫君**"

和千万读者一起成长吧！